Über dieses Buch

Mehr als zehn Jahre hat Publius Ovidius Naso (43 v. Chr.–18 n. Chr.) seinem Hauptwerk, den ›Metamorphosen‹, gewidmet. Als er mit dem Schreiben begann, etwa 1 v. Chr., war er der erste Dichter Roms, gefeiert von den Mächtigen der Stadt und ein Günstling des Kaisers Augustus. Als er das Werk abschloß, war er nach Tomis verbannt worden, einem halbbarbarischen Provinznest am Schwarzen Meer. Irgendwann in der Zwischenzeit muß es zu jener abrupten Wendung der Verhältnisse gekommen sein, durch die Ovid vom *poeta laureatus* zum Sündenbock des Kaisers wurde. Der Grund dafür hat sich nie aufklären lassen; plötzlich und ohne Gerichtsverfahren wurde der Dichter im Jahr 8 n. Chr. ans Schwarze Meer verbannt. Und Ovid, geistreich, mondän und vom Glück verwöhnt, hat diesen Sturz nie verkraftet. Bitter leidend unter dem Exil, hat er bis ans Ende seines Lebens ungehörte Gnadengesuche nach Rom geschrieben.

Die ›Metamorphosen‹ waren schon weit gediehen, als Ovid nach Tomis kam. Der Stoff war immens: Etwa 250 Mythen und Märchen hatte der Dichter für sein Werk gesammelt, jedes von ihnen endend mit einem Gestaltwandel, einer »Metamorphose«: Philemon und Baucis, Apollo und Daphne, Narziß, Pygmalion, Niobe, um nur die bekanntesten zu nennen. Ovid hat in ihnen Sinnbilder des Lebensgesetzes schlechthin gesehen: In Natur und Geschichte, überall herrschte unablässig Verwandlung, Übergang von einem Dasein in ein anderes. In diesem Sinn wollte er nun die Geschichte der Welt erzählen: vom Chaos des Anfangs über die zahllosen Verwandlungen vor- und halbgeschichtlicher Zeiten bis hin zur hellen, streng gegliederten Ordnung des römischen Imperiums, – auch wenn dies eine Ordnung war, die ihm selber damals keinen Platz mehr gewährte.

Literatur · Philosophie · Wissenschaft

Bibliothek der Antike
Herausgegeben von Manfred Fuhrmann

Ovid

Metamorphosen

Übersetzt von Erich Rösch
Mit einer Einführung von Niklas Holzberg

Bibliothek der Antike
Deutscher Taschenbuch Verlag
Artemis Verlag

Vollständige Ausgabe.
Anmerkungen von Erich Rösch.
Das Register wurde von Gerhard Fink erstellt.

Oktober 1990
3. Auflage September 1994
Deutscher Taschenbuch Verlag GmbH & Co. KG,
München
© 1988 Artemis Verlag, Zürich und München
Umschlaggestaltung: Celestino Piatti
Gesamtherstellung: C. H. Beck'sche Buchdruckerei,
Nördlingen
Printed in Germany · ISBN 3-423-02244-2

EINFÜHRUNG

Als um 8 n. Chr. die ersten Exemplare von Ovids ›Metamorphosen‹ in Rom verbreitet wurden, da waren die Leser, die von dem Autor bisher nur kleinere Dichtungen kannten, vom enormen Umfang dieses Werkes sehr wahrscheinlich überrascht, und was den Inhalt betraf, so verhieß das im Verhältnis zum übrigen Opus seltsam kurz gehaltene Proömium (I 1–4) ebenfalls Überraschungen:

> In nova fert animus mutatas dicere formas
> corpora. di, coeptis – nam vos mutastis et illas –
> adspirate meis primaque ab origine mundi
> ad mea perpetuum deducite tempora carmen.

Las man nämlich erst einmal nur die Worte »In nova fert animus«, dann verstand man: »Zu neuen Dingen trägt mich meine Inspiration«, und auch wenn sich »nova« bei weiterer Lektüre als Adjektivattribut zu »corpora« entpuppte (»Es treibt mich die Inspiration zu künden von in neue Körper verwandelten Gestalten«), war es nach wie vor etwas völlig Neuartiges, was der Dichter da ankündigte: Zunächst erklärt er in der Formelsprache des Lehrgedichtproömiums, ein Sachthema behandeln zu wollen – hier also das Phänomen der Verwandlung von Gestalten in neue Körper –, gleich darauf aber erfährt man, daß dieses Sachthema nicht wie sonst im didaktischen Epos systematisch erörtert werden soll, sondern in der Weise des historischen Epos: in einer fortlaufenden Erzählung, welche die zu betrachtenden Verwandlungen in den Rahmen einer Art Weltchronik vom allerersten Ursprung bis zur eigenen Zeit des Autors stellt.

Das bereits aus diesen vier Versen zu erahnende Spiel mit traditionellen Dichtungsgattungen – in diesem Falle mit zwei verschiedenen Formen des Epos – war für den zeitgenössischen Leser Ovids freilich nicht ganz so ungewohnt wie die Länge des neuen Werkes: Als der am 20. März 43 v. Chr. in Sulmo im Pälignerland geborene, dem Ritterstand angehörende Dichter nach Abbruch der senatori-

schen Laufbahn ungefähr in seinem 18. Lebensjahr seine ersten Lie-
besgedichte, die ›Amores‹, zu veröffentlichen begann, da spielte er
bereits mit der von ihm gewählten Gattung, der vor ihm von Gal-
lus, Properz und Tibull gepflegten subjektiven erotischen Elegie: Er
ersetzte das von der Gattungstradition geforderte Leiden des Dichters an der Liebe zu seiner *domina* durch ein freiwilliges Bekenntnis
zu jeder Form von Verstrickung in die Netze Amors und über-
schritt damit immer wieder die Gattungsgrenzen in Richtung Par-
odie. Als er dann seine neue, ebenso heitere wie humane Auffassung
von der Rolle der Liebe im Leben des Menschen etwa um Christi
Geburt nicht mehr nur in einzelnen Gedichten, sondern in ganzen
Büchern kundgab, in der Tetralogie der drei »libri« umfassenden
›Ars amatoria‹ und des Büchleins über die ›Remedia amoris‹, kreuz-
te Ovid die Liebeselegie bereits mit einer anderen Gattung, dem
didaktischen Epos, und dies war nicht einmal der erste Fall von
Gattungsmischung in seinem Œuvre: Schon die wenige Jahre zuvor
erstmals erschienenen ›Heroides‹, die im elegischen Versmaß ver-
faßten Briefe unglücklich verliebter Frauen, vereinigen Formele-
mente der erotischen Elegie mit denen einer anderen Gattung, dies-
mal der literarischen Epistel. Und da es sich bei den Briefschreibe-
rinnen um Personen des griechischen Mythos und der griechischen
Geschichte von den vortrojanischen Sagenkreisen bis zur Dichterin
Sappho handelt, hatte Ovid in dieser Gedichtsammlung auch erstmals den zeitlichen Hintergrund seiner elegischen Poesie aus der
eigenen Gegenwart in eine ferne mythische bzw. historische Ver-
gangenheit verlegt.

Das neue Werk also umfaßte sogar die riesige Zeitspanne zwischen der Entstehung des Kosmos und der Ära des Augustus: Be-
ginnend mit der Erschaffung des Universums und des Menschen
schildern die ›Metamorphosen‹ zunächst erste biologische Veränderungen anhand antiker Vorstellungen von einer Evolution, die über
vier Weltzeitalter zum völligen Sittenverfall der Menschheit, ihrer
Vernichtung durch die Große Flut und ihrer anschließenden Neuerschaffung führte; daran wird eine Kette von Verwandlungsmythen geknüpft, in denen erst überwiegend Götter, dann in der
Hauptsache Heroen der griechischen Sage auftreten und die in den
letzten Büchern mit der Gründung Trojas und den Abenteuern des

EINFÜHRUNG 7

trojanischen Latium-Eroberers Aeneas in die römische Geschichte
einmünden.

Ein erster Überblick über die *Struktur* dieser ungeheuren Stoff-
masse (vgl. dazu Literaturverzeichnis Abschnitt IV 1) läßt somit eine Dreiteilung in Urzeit (I 1–451), mythische Zeit (I 452–XI 193),
und historische Zeit (XI 194–XV 879) erkennen. Sucht man nun
aber nach einer diesem chronologischen Grobraster entsprechenden
Binnengliederung der drei Zeitabschnitte, dann stößt man bei dem
nahezu zwei Drittel des Gesamtwerks umfassenden mittleren Zeit-
abschnitt auf größte Schwierigkeiten: Bei kontinuierlicher Lektüre
der etwa in der Mitte des I. Buches nach der Neuerschaffung des
Menschen einsetzenden und nach knapp 200 Versen des XI. Buches
zum trojanischen Mauerbau überleitenden Serie von sagenhaften
Metamorphosen findet man nirgendwo die ausdrückliche Markie-
rung einzelner Epochen, aus der sich der Eindruck einer historischen Abfolge der einzelnen Verwandlungen gewinnen ließe – im
Gegenteil: Ohne Rücksicht auf die Buchgrenzen, die sich doch zur
Epochengliederung besonders gut eignen würden, und ohne daß
innerhalb der einzelnen Bücher durch Binnenproömien, Resümees
oder sonstige strukturelle Hinweise eine chronologische Entwicklung auch nur angedeutet würde, stellt der Dichter die Verknüp-
fung zwischen den Verwandlungen in der Regel durch motivische
Assoziationen wie folgt her: Art und Anlaß der jeweiligen Metamorphose, die beteiligten Personen und Umstände oder der Schauplatz des Geschehens liefern ihm abwechselnd das Stichwort zum
Weiterspinnen des Handlungsfadens – ganz so wie wir es auf dem
Teppich der Arachne sehen, wo 21 erotische Abenteuer von 5 Göttern mit anschließenden Verwandlungen locker aneinandergereiht
und nur durch die Bezeichnung als »caelestia crimina« (»Schandta-
ten der Himmlischen«) auf einen gemeinsamen Nenner gebracht
werden (VI 103–131). Der Versuch W. Ludwigs (1965), aus der
Anbindung einzelner Gruppen von Metamorphosen an die Fami-
liengeschichte einiger prominenter Heroen der griechischen Sage
(Cadmus, Perseus, Theseus, Hercules) ein primär genealogisches
Strukturprinzip innerhalb der Darstellung der mythischen Zeit ab-
zuleiten und diese exakt in sieben einander symmetrisch zugeord-
nete Abschnitte zu unterteilen, darf also als verfehlt gelten; zumin-

dest ist ein solches Gliederungssystem für den unbefangenen Leser nicht zu erkennen.

Auf der anderen Seite ist es aber auch B. Otis in seiner ›Metamorphosen‹-Monographie (1966) nicht gelungen, anhand der eben skizzierten motivischen Zusammenhänge zwischen den einzelnen Verwandlungen den vom Dichter intendierten Bauplan des großen mittleren Werkabschnitts eindeutig zu bestimmen. Zwar hat Otis richtig gesehen, daß bis zum Ende des II. Buches Mythen vorherrschen, die von den Amouren der Götter handeln, daß bis zur Mitte des VI. Buches die Verwandlungssagen meist von Bestrafungen einzelner Heroen und Heroinen durch erzürnte Gottheiten berichten und daß bis zum Einsetzen der Ereignisse um Troja Erzählungen überwiegen, die die Folgen allzu heftiger menschlicher Liebesleidenschaft zum Thema haben, aber die aus dieser Erkenntnis gewonnene Unterscheidung von drei Großteilen ist aus folgendem Grunde abzulehnen: In Otis' erstem Großteil, den er mit »The divine comedy« überschreibt (I 1 bzw. 452–II 875), spielt das Thema seines zweiten Großteiles, »The avenging gods« (III 1–VI 400), eine fast ebenso wichtige Rolle, ja sogar menschliches »pathos of love« – nach Otis der zentrale Gegenstand erst des dritten Großteiles (VI 401–XI 795) – wird wenigstens an einem Beispiel, dem Schicksal der Nyctimene (II 589–595), dargestellt, und dieses bereits hier zu verzeichnende Nebeneinander der drei Hauptmotive des Werkabschnittes über die mythische Zeit kommt in Otis' zweitem und drittem Großteil noch deutlicher zum Ausdruck. Auf gar keinen Fall also lassen sich die Mythen über erotische Affären der Götter, göttliche Racheakte und menschliche Liebesleidenschaften zu in sich geschlossenen Motivblöcken zusammenordnen und damit als Bauelemente einer vom Dichter der ›Metamorphosen‹ geplanten symmetrischen Werkkomposition verstehen.

Die Struktur des gesamten Opus erweist sich daher als das Resultat einer auf ständiges Variieren bedachten Kombination chronologischer und motivischer Erzählzusammenhänge. Der dadurch entstehende Eindruck lockerer Aneinanderreihung und ungeordneter Buntheit entspricht nun aber ziemlich genau dem Eindruck, den der Leser bei kontinuierlicher Lektüre eines Elegienbuches Properzens, Tibulls oder Ovids selbst von der Strukturierung der einzelnen

EINFÜHRUNG   9

Gedichte im Buchganzen gewinnt: Auch dort sind Elegienpaare
und -zyklen, die bestimmte Ereignisfolgen im Verhältnis Dichter-
Geliebte nachzeichnen, und motivisch verknüpfte Elegien nach
dem Aufbauprinzip der *variatio* miteinander kombiniert; wieder
also läßt sich eine Verbindungslinie von Ovids *maius opus* zur
Kleinpoesie seiner früheren Jahre ziehen. Dagegen zeigt sich ein
grundlegender Unterschied, wenn wir, von Werkumfang und Metrum ausgehend, die mit ihrer gewaltigen Länge von rund
12 000 Hexametern an ein Epos erinnernden ›Metamorphosen‹
strukturell mit dem etwa 25 Jahre früher erschienenen Nationalepos
der Römer, Vergils ›Aeneis‹, vergleichen: Dort ist nämlich Symme-
trie und Korrelation innerhalb von Buchgruppen, Einzelbüchern
und Buchabschnitten das eindeutig vorherrschende Aufbauprinzip.
   Das sich aus diesem ersten Vergleich mit einem Epos zwangsläu-
fig ergebende *Gattungsproblem* versuchte erstmals R. Heinze in einer später berühmt gewordenen Akademieabhandlung von 1919 zu
lösen. Da nach antiker Auffassung primär formale Kriterien wie
Versmaß, Stilniveau und narrative Technik über die Zugehörigkeit
zu einer Gattung entscheiden, bot ihm die Tatsache, daß Ovid den
Mythos vom Raub der Proserpina in den ›Fasti‹ (IV 417–618) in
elegischen Distichen und in den ›Metamorphosen‹ (V 341–661) im
epischen Metrum, dem daktylischen Hexameter, bearbeitet hat, eine günstige Gelegenheit, durch einen Vergleich der beiden Versionen die jeweilige Erzählhaltung Ovids näher zu bestimmen. Dabei
stufte er die Darstellungsweise der ›Fasti‹-Fassung deshalb als typisch »elegisch« ein, weil der Dichter hier die Götter vermensch-
licht, indem er sie immer wieder sanftere Empfindungen wie Mitleid und Klage ausdrücken läßt und die Beschreibung ihrer Taten
genrehaft ausgestaltet, die Darstellungsweise der ›Metamorphosen‹-
Fassung dagegen als typisch »episch«, weil dort das Handeln der
Götter von heftigen Affekten gelenkt wird und ein entsprechend
pathetischer Tonfall die Schilderung ihrer durchweg majestätisch-
heroischen Haltung beherrscht. So zutreffend nun aber Heinzes
Beobachtungen in diesem einen Falle sind, so wenig lassen sich
daraus generelle Folgerungen für die Gattungsbestimmung der
›Metamorphosen‹ ableiten, denn gerade die Göttersagen dieses
Werkes sind immer wieder in der von Heinze als »elegisch« defi-

EINFÜHRUNG

nierten Erzählweise abgefaßt, z. B. gleich die Episode, mit der Ovid
die Verwandlungsgeschichten der mythischen Zeit eröffnet: Die
Art, in der Apollo in der Daphne-Sage (I 452–567) als hoffnungslos
in die Reize einer Schönen vernarrter und über seine Zurückwei-
sung fast weibisch klagender Jüngling charakterisiert wird, läßt
eben jene heldenhafte Würde vermissen, die Heinze zu Recht als
typisch »episch« empfand.

Es ist jedoch nicht allein der unepische weiche Erzählstil, dem die
Darstellung der Apollo-Gestalt im Daphne-Mythos der ›Metamorphosen‹ ihre elegische Färbung verdankt, sondern auch ein für die
gesamte römische Liebeselegie kennzeichnendes Ethos: Bei der
Entstehung dieser Gattung und der mit ihr verbundenen Form von
Daseinsbewältigung war neben literarischen Anregungen ein wichtiger Faktor die politische und soziale Situation der jungen *nobiles*
und Ritter in der Zeit der späten Republik; damals waren diese in
ihren Entfaltungsmöglichkeiten dadurch stark eingeschränkt, daß
einige wenige machthungrige Imperatoren das Reich in nicht enden
wollende Bürgerkriege verwickelten. Wenn nun die Elegiker zu
ihrem alleinigen Lebensziel den ewigen Liebesbund mit einer ab-
göttisch verehrten Hetäre aus der Schicht der Freigelassenen erklärten, dann äußert sich darin eine Protesthaltung in Gestalt einer
dezidierten Umkehrung altrömischer Wertbegriffe, die in der
Gleichsetzung des traditionell hochangesehenen Kriegsdienstes mit
den Diensten an der *puella* gipfelt. Zwar gehörte Ovid der ersten
Elegikergeneration nicht mehr an und hatte aus einem neuen Le-
bensgefühl heraus in seinen ›Amores‹ einiges am elegischen »Wert-
system« verändert, aber die provokante Anti-Ideologie des »Make
love not war« paßte auch noch in seine Zeit: Sie ist aus seinem
Frühwerk insofern direkt in die ›Metamorphosen‹ übergegangen,
als dort in der Daphne-Geschichte Apollo, einer der führenden
Götter des augusteischen Staatskultes, nachdem er sich eben noch
im Dienste der Menschheit als Drachentöter hervorgetan hat
(I 434–451), durch einen gezielten Pfeilschuß Amors in einen elegischen Liebhaber verwandelt wird.

Da diese Episode nun aber gerade an der Stelle der ›Metamorphosen‹ erzählt wird, an der die noch weitgehend im Stil des historischen Epos geschilderte Urzeit eben mit der Neuerschaffung des

EINFÜHRUNG

Menschen nach der Großen Flut zu Ende gegangen ist und der Reigen der mythischen Metamorphosen, also der große Mittelabschnitt des Werkes, beginnt, erhält die Verwandlung Apollos in einen elegischen Liebhaber leitmotivische Bedeutung: Nicht heroische Taten wie sonst, sondern Eros und Leidenschaft unter Göttern und Menschen werden ja, wie wir bereits gesehen haben, zwei von den drei beherrschenden Themen des neuen Hexameter-Opus sein, und auch in einer solchen Stoffwahl erkennen wir eine traditionelle Geisteshaltung der römischen Elegiker. Von diesen Dichtern wurde nämlich nicht nur das Kriegshandwerk selbst, sondern auch seine poetische Darstellung betont abgelehnt, und da das Verherrlichen von Waffentaten eine bevorzugte Domäne des Epos war, kam die zeitbedingte Protesthaltung der Elegiker auch in der Abkehr von dieser Gattung zum Ausdruck. Noch in den ›Amores‹ hatte Ovid seine Entscheidung für die erotische Elegie und gegen das Epos gleich im Eröffnungsgedicht der Sammlung programmatisch verkündet und dafür folgendes Bild gewählt: Während er dazu ansetzt, in Hexametern »arma violentaque bella« (»Waffen und heftige Kämpfe«) zu besingen, raubt ihm Amor einen Fuß des jeweils zweiten Verses, wodurch dieser zum Pentameter, das Metrum zum elegischen Distichon und das Thema seines Dichtens die Liebe wird; anschließend macht der Gott den »verhinderten« Epiker durch einen Pfeilschuß auch noch zum Liebhaber. Und wenn derselbe Ovid nun an einer markanten Stelle zu Beginn seiner ›Metamorphosen‹ in einer ganz ähnlichen Szene auch den Dichtergott Apollo aus einem Waffenhelden in einen leidenschaftlichen Liebhaber verwandeln läßt, dann dürfen wir dies ebenso wie in der Elegie ›Amores‹ I 1 als bildliche Darstellung einer programmatischen Aussage interpretieren: Das neue Werk ist zwar nun in Hexametern verfaßt und dadurch rein formal in gewisser Hinsicht der Gattung »Epos« zuzuordnen, aber stofflich und geistig ist es ganz wesentlich von einer anderen Gattung geprägt, der römischen Liebeselegie.

Doch nicht nur mit Ausdrucksformen und Inhalten, die für elegisches Dichten typisch sind, durchbricht Ovid die gemeinhin für ein Hexameter-Opus von der Länge der ›Metamorphosen‹ gültigen Gattungsregeln, sondern er verwendet auch Stilmittel und Motive anderer Gattungen für sein Spiel mit der epischen Dichtungstradi-

tion: Neben den zahlreichen Verwandlungsgeschichten, die wie der
Daphne-Mythos elegisch gefärbt sind – hierher gehört z. B. auch die
»Heroide« innerhalb der Byblis-Sage (IX 530–563) –, finden sich
Passagen in den ›Metamorphosen‹, die an die Bukolik (XIII 738 ff.),
die hellenistische Idylle (VIII 618 ff.), das Epigramm (II 327 f., XIV
443 f.), die Tragödie (z. B. XIII 1 ff.) und die Komödie (z. B. IV
55 ff., VIII 855 ff.), ja sogar den hellenistischen Roman (IV 55 ff.)
erinnern. Die epische Erzählweise bildet dabei insofern den Nähr-
boden für das Kreuzen verschiedener Gattungselemente, als Ovid
häufig einen bestimmten Mythos – seine Versionen der Sagen von
Ino (IV 416 ff.) und Erysichthon (VIII 738 ff.) zeigen das besonders
deutlich – in konsequent durchgehaltener epischer Diktion zu erzählen beginnt, das heroische Pathos dieser Diktion aber schon sehr
bald durch unangemessene Vorstellungen (z. B. die, daß der perso-
nifizierte Schlaf sich selbst von sich abschüttelt: XI 621), innere
Unstimmigkeiten und die Zerlegung des Geschehens in ständig ans
Groteske streifende Einzelszenen mehr und mehr aushöhlt. Rein
gattungstypologisch dürfte das uns vorliegende Resultat dieser literarischen Technik mit der Bezeichnung als »spielerische Abwand-
lung des Epos« (E. J. Bernbeck 1967) am treffendsten charakterisiert sein; wenn wir uns in der antiken Literatur nach etwas Ver-
gleichbarem umsehen, findet sich da eigentlich nur noch das geniale
Spiel mit Form und Motivarsenal des idealisierenden Romans in
Petrons ›Satyrica‹.

Im Falle der ›Metamorphosen‹ Ovids ist der Gegenstand dieser
Art von Spiel jedoch nicht einfach nur die Gattung Epos als literari-
sche Erzählform, sondern ebenso – dies wurde durch unsere Skizze
der Umkehrung römischer Wertbegriffe in der elegischen Gattungstradition bereits angedeutet – das Epos als Instrument einer
bestimmten historisch-politischen und staatsethischen Aussage, wie
es Vergil nicht lange vor der Entstehung von Ovids »carmen perpetuum« für seine Bearbeitung der Aeneas-Sage verwendet hatte. Da
nun in der Tat sowohl das Sprachgut als auch die Gedankenwelt der
›Aeneis‹ in dem jüngeren Hexameter-Opus stets präsent sind, ist die
Frage nach seinem Verhältnis zur Gattung Epos mehr oder weniger
identisch mit der Frage nach Ovids *Verhältnis zu Vergil*. Für ihre
Beantwortung seien jetzt folgende Voraussetzungen kurz in die

EINFÜHRUNG   13

Erinnerung gerufen: Dem älteren Dichter gelten die sagenhaften
Ereignisse, die der Gründung Roms vorausgehen, als mythische
Präfiguration der historischen und ethischen Fundamente des augusteischen Restaurationsstaates, d.h. die politischen und sittlichen
Kräfte, auf denen nach Ansicht der Augusteer die Erneuerung der
von Bürgerkriegen zerrissenen *res publica* durch den Prinzeps be-
ruhte, die Wiederherstellung alter Römertugenden wie *fortitudo,
pietas, fides* und *pudicitia,* werden als bereits in den Kämpfen des
Aeneas in Latium wirksam dargestellt und verleihen somit der augusteischen Wertordnung mythische Weihe und höhere Gültigkeit.
    Es ist also zu prüfen, ob und inwieweit Ovids Spiel mit Vergils
›Aeneis‹ zu den Grundgedanken der in diesem Epos zum Ausdruck
kommenden augusteischen Ideologie Stellung nimmt, und entscheidende Hinweise sind sicherlich am ehesten zu erwarten von einer
Betrachtung desjenigen Abschnittes der ›Metamorphosen‹, in dem
Ovid Irrfahrten und Kriegstaten des Aeneas in die Chronologie
seines »carmen perpetuum« einbindet (XIII 623–XIV 608). Sehr
aufschlußreich für unser Problem ist bereits der Aufbau dieser »Aeneis« Ovids: Die von Vergil in zwölf Büchern behandelte eigentliche Aeneas-Handlung umfaßt, wenn man von drei exkursartigen
Erweiterungen von Erzählmotiven der Sagentradition absieht (XIV
527–565. 574–580. 581–608), mit 103 Versen etwa 10% des aus ins-
gesamt 954 Versen bestehenden Abschnittes. Die übrigen 90% entfallen auf breit ausgestaltete Verwandlungsmythen, die, an bestimmte Erlebnisse der Aeneaden anknüpfend, in die neue »Aeneis«
eingelegt und in fünf großen Erzählblöcken einander konzentrisch
zugeordnet sind; dabei formen die vom Anius-Rahmen (XIII 632–
704) und vom Venulus-Rahmen (XIV 458–526) umschlossenen
kürzeren Erzählblöcke einen äußeren, die vom Scylla-Rahmen
(XIII 735–XIV 74) und vom Caieta-Rahmen (XIV 158–440) umschlossenen längeren Erzählblöcke einen inneren Ring um das
Herzstück des gesamten Abschnittes, die Sage vom vergeblichen
Werben Apollos um die Seherin Sibylle (XIV 120–153).
    Vergleicht man nun die bereits umfangmäßig so auffallend unter-
schiedlichen Komplexe Rahmenhandlung und mythische Einlagen
auch stofflich-motivisch miteinander, so gelangt man ebenfalls zu
einer bemerkenswerten Feststellung: Während Ovid in seiner Wie-

dergabe der Aeneas-Handlung alle für die historisch-politische und ethische Aussage der vergilischen ›Aeneis‹ wichtigen Hauptmotive unterschlägt – z. B. den zentralen Gedanken der durch die *fata* gelenkten geschichtlichen Sendung des Helden –, liefern die Schaltgeschichten einen repräsentativen Querschnitt durch die drei Hauptmotive, die das Ethos des großen Mittelabschnittes der ›Metamorphosen‹ prägen: In den Sagen um Polyphem, Circe und Sibylle, die in das zur historischen Zeit (XI 194–XV 879) gehörende Aeneas-Geschehen eingelegt sind, werden in derselben Weise wie in den Sagen um Götter und Heroen, die in der mythischen Zeit (I 452–XI 193) spielen, die drei Themen »erotische Affären der Götter«, »göttliche Racheakte« und »menschliche Liebesleidenschaften« in den Vordergrund gestellt. Ovid ersetzt also in *seiner* »Aeneis« die motivisch-gedanklichen Grundlagen des vergilischen Epos durch die seines eigenen Hexameter-Opus, und dieser Befund widerlegt m. E. eine gängige Theorie, derzufolge er die eigentliche Aeneas-Handlung deshalb zur reinen Inhaltsangabe verkürzt habe, weil sie von Vergil bereits in gültiger und für immer unnachahmlicher Form bearbeitet worden sei. Alles spricht vielmehr dafür, daß Ovid den Gedanken der mythischen Präfiguration der augusteischen Gegenwart sehr wohl aus der ›Aeneis‹ übernahm, ihn aber folgendermaßen umdeutete, ja völlig auf den Kopf stellte: Bei ihm wird die mythisch-historische Szenerie Siziliens, Unteritaliens und Latiums, in der sich bei Vergil die politischen und sittlichen Werte der augusteischen Staatsordnung erstmals entfalten und bewähren, von den Lastern und Leidenschaften beherrscht, die in den gesamten ›Metamorphosen‹ im Zentrum stehen und die man am bequemsten mit dem modernen Schlagwort »sex and crime« zusammenfassen kann. Den wichtigsten Hinweis darauf, daß diese Interpretation der Intention Ovids am nächsten kommen dürfte, gibt die Tatsache, daß die genau in der Mitte der ovidischen »Aeneis« auftretende »Heilige« der römischen Staatsideologie, die Seherin Sibylle, dort die Prophezeiung der künftigen Größe Roms nicht einmal andeutet (XIV 111 f.), dagegen sehr ausführlich dem vom Aufstieg aus der Unterwelt ermüdeten und deshalb mit ihr plaudernden Aeneas (!) erzählt, wie sie sich einst den Annäherungsversuchen des wieder einmal heillos verliebten Jünglings Apollo entziehen mußte (XIV 120 ff.).

EINFÜHRUNG   15

Eine kritische Haltung Ovids gegenüber der augusteischen Botschaft der vergilischen ›Aeneis‹ ist also m.E. unverkennbar, aber sie
beschränkt sich auf die in ein mythologisches Gewand gehüllte
Darlegung einer die sittliche Natur des Menschen betreffenden
Auffassung, die den Reformoptimismus der Prinzipatspropaganda
nicht zu teilen vermag. Vor diesem geistigen Hintergrund ist dann
auch Ovids *Verhältnis zu Augustus* in den ›Metamorphosen‹ zu
beurteilen. Der Name des Prinzeps fällt im »carmen perpetuum«
zum ersten Mal in der Götterversammlung des I. Buches (163 ff.), in
der die Vernichtung der gesamten Menschheit beschlossen wird. Da
Jupiter dort an einer Stelle ausdrücklich mit Augustus verglichen
wird (204 f.) und die Entwicklung, die vom Sittenverfall der Menschen des Eisernen Zeitalters über Gigantenschlacht und Große
Flut zur Neuerschaffung des Menschen führt, an die Entwicklung
des römischen Staates von den Bürgerkriegen bis zur Wiederherstellung der *res publica* durch Augustus erinnert, hat man angenommen, daß Ovid das Erneuerungswerk des Göttervaters als mythische Präfiguration der Taten des Prinzeps bis zum endgültigen Sieg
über seine innenpolitischen Gegner bei Actium (31 v. Chr.) verstanden wissen wollte (Buchheit 1966). Dem ist zwar ohne weiteres
zuzustimmen, aber ehe man aus dieser Gleichsetzung auch ein pro-
augusteisches Bekenntnis herausliest, sollte man folgendes bedenken: Eine wichtige Begründung Jupiters für die Vernichtung der
Menschen durch die Große Flut ist die, daß die Halbgötter und
ländlichen Gottheiten vor ihnen nicht mehr sicher seien (192 ff.).
Unmittelbar nach dem Ende der Großen Flut werden nun aber
sofort wieder zwei Halbgöttinnen, Daphne und Io, in ihrer Sicherheit bedroht: die eine von Apollo, dem Beschützer des Octavian-
Augustus bei Actium, die andere von dem eben noch mit dem
Prinzeps verglichenen Göttervater; beide Frauen werden nämlich
von diesen Richtern über das frevelhafte Menschengeschlecht sexu-
ell bedrängt und in größte Schwierigkeiten gebracht (452 ff.). Es
bleibt also alles beim Alten, das Goldene Zeitalter, das Vergil mit
der Regierungszeit des Augustus wiederkehren sah, kehrt bei Ovid
nicht wieder.

Ohne freilich gleich an Systemkritik zu denken, wird man doch
nicht leugnen können, daß solche ironischen Gedankenbezüge auch

in der Augustuspanegyrik am Ende des XV. Buches nicht zu übersehen sind: Dort ist zwar mit der ausführlichen Beschreibung der Apotheose Caesars (745 ff.) ein wertender Vergleich des Diktators mit seinem (Adoptiv-)Sohn Augustus verbunden, der zu dessen Gunsten ausfällt, sowie ein Gebet an die Götter, sie möchten die Apotheose des Prinzeps noch möglichst lange hinauszögern (861 ff.), aber wieder ist eine Einschränkung zu machen: Wenn Ovid die Synkrisis Caesar-Augustus auf die Pointe zuspitzt, die größte Tat Caesars sei es, Vater eines solchen Sohnes zu sein, wird man an der Aufrichtigkeit dieses Herrscherlobs spätestens dann zweifeln, wenn man ähnliche Schmeicheleien in der antiken Literatur zum Vergleich heranzieht, z. B. jene Stelle bei Herodot, wo der einst von den Persern entthronte Kroisos auf die Frage des größenwahnsinnigen Perserkönigs Kambyses, wer bedeutender sei, er oder sein Vater Kyros, zur Antwort gibt, Kyros sei als Erzeuger eines solchen Sohnes bedeutender (III 34). Und die vorausgesehene Apotheose des Augustus, der außer der Apotheose Caesars auch die des Hercules (IX 230 ff.), des Aeneas (XIV 581 ff.) und des Romulus (XIV 805 ff.) vorangehen, ist keineswegs der Gipfelpunkt dieser stattlichen Reihe, sondern Ovid verheißt sich selbst im unmittelbar anschließenden Epilog des Gesamtwerkes (XV 871–879), er werde sich einst, mit seinem besseren Teil ewig fortdauernd, hoch über die Sterne emporschwingen. Das letzte Wort der ›Metamorphosen‹ ist also die Verkündigung der Unsterblichkeit des Dichters Ovid und seines Werkes, nicht die der Vergöttlichung des Augustus.

Es dürfte deutlich geworden sein, daß Ovid die augusteische Ideologie nicht etwa – wie man in jüngerer Zeit immer wieder behauptet hat – direkt attackiert, sondern ihr ganz einfach seine eigene, allerdings damit unvereinbare, Weltsicht entgegensetzt, welche die Erfolgsaussichten einer staatlich gelenkten moralischen Erneuerung der Menschheit sehr skeptisch beurteilt und die Leistungen des künstlerischen Ingeniums mindestens ebenso hoch einschätzt wie die des Feldherrn und Politikers. Zum Abschluß dieser Einführung sollen daher *Weltverständnis* und *Menschenbild* der ›Metamorphosen‹ in ihren Grundzügen betrachtet werden, wobei wir von den bereits mehrfach erwähnten drei Zentralmoti-

EINFÜHRUNG 17

ven sowie dem eigentlichen Thema des Werks, dem Verwandlungsmotiv, ausgehen wollen.

Die vorhin aufgezeigte Möglichkeit einer Gleichsetzung des Jupiters des I. Buches mit einem irdischen Machthaber wie Augustus
gewinnt dadurch an Wahrscheinlichkeit, daß in den ›Metamorphosen‹ die Götter mit einer Konsequenz anthropomorph dargestellt
werden, wie wir sie bei Ovids großen Vorgängern im Bereich epischen Dichtens, Homer und Vergil, noch nicht beobachten können:
Während dort bei der Charakterisierung der Olympier neben aller
Vermenschlichung die theologisch-religiöse Sichtweise stets erkennbar bleibt, verrät Ovid sein permanentes Bemühen um Redu-
zierung aller Handlungen seiner Götter auf menschliche Dimensio-
nen allein schon dadurch, daß er sie fast immer negativ darstellt
oder zumindest in einer Weise der Lächerlichkeit preisgibt, die vor
allem in der ›Aeneis‹ undenkbar wäre. Seine Götter helfen oder
verzeihen selten, sind aber um so häufiger ohne jedes Maß neid-
und haßerfüllt, hemmungslos wollüstig, heimtückisch, grausam
und gewalttätig. Und daß das überdeutliche Herausstreichen dieser
Züge ihres Wesens mit einem ständigen Blick auf verwandte Eigenschaften der Mächtigen unter den Menschen geschieht, geht u. a. aus
auktorialen Bemerkungen hervor wie der folgenden, die sich an
Jupiters Verwandlung in einen Stier zum Zweck der Entführung
der Europa heftet: »non bene conveniunt nec in una sede morantur
maiestas et amor« (»nicht gut passen zusammen und nicht an einem
Ort wohnen Herrscherwürde und Liebesleidenschaft«, II 846 f.).
Das eine der beiden Zentralmotive der ›Metamorphosen‹, die erotischen Affären der Götter, hat also nicht einfach nur die Aufgabe,
den Leser zu amüsieren, sondern dient auch dazu, satirisches Bloß-
stellen der Verstöße irdischer Machthaber gegen die von ihnen erwartete Rolle ins Mythologische zu transponieren. Das gilt aber
erst recht für das zweite Zentralmotiv, die an den Menschen von
erzürnten und rachsüchtigen Göttern vollzogenen Strafen: Diese
werden in den ›Metamorphosen‹ – man vergleiche nur Ovids Versionen der Mythen von Actaeon (III 131 ff.), Pentheus (III 511 ff.),
Niobe (VI 146 ff.) oder Marsyas (VI 382 ff.) – meist als Taten einer
ausgesucht sadistischen Grausamkeit geschildert.

Auf effektvolle Weise miteinander kombiniert finden wir die bei-

EINFÜHRUNG

den Motive »Göttliche Liebesleidenschaft« und »Göttliche Rache«
in mehreren der rund zwanzig Fälle von Vergewaltigung bzw. sexu-
eller Nötigung sterblicher Frauen durch Götter, die Ovid quer über
die fünfzehn Bücher der ›Metamorphosen‹ verteilt hat: Mit welch
scharfem Blick für die psychischen und sozialen Faktoren, die bei
einer Vergewaltigung und ihren Folgen eine Rolle spielen können,
der Dichter dieses Thema im Rahmen der vom Mythos vorgegebe-
nen Möglichkeiten ausgeschöpft hat, zeigt im Bereich der Göttersagen am deutlichsten seine Version des Callisto-Mythos (II 401 ff.),
der eines der erotischen Abenteuer Jupiters mit Junos Auftreten als
rächender Gottheit verbindet. Auch innerhalb des dritten großen
Motivkomplexes der ›Metamorphosen‹, »Menschliche Liebesleidenschaft«, gibt es einen Fall von abstoßend brutaler Vergewaltigung (Tereus und Philomela, VI 519 ff.), und unter den übrigen
Verwandlungsgeschichten mit erotischem Inhalt würde man vergeblich nach solchen suchen, in denen ein junger Mann und eine
junge Frau in gegenseitiger Liebe zueinander finden und zu einer
glücklichen Erfüllung ihrer Wünsche gelangen: Die Liebe der Menschen in Ovids ›Metamorphosen‹ ist, wenn sie im Zentrum einer
Sage steht, stets entweder erzwungen (s. o.) oder widernatürlich
(z. B. Byblis, IX 454 ff.) oder einseitig und unerfüllt (z. B. Scylla,
VIII 1 ff.), oder sie endet tragisch (z. B. Cephalus und Procris, VII
690 ff.); bezeichnenderweise arten die beiden Hochzeitsfeiern, die
ausführlich geschildert werden (Perseus und Andromeda, V 1 ff.;
Pirithous und Hippodame, XII 210 ff.), in blutige Saalschlachten
aus.

Amor, den Ovid noch ein knappes Jahrzehnt vor Abfassung der
›Metamorphosen‹ in seinen erotischen Lehrgedichten zu zähmen
und zur *ratio* zu erziehen versucht hatte, erscheint also in Ovids
»Weltgedicht«, wie man das Hexameter-Opus zu Recht oft genannt
hat, als irrationale, zerstörerische Macht im Leben des Menschen.
Die Wunschwelt der attischen Neuen Komödie und des hellenistischen Romans, in der ein jungverliebtes Paar nach Überwindung
einer Serie von Schwierigkeiten regelmäßig das Happy-End der
Hochzeit erreicht, wird als unwirklich entlarvt im Mythos von Pyramus und Thisbe (IV 55 ff.): Die wie ein Komödienpaar in eng
benachbarten Häusern wohnenden Liebenden begeben sich, da bei-

EINFÜHRUNG 19

de Eltern ihnen die Vermählung nicht gestatten, wie ein Romanpaar
auf die Flucht; da sie aber, durch eine Verkettung widriger Umstände wie im Roman in den Selbstmord getrieben, anders als dort sich
selbst auch tatsächlich umbringen, werden am Schluß nicht wie in
Komödie und Roman Fackeln für den Brautzug angezündet, sondern zwei Scheiterhaufen für die Bestattung. In vergleichbarer Weise wird in den Sagen von Cephalus und Procris (VII 690ff.) und
Ceyx und Alcyone (XI 410ff.) eines der Grundmotive einer anderen erotischen Gattung, der römischen Liebeselegie, gewissermaßen
beim Wort genommen: In beiden Fällen, wo Eheleute einander mit
derselben unbedingten Leidenschaft lieben wie der elegische Dichter seine *puella*, ist der Tod, den der Elegiker oftmals als Ersatz für
die reale Erfüllung seiner Sehnsüchte herbeiwünscht, wirklich das
unausweichliche Resultat schrankenloser Hingabe an die Gefühle
für den Liebespartner.

Das allerletzte Wort spricht der Tod im Falle von Ceyx und
Alcyone allerdings nicht, denn sie werden, nachdem Ceyx bei einem Schiffbruch ertrunken ist und Alcyone, als sie seinen Leichnam
vom Strand aus in den Wellen erblickt, sich ins Meer stürzen will, in
Eisvögel verwandelt. Es ist indes fraglich, ob hier ein einziges Mal,
wie B. Otis in seiner ›Metamorphosen‹-Monographie (1966) annimmt, »mutual love« einen Sieg über die Widerstände von Göttern
und Natur errungen hat; das würde doch wohl voraussetzen, daß
Ovid den Verwandlungsvorgang in dieser Sage in naturreligiösem
Sinne verstanden wissen will, und zwar als Erlösung von irdischem
Leid in einer Grenzform menschlicher Existenz zwischen Leben
und Tod. Da eine diesbezügliche explizite Äußerung des Dichters
zur Eisvogelmetamorphose fehlt, sind die wenigen Stellen im übrigen Werk zum Vergleich heranzuziehen, wo der Zustand, der
durch die Verwandlung eines Menschen in ein Tier, eine Pflanze
oder einen Stein erreicht wird, zu Leben und Tod in Beziehung
gesetzt wird. Dabei ergibt sich jedoch kein einheitliches Bild, denn
in einem Falle schafft die Verwandlung zwar eine Zwischenexi-
stenz, aber keine Erlösung (X 481–487. 499f.), ein andermal ist sie
das Ergebnis göttlichen Erbarmens, gleichzeitig aber heißt es, daß
dem Verwandelten »die Möglichkeit des herbeigewünschten Todes
nicht gewährt worden« sei (XI 783–786), dann wieder ist die Rede

EINFÜHRUNG

von einem Verlust des eigenen Selbst (»te ipsa viva carebis«), das als Bestrafung durch eine Gottheit erscheint (X 566. 696–698; vgl. auch X 232–234).

Diejenigen also, die aus den Verwandlungen in Ovids ›Metamorphosen‹ jedesmal eine naturreligiöse Botschaft herauslesen wollen, können dies nicht mit den Worten des Dichters belegen. Dasselbe gilt für die von H. Fränkels bekanntem Ovid-Buch (1945) begründete Forschungsrichtung, welche die durch eine Metamorphose bewirkte neue Daseinsform psychologisch interpretieren möchte: als Ausdruck schwankender oder gespaltener Identität. Analysiert man nämlich daraufhin die drei Mythen, die als einzige für eine solche Erklärung überhaupt in Frage kommen (Io, Callisto, Actaeon), dann stellt man fest, daß die Seele der Verwandelten nicht in zwei miteinander im Widerstreit liegende Ichs zerteilt ist, sondern ganz einfach von der Erkenntnis gequält wird, in einem tierischen Leib das menschliche Bewußtsein behalten zu haben (I 637–641; II 485 f.; III 201–205). Schließlich ist auch H. Dörries existenzphilosophische Deutung des Verwandlungsmotivs bei Ovid (1959) abzulehnen, derzufolge der Verwandelte erst durch die Metamorphose zu seinem wahren, in seinem innersten Kern bereits angelegten Wesen findet: Mag diese Theorie, die Ovid von Poseidonios übernommen haben soll, z.B. auf den einmal als Mensch und dann immer wieder als Wolf mordlüsternen Lycaon (I 177 ff.) zufällig zutreffen, so läßt sich doch z.B. im Charakter der Callisto (II 401 ff.) vor ihrer Verwandlung nichts entdecken, was an die typischen Eigenschaften eines Bären erinnert.

Alle bisher referierten Versuche, dem Verwandlungsmotiv eine einheitliche theologische, psychologische oder philosophische Deutung zu unterlegen, geraten also in Widersprüche. Und doch darf man fragen, was Ovid dazu bewogen haben könnte, aus dem riesigen Motivarsenal des griechisch-römischen Mythos ausgerechnet das Verwandlungsmotiv auszuwählen, um es zur thematischen Grundlage einer so umfangreichen Dichtung zu machen und in rund 250 Sagen zu behandeln. Hier ist nun darauf zu verweisen, daß er das Phänomen der Metamorphose nicht allein mythologisch, sondern in einem größeren Abschnitt seines Werkes auch physikalisch, chemisch, geologisch, biologisch und geschichtsphilosophisch

EINFÜHRUNG   21

betrachtet hat, und zwar in der rund 400 Verse, d.h. ein halbes
Buch, umfassenden Pythagoras-Rede des XV. Buches (75–478),
worin der Philosoph zwei Themen erörtert, die mit den Verwandlungsmythen motivisch in enger Berührung stehen: Anfangs- und
Schlußteil des dreiteiligen Vortrages beinhalten die Seelenwanderungslehre (75–175. 453–478), der mehr als doppelt so lange Mittelteil (176–452) die Lehre von der ständigen Veränderung der
Dinge, dem Wechsel von Tages- und Jahreszeiten, dem Altern der
Menschen, der steten Trennung und Wiedervereinigung der Elemente sowie den Veränderungen der Erdoberfläche, einzelner Arten in Tier- und Pflanzenwelt und auf der politischen Landkarte.

Trifft man nun bei der Lektüre z.B. des Abschnittes über biologische Transformationen (361–390) auf phantastische Vorstellungen wie die von der *Bugonie,* der Entstehung der Biene aus einem
faulenden Stierkadaver, dann mag zunächst dieser Eindruck entstehen: Ovid wolle die mirakulösen Verwandlungen im Bereich
der griechisch-römischen Sagenwelt in Buch I–XIV durch ebenso
mirakulöse Verwandlungen im Bereich der Natur fortsetzen und
so sein Spiel mit dem mythologischen Metamorphosenmotiv
durch eine nachträgliche pseudowissenschaftliche Rechtfertigung
krönen, an die er genausowenig glaubt wie an die Sagen. Der Vergleich mit den zur Zeit des Dichters gängigen Theorien der Natur-
lehre zeigt jedoch, daß die hier durch den Mund des Pythagoras
vorgetragenen Erklärungen physikalischer, chemischer, geologi-
scher und biologischer Veränderungen den damaligen Kenntnis-
stand widerspiegeln und deshalb höchstwahrscheinlich auch von
Ovid für zutreffend gehalten wurden. Naturwissenschaftliche
Analyse steht demnach unvereinbar neben mythologischer Ätiolo-
gie, und dies wird besonders deutlich an Stellen, wo Pythagoras
der Sage widerspricht: Frösche entstehen für ihn aus Keimen, die
der Schlamm hervorgebracht hat und die sich wiederum in Kaul-
quappen verwandelt haben (375–378), während der Mythos das
Quaken dieser Tiere und damit ihre Genese auf eine Metamorphose zurückführt, die eine erzürnte Gottheit an einer Schar schelten-
der Bauern vollzog (VI 313 ff.). Oder: Die kleine Abhandlung des
Philosophen über den Vulkanismus des Aetna (340–355) weicht
ganz und gar ab von der Vorstellung, daß unter diesem Berg das

Haupt des bestraften Giganten Typhoeus liegt und Feuer speit (V 346ff.).

Setzen wir also einmal voraus – und ich meine, wir dürfen das –, daß Ovid die Richtigkeit der letztlich auf den Vorsokratiker Heraklit zurückgehenden Lehre von der ständigen Veränderung aller Dinge nicht bezweifelte, während er die Verwandlungssagen laut eigener Aussage für fabulös hielt (vgl. z.B. ›Tristien‹ II 63f.), dann können wir folgende gedankliche Beziehung zwischen dem Mittelteil der Pythagoras-Rede und dem übrigen Werk herstellen: Die diesem Mittelteil zugrundeliegende materialistische Theorie, nach der die reale Welt einem ohne Sinn und Zweck und ohne lenkende Hand voranschreitenden permanenten Wandel unterworfen ist, findet in Ovids ›Metamorphosen‹ insofern ihre mythologische Entsprechung, als dort die Geschichte der Menschheit als eine ununterbrochene, von der Kosmogonie bis in die Gegenwart und darüber hinaus reichende Kette von Verwandlungen dargestellt und somit die Welt ebenfalls als Produkt eines ohne jedes Ordnungsprinzip erfolgenden Werdens und Vergehens gesehen wird. Ein solches Weltbild steht aber in scharfem Kontrast zur Ideologie der ›Aeneis‹ Vergils, deren teleologisches Weltbild das Einmünden einer nach göttlichem Ratschluß verlaufenden sinnvollen historischen Entwicklung in das augusteische Rom voraussetzt: Während in den ›Metamorphosen‹ die Pythagoras-Rede in ihrem geschichtsphilosophischen Abschnitt das römische Weltreich zusammen mit Troja, Sparta, Mykene, Athen und Theben, die nach großer Machtentfaltung bereits untergegangen sind, in das Gesetz des Werdens und Vergehens einbezieht (420–431), setzt Jupiter im I. Buch der ›Aeneis‹ den Römern weder in Raum noch Zeit eine Grenze und gibt ihnen ein »imperium sine fine« (278f.).

Von der ›Aeneis‹ läßt sich nun auch eine Brücke schlagen zu den Rahmenabschnitten der ovidischen Pythagoras-Rede, die von der Seelenwanderung handeln: Der berühmten Römerschau im VI. Buch des vergilischen Epos geht eine philosophische Erörterung voraus, in der gleichfalls auf der Grundlage der pythagoreischen Seelenwanderungslehre der Kosmos als eine vom Weltgeist durchdrungene göttliche Ordnung betrachtet wird, innerhalb deren die Seelen der Menschen in einem längeren Wandlungsprozeß zur ely-

EINFÜHRUNG   23

sischen Reinheit geläutert werden (724–751). Eine solche Läuterungs-
theorie, die natürlich einen moralischen Anspruch an den Menschen
erhebt und ihn zu Sittlichkeit und geschichtlichem Handeln verpflichtet – wie das praktisch auszusehen hat, zeigt die anschließende Schau
der *animae* heldenhafter Römer von der Gründung der Stadt bis
Augustus (752ff.) –, kennt der Pythagoras der ›Metamorphosen‹
nicht: Bei ihm wandert die *anima* zwar auch »in varias figuras«, aber
sie bleibt dabei stets dieselbe (XV 165–172); von Läuterung ist im
Ovid-Text nirgendwo die Rede, und folglich verläuft das Wandern
der menschlichen Seele hier ebenso plan- und ziellos wie die perma-
nente Veränderung der sie umgebenden Materie.

   Während also im Kosmos der Aeneis eine ethische Ordnung an
eine sinnvolle göttliche Weltordnung gebunden ist, fehlt dem Kosmos der ›Metamorphosen‹ eine solche Ordnungsbasis, denn innerhalb des ständig sich vollziehenden Verwandlungsprozesses in der
belebten und unbelebten Natur bleibt nur eines konstant: die Psy-
che des Menschen, die, seit der Schöpfung unverändert, vor allem
von negativen Regungen wie Machtstreben und zerstörerischer se-
xueller Leidenschaft beherrscht ist – diese beiden Charaktereigen-
schaften stehen ja, wie mehrfach gezeigt wurde, im Zentrum der
Darstellung der anthropomorphen Götter und der Menschen in
Ovids Hexameter-Opus. An Weltverständnis und Menschenbild
dieser Dichtung erinnern die Worte, die Mephisto im »Prolog im
Himmel« des Goetheschen ›Faust I‹ an den Herrn richtet, nachdem
die drei Erzengel Schönheit und Ordnung der gottgeschaffenen
Werke als »herrlich wie am ersten Tag« gepriesen haben:

   Von Sonn' und Welten weiß ich nichts zu sagen;
   Ich sehe nur, wie sich die Menschen plagen.
   Der kleine Gott der Welt bleibt stets von gleichem Schlag
   Und ist so wunderlich als wie am ersten Tag.
   Ein wenig besser würd er leben,
   Hättst du ihm nicht den Schein des Himmelslichts gegeben;
   Er nennts Vernunft und brauchts allein,
   Nur tierischer als jedes Tier zu sein.
   Er scheint mir, mit Verlaub von Euer Gnaden,
   Wie eine der langbeinigen Zikaden,
   Die immer fliegt und fliegend springt
   Und gleich im Gras ihr altes Liedchen singt.

Daß die Weltsicht der ›Metamorphosen‹ also im Grunde die eines Geistes ist, der stets verneint, dürfte besonders vor dem Hintergrund des Fortschrittsglaubens der vergilischen ›Aeneis‹ deutlich geworden sein. Zugleich aber muß hier nun doch noch ein Element der ovidischen Menschenbetrachtung hervorgehoben werden, das in dieser Werkeinführung vielleicht ein wenig zu kurz gekommen ist, aber für die meisten Leser des »carmen perpetuum« ohnehin dasjenige Darstellungsmittel sein dürfte, das sich ihnen bei der Lektüre der Verwandlungsgeschichten am nachhaltigsten einprägt: der Humor dieser Dichtung. Was Ovid im Gewande des Mythos von der Unveränderlichkeit der menschlichen Laster und Leidenschaften im Wandel der Zeiten, Gestalten und Stoffe zu erzählen hat, wird ja durchaus nicht mit dem erhobenen Zeigefinger des Moralisten vorgetragen, sondern präsentiert sich als heiteres Spiel mit allem und jedem, mit literarischen Traditionen ebenso wie mit Ideologien und gesellschaftlichen Normvorstellungen. Gerade der humorvolle Blick dieses Dichters für das Menschlich-Allzumenschliche, der ihm als Betrachter des Welttheaters auch angesichts der größten Fragwürdigkeiten nie verloren geht, ist sicherlich ein ganz wesentlicher Grund dafür, daß noch heute die ›Metamorphosen‹ zu den wenigen Werken der antiken Literatur gehören, die für zahllose Leser in aller Welt unverändert herrlich sind wie am ersten Tag.

Niklas Holzberg

Der Übersetzung liegt der Text der zweisprachigen Ausgabe von Erich Rösch, Publius Ovidius Naso, Metamorphosen, München – Zürich 1988[11], zugrunde.

METAMORPHOSEN

Wer du auch seist, der diese verwaisten Blätter zur Hand nimmt:
    Ihnen zumindest gebt Raum doch in euerer Stadt!
Günstiger stimme dich dies: nicht ihr Vater ließ sie erscheinen,
    sondern sie wurden geraubt gleichsam vom Grab ihres Herrn.
Was in dem rauhen Liede an Fehlern also sich findet,
    war ich zu bessern bereit, hätte ich nur noch gedurft.

ERSTES BUCH

Singen heißt mich das Herz von Gestalten, verwandelt in neue
Leiber. Ihr Götter, gebt, habt ihr doch auch sie einst verwandelt
Gunst dem Beginnen und leitet mein stetig fließendes Lied vom
Ersten Ursprung der Welt bis herab zu unseren Tagen.

Vor dem Meere, dem Land und dem alles deckenden Himmel
Zeigte Natur in der ganzen Welt ein einziges Antlitz.
Chaos ward es benannt: eine rohe, gestaltlose Masse,
Nichts als träges Gewicht und, uneins untereinander,
Keime der Dinge, zusammengehäuft in wirrem Gemenge.
Damals spendete noch ihr Licht keine Sonne dem Weltall,
Ließ kein neuer Mond im Wachsen erstehn seine Hörner,
Schwebte noch nicht, ringsum von Luft umflossen, die Erde,
Ausgewogen im gleichen Gewicht, und hatte den langen
Rand der Länder noch nicht umreckt mit den Armen das Weltmeer.
Und, wenn Erde darin auch enthalten und Wasser und Luft, so
War doch die Erde nicht fest und war das Wasser nicht flüssig,
Fehlte der Luft das Licht. Seine Form blieb keinem erhalten;
Eines stand dem Andern im Weg, denn in ein und demselben
Körper lagen das Warme und Kalte, das Trockne und Feuchte,
Weiches und Hartes im Zwist und Schwereloses mit Schwerem.
   Diesen Streit hat ein Gott und die beßre Natur dann geschlichtet.
Denn er schied vom Himmel die Erde, von dieser die Wasser,
Teilte den lauteren Himmel darauf von den dunstigen Lüften.
Ihnen, sobald sie entwälzt und entrückt der finsteren Häufung,
Wies er verschiedene Räume und band sie zu Frieden und
                                        Eintracht.
Mächtig leuchtete da des gewichtlos feurigen Himmels
Wölbung auf und schuf sich Platz in dem höchsten Bereiche.
Ihm am nächsten die Luft an Platz zugleich wie an Leichte;
Dichter als diese, zog die Erde den gröberen Stoff an,
Ward von der eigenen Schwere gedrückt; die umflutenden Wasser

Nahmen das Äußerste ein und umschlossen die Feste des Erdrunds.

Als nun, wer es auch war von den Göttern, das wirre Gemenge
So zerteilt und geschieden und dann zu Gliedern geordnet,
Ballte zunächst, damit ihr Gleichmaß fehle an keiner
35 Stelle, die Erde er fest zur Gestalt einer mächtigen Kugel,
Ließ auseinander dann strömen die Meere, hieß sie von wilden
Winden schwellen und rings die Küsten der Erde umfassen,
Gab die Quellen dazu, die großen Seen und die Teiche,
Schloß in gewundene Ufer die abwärtsstrebenden Flüsse,
40 Die an verschiedenen Orten zum Teil, von der Erde gesogen,
Schwinden, zum Teil erreichen das Meer und, vom Felde der freien
Wasser empfangen, an Ufers statt sein Gestade bespülen.
Auch die Felder hieß er sich dehnen, sich senken die Täler,
Wälder sich decken mit Laub, sich erheben die steinigen Berge.
45 Und, wie der Zonen zwei den Himmel scheiden zur Rechten,
Gleichviel zur Linken, und wie die mittlere heißer als sie ist,
So unterteilte die Sorge des Gottes auch mit der gleichen
Zahl die umschlossene Last, so liegen die Gürtel auf Erden.
Nicht zu bewohnen ist der in der Mitte vor glühender Hitze,
50 Tiefer Schnee deckt zwei, gleichviel auch setzt' er dazwischen,
Gab ihnen richtiges Maß, gemischt aus Kälte und Flammen.

Über diesen die Luft, die so viel schwerer als Feuer,
Als sie an eignem Gewicht ist leichter als Wasser und Erde.
Dort ließ Platz er finden die Nebel und dort das Gewölke,
55 Auch die der Menschen Gemüt zu erschüttern berufenen Donner
Und die Winde, die Blitz und Wetterleuchten bewirken.
Doch auch diesen gab der Meister der Welt nicht zu freiem
Spiele den Luftraum preis; kaum jetzt, da ein jeder sein Wehen
lenkt in eigenem Reich, kaum jetzt ist ihnen zu wehren,
60 Nicht zu zerreißen die Welt: so groß die Zwietracht der Brüder.
Eurus nach Osten wich, in Arabiens Reiche, nach Persis
Und zu den Ketten, die fern unter Morgens Strahlen gelegen;
Abend und Küsten jedoch, die an sinkender Sonne erwarmen,
Sind dem Zephyr zunächst; in Scythien und weiter im Norden
65 Brach der grimmige Boreas ein; gegenüber die Erde
Trieft von dem steten Gewölk und den Regengüssen des Auster.

Über diese setzte er dann den lauteren schwerefreien, mit keinerlei irdischen Hefe behafteten Äther.

Kaum war alles dies begrenzt in bestimmten Bezirken,
70 Als die Gestirne, bisher erstickt und verhüllt unter jener
Masse, begannen frei am ganzen Himmel zu strahlen.
Und, daß keinem Bereich an eigenen Wesen es fehle,
Halten den himmlischen Grund die Sterne und Göttergestalten,·
Gaben die Wellen als Wohnraum den glänzenden Fischen sich hin,
emp-
75 fing, die Erde Getier, die bewegliche Luft ihre Vögel.

Heiliger aber als sie ein Wesen noch fehlte, das hohen
Sinnes fähiger sei und die übrigen könne beherrschen.
Und es wurde der Mensch. Mag sein, daß der Meister der Dinge,
Er, der Ursprung der besseren Welt, ihn aus göttlichem Samen
80 Schuf, mag sein, daß Erde, die jüngst erst getrennt von dem hohen
Äther, den Samen vom ursprungverwandten Himmel behalten,
Erde, die dann des Iapetus Sohn, vermengt mit des Regens
Wassern, geformt nach dem Bild der alles lenkenden Götter.
Während die übrigen Wesen gebeugt zur Erde hin sehen,
85 Gab er dem Menschen ein aufrecht Gesicht und hieß ihn den
Himmel
Schauen, aufwärts den Blick empor zu den Sternen erheben.
So verwandelt, nahm da Erde, die eben noch roh und
Ungestaltet gewesen, des Menschen neue Gestalt an.

Erstes Alter ward das Goldene. Ohne Gesetz und
90 Sühner wahrte aus eigenem Trieb es die Treu und das Rechte.
Fern war Strafe und Furcht, man las nicht in eherne Tafeln
Drohende Worte gereiht, es fürchtete nicht ihres Richters
Mund die flehende Schar, kein Fürsprech mußte sie schützen.
Noch war die Föhre, gefällt, um den fremden Erdkreis zu schauen,
95 Nicht von der Höh ihrer Berge hinab in die Fluten gestiegen;
Außer den eigenen kannten die Sterblichen keine Gestade.
Noch umschloß da nicht ein steiler Graben die Städte,
Tuba und Hörner, gestreckt aus Erz und gebogen, und Helme,
Schwerter waren da nicht; und keiner Krieger bedürfend,
100 Lebten die Völker dahin in sanfter, sicherer Ruhe.
Unverletzt durch den Karst, von keiner Pflugschar verwundet,

Nicht im Frondienst gab von sich aus alles die Erde;
Und mit der Nahrung begnügt, die keinem Zwange erwachsen,
Las man Hagäpfel da und Bergerdbeeren, des Waldes
105 Kirschen und, was als Frucht an dem derben Dornengerank hing,
Las die von Juppiters lichtem Baum gefallenen Eicheln.
Ewiger Frühling war, mit lauen Lüften umspielte
Sanfter West die Blumen, die keinem Samen entblühten.
Ungepflügt trug bald auch des Bodens Früchte die Erde,
110 Ohne Brachen gilbte das Feld von hangenden Ähren.
Bald von Milch und bald von Nectar gingen die Flüsse,
Gelber Honig tropfte aus grünender Eiche hernieder.
    Als Saturnus gestürzt in den finstern Tartarus, stand die
Welt unter Juppiter dann; es folgte das Silberne Alter,
115 Minderen Wertes als Gold, doch dem rötlichen Erz überlegen.
Juppiter zog die Frist des alten Frühlings zusammen,
Führte mit Wintern, Sommern und unbeständigen Herbsten,
Kurzem Lenz in der Zeiten vier zu Ende den Jahrlauf.
Damals zuerst erglühte die Luft, in dörrender Hitze
120 Brennend, und hingen starr im Winde die Zapfen des Eises.
Damals suchten zuerst sie Wohnung. Wohnungen waren:
Höhlen, dichtes Gebüsch und mit Rinde bedecktes Geäste.
Same der Frucht ward damals zuerst in des Ackerfelds langen
Furchen versenkt, und es stöhnten, gedrückt vom Joche, die
                                                    Rinder.
125   Diesem folgte als drittes Geschlecht das Eherne Alter,
Wilderen Geistes, bereiter zum Griff nach der schrecklichen Waffe,
Doch verbrecherisch nicht. Von Eisen hart ist das letzte.
Da ergoß sich sogleich in die Zeit aus der schlimmeren Ader
Aller Frevel. Es floh die Scham, die Treue, die Wahrheit;
130 Und der Betrug, die List, die rohe Gewalt und die Tücke
Rückten an deren Platz und die böse Begier zu besitzen.
Segel gab der Schiffer den Winden dahin – die er kaum noch
kennen gelernt – und, die solange gestanden auf hohem
Berge, die Kiele, sie tanzten auf unbekanntem Gewoge.
135 Und den Boden – Gemeingut bisher wie die Luft und die Sonne –
Grenzte mit langen Rainen fortan der genaue Vermesser.
Und von dem reichen Boden verlangte man nicht nur die Saat, nicht

Nur die geschuldete Nahrung: man drang in der Erde Geweide.
Schätze, die tief sie versteckt und den stygischen Schatten
genähert,
140 Grub man hervor – dem Schlechten zum Anreiz; das schädliche
Eisen
Ist schon getreten ans Licht und – schädlicher noch als das Eisen –
Auch das Gold. Da ist, dem beide sie dienen, der Krieg und
Schlägt mit blutigen Händen zusammen die klirrenden Waffen.
Nur vom Raub wird gelebt. Der Freund ist vorm Freunde nicht
sicher,
145 Nicht vor dem Eidam der Schwäher, auch Bruderliebe ist selten.
Tod der Gemahlin droht der Mann und sie ihrem Gatten.
Schreckliche Stiefmütter mischen die leichenschaffenden Gifte.
Vor der Zeit schon forscht nach dem Ende des Vaters der Sohn: Dar-
nieder liegt die heilige Scheu, und, der Himmlischen letzte,
150 Jungfrau Astræa verläßt die mordbluttriefende Erde.

Und, daß die Höhe des Äthers nicht sicherer sei als die Erde,
Stürmten, so sagt man, gegen das himmlische Reich die Giganten,
Türmten Berge zuhauf empor zu den hohen Gestirnen.
Damals hat der allmächtige Vater geschleudert den Blitzstrahl,
155 Hat zerspellt den Olymp und vom Ossa gestoßen den Pelion.
Als die verfluchten Leiber, bedeckt von dem eigenen Bauwerk,
Lagen begraben, da sei, so sagt man, im Blut ihrer Söhne
Weithin geschwommen die Erde; sie habe beseelt das noch heiße
Blut, und damit ihrem Stamm ein bleibend Gedächtnis nicht fehle,
160 Menschengestalt ihm verliehn. Doch war auch dieses Geschlecht
ein
Schlimmer Verächter der Götter, nach wildem Mord und Gewalttat
Voller Begier – du merktest: es war aus Blute geboren.
Vater Juppiter blickt aus der Höhe auf diese herab und
Seufzt. Er gedenkt des abscheulichen Mahls am Tische Lycaons –
165 Kürzlich war es geschehn und so noch nicht weiter bekannt –, da
Faßt er einen gewaltigen Zorn, wie er Juppiters würdig;
Und er beruft einen Rat. Nichts ließ die Berufenen säumen.
Milchstraße heißt eine Bahn, in der Höhe des heiteren Himmels
Deutlich zu sehn und schon am Schimmer leicht zu erkennen.

170 Sie ist der Himmlischen Weg zu des großen Donnerers Heim, zum
Haus ihres Herrschers; häufig besucht, mit offenen Toren
Stehn da rechts und links die Hallen der vornehmen Götter.
Abseits wohnt das gewöhnliche Volk, die erlauchten und mächtgen
Himmlischen haben hier entlang ihre Heime begründet.
175 Diesen Ort – ich möchte, erlaubt man die kühne Bezeichnung,
Wagen, ihn frei Palatinus des hohen Himmels zu nennen.
    Da sich die Himmlischen also gesetzt in dem Marmorgemache,
Schüttelte Er auf erhöhtem Sitz, auf den Elfenbeinstab sich
Stützend, dreimal und viermal sein furchterregend Gelock, mit
180 Dem er Erde und Meer und die Sterne des Himmels erschüttert,
Ließ dem empörten Mund darauf die Worte entströmen:
»Als ihre hundert Arme die Schlangenfüßigen alle
Reckten, schon im Begriff, den eroberten Himmel zu fassen,
Damals war um die Herrschaft der Welt nicht mehr ich in Sorge;
185 Denn, war wild auch der Feind, so drohte der Krieg doch von
                                    einem
Gegner allein und nur aus einem einzigen Ursprung.
Jetzt muß ich aber vernichten der Menschen Geschlecht auf dem
                                    ganzen
Erdkreis, soweit ihn Nereus umrauscht. Ich schwöre beim Flusse,
Der in der Tiefe der Erde durchgleitet den stygischen Hain, daß
190 Alles versucht ist zuvor. Jedoch die unheilbare Schwäre
Muß das Eisen beschneiden, damit sie das Reine nicht angreift.
Habe ich Halbgötter doch und Feldes Gottheiten, Nymphen,
Satyrn, Faune, und habe des Bergwalds Bewohner, Silvane.
Die wir der Ehre des Himmels nicht würdigen, sollten gewißlich
195 Doch, die wir ihnen gegeben, die Erde wir lassen bewohnen.
Aber, o Götter, glaubt ihr genugsam sicher noch sie, wenn
Mir, der gebietend die Macht über Blitz und euch ich besitze,
Nachzustellen versucht der berüchtigte wilde Lycaon?«
    Knirschend verlangen da alle mit brennendem Eifer das Leben
200 Des, der solches gewagt. So ward, als heillose Hände
Wüteten, auszulöschen den römischen Namen in Cæsars
Blute, der Menschen Geschlecht von solchem Grauen vor jähem
Sturze erfaßt und erbebte in ganzer Weite das Erdrund.
Und, o Augustus, dich lieben die Deinen nicht weniger dankbar,

205 Als ihren Juppiter jene geliebt. Da dieser dem Tosen
Einhalt geboten mit Wort und Hand, verstummten sie alle.
Als das Rufen gestillt, brach Er von neuem mit dieser
Rede das Schweigen und sprach mit des Herrschers gewichtiger
Würde:
»Er hat bezahlt – darum zu sorgen, laßt – seine Buße.
210 Doch, wie weit es schon kam, und wie es gesühnt, will ich künden:
Bis zu meinem Ohr war gedrungen der schändliche Ruf der
Zeit. Ich schwebe herab vom Olymp, ihn falsch zu erfinden
Hoffend, und wandle als Gott unter Menschengestalt auf der Erde.
Aufzuzählen, wieviel an Schaden ich überall fand, es
215 Währte zu lange: der Ruf, er war zu gut vor der Wahrheit.
Mænalus hatt' ich durchschritten, den Schlupf der gefürchteten
Tiere,
Auch die Cyllene, den Forst mit den Fichten des kühlen Lycæus,
Trat in den Hof dort des Herrn von Arcadien, unter des Hauses
Ungastlich Dach, als spät die Dämmerung nach sich die Nacht zog.
220 Zeichen gab ich, genaht sei ein Gott, und zu beten begonnen
Hatte die Menge. Er lacht zunächst ihrer frommen Gelübde,
Spricht dann: »Ob dieser ein Gott, ob ein Sterblicher, werd' ich mit
klarer
Scheidung erproben; es wird nicht im Zweifel bleiben das Wahre.«
Unvermutet mich nachts, wenn Schlaf mich befangen, zu morden,
225 Dies war sein Plan, eine solche Erprobung der Wahrheit gefiel ihm!
Nicht zufrieden damit, durchschnitt mit dem Dolch er die Kehle
Eines, den ihm der Stamm der Molosser als Geisel gesendet,
Ließ die zuckenden Glieder zum Teil in siedendem Wasser
Kochen sodann und zum Teil sie braten über dem Feuer.
230 Als auf den Tisch er sie setzt, laß *ich* die rächende Flamme
Stürzen das Dach auf die ihres Herren werten Penaten.
Da entflieht er erschreckt. Als er Feldes Stille erreicht hat,
Heult er hinaus: zu reden versucht er umsonst. Das Gesicht zieht
Wut aus des Mannes Natur. In gewohnter Begierde zu morden
235 Stürzt er sich unter das Vieh und schwelgt auch jetzt noch im Blute.
Borsten ergibt das Gewand, zu Schenkeln werden die Arme.
Wolf wird er so und bewahrt die Spur seiner alten Erscheinung:
Gleich ist des Haares Grau und gleich der grimmige Ausdruck,

ERSTES BUCH

Ebenso stechend der Blick, das Bild von Wildheit das gleiche.
240 Eins ist gestürzt, doch war nicht *ein* Haus nur zu verderben
Wert: die Furie rast, soweit die Erde sich breitet.
Wie verschworen zur Untat sie all! Es treffe sie alle,
Wie sie verdient – so steht der Beschluß – und beschleunigt die
                                                              Strafe!«
Laut lobt da ein Teil, den Grollenden stachelnd, die Worte
245 Juppiters, andere tun mit Beifallzeichen das Ihre.
Allen ist schmerzlich jedoch der Verlust des Menschengeschlechtes,
Welches Bild die Erde, der Sterblichen bar, werde bieten,
Wer den Altären dann, so fragen sie, Weihrauch noch spende,
Ob er gewillt, zur Verwüstung die Länder den Tieren zu lassen.
250 Nicht sich ängstigen heißt, die so ihn fragen, ihr Herr: das
Weitere werde ihm selbst zur Sorge gedeihn, und verspricht ein
Wunderentstanden Geschlecht, von dem früheren Volke
                                                         verschieden.

Schon will die Erde er ganz übersäen mit Blitzen, da kommt ihm
Aber die Furcht, es möge der heilige Äther von soviel
255 Feuer geraten in Brand und die Achse, die lange, entflammen.
Auch erwägt er, es solle nach Schicksalsbeschluß eine Zeit einst
Kommen, da Erde und Meer, da die Burg des Himmels, entzündet,
Brenne und wanke gefährdet des Weltbaus kunstvoll Gefüge, –
Legt das Geschoß, das die Hand der Cyclopen geschmiedet,
                                                           beiseite;
260 Gegensätzliche Strafe beschließt er: zu tilgen der Menschen
Stamm unter Fluten und Güsse vom ganzen Himmel zu fällen.
Also schließt er sogleich in des Aeolus Höhle den Nordwind,
All die anderen auch, die Wolken im Aufziehn vertreiben.
Südwind sendet er aus. Mit den nassen Fittichen flog der,
265 Pechschwarz Dunkel deckt sein schrecklich Gesicht; aus dem Barte
Strömt es von Regen schwer, aus den grauen Haaren es flutet;
Nebel umlagern die Stirn, es trieft vom Gewand und den Federn.
Als das Gewölk, das weithin hangt, mit der Hand er gepreßt, da
Birst es und bricht es herab in dichten Güssen vom Himmel.
270 Iris, die Botin der Juno, gehüllt in die mancherlei Farben,
Zieht die Wasser empor und bringt sie den Wolken zur Nahrung.

Nieder schwemmt es die Saaten, da liegt, beweint, des Bebauers
Hoffnung: dahin des langen Jahres vergebliche Mühe.
Und sein Himmel genügt dem Zorne Juppiters nicht, sein
275 Bruder im Meere schickt ihm das Heer seiner Wogen zu Hilfe.
Dieser ruft seine Flüsse zusammen. Sobald ihres Fürsten
Haus sie betreten, spricht er zu ihnen: »Kein langes Ermahnen
Braucht es jetzt hier. Ergießt mit aller Macht eure Kräfte!
Das nur ist not. Eure Stuben sperrt auf, spült hinweg eure Dämme,
280 Und Euren Fluten laßt die Zügel allesamt schießen!«
So befiehlt er. Sie gehn und lösen den Mund ihrer Quellen,
Wälzen zum Meere sich hin, entzügelten Laufes. Es selber
Aber, er stößt seinen Dreizack hinein in die Erde, und die er-
Bebt und öffnet, erschüttert, den Weg verborgenen Wassern.
285 Ausgebrochen fluten die Flüsse dahin über offne
Felder, reißen die Saaten, die Bäume, das Vieh und die Menschen,
Dächer und Kammern mitsamt den Hausaltären von hinnen.
Blieb ein Gebäude und konnte dem mächtigen Drange des Unheils
Unzerstört widerstehn, so deckten höher doch steigend
290 Wellen den First; unter Strudeln verborgen standen die Türme.
Und schon ließ sich See und Land nicht mehr unterscheiden.
Da war alles Meer; und dem Meere fehlten die Ufer.
Der ersteigt einen Hügel, ein anderer sitzt in dem hohlen
Nachen und führt die Ruder jetzt da, wo er neulich gepflügt hat.
295 Jener schifft über Saaten dahin, übers Dach des versunknen
Hofes, und dieser fängt einen Fisch im Wipfel der Ulme.
Anker geworfen wird vielleicht auf grünender Wiese,
Oder es streift der geschwungene Kiel die Höhe des Weinbergs,
Und, wo eben noch Gräser genascht die zierlichen Geißen,
300 Dorthin betten jetzt ihre plumpen Leiber die Robben.
Unter dem Wasser bestaunen die Töchter des Nereus die Haine,
Städte und Häuser; es tummeln im Wald sich Delphine, sie stoßen
Gegen das hohe Gezweig und erschüttern mit Schlägen die Stämme.
Schwimmt zwischen Schafen der Wolf, entführt die Woge die
                                                          fahlen
305 Löwen, die Woge die Tiger; nichts frommt dem Eber der Hauer
Blitzkraft, nichts dem treibenden Hirsch die Schnelle der Schenkel.
Und, der schweifend lange nach Erde gesucht, die zum Sitz ihm

ERSTES BUCH

Diene, der Vogel sinkt ins Meer mit ermatteten Schwingen.
Willkür unermeßlicher See hat die Hügel verschüttet,
310 Und es umbrandet das fremde Gewog die Gipfel der Berge.
      Wasser verschlang die meisten, und wen das Wasser verschonte,
Den überwand die Not des langandauernden Hungerns.
      Phocis trennt von den Fluren am Oeta Boeotiens Männer:
Fruchtbar Land, als Land es noch war – ein Teil nur des Meeres
315 Jetzt und ein weites Feld der plötzlich gestiegenen Wasser.
Auf zu den Sternen strebt ein Berg dort mit doppeltem Scheitel,
Über die Wolken ragen die Gipfel, Parnassus sein Name.
Als Deucalion hier – denn das Übrige deckten die Fluten –
Schiffend im kleinen Kahn mit der Lagergenossin gelandet,
320 Beten sie fromm zu den Nymphen der Grotte, zur Gottheit des
                                                    Berges:
Themis, der wissenden, die des Orakels damals gewaltet.
Besser als er kein Mann, es liebte keiner das Rechte
Höher als er, und keine war gottesfürchtger, als *sie* war.
Juppiter, da er als See mit stehenden Wassern den Erdkreis
325 Und überleben sah von *so* viel Tausenden Einen,
Und überleben sah von *so* viel Tausenden Eine,
Frei sie beide von Schuld, sie beide Verehrer der Gottheit,
Da zerriß er die Wolken, vertrieb durch den Nordwind den Regen,
Zeigte dem Himmel die Erde und zeigte der Erde den Äther.
330   Auch des Meeres Wut blieb nicht. Sein Beherrscher, er legte
Nieder den Dreizack und stillte die Flut. Den Gott, der mit einge-
Wachsenen Muscheln die Schultern bedeckt, der Tiefe entragt, den
Triton ruft er und heißt in die tönende Muschel ihn stoßen,
Heißt mit diesem Zeichen zurück ihn rufen die Fluten
335 All und die Flüsse; und Triton ergreift das hohle, gedrehte
Haus der Muschel, das, von der untersten Windung sich weitend,
Wächst, das Horn, des Klang, in des Meeres Mitte erweckt, den
Strand ihm füllt, wie er liegt unter Aufgang und Sinken der Sonne.
Jetzt auch, da es geführt an des Gottes Mund, den vom nassen
340 Barte betauten, und hallt, zum befohlenen Rückzug geblasen,
Ward es von allen den Wogen des Festlands, des Meeres gehört und
Zwang sie, die es gehört, die Wogen alle zusammen.
Siehe, es fallen die Flüsse! Man sieht die Hügel sich heben;

Schon zeigt Ufer das Meer, es faßt seine Fülle das Strombett,
345 Steigt der Boden, es wächst das Land, es schwinden die Wasser.
Und nach langer Frist entblößt, erscheinen des Waldes
Wipfel und halten den Schlamm noch fest, der im Laube geblieben.
    Wiedergeschenkt der Erdkreis. Deucalion sieht seine Leere,
Sieht die Erde verödet in tiefstem Schweigen liegen,
350 Und zu Pyrrha spricht er so unter quellenden Tränen:
»Schwester und Gattin, Frau, die einzig übriggeblieben,
Die mir gemeinsam Geschlecht, vom Vatersbruder die Abkunft,
Dann das Lager verband und jetzt die Gefahr schon verbindet:
Volk für Erde, soweit der Abend und Morgen sie anblickt,
355 Sind wir beide allein, das Übrige schlangen die Fluten.
Auch zur Stunde noch dürfen wir nicht vertraun, daß das Leben
Sicher uns sei, und jetzt noch schrecken Wolken den Sinn uns.
Wie wohl wär dir zu Mut, du Ärmste, wenn du dem Unheil
Ohne mich wärest entrissen? Wie könntest allein du das Bangen
360 Tragen? Und wer wohl wäre dein Tröster dann in der Trauer?
Denn, dies glaube mir! *Ich,* wenn auch du vom Meere
                                            verschlungen,
Folgte, o Gattin, dir nach, daß auch ich vom Meere verschlungen.
O, vermöchte ich doch, mit den Künsten des Vaters die Völker
Wiederzuschaffen, könnt' ich geknetete Erde beseelen!
365 Nunmehr steht auf uns beiden allein der Sterblichen Stamm – so
Haben die Götter beschlossen – wir bleiben als Zeugnis von
                                            Menschen!«
    Sprach es, und sie weinten. Zur himmlischen Gottheit zu flehen,
Schien ihnen gut und Rat bei den heiligen Losen zu suchen.
Also gehn zum Gewog des Cephisus sogleich sie vereint, das,
370 Zwar noch nicht lauter, schon die bekannte Furt überquerte.
Als sie hier von den Fluten geschöpft und Haupt und Gewandung
Weihend besprengt, ward ihr Schritt gelenkt zum Tempel der
                                            hohen
Göttin, wo schnöde der First von schmutzigem Moos überwuchert
Und der Altar da stand, der Opferfeuer entbehrend.
375 Als sie die Stufen des Tempels erreichten, warfen sich beide
Nieder zu Boden und küßten die kalten Steine mit Beben;
Und sie sprachen: »Läßt durch gerechte Gebete der Gottheit

ERSTES BUCH

Sinn sich wieder erweichen, und läßt sich wandeln ihr Zorn, so
Sprich, o Themis, wie ist unsres Stammes Verlust zu ersetzen,
380 Und, o Mildeste, hilf, hilf du dem versunkenen Leben!«
Rührung faßte die Göttin, sie gab den Spruch: »Von dem Tempel
Geht, verhüllt euer Haupt und löst der Gewande Umgürtung,
Werft dann hinter euch der Großen Mutter Gebeine!«
Lange standen sie stumm. Dann brach das Schweigen der Pyrrha
385 Stimme zuerst, und sie weigert, der Göttin Geheiß zu gehorchen,
Bittet mit schüchternem Munde, sie möge gnädig verzeihn, und
Scheut durch den Wurf der Gebeine den Schatten der Mutter zu
                                                    kränken.
Oft wiederholen sie noch unter sich die Worte des dunklen
Spruchs, den die Göttin gegeben, und wenden hin sie und wider,
390 Bis des Prometheus Sohn Epimetheus' Tochter beruhigt:
»Entweder täuscht mich mein Witz«, so sprach er beschwichtigend,
                                                    »oder
Fromm ist der Spruch und rät zu keinem Frevel: Die Große
Mutter, das ist die Erde, mit deren Gebeinen, so glaub' ich,
Meint er die Steine und heißt uns diese hinter uns werfen.«
395 War des Titanen Kind auch bewegt durch des Gatten
                                                    Vermutung,
Blieb ihr Hoffen doch zweifelnd, so sehr mißtraun sie des Himmels
Mahnung beide zugleich. Doch was kann ein Versuchen wohl
                                                    schaden?
Also gehn sie, verhüllen das Haupt, entgürten die Kleidung,
Werfen gemäß dem Befehl in die Spur ihrer Füße die Steine.
400 Da – wer möchte es glauben, wenn nicht für die Kunde ihr Alter
Zeugte? – die Steine verlieren allmählich Härte und Starrheit,
Werden weich mit der Zeit und beginnen Formung zu zeigen.
Dann, sobald sie, gewachsen, ein zarteres Wesen gewonnen,
Ließ sich wie Menschengestalt zwar etwas erkennen, doch deutlich
405 Nicht, nein so wie an Marmor, der kürzere Zeit erst im Werk, noch
Wenig behauen, und ganz den rohen Bildnissen ähnlich.
Aber, was irgendwie feucht an ihnen von Säften und erdig,
Ward verwandelt als Fleisch dem Aufbau des Leibes zu dienen.
Was jedoch fest war und nicht zu beugen, das wurde zu Knochen,
410 Was da Ader gewesen, das blieb unter gleicher Benennung.

$378-445$ 39

Und nach der Götter Willen erhielten die Steine, die Mannes
Hände geworfen, Mannesgestalt in kürzester Frist und
Ward das Weib durch die Würfe des Weibes wiedergeschaffen.
Daher sind wir ein hartes Geschlecht, erfahren in Mühsal,
415 Geben so den Beweis des Ursprungs, dem wir entstammen.

All die übrigen Wesen, verschiedenster Bildung, gebar von
Sich aus die Erde, nachdem im Feuer der Sonne die alte
Feuchte durchwärmt und, schwellend in Hitze, gegoren der Sümpfe
Nässe und Schlamm, und als, wie im Mutterschoße im leben-
420 trächtigen Boden ernährt und erwachsen, die fruchtbaren Keime
Irgendeine Gestalt, allmählich sich formend, gewonnen.
Wie, wenn die nassen Äcker der siebenarmige Nil ver-
läßt und dem alten Bett seine Fluten zurückgibt und frischer
Schlamm in der Hitze des Äthergestirnes erglüht und die Bauern
425 Finden beim Wenden der Schollen unzählige Tiere und sehen
Manche darunter, die eben zu werden beginnen, die eben
Sind im Begriff zu entstehn, unfertig manche, der vollen
Zahl ihrer Glieder noch bar; und oftmals lebt in dem selben
Körper ein Teil und ist noch rohes Erdreich der andre.
430 Denn es befruchten sich ja, wenn die richtige Mischung gefunden,
Feuchte und Glut und entsteht aus diesen beiden doch alles.
Und, ist das Feuer dem Wasser auch feind, so schafft doch die
                                                 feuchte
Wärme alles und frommt zwieträchtige Eintracht Geburten.
    Da nun also die Erde, noch frisch überschlammt von der Sintflut,
435 Glühte im brütenden Brand der himmlischen Sonne, da warf sie
Zahllose Arten ans Licht; teils brachte sie wieder die alten
Formen, teils auch schuf sie zuvor nicht gesehene Wesen.
Zwar sie wollte es nicht, doch auch dich, du riesiger Python,
Zeugte sie da, und du warst, unheimliche Schlange, der neuen
440 Völker Schrecken, so vieles Gevierte decktest am Berg du.
Ihn hat der bogenführende Gott erlegt, und mit Waffen,
Wie sie zuvor nur gebraucht auf Damwild und flüchtige Ziegen;
Fast erschöpft er dabei den mit tausend Pfeilen beschwerten
Köcher und ließ das Giftblut den schwarzen Wunden entströmen.
445 Und, daß den Ruhm der Tat die Zeit nicht könne vertilgen,

Stiftete er die Spiele, die Kämpfe, die heilgen, berühmten:
Pythischen, wie sie genannt nach der Schlange, die er bezwungen.
Wer von den Jünglingen dort mit Faust, zu Fuß oder Wagen
Siegte, empfing als Preis den Schmuck von dem Laube der Eiche.
450 Lorbeer gab es noch nicht, und es nahm für die lockengezierten
Schläfen Phœbus da noch den Kranz von beliebigen Bäumen.

Daphne, Penëus' Kind, war die erste Liebe Apolls; nicht
Blinder Zufall schuf's. – Nein: wilder Zorn des Cupido.
Phœbus, stolz, daß der Drache besiegt, hatte jenen gesehen
455 Krümmen zur Sehne das Horn des Bogens und hatte gesprochen:
»Geiler Knabe, was soll bei dir die wackere Waffe?
Meinen Schultern geziemt, die männliche Bürde zu tragen,
Der zu treffen ich weiß das Wild, zu treffen den Gegner,
Der ich mit zahllosen Pfeilen nun auch den Python erlegt, der
460 Giftgedunsenen Leibes so vieles Gevierte gedrückt hat.
Dir sei genug, mit der Fackel zu zünden, ich weiß es nicht was für
Liebesflammen, und laß nach meinem Ruhm dich nicht lüsten!«
Ihm entgegnet der Venus Sohn: »Dein Bogen, er treffe
Alles, o Phœbus, doch dich der meine, und so wie die andern
465 Wesen vor Göttern, so muß dein Ruhm vor meinem zurückstehn!«
Sprach es, durchschnitt mit dem heftigen Schlag seiner Flügel die
Lüfte,
Setzte den eilenden Fuß auf das schattige Haupt des Parnassus,
Nahm aus dem Köcher zwei seiner Pfeile, entgegengesetzter
Wirkung: der eine erweckt, es vertreibt der andre die Liebe.
470 Der sie erweckt, ist von Gold und funkelt mit schneidender Spitze,
Der sie vertreibt, ist stumpf, und Blei verbirgt sich im Schafte.
Diesen heftet der Gott auf das Kind des Penëus, doch jenen
Jagt er Apoll durchs Gebein und trifft ihn im innersten Marke.
Liebte der Eine sogleich, die Andere flieht schon beim Worte
475 ›Lieben‹, freut sich allein, wie die unvermählte Diana,
Beute vom wilden Getier im dunklen Wald zu gewinnen.
Nur eine Binde umschließt die schlicht ihr fallenden Haare,
Viele warben um sie; sie meidet die Freier und duldet
Keinen Mann als Geleit, wenn sie schweift durch die einsamen
Haine,

480 Keinen Gedanken gewandt an Hochzeit, Liebe und Ehe.
Oftmals spricht der Vater: »Du schuldest mir, Tochter, den
Eidam.«
Oftmals spricht der Vater: »Mein Kind, du schuldest mir Enkel.«
Doch wie Befleckung scheut sie den Schein der Fackel des Hymen;
Und, von der Röte der Scham das schöne Gesicht übergossen,
485 Schlingt sie schmeichelnd den Arm um des Vaters Nacken und
bittet:
»Laß mich, o teurer Erzeuger, als Jungfrau genießen mein ganzes
Leben: den gleichen Wunsch hat ihr Vater erfüllt der Diana.«
Zwar Penéus willfährt. Jedoch deine eigene Anmut
Wehrt dir zu sein, was du willst, deinem Wunsche ist feind deine
Schönheit.
490 Phœbus liebt, sieht Daphne, begehrt sich mit ihr zu vereinen,
Hofft es, was er begehrt; ihn trügt sein eigen Orakel.
Wie ein Brand die Halme verzehrt, wenn die Ernte geschnitten,
Wie ein Zaun die Fackel verbrennt, die ein Wandrer vielleicht zu
nahe gebracht oder liegen ließ beim kommenden Morgen,
495 So entflammt die Liebe den Gott, so durchglüht das Verlangen
Heiß seine Brust; und er nährt mit eitlem Hoffen das Feuer.
Jetzt beschaut er ihr Haar, das schmucklos den Nacken hinabwallt,
Fragt sich: wie stünd' es geflochten? Er sieht ihre strahlenden
Augen
Leuchten wie Sterne, er sieht die Lippen und, die nur zu sehen,
500 Dünkt ihn zu wenig; er preist ihre Finger, die Hände, die Arme,
Bloß, wie sie sind, bis fast zur Schulter hinauf, und er denkt sich
Besser noch, was verborgen ihm bleibt. Doch flüchtger als
Windhauch
Eilt sie davon; sie hält ihm nicht stand, sie hört ihn nicht rufen:
»Nymphe, ich bitte dich bleib! Kein Feind ist, der dich
verfolgt, o
505 Bleib, Penéide! Du fliehst wie den Wolf das Lamm, wie die Hindin
Flieht vor dem Leu, wie in furchtsamem Flug die Taube den Adler.
Feinde sind die! Doch mich heißt Liebe allein dich verfolgen.
Weh mir! Ich sorge, du fällst. Es ritzen den Fuß dir, den zarten,
Schmählich die Dornen, und ich bin schuld, daß Schmerzen du
leidest.

ERSTES BUCH

510 Rauh ist der Grund, den du trittst. O, eile mäßiger, fleh' ich,
Hemme die hastige Flucht. Und ich will mäßiger folgen.
Frage einmal doch, wen du entzückst. Kein Bewohner der Berge
Bin ich, kein struppiger Hirt, der Herden von Rindern und Ziegen
Führt auf die Trift. Du weißt nicht, vor wem so blindlings du
fliehst, und
515 Weil du's nicht weißt, darum fliehst du. Mir dient die delphische
Erde,
Claros und Tenedos auch und Pataras fürstliche Halle.
Juppiter hat mich gezeugt, was sein wird, was war, und was ist, das
Kündet mein Mund, ich bin's, der die Saiten stimmt zu dem Liede.
Zwar trifft sicher mein Pfeil, doch traf mich noch sicherer der Eine,
520 Er, der mir hier in der freien Brust die Wunde geschlagen.
Ich erfand die Arznei, es nennt mich den Helfer der Erdkreis
Rings, mir steht zu Gebot die Kraft der heilenden Kräuter.
Ach, daß von ihnen keines imstande, die Liebe zu heilen,
Daß ihrem Herrn nicht hilft die Kunst, die so vielen geholfen!«
525 Mehr noch hätt' er gesprochen, jedoch in Angst und in Eile
Floh sie und ließ ihn zurück mit der unvollendeten Rede.
So auch erschien sie schön. Der Wind entblößt ihre Glieder,
Flattern läßt ihr Gewand, entgegenströmend, sein Wehen,
Spielend erfaßt und wirbelt sein Hauch zurück ihre Haare.
530 Reizender macht sie die Flucht; nicht weiter duldet der junge
Gott, mit Worten umsonst zu schmeicheln, und wie ihn die Liebe
Treibt, so jagt ihren Spuren er nach mit beschleunigten Schritten.
Wie wenn auf freiem Feld der gallische Rüde den Hasen
Sieht und der Eine nun rennt um die Beute, der Andre ums Leben –
535 Hart auf der Spur ist der Hund; weit vorgereckt seine Schnauze,
Rührt er des Flüchtigen Läufe und meint, jetzt, jetzt ihn zu fassen.
Der aber bangt schon: packt er mich wohl? doch entreißt er den
Zähnen
Eben sich noch und entrinnt den schnappenden Kiefern, – so jagen
Eilend dahin in Hoffnung und Furcht der Gott und die Jungfrau.
540 Schneller jedoch ist er, der verfolgt, beschwingt von der Liebe
Flügeln gönnt er nicht Rast ihr noch Ruh und bedroht schon der
Flüchtgen
Rücken, sein Atem streift die im Nacken flatternden Haare.

5 10 – 5 74   43

Schrecken erfaßt sie da. Erschöpft von der Mühsal des wilden
Jagens versagt ihr die Kraft. Sie blickt auf die Flut des Penëus:
545 »Vater«, so ruft sie, »hilf! Wenn Macht einem Flußgott gegeben,
Wandle, verdirb die Gestalt, durch die zu sehr ich gefalle!«
      Kaum hat so sie gefleht, da ergreift eine Starre die Glieder;
Zäher Bast umspinnt das Fleisch des geschmeidigen Leibes;
550 Wie als Blätter die Haare, so wachsen die Arme als Zweige;
Eben so schnell noch, haften in steifen Wurzeln die Füße;
Wipfel nimmt ein das Gesicht. Ein Glanz nur bleibt über allem.
Phœbus liebt sie noch jetzt; er legt an den Stamm seine Rechte,
Fühlt das Herz der Geliebten noch schlagen unter der Rinde;
555 Und es umschlingt sein Arm wie Glieder die Zweige, mit Küssen
Deckt er das Holz; und es weicht noch jetzt zurück vor den
                                                                        Lippen.
      »Kannst du«, so spricht der Gott, »nicht mehr die Gattin mir
                                                                        werden,
Sollst mein Baum du doch sein. Es sollen, o Lorbeer, dich tragen
Stets meine Leyer, mein Haar, der Köcher; den römischen
                                                                        Feldherrn
560 Zierst du, wenn zum Triumph die frohen Rufe ihm schallen,
Wenn auf den festlichen Zug die Burg vom Hügel herabschaut.
Sollst auch stehn am Tor des Augustus, als treuester Wächter
Hüten den eichenen Kranz, der hangt ob der Mitte der Pforte.
Und, wie mein jugendlich Haupt an den Locken die Schere nicht
                                                                        duldet,
565 Trage du immerfort den Schmuck des grünenden Laubes.«
      Phœbus hatte geendet. Bejahend regte die jungen
Zweige der Lorbeer und schien wie ein Haupt den Wipfel zu
                                                                        neigen.

Tempe heißt eine Schlucht in Thessalien. Waldige Hänge
Schließen sie ein. Penëus, dem Fuße des Pindus entsprungen,
570 Wälzt seine schäumenden Wogen hindurch und ballt über schweren
Stürzen der Wasser Wolken aus Dunst, die zartere Schleier
Weiter entsenden, besprengt mit Gischt des ragenden Waldes
Wipfel, und tosend betäubt er mehr als, was ihm benachbart.
Hier sind Haus und Sitz und hier die Gemächer des großen

ERSTES BUCH

575 Stromes; thronend hier in felsenstarrender Grotte
Sprach er den Wassern Recht und den wasserbewohnenden
Nymphen.
Dorthin kamen zunächst die benachbarten Flüsse zusammen,
Zweifelnd, sollen dem Vater mit Glückwunsch, mit Trost sie sich
nahen.
Aeas, der pappelumsäumte Sperchius, der sanfte Amphrysus,
580 Alt-Apidanus auch und der rastlos rege Enipeus,
Dann die anderen, die ihre Wellen, müde des Schweifens,
Führen ins Meer hinab, wie der Strömung Drang sie getragen.
    Inachus einzig fehlt; im tiefsten Grund seiner Grotte
Mehrt er mit Tränen die Flut und beklagt voll Schmerz als verloren
585 Io, die Tochter. Er zweifelt, genießt sie noch ihres Lebens,
Weilt bei den Manen sie schon. Doch, die er nicht irgendwo findet,
Glaubt er, sei nirgendwo, und fürchtet im Herzen noch
Schlimmres.
    Juppiter hatte sie kommen sehn von dem Flusse des Vaters,
Hatte, den Schatten des Haines ihr weisend, gesprochen: »O
Jungfrau,
590 Juppiters würdig, bestimmt, ich weiß nicht wen, durch dein Lager
Selig zu machen, suche den Schatten des ragenden Haines,
Da es noch glüht und inmitten des Kreises gipfelt die Sonne.
Fürchtest du dich, allein des Wildes Versteck zu betreten:
Von einem Gotte beschützt wirst du nahn dem Geheimnis des
Waldes,
595 Keinem gemeinen Gott, von mir, der das himmliche Szepter
Führt in der mächtigen Hand, der die zuckenden Blitze versendet.
Fliehe mich nicht!« – Denn sie floh –. Schon hat sie die Triften von
Lerna,
Schon die baumübersäten lyrcëischen Fluren verlassen,
Da verhüllte der Gott mit dunklen Wolken auf weite
600 Strecken das Land, hielt auf ihre Flucht und raubte ihr Magdtum.
    Juno indessen blickte herab auf der Erde Gefilde,
Wunderte sich, daß am strahlenden Tag der flüchtige Nebel
Schaffe solch nächtlich Gesicht. Sie sah, er stammte von keinem
Flusse, er war auch nicht einem feuchten Grunde entstiegen,
605 Und sie spähte umher, wo ihr Gatte sei, kannte sie doch recht

Gut die Schliche des schon so oft ertappten Gemahles.
Fand ihn im Himmel nicht und sprach: »Ich täusche mich, oder
Ich bin's, die hier man verletzt.« Herab von den Höhen des Äthers
Glitt sie, trat auf die Erd und befahl dem Nebel zu weichen.
610 Er aber hatte das Kommen der Gattin geahnt und dem Kind des
Inachus schon die Gestalt eines leuchtenden Rindes gegeben.
Auch als Rind ist sie schön. Und Juno muß wider Willen
Loben den Anblick der Kuh, unterläßt nicht zu fragen, von welcher
Herde? Wessen? Woher? Als ob sie die Wahrheit nicht wüßte.
615 Juppiter lügt, sie sei aus der Erde gewachsen, damit man
Mehr nach dem Eigner nicht fragt. Da verlangt als Geschenk sie die
                                                          Göttin.
Was soll er tun? Die Geliebte verschenken, ist grausam, versagen
Mehrt den Verdacht. Dort rät die Scham ihm zu, doch die Liebe
Hier rät ab und hätte die Scham überwunden, aber –
620 Wenn der Genossin der Abkunft, des Lagers die Kuh er, die kleine
Gabe, versagt, kann leicht sie nicht als Kuh ihr erscheinen.
       Auch als die Kebse verschenkt, verlor die Göttin nicht all ihr
Fürchten sofort: sie mißtraut dem Gemahl und besorgt einen
                                                          Streich, bis
Jene dem Sohn des Arestor, dem Argus, zur Hut übergeben.
625   Hundert Augen umkränzten das Haupt, das Argus gehörte;
So kann, abgelöst, je *ein* Paar die Ruhe genießen,
Während die anderen wachen und weiter auf Posten verbleiben.
Wie er auch mochte den Stand sich wählen, er schaute auf Io,
Auch wenn den Rücken er kehrt, hat Io er trotzdem vor Augen.
630 Weiden läßt er sie tags; ist unter der Erde die Sonne,
Schließt er sie fest und schlingt um den Hals ihr schmähliche Bande.
Laub von den Bäumen weidet sie ab und bittere Kräuter;
Statt auf ein Polster legt sich die Arme auf Erde, die weiches
Gras nicht überall trägt, und sie trinkt aus schlammigen Flüssen.
635 Flehend will sie empor zu Argus die Arme erheben,
Doch sie hat keine Arme, die auf zu Argus sie höbe.
Da sie zu klagen versucht, entquillt ihrem Munde ein Muhen;
Schaudernd hört sie den Klang und erschrickt vor der eigenen
                                                          Stimme.
       Hin zu den Ufern kam sie, wo oft sie früher gespielt, kam

ERSTES BUCH

640 Hin zu des Inachus Ufern, erblickt in den Wellen die neuen
Hörner, erschrickt und flieht vor sich selbst in wilder Verstörung.
Unbekannt blieb, wer sie war, den Naiaden, unbekannt blieb es
Inachus selbst. Doch sie folgt dem Vater und folgt den
                                                    Geschwistern,
Duldet ihr Streicheln gern und läßt sich von ihnen bewundern.
645 Inachus hält, der Alte, ein Büschel von Kräutern ihr vor, da
Leckt sie des Vaters Hand und küßt ihre innere Fläche,
Läßt ihren Tränen den Lauf, und hätte das Wort ihr gehorcht, so
Hätte sie Hilfe erfleht, ihren Namen genannt und ihr Schicksal.
Zeichen jedoch, die dann ihr Fuß im Sande gezogen,
650 Zeigten statt Worten an ihres Leibes traurige Wandlung.
»Wehe mir!« ruft in das Stöhnen des Rindes Inachus aus, der
Vater. »Wehe mir!« ruft, an den Hörnern, dem schneeigen Nacken
Hängend, er noch einmal, »Weh! Bist du die Tochter, nach der ich
All die Lande durchforscht? Ach, gesucht und noch nicht
                                                    gefunden,
655 Warst du mir leichterer Schmerz! Du schweigst und kannst keine
                                                    Reden
Wechseln mit uns und holst aus tiefster Brust nur die Seufzer,
Und, was allein du vermagst, du muhst auf unsere Worte.
Ahnungslos rüstete ich das Gemach dir, die Fackel zur Hochzeit,
Erstes Hoffen war mir ein Eidam, ein weiterer Enkel.
660 Nun soll dir werden ein Mann aus der Herde, ein Sohn aus der
                                                    Herde!
Und mir ist es versagt, solch Trauern sterbend zu enden.
Ach, daß ein Gott ich bin! Verschlossen bleibt mir des Todes
Tor, und endlos dehnt mein Schmerz sich zu ewiger Dauer!«
Während er klagt, drängt Argus ihn fort, der augengestirnte,
665 Reißt von dem Vater das Kind und schleppt es hin zu entlegnen
Weiden, nimmt fern dort ein seinen Platz auf dem Haupt eines
                                                    hohen
Berges, um sitzend von ihm nach allen Seiten zu spähen.
Doch der Herrscher der Götter erträgt nicht weiter die Leiden
Ios zu sehen, er ruft seinen Sohn, den die lichte Plëiade
670 Einst zur Welt ihm gebracht, und befiehlt ihm, den Argus zu
                                                    töten.

Kaum ein Verzug, trägt jener die Flügel am Fuß, in der mächtgen
Hand den schlummerschaffenden Zweig, den Helm auf den
Locken.
Da dies alles am Ort, springt Juppiters Sohn von des Vaters
Burg auf die Erde hinab, nimmt dort die Bedeckung vom Haupte,
Legt seine Fittiche fort und behält allein noch die Rute,
Treibt wie ein Hirte mit ihr querhin über Felder die Ziegen,
Die auf dem Weg er gesammelt, und spielt auf den Rohren der
Flöte.
»He du!« ruft da, berückt von dem neuen Klange der Wächter
Junos, »wer du auch bist, du könntest dich hier auf den Felsen
Setzen zu mir; für das Vieh ist an keiner Stelle die Weide
Saftiger, und du siehst auch den Schatten günstig dem Hirten.«
Setzt sich des Atlas Sproß, erfüllt im Gespräche mit vielen
Worten den Taglauf und sucht mit der Halme flötendem Spielen
Niederzuzwingen all die Lider der wachenden Augen.
Argus aber kämpft, zu bleiben des schmeichelnden Schlafes
Herr, und wenn auch ein Teil seiner Augen vom Schlummer
ergriffen,
Wacht mit den andern er noch. Er fragt auch – kürzlich erfunden
War die Flöte da erst – nach der Art ihn, wie sie erfunden.
Da erzählte der Gott: »In Arcadiens kühlen Gebirgen
War am höchsten berühmt von allen Dryaden des Waldes
Eine, die Syrinx genannt von den übrigen Nymphen der
Landschaft.
Nicht nur einmal war sie entschlüpft verfolgenden Satyrn,
Göttern auch, wie der schattige Wald und das fruchtbare Feld sie
Hegen. Am meisten verehrt sie Ortygias Göttin und eifert
Auch in der Keuschheit ihr nach. Geschürzt in der Weise Dianas,
Konnte sie täuschen gar leicht und gelten für die, wär' der Einen
Bogen nicht hürnen gewesen und golden der Bogen der Andern.
Trotzdem täuschte sie oft. Sie kam vom lycæischen Hügel,
Pan erblickte sie da. Bekränzt mit den Nadeln der Fichte
Sprach er: »– Es blieb, was er sprach, zu sagen, es blieb zu erzählen,
Wie die Nymphe, sein Flehen mißachtend, feldeinwärts geflohen,
Bis sie zum sandigen Strand des friedlichen Ladon gekommen,
Wie sie, im eiligen Lauf ihres Flüchtens gehemmt durch die Wellen,

48   ERSTES BUCH

Dort zu den Schwestern im Fluß um Verwandlung bittend gerufen,
705 Wie da Pan, der Syrinx schon meinte gefangen zu haben,
Statt eines Nymphenleibes nur Schilf in Händen gehalten.
Wie dann der Wind, indes der Gott dort seufzte, das Röhricht
Streichend, erzeugt einen Ton von zartem, klagendem Klange,
Und wie der Gott, berückt von der neuen Kunst und der Stimme
710 Süße, gerufen: »Dieses Gespräch mit dir wird mir bleiben!«,
Rohre verschiedener Länge mit Wachs zusammengefügt und
Wie er im Namen der Flöte den Namen des Mädchens bewahrt
                                                hat. –
All dies wollte Mercur noch erzählen, da sieht er, daß all die
Lider gesunken, und Schlaf die Augen alle bedeckte.
715 Da unterdrückt er sogleich seine Stimme und festigt den
                                                Schlummer,
Sacht mit dem zaubrischen Zweig überstreichend die schlafenden
                                                Lider.
Ungesäumt trifft er den Nickenden dann mit der Schärfe der Sichel,
Da, wo der Hals sich fügt an das Haupt. Den Blutenden stürzt vom
Stein er herab und befleckt mit Rot die Schroffen des Felshangs.
720 Argus, du liegst! Das Licht, das in so viel Lichter du faßtest,
Ausgelöscht ist's. *Ein* Dunkel deckt deine hundert Augen.
Die nimmt Juno auf, setzt sie ein ihres Vogels Gefieder
Und erfüllt seinen Schweif mit edler Steine Gefunkel.
Dann aber flammt sie auf und verschiebt nicht die Stunde der
                                                Rache,
725 Wirft in die Augen, den Sinn der argivischen Kebse die grauen-
bringende Furie, senkt in die Brust ihr des finsteren Wahnsinns
Stachel und scheucht sie zur Flucht durch die Länder alle im
                                                Erdkreis.
Nil, du standest noch aus als der maßlosen Mühsale letzte!
Bis zu dem Strome gelangt, am äußersten Rande des Ufers
730 Brach in die Kniee sie nieder; zurückgebogenen Halses
Hob – was allein sie vermag – zum Himmel empor sie das Antlitz,
Und mit Seufzen und Tränen und klagetönendem Muhen
Schien mit dem Gott sie zu hadern, zu flehn um ein End' ihrer
                                                Leiden.
Juppiter schlang den Arm um den Hals der Gattin und bat sie,

704–764

735 Endlich der Strafe ein Ziel zu setzen, er sprach: »Für die Zukunft
Laß von der Furcht! Nie mehr wird diese dir Ursach des Kummers
Werden«, und hieß den stygischen Strom seine Worte vernehmen.
      Als ihr die Göttin versöhnt, gewinnt sie ihr früheres Aussehn,
Wird, was zuvor sie gewesen. Es fliehen die Haare des Felles,
740 Schwinden die Hörner dahin, verengt sich das Rund ihres Auges,
Schrumpft zusammen das Maul, zurück geht Schulter und
                                                    Schenkel,
Fünffach sich teilend, verliert sich der Huf in die Nägel der Finger.
Nichts von dem Rinde bleibt ihr zurück als der Glanz seiner
                                                    Schönheit.
Io richtet sich auf, begnügt mit den Diensten zweier
745 Füße: zu reden scheut sie, in Sorge, zu muhn in des Rindes
Weise, und schüchtern probt sie das lang unterlassene Sprechen.

Jetzt verehrt sie die Schar im Linnengewande als Göttin.
Epaphus wird, den sie endlich gebar, daß er stamm' aus des großen
Juppiter Samen, geglaubt. Er besitzt mit der Mutter gemeinsam
750 Tempel in Städten weithin. An Gemüt und Jahren ihm gleich war
Phaëthon, Phœbus' Sohn. Als dieser im Stolz auf den Vater
Einst mit großen Worten zu weichen ihm weigert, ertrug der
Inachusenkel es nicht: »Du Narr, du glaubst deiner Mutter
Alles und schwillst in der Einbildung nur, daß dein Vater ein Gott
                                                    sei!«
755 Rot ward Phaëthon da, unterdrückte in Scham seinen Zorn und
Brachte des Epaphus Schmähung vor Clymene, die ihn geboren:
»Und – deinen Schmerz zu erhöhn – Mutter, *ich,* ich habe
                                                    geschwiegen,
Ich, sonst so trotzig und frei. O Schande für uns, daß ein solcher
Vorwurf konnte erhoben und nicht widerlegt konnte werden!
760 Du aber, wenn ich je aus göttlichem Stamme entsprossen,
Gib einer solchen Abkunft Beweis, mach mich eigen dem
                                                    Himmel!«
Sprach es, und er umschlang der Mutter Hals mit den Armen,
Bat sie bei seinem, bei Merops' Haupt, bei der Hochzeit der
                                                    Schwestern
Ihm doch ein sicheres Zeugnis des wahren Erzeugers zu geben.

ERSTES BUCH

765 Fraglich, ob Clymene mehr erregt durch Phaëthons Bitten
Oder den schnöden Verdacht auf sie selbst. Zum Himmel die
beiden
Arme erhebend, den Blick zur leuchtenden Sonne gerichtet,
Sprach sie: »Beim lichten Schein der blitzenden Strahlen dort oben,
Sohn, ich schwöre: dich hat Er dort, der uns hört, der uns sieht, Er
770 Dort, den du schaust, der Gott, der den Kreislauf der Sonne
beherrscht, hat
Phœbus gezeugt! Ist Lüge mein Wort, so laß er sich nimmer
Sehen von mir und sei dies Licht meinen Augen das letzte!
Doch ist's für dich keine längere Müh, sein Heim zu erkunden:
Nah unsern Grenzen liegt das Haus, aus welchem er aufgeht.
775 Treibt dich dein Sinn, schreit aus, und du wirst von ihm selbst es
erfragen.«
Auf strahlt Phaëthon da sogleich vor Freude nach solchen
Worten der Mutter und denkt sich schon in den Äther erhoben,
Quert sein æthiopisches Land und das unterm Brand des Gestirnes
Liegende Indien und naht sich rüstig dem Aufgang des Vaters.

ZWEITES BUCH

Hoch erhob sich der Saal der Sonne auf ragenden Säulen,
Leuchtend von funkelndem Gold und feuerflammenden Erzen.
Schimmernd Elfenbein deckt den erhabenen First seines Giebels,
Gleißend in silbernem Licht erstrahlen die Flügel der Pforten.
Und den Stoff übertraf das Werk. Da hatte des Eisens
Meister gebildet das Meer, das rings die Lande umgürtet,
Auch den Erdkreis und den über ihm hangenden Himmel.
Bläuliche Götter zeigt die Flut, den blasenden Triton,
Proteus, den vielgestaltigen Greis, und dann, auf des Wales
Ungeheueren Rücken gestemmt seine Arme, Aegæon,
Doris, die Töchter mit ihr; da sah man schwimmen die einen,
Trocknend ihr grünes Haar auf Molen sitzen die andern,
Einige reiten auf Fischen. Nicht gleich bei allen das Antlitz,
Gar zu verschieden auch nicht, so wie es sich ziemt für
Geschwister.
Städte und Männer trägt die Erde und Wälder und Tiere,
Flüsse und Nymphen sowie die übrigen Götter der Landschaft.
Und über allem erhob sich das Bild des leuchtenden Himmels,
Sechs seiner Zeichen rechts und sechs auch links auf den Flügeln.
Dorthin kam der Clymene Sproß auf dem steigenden Pfade,
Trat nun unter das Dach seines angezweifelten Vaters,
Lenkte sogleich seine Schritte auf diesen zu; doch von ferne
Hält er jetzt ein und vermag aus der Nähe den Glanz des Gesichtes
Nicht zu ertragen. Da thronte, gehüllt in Purpurgewandung,
Phœbus hoch auf dem Sitz, der strahlte von lichten Smaragden.
Rechts und links von ihm stand der Tag, der Monat, das Jahr, da-
zu die Jahrhunderte und in gleichen Abständen auch die
Stunden, da stand der Lenz, der junge, im Kranze von Blüten,
Stand der Sommer, nackt, und trug ein Ährengewinde,
Stand der Herbst, bespritzt vom Safte gekelterter Trauben,
Endlich in Haaren grau und struppig der eisige Winter.
Von seinem Platze inmitten ersah mit den Augen, die alles

ZWEITES BUCH

Schauen, der Gott den Jüngling, der zagend die Wunder bestaunte,
Fragte: »Was ist der Grund deiner Fahrt? Was suchst in der Burg
hier,
Phaëthon, du mein Sohn, vom Vater nicht zu verleugnen?«

35 Jener erwidert: »O Licht, dem unendlichen Weltall gemeinsam,
Phœbus, Vater, vergönnst du mir dieses Namens Gebrauch und
Hehlt unter trügendem Bild nicht Clymene heimliche Schuld, dann
Gib, mein Erzeuger, ein Pfand, das beglaubigt, daß ich dein echter
Nachkomme bin, und nimm aus diesem Herzen den Zweifel!«

40 Spricht es; der Vater legt die Strahlen, die rings es umblitzen,
Nieder vom Haupt, er heißt ihn näher treten, umarmt ihn,
Sagt: »Du verdienst es nicht, daß ich weigerte, dich als den Meinen
Anzuerkennen, und wahr gab Clymene kund deinen Ursprung.
Daß du nicht zweifelst, verlang, es von mir zu erhalten, als Gabe,

45 Was du nur willst. Es sei des Versprechens Zeuge der dunkle
Strom, der fremd meinem Aug, bei dem die Götter beschwören.«
Kaum hat recht er geendet, da fordert jener, des Vaters
Flügelfüßig Gespann einen Tag vom Wagen zu lenken.
Daß er geschworen, reute den Vater, dreimal und viermal

50 Schüttelnd sein hehres Haupt versetzt er: »Zur Torheit geworden
ist mein Wort durch das deine. O dürft' ich, was ich versprochen,
Nicht dir erfüllen, mein Sohn, ich gesteh', dies eine versag ich.
Abraten darf ich. Nicht ohne Gefahr ist dies dein Begehren.
Großes verlangst, mein Phaëthon, du, ein Geschenk, wie es deinen

55 Kräften hier nicht entspricht und den Jahren nicht eines Knaben.
Sterblich dein Los. Unsterblichkeit heischt, was hier du dir
forderst.
Ja, noch mehr, als selbst einem Gott zu erlangen vergönnt ist,
Wünschst unwissend du dir. Es mag sich ein jeder gefallen:
Außer mir allein wird doch auf dem feurigen Wagen

60 Keiner bestehn. Auch Er, der Herr des weiten Olympus,
Der mit der schrecklichen Hand die Blitze, die wütenden, sendet,
Führe ihn kaum. Und was haben wir Größeres als den Saturnsohn?
Steil ist der Weg zunächst, daß ihn kaum am Morgen die frischen
Pferde erklimmen. Er führt in des Himmels Mitte am höchsten.

65 Oft wird mir selbst es zum Graun, von dort auf das Meer und die
Erde

Niederzusehn, und es bebt in Bangen das Herz in der Brust mir.
Abschüssig fällt er am End und entbehrt eines sicheren Anhalts.
Tethys selbst, die dort mich empfängt im Schoß ihrer Wellen,
Pflegt zu sorgen, es stürze kopfüber mich jäh in die Tiefe.
70 Dann: es dreht sich der Himmel in endlos rasendem Wirbel,
Führt die Gestirne herauf und hinunter in schwindelnder Eile.
Ich aber biete die Stirn; der allbezwingende Ansturm
Zwingt mich nicht, ich fahre entgegen dem reißenden Kreislauf.
Wirst du den rollenden Polen – nimm an, ich gab dir den Wagen –
75 Können begegnen, daß dich die Achse, die schnelle, nicht mitreißt?
Und es vermutet vielleicht dein Sinn, es seien dort oben
Haine, Städte der Götter und Heiligtümer, an Gaben
Reich? – Durch Tücken führt es und wilder Tiere Gestalten!
Hältst du wirklich die Bahn, auf keinen Abweg verleitet,
80 Dann, dann fährst du hindurch, durch die Hörner des dräuenden
                                                        Stieres,
Durch des Thessaliers Bogen, den Rachen des grimmigen Löwen,
Durch den Skorpion, der wild in weiter Runde die Scheren
Krümmt, und den Krebs, der die seinen auf andere Weise
                                                        gekrümmt hält.
Und, zu beherrschen die Rosse – ihr Mut ist wild von dem Feuer,
85 Das in der Brust ihnen brennt, das aus Maul und Nüstern sie
                                                        schnauben, –
Wird nicht leicht für dich sein. Sie fügen auch mir sich nur ungern,
Hat erst ihr Blut sich erhitzt, und es sträubt sich ihr Nacken dem
                                                        Zügel.
Du aber hüte dich, Sohn, daß ich nicht einer tödlichen Gabe
Geber dir werde, berichtge, solang es noch Zeit, deine Wünsche.
90 Sicheres Pfand verlangst du, zu glauben, daß du aus meinem
Blute entstammst – meine Furcht, sie gibt ein sicheres Pfand dir,
Und mit Vaterangst beweise ich, daß ich dein Vater.
Sieh mein Gesicht! O könnte dein Blick sich senken ins Innre
Tief meiner Brust und dort die Vatersorgen erfassen!
95 Laß mich enden und sieh umher, was die Welt dir, die reiche,
Biete: von all den Schätzen des Himmels, der Erde, des Meeres
Fordere, was es auch sei, du wirst kein Verweigern erfahren:
Nur von dem Einen, ich bitte dich laß, das Strafe mit wahrem

ZWEITES BUCH

Namen, nicht Ehre – ja Strafe, mein Sohn, nicht Gabe verlangst
du. –

100 Was, o Verblendeter, schlingst um den Hals du mir schmeichelnd
die Arme?
Zweifle nur nicht, du erhältst – ich habe bei Styx dir geschworen –
Was du immer dir wünschst. Doch du, o wünsche dir weiser!«
So beschließt er sein Mahnen. Doch Phaëthon wehrt sich der
Worte,
Bleibt auf dem Vorsatz bestehn und brennt vor Begier nach dem
Wagen.

105 Also führte der Vater – er durfte nun weiter nicht zögern –
Hin zu der Gabe Vulcans, dem hohen Wagen, den Jüngling.
Golden die Achse, golden die Deichsel, golden der Räder
Äußerer Kranz, es strahlt von Silber die Ordnung der Speichen.
Über das Joch hin zu Reihen gesetzt, Chrysolithe und andre
110 Steine warfen das Licht zurück der leuchtenden Sonne.
Während Phaëthon noch, der hochgemute, das Werk voll
Staunen mustert, siehe! erschließt im rötlichen Osten
Munter Aurora das purpurne Tor ihrer rosenerfüllten
Halle. Die Sterne entfliehn, es schließt ihren Heerzug der lichte
115 Lucifer und verläßt die Wache am Himmel als letzter.
Titan sieht ihn suchen die Erde, sich röten das Weltall,
Sieht, wie zu schwinden scheinen die Hörner des bleichenden
Mondes,
Und er befiehlt den Horen, den flinken, die Rosse zu schirren.
Rasch vollziehn sein Geheiß die Göttinnen, führen die feuer-
120 schnaubenden Rosse, getränkt mit ambrosischem Saft, von den
hohen
Krippen und legen den satten schon an das klirrende Zaumzeug.
Da bestrich der Vater des Sohnes Gesicht mit der heilgen
Salbe und machte es fest, zu ertragen die sehrenden Flammen,
Legt ihm die Strahlen ums Haar und spricht, aus bekümmerter,
banger,
125 Trauerahnender Brust die Seufzer holend, noch einmal:
»Bist du imstande, noch dieser Ermahnung des Vaters zu folgen,
Spare, Knabe, den Stachel und nutze stärker die Leinen,
Eilen sie doch von selbst, ihren Eifer gilt es zu zügeln.

Wähle auch nicht den Weg über all die fünf Kreise hinweg, sie
130 Schräg überschneidend verläuft in weitem Bogen die Straße,
Hält sich mit dreier Zonen Gebieten begnügt und vermeidet
So den südlichen Pol und den Bären im stürmischen Norden.
Dies deine Bahn. Du wirst die Radspur deutlich erkennen.
Und, daß Himmel und Erde die gleiche Wärme empfangen,
135 Drücke die Fahrt nicht hinab und hebe sie nicht in den höchsten
Äther; fährst du zu hoch, verbrennst du die Häuser im Himmel,
Fährst du zu tief, die Erde: am sichersten hältst du die Mitte.
Daß dich die Räder zu weit nicht nach rechts zur gewundenen
Schlange
Tragen oder zu weit nach links zu dem tiefen Altare.
140 Zwischen den beiden hindurch! Dem Glück befehl' ich das
Weitere.
Es mög' helfen und besser als du für dich selber es sorgen!
Während ich rede, hat die tauende Nacht an des Westens
Ufern die Säulen erreicht, zu säumen steht uns nicht frei: Man
Heischt uns; Aurora erglüht und hat das Dunkel vertrieben.
145 Nimm die Zügel zur Hand. Doch läßt sich dein Sinn in der Brust
noch
Wenden, so mach dir zu nutz meinen Rat und nicht meinen
Wagen,
Da du's noch kannst, solange du stehst auf sicherem Boden,
Noch das Gefährt nicht beschwerst, das du blind und zum Unheil
gewünscht hast.
Ohne Gefahr es zu schaun, laß *mich* die Erde erleuchten!«
150 Phaëthon aber besteigt mit dem jungen Leibe den leichten
Wagen; er steht auf ihm, ist froh, mit der Hand die gereichten
Zügel zu fassen, und dankt von dort dem wehrenden Vater.
Schon erfüllen indes mit feuersprühendem Wiehern
Feuer, Funke und Glut und Lohe als viertes der Flügel-
155 rosse die Luft und poltern mit heftigem Huf an die Schranken.
Die stößt Tethys, das Schicksal des Enkels nicht ahnend, hinweg,
und
Da ihnen frei die Bahn in den unermeßlichen Himmel,
Raffen sie an sich den Weg; durch die Lüfte regend die Füße,
Teilen sie hemmend Gewölk, überholen, von Flügeln getragen,

ZWEITES BUCH

160 Winde, die sich zugleich mit ihnen im Osten erhoben.
Doch das Gewicht war leicht, daß die Rosse der Sonne es kaum
zu
Spüren vermochten, es fehlte dem Joch die übliche Schwere.
Und wie das bauchige Schiff, das ohne die rechte Belastung,
Haltlos, zu leicht für die Fahrt, hintreibt und schwankt auf dem
Meere,
165 So sprang hoch in die Luft bei jedem Stoß, der gewohnten
Bürde entbehrend, wie wenn er leer gewesen, der Wagen.
Und sie merken es, stürzen dahin, verlassen des Vierspanns
Alte Geleise und rennen nicht mehr in der früheren Ordnung.
Er aber zagt, wohin die geliehenen Rosse er zügle,
170 Weiß den Weg nicht, und, wenn er ihn wüßte, nicht, wie er sie
lenke.
Da empfanden die Ochsen des Nordens erstmals der Strahlen
Hitze und suchten umsonst im verbotenen Naß sich zu kühlen.
Auch die Schlange ward heiß, die zunächst dem eisigen Pole,
Träg von der Kälte bisher, noch keinem zum Schrecknis geworden;
175 Und sie gewann in der Glut ein neues, grimmiges Wesen.
Du auch, Bootes, seiest verstört, so erzählt man, geflohen,
Da du doch langsam sonst, und obwohl dich dein Wagen behindert.
Phaëthon aber, als der Unselige blickt von des Äthers
Höhn auf die Erde, die tief, so tief da unten gelegen,
180 Faßt ihn das Graun, es zittern in plötzlicher Angst ihm die Knie,
und
Schwarz vor die Augen tritt durch so viel Licht ihm das Dunkel.
Lieber hätte er schon niemals erlangt seines Vaters
Rosse, erkannt sein Geschlecht, erfüllt seine Bitte gesehn; der
Gerne des Merops schon hieß', ihn entführt's wie ein Schiff, das der
Nordwind
185 Plötzlich erfaßt, dessen Lenker das Steuer gelassen, des Fahrzeugs
Nutzlosen Zügel, den Göttern es unter Gelübden befehlend.
Was soll er tun? Schon viel des Himmels liegt ihm im Rücken,
Vor seinen Augen doch mehr. Er mißt im Geiste nach beiden
Enden, blickt bald voraus nach dem Niedergang, den zu erreichen,
190 Nicht ihm bestimmt, bald blickt er wieder zurück nach dem
Aufgang,

Weiß sich, verwirrt, keinen Rat; zwar hält er die Zügel noch fest, doch
Kann er die Rosse nicht halten, auch kennt er nicht ihre Namen.
  Jetzt erschaut er am Himmel zerstreut voll Schrecken die vielen
Grausigen Wundergebilde von ungeheueren Tieren.
195 Da ist ein Ort, an dem zu doppeltem Bogen die Zangen
Wölbt der Skorpion und mit Schwanz und nach beiden Seiten gereckten
Armen den zwiefachen Raum der anderen Sternbilder einnimmt.
Als der Knabe ihn sieht, wie er triefend von giftigem, schwarzem
Schweiß den gekrümmten Stachel erhebt und Wunden ihm droht, da
200 Läßt er in sinnloser Angst und kaltem Grausen die Zügel.
Und sowie sie am Grat ihres Rückens gleiten sie fühlen,
Brechen die Renner aus, durchlaufen, da nichts mehr sie hindert,
Fremde Bezirke im Luftreich; dahin, wo ihr Drang sie getrieben,
Rasen sie ohne Gesetz, auf Sterne, die hoch in dem Äther
205 Haften, stürmen sie, reißen den Wagen fort von der Straße,
Streben bald zur Höh, bald jagen sie abwärts auf steilem
Pfad und geraten so in den Raum, der benachbart der Erde.
Wunder nimmt es den Mond, daß tiefer die Rosse des Bruders
Rennen als seine, und, rings entzündet, rauchen die Wolken.
210 Wo sie am höchsten sich hebt, erfassen die Flammen die Erde,
Risse treibt sie und Spalten und dorrt, ihrer Säfte verlustig.
Und es vergilbt das Gras, versengt wird der Baum mit den Blättern,
Nahrung bietet die trockene Saat ihrem eigenen Schaden.
  Kleines beklag' ich – auch große ummauerte Städte verderben,
215 Und es verwandelt die Brunst des Feuers in Asche die ganzen
Länder mitsamt ihrem Volk. Mit den Wäldern brennen die Berge,
Brennt der cilicische Taurus, der Athos, der Tmolus, der Oeta,
Ida, trocken jetzt, an Quellen früher so reich, der
Musen Helicon und – noch nicht des Oeagrius – Hæmus,
220 Brennt ins Ungeheure verdoppelten Feuers der Aetna,
Eryx, Cynthus, Parnaß mit den beiden Gipfeln und Othrys,
Rhodope, der da endlich der Schnee sollte fehlen, und Mimas,
Dindymon, Mycale und der den Weihen bestimmte Cithæron.
Nichts frommt Scythien da sein Frost, der Caucasus brennt, der

ZWEITES BUCH

225 Ossa, der Pindus, der größre Olymp, die hoch in die Lüfte
Ragenden Alpen, es brennt Appenninus, der Träger der Wolken.
    Phaëthon aber sieht da nun entzündet an allen
Enden den Erdkreis, er hält die gewaltige Hitze nicht aus, und
Wie aus dem tiefen Schacht einer Esse schöpft er im Atem
230 Feurige Luft und fühlt den Wagen unter sich glühen.
Schon vermag er der Achse emporgeschleuderten Staub nicht
Mehr zu ertragen; umwölkt von heißem Rauche, von schwarzen
Schwaden umwoben, weiß er nicht, wohin es ihn führt und
Nicht, wo er ist; die Willkür der fliegenden Pferde entrafft ihn.
235 Damals, so glaubt man, erhielt Aethiopiens Volk seine schwarze
Farbe, da Hitze sein Blut an des Körpers Fläche gerufen.
Und, seiner Feuchte beraubt durch die Glut, ward Libyen damals
Trocken, damals beweint ihre Quellen und Seen mit gelösten
Haaren der Nymphen Schar. Da sucht seine Dirce Bœotien,
240 Argos da Amymone, Corinthus die Wellen Pirenes.
Doch die Strömenden auch, die weitere Ufer erlosten,
Bleiben nicht sicher: Es dampft der Tanaïs in seiner Wogen
Mitte, Penëus, der Greis, im mysischen Lande Caïcus
Und mit dem schnellen Ismen, bei Phegia auch Erymanthus,
245 Xanthos, der noch einmal sollte entbrennen, der gelbe Lycormas
Auch, der in Schleifen rückwärts sich windend spielt, der Mæander,
Melas, Mygdoniens Fluß, der Eurotas an Tænarons Berg; da
Brannte bei Babylon auch der Euphrat, brannte Orontes,
Brannte der rasche Thermodon, der Ganges, der Phasis, der Hister.
250 Auch der Alphëus kocht, es brennt des Sperchius Gestade,
Fließt in Feuer das Gold, das die Wellen des Tagus geführt, und
Mitten auf dem Caÿstrus in Hitze schmachten die Schwäne,
Deren Gesang die Ufer des lydischen Flusses verherrlicht.
Bis an das Ende der Welt entfloh der Nil und versteckte
255 Angstvoll sein Haupt, das sich heut noch verbirgt, seine Arme, die
                                                        sieben,
Sieben stromlose Täler, sie liegen in stäubender Leere.
Trocken durch gleiches Geschick in Thracien Hebrus und Strymon,
Trocken die Flüsse im West, der Rhodanus, Padus und Rhenus
Und, dem über das Ganze die Herrschaft verheißen, der Tiber.
260 Aller Boden klafft, bis zum Tartarus dringt durch die Spalten

Licht und erschreckt mit der Gattin zugleich den König der Tiefe.
Und es schwindet das Meer. Wo eben Fluten gewesen,
Felder trockenen Sands, und Berge, die bisher die Tiefe
Deckte, sie tauchen empor, die zerstreuten Inseln zu mehren.
265 Grundwärts strebt der Fisch. Die Delphine wagen nicht mehr, sich
Krümmend im Sprung, wie gewohnt, in die Luft übers Meer sich zu
schnellen.
Über die Fläche der Tiefe hin treiben, die Bäuche nach oben,
Leblos die Leiber der Robben. In lauen Grotten, so hört man,
Hätten sich Nereus und Doris mitsamt ihren Töchtern geborgen.
70 Dreimal wagte Neptun, aus der Flut die Arme zu recken,
Grimmen Gesichts, und dreimal ertrug er die feurige Luft nicht.
Mutter Erde jedoch, wie rings vom Meer sie umgeben,
Hob zwischen Wassern der See und der Quellen, die sich von allen
Seiten gesammelt und tief in der Nacht ihres Schoßes geborgen,
75 Auf ihr gesenktes Haupt, bis zum Hals hin trocken; zur Stirne
Führt' sie die Hand und rückte, erschütternd alles mit mächtgem
Beben, ein wenig hinab; sie nahm so tiefer den Platz, denn
Sonst sie gewohnt, und ließ ihre heilige Stimme vernehmen:
»Ist es beschlossen und hab ich's verdient, was zögert dein Blitz, o
80 Höchster der Götter? Laß die durch Feuer zu enden Bestimmte
Enden durch Deines, damit des Todes Vollstrecker sie tröste.
Kaum noch vermag ich die Kehle zu diesen Worten zu lösen« –
Qualm hatte so den Mund ihr erfüllt – »Und sieh nur: mein Haar ver-
sengt und Asche soviel in den Augen, soviel auf dem Antlitz!
5 Diesen Ertrag und Lohn meiner Fruchtbarkeit, all meiner Dienste
Ernt' ich von dir, daß Wunden ich dulde vom Karst, von des Pfluges
Kralle und durch den Lauf des ganzen Jahres geplagt bin,
Daß ich dem Vieh sein Laub, dem Menschengeschlechte zu milder
Nahrung die Früchte des Feldes und Euch den Weihrauch ich biete?
90 Sollt' aber *ich* verschulden mein End, was verschulden die Wellen?
Was der Bruder? Warum versiegen die Fluten, die einst das
Los ihm zum Anteil gab, und sind entfernter vom Äther?
Läßt du dich aber dem Bruder und mir zuliebe nicht rühren,

Deines Himmels erbarme dich dann! Blick hin nach den beiden
295 Polen – ein jeder raucht! Bringt die das Feuer zu Schaden,
Stürzen auch euere Hallen. Und sieh, wie Atlas sich quält und
Kaum auf der Schulter mehr erträgt die glühende Achse.
Geht die Erde, das Meer, die Burg des Himmels zugrunde,
Quirlt's uns ins alte Chaos zurück. Entreiße den Flammen,
300 Was da etwa noch blieb. Schaff Rat, hier geht es um alles!«
So viel sprach die Erde da nur – denn sie konnte des Rauches
Qualm nicht länger ertragen, nicht sprechen mehr –, und ihr Antlitz
Zog in sich selbst sie zurück, in Höhlen, näher den Schatten.
Doch der allmächtige Vater beschwor die Götter, besonders
305 Den, der den Wagen gegeben, es werde, schaff' er nicht Hilfe,
Alles schwerstem Geschick erliegen; dann klimmt er zur höchsten
Stelle empor, von der er die weiten Lande in Wolken
Hüllt, wo den Donner er rührt und die Blitze schwingt und sie
schleudert.
Keine Wolke hatte er jetzt, in die er die Erde
310 Hülle, und keinen Regen, vom Himmel herab ihn zu senden.
Und er donnert und wirft mit Wucht aus der Rechten des Blitzes
Strahl vom Ohr auf den Lenker, er stößt aus Wagen zugleich und
Leben ihn aus und dämpft mit wütender Flamme die Flammen.
Und die Rosse, sie scheun, in jähem Satze nach rückwärts
315 Sprengen den Hals sie vom Joch und lassen geborsten die Riemen.
Hier das Zaumzeug, und da, hinweg von der Deichsel gerissen,
Liegt die Achse, die Speichen dort der zerbrochenen Räder
Und weithin die Trümmer zerstreut des zerschmetterten Wagens.
Phaëthon aber wirbelt, verheert seine Haare von roten
320 Flammen, jäh hinab und stürzt durch die Lüfte in lang sich
Ziehender Bahn, wie ein Stern bisweilen nieder vom klaren
Himmel, fällt er auch nicht, so doch zu fallen kann scheinen.
Auf nahm der große Eridanus ihn an dem anderen End des
Erdrunds, der Heimat fern, spült er ab sein rauchendes Antlitz.
325 Nymphen des Wests übergaben dem Hügel den Leib, der von
Blitzes
Dreifacher Flamme noch schwelt und bezeichnen den Stein mit
dem Spruche:
›Phaëthon liegt hier, der des Vaters Wagen bestiegen;

Hielt er ihn nicht, ist er doch bei großem Wagnis gefallen.‹

Denn es verhüllte und barg in erbarmenswürdiger Trauer
330 Gramvoll der Vater sein Haupt, und, ist der Kunde zu glauben,
Schied da ohne die Sonne ein Tag. Die Brünste des Feuers
Spendeten Licht, und war ein Nutzen so in dem Übel.

Clymene aber, nachdem sie gesprochen, was in so schwerem
Unglück zu sagen gebührt, zerreißt wie von Sinnen in wildem
335 Schmerz ihr Gewand und durchforscht in der ganzen Weite das
Erdrund,
Sucht die entseelten Glieder zunächst und dann die Gebeine,
Fand – die Gebeine doch nur, und bestattet an fremdem Gestade –,
Wirft sich hin auf das Grab, sie liest auf dem Marmor den Namen
Und überströmt ihn mit Tränen und wärmt mit der offenen Brust
ihn.
340 Auch des Sonnengotts Töchter, sie trauern nicht minder, sie
weihn der
Tränen vergebliche Spende dem Tod; mit den Händen die Brüste
Schlagend, rufen sie Tag und Nacht den Bruder, der nimmer
Sollt ihren Jammer vernehmen, und werfen sich nieder am
Grabmal.
Viermal hatte der Mond sich, die Hörner schließend, gerundet,
345 Als sie, wie es ihr Brauch – zum Brauch war die Übung geworden –
Wieder geschlagen die Brust; da klagt Phaëthusa, der Schwestern
Größte, die eben gewillt, sich zu Boden zu werfen, ihr seien
Starr die Füße geworden. Die lichte Lampetie suchte
Hin zu kommen zu ihr – und wird von Wurzeln gehalten.
350 Hier schickt die Dritte sich an, das Haar mit den Händen zu
raufen –
Blätter reißt sie da ab. *Die* klagt, daß im Stamm ihr die Schenkel
Haften, und *die,* daß die Arme zu langen Zweigen ihr werden.
Während sie staunen, siehe! umwächst ihre Weichen die Rinde,
Schließt sich schrittweis um Leib, um Brust, um Schultern und
Arme;
355 Frei allein nur bleibt der Mund, und er ruft nach der Mutter.
Was soll die Mutter tun? Als, wie es sie treibt, sich hierhin,
Dorthin zu wenden und Küsse, so lang es vergönnt ist, zu
tauschen.

Doch nicht genug! Sie versucht, aus den Stümpfen die Leiber zu
reißen,
Bricht mit den Händen dabei die zarten Zweige, da rinnen
360 Blutig rot wie aus Wunden hervor aus dem Bruche die Tropfen.
»Laß, ich bitte dich, Mutter!« ruft jede, wie sie verletzt wird,
»Laß, ich bitte, es wird unser Leib in den Bäumen zerrissen!
Lebe denn wohl!« Und es wächst in die letzten Worte die Rinde.
Tränen rinnen aus ihr. Erstarrt in der Sonne, als Bernstein
365 Tropfen sie ab vom frischen Gezweig, es empfängt sie der klare
Strom und sendet sie hin, daß Latiums Töchter sie tragen.

    Cycnus, des Sthenelus Sohn, war diesem Wunder zugegen,
Der, durch der Mutter Blut schon, Phaëthon, eng dir verbunden,
Näher noch stand als Freund. Er hatte verlassen sein Reich – er
370 Herrschte nämlich im Volk und den großen Städten Liguriens –
Und erfüllte den Strom des Eridanus und dessen grünes
Ufer mit Klagen, dazu den Wald, den die Schwestern vermehrt, da
Wird die Stimme dem Jüngling zart, es wandelt in weißen
Flaum sich sein Haar, weit reckt sich der Hals von der Brust in die
Länge,
375 Schwimmhaut verbindet die rot sich färbenden Zehen, die Flanken
Kleiden ihm Federn, ihm wächst statt des Mundes ein rundlicher
Schnabel.
Cycnus wurde zum Schwan. Der neue Vogel vertraut sich
Juppiters Himmel nicht an, als gedenk er des Blitzes, den der zu
Unrecht gesendet; er liebt die Teiche, die Seen, und, das Feuer
380 Hassend, wählt er die Flüsse, die Gegner der Flammen, zum
Wohnsitz.
Gramvoll düster indes und bar der Zier seiner Strahlen,
Wie er zu sehn, wenn verdunkelt der Erd seinen Schein er
verweigert,
Haßt des Phaëthon Vater das Licht, den Tag und sich selber,
Gibt der Trauer sich hin, der Trauer, dazu auch dem Grolle,
385 Und er versagt der Welt seinen Dienst. »Genugsam«, so spricht er,
»Seit Uranbeginn war mein Los die Unruh und über-
drüssig bin ich der Mühn, die ohn End und Ehr ich verrichte.
Irgendein anderer führe den hellespendenden Wagen.
Ist da keiner, gestehn alle Götter, es nicht zu vermögen,

$$358-421 \qquad 63$$

390 Führ' er ihn selbst, damit er, versuchend unsere Zügel,
Niederlege einmal die väterverwaisenden Blitze.
Hat er die Kräfte erprobt der Feuerfüßgen, dann weiß er,
Daß den Tod nicht verdient, wer vielleicht nicht gut sie gelenkt
                                        hat.«
      Während er solches spricht, umstehn den Sonnengott all die
395 Götter im Kreise und bitten mit flehenden Stimmen, er mög' im
Dunkel nicht lassen das All. Daß den Blitz er gesendet,
                                        entschuldigt
Juppiter selbst und fügt zu den Bitten das Drohen des Herrschers.
Phœbus sammelt die Rosse, die, jetzt noch scheu von dem
                                        Schrecken,
Rasen voll Angst, und er wütet im Schmerz mit Stachel und Geißel –
400 Wütet, denn ihnen legt er zur Last den Tod seines Sohnes.

Doch der allmächtige Vater umschreitet des Himmels gewaltge
Mauern und schaut, daß nichts, ins Wanken gebracht durch des
                                        Feuers
Macht, verfalle dem Sturz. Nachdem er alles in alter
Stärke befunden und fest, überblickt er die Erde, der Menschen
405 Nöte. Wichtiger ist ihm jedoch seines lieben Arcadiens
Pflege. Aufs neue belebt er die Quellen, die Flüsse, die noch nicht
Wagen zu rinnen, er gibt der Erde Gräser, den Bäumen
Laub und heißt den versehrten Wald sich wieder begrünen.
Da er so kommt und geht, wird sein Blick gebannt von der einen
410 Jungfrau des Landes, und tief im Marke brennt ihm das Feuer.
Jener Sache war nicht, die Wolle zupfend zu schlichten,
Noch die Tracht ihres Hauptes zu wechseln. Hielt eine Spange
Nur ihr das Kleid und ein weißes Band die offenen Haare,
Hatte sie einmal den Spieß und einmal den Bogen ergriffen,
415 War sie Dianas Soldat. Es betrat den Mænalus keine
Lieber der Göttin als sie. Doch gilt auf die Länge kein Ansehn.
      Hoch am Himmel stand, über Mittag hinaus, schon die Sonne,
Jene betrat einen Hain, der zu keinen Zeiten gefällt ward,
Nahm von der Schulter hier den Köcher, löste des Bogens
420 Strang; und gestreckt auf den Boden, den dichtes Gras überwoben,
Lag sie, den bunten Köcher dem Nacken untergeschoben.

64 ZWEITES BUCH

Juppiter sieht sie ermüdet und ohne Bewachung, da spricht er:
»Diesen Raub hier wird meine Gattin gewiß nicht erfahren.
Oder, erfährt sie ihn doch, er lohnt, er lohnt einen Zank schon!«
425 Und er nimmt sogleich Dianas Tracht und Gestalt an,
Spricht zu jener: »O Jungfrau, ein Glied du meines Gefolges,
Sag, in welchem Gewann du gejagt!« Sich vom Rasen erhebend
Spricht die Jungfrau: »Gegrüßt mir, Gottheit, die meines Erachtens
Größer – vernehm er's nur selbst – als Juppiter!« Lächelnd
vernimmt er's,
430 Sieht sich vorgezogen sich selbst mit Vergnügen und gibt ihr
Küsse – zu wenig gemäßigt und nicht, wie Jungfraun sie geben.
Nennen will sie den Wald, in dem sie gejagt – sie umschlingend
Läßt er's nicht zu und gibt sich – in Unschuld nicht – zu erkennen.
Jene setzte sich freilich – soviel einem Weibe nur möglich –
435 (Hättest du's doch nur gesehen, o Juno, du wärest dann milder!)
Setzte sich freilich zur Wehr. Doch welches Mädchen wohl würde
Juppiters Herr und wer überhaupt? Als Sieger zum Äther
Steigt er; doch ihr ist verhaßt der Wald mit den wissenden Bäumen.
Da sie vom Ort sich entfernt, vergißt mit den Pfeilen den Köcher
440 Fast sie zu nehmen und fast, den sie aufgehängt dort, ihren Bogen.
    Schaut nur, es tritt mit rüstigem Schritt auf des Mænalus Höhen,
Stolz auf die Strecke an Wild im Geleit ihres Reihens Diana,
Sieht die Jungfrau und ruft sie heran. Die Gerufene flüchtet,
Und sie befürchtet zunächst, ein Juppiter wese in jener.
445 Als mit der Göttin sie aber die Nymphen schreiten gesehen,
Merkt sie, daß Hinterlist fern, und gliedert sich doch ihrer Zahl ein.
Ach, wie schwer, die Schuld mit den Blicken nicht zu verraten!
Kaum vom Boden hebt sie das Aug, geht nicht, wie bisher sie
Pflegte, der Göttin zur Seit, ist nicht die Erste des Zuges,
450 Läßt, verstummt und rot, ihr verletztes Magdtum erkennen.
Wär' sie nicht Jungfrau, so konnte Diana die Schuld an unzähligen
Zeichen erkennen: Die Nymphen, so sagt man, erkannten sie alle.
    Neunmal waren die Hörner des Mondes zur Scheibe erwachsen,
Als die Göttin, matt von der Jagd, von den Strahlen des Bruders,
455 Fand einen kühlen Hain, in dem ein Bach mit Gemurmel
Sanft dahinglitt und mit den Körnern des Sandes sein Spiel trieb.
Preisend den Ort hier taucht ihren Fuß sie leicht in die Wellen,

Preist dann auch diese und ruft: »Ein jeder Zeuge ist fern hier!
Laßt uns den nackten Leib mit dem klaren Naß überspülen!«
460 Rot wird Arcadiens Kind. Sie entledgen sich alle der Hüllen.
Eine sucht zu verziehn. Der Zögernden nimmt man das Kleid, und
Da es entfernt, offenbart an dem nackten Leibe die Schuld sich.
»Weiche du ferne von hier, entweihe den heiligen Quell nicht!«
Spricht zur Vernichteten, die mit den Händen will decken den
                                                    Schoß, die
465 Herrin des Cynthus und heißt aus dem Kreise der Ihren sie
                                                    scheiden.
      Lang hatte dies schon bemerkt des großen Donnerers Ehweib
Und auf gelegene Zeit die schwere Bestrafung verschoben.
Jetzt ist kein Grund mehr zu zögern, schon hatte die Kebse – und
                                                    eben
Dies war der Juno Schmerz – den Knaben Arcas geboren.
470 Wütend die Augen, den Sinn dorthin auf jene gerichtet,
Spricht sie: »Buhlerin, dies, wahrhaftig, es fehlte noch eben,
Daß du noch fruchtbar wirst und durch diese Geburt meine Unbill
Allen würde bekannt und bezeugt meines Juppiter Schande.
Straflos geht dir's nicht hin. Die Gestalt, durch die du dir selbst
                                                    und,
475 Lästige du, meinem Gatten gefällst, ich werd' sie dir nehmen!«
Sprach es, faßte sie vorn an der Stirn in die Haare und riß vorn-
über sie nieder zu Boden. Die Arme streckte sie flehend
Aus – die Arme beginnen von schwarzen Borsten zu starren,
Krumm zu werden die Hände und auszuwachsen in Krallen
480 Und der Füße Geschäft zu versehn, das Antlitz, das einst ein
Juppiter pries, entstellt zu werden von klaffendem Rachen.
Daß sie mit Bitten, mit bittendem Wort die Gemüter nicht rühre,
Wird ihr die Sprache geraubt; es bricht ihr rauh aus der Kehle
Zornesmütig drohend und schreckenerregend die Stimme.
485 Doch der frühere Sinn, er blieb der Bärin-Gewordnen,
Und sie bezeugt ihren Schmerz mit unaufhörlichem Seufzen,
Hebt ihre Hände, so wie sie sind, zu den Sternen, zum Himmel,
Juppiter, den sie so nennen nicht kann, sie empfindet ihn herzlos.
Ach, wie oft nicht irrt sie umher in bekannten Gefilden,
490 Bis vor ein Haus, nicht wagend, allein im Walde zu nächtgen!

Ach, wie oft nicht hetzt durch Gefels sie das Bellen der Hunde,
Und die Jägerin floh erschreckt in Furcht vor den Jägern!
Oft, wer sie sei, vergessend, verbarg sie beim Anblick von Wild
sich,
Und der Bärin graut, die Bären erblickt in den Bergen,
495 Und sie fürchtet die Wölfe, obgleich unter ihnen ihr Vater.
Siehe! Lycaons Enkel, unwissend, wer ihn geboren,
Arcas ist da und mochte wohl fünfzehn Jahre nun zählen.
Da er dem Wildbret folgt, da günstigen Jagdgrund er auswählt
Und mit dem knotigen Netz die Wälder Arcadiens mustert,
500 Stößt auf die Mutter er so; sie verhält, als sie Arcas erblickt hat,
Steht wie eine vor ihm, die erkennt. Es flüchtete Arcas,
Fürchtete ahnungslos die Augen, die endlos und starr auf
Ihn nur gerichtet, und war im Begriff, der zu nahen Gewillten
Schon in die Brust zu bohren das wundenschaffende Eisen.
505 Doch der Allmächtige hindert's, er hebt sie selbst und die Untat
Auf, entrafft sie mit raschem Wind durch die Leere des Raumes,
Setzt an den Himmel und läßt zu Nachbargestirnen sie werden.
Aufschwoll Juno im Zorn, als so unter Sternen die Kebse
Glänzte; sie stieg hinab zur ergrauten Tethys, dem greisen
510 Meergott Oceanus, denen auch Götter oftmals schon Ehrfurcht
Zeigten, und hebt hier an, als den Grund ihrer Fahrt sie erfragen:
»Forscht ihr, warum denn *ich*, die Fürstin der Götter im Äther,
Hier mich zeige? – Es herrscht für mich eine Andre im Himmel!
Lügnerin heißt mich, seht ihr nicht selbst, sobald nur den Erdkreis
515 Nacht verdunkelt, zuhöchst am Himmel die Sterne, die kürzlich –
Wunden für mich! – zu Ehren gekommen: dort, wo in kleinstem
Abstand der letzte der Kreise das Ende der Achse umrundet.
Gibt es da einen noch, der sich fürchte, die Juno zu kränken,
Der die beleidigte scheu, da zu schaden gewillt, ich nur nütze!
520 O, wie weit ich's gebracht! Wie weit erstreckt meine Macht sich!
Mensch zu sein wehrte ich ihr – sie ward zur Göttin! So leg' ich
Strafen den Schuldigen auf, so sieht meine große Gewalt aus!
Mocht' er verlangen ihr altes Gesicht, ihr das tierische Aussehn
Nehmen, wie er es tat mit der Schwester des Königs von Argos.
525 Ha, warum führt er sie nicht, nachdem er Juno verstoßen,
Ein in mein Ehegemach und nimmt sich Lycaon zum Schwäher?

Ihr jedoch, wenn euch bewegt eures Ziehkinds schmähliche
                                                    Kränkung,
Laßt in die bläuliche Tiefe die Sterne des Nordens nicht tauchen,
Haltet fern das Gestirn, das der Himmel zum Lohn seiner Unzucht
530 Aufnahm, damit in der reinen Flut sich nicht netze das Kebsweib!«

Zugesagt hatten die Götter der See. Es fuhr in den lichten
Äther die Tochter Saturns auf dem leichten Gespann mit den
                                                    bunten
Pfauen, den Pfauen, die neulich so bunt erst geworden beim Tod des
Argus, wie neulich dir, du schwatzhafter Rabe, der weiß du
535 Warest, auf einmal die Farbe der Flügel in Schwarz sich gewandelt.
Glänzte doch dieser Vogel wie Silber mit schneeigen Federn
Einst, daß Tauben, die frei von jedem Makel, er gleichkam,
Daß er den Gänsen nicht wich, die bestimmt, zu retten die Feste
Roms mit wachsamem Schrei, nicht dem Schwan, dem Freunde der
                                                    Flüsse.
540 Schädlich die Zunge ihm ward, ob der schwatzhaften Zunge ist
                                                    heute
Weißem entgegengesetzt seine Farbe, die ehemals weiß war.
   Keine war schöner einst als Larissas Coronis im ganzen
Lande Thessalien und sie gefiel dir, o Herrscher von Delphi,
Wahrlich, so lange sie treu oder unbeobachtet. Doch der
545 Vogel des Phœbus bemerkt ihren Treubruch und eilt in
                                                    geschwindem
Fluge heran, seinem Herrn als unerbittlicher Kläger
Aufzudecken die heimliche Schuld. Die geschwätzige Krähe
Folgt ihm, um alles genau zu erfragen, mit flatterndem Fittich,
Spricht, als des Fluges Grund sie gehört: »Du machst dir zu keinem
550 Nutzen den Weg, verachte du nicht meine warnende Stimme!
Sieh, was ich war, was ich bin, und frag dann, ob ich's verdient hab'.
Finden wirst du, daß mir meine Treue geschadet. Denn einstens
Schloß Minerva in den aus attischer Weide geflochtnen
Korb Erichthonius ein, den ohne Mutter gezeugten,
555 Gab ihn drei Jungfraun zur Hut, des zwiegestalteten Cecrops
Töchtern, mit ihm das Gebot ihr Geheimnis nicht zu erspähen.
Leicht verdeckt in dem Laub einer dichten Ulme, ich lugte,

ZWEITES BUCH

Was sie wohl tun. Und treulich beachten zwei ihre Weisung,
Herse und Pandrosos, aber die eine, Aglauros, sie ruft den
560 Ängstlichen Schwestern und zieht mit der Hand das Geflecht
auseinander.
Drinnen sehn sie das Kind und daneben sich recken die Schlange.
Dies vermeld' ich der Göttin, und dafür ward mir ein solcher
Dank, daß man jetzt mich nennt den vertriebenen Schützling
Minervas,
Daß man mich nachstellt dem Vogel der Nacht! Meine Strafe, sie
könnte
565 Vögel gemahnen, sich nicht mit der Zunge Gefahr zu beschwören.
Doch sie berief mich vielleicht nur ungern, und weil ich
dergleichen
Etwas erbeten? Darum magst Pallas selbst du befragen.
Ist sie erzürnt auch, sie wird auch erzürnt dir das nicht verleugnen.
Der im phocæischen Lande berühmte Coroneus – Bekanntes
570 Sag' ich – hat mich gezeugt, eine Königsmaid bin ich gewesen.
Meiner begehrten – verachte mich nicht! – viel reiche Bewerber.
Doch meine Schönheit hat Not mir gebracht. Als lässigen Schrittes
Einst, wie gewohnt, am Strand auf der Höhe der Dünen ich wandle,
Sieht mich der Gott der See und entbrennt. Nachdem er mit
Worten
575 Bittend und schmeichelnd die Zeit verschwendet, will er Gewalt
mir
Tun und dringt auf mich ein. Ich fliehe, verlasse des festen
Ufers Grund und mühe im lockeren Sand mich vergebens.
Götter und Menschen ruf' ich von dort. Doch erreicht meine
Stimme
Keines Sterblichen Ohr. Für die Jungfrau fühlte die Jungfrau.
580 Sie hat mir Hilfe gebracht. Ich reckte zum Himmel die Arme –
Leichtes schwarzes Gefieder beginnt die Arme zu decken,
Mühte mich ab, mein Kleid von der Schulter zu werfen – zu Flaume
Ist es geworden und hat in die Haut seine Wurzeln getrieben,
Suchte, die nackende Brust mit den Händen zu schlagen – doch
habe
585 Schon keine Hände ich mehr und schon keine nackende Brust
mehr,

Lief – und der Fuß bleibt nicht wie zuvor im Sande mir haften,
Sondern mich trägt seine oberste Schicht. Bald führt's durch die
            Luft mich
Frei, und unbescholten ward so ich Gefährtin Minervas.
Doch, was frommt mir das, wenn Nyctimene nun mir in dieser
Ehre gefolgt, die um gräßliche Tat zum Vogel geworden?
Oder hast du noch nicht von der Sache gehört, die im ganzen
Lesbos jedem bekannt, daß Nyctimene jüngst ihres eignen
Vaters Lager befleckt? Wohl ist sie ein Vogel, doch flieht sie
Schuldbewußt Blicke und Licht und verbirgt ihre Schande im
            Dunkel,
Wird aus dem ganzen Reich der Lüfte von allen vertrieben.«
   Ihr entgegnet hierauf der Rabe: »Dir selber zum Unheil
Werde dein Ruf da, doch ich veracht' ihn als nichtiges Zeichen!«
Läßt vom begonnenen Fluge nicht ab und erzählt seinem Herrn, er
Habe Coronis gesellt einem Jüngling Thessaliens gesehen.
Nieder glitt, als er solches gehört, dem Liebenden da der
Lorbeer, entstellten Gesichtes verliert seine Farb' und der Leyer
Plektron der Gott. Und so, wie er schwillt in glühendem Zorne,
Greift zur gewohnten Waffe er jäh, er biegt seines Bogens
Enden und spannt die Sehne; die Brust, die so oftmals an seiner
Brust schon geruht, durchbohrt er mit unentrinnbarem Pfeile.
Und die Getroffene seufzt, sie zieht aus der Wunde das Eisen,
Läßt die purpurne Flut überströmen die blendenden Glieder,
Spricht: »Ich konnte gewiß, o Phœbus, Sühne dir leisten,
Aber gebären zuvor! Nun sterben in Einer zu zweit wir.«
Soviel sprach sie und ließ mit dem Blut ihr Leben entströmen;
Todeskälte drang in den Leib, den die Seele verlassen.
   Jetzt, ach zu spät, den Liebenden reut die grausame Strafe,
Und er haßt sich selbst, daß er hörte, daß so er entbrannte,
Haßt den Vogel, durch den er gezwungen ward, seines Schmerzes
Grund, ihre Schuld, zu wissen. Den Bogen, den Strang, seine
            Hände
Haßt er und haßt wie die Hände sein vorschnell Geschoß, seine
            Pfeile.
Und er sucht die Gesunkne zu wärmen, zu zwingen mit später
Hilfe das Schicksal und übt umsonst seine ärztlichen Künste.

Dann, nachdem er diese vergeblich versucht und die Scheiter
620 Rüsten ihr sieht und die Glieder, bereit zu brennen im letzten
Feuer, seufzt er schwer – denn Tränen dürfen das Antlitz
Himmelsbewohnern nicht netzen – mit tief aus dem Herzen
geholtem
Stöhnen; es klang nicht anders, als wenn vor den Augen des Rindes,
Hoch vom rechten Ohre geschwungen, der Hammer die hohle
625 Schläfe des saugenden Kälbchens durchschlägt mit dem tönenden
Hiebe.
Doch als er dann die Brust ihr besprengt mit dem leidigen Duftwerk
Und sie umarmt, vollzogen die unrecht rechten Gebräuche,
Duldete Phœbus nicht, daß sein Same sich auch in der selben
Asche verliere, entriß seinen Sohn den Flammen, dem Schoß der
630 Mutter und trug ihn zur Höhle des zwiegestalteten Chiron.
Aber dem Raben, der Lohn sich erhofft, da nicht falsch seiner Zunge
Zeugnis, verbot er, hinfort zu den weißen Vögeln zu zählen.

Froh ist inzwischen des Zöglings aus göttlichem Stamme der
Halbmensch,
Freut sich in Herz und Sinn der mit Mühe verbundenen Ehre.
635 Siehe! die Schultern vorne bedeckt mit den rötlichen Haaren,
Kommt des Centauren Tochter. – Ocyrhoë hatte sie einst die
Nymphe Chariclo genannt, die sie dort an des reißenden Flusses
Ufer geboren. Dieser war's nicht genug, daß des Vaters
Künste vom Grund sie erlernt: des Schicksals Geheimnisse sang sie.
640 Jetzt da also den Geist ihr ergreift der Seherin Rasen
Und von dem Gott sie erglüht, den sie trug im Busen verschlossen,
Blickte sie hin auf das Kind: »Erwachse, o Knabe, dem ganzen
Erdkreis als Bringer des Heils! Die Leiber der Sterblichen werden
Oft sich dir schulden. Dein Recht wird, wiederzuschenken verlornes
645 Leben. Hast du dies einmal gewagt den Göttern zuleide,
Wird dich, es nochmals zu können, verhindern der Blitz deines
Ahnen.
Aus einem Gott wirst zum Leichnam du werden und, Leichnam
noch eben,
Wieder zum Gott und so dein Leben zweimal beginnen.
Lieber Vater, und du, unsterblich einst und für alle

650 Zeiten zu dauern bestimmt im Gesetz, in dem du geboren,
Sterben zu können, wirst du verlangen, wenn, in die Glieder
Tief dir gedrungen, das Blut der Schlange grausam dich quält, und
Schaffen werden die Götter, daß du, o Ewger, den Tod kannst
Leiden; es wird der Göttinnen Drei den Faden dir lösen.«
655 Etwas vom Schicksal blieb noch zu künden. Sie seufzte aus
tiefster
Brust, es rollten die Wangen herab ihr die quellenden Tränen,
Und sie spricht: »Das Schicksal, es kommt mir zuvor, und noch
mehr zu
Künden wird mir verwehrt, meiner Stimme Gebrauch
unterbunden.
War doch die Kunst nicht so groß, die mir zugezogen der Gottheit
660 Zorn. Ich wollte, die Zukunft, sie wäre fremd mir geblieben!
Schon, so scheint es, wird die Menschengestalt mir genommen,
Schon verlangt es mich, Gras zu verzehren, schon treibt mich's auf
weitem
Feld mich zu tummeln, ich werde zur Stute, ähnlich dem Vater.
Doch warum ganz? Ist der Vater nicht zwiegestalteten Leibes?«
665 Während sie dies noch sprach, war der letzte Teil ihrer Klagen
Nur mit Müh zu verstehn, verwirrt erschienen die Worte,
Klangen dann weder wie Worte noch auch wie Laute der Stute,
Sondern wie eines, der Stuten äfft. Doch ließ sie gar bald ein
Deutlich Wiehern vernehmen und senkt' in den Rasen die Arme.
670 Da verwachsen die Finger, es schließt fünf Nägel ein leichter
Huf in dauerndes Horn, es wächst des Gesichtes, des Halses
Maß, es wird zum Schweif der größte Teil ihres langen
Kleides, und so wie das Haar um den Hals ihr offen gelegen,
Wird es zur dichten Mähne. Ihr wurde Stimme zugleich und
675 Aussehn verwandelt, auch hat ihr das Wunder den Namen gegeben.

Weinend verlangte der Philyra Sohn umsonst deine Hilfe,
Delphischer Gott! Denn weder vermagst du die Satzung des großen
Juppiter umzustoßen, noch warst du, hättest du's können,
Damals zugegen, bewohntest Messeniens Fluren und Elis.
680 Denn es war in der Zeit, wo das Fell eines Hirten dich deckte,
Wo deiner Linken Last ein Stab aus dem Walde, der Rechten

Aber die Flöte, gefügt aus den sieben verschiedenen Rohren.
Während die Liebe dein Kummer, und während die Flöte dich
                                                    sänftigt,
Seien ohne den Hirten, so sagt man, die Rinder auf pylisch
685 Feld hinübergeschweift. Da sieht und stiehlt sie der Sohn der
Maia mit der ihm eigenen Kunst und versteckt sie im Walde.
Niemand hatte den Diebstahl bemerkt als einzig ein Alter,
Battus, so hieß er bei all den Nachbarn, bekannt in der Gegend.
Neleus', des reichen, Wälder und saftige Wiesen und Herden
690 Edler Stuten hütete der, bestellt als sein Wächter.
Diesen fürchtet der Gott und führt ihn beiseite mit sachter
Hand: »Mein Freund du, wer du auch seist, fragt hier nach der
                                                    Herde
Einer, so sag, du hast nichts gesehn! Und daß deinem Tun nicht
Fehle der Dank, so nimm die glänzende Kuh zur Belohnung.«
695 Und er gab sie. Der Freund nahm an und erwiderte: »Geh nur
Unbesorgt, eher wird deinen Diebstahl verschwatzen der Stein
                                                    hier.«
Zeigte dabei auf den Stein. Mercur entfernte sich scheinbar,
Kehrt aber bald zurück, an Gestalt und Stimme verwandelt.
»Landmann«, so spricht er zu ihm, »hast hier auf dem Wege du
                                                    Rinder
700 Ziehen sehen, so hilf und verschweig mir nicht einen Diebstahl.
Haben sollst du als Preis ein Weibchen, gesellt seinem Stiere.«
Und der Alte, nachdem der Lohn verdoppelt, er sprach: »Am
Berg dort werden sie sein!« Und sie sind am Berg dort gewesen.
Lachte der Enkel des Atlas: »Mir selbst verrätst du mich Falscher!
705 Mich verrätst du mir selbst!« und verwandelt die eidesvergeßne
Brust in den harten Kiesel, der ›Zeiger‹ jetzt noch genannt wird,
Und an dem schuldlosen Stein blieb haften die Schande der Vorzeit.

Dorther vom Paar seiner Flügel getragen, schaute Mercur her-
nieder im Flug auf Munychiums Feld, den Minerva so lieben
710 Boden, herab aufs Gesträuch im gepflegten lycæischen Garten.
Dies war eben der Tag, an dem nach dem Brauche die keuschen
Jungfraun zur festlichen Burg der Pallas, den Hügel hinan, die
Reinen Gaben ihr brachten in kranzumwundenen Körben.

682–749

Kommen sah sie von dort der geflügelte Gott, und verfolgt nicht
715 Weiter gerade den Weg, er krümmt ihn zu ständigem Kreisen.
Wie der gefiederte Räuber, der Weih, der gesehn ein Gescheide,
Scheu, solange die Diener so dicht noch das Opfer umstehn, zum
Zirkel sich wendet, nicht weiter sich wagt zu entfernen und regen
Fittichs voller Begier seine Hoffnung dauernd umfliegt, so
720 Bog der bewegliche Gott seinen Flug über Atticas Festung
Ab und umrundete stets denselben Bereich in den Lüften.

Wie der Morgenstern heller erstrahlt als die übrigen Sterne,
Wie der goldene Mond vor dir, o Morgenstern, leuchtet,
So viel herrlicher schritt vor den anderen Jungfrauen allen
725 Herse und war die Zier des Zuges, die Zier der Gespielen.
Ob ihrer Schönheit erstaunte des Juppiter Sohn und entbrannte
Schwebend im Äther, nicht anders als wenn ihr Blei des Balearen
Schleuder gewirbelt: es fliegt dahin, erhitzt sich im Fluge,
Und unter Wolken gewinnt es das Feuer, das vorher ihm fehlte.
730 Nieder zur Erde lenkt er die Bahn, den Himmel verlassend;
Und er verwandelt sich nicht, er vertraut soviel seinem Aussehn.
Doch, ist dieses auch recht, er hebt es gleichwohl mit Sorgfalt,
Streicht sich das Haar und rückt den Mantel, daß richtig er falle,
Daß mit den Borten ganz das Goldgestickte erscheine,
735 Daß ihm die Rute, mit der den Schlummer er ruft und ihn abwehrt,
Blank in der Hand, daß an reinem Fuß ihm die Flügelschuh
glänzen.
Elfenbein-schildpattgetäfelt besaß des Hauses geheimer
Teil der Gemächer drei. Du, Pandrosus, hattest von ihnen
Inne das rechte, Aglaurus das linke, das mittlere Herse.
740 Die das linke bewohnt, bemerkte als erste des Gottes
Nahen und wagte Mercur um den Namen zu fragen, zu forschen,
Was seines Kommens Grund. Des Atlas und der Plëione
Enkel erwiderte ihr: »Ich bin, der des Vaters Befehle
Trägt durch die Lüfte dahin. Mein Vater ist Juppiter selber.
745 Will keine Gründe erdichten: – Mögst du nur gegen die Schwester
Treu dich erzeigen und gern meiner Kinder Muhme du heißen –
Herse ist Grund meiner Fahrt. Sei, bitte, dem Liebenden günstig!«
Blickte Aglaurus ihn an mit den selben Augen, mit denen
Jüngst sie der blonden Minerva verborgen Geheimnis gesehn, und

ZWEITES BUCH

750 Fordert als Lohn ihres Dienstes für sich eine große und schwere
Menge Goldes. Sie zwingt aus dem Haus ihn inzwischen zu
weichen.

Grimmig wandte auf sie die Göttin der Krieger des Auges
Rund und seufzte darauf in so tiefer heftiger Regung,
Daß sie zugleich mit der tapferen Brust die Aegis, die dort ihr
755 Haftet, erbeben macht. Sie gedenkt, daß jene mit frecher
Hand ihr Geheimnis entdeckt, als sie gegen die bindende Weisung
Neulich den Sprossen Vulcans, den mutterlosen, gesehen,
Daß sie jetzt teuer dem Gott müsse werden und teuer der
Schwester,
Reich dazu durch das Gold, das in Habgier sie eben gefordert.
760 Und sie eilt zu der Mißgunst Dach, das umdunkelt von
schwarzem
Gifthauch. Es liegt das Haus verborgen im Grund eines tiefen
Tales, der Sonne entrückt, von keinem Wind zu erreichen.
Düster und ganz erfüllt von lähmender Kälte, entbehrt es
Immer des Feuers und hat des Nebels immer die Fülle.
765 Als dorthin nun gelangt die furchtgebietende Kriegsmaid,
Macht vor dem Hause sie halt – denn unter das Dach hier zu treten,
Steht ihr nicht an – und pocht mit des Lanzenschafts End an die
Pforte.
Offen vom Stoße das Tor. Im Inneren sieht sie die Mißgunst
Sitzen und Vipernfleisch essen, das Mittel, ihr Laster zu nähren.
770 Sieht sie und wendet ab ihre Augen. Aber die Mißgunst
Hebt vom Boden sich träg, sie läßt die halb erst verzehrten
Leiber der Schlangen und kommt daher mit schleichenden
Schritten.
Als sie die Göttin sieht, so schön an Gestalt, in den Waffen,
Stöhnt sie auf und holt einen Seufzer aus tiefstem Gemüte.
775 Bleiche haust ihr im Antlitz, am ganzen Leibe ihr Dürre,
Nie ein gerader Blick, es faulen greulich die Zähne,
Gallengrün die Brust, die Zunge giftunterlaufen,
Lachen ihr fremd, es sei denn gelockt durch den Anblick von
Schmerzen,
Schlafes genießt sie nicht, von wachen Sorgen gestachelt;
780 Aber zum Ärger sich sieht sie Erfolge den Menschen beschieden,

Siecht im Sehen dahin, zernagt und zernagend in einem,
Ist ihre Marter sich selbst. Obgleich ihr jene verhaßt war,
Sprach Minerva sie an mit den knapp bemessenen Worten:
»Impfe mit deiner Sucht von des Cecrops Töchtern die Eine.
785 So ist es not. Aglaurus ist's.« Nichts Weiteres sprach sie,
Floh und stieß, auf die Lanze gestemmt, sich ab von der Erde.

Jene verfolgte mit schiefem Blick die fliehende Göttin,
Ließ ein Murmeln vernehmen – Minerven erfolgreich zu wissen,
Wurmt sie – und nimmt ihren Stab, den ringsum dornige Ranken
790 Dicht umflechten zur Hand. Gehüllt in schwarzes Gewölke
Legt, wohin sie auch tritt, die üppigen Fluren sie nieder,
Dörrt die Kräuter sie aus, versengt sie die Spitzen des Wachstums;
Durch ihren Hauch verseucht sie die Völker, Städte und Häuser.
Endlich erblickt sie die Feste Minervas, so reich an des Geistes
795 Werken, blühend in Macht und festlichem Frieden, und kaum noch
Hält sie das Weinen, da nichts Beweinenswertes sie findet.

Doch, nachdem sie die Kammer der Tochter des Cecrops
betreten,
Tut sie gemäß dem Befehl, sie legt ihr die rostgelbfarbne
Hand auf die Brust und erfüllt mit hakigen Dornen ihr Innres,
800 Haucht pechschwarzes Gedünst ihr ein, sie läßt durchs Gebein es
Sehrend ihr strömen und flößt in die Lungen tief ihren Gifthauch.
Und, daß der Scheelsucht Gründe im leeren Raume nicht schweifen,
Stellt sie die leibliche Schwester vors Auge ihr hin, ihrer Ehe
Glücklichen Bund und zeigt ihr den Gott in schönster Erscheinung.
805 Alles vergrößert sie noch. Verstört von dem wird des Cecrops
Tochter zernagt von geheimem Schmerz; sie seufzte gepreßt bei
Nacht, gepreßt am Tag und verzehrt sich in schleichendem
Siechtum
Elend wie Eis, das krankt an halb nur scheinender Sonne.
Und nicht sanfter zerquält sie der Neid auf die glückliche Herse,
810 Als wenn man Feuer legt an zähe, dornige Kräuter,
Die keine Flamme ergeben, in linder Wärme verbrennen.
Oftmals wollte sie sterben, um solches nicht sehen zu müssen,
Oftmals dem Vater, dem strengen, es wie ein Verbrechen verraten.
Endlich setzt sie sich hin auf die Schwelle, dem Kömmling
entgegen,

ZWEITES BUCH

815 Auszusperren den Gott. Als dieser, die freundlichsten Worte
Brauchend, mit Bitten und Schmeicheln sie drängte, spricht sie:
»Laß ab doch!
Ich bewege mich nicht vom Platz, eh ich dich nicht vertrieben!«
»Stehn wir zu dem!« ruft da der schnelle Gott der Cyllene,
Sprengt mit der Rute die Tür, die bildergeschmückte; doch jener
820 Weigern, da sie zu heben sich sucht, *die* Teile des Leibes,
Die wir im Sitzen beugen, in träger Schwere die Dienste.
Zwar sie ringt und strebt, im Rumpfe auf sich zu richten,
Aber der Knie Gelenk ist steif, durch die Glieder rinnt ihr
Kälte, es starren bleich, des Blutes verlustig die Wangen.
825 Und wie das Übel, der Krebs, das, unheilbar sich verbreitend,
Schleicht in den Gliedern und fügt das bisher Gesunde zum
Kranken,
So allmählich dringt ihr der tödliche Frost in die Brust und
Schließt die Wege des Atems ihr zu, die Wege des Lebens.
Weder versucht sie zu reden, noch hätte, wenn sie's versuchte,
830 Bahn ihre Stimme gefunden. Den Hals hat der Fels schon umgeben,
Schon ist erstarrt das Gesicht, sie saß, ein Bild ohne Leben.
Und nicht weiß war der Stein: es gab ihr Gemüt ihr die Farbe.

Als der Enkel des Atlas ihr heillos Sinnen und Reden
Derart bestraft, verläßt er das Land, das nach Pallas benannt ist,
835 Lenkt mit der Fittiche Schlag seinen Flug empor in den Äther.
Ruft ihn sein Vater beiseit, daß Liebe sein Grund sei, verhehlend,
Spricht er: »Getreuer Diener, mein Sohn du, meiner Befehle,
Schnell wie gewohnt, so gleite hinab, die Säumnis verbannend,
Und das Land, das den Stern deiner Mutter erblickt von der linken
840 Seite – Sidonien heißt es dem eingeborenen Volk – das
Suche mir auf, und die Herde des Königs, die fern dort am Berge
Gräser du weiden siehst, die leite zum Strande des Meeres.«
Sprach es, und längst schon ziehn vom Berge getrieben die jungen
Rinder hinab zum befohlenen Strand, wo die Tochter des großen
845 Königs zu spielen pflegt in der Schar der tyrischen Jungfraun.
Gut vertragen sich nicht und hausen nicht gerne beisammen
Herrscherwürde und Liebe; es ließ das Gewicht seines Szepters,
Er, der Götter Vater und Herr, dem die Rechte mit Blitzstrahls

815–875   77

Dreifacher Flamme bewehrt, der nickend erschüttert den Erdkreis,
850   Nahm die Gestalt eines Jungstiers an; der Herde der Rinder
Zugesellt, brüllt er und wandelt auf zartem Rasen in Schönheit.
Weiß seine Farbe wie Schnee, den weder die Tritte von harten
Sohlen gespurt noch getrübt der Hauch des tauenden Südwinds.
Muskeln schwellen den Hals, es hangt die Wamme vom Buge.
855   Kurz die Hörner, doch könntest du meinen, sie stammten aus
                                          Künstlers
Händen, reiner im Licht durchschimmernd als edle Gesteine.
Nichts von Drohn an der Stirn, nicht furchterregend das Auge.
Frieden wohnt in dem Blick. Es staunt die Tochter Agenors,
Daß er so schön erscheine, daß keinen Angriff er drohe.
860   Aber, so sanft er auch sei, zu berühren ihn scheut sie zunächst sich,
Naht ihm dann doch und streckt ihm Blumen zum glänzenden
                                          Maul, da
Freut sich der Liebende, gibt, bis die Lust, die erhoffte, ihm werde,
Küsse der Hand; schon mit Müh, mit Müh nur verschiebt er das
                                          Weitere.
Tummelt sich jetzt auf grünendem Plan in neckenden Sprüngen,
865   Bettet die schneeige Seite dann wieder im gelblichen Sande.
Mählich schwindet so ihre Furcht, er bietet der Jungfrau
Händen bald zum Klopfen die Brust und bald, sie mit frischem
Kranz zu umwinden die Hörner. Und, wen sie beschwere, nicht
                                          ahnend
Wagt sich die Königsmaid auch auf dem Rücken des Stieres zu
                                          setzen.
870   Hehlings trägt der Gott die Spur seiner trügenden Füße
Fort vom trockenen Ufer, vom Land in die vordersten Wellen,
Eilt dann weiter hinaus und trägt schon mitten durch Meeres
Fluten die Beute. Es zagt die Entführte und blickt zum verlaßnen
Ufer zurück, sie hält mit der Rechten ein Horn, ihre Linke
875   Haftet am Rücken, es bauscht ihr Gewand sich flatternd im
                                          Windhauch.

DRITTES BUCH

Abgelegt hatte der Gott die Gestalt des trügenden Stieres,
Schon sich bekannt und weilte auf cretischer Flur, als der Vater,
Ahnungslos dem Cadmus befiehlt, die Geraubte zu suchen,
Und ihm, find' er sie nicht, dazu als Strafe Verbannung
5 Ausspricht – fromm und frevelnd zugleich in der nämlichen
Handlung.
Als er den Erdkreis durchirrt – denn wer auch könnt einen
Diebstahl
Juppiters fassen? – meidet der Sohn Agenors, ein Flüchtling,
Heimat und Vaters Zorn; er fragt das Orakel des Phœbus
Flehend um Rat und forscht, welch Land er solle bewohnen.
10 Phœbus sprach: »Ein Rind wird auf einsamer Flur dir begegnen,
Das noch geduldet kein Joch, nicht gedient der gebogenen
Pflugschar.
Laß dich führen von ihm, und wo im Grase es ruhn wird,
Eile, Mauern zu baun. Nach dem Rinde sollst du sie nennen.«
Kaum ist er recht herab von der heiligen Grotte gestiegen,
15 Ohne Bewachung sieht er da und langsam ein Jungrind
Schreiten, das keinerlei Mal von Knechtschaft trug an dem Nacken.
Dessen Spuren folgt er sogleich mit verhaltenen Schritten,
Betet im Schreiten still zu Phœbus, dem Weiser des Weges.
Schon verließ er das Tal des Cephisus und Panopes Flur, da
20 Hält das Rind und hebt die mit weiten Hörnern geschmückte
Stirne zum Himmel und läßt die Luft durch sein Brüllen erzittern.
Dann, die Blicke gewandt nach den Männern, die hinter ihm folgen,
Legt es sich nieder und senkt in den zarten Rasen die Flanke.
Da sagt Cadmus Dank, er drückt seinen Mund auf den fremden
25 Boden und grüßt die unbekannten Berge und Felder.
Juppitern schickt er zu opfern sich an. Er heißt seine Diener
Gehn, aus lebendigem Quell das Wasser zur Spende zu schöpfen.
Stand ein alter Wald, von keinem Beile verwundet.
Dort eine Höhle inmitten, mit dichtem Strauchwerk verwachsen,

³⁰ Bildet, aus Steinen gefügt einen flach sich wölbenden Bogen,
Reich an üppig quellender Flut. Im Innern verborgen
Hauste die Schlange des Mars, mit goldenem Kamme gezeichnet.
Feuer die Augen ihr sprühn, am ganzen Leib sie von Gift schwillt,
Dreifach züngelt's im Maul, dreireihig stehn ihr die Zähne.
³⁵ Als, unseligen Schrittes, die tyrischen Kömmlinge dort be-
treten den Hain, als ein Krug, in die Wellen getaucht, einen Klang
gab,
Schob die schwarze Schlange ihr Haupt aus der Tiefe der langen
Höhle hervor und ließ ein schreckliches Zischen vernehmen.
Da entgleiten die Krüge den Händen, ihr Blut in den Adern
⁴⁰ Stockt, der Entsetzten Glieder befällt ein plötzliches Zittern.
Sie aber windet in rollenden Kreisen des schuppigen Leibes
Ringe und krümmt sich im Sprung zu unermeßlichem Bogen.
Mehr als zur Hälfte gereckt in die Lüfte, blickt auf den ganzen
Hain sie herab, an Ausmaß des Leibes wie die – wenn du ganz sie
⁴⁵ Schauen könntest – die trennt der beiden Bären Gestirne.
Und sogleich überfällt sie die Tyrer, sie mögen zur Wehr sich
Rüsten oder zur Flucht, mag eben die Furcht sie an beidem
Hindern. Sie mordet diese mit Bissen, mit mächtger Umschlingung
Jene und die mit dem Hauch des tödlich giftigen Geifers.
⁵⁰ Kurz ließ aus höchstem Stand die Sonne schon werden die
Schatten.
Was für ein Grund die Gefährten zurückhält, wundert Agenors
Sohn, und er folgt ihrer Spur. Das Fell, einem Löwen entrissen,
Dient ihm als Schild, als Waffe ein Speer und mit blinkender Eisen-
spitze ein Spieß und – ein Mut, der galt vor jeglicher Waffe.
⁵⁵ Als er betreten den Hain und sah die gemordeten Leiber,
Über ihnen den siegreichen Feind, gewaltigen Leibes,
Wie er mit blutiger Zunge die grausigen Wunden beleckte,
Sprach er: »Entweder werd' ich, ihr Treuen, jetzt eures Todes
Rächer oder Begleiter euch sein!« und hob einen Feldstein
⁶⁰ Auf mit der Rechten und warf den großen mit großer Bemühung.
Mauern hätte die Wucht des Wurfes erschüttert, mit hohen
Türmen bewehrte, – die Schlange jedoch blieb ohne Verwundung,
War wie von Panzer geschützt durch die Schuppen, die Härte der
zähen,

DRITTES BUCH

Schwärzlichen Haut und ließ abprallen den kraftvollen Anwurf.
65 Doch überwand sie nicht auch durch dieselbe Härte den Wurfspeer,
Der, in die Mitte der Windung des schmiegsamen Rückgrats
geheftet,
Stak; und ganz ins Geweid drang ein die eiserne Spitze.
Wild vor Schmerzen wand sie das Haupt zurück nach der Stelle,
Blickte die Wunde dort an und biß in den haftenden Speerschaft.
70 Rüttelt' mit großer Gewalt nach allen Seiten und riß mit
Müh ihn heraus, doch blieb in den Rippen hängen das Eisen.

Aber jetzt, da zur Wut, der gewohnten, getreten ein neuer
Grund, jetzt blähte die Kehle sich auf von schwellenden Adern,
Weißlicher Geifer umschäumt den verderbenbringenden Schlund,
die
75 Erde ertönt vom Rasseln der Schuppen, dem höllischen Maule
Schwarzer Atem entquillt und schwängert die Lüfte mit Pesthauch.
Einmal schließt sie den Leib zu unermeßlichem Kreise,
Steht dann steiler gereckt als der ragende Stamm eines Baumes,
Fährt wie ein Gießbach dahin, den Regen geschwellt hat, mit wilder
80 Wucht und wirft mit der Brust, was an Wald ihr begegnet, zu
Boden.

Cadmus wich ihr ein wenig und fing mit dem Felle des Löwen
Ab ihre Stöße und hielt mit vorgehaltenem Spieß zu-
rück das drängende Maul. Voll Wut versetzt sie dem harten
Eisen nichtige Wunden und gräbt in das Blatt ihre Zähne.
85 Und schon hatte das Blut begonnen, vom giftigen Gaumen
Niederzutropfen, besprengt und gefärbt die grünenden Gräser.
Doch war die Wunde nur leicht, denn sie zog sich zurück vor den
Stichen,
Nahm den verletzten Hals zurück, verhinderte weichend,
Recht zu sitzen den Stoß und ließ ihn tiefer nicht dringen.
90 Bis der Agenorsohn in die Kehle das Eisen ihr stach, nach-
drängend weiter und weiter ihr folgt, eine Eiche im Rückwärts-
weichen sie hemmt und der Nacken zuletzt an den Stamm ihr
gespießt ward.
Nieder bog sich der Baum von der Last der Schlange und ächzte,
Daß der Stamm ihm gepeitscht von dem zuckenden Ende des
Zagels.

95 Während der Sieger das Maß des besiegten Feindes betrachtet,
Klang eine Stimme plötzlich, woher war nicht zu erkennen,
Aber sie klang: »O Sohn des Agenor, was schaust die erlegte
Schlange du an, auch dich wird einst als Schlange man schauen.«
Cadmus hatte im Schrecken Besinnung und Farbe auf lange
100 Frist verloren, es sträubte sein Haar sich in kaltem Entsetzen.
    Siehe, des Mannes Hort, herniedergeschwebt aus dem Äther,
Pallas ist da und heißt ihn die Zähne der Schlange als Aussaat
Künftigen Volkes vertraun der aufgelockerten Erde.
Und er zieht, auf den Pflug sich stemmend, gehorsam die Furchen,
105 Streut in den Grund, wie geheißen, als Menschensamen die Zähne.
Da – zu glauben kaum – sich zu regen beginnen die Schollen,
Und es erscheinen zuerst aus den Furchen die Spitzen der Lanzen,
Dann der Häupter Bedeckung mit farbig nickendem Helmbusch;
Schultern tauchen dann auf und Brust und, gerüstet mit Waffen
110 Schwer, die Arme; es wächst die Saat der beschildeten Männer.
Wenn sich der Vorhang hebt vor der festlichen Bühne, dann
                                        steigen
So die Bilder empor und zeigen zuerst die Gesichter,
Mählich das Weitre, erscheinen, in ruhigem Zuge gehoben,
Endlich ganz und setzen den Fuß auf dem untersten Rand auf.
115 Cadmus, vom neuen Feinde geschreckt, will die Waffen ergreifen.
»Laß sie!« ruft da jedoch von dem Volk, das der Erde entwachsen,
Einer ihm zu, »und mische dich nicht in innere Kriege!«
Schlägt mit dem grausamen Schwert von den erdegeborenen
                                        Brüdern
Einen im Nahkampf, er selbst erliegt einem Speer aus der Ferne.
120 Auch, der den Tod ihm gegeben, er lebte nicht länger als er und
Hauchte des Lebens Luft schon aus, die kaum ihm gewonnen.
Folgend dem Beispiel rasen die Brüder alle, und Wunden
Leidend und schlagend verfallen die Raschen schnell ihrem
                                        Kampftod.
Und die Jugend, die so kurzes Leben erloste,
125 Schlug mit der warmen Brust schon auf die blutige Mutter.
Fünf überlebten. Von ihnen ist einer Echion gewesen,
Der, von Pallas gemahnt, die Waffen niedergelegt und
Bruderfriedensbund erbeten und selbst ihn gewährt hat.

DRITTES BUCH

Diese gewann der phœnicische Gast als Helfer am Werke,
130 Als er gründet die Stadt, wie des Phœbus Spruch ihn geheißen.

Theben stand. Schon konntest du trotz der Verbannung, o Cadmus,
Glücklich scheinen. Du hattest als Schwäher und Schwieger
gewonnen
Mars und Venus, dazu von solcher Gemahlin die Kinder,
So viel Söhne und Töchter und Enkel, innig geliebte.
135 Jünglinge schon auch die. Doch abzuwarten ist stets die
Letzte Stunde des Menschen und keiner glücklich zu nennen
Vor seinem Hingang, vor das letzte Geleit ihm gegeben.
Erster Trauer Grund in so viel Glück, o Cadmus,
Wurde dein Enkel dir, das Geweih, das jäh aus der Stirn ihm
140 Wuchs und ihr Hunde, die ihr am Blut eures Herrn euch geletzt
habt.
Doch, wenn du recht untersuchst, wirst an ihm du finden des
Schicksals
Schuld, nicht Verbrechen. Denn welch Verbrechen lag im Verirren?
Blut befleckte den Berg vom Mord an so mancherlei Wild, schon
Hatte der Mittag die Schatten der Dinge zusammengezogen,
145 Stand gleichweit entfernt von beiden Säulen die Sonne,
Als der bœotische Jüngling die weitzerstreut in der Wildbahn
Schweifenden Weidwerkgenossen mit freundlichem Worte
versammelt:
»Netz und Eisen trieft, ihr Gefährten, vom Blute der Tiere,
Jagdglück ward dem Tage genug. Wenn Aurora mit safran-
150 farbenem Rad aufs neu den jungen Morgen heraufruft,
Setzen wir fort unser Werk. Jetzt steht gleich weit von den beiden
Marken Phœbus entfernt und spaltet mit Hitze den Boden.
Laßt euer jetzig Geschäft und sammelt die knotigen Netze.«
Und, nachdem sie gehorcht, unterbrechen die Männer die Arbeit.
155 Dicht mit Föhren und spitzen Zypressen bestanden, ein Talgrund
Namens Gargaphie war der geschürzten Diana geheiligt.
Dort im Walde verborgen im letzten Grund eine Grotte:
Keiner Hände künstliches Werk, doch hatte mit ihrem
Geiste Natur der Kunst hier nachgeahmt und mit leichtem
160 Bimsstein und lebendem Tuff ein gewachsen Gewölbe geschaffen.

Rechts ein Quell da rauscht, nicht stark, doch lautersten Wassers,
Grün von Kräutern umsäumt den offenen Rand seines Mundes.
War sie müd von der Jagd, ließ gerne die Göttin der Wälder
Hier mit dem fließenden Tau überströmen die magdlichen Glieder.
Untergetreten schon übergibt sie einer der Nymphen –
Der, die die Waffen ihr trägt – den Köcher, den Speer, den
                                    entspannten
Bogen, es fängt mit dem Arm eine andre das fallende Kleid auf.
Zweie lösen die Riemen am Fuß. Denn das Kind des Ismenus,
Crocale, schlägt ihr, gewandter als jene, zum Knoten das frei den
Hals umspielende Haar – sie selbst trug offen das ihre.
Nephele, Hyale, Rhanis und Psecas und Phiale schöpfen
Emsig das Naß und gießen es aus mit den räumigen Krügen.
     Während Titanien hier die gewohnten Güsse umspülen,
Siehe, gerät der Enkel des Cadmus, der ziellosen Schrittes,
Nutzend der Jagd Unterbrechung, des fremden Waldes Bezirk
                                    durch-
schweifte, dort in den Hain. Es führte ihn so sein Verhängnis.
Da, sobald er die quelldurchrieselte Grotte betreten,
Schlagen die Nymphen beim Anblick des Mannes, nackt wie sie
                                    waren,
Jäh ihre Brüste, erfüllen mit lauten klagenden Rufen
Plötzlich den ganzen Hain. Mit den eigenen Leibern sie deckend
Drängen sie rings sich eng um Dianen. Doch höheren Wuchses
Ragt über alle hinaus um Haupteslänge die Göttin.
Purpurglut, wie Wolken sie eigen, die von der Sonne
Widerschein überstrahlt, wie sie eigen der Röte des Morgens,
Färbte Dianas Gesicht, da sie ohne Gewand sich erschaut sah.
Und, obgleich sie so dicht umringt von der Schar ihrer Treuen,
Stellt sie sich doch zur Seite gedreht und wendet das Antlitz
Rückwärts, und wie sie verlangt einen Pfeil in Händen zu haben,
Schöpfte sie, was ihr zur Hand, das Naß, besprengte des Mannes
Antlitz mit ihm, und, sein Haar mit den rächenden Fluten
                                    benetzend,
Spricht sie die Worte dazu, die das kommende Unheil ihm künden:
»Jetzt erzähle, du habest mich ohne Gewande gesehen,
Wenn du noch zu erzählen vermagst!« Sie drohte nicht weiter,

DRITTES BUCH

Gab dem besprengten Haupt des langelebenden Hirsches
195 Hörner, die Länge dem Hals, macht spitz das Ende der Ohren,
Wandelt zu Läufen um seine Hände, die Arme zu schlanken
Schenkeln, umhüllt seinen Leib mit dem fleckentragenden Vliese,
Gab auch die Furcht ihm dazu. Es flieht Autonoës tapfrer
Sohn und wundert sich selbst im Laufe der eigenen Schnelle.
200 Als er aber Gesicht und Geweih in den Wellen erblickte,
Wollte er: »Weh mir!« rufen – es folgt keine Stimme, ein Stöhnen
Nur! (Dies ist seine Stimme fortan.) Das Antlitz – nicht seines
Mehr – überströmen die Tränen; ihm blieb sein früher Gemüt nur.
Was soll er tun? Zum Haus des Königs zurückfliehn, im Wald sich
205 Bergen? Die Scham, die Furcht verbietet das Eine, das Andre.
    Während er zaudert, erspähn ihn die Hunde; es gaben als erste
Schwarzfuß und Spürauf, der scharfe, mit lautem Bellen das
                                                    Zeichen
(Spürauf Gnosier, Schwarzfuß spartanischer Rasse.) Da stürzen
Rascher als Sturmeswehn herbei in Eile die andern:
210 Allfraß, Bergfreund, Luchs (arcadische Rüden sie alle),
Hirschtod, der kräftige, und der grimmige Jäger und Wirbel,
Fittich, der tüchtige Läufer, der tüchtige Witterer Suchfein,
Waldmann, der wilde, erst kürzlich vom Zahn des Ebers getroffen,
Hainlust (ihr Vater ein Wolf!), die Rinder früher bewachte:
215 Hirtin, und dann, begleitet von beiden Jungen: Harpyia,
Packan aus Sicyon auch mit den eingefallenen Weichen,
Renner, Glocke und Fleck und Tiger und Bärin, die starke,
Blank mit dem schneeweißen Fell und Ruß mit den schwärzlichen
                                                    Haaren,
Lauthals, gewaltig an Kraft, und Sturmwind, der schnellste der
                                                    Läufer,
220 Hurtig und Wölfin, die rasche, dazu ihr Bruder aus Cypern,
Räuber, die schwarze Stirn mit weißer Flocke gezeichnet,
Neger sodann und Rauh mit der harten, struppigen Decke,
Creter vom Vater her, von Mutterseite Laconier:
Gierschlund und Scharfzahn, und Klaff mit der scharf durch-
                                                    dringenden Stimme.
225 Und noch andere mehr! In wilder Gier nach der Beute
Jagt über Stein und Fels, über unzugängliche Klippen,

Da, wo schwierig der Weg, und da, wo keiner, die Meute.
Und er flieht durch Gelände, in dem so oft er verfolgt hat.
Weh! Seine eigenen Diener flieht er! Er möchte wohl rufen:
»Ich bin Actæon! Erkennt den eigenen Herrn!« Doch versagt das
Wort sich dem Sinn. Von Gebell nur widerhallen die Lüfte.
   Schwarzhaar brachte zuerst im Rücken ihm bei eine Wunde,
Wildfang die nächste darauf, es hing am Buge ihm Bergwelp.
Später geeilt zur Jagd, hatten kürzeren Weg sie gewonnen,
Steigend quer waldein. Dieweil ihren Herren sie halten,
Kommt die übrige Schar und schlägt in den Leib ihm die Zähne.
Schon fehlt Wunden der Platz. Er seufzt – ein Klang wie ein
                              Menschen-
laut zwar nicht, doch auch nicht so, wie ein Hirsch ihn kann äußern.
So erfüllt das bekannte Gebirg er mit traurigen Klagen,
Und, einem flehend Bittenden gleich in die Kniee gesunken,
Läßt an der Arme statt die stummen Blicke er kreisen.
Ahnungslos jedoch hetzt der Gefährten Schar mit gewohnten
Rufen die rasende Meute; sie suchen mit Augen Actæon,
Rufen, als wäre er fern, um die Wette zusammen ›Actæon!‹.
Er erhebt auf den Namen das Haupt. Sie beklagen sein Fernsein,
Daß dem Säumgen die Schau der bescherten Beute entgehe.
Fernsein möchte er, doch er ist da! Er wollte wohl sehen,
Nicht aber fühlen selbst das wilde Gewerk seiner Hunde.
Rings umdrängen sie ihn, in den Leib die Schnauzen ihm tauchend,
Reißen im trügenden Bild des Hirschs ihren Herrn sie in Stücke.
   Erst, als in zahllosen Wunden, so sagt man, geendet sein Leben,
War ersättigt der Zorn der köcherbewehrten Diana.

Zwiespalt herrscht im Gerede, den einen dünkte die Göttin
Heftger als billig, die andern, sie loben sie würdig des strengen
Jungfrauentums, und Gründe weiß der und jener zu finden.
Juno äußert allein hier weniger Lob oder Tadel
Als ihre Freude darob, daß es traf das Haus des Agenor.
So überträgt sie den auf die tyrische Kebse gehäuften
Haß auf der Sippe Genossen. Und sieh! Es tritt zu dem alten
Grunde ein neuer: es schmerzt sie, daß schwanger vom Samen des
                             großen

Juppiter Semele geht. Die Zunge gelöst schon zum Zanken,
Spricht sie: »Wie oft schon hab' ich gezankt und wie wenig
                                                    gewonnen!
Treffen muß ich sie selbst, sie selbst, ich werd' sie verderben,
Heiß ich die große Juno zu recht, gebührt meiner Hand, zu
265 Tragen den Edelsteinstab, wenn ich Königin, Schwester und Gattin
Juppiters bin! Die Schwester wohl schon! – Doch vielleicht ist mit
                                                    stillem
Raub sie zufrieden und kurz meines Ehegemaches Beschimpfung?
Nein! Sie empfing! Das fehlte! Sie zeigt mit trächtigem Leibe
Offen die Schuld und hofft, was *mir* kaum gelang, von dem einen
270 Juppiter Mutter zu werden! So viel vertraut sie der Schönheit!
Daß sie sich täusche! Ich bin nicht die Tochter Saturns, wenn von
                                                    ihrem
Juppiter selbst nicht versenkt sie gelangt zu den stygischen
                                                    Wellen!«
    Hob sich hierauf von dem Thron. Verhüllt in fahlem Gewölke
Nahte sie Semeles Schwelle, sie ließ die Wolke nicht schwinden,
275 Ehe sie sich zur Alten gemacht, ihre Schläfen gedeckt mit
Grau, ihre Haut mit Runzeln gefurcht, auf zitternden Füßen
Trug den gekrümmten Leib, ihre Stimme zur greisen gewandelt:
Beroë aus Epidaurus leibhaftig, Semeles Amme!
So knüpft sie an ein Gespräch, und als sie nach längerem Schwatzen
280 Auch auf Juppiter kamen zu reden, seufzt sie: »Ich wünschte,
Daß es Juppiter sei, doch fürchte ich alles, schon viele
Fanden in züchtige Kammern den Weg unter Namen von Göttern.
Und, daß es Juppiter ist, genügt nicht: Ist er der Rechte,
Soll er ein Pfand seiner Liebe dir geben, er soll dich umarmen
285 Groß und gewaltig, wie ihn empfängt die erhabene Juno.
Das mußt du heischen und, daß zuvor seine Zeichen er annimmt.«
    So von Juno berückt, verlangt des Cadmus betörtes
Kind von dem Gott ein Geschenk, des Name zuvor nicht genannt
                                                    sei.
»Wähle«, verspricht er ihr da, »du hast kein Nein zu befürchten.
290 Und, daß du sicherer glaubst, so soll es auch wissen des dunklen
Stygischen Stromes Macht, der Furcht und Gott ist der Götter!«
    Froh ihres Unheils, zu reich an Macht, dem Verderben verfallen,

Semele durch den Gehorsam des Liebenden, spricht: »Wie die
hehre
Tochter Saturns dich umfängt, wenn den Bund der Liebe ihr
eingeht,
295 Sollst du dich schenken mir!« Da wollte der Sprechenden Lippen
Schließen der Gott, doch war das Wort schon enteilt in die Lüfte.
Und er seufzt, denn *sie* kann, daß sie gewünscht, nicht mehr
ändern,
Daß er geschworen, nicht *er*. Tieftraurig schwebt zu des Äthers
Höhen er also empor, er winkt sich die Wolken heran und
300 Heißt auch folgen die Schauer des Regens, die Winde mit Wetters
Leuchten, den Donner dazu und den unentrinnbaren Blitzstrahl.
Doch er versucht, soviel er vermag, seine Kräfte zu mindern.
Und er bewehrt sich nicht mit dem Strahl, mit dem er den hundert-
händgen Typhoeus gestürzt, zuviel Wildheit birgt sich in diesem.
305 Nein, es gibt einen leichtern Blitz, dem die Hand der Cyclopen
Weniger flammende Wut verliehen und weniger Zornkraft.
›Zweites Geschoß‹, so sagen die Götter. Diesen ergriff er,
Trat in des Cadmus Haus. Der sterbliche Leib, er ertrug des
Äthers Gewalten nicht und brennt an den Gaben des Gatten.
310 Unentwickelt und zart, das Kind wird entrissen der Mutter
Schoß und – geziemt es der Kunde zu glauben – genäht in des
Vaters
Schenkel; und es erfüllt in diesem die Zeit seiner Reife.
Heimlich zog zunächst in der Wiege es auf seine Muhme
Ino, dann ward es den Nymphen des Nysa gegeben; in dessen
315 Grotte bargen es die und gaben Milch ihm zur Nahrung.
Während dies nach des Schicksals Gesetzen auf Erden geschieht
und
Sicher die Kindheit bleibt des zweimalgeborenen Bacchus,
Habe Juppiter einmal, vom Nectar erheitert die schweren
Sorgen, so sagt man, beiseite gelegt, mit der müßigen Juno
320 Lose gescherzt und dabei zu dieser gesprochen: »Gewiß doch:
Größer ist eure Lust, als die uns Männern zuteil wird!«
Juno verneint. Man beschloß, den gelehrten Tiresias nach seiner
Meinung zu fragen: Der kannte von beiden Seiten die Liebe.
Denn er hatte im grünenden Wald die Leiber von zwei sich

DRITTES BUCH

325 Paarenden großen Schlangen verletzt mit dem Hieb seines Stabs
und,
Aus einem Manne darauf – wie seltsam – zum Weibe geworden,
Sieben Herbste verbracht. Im achten sah er die Schlangen
Wieder und sprach: »Liegt im Hieb, der euch trifft, ein solches
Vermögen,
Daß er des Schlägers Natur ins Entgegengesetzte vekehrt, so
330 Will ich euch treffen aufs neu!« Er traf die Schlangen, da kehrt ihm
Wieder die alte Gestalt, das Geschlecht, in dem er geboren.
Er, zum Richter gewählt in dem scherzhaften Streite, bestätigt
Juppiters Wort. Und diese Entscheidung schmerzte die Göttin
Schwerer, so hört man, als recht, nicht so, wie der Sache es anstand.
335 Und sie verdammte das Aug ihres Richters zu ewiger Blindheit.
Doch der allmächtige Vater – denn tilgen darf eines Gottes
Werk kein anderer – gab ihm anstatt des genommenen Augen-
lichtes das Künftge zu wissen und lindert die Strafe durch Ehrung.

Weithin berühmt schon gab der Seher dem fragenden Volke
340 Unangefochtene Antwort in all den bœotischen Städten.
Daß seiner Stimme zu traun, erprobte als erste die Wasser-
nymphe Liriope, die im Gewirr seiner Schlingen Cephisus
Einstmals gefangen, und der er Gewalt getan, als seine Wellen
Rings sie umschlossen. Ein Kind, das man damals schon hätte
lieben
345 Können, gebar aus schwangerem Schoß die herrliche Nymphe.
Und sie nennt es Narcissus. Befragt, ob diesem bestimmt sei,
Daß er nach langer Zeit die Reife des Alters erlebe,
Sprach der zukunftwissende Greis: »Wird sich selbst er nicht
schauen!«
Eitel erschien der Spruch des Sehers lange: Des Knaben
350 Ende, die Art seines Todes, sein neuer Wahn, er bewies ihn.
Denn schon hatte der Sohn des Cephisus zum fünfzehnten Jahre
Eines gefügt und konnte so Jüngling scheinen wie Knabe.
Jünglinge haben ihn viele begehrt und viele der Mädchen.
Doch solch harter Stolz war gesellt seiner lieblichen Schönheit:
355 Keiner der Jünglinge hat ihn gerührt und keines der Mädchen.
Als in die Netze er trieb die scheuen Hirsche, erblickte

Einst ihn die Nymphe, die weder gelernt einem Anruf zu
schweigen,
Noch zu reden als erste, des Widerhalls Ruferin Echo.
Damals war Echo noch Leib, nicht Stimme nur, doch ihrer
Sprache
360 Hatte nur *den* Gebrauch die Geschwätzige, den sie noch jetzt hat,
Daß sie von vielen Worten die letzten nur kann wiederholen.
Dies hatte Juno gewirkt, weil Echo einst, als die Göttin
Hätte die Nymphen können ertappen, die oftmals mit ihrem
Juppiter lagen am Berg, sie mit Absicht schwatzend zurückhielt,
365 Bis die Nymphen geflohn. Als Juno es endlich bemerkte,
Sprach sie: »Der Zunge, durch die ich gefoppt, sollst du wenig nur
mächtig
Bleiben, behalten nur zu kürzester Nutzung die Sprache.«
Und sie tut, wie gedroht. Nun verdoppelt Echo der Reden
Ende und trägt nur die Worte zurück, die sie vorher gehört hat.
370 Da also diese Narcissus gesehn durch die einsamen Felder
Streifen, und da sie entbrannt, folgt heimlich sie nach seinen
Spuren,
Und seine Nähe läßt, je mehr sie ihm folgt, sie erglühen.
Wie wenn der hitzige Schwefel, der rings umstrichen der Fackeln
Enden, die Flammen, die man ihm nähert, jäh zu sich herrafft.
375 Ach, wie oft nicht wollte mit schmeichelnden Worten sie nahen,
Sanftes Bitten zu Hilfe noch nehmen – ihr Wesen verwehrt es,
Läßt, daß sie anfängt, nicht zu! Doch, was es zuläßt: auf Klänge
Ist sie zu harren bereit, auf die ihre Antwort sie schicke.
Einmal rief der Knabe, versprengt von der treuen Begleiter
380 Schar: »Ist jemand zur Stelle?« – »Zur Stelle!« erwiderte Echo.
Und er staunt und schickt nach allen Seiten die Blicke,
Ruft: »So komme doch!« laut. Sie ruft den Rufer. Da wieder
Niemand kommt, ruft er: »Was fliehst du mich denn?« und
empfing der
Worte soviele zurück, als er selber eben gerufen.
385 Nochmals ruft er, getäuscht von der Wechselstimme: »So laßt uns
Hier uns vereinen!« – und Echo, nie lieber bereit, einem Klange
Antwort zu geben als dem, sie ruft zurück: »Uns vereinen!«
Tut ihren Worten gemäß, sie tritt heraus aus dem Walde,

DRITTES BUCH

Eilt, um den Hals, den ersehnten, die Arme zu schlingen. Doch
jener
390 Flieht und ruft im Fliehn: »Nimm weg von mir deine Hände!
Eher möchte ich sterben, als daß ich würde dein Eigen!«
Da gab nichts sie zurück als: »Daß ich würde dein Eigen!«
   Und die Verschmähte verbirgt sich im Walde, sie deckt sich mit
Blättern
Schamvoll das Antlitz und lebt von nun an in einsamen Grotten.
395 Aber die Liebe, sie haftet und wächst mit dem Schmerz des
Verschmähtseins,
Nimmer ruhender Kummer verzehrt den kläglichen Leib, und
Dörrend schrumpft ihre Haut, die Säfte des Körpers entweichen
All in die Lüfte. Nur Stimme und Knochen sind übrig. Die Stimme
Blieb, die Knochen sind, so erzählt man, zu Steinen geworden.
400 Seitdem hält sie im Wald sich versteckt, wird gesehen an keinem
Berg, doch von allen gehört. Was in ihr noch lebt, ist der Klang nur.
   So hatte sie er gekränkt, so andre aus Wasser und Bergen
Stammende Nymphen und so zuvor die Kreise der Männer.
Ein Verachteter hatte die Hände zum Äther erhoben:
405 »So mög' lieben er selbst und so, was er liebt, nicht erlangen!«
Und dem gerechten Gebet stimmte zu die vergeltende Gottheit.
   Rein von Schlamm ein Quell, mit silberglänzenden Wellen,
Dem kein Hirte genaht, keine Ziege, wie sie am Berghang
Weiden, auch sonst kein anderes Vieh, den weder ein Vogel,
410 Noch ein Wild getrübt, noch ein Zweig, gefallen vom Baume.
Rasen wuchs ringsum, von der nahen Feuchte ernährt, und
Wald, der von keiner Sonne den Ort will lassen erwarmen.
Müde vom Eifer der Jagd und der Hitze legte der Knabe
Hier sich nieder, vom Anblick des Ortes gelockt und der Quelle.
415 Während den Durst er will löschen, erwuchs ein anderer Durst ihm.
Während des Trinkens liebt er, berückt von dem Reiz des
erschauten
Bilds einen leiblosen Wahn, was Welle ist, hält er für Körper,
Staunt sich selber an; und reglos bleibt mit gebanntem
Blick wie ein Standbild er starr, das aus parischem Marmor
gehauen.
420 Liegend am Boden schaut er das Sternenpaar, seine Augen,

Schaut das Haar, das würdig des Bacchus, würdig Apollons,
Schaut die Wangen, die glatten, den Elfenbeinhals, des Gesichtes
Anmut, das Rot auf ihm, gepaart mit schneeiger Weiße,
Und er bewundert alles, worum er selbst zu bewundern.
425 Arglos begehrt er sich selbst, erregt und findet Gefallen,
Wird verlangend verlangt, entbrennt zugleich und entzündet.
Küsse gab er, wie oft! vergebens der trügenden Quelle,
Tauchte die Arme, wie oft! den erschauten Hals zu umschlingen,
mitten hinein in die Flut und kann sich in dieser nicht greifen,
30 Weiß nicht, was er da schaut, doch was er schaut, daran brennt
er.
Und der Wahn, der sie täuscht, er reizt seine Augen. – Was
haschst ver-
blendet du nur umsonst nach dem Schatten, dem flüchtigen? –
Nirgends
Ist, was du suchst. Kehr dich ab! und du wirst, was du liebst
hier, verderben.
Was du da siehst, ist der Schein des zurückgeworfenen Bildes,
35 Aus sich selbst ist es nichts: mit dir erscheint es und bleibt es,
Scheiden wird es mit dir, wenn du zu scheiden vermöchtest!
Nicht die Sorge um Nahrung und nicht die Sorge um Ruhe
Kann ihn ziehen von dort. Gestreckt auf den schattigen Rasen
Schaut er mit unersättlichem Blick die Lügengestalt und
40 Geht an den eigenen Augen zugrund. Ein wenig erhoben
Ruft er, die Arme gestreckt zu den ringsum stehenden Bäumen:
»Hat so grausam gequält, ihr Bäume, geliebt schon ein Andrer?
Wißt ihr es doch, denn ihr botet schon vielen erwünschte
Verstecke.
Da euer Leben sich dehnt über so viel Jahrhunderte, denkt ihr
45 Eines je aus der langen Zeit, der so sich verzehrte?
Denn ich liebe und schaue, doch, was ich liebe und schaue,
Finde ich nicht, den Liebenden hält eine solche Verwirrung.
Und, meinen Schmerz zu erhöhn, uns trennt kein gewaltiges
Meer, uns
Trennt kein Gebirge, kein Weg, mit verschlossenen Toren nicht
Mauern,
50 Nur ein geringes Wasser trennt uns. Umschlungen zu werden

Wünscht er sich selbst, denn so oft ich zum Kuß nach dem Spiegel
mich neige,
Strebt mit gewölbtem Mund er zu mir; ihn berühren zu können,
Glaubst du. Was zwischen den Liebenden steht, es ist ein
Geringstes.
Wer du auch seist, tritt heraus! Was täuschst du mich, einziger
Knabe?
455 Ach, wohin weichst du, Begehrter? Gewiß nicht Gestalt und nicht
Alter
Müßtest du fliehen an mir, und mich haben schon Nymphen
umworben.
Hoffnung gibst du, ich weiß nicht worauf, mir mit freundlicher
Miene,
Streck ich die Arme nach dir, so streckst du entgegen die deinen,
Lächle ich, lächelst du mit, deine Tränen auch merkte ich oftmals,
460 Wenn ich selber geweint, auch erwiderst du Zeichen und Winke,
Und, soviel aus der Regung des schönen Mundes ich schließe,
Gibst du Worte zurück, die zu meinem Ohre nicht dringen. –
Der da bin Ich! Ich erkenne! Mein eignes Bild ist's! In Liebe
Brenn' ich zu mir, errege und leide die Flammen! Was tu ich?
465 Laß ich mich bitten? Bitt' ich? Was sollte ich dann auch erbitten?
Was ich begehre ist *an* mir! Es läßt die Fülle mich darben.
Könnte ich scheiden doch von meinem Leibe! O neuer
Wunsch eines Liebenden: wäre – so wollt' ich – fern, was ich liebe!
Und schon nimmt der Schmerz mir die Kräfte, es bleibt mir nicht
lange
470 Zeit mehr zu leben, ich schwinde dahin in der Blüte der Jahre.
Schwer ist der Tod nicht mir, der mit ihm verliert seine Schmerzen:
Er, den ich liebe, ich wollte, daß Er beständiger wäre.
Jetzt, jetzt sterben vereint in einem Hauche wir beide!«
Sprach es und kehrte mit krankem Sinn zurück zu dem gleichen
475 Anblick und störte mit Tränen die Flut. Da ward von des Wassers
Regung getrübt die Gestalt. Er sieht es und ruft, wie sie schwindet:
»Ach, wohin entfliehst du? Verweile, verlasse nicht grausam
Den, der dich liebt! Es bleibe, was nicht zu berühren vergönnt ist,
Doch mir zu schauen und Nahrung dem elenden Wahne zu geben!«
480 Und im Schmerze zerreißt sein Gewand er vom oberen Saume,

Trifft die entblößte Brust mit den Schlägen der marmornen Hände.
Zartes Rot nahm da, von den Schlägen getroffen, die Brust an.
So wie Äpfel oft sich färben, die hell auf der einen
Seite, der anderen rot, wie Trauben, die noch nicht gereift sind,
Purpurn zu schimmern beginnen auf farbig schillernden Beeren.
Als er dies erschaut in dem wieder geklärten Gewässer,
Trug er es länger nicht: Wie das gelbliche Wachs in gelindem
Feuer zerschmilzt, wie Reif des Morgens in wärmender Sonne
Langsam vergeht, so schwindet er hin, von der Liebe entkräftet,
Und verzehrt sich allmählich in unerschaubaren Flammen.
Schon ist die Farbe nicht mehr, das Weiß, mit der Röte gepaart,
    bleibt
Nicht die Frische, die Kraft, was eben den Augen gefallen,
Nicht der Leib zurück, den Echo einstens geliebt hat.
    Diese, als sie es sah, obgleich ihres Zornes gedenkend,
Trauerte doch, und sooft der arme Knabe sein: »Wehe!«
Rief, wiederholte auch sie mit der Stimme des Widerhalls: »Wehe!«
Dann auch, wenn er den Arm mit den Händen sich schlagend
    getroffen,
Gab mit dem gleichen Klang sie zurück das Tönen der Schläge.
Des, wie gewohnt, in die Flut noch Schauenden letztes Wort war:
»Knabe, den ich vergebens geliebt«, – und gleichviele Worte
Hallten zurück – »leb wohl!« – »Leb wohl!« auch klang es von
    Echo.
    Nieder senkt er sein mattes Haupt in die grünenden Gräser,
Tod schloß die ihres Herren Gestalt bestaunenden Augen.
Auch, als ihn auf dann genommen die unterirdischen Sitze,
Schaut er sich selbst im Wasser der Styx. Seine Schwestern, die
    Nymphen,
Klagen und weihen dem Bruder die abgeschnittenen Locken.
Auch die Dryaden klagen, es klagt mit den Klagenden Echo.
Scheiter, spänige Fackeln, die Bahre wurde gerüstet –
Nirgends der Leib. Man fand eine Blume statt seiner, dem Crocus
Gleich, die mit weißen Blättern umhüllt das Herz ihrer Blüte.

    Wie er verdient, hatte dies, da bekannt es geworden, des Sehers
Ruhm durch die Städte Achaias getragen, und groß war sein Name.

Einzig von allen der Sohn des Echion verspottet ihn dennoch,
Pentheus, der Götter Verächter. Der ahnenden Worte des Greises
515 Lacht er, die Blindheit und, daß des Lichtes Verlust ihn getroffen,
Wirft er ihm vor. Da spricht der Seher, das Grau seiner Schläfen
Schütternd: »Wie glücklich du wärst, wenn auch du dieses Lichtes
verlustig
Würdest, daß du die Weihen des Bacchus nicht müßtest erschauen.
Denn es kommt der Tag und ist, ich verkünd' es, nicht ferne,
520 Da der Semele Sohn als neuer Gott bei uns einzieht.
Wenn du diesen der Ehre, ihm Tempel zu weihen, nicht würdigst,
Wirst, in Fetzen zerstreut, im Blute du liegen an tausend
Orten, besudeln den Wald, deine Mutter, die Schwestern der
Mutter.
Und es kommt. Denn du wirst die Gottheit der Ehre nicht
würdgen,
525 Wirst, daß zu viel ich geschaut unter dieser Blindheit, beklagen!«
Während er so noch spricht, verjagt ihn der Sohn des Echion.
Wahr wird in Bälde das Wort; was der Seher geweissagt, erfüllt
sich.
Bacchus ist da. Das Feld erhallt von den festlichen Schreien;
Hin stürzt die Menge. Es reißt mit den Männern die Mütter und
Töchter,
530 Volk und Adel heran zu den neuen, fremden Gebräuchen.
»Was für ein Wahnsinn betört euren Geist, ihr schlangengebornen
Söhne des Mars«, so spricht da Pentheus, »vermag denn geschlagen
Erz auf Erz so viel und aufwärtsgebogene Flöten,
Zaubrischer Trug, daß *euch*, die nicht die Schwerter von Kriegern,
535 Nicht die Tuba geschreckt, nicht Heere mit dräuenden Waffen,
Jetzt das Schreien der Weiber, dem Wein entwachsene Tollheit
Zuchtloser Horden und Schall von leeren Becken besiegen?
Soll über euch ich mich wundern, ihr Greise, die ihr nach langer
Meerfahrt, Tyrus hier neu mit den flüchtgen Penaten begründet,
540 Kampflos es preisgebt nun, über *euch*, die ihr rascheren Alters,
Jünglinge, näher mir selbst, denen ziemte, die Waffen zu tragen,
Nicht den Thyrsus, mit Helmen und nicht mit Laub sich zu decken.
Seid, ich bitte, gedenk, aus welchem Stamm ihr entsprossen.
Jenes Drachen Mut, der als Einzelner viele vernichtet,

545 Faßt euch. Er zwar ging für die Flut seiner Quelle zugrunde,
Ihr sollt siegen jedoch für den alten Ruhm eures Namens.
Er gab Tapfern den Tod, und *ihr* sollt Weichlinge jagen,
Sollt eurer Väter Ehre behaupten. Verbot es das Schicksal
Theben weiter zu stehn, o, daß dann Geschütze die Mauern
550 Stürzten und Männer, daß Lärm von Eisen und Feuer zu hören!
Elend, wären wir frei doch von Schmach, unser Los zu beklagen,
Nicht zu verhehlen dabei, die Tränen entbehrten der Schande.
Jetzt nimmt Theben ein der ungerüstete Knabe,
Den der Krieg nicht erfreut, nicht Waffen und Rossegetummel,
555 Sondern myrrhentriefendes Haar und weichliche Kränze,
Purpur noch und Gold, in bunte Gewänder verwoben.
Ich aber will sofort – wenn ihr nur nicht hindert – ihn zwingen
Angemaßt zu gestehn den Vater, erdichtet die Weihen.
Hatte Acrisius nicht, den falschen Gott zu verachten,
560 Mutes genug, seinem Einzug die Tore von Argos zu schließen,
Und mit dem ganzen Theben sollt schrecken der Kömmling den
                                                    Pentheus?
Vorwärts geht!« so befiehlt er den Dienern, »geht, und den Führer
Bringt mir gebunden hierher; und fern sei lässiges Säumen!«
      Ihn bestürmen der Ahn, ihn Athamas, ihn von den Seinen
565 Alle die andern mit Worten und mühn sich umsonst, ihn zu halten.
Heftiger wird seine Wut durch das Mahnen und Hemmen gereizt
                                                    und
Steigert sich nur – das Verzögern gerade erwies sich als schädlich.
So sah ruhiger schon mit mäßigem Rauschen den Bergstrom
Da, wo nichts seinem Lauf widerstand, zu Tale ich fließen;
570 Aber, wo Stämme und Sperren von Felsen ihn suchten zu hindern,
Stürzte er schäumend und kochend dahin, durch das Hemmnis nur
                                                    wilder.
      Siehe, sie kommen blutig zurück. Auf die Frage des Herrn, wo
Bacchus denn sei, verneinen sie, Bacchus gesehen zu haben.
»Aber«, so sprachen sie, »diesen Gefährten und Helfer der Weihen
575 Nahmen wir fest«, übergeben, die Hände zum Rücken gebunden,
Einen tyrrhenischen Stamms, der des Gottes Weihen gefolgt war.
      Den blickt Pentheus an mit Augen, die schrecklich gemacht der
Zorn, und spricht, obgleich er die Stunde der Strafe nur ungern

96 DRITTES BUCH

Aufschiebt: »Dem Tode Verfallner, bestimmt, durch dein Ende
                                          auch andern
580 Warnung zu werden, sag du deinen Namen und den der
Eltern, die Heimat und, warum du den neuen Gebrauch übst.«
    Jener frei von Furcht: »Es ist mein Name Acœtes,
Lydien Heimat mir, aus niederem Volke die Eltern.
Feld, es mit harten Rindern zu ackern, wolliger Schafe
585 Herden, irgendwelch Vieh hat der Vater mir nicht hinterlassen.
Arm war er selbst und pflegte die schnellenden Fische mit Schnur
                                             und
Haken zu locken und dann aus dem Wasser zu ziehn mit der Rute.
Nur seine Kunst Vermögen ihm war. Als er die mir vermachte,
Sprach er: »So nimm, was ich habe an Schätzen, du meines Strebens
590 Folger und Erbe!« und ließ mir sterbend nichts als des Meeres
Fluten zurück, nur die kann Vatererbe ich nennen.
Bald, nicht immer nur an den gleichen Klippen zu kleben,
Lernt' mit der Rechten ich führen das Steuerruder des Schiffes,
Hieß meine Augen merken der regenbringenden Ziege
595 Sternbild, Taygete und die Hyaden, die Bärin des Nordens,
Auch, wo die Häuser der Winde und Schiffen geeignete Häfen.
    Delos war einmal mein Ziel, als den Strand von Chios ich anlief
Und mit der Kraft der Ruder nach rechts mich wendend zum Land
                                          hin-
trieb und in leichtem Sprung auf den feuchten Sand mich hinabließ.
600 Als verstrichen die Nacht – es zeigte sich eben ein erstes
Rot in dem Osten – stehe ich auf, erinnere, daß frisches
Wasser zu holen, zeige den Weg, der zum Quell führt, und schaue
Selbst von der Höh eines Hügels noch aus, was der Wind mir
                                        verspreche,
Ruf den Gefährten darauf und wende zurück mich zum Kiele.
605 »Wohl, das sind wir!« so sagt der Genossen erster, Opheltes,
Führt übers Ufer daher einen Knaben, zart wie ein Mädchen,
Den er auf einsamen Feldern als Beute, so meint er, gefunden.
Schwer von Wein und Schlaf scheint dieser zu schwanken und nur
                                        mit
Mühe zu folgen. Die Tracht, den Gang, das Antlitz betracht' ich:
610 Nichts ersehe ich da, was man sterblich durfte erachten,

Seh' es und sag den Genossen: »Ich weiß nicht, welchen der Götter
Birgt der Leib hier, doch birgt der Leib hier einen der Götter.
Mögest, wer du auch seist, unsern Mühen gnädig du beistehn,
Mögest auch diesen verzeihn.« – »Für uns zu bitten, laß bleiben!«
615 Spricht da Dictys, der schneller als jeder andre die höchsten
Rahen erklomm, ein Tau dann ergriff und wieder hinabglitt.
Recht gibt Libys und recht ihm der blonde Melanthus, des
                                                    Vordecks
Wächter, recht ihm Alcimedon und, der Pausen und Zeitmaß
Rufend den Rudern gab, der Sporner der Geister Epopeus,
620 Recht ihm die anderen all. So blind ist Begierde nach Beute.
»Aber ich dulde es nicht, daß dieses Schiff durch so heilge
Last sich schade, und *mir* steht hier das höhere Recht zu!«
Sprach ich und trat in den Weg. Da wird der frechste von allen,
Lycabas, wütend, der, um schreckliche Bluttat aus einer
625 Tuscischen Stadt vertrieben, Verbannung als Strafe verbüßte.
Da ich wehre, zerschmettert er fast mit dem Schlag seiner jungen
Faust mir die Kehle und hätte hinaus ins Meer mich geschleudert,
Wär' ich – besinnungslos zwar – in den Tauen nicht hängen
                                                    geblieben.
Recht erscheint es der gottlosen Schar. Da endlich spricht Bacchus –
630 Bacchus ist's nämlich gewesen – als ob durch das Schreien des
                                                    Schlummers
Bande gelöst und zurück aus dem Rausch die Besinnung ihm kehre:
»Was für ein Schrein? Was tut ihr? Mit wessen Hilfe, ihr Schiffer,
Sagt mir, kam ich hierher? Und wohin mich zu bringen, gedenkt
                                                    ihr?«
»Hab keine Angst!« sagt Proreus, »den Hafen, den du erreichen
635 Möchtest, nenn', und du wirst das erwünschte Gestade betreten!«
»Richtet«, erwidert der Gott, »auf Naxos die Fahrt eures Schiffes,
Dort bin ich heimisch, das Land wird auch euch sich gastlich
                                                    erzeigen.«
Gelten sollt' es, so schwören sie trüglich beim Meere, bei allen
Göttern und heißen dem bunten Schiff die Segel mich setzen.
640 Rechts lag Naxos. Nach rechts beginn' ich zu segeln. »Du Narr,
                                                    was
Machst du? Was für ein Wahnsinn erfaßt dich?« ruft da Opheltes

»Halte doch ein!« »Nach links!« dies gibt mir durch Zeichen und
                                                              Wink der
Größere Teil zu verstehn, der andere zischelt's ins Ohr mir.
Ich war bestürzt und sprach: »Übernehme ein andrer die
                                                         Lenkung!«
645 Und entziehe mich so dem Dienst an Schiff und Verbrechen.
Da schilt alles auf mich, aus dem ganzen Haufen ein Murren.
Einer von ihnen, Aethalion spricht: »Ach freilich, es liegt ja
All unser Heil nur an dir!« übernimmt meine Stelle, mein Werk und
Wendet von Naxos ab in die Richtung, die diesem entgegen.
650 Da, als ob den Betrug er jetzt erst endlich bemerke,
Schaute der Gott vom geschwungenen Heck hinaus auf das Wasser,
Spricht einem Weinenden gleich: »Nicht dieses Ufer, ihr Schiffer,
Habt ihr verheißen, das ist das Land nicht, nach dem ich verlangte.
Ach, womit hab' ich solches verdient? Was bringt es für Ruhm
                                                                euch,
655 Wenn ihr Männer den Knaben betrügt, ihr vielen den einen!«
Lange schon weinte auch ich. Es lacht unsrer Tränen die frevle
Rotte und trifft mit dem eiligen Schlag der Ruder die Fluten.
    Jetzt aber schwör' ich dir zu bei ihm selbst – ist doch keiner der
                                                                   Götter
Gegenwärtger als Er: So unwahrscheinlich es ist, so
660 Wahr ist, was ich dir jetzt erzähle! Es stand in dem Meere
Fest das Schiff, als ob der Boden der Werft es noch hielte.
Voll Verwunderung peitschen sie weiter rudernd die Wellen,
Holen die Segel herab, mit zwiefachen Kräften zu eilen.
Efeu rankt sich da um die Ruder, in windenden Krümmen
665 Kriecht er empor und umwirkt mit dem Schmuck seiner Dolden die
                                                                  Segel.
Er, die Stirne umkränzt mit Trauben, Beere an Beere,
Schwingt seinen Stab, den üppig des Weinlaubs Blätter umhüllen.
Rings sich lagernd um ihn erscheinen Gestalten von Tigern,
Luchsen und wilden Panthern mit bunten, fleckigen Leibern.
670 Mochte der Wahnsinn oder die Furcht es wirken, die Männer
Fahren empor. Es begann als erster Medon am Leibe
Schwarz sich zu färben und auf zum Bogen den Rücken zu
                                                       krümmen.

Lycabas hebt zu ihm an und spricht: »In was für ein Wunder
Wandelst du dich?« Da wird der Mund des Sprechers zum weiten
Maule, die Nase ihm breit, seine Haut wird hart und beschuppt
sich.
Libys aber, gewillt, die stockenden Ruder zu regen,
Sieht, wie auf kleineres Maß die Hände plötzlich ihm schrumpfen,
Daß sie schon Hände nicht mehr, schon Flossen können nun
heißen.
Nach den gewundenen Tauen reckt dort ein andrer die Arme –
Arme hat er nicht mehr und springt gekrümmt mit dem glieder-
losen Leib in die Flut. Zur Sichel formt sich des Schwanzes
Ende, es teilt sich und buchtet sich aus wie die Hörner des
Halbmonds.
Ringsum springen sie nieder und lassen sie sprühen die Tropfen,
Tauchen aufs neue empor und kehren zurück unters Wasser,
Tummeln wie Tänzer die Leiber im Spiel und stoßen aus weiten
Löchern der Nasen aus die eingesogenen Fluten.
Und von den eben noch zwanzig – denn so viel trug unser
Fahrzeug –
Stand ich übrig allein, in kaltem Grausen am Leibe
Zitternd, nicht mächtig mein selbst. Da sprach beruhigend Er:
»Nun
Wirf aus dem Herzen die Furcht, auf Naxos halte!« Gelandet,
Ward ich geweiht und feire seitdem die Feste des Bacchus.«
    Pentheus sprach: »Wir liehen das Ohr dem langen Geschwätz da,
Daß der Zorn mit der Zeit seine Kraft hätte können verlieren.
Vorwärts, hinweg nun mit dem! Ihr Diener, mit schrecklichen
Martern
Quält seinen Leib und schickt hinab in die stygische Nacht ihn!«
Und sie schleppten sogleich hinweg den Tyrrhener Acœtes,
Sperrten ihn ein in festem Gelaß, doch dieweil des befohlnen
Todes grausames Rüstzeug, das Eisen, das Feuer man rüstet,
Öffneten sich von selbst, so erzählt man, die Türen; die Ketten
Glitten, von keinem gelockert, von selbst ihm herab von den
Armen.
    Pentheus bleibt verstockt. Jetzt heißt er nicht andere gehn – er
Selber stürzt nun dahin, wo, erwählt für die Weihen, Cithæron,

Hallt von den lauten Liedern und hellen Stimmen der Bacchen.
Wie das Schlachtroß knirscht und von Kampfesbegierde erfaßt
                                                          wird,
705 Wenn mit dem tönenden Erz der Tubabläser das Zeichen
Gab, so erregte den Pentheus der langgezogenen Schreie
Hall in den Lüften, so ließ ihr Klang in Zorn ihn erglühen.
    Etwa mitten am Berge, von Waldung außen umschlossen,
Liegt, von Bäumen frei, weithin zu sehen ein Blachfeld.
710 Als mit den Augen des Laien er dort das Heilige schaute,
Sah ihn zuerst und ward zuerst gestachelt zu wildem
Laufe und traf mit des Thyrsus Wurf ihren Pentheus zuerst die
Mutter. Sie schrie: »Meine Schwestern, ihr beiden, kommt mir zu
                                                          Hilfe!
Dort den Eber, den größten, der unsere Felder durchschweift, ich
715 Muß ihn treffen! Den Eber dort!« Da stürzt sich die ganze
Wütende Schar auf den Einen. Und alle, alle verfolgen
Ihn, der nun zagt und minder gewaltige Worte nun spricht, der
Nun sich verurteilt und nun bekennt, gesündigt zu haben.
Zwar er rief, schon verwundet: »Ach hilf, Autonoë, Muhme!
720 Möge Actæons Schatten den Sinn dir rühren!« Doch jene
Weiß nicht mehr, wer Actæon ist; des Flehenden Rechte
Reißt sie ihm ab, und Inos Griff beraubt ihn der Linken.
Hände, die zu der Mutter er hebe, besitzt der Unselge
Nicht mehr; er weist die Wunden, die blutigen Stümpfe der Arme,
725 Ruft: »O Mutter, blick her!« Agaue sah es – und jauchzte!
Warf in den Nacken den Kopf, ließ wehen ihr Haar durch die Luft
                                                          und,
Fassend das abgerissene Haupt mit den blutigen Fingern,
Schrie sie: »Gefährtinnen, hei! Hei, dieser Sieg ist gewonnen!«
    Schneller raubt nicht der Wind vom hohen Baume die Blätter,
730 Wenn sie, von herbstlicher Kälte gerührt, nur locker noch haften,
Als ihre gräßlichen Hände die Glieder des Mannes zerrissen.

    Thebens Frauen strömen, durch solches Beispiel gemahnt, zum
Neuen Dienste und räuchern und ehren die heilgen Altäre.

VIERTES BUCH

Doch die Minyas Tochter, Alcithoë, denkt nicht, des Gottes
Weihen zu nehmen. Nein! Daß Bacchus Juppiters Sohn sei,
Leugnet sie töricht noch jetzt und hat als des Frevels Genossen
Noch ihre Schwestern. Der Priester, er hatte geboten, des Gottes
5 Fest zu begehn, daß Herrin und Magd, ihrer Arbeiten ledig,
Deckten mit Fell sich die Brust und lösten die Bänder der Haare,
Trügen den Kranz auf dem Haupt, in der Hand den laubigen
                                Thyrsus,
Hatte geweissagt, es werde sich sonst der Zorn der verletzten
Gottheit furchtbar bezeugen. Die Mütter und Töchter gehorchen,
10 Stellen den Webstuhl, den Wollkorb beiseit und begonnenes
                                Tagwerk,
Räuchern und rufen ihn Bacchus und Lärmer und Löser und Sproß
                                des
Feuers und Wiedergezeugt und Einzig-geboren-von-zweien-
Müttern, des Nysa Kind, Thyones niemals geschorner
Sohn und Kelterer und der Traube heiterer Pflanzer,
15 Nächtlicher und Eleleus und Vater Iacchus und Euhan
Und, was für Namen du noch, unzählige, trägst bei der Griechen
Stämmen, o Liber. Denn *Du* hast unverlorene Jugend,
Knabe bist ewig Du. In herrlichster Schönheit wirst Du am
Hohen Himmel erschaut. Stehst ohne die Hörner du da, ist
20 Mädchenzart dein Haupt. Besiegt von Dir ist der Osten,
Bis, wo ferne der Ganges das farbige Indien feuchtet.
Pentheus, Verehrungswürdger, Lycurgus, den Schwinger des
                                Beiles,
Schlägst du, die Schänder des Heilgen, und schickst in die Flut der
                                Tyrrhener
Leiber. An bunten Zügeln, die prächtig den Hals ihnen zieren,
25 Lenkst du der Luchse Gespann; dir folgen Bacchen und Satyrn,
Folgt der Greis, der, berauscht, mit dem Stabe die schwankenden
                                Glieder

Stützt und – schneidig nicht eben – den Bauch des Esels
                                           umklammert.
Wo du immer erscheinst, erschallen der Jünglinge Rufe,
Stimmen der Frauen dazu, mit Händen geschlagene Trommeln,
30 Klang aus gehöhltem Erz und den langen Rohren der Flöten.
»Nahe besänftigt und mild!« so beten die Frauen von Theben,
Opfern gemäß dem Gebot. Des Minyas Töchter nur üben
Drinnen zur Unzeit die Kunst Minervas und stören die Feier,
Ziehen die Fasern der Wolle und drehn mit dem Finger den Faden,
35 Haften am Webstuhl und drängen zur Arbeit auch ihre Mägde.
      Eine von ihnen, den Faden mit leichtem Finger verspinnend,
Spricht: »Wenn die andern begehn die erdichteten Weihen und
                                                         feiern,
Wollen auch wir, die Pallas, die bessere Göttin, hier festhält,
Würzen mit buntem Gespräch das nützliche Werk unsrer Hände,
40 Etwas im Wechsel erzählen den müßigen Ohren im Kreise,
Wie es nicht duldet, daß die Zeit uns lange erscheine.
Lobend den Vorschlag bitten die Schwestern sie, selbst zu
                                              beginnen.
Da überlegt sie, was von so manchem sie bringe, denn vieles
Wußte sie: ob sie vielleicht erzähle von Babylons Tochter,
45 Dercetis, dir, die im Teich, wie der Syrer glaubt, sich getummelt,
Seit verwandelt ihr Leib und Schuppen die Glieder ihr deckten.
Oder lieber vielleicht, wie Flügel erhalten die Tochter
Und ihre Jahre zuletzt in den weißen Türmen verbrachte.
Oder, wie durch ihr Lied und allzu wirksame Kräuter
50 Jünglingsleiber die Nymphe in schweigende Fische verwandelt,
Bis sie dasselbe erlitt, oder, wie der Baum, der die weißen
Früchte getragen, schwarze nun trägt, weil Blut ihn genetzt hat.
Dies gefiel ihr, diese noch nicht bekannte Geschichte
Fing sie nun an, dieweil ihre Wolle sich zog in den Faden.

55 »Pyramus, er, der Schönste der Jünglinge, Thisbe, vor allen
Mädchen die Herrlichste, sie, die der Osten nannte sein eigen,
Wohnten sie Haus an Haus, wo Semiramis einst um die hohe
Stadt, wie erzählt wird, den Ring aus gebrannten Steinen
                                              geschlossen.

Nachbarschaft macht sie bekannt, sie fördert die ersten Schritte.
Liebe erwuchs mit der Zeit. Sie hätten geschlossen die Ehe,
Aber die Väter verboten's. Doch, was sie nicht konnten verbieten,
Stetig glühten in gleicher Glut die Herzen der Beiden.
Jeder Mitwisser fehlt, sie sprachen durch Winke und Zeichen,
Und je mehr es versteckt, desto heißer brannte das Feuer.
   Durch einen schmalen Riß, der entstanden, als sie gebaut ward,
War gespalten die Wand, die den beiden Häusern gemeinsam.
Diesen Fehler, den keiner in langen Jahrhunderten wahrnahm,
Saht ihr Liebenden erst – denn was entginge der Liebe? –
Ließet ihn werden zum Weg eurer Stimmen. In leisestem Flüstern
Pflegten sicher durch ihn die schmeichelnden Worte zu dringen.
Oft, wenn sie standen an ihr, hier Thisbe, Pyramus dort, und
Hatten im Wechsel gesaugt den Atemhauch ihrer Lippen,
Sprachen sie: »Neidische Wand, was stehst du den Liebenden
                                                    feindlich?
War es ein Großes, uns ganz die Leiber vereinen zu lassen,
Oder, wenn dies zuviel, dich Küssen zumindest zu öffnen!
Doch wir sind undankbar nicht, gestehn, uns selbst dir zu schulden,
Weil nur ein Durchlaß gewährt dem Wort zum Ohre der Liebe.«
Als von getrennten Plätzen bekümmert sie derlei gesprochen,
Sagten zur Nacht sie Lebwohl, und jedes gab seiner Stelle
Küsse, die nicht hindurch zur Gegenseite gelangten.
Als des folgenden Morgens Rot die Sterne vertrieben,
Und die Strahlen der Sonne den Tau auf den Gräsern getrocknet,
Gehn sie aufs neu zum gewohnten Ort. Da klagen sie flüsternd
Bitter zunächst, beschließen darauf, zu versuchen in stiller
Nacht ihre Wächter zu täuschen, dem Haus durch die Tür zu
                                                    entgehn und
Dann, wenn sie diesem entrückt, auch den Ring der Stadt zu
                                                    verlassen
Und, damit sie schweifend nicht müßten irren im weiten
Feld, sich zu treffen am Grabe des Ninus, gedeckt durch des
                                                    Baumes
Schatten. Der Baum dort war ein hoher Maulbeer, an weißen
Früchten reich, und stand einer kühlen Quelle benachbart.
   So ihr Entschluß. Das Licht – es schien nur träge zu schwinden –

VIERTES BUCH

Sinkt in das Meer, und es steigt aus dem gleichen Meere die Nacht
auf.
Thisbe, die sachte die Tür in den Angeln gewendet, die Ihren
Täuschend, entwich durch das Dunkel hinaus, gelangt mit
verhülltem
95 Antlitz zum Hügel und setzt unter jenem Baume sich nieder.
Liebe gab ihr den Mut. Da sieh! eine Löwin, von frischem
Blute geschlagener Rinder das schäumende Maul noch besudelt,
Kommt, ihren Durst mit dem Wasser der nahen Quelle zu löschen.
Thisbe sah sie von fern in des Mondes Strahl, und die Tochter
100 Babylons floh mit ängstlichem Fuß in die Nacht einer Höhle
Und verlor auf der Flucht den vom Rücken gleitenden Mantel.
Schreitend zurück in den Wald, als den Durst sie gestillt mit gar
vielem
Wasser, fand durch Zufall die grimmige Löwin den leeren
Stoff und zerriß mit dem blutigen Maul sein zartes Gewebe.
105 Pyramus, später gekommen, erblickte die Spuren des Raubtiers
Deutlich im tiefen Staub; da erblaßte er über sein ganzes
Antlitz. Doch als er den Mantel auch fand vom Blute gerötet,
Rief er: »Die *eine* Nacht, sie soll zwei Liebende tilgen.
Sie war von ihnen wert eines langen Lebens, doch meine
110 Seele ist schuldig; denn *ich* hab, du Arme, zugrund dich gerichtet,
Der ich kommen dich hieß an den Ort des Schreckens zur
Nachtzeit
Und kam selbst nicht als erster hierher. Meinen Leib, o ihr Löwen,
Die unter diesen Felsen ihr wohnt, zerreißt ihn; mit wilden,
Wütenden Bissen zerfleischt das Eingeweide des Frevlers!
115 Doch den Tod nur wünschen, ist feig!« Er nahm die Umhüllung
Thisbes und trug sie zum Schatten des abgeredeten Baumes,
Spendete Tränen dem trauten Gewand und spendet' ihm Küsse,
Sprach: »So lasse nun auch mit meinem Blute dich tränken!«
Stieß in die Weiche sich tief das Eisen, mit dem er gegürtet,
120 Zog es, sterbend, sogleich heraus aus der sprudelnden Wunde.
Rücklings lag er so am Boden. Es spritzte das Blut hoch.
Anders nicht, als wenn ein Rohr, dessen Blei sich beschädigt,
Bricht und aus engem Riß im Strahle zischend das Wasser
Weit läßt schießen hervor und teilt in Stößen die Lüfte.

125 Als die Früchte des Baumes besprengt von dem Strahl aus der
Wunde,
Ward verfinstert ihr Glanz, und die von dem Blute getränkte
Wurzel färbte mit Purpurs Schwarz die hangenden Beeren.
Siehe! noch immer voll Furcht, den Liebenden nicht zu
enttäuschen,
Kommt sie zurück und sucht mit Augen und Herz ihren Jüngling,
130 Eifrig verlangend, welch großer Gefahr sie entging, zu erzählen.
Wohl erkennt sie den Ort, die Gestalt des Baumes auch wieder,
Doch es verwirrt sie die Farbe der Frucht, sie stutzt, ob er's
wirklich.
Während sie zweifelt, sieht sie am blutigen Boden im Krampfe
Zucken die Glieder; sie zieht zurück ihren Fuß, und im Antlitz
135 Bleicher als Buchsbaum, erschauert sie so wie ein Wasser, das
zittert,
Weil durch den schwachen Hauch des Windes sein Spiegel gestreift
wird.
Aber, nachdem sie sogleich darauf ihren Liebsten erkannt hat,
Trifft sie mit schallenden Schlägen der Hände sich schmählich die
Arme,
Rauft sich im Schmerze das Haar, umschlingt den Leib des
Geliebten,
140 Läßt in die Wunde fließen die Tränen; sie mischt mit des Blutes
Strom ihre Flut und drückt auf das kalte Gesicht ihre Küsse.
»Pyramus!« ruft sie laut, »welch Unheil hat dich mir genommen?
Pyramus sprich! Es ruft deinen Namen sie, deine liebste
Thisbe! Höre mich an und heb die gesunkenen Lider!«
145 Da, auf den Namen ›Thisbe‹ hob die im Tode schon schweren
Augen Pyramus auf, sah Thisbe und schloß sie wieder.
Diese erkennt ihren Mantel, sie sieht die Scheide des Schwertes
Bar, und sie ruft: »Deine eigene Hand und die Liebe, du Armer,
Gab dir den Tod! Auch ich hab Hände, die stark zu dem Einen,
150 Hab' auch die Liebe, und die wird Kraft zu treffen mir geben.
Kläglichste Ursache und deines Todes Gefährtin zu heißen,
Folg' ich, Verblichener, dir. Und dich, den mir nur, ach, entreißen
Konnte der Tod, dich wird auch Er mir nicht können entreißen.
Darum aber, mein Vater du, und der seine, ihr Ärmsten,

155 Lasset in beider Namen euch bitten: ihr mögt nicht mißgönnen
Uns, die treueste Liebe, die auch die Stunde des Todes
einte, im gleichen Hügel vereint bestattet zu werden.
Aber du, o Baum, der nun deckt mit den Zweigen des Einen
Kläglichen Leib und bald wird decken die Leiber von Beiden,
160 Halte das Zeichen fest und habe du immer die dunkle
Trauermahnende Frucht, dem Doppeltod zum Gedenken.«
   Sprach es und setzte die Spitze des Schwertes sich unter der Brust
an,
Stürzt in das Eisen darauf, das jetzt noch warm von dem Blut war.
Doch ihre Bitten rührten die Götter und rührten die Väter:
165 Schwarz ist die Farbe der Frucht, sobald sie gereift, und in *einer*
Urne bestattet ruht, was die Flammen übrig gelassen.«

   Hiermit schließt sie. Ein wenig Zeit verstrich, und zu reden
Fing Leuconoë an, die Schwestern wahrten die Zungen.
   »Ihn, der allem das Maß durch den Lauf seiner Sonne verleiht,
auch
170 Phœbus die Liebe ergriff, von des Phœbus Liebe erzähl' ich.
Dieser Gott hat den Ehbruch der Venus mit Mars, wie man glaubt,
als
Erster gesehn, sieht dieser Gott doch alles als erster.
Und ihn schmerzte ihr Tun. Dem Sohne der Juno, dem Ehmann,
Wies er, wie und wo man bestahl sein Lager, doch dem ent-
175 fällt die Besinnung jäh und das Werk, das die kunstreiche Rechte
Eben gehalten. Dann feilt er sogleich aus Erz eine Kette,
Netze und Schlingen so fein, daß sie könnten dem Auge entgehn:
Ein
Werk – es möchte es nicht übertreffen der zarteste Faden,
Nicht der Spinne Geweb, wie es hangt vom Balken der Decke.
180 Und er schafft, daß dem leisesten Druck es folgt und der kleinsten
Regung, dann fügt er es rings mit List und Kunst um das Bette.
Als zu dem gleichen Lager die Gattin nun kam mit dem Buhlen,
Hafteten, mitten im Kosen ertappt, durch die Künste des Mannes
Fest die Zwei in dem Garn, wie auf neueste Art es bereitet.
185 Aber der Lemnier öffnet die Elfenbeinpforte sogleich und
Läßt die Götter herzu. Da lagen die Beiden gebunden,

Schimpflich; und einer von den – nicht traurigen – Göttern, er
wünschte,
So zu geraten in Schimpf. Die Erhabenen lachten, und lang war
Dies noch im ganzen Himmel die gerne erzählte Geschichte.
190 Aber es rächt sich und straft den Verrat die Göttin Cytheras:
Ihn, der die heimliche Liebe verletzt, verletzt sie mit gleicher
Liebe vergeltend nun selbst. Was frommt dir, o Sohn Hyperions,
Jetzt die schöne Gestalt, der Glanz, die feurigen Strahlen?
Der du in deiner Glut machst brennen alle die Länder,
195 Brennst nun in anderer Glut. Der du sehen solltest auf alles,
Schaust auf Leucothoë nur. Die du schuldest der Welt, deine
Augen,
Haften an *einer* Jungfrau allein. Bald gehst du am Himmel
Morgens zu zeitig auf, bald sinkst du zu spät in die Wellen,
Dehnst im Schauen versäumt die kurzen Stunden des Herbstes.
200 Manchmal verlierst du den Schein, und es tritt in dein Licht deines
Sinnes
Krankheit über; verfinstert erschreckst du der Sterblichen Herzen.
Und nicht darum erbleichst du, weil, näher der Erde, des Mondes
Bild entgegen dir stünde: die Liebe nimmt so dir die Farbe.
Eine begehrst du allein. Dich fesselt nicht Clymene, Rhodos,
205 Nicht der æäischen Circe in Schönheit strahlende Mutter,
Clytie nicht, die, obschon mißachtet, nach deiner Umarmung
Sehnlich verlangt und gerade zu *der* Zeit schwer ihre Wunde
Trug. Es ließ der Vielen Leucothoë nun dich vergessen,
Die von Eurynome einstens geboren, der schönsten in Ostens
210 Duftwerk zeugendem Reich. Doch nachdem die Tochter
erwachsen,
Ward, wie jede von ihr, überstrahlt von der Tochter die Mutter.
Persiens Städte beherrschte ihr Vater Orchamus, und er
Zählte als siebenter Sproß aus des alten Belus Geschlechte.

Weit im Westen liegt den Sonnenrossen die Weide.
5 Götterspeise statt Gras ihre Kost. Sie nährt die von Tages
Diensten ermüdeten Glieder und kräftigt sie wieder zur Arbeit.
Während die Vierhufer hier ihres himmlischen Futters genießen,
Während die Nacht ihre Wache vollbringt, betritt der Geliebten
Kammer der Gott in Gestalt ihrer Mutter Eurynome, sieht Leu-

cothoën da und mit ihr zwölf Mägde beim Scheine des Lichtes
Spindeln drehn und dem Rocken den glatten Faden entziehen.
Als er wie eine Mutter ihr liebes Kind sie geküßt hat,
Spricht er: »Geheim ist die Sache. Ihr Mägde geht und beraubt die
Mutter der Freiheit nicht, mit der Tochter vertraulich zu reden.«
Und sie hatten gehorcht. Als die Kammer frei von den Zeugen,
Spricht der Gott: »Ich bin, der die Länge des Jahres durchmißt,
                                                                bin,
Der da alles sieht, der alles die Erde läßt sehen,
Bin das Auge der Welt. Ich liebe dich. Glaub mir!« Sie bangte,
Und in der Angst entfielen den Fingern Rocken und Spindel.
Auch das Erschrecken ziert sie! Und er, er zögert nicht länger,
Kehrt zu der wahren Gestalt zurück, zu dem Glanz, der ihm
                                                                eigen.
Und, wenn erschreckt auch vom unvermuteten Anblick, die
                                                            Jungfrau
Duldete klaglos Gewalt, von des Gottes Glanz überwältigt.
    Clytien faßte der Neid. Nicht mäßig war nämlich des Phœbus
Liebe gewesen zu ihr. Gestachelt vom Haß auf die Andre,
Macht sie die Buhlschaft bekannt und verrät sie, entstellt, auch
                                                            dem Vater.
Roh und erbarmungslos begrub der Wilde sie grausam,
Wie sie auch flehend die Arme zum Sonnenlichte erhob und
Ausrief: »Er hat Gewalt mir getan!« Er begrub sie in tiefer
Erde und häuft' einen Hügel von schwerem Sand noch darüber.
Den durchbrach mit den Strahlen der Sohn Hyperions und
                                                            schaffte
Weg dir, auf dem du könntest befrein dein begrabenes Antlitz.
Doch, o Nymphe, schon kannst, von der Last der Erde erstickt,
                                                                du
Nicht mehr heben das Haupt und lagest, ein lebloser Leib, da.
Schmerzlicher war kein Anblick, so sagt man, dem Lenker der
                                                            Flügel-
rosse, seitdem er des Phaëthon Sturz in den Flammen gesehen.
Zwar er versucht, ob er nicht durch der Strahlen Kraft in die
                                                            kalten
Glieder die Wärme des Lebens zurück zu rufen vermöchte.

Doch weil solchem Versuchen das Schicksal entgegen sich stellte,
Sprengt über Leib und Stätte er duftenden Nectar und spricht,
nach-
dem er bitter geklagt: »Doch sollst zum Äther du dringen!«
Als von dem himmlischen Nectar der Leib gefeuchtet, da schmolz
so-
gleich er dahin und durchtränkte mit dessen Dufte das Erdreich.
Und allmählich trieb durch den Grund seine Wurzeln der
Weihrauch-
baum; er wuchs empor und durchbrach mit dem Wipfel den Hügel.
    Clytien aber, obgleich ihren Schmerz die Liebe entschulden
Konnte, ihr Schmerz den Verrat, sie suchte der Spender des Lichtes
Weiter nicht auf und setzt seiner Liebe zu ihr ein Ende.
Seitdem siechte die Nymphe im Wahnsinn der Liebe. Im Hause
Hielt es sie nicht; sie saß bei Nacht und Tag unter freiem
Himmel auf bloßem Boden, gelöst und bloß ihre Haare.
Und, neun Tage hindurch des Tranks und der Speise entbehrend,
Stillte sie Hunger und Durst am Tau und den eigenen Tränen,
Rührte vom Boden sich nicht. Nach dem Antlitz des wandelnden
Gottes
Schaute sie nur und richtete stets nach ihm ihre Blicke.
Fest mit dem Boden verwuchs, so sagt man, ihr Leib, und die
Todes-
blässe ließ ihre Farbe zum Teil sich wandeln in bleiches
Grün; ein Teil ist rot. Eine veilchenähnliche Blüte
Deckt das Gesicht. Sie wendet, obwohl die Wurzel sie festhält,
Stets der Sonne sich zu und bewahrt, auch verwandelt, ihr Lieben.«

    So erzählt sie, und aller Ohr hat das Wunder gefangen.
Ein Teil nennt's unmöglich, der andre versichert, die wahren
Götter vermöchten alles, doch Bacchus ist nicht unter diesen.
    Und Alcithoë wird nun verlangt, da die Schwestern verstummt
sind.
Schießend am stehenden Stuhl durch die hangenden Fäden den
Einschlag,
Sprach sie: »Ich schweige von dem, was bekannt, von der Liebe des
Schäfers

VIERTES BUCH

Daphnis im Idagebirge, den in Stein verwandelt die eifer-
süchtige Nymphe – so sehr kann Schmerz die Liebenden brennen!
Sage auch nicht, wie einst, der Natur Gesetze verändernd,
280 Sithon bald ein Mann und bald ein Weib ist gewesen.
Dich auch, Celmis, jetzt ein Stahl, vorzeiten dem jungen
Juppiter lieb, die aus Güssen des Regens entstandnen Cureten,
Crocus, der mit Smilax in zierliche Blumen verwandelt,
Laß ich beiseite und will mit dem Reiz des Neuen euch fesseln.
285 Hört, woher verrufen, warum mit entkräftenden Wellen
Salmacis Glieder, die sie benetzt, entnervt und verweiblicht,
Ist doch verborgen der Grund und bekannt nur die Wirkung der
Quelle.
Den dem Mercur die Göttin Cytheras geboren, den Knaben,
Zogen die Nymphen auf in den Grotten des Idagebirges.
290 Dessen Gesicht war so, daß du Vater konntest und Mutter
Wiedererkennen in ihm, auch trug er die Namen von Beiden.
Fünfzehn Jahre hatte er eben vollendet, da ging er
Fort von den heimischen Bergen, verließ seine Nährer, den Ida,
Freut sich, in neuem Gefild sich zu tummeln, freut sich, die neuen
295 Flüsse zu schaun; und es läßt ihn der Eifer die Mühe nicht fühlen.
Auch die lycischen Städte und dann die Lycien nahen
Carer besucht er und sieht einen Teich dort kristallenen Wassers,
Klar bis zum tiefsten Grund. Da steht kein wucherndes Sumpfrohr,
Steht kein geiles Schilf, keine Binse mit spitzigen Halmen.
300 Durchsichtig ganz seine Flut. Des Teiches Ränder umwachsen
Lebender Rasen nur und immer grünende Kräuter.
Diesen bewohnt eine Nymphe. Doch keine, die tauglich zum Jagen
Gerne den Bogen spannt oder liebt im Lauf sich zu messen:
Fremd der schnellen Diana nur sie von allen Naiaden.
305 Oftmals hätten zu ihr, so erzählt man, die Schwestern gesprochen:
»Salmacis, nimm doch den Spieß oder nimm den Köcher, den
bunten,
Laß mit den Härten der Jagd deine müßige Ruhe doch wechseln!«
Aber sie nimmt nicht den Spieß, nimmt nicht den Köcher, den
bunten,
Läßt mit den Härten der Jagd ihre müßige Ruhe nicht wechseln.
310 Sondern sie badet bald in der Flut ihrer Quelle die schönen

Glieder und führt sich oft durch das Haar den Kamm vom Cytorus,
Schaut in die Wellen dabei und fragt sie, was besser ihr stehe,
Legt sich, gehüllt ihren Leib in den lichtdurchlässigen Mantel,
Dann auf weichem Laub oder weichem Rasen zu ruhen.

315 Blumen pflückt sie oft und pflückte sie damals auch eben,
Als sie den Knaben ersah, ersah und zu haben begehrte.
Doch sie nahte ihm nicht, so sehr es ihr eilte zu nahen,
Ehe sie schmuck sich gemacht, überblickt den Wurf ihres Mantels,
Auch ihre Mienen geglättet und schön zu erscheinen verdiente.

320 Dann erst begann sie: »O Knabe, ein Gott gehalten zu werden,
Würdig! Bist du ein Gott, so könntest Cupido du sein, doch
Bist ein Sterblicher, dann – o selig, die dich gezeugt, und
Glücklich dein Bruder, beglückt fürwahr, wenn dir eine
                                                    beschieden,
Auch deine Schwester und, die ihre Brüste dir bot, deine Amme!

325 Weit vor allen jedoch, weit seliger jene, die etwa
Braut dir geworden, wenn eine der Ehe du würdig erachtest!
Gibt es eine, so sei ein Diebstahl, was ich begehre,
Gibt es noch keine, sei ich's, laß *uns* dann ins Brautgemach
                                                    eingehn!«
Hierauf schwieg sie. Da färbt eine Röte die Wangen des Knaben,

330 Wußt' er von Liebe doch nichts! – doch zierte ihn auch das Erröten.
So ist die Farbe der Äpfel, die hangen an sonnigem Baume,
Elfenbeins, purpurgetönt, des Mondes, wenn statt zu glänzen,
Rot er erglüht, wenn das Erz umsonst ertönt, ihm zu helfen.
Unaufhörlich verlangt ›nur Schwesterküsse!‹ die Nymphe,

335 Legt um den Elfenbeinhals ihm die Arme, *er* aber sagte:
»Läßt du's, oder ich fliehe, verlasse dich und dies alles!«
Da erschrak sie: »Ich lasse zu freier Verfügung, o Gastfreund,
Ganz dir den Ort.« Sie heuchelt, als ob sie wende den Schritt und
Gehe, blickt oft noch zurück, verbirgt sich gut hinter dichten

340 Zweigen und läßt im Versteck auf ein Knie sich nieder. Doch *er*, ein
Knabe eben, und einer, der frei von Aufsicht im Grünen,
Geht jetzt hierhin, von hier dann dorthin, er taucht seine Zehen
Ein in das lockende Naß und dann bis zum Knöchel die Füße.
Ohne zu zögern, verführt durch die Wärme der schmeichelnden
                                                    Wasser,

VIERTES BUCH

345 Legt von dem schlanken Leib er ab die zarte Umhüllung.
Da erst bestaunt ihn Salmacis recht, nach dem Reiz seiner nackten
Schönheit entflammt in heißer Begier. Und die Augen der Nymphe
Brennen nicht anders, als wenn den Glanz der strahlenden, hellen
Sonne aus reinem Rund der Spiegel im Bilde zurückwirft.
350 Kaum erträgt sie den Aufschub, verschiebt schon kaum ihre Lust, ver-
langt nach Umarmung schon, schon kann sie sich kaum mehr
beherrschen.
Jener benetzt sich noch rasch mit den hohlen Händen den Leib und
Springt in die Fluten hinein. Im Wechsel führend die Arme
Schimmert er hell durch die lautere Flut wie ein Elfenbeinbild, wie
355 Glänzende Lilien, die hinter reinstes Glas du gestellt hast.
»Sieg! Er ist mein!« ruft laut die Nymphe. Alle Gewandung
Wirft sie weit von sich weg, stürzt mitten hinein in die Wellen,
Hält den Ringenden, raubt dem Wehrenden Küsse, die Hände
Legt sie von unten an ihn, berührt ihm zuleid seine Brust und
360 Schmiegt sich jetzt von hier und jetzt von dort um den Jüngling.
Endlich umschlingt sie ihn, der sich sträubt und versucht zu
entrinnen,
Wie eine Schlange, die Juppiters Aar ergriffen und aufwärts
Rafft: Die fest in den Klauen ihm hangend das Haupt und den Fuß des
Vogels umschlingt und umstrickt mit dem Schwanz seine klaf-
ternden Schwingen.
365 Oder wie Efeu oft den langen Stamm überwebt, und
Wie unter Wasser der Krake den Feind ergreift und umklammert,
Wenn er von allen Seiten die haftenden Arme ihm anlegt.
Standhaft verweigert der Nymphe des Atlas Sproß die erhofften
Freuden. Aber sie drängt, und eng an ihn mit dem ganzen
370 Leibe sich heftend, ruft sie: »Du magst dich wehren, du Böser!
Wirst nicht entfliehn! Ihr Götter mögt so gebieten, daß ihn von
Mir keine Stunde und mich von ihm keine Stunde kann trennen!«
Und ihr Gebet, es fand seine Götter: Die Leiber der Beiden
Wurden verschmolzen, in *eine* Gestalt die Zweie geschlossen.
375 Wie, wenn man Zweige gepfropft unter *eine* Rinde und sieht zu-

sammen sie wachsen und weiter gemeinsam sprießen fortan, so
Sind, als in zäher Verstrickung die Leiber der Beiden vereinigt,
Zwei sie nicht mehr, eine Zwiegestalt doch, nicht Mädchen nicht
Knabe
Weiter zu nennen, erscheinen so keines von beiden und beides.
380 Hermaphroditus jedoch, als er sah, daß die lautere Flut, in
Die er gestiegen als Mann, ihn zum Zwitter gemacht, daß die
Glieder
Weich ihm geworden in ihr, da rief er, die Hände erhebend –
Schon mit männlicher Stimme nicht mehr: »O Vater und Mutter,
Gebt als Geschenk eurem Sohn, der den Namen trägt von euch
beiden:
385 Wer in dieses Gewässer geraten als Mann, er entsteig' ihm
Wieder als Halbmann, verweibt, sobald ihn berührt seine Wellen!«
Beide bewegt, seine Eltern, sie machen wahr ihres Sohnes
Wort und tränkten den Quell mit dem mannheitsverderbenden
Zauber.

So hatten alle erzählt. Doch werken des Minyas Töchter
390 Immer noch weiter, mißachten den Gott, entweihen die Festzeit.
Plötzlich erschallen da, doch ohne gesehen zu werden,
Becken in wildem Klang; die aufwärtsgebogenen Flöten
Tönen und gellendes Erz. Es duftet nach Myrrhen und Crocus.
Und – zu glauben kaum – der Webstuhl beginnt zu ergrünen
395 Und das hangende Tuch als Efeu Blätter zu treiben.
Manches wird Rebe, und das, was eben noch Faden gewesen,
Wandelt in Schosse sich um, und Weinlaub sproßt aus der Kette.
Purpurgewebe verleiht seine Glut den feurigen Trauben.
Und schon war vollendet der Tag und gekommen die Stunde,
400 Die du nicht Finsternis und nicht Helle könntest benennen,
Grenzstreif eher vielleicht zwischen Licht und zauderndem
Dunkel.
Plötzlich, so schien es, bebte das Haus und schwelende düstre
Fackeln brannten, es glühte der Bau in rötlichem Feuer,
Hallte das wilde Geheul von Bildern reißender Tiere.
405 Längst schon suchen die Schwestern im rauchenden Hause
Verstecke,

VIERTES BUCH

Suchen bald hier bald da dem Licht zu entgehn und dem Feuer.
Während ins Dunkle sie streben, spannt sich zwischen die kleinen
Glieder die Haut und umschließt als zartes Gebilde die Arme.
Daß sie es wüßten, wie ihre alte Gestalt sie verloren,
410 Läßt das Dunkel nicht zu. Nicht Gefieder war's, was sie trug, und
Dennoch schwebten sie frei mit lichtdurchlässigen Schwingen.
Als sie zu sprechen versuchen, erklingt ihrem Leibe gemäß ein
Dünnes Stimmchen und klagt in zarten, zirpenden Tönen.
    Häuser sind, nicht Wälder ihr Ort, und hassend das Helle,
415 Fliegen sie nachts und haben vom späten Abend den Namen.

Da war in Theben erst recht in aller Munde des Bacchus
Gottheit; die Muhme erzählt von den großen Kräften des neuen
Gottes an jedem Ort. Allein von so vielen Geschwistern
Sie vom Leide verschont, außer dem, das ihr diese verursacht.
420 Aber auf sie, der stolzen Mut ihre Söhne, ihr Gatte
Athamas gaben, dazu ihr Ziehkind, ihr göttliches, – blickte
Juno, ertrug's nicht und sprach zu sich selbst: »So konnte des
                                                          Kebsweibs
Sohn verwandeln und tauchen ins Meer die lydischen Schiffer,
Lassen des Sohnes Geweid von der eigenen Mutter zerreißen,
425 Hüllen des Minyas Töchter, die drei, in seltsamen Flügel, –
Nichts sei Juno im Stand als ungerächt Leid zu beweinen?
Und dies ist mir genug, dies ist mein einzig Vermögen!
Lehrt er doch selbst, was zu tun, (auch vom Feinde zu lernen
                                                          geziemt sich)!
Was der Wahnsinn vermag, er hat es am Schicksal des Pentheus
430 Und auch sonst noch sattsam gezeigt. Warum soll von *ihrem*
Wahnsinn gestachelt Ino dem Beispiel der Schwestern nicht
                                                          folgen?«
    Abwärts senkt sich ein Weg; von trauernden Eiben umdüstert,
Führt er durch Schweigen stumm zu den unterirdischen Sitzen.
Nebel haucht die träge Styx, als flüchtige Schatten
435 Steigen hier die Bilder der kürzlich Bestatteten nieder.
Angst und Grauen beherrscht weithin die Öde, die neuen
Seelen wissen nicht den Weg, der zur stygischen Stadt führt,
Nicht, wo die grausige Halle des schwarzen Königs zu finden.

Zugänge tausend besitzt und überall offene Tore
440 Dort die geräumige Stadt. Wie das Meer die Flüsse der ganzen
Erde empfängt der Ort die Seelen alle, und keiner
Menge ist er zu eng, noch fühlt er wachsen die Scharen.
Ohne Fleisch und Gebein irren da die blutlosen Schatten,
Manche bevölkern den Markt, das Haus des Herrn der Tiefe
445 Andere, manche betreiben – als Nachbild früheren Lebens –
Andere Künste, ein Teil ist gebannt an den Ort seiner Strafe.

Dorthin zu gehn, verlassend die himmlischen Sitze, ertrug – so
Viel gewährt sie dem Haß und dem Zorn – des Saturnus Gezeugte.
Als sie eintrat dort, als die Schwelle erseufzt von des heilgen
450 Leibes Last, da streckt' drei Rachen Cerberus vor und
Stieß drei Heulen auf einmal aus. Doch Juno, sie rief den
Schwestern, den Töchtern der Nacht, der unversöhnlichen, harten
Gottheit. Sie saßen am stahlverschlossenen Tor ihres Zwingers,
Kämmten vom Haupt aus dem Haar sich herab die schwärzlichen
Schlangen.
455 Als sie unter den Schatten der Finsternis Juno erkannten,
Standen sie auf vor der Göttin. Der Ort hieß ›Stätte der Frevler‹:
Tityus bot, über neun Gevierte gestreckt, der Zerfleischung
Dar sein Geweide; von dir, o Tantalus, läßt sich der Wellen
Keine erhaschen, dich fliehn die über dir hangenden Zweige.
460 Ihn, der dir wieder entrollt, den Felsen suchst oder stemmst du,
Sisyphus! Fliehend, verfolgend sich selbst wird Ixion gedreht, des
Danaos Töchter, die zu planen gewagt ihrer Vettern
Tod, sie schöpfen ohn End, es aufs neu zu verlieren, das Wasser.

Juno, nachdem sie alle mit grimmigen Blicken betrachtet,
465 Doch den Ixion besonders, sie sprach, von diesem die Augen
Wieder auf Sisyphus richtend: »Warum muß *er* von den Brüdern
Leiden ewige Pein, und die Königshalle, die reiche,
Hegt den Athamas noch, der stets wie sein Weib mich mißachtet.«
So erklärt sie den Dreien den Grund ihres Hassens und Kommens
470 Und, was sie wolle. Und *was* sie wollte, war dies, daß des Cadmus
Burg nicht steh' und die Schwestern zur Untat den Athamas
trieben.
Herrschgewalt, Bitten, Versprechen, das goß sie alles zusammen,
Aufzustacheln die Drei. Als Juno derart gesprochen,

Schüttelt' ihr graues Haar Tisiphone, wirr wie es hing, und
475 Drängte vom Munde beiseit die Schlangen, die vor ihm sich
wanden,
Und sie begann: »Hier ist kein langer Umschweif vonnöten.
Glaube getan, was du immer befiehlst, dies häßliche Reich verlaß und begib dich zurück zu des Himmels besseren Lüften!«
Froh kehrt Juno um. In den Himmel zu treten gesonnen,
480 Ward sie mit reinendem Wasser besprengt von der Tochter des
Thaumas.

Aber die Unheilsbotin Tisiphone greift nach der blutge-
tränkten Fackel sogleich, sie hüllt sich in den mit dem roten
Blute gefärbten Mantel und gürtet sich um eine Schlange.
So verläßt sie das Haus. Es folgt ihrem Schreiten die Trauer,
485 Folgt der Schrecken, die Furcht und, angstvoll blickend, der
Wahnsinn.

Dort auf der Schwelle steht sie jetzt schon. An des Aeolus Hause
Hätten die Pfosten gebebt; die Ahorntüre erblich, es
Floh die Sonne den Ort. Seine Gattin, entsetzt von den Zeichen,
Athamas selber entsetzt, sie wollen dem Hause entrinnen.
490 Doch es wehrt es und sperrt den Ausgang die Göttin des Unheils.
Breitend die vipernknäuelumwundenen Arme ins Weite
Schüttelt sie aus ihr Gelock. Da lassen die Schlangen sich hören,
Teils auf die Schultern gelagert, zum Teil um die Brust hin geglitten,
Zischen sie, spein ihren Geifer und züngeln mit zuckenden Zungen.
495 Zweie von ihnen greift sie mitten heraus aus den Haaren,
Greift sie und schleudert sie hin mit der siechtumbringenden
Rechten.
Und sie schweifen durch Inos und Athamas' Busen und hauchen
Schweres Gemüt ihnen ein. Dem Leibe schlagen sie keine
Wunden, der Geist ist's, der die schrecklichen Bisse empfindet.
500 Mitgebracht hatte sie auch die gräßlichsten flüssigen Gifte:
Schaum von des Cerberus Maul und Saft aus dem Leibe Echidnas,
Schweifenden Irrwahns Gedanken, umnachteten Geistes
Vergessen,
Auch Verbrechen und Tränen und Wut und rasende Mordlust,
Alles zusammen gerieben, mit frischem Blute in hohlem
505 Erze gekocht und verrührt mit dem grünen Stengel des Schierlings.

Während sie bleich noch stehn in Grauen, flößt sie in Beider
Brust das tobende Gift und verstört im Tiefsten ihr Innres.
Oftmals schwingt sie sodann im gleichen Kreise die Fackel,
Läßt im Wirbel rasch vom Feuer das Feuer verfolgen.
10 Siegerin, kehrt sie, des Auftrags entledigt, zurück in des großen
Pluto ödes Reich und löst die umgürtende Schlange.
    Plötzlich vom Wahnsinn erfaßt, ruft Athamas jetzt in des Hofes
Mitte: »Gefährten, hei! Spannt hier im Walde die Netze!
Eben sah ich hier mit der Jungen zwei eine Löwin!«
15 Und er verfolgt die Spur seines Weibes wie die eines Wildes,
Reißt von der Mutter Brust den Learchus, der lächelnd die kleinen
Arme entgegen ihm streckt; durch die Luft nach der Schleuderer
                                                          Weise
Wirbelt er zweimal und dreimal ihn wild und zerschmettert des
                                                          Kindes
Stirn an der steinernen Wand. Gestachelt da endlich, die Mutter –
20 Hat der Schmerz es getan, oder war es die Wirkung des Giftes? –
Heulte hinaus und floh im Wahnsinn gelöst ihre Haare.
Und, auf dem bloßen Arm, Melicertes, du kleiner, dich tragend,
Ruft: »Evoë!« sie und: »Bacchus!« Beim Namen ›Bacchus‹ lachte
Juno: »Zu solchem Gebrauch mag immer dir dienen dein Zögling!«
25   Über die Wasser hebt sich ein Riff; am Fuß durch der Fluten
Anprall gehöhlt, überdeckt es die Wellen und schützt sie vor Regen.
Steil ist sein Gipfel und schiebt seine Stirn in das offene Meer vor.
Diesen erklimmt – es gab ihr der Wahnsinn die Kräfte – nun Ino,
Stürzt sich, von keiner Furcht gehemmt, hinab in die Fluten,
30 Sich, ihre Last mit ihr; und weiß aufschäumten die Wogen.
    Venus jedoch, sich erbarmend der schuldlosen Enkelin Leiden,
Schmeichelte so ihrem Ohm: »Neptun, du Gottheit der Wasser,
Dem die größte Gewalt nach der im Himmel zuteil ward,
Großes fordre ich zwar, doch *du* erbarm dich der Meinen,
35 Die du treiben siehst auf dem unermeßlichen Westmeer.
Füg' deinen Göttern sie zu. Eine Gunst vom Meere gebührt mir,
Bin ich, geboren einst im Grund seiner göttlichen Tiefe,
Schaum doch gewesen und habe daher meinen griechischen
                                                          Namen.«
Nickte Neptunus der Bittenden zu. Was sterblich an jenen,

VIERTES BUCH

540 Nahm er hinweg, verlieh verehrungswürdige Gottheit
Beiden zugleich und gab ihnen Namen neu und Gestalten,
Nannte Palæmon den Gott, Leucothea aber die Mutter.
    Inos Gespielinnen waren, soweit sie vermocht, ihr gefolgt und
Sahen die letzte Spur ihrer Füße am Absturz des Felsens.

545 Zweifelten nicht, daß sie tot, beklagten, sich schlagend die Brust,
                                                                des
Cadmus Haus; die Gewande zerreißend, die Haare sich raufend
Schalten sie: wenig gerecht, zu sehr in Eifersucht wütend
Hab' sich die Göttin gezeigt. Doch Juno ertrug die Beschimpfung
Nicht und sprach voll Zorn: »Als mächtiges Mal meines Wütens

550 Werde ich setzen euch selbst!« Und es folgte die Tat auf die Worte.
Denn, die besonders treu ihr gewesen, sprach: »In die Fluten
Folge der Königin ich!« – Im Begriff hinunter zu springen,
Konnte sie nichts mehr bewegen und haftete fest an der Klippe.
Hier eine zweite versucht mit den üblichen Schlägen die Brust zu

555 Treffen – und fühlt, daß der Arm, mit dem sie sich müht, ihr
                                                            erstarrt ist.
Diese, die eben die Hände gestreckt in die Wellen des Meeres,
Reckt nun, geworden zu Stein, in die selben Wellen die Hände.
Sehen hättest du können, wie der, die am Scheitel ins Haar sich
Griff und es raufte, die Finger im Haar sich plötzlich verhärten.

560 Wie sie es faßte, so blieb eine jede gebannt in die Stellung.
Vögel sind manche geworden, und heute noch streifen die Töchter
Thebens die Wogen der Brandung dort mit den Spitzen der Flügel.

Cadmus wußte es nicht, daß die Tochter, der Enkel, der kleine,
Meeresgötter nun sind. Vom Gram, von der Reihe der Schläge,

565 All den Zeichen gebrochen, den vielen, die er gesehen,
Flieht seine Stadt ihr Gründer, als ob ihm das Schicksal des Ortes,
Nicht sein eigenes feind. Von langer Irrsal geschlagen
Naht er illyrischem Land, von der Gattin begleitet ins Elend.
Als sie, gebeugt schon von Plagen und Jahren, gedenken der ersten

570 Zeit ihres Hauses und einst im Gespräch überschaun ihre Leiden,
Fragt sich Cadmus: »War die Schlange heilig vielleicht, die
Damals durchbohrt mein Speer, als ich kommend von Sidon des
                                                            Drachen

540–598

Zähne, die Wundersaat, in den Boden gesät. Wenn die Götter
Diese so stäten Grolles zu rächen sorgen, dann bitt' ich
575 Selbst in den langen Leib einer Schlange gezogen zu werden.«
Sprach es, und wurde gestreckt in den langen Leib einer
                                                    Schlange,
Fühlt seine Haut sich verhärten und dicht sich mit Schuppen
                                                    durchsetzen,
Sieht seinen schwarzen Leib mit bläulichen Tupfen sich
                                                    sprenkeln,
Sinkt vornüber hin auf die Brust; es schließen die Beine
580 Eng sich zusammen in eins, sich allmählich zur Spitze
                                                    verjüngend.
Bleiben die Arme ihm noch, er streckt sie, die ihm geblieben,
Aus, und sein jetzt noch menschlich Gesicht überströmt von den
                                                    Tränen,
Spricht er: »Komm, meine Gattin, o komm, du Ärmste, so lange
Etwas von mir noch bleibt, berühre mich, laß noch die Hand dir
585 Reichen, solange sie Hand, nicht ganz die Schlange mich
                                                    einnimmt!«
Mehr noch wollte er sprechen, doch plötzlich war ihm in zwei
                                                    die
Zunge gespalten, und da er weiter zu reden versucht, ver-
sagen die Worte: sooft eine Klage zu äußern er anhebt,
Zischt er. Dies allein hat Natur ihm als Stimme gelassen.
590 Doch, die entblößten Brüste sich schlagend, ruft seine Gattin:
»Cadmus, Unglücklicher, bleib, entzieh' dich dem grausigen
                                                    Wunder!
Cadmus, was ist das? Wo blieb dein Fuß, deine Schultern, die
                                                    Hände,
Farbe und Antlitz, während ich rede, und alles? Warum ihr
Himmlischen wandelt ihr nicht auch mich in die nämliche
                                                    Schlange?«
595 Spricht es, doch Er, er leckt der geliebten Gattin das Antlitz,
Drängt an den teueren Busen, als würd' er ihn wiedererkennen,
Und er umschlingt sie und sucht den vertrauten Hals. Wer
                                                    dabeisteht, –
Denn es standen Gefährten dabei – entsetzt sich, doch jene

VIERTES BUCH

Streichelt den schlüpfrigen Hals des kammgezeichneten Drachen.
600 Zwei sind es plötzlich da. Vereint in enger Umschlingung
Gleiten sie, bis im Versteck des nahen Hains sie verschwinden.
  Jetzt noch fliehen den Menschen nicht, noch schlagen ihm
                                        Wunden,
Des, was zuvor sie gewesen, gedenk, die friedlichen Drachen.

Großer Trost jedoch in dem Schmerz ob solcher Verwandlung
605 War den Beiden ihr Enkel, dem Indien, niedergeworfen,
Dient, dem Achaia Tempel gesetzt, ihn als Gott zu verehren.
Einzig des Abas Sohn, Acrisius, bleibt, der, dem gleichen
Ursprung entsprossen, mit Mauern von Argos ihn fernhält, die
                                        Waffen
Gegen den Gott erhebt, nicht glauben will, daß er vom großen
610 Juppiter stamme, so wie er nicht glaubt, daß Juppiters Sohn sei
Perseus, den Danaë jüngst im regnenden Golde empfangen.
Doch – so groß ist der Wahrheit Macht – den Acrisius reute
Bald, daß den Gott er verletzt und nicht anerkannt seinen Enkel.
Denn schon ist der Eine zum Himmel erhoben, der Andre,
615 Tragend die seltene Beute, Medusas vipernumdräutes
Haupt, durchmißt die flüchtige Luft mit den schwirrenden Flügeln.
  Während als Sieger er schwebt über Libyens sandigen Flächen,
Fielen aus Gorgos Haupt hinab die Tropfen des Blutes,
Welche die Erde empfing und zu mancherlei Schlangen belebte;
620 Drum ist der Boden dort so reich an bösem Gewürme.
  Dorther von zwistigen Winden gejagt ins Unendliche, treibt er
Hierhin jetzt und dorthin dann nach der Weise der Regen-
wolke und blickt aus des Äthers Höh auf die weit ihm entrückten
Länder hinab, überfliegt die ganze Fläche des Erdrunds.
625 Dreimal sieht er die Bären des Nordens und dreimal des Krebses
Zangen, wird oft gen Abend und oft gen Morgen getragen.
Als der Tag sich schon neigt, aus Scheu, sich der Nacht zu
                                        vertrauen,
Läßt er auf westlichem Grund in den Reichen des Atlas sich nieder.
Kurzer Rast nur begehrt er, bis Lucifer wieder Auroras
630 Feuer rufe hervor und Aurora den Wagen des Tages.
  Atlas war hier, des Iapetus Sohn, der die Menschen an Leibes

Ausmaß all überragt. Unter seiner Herrschaft gelegen
War das äußerste Land und das Meer, das den lechzenden Sonnen-
rossen sein Wasser beut und empfängt den ermatteten Wagen.
Tausend Herden von Schafen und Ziegen, tausend von Rindern
Streiften im Gras ihm, es engte kein Nachbar rings ihm den Boden.
Blätter wuchsen ihm glänzend von strahlendem Golde am Baume,
Deckten Zweige aus Gold und deckten goldene Äpfel.
»Freund«, spricht Perseus zu ihm, »wenn der Ruhm eines großen
                                                    Geschlechtes
Etwas dir gilt: des meinen ist Juppiter Ursprung. Doch wenn du
Tatenbewunderer bist, dann wirst du die meinen bewundern.
Gastfreundschaft, Ruhe erbitt' ich.« Doch Atlas gedachte des alten
Wahrspruchs – den hatte ihm einst vom Parnassus Themis
                                                    gegeben –:
Kommen wird, Atlas, die Zeit, da dein Baum seines Goldes beraubt
                                                    wird;
Und ein Juppitersohn wird dieser Beute sich rühmen.
Dies befürchtend hat Atlas den Garten umschlossen mit hohen
Mauern, dazu in die Hut eines riesigen Drachen gegeben
Und hält jeden Fremdling von nun an fern seinen Grenzen.
    »Hebe dich weg!« so sprach er zu ihm auch, »daß deiner Taten
Ruhm, den du lügst, dir nicht fern, nicht fern dir Juppiter bleibe!«
Fügt zur Drohung Gewalt, versucht, den Zögernden, der mit
Freundlichen schärfere Worte schon mengt, mit der Hand zu
                                                    vertreiben.
Perseus, schwächer an Kräften – denn wer auch wäre des Atlas
Kräften gewachsen? – spricht: »Da wenig dir wert meine
                                                    Freundschaft,
Nimm denn dies als Geschenk!« und selbst nach rückwärts sich
                                                    wendend,
Hält er von links ihm jetzt der Gorgo starrend Gesicht vor.
    Groß, wie er war, ward Atlas zum Berg. Sein Bart, seine Haare
Wandeln zu Wäldern sich um, und Grate sind Schultern und Arme;
Was da Haupt war, ist jetzt auf Berges Höhen der Gipfel,
Steine ergibt das Gebein. In jeder Richtung vergrößert,
Wuchs er ins Maßlose dann – so habt ihr Götter beschlossen –
Und es ruhte auf ihm mit all seinen Sternen der Himmel.

VIERTES BUCH

Aeolus hatte die Winde gesperrt in den ewigen Zwinger,
Lucifer war, der Mahner zum Werk, der helle, am hohen
665 Himmel erschienen. Perseus ergreift die geflügelten Schuhe,
Bindet an beiden Füßen sie fest, er gürtet die Sichel
Um und durchschneidet die lautere Luft mit dem Schlag seiner
Flügel.
Unter und hinter sich läßt er rings unzählige Stämme,
Bis Aethiopiens Völker er schaut und die Lande des Cepheus.
670 Schuldlos litt Andromeda dort nach dem harten Gebote
Ammons die Strafe für das, was der Mutter Zunge verbrochen.
Als er sie sah, an den harten Fels ihre Arme geschmiedet,
Hätte Perseus geglaubt, sie sei ein marmornes Bildnis,
Nur, daß ein leichter Wind das Haar ihr eben bewegt und
675 Tränen den Augen warm entquollen. Unmerklich ergreift ihn
Feuer, er staunt, verhält und, berückt von dem Anblick des schönen
Bildes, vergißt er fast, in der Luft seine Flügel zu regen.
Sprach, als er stand: »O, die nicht dieser Ketten du würdig,
Sondern solcher, mit denen sich sehnend Liebende binden,
680 Gib dem Fragenden an deiner Heimat Namen, den deinen
Und, warum Fesseln du trägst!« Sie schwieg zunächst und die
Jungfrau
Scheut mit dem Manne zu reden. Sie hätte gewiß mit den Händen
Schamvoll bedeckt das Gesicht, wär sie nicht gebunden gewesen.
Nur ihre Augen füllt sie – dies blieb ihr – mit quellenden Tränen.
685 Doch, da er drängt, damit es nicht scheine, sie woll' ein
Verschulden
Hehlen, nennt sie den Namen der Heimat, den ihren, erzählt, wie
Groß ihrer Mutter Vertraun auf die eigene Schönheit gewesen.
Aber es war noch nicht alles erzählt, da rauschten die Wogen
Auf, und das Untier kommt, aus dem unermeßlichen Meer sich
690 Hebend, heran und deckt mit der Brust breithin seine Fläche.
Gellend schreit die Jungfrau. Da ist der trauernde Vater,
Mit ihm die Mutter, beide im Leid, doch verdienter die Mutter.
Hilfe bringen sie nicht, nur Tränen, würdig der Stunde,
Schlagen-der-Brust und heften sich eng dem gefesselten Leib an.
695 Aber der Gastfreund spricht: »Zu weinen wird euch noch lange
Zeit verbleiben, doch kurz ist die Stunde, die Rettung kann bringen.

Würb' ich um sie als Perseus, des Juppiter Sohn und der Jungfrau,
Die er mit fruchtendem Gold erfüllt in ihrem Gefängnis,
Als der schlangengehaarten Medusa Bezwinger, als Perseus,
700 Der es gewagt, im Flug durch des Äthers Lüfte zu dringen,
Zög man gewiß einem jeden mich vor. Zu allen den Gaben
Such ich – gewähren die Götter nur Gunst – das Verdienst noch zu
                                                                fügen:
Daß sie die Meine, beding ich, von meinem Arme gerettet.«
Und die Eltern nehmen es an – wer trüg' auch Bedenken? –
705 Bitten und flehn und versprechen dazu ihr Reich noch als Mitgift.
    Sieh da! Rasch wie ein Schiff, von der Jünglinge schweißüber-
                                                                strömten
Armen gerudert die Fluten furcht mit dem Schnabel am Buge,
So zerteilt durch den Anprall der Brust die Wogen das Untier,
Ist soweit nur noch von der Klippe entfernt, als der Schleuder
710 Kraft das gewirbelte Blei durch des Himmels Mitte kann senden,
Als mit dem Fuß von der Erde der Jüngling plötzlich sich abstößt,
Steilauf schießt in die Wolken empor. Wie der Schatten des Mannes
Da auf dem Wasser sich zeigt, schnappt wild nach dem Schatten das
                                                                Untier;
Und wie Juppiters Aar, der die Schlange gesehen auf freiem
715 Felde den Strahlen der Sonne den Rücken, den schwärzlichen,
                                                                bieten,
Rasch von hinten sie packt, und damit sie nicht wende den bösen
Kopf, in den schuppigen Nacken die gierigen Fänge ihr schlägt, so
Stieß des Inachus Sproß kopfüber im Sturz durch das Leere
Jäh hinab auf den Rücken des Tiers und senkt in den rechten
720 Bug des Schnaubenden ein bis ans Heft die gebogene Klinge.
Tief verwundet und schwer, schnellt bald es sich hoch in die Lüfte,
Birgt unterm Wasser sich bald, bald rast es im Kreis wie ein wilder
Eber, den ringsum schreckt der Hunde kläffende Meute.
Perseus entgeht in gewandtem Flug dem gierigen Schnappen,
725 Trifft mit dem Sichelschwert jetzt den muschelschalenbesäten
Rücken, wo Blöße er zeigt, und jetzt in die Rippen der Flanken,
Jetzt, wo der Rumpf sich verjüngt in den schmächtigen Schwanz
                                                                eines Fisches.
Wasser speit, vermischt mit purpurnem Blut aus dem Schlund das

VIERTES BUCH

Untier, und naß und schwer von den Spritzern werden die Flügel.
730 Perseus, der weiter nicht wagt, sich anzuvertrauen dem feuchten
Fittich, erspähte ein Riff, das mit höchstem Kamme sich stillem
Wasser ein wenig enthebt, von bewegter See überspült wird.
Fußend hier, mit der Linken am äußersten Zacken sich haltend,
Zieht er dreimal und viermal noch durch die Weichen die Klinge.
735 Beifallsrufe und Klatschen erfüllen den Strand und der Götter
Häuser hoch in der Höh. Cassiope, Cepheus, der Vater,
Grüßen voll Freude den Eidam, bekennen, er sei ihres Hauses
Hilfe gewesen und Hort. Der Preis und die Ursache aller
Mühen, schreitet die Jungfrau einher, ihrer Fesseln entledigt.
740 Er schöpft Wasser und wäscht sich ab die siegreichen Hände,
Streut' auf den harten Sand, damit er das Haupt mit den Schlangen
Nicht ihm verletze, Blätter und Stengel, wie sie im Wasser
Wuchsen, und bettete so das Gesicht der Tochter des Phorcys.
Frisch, noch lebend aus saftigem Mark, die Staude, sie zog des
745 Wunders Kraft in sich ein und verhärtet' in dieser Berührung,
Nahm eine neue Starrheit in Zweigen an und in Blättern.
Aber die Nymphen der See erproben das Wundergeschehen
Weiter an mehreren Stauden und freuen sich, oft wiederholten
Wurfs übers Meer ihre Samen verstreuend, das Gleiche zu treffen.
750 Heute noch ist die gleiche Natur den Korallen geblieben:
Daß sie, gebracht an die Luft, ihre Härte gewinnen und daß, was
Stengel im Wasser gewesen, erst über dem Wasser zu Stein wird.
Dreien Göttern setzt er aus Rasen gleichviel Altäre.
Links dem Mercur, rechts dir, o kriegrische Jungfrau, inmitten
755 Juppiters Brandstätte liegt. Eine Kuh wird Minerven gefällt, dem
Flügelfüßgen ein Kalb, dir, höchster der Götter, ein Farren.
Ohne die Mitgift nimmt er darauf als Lohn seiner großen
Tat Andromeda hin. Es schwingen voraus ihre Fackeln
Hymen und Amor, gesättigt weit die Feuer von Duftholz.
760 Blumengewinde hangt von den Decken. Überall schallen
Leyer, Flöten, Gesang als glückverheißendes Zeugnis
Fröhlichen Sinnes. Weit, die Pforten alle entriegelt,
Offen der goldene Saal. Zum Fest, das ihr König mit schönstem
Aufwand bereitet, treten herein Aethiopiens Edle.
765 Als sie geendet das Mahl, den Sinn sich zerstreut an des heitren

Bacchus Gaben, fragt nach des Landes Art und Bebauung
Und nach der Männer Brauch und Tracht der Nachfahr des
Lynceus.
Als er ihn drüber belehrt, sprach Cepheus: »O Tapferster, bitte,
770 Nun erzähle uns du, mit welchem männlichen Mut und
Welchen Künsten du jüngst das Gesicht mit den Schlangen entführt
hast.«
Perseus erzählt: Am Fuße des kalten Atlas gelegen
Sei eine Stelle, gesichert von festen massigen Mauern.
Dort am Eingang hätten gehaust zwei Schwestern, des Phorcys
775 Töchter, die sich geteilt in *eines* Auges Gebrauch, und
Dieses hab' er mit List, als es ward übergeben, geschickten
Griffes von unten gefaßt und entwandt. Durch rauhes und ödes
Weit entlegnes Geklüft mit wilden, schaurigen Wäldern
Sei er zu Gorgos Behausung gelangt. Auf den Wegen und Feldern
780 Habe zerstreut er die Bilder von Menschen und Tieren gesehen,
Die durch den Anblick Medusas in Steine verwandelt gewesen.
Er hab' Gorgos schreckliches Bild im spiegelnden Erz des
Schildes, den er getragen am linken Arme, schaut und,
Während schwerer Schlaf sie selbst und die Schlangen gebannt, dem
785 Hals entrissen das Haupt. Er berichtet von Pegasus weiter,
Wie er flügelbeschwingt mit dem Bruder entsprungen der Mutter
Blut, und der Wahrheit getreu von des langen Heimwegs Gefahren,
Welche Gewässer und Länder er unter sich liegen gesehen,
Welche Gestirne er auch erreicht mit den schwirrenden Flügeln.
790 Doch er verstummte früher, als mancher erwartet. Der Edlen
Einer begann aufs neue zu fragen, warum von den Schwestern
Eine allein ihr Haar vermischt mit den Schlangen getragen.
»Da du nach etwas fragst, das wert ist berichtet zu werden«,
Sprach der Gastfreund, »so höre den Grund: Von herrlichster
Schönheit
795 Ist sie vieler Freier geneidete Hoffnung gewesen.
Nichts an ihr jedoch war zu schauen so schön wie ihr Haar – ich
Selbst hab einen getroffen, der sagte, er hab' es gesehen. –
Diese, so sagt man, mißbrauchte der Herrscher der See in Minervas
Tempel. Juppiters Kind, mit der Aegis sich deckend die keuschen
800 Augen, wandte sich ab. Und, daß straflos solches nicht bleibe,

Wandelte Gorgos Haar sie um in die häßlichen Hydern.
Jetzt noch, mit Schrecken und zitternder Furcht ihre Feinde zu
lähmen,
Trägt sie vorn an der Brust die Schlangen, die sie geschaffen.«

FÜNFTES BUCH

Während der tapfere Sohn der Danaë dies in dem Kreis der
Cepheusmannen erzählt, erfüllte die Halle des Königs
Lärmender Hauf: und nicht nach hochzeitfestlichen Liedern
Klingt ihr Geschrei, nein so, wie wenn feindliche Waffen es künde.
5 Und das in wildes Getümmel so plötzlich verwandelte Gastmahl
Könntest dem Meer du vergleichen, das, eben noch ruhig, von
           wilden
Windes Wüten erfaßt, in erregten Wellen sich aufrauht.
    Phineus, der Erste der Schar, des Krieges frevler Erwecker,
Dräut, den eschenen Speer mit der Spitze, der ehernen, schüttelnd:
10 »Hier, hier bin ich, der Rächer der frech mir entrissenen Gattin.
Nicht die Federn, Juppiter nicht, verwandelt in falsches
Gold, soll entreißen dich mir!« setzt an zum Wurfe, doch Cepheus
Ruft: »Was tust du? Mein Bruder, du Rasender, was für ein
           Wahnsinn
Treibt dich zum Frevel? Wird solchen Verdiensten vergolten mit
           solcher
15 Gabe? Lohnst du mit solchem Dank der Geretteten Leben?
Die, wenn du Wahrheit suchst, doch Perseus nicht dir genommen,
Sondern der Nymphen Groll und Ammon, der widdergehörnte,
Und das Ungeheuer der See, das an meinen Geweiden
Schon sich zu sättigen kam. Sie wurde dir damals entrissen,
20 Als sie zu sterben bestimmt. Wenn das nicht gerade dein Wunsch
           ist,
Grausamer, daß sie stirbt, und du unsrer Trauer dich freun willst.
Ist's nicht genug, daß sie ward vor deinen Augen gefesselt,
Daß du als Ohm und Verlobter ihr keinerlei Hilfe gebracht hast?
Willst obendrein noch bedauern, daß einer sie dennoch gerettet?
25 Ihm entwinden den Preis? Will *der* so hoch dir erscheinen,
Hättest du dort ihn geholt, von der Klippe, an die er geschmiedet!
Jetzt gib zu, daß der ihn geholt, durch den unser Alter
Nicht verwaist ist, behält, was Verdienst und Vertrag ihm erwarb, be-

128   FÜNFTES BUCH

greife, daß man nicht dir, nein, sicherem Tode ihn vorzog!«
30   Phineus entgegnete nichts. Auf den Bruder, auf Perseus im
                                                        Wechsel
Blickend zweifelt er, ob auf diesen, auf jenen er ziele,
Richtet und schleudert, nachdem er kurz gezaudert, mit Kräften,
Wie der Zorn sie ihm gab, die Lanze auf Perseus – und fehlt ihn.
Als sie im Polster stak, sprang Perseus endlich vom Lager
35   Auf und warf sie grimmig zurück und hätte des Feindes
Brust durchbohrt, wenn sich hinterm Altar nicht Phineus geborgen.
Und es hat der Altar – wie schmählich! – gefrommt dem
                                                        Verbrecher.
Doch es haftet die Spitze, umsonst nicht versandt, in des Rhœtus
Stirn. Der stürzt, und sobald aus dem Knochen das Eisen gezogen,
40   Zuckt noch sein Fuß, und sein Blut besprengt die bereiteten Tische.
Da entbrannte die Menge in unbezähmbarem Zorn, sie
Schleudern Geschosse; da gab es manchen, der sagte, daß Cepheus
Sterben müsse, sein Eidam mit ihm. Doch schon hatte Cepheus
Da verlassen das Haus, beschwörend die Treu und des Gastrechts
45   Götter, daß all das nicht mit seinem Willen geschehe.
    Pallas ist da, die Kriegerin schützt mit der Aegis den Bruder,
Spendet ihm Mut. – Da war aus Indien Athis, den Ganges'
Tochter Limnæa, so glaubt man, geboren im Schoß der kristallnen
Wogen, von schönster Gestalt, deren Glanz er noch hob durch die
                                                        reiche
50   Kleidung, sechzehn Jahre erst alt in frischester Jugend.
Purpurn der Mantel, in den er gehüllt, eine goldene Borte
Säumte den Rand: es schmückte den Hals ein vergoldeter
                                                        Halsschmuck,
Schmückte das myrrhengefeuchtete Haar ein geschwungener
                                                        Stirnreif.
Wohl war gut er geübt, auch entferntes Ziel mit des Speeres
55   Wurfe zu treffen, jedoch, den Bogen zu spannen, geübter.
    Als jetzt mit der Hand das Horn, das geschmeidige krümmt,
                                                        trifft
Perseus ihn hart mit dem Strunk, der mitten im Brand des Altares
Rauchte; und er zerstört, die Knochen zerschmetternd, das Antlitz.
    Wie er nun wälzte im Blut die gepriesenen Züge, erblickte

60 Lycabas ihn, der Assyrer, sein nächster Freund und Gefährte,
Der ihn wahrhaft geliebt und nie seine Liebe verleugnet.
Als er um Athis geweint, der sein Leben jetzt an der bittren
Wunde verhauchte, rafft er vom Boden den Bogen, den jener
Eben gespannt, und ruft: »Mit *mir* hast du nun dich zu messen!
65 Sollst nicht lange dich freun an dem Schicksal des Knaben, von
dem mehr
Haß als Ruhm du gewinnst!« Noch hat er nicht alles gesprochen,
als von der Sehne hinweg schon schnellt der durchdringende Pfeil,
doch
Ward er vermieden und fing sich fest in den Falten der Kleidung.
Gegen Lycabas kehrt die beim Tode Medusas erprobte
70 Sichel der Danaë Sohn; er stößt ihn mit ihr in die Brust, und
Lycabas blickt mit Augen, vor denen in schwarzer Nacht es
Schwamm, schon sterbend, noch einmal auf Athis, sank über ihn
und
Nahm zu den Schatten den Trost, mit Athis gemeinsam zu
sterben.
Siehe! Phorbas, Metions Sohn, aus Syene in Kampfes
75 Heißer Begier, Amphimedon auch, der Libyer, waren
Ausgeglitten und niedergestürzt im Blut, das den Boden
Warm überströmte. Es ließ das Schwert nicht wieder sie aufstehn,
Das in die Rippen Amphimedon traf, in die Kehle den Phorbas.
Nicht mit dem hakigen Schwert jedoch griff Perseus des Actor
80 Sohn, den Eurytus an, dessen Waffe ein flächiges Beil war,
Nein! einen mächtigen Mischkrug, geschmückt mit erhabenen
Bildern,
Schwersten Gewichtes hob mit beiden Händen er auf und
Schmettert ihn hin auf den Mann. Dem bricht das Blut aus dem
Munde,
Sterbend stürzt er rücklings und schlägt auf der Erd mit dem
Haupt auf.
85 Nieder streckt er den Sproß aus Semiramis' Blut, Polydegmon,
Abaris, der vom Caucasus kam, Lycetus, Sperchions
Sohn, den lockigen Helix darauf und Phlegyas dann und
Clytus; es tritt sein Fuß auf der Sterbenden wachsenden Haufen.
Phineus, der es nicht wagt, dem Feind in der Näh zu begegnen,

FÜNFTES BUCH

90 Schleudert die Lanze, sie trifft, sich verirrend, den Idas, der
fruchtlos
Fern dem Kampfe sich hielt, auf keines Seite sich schlagend.
Jetzt mit bösem Blick auf Phineus, den wütenden, rief er:
»Nun es auf eines Seite mich zwingt, so habe den Feind denn,
Phineus, den du dir schufst, und zahle die Wunde mit dieser!«
95 Zog aus dem Leib sich den Speer, – im Begriff, zurück ihn zu
senden,
Sank er in sich mit ausgebluteten Gliedern zusammen.
    Auch Hodites, der erste im Volk nach dem König, er liegt vom
Schwert des Clymenus, dann durch den Hypseus fällt Prothoënor,
Der durch des Perseus Hand. Auch Emathion war unter ihnen,
100 Hoch schon betagt, ein Wahrer des Rechts, ein Verehrer der
Götter.
Da die Jahre zu kriegen ihm wehren, kämpft er mit Worten,
Greift mit Schmähungen an und verflucht die Waffen der Frevler.
Da den Altar er umfaßt mit den Händen, den zitternden, mähte
Chromis das Haupt mit dem Schwerte ihm ab; auf dem Opfertisch
nieder
105 Fiel es sogleich und stieß mit der halb-noch-lebenden Zunge
Flüche hervor und hauchte die Seele mitten ins Feuer.
    Broteas dann und Ammon, zwei Brüder, Meister im Faustkampf,
Niemals besiegt, wenn sich Schwerter mit Fäusten ließen besiegen,
Sanken durch Phineus Hand, mit ihnen der Priester der Ceres,
110 Ampycus, dem die Schläfen mit weißer Binde umwunden.
Du, Lampetides, auch, der zu solchem Dienst nicht berufen,
Der du friedlich solltest zum Sange schlagen die Leyer,
Warest befohlen zum Fest, mit Liedern das Mahl zu verschönen.
Da er von ferne stand, das zierliche Plektron in Händen,
115 Höhnte ihn Pedasus lachend: »Den Schatten, den stygischen, singe
drunten das Weitre!« und stieß in die Schläfe von links ihm die
Klinge.
Ampycus stürzt; er sucht noch mit sterbenden Fingern der Leyer
Saiten, und zufällig ist ein kläglich Lied es gewesen.
Daß er ungerächt fiel, das duldet der wilde Lycormas
120 Nicht, er reißt den Riegel vom rechten Pfosten der Tür, zer-
schlägt mit ihm die Wirbel des Nackens dem Mörder; und dieser

Stürzt auf den Boden hin wie ein eben geschlachteter Jungstier.
Auch von dem linken Pfosten den Riegel zu nehmen, versuchte
Pelates, Africas Sohn, – er versucht es, da spießt ihm die Rechte
125 Fest des Marmarers Corythus Speer, und er haftet am Holze.
Während er haftete, stieß in die Seite ihm Abas; er fiel nicht,
Sondern hing, durch die Hand noch gehalten, sterbend am Pfosten.
Menaleus wurde gestreckt, der für Perseus die Waffen ergriffen,
Dorylas auch, der Reichste an Boden im Lande der Syrten,
130 Dorylas, der an Boden so reich, daß niemals ein andrer
Weiter den seinen gedehnt, noch so viel Weihrauch gehäuft hat.
Schräg in den Leisten ihm saß das geschleuderte Eisen, und Tod
bringt
Wunde an dieser Stell. Halcyoneus, der sie geschlagen,
Sah ihn, der Bactrer, die Seele verhauchen, die Augen verdrehen.
135 »So viel, als hier du bedeckst, soviel sollst du behalten von allem
Grund und Boden!« so rief er und ließ den entbluteten Leichnam.
Perseus zog den Speer aus der warmen Wunde und warf als
Rächer die Waffe zurück; sie traf in die Mitte der Nase,
Drang aus dem Nacken heraus und ragte nach vornen und hinten.
140 Clanis und Clytius, die von *einer* Mutter geboren,
Streckt er mit glückbegünstigter Hand durch verschiedene
Wunden;
Denn dem Clytius drang durch die beiden Schenkel, vom starken
Arme gewuchtet, der Schaft, mit dem Mund biß Clanis den
Wurfspeer.
Celadon fällt, der Mendeser, es fällt als folgender Astreus,
145 Syrischer Mutter Kind, doch unbekannten Erzeugers.
Aethion auch, der einst das Künftge zu schauen vermochte,
Jetzt von falschen Zeichen getäuscht, Thoactes, des Königs
Waffenträger, Agyrtes, verfemt durch den Mord an dem Vater.
    Aber mehr, als erschlagen ist, bleibt. Überwältigen wollen
150 Alle zusammen den Einen. Von allen Seiten ihn drängend,
Kämpft die verschworene Schar ihren Kampf gegen Treu und
Verdienste.
Für die stehen umsonst der fromme Schwäher, die junge
Frau, die Mutter mit ihr und erfüllen die Halle mit Jammern.
Aber der Waffen Schall übertönt und der Fallenden Stöhnen;

FÜNFTES BUCH

155 Und das einmal besudelte Haus überflutet mit Strömen
Blutes Bellona und weckt aufs neu das wirre Getümmel.
Phineus und tausend, die Phineus gefolgt, umringen den Einen;
Dichter fliegen Geschosse als Schloßen des Hagels im Winter,
Rechts vorbei und links, an den Augen vorbei und den Ohren.
160 Perseus lehnt seine Schulter davor an den Stein einer großen
Säule; den Rücken frei, die feindlichen Scharen im Auge,
Wehrt er die Drängenden ab. Es drängte von links der Chaonier
Molpeus, drängte von rechts der arabische Krieger Echemmon.
Und wie ein Tiger, der, hungergepeitscht, aus verschiedenen Tälern
165 Zweier Herden Gebrüll vernimmt und weiß nicht, auf welche
Soll er sich stürzen zuerst, und brennt, sich zu stürzen auf beide,
So, ob nach rechts oder links er sich reißen lasse, im Zweifel,
Sticht dem Molpeus der Held eine Wunde ins Bein und vertreibt
ihn;
Und ihm genügt seine Flucht, denn ihm läßt keine Muße
Echemmon,
170 Sondern er rast vor Begier, in Halses Höh ihn zu treffen,
Schwingt sein Schwert; doch schlecht die Kraft bemessend,
zerbrach er's.
Denn am äußersten Teil der Säule, auf die es getroffen,
Sprang das Blatt, und es fuhr ein Stück seinem Herrn in die Kehle.
Doch war die Wunde so schwer noch nicht, daß sie mußte des
Todes
175 Ursache werden: Perseus durchstach mit dem Schwerte Mercurs
den
Ängstlichen, der umsonst erhob die wehrlosen Arme.
Aber, als Perseus sah die Mannheit erliegen der Menge,
Rief er: »Da ihr es selbst erzwingt, will jetzt ich mir Hilfe
Holen beim Feind! Ist einer als Freund hier zugegen, der wende
180 Ab sein Gesicht!« und er zog hervor das Antlitz der Gorgo.
»Such einen anderen, den dein Wunderding machte erbeben!«
Thescelus rief's – und ward, bereit den tödlichen Speer zu
Senden, als marmornes Bildnis gebannt in diese Gebärde.
Ampyx ergriff als nächster nach ihm mit dem Schwert die von
höchstem
185 Mute erfüllte Brust des Perseus an – und im Angriff

Wird die Rechte ihm starr, nicht vorwärts zu regen, noch
rückwärts.
Nileus aber, der log, vom siebenfach fließenden Nilstrom
Sei er gezeugt, und der auch dessen Arme, die sieben,
Teils in Gold und teils in Silber getrieben im Schild trug,
90 Rief: »O Perseus, sieh den Ursprung meines Geschlechtes,
Wirst zu den schweigenden Schatten der Toten dann nehmen als
großen
Trost, daß solchem Mann du erlagst!« Das End seines Redens
Ward noch mitten im Klingen erstickt, und sprechen zu wollen
Schien der geöffnete Mund, doch war er den Worten kein Weg
mehr.
95 Eryx schalt sie und sprach: »Es macht die eigene Feigheit,
Nicht der Gorgo Gewalt euch starr. Stürmt an denn mit *mir* und
Werft den Jüngling zur Erd, der mit Zauberwaffen den Kampf
führt!«
Siehe! er stürmt schon an – da hielt seine Schritte die Erde,
Und es bleibt ein regloser Stein, ein Standbild in Waffen.
100 Doch traf diese verdient ihre Strafe, aber der Eine
War des Perseus Mann, Aconteus; streitend für diesen
Blickte auf Gorgo er hin und gerann im werdenden Steine.
Glaubend, er lebe noch, hieb Astyages ein mit dem langen
Schwerte auf ihn, da schlug mit harschem Klange das Schwert auf.
5 Während Astyages staunt, ergreift ihn die gleiche Natur, und
Noch in dem Marmorgesicht erhielt sich der Ausdruck des
Wunderns.
All die Namen der Männer gemeiner Abkunft zu nennen,
Führte zu weit: zweihundert sind übrig geblieben vom Kampf,
zwei-
hundert darauf sind erstarrt am Anblick des Hauptes der Gorgo.
Endlich reute den Phineus der unrecht begonnene Krieg. Doch
Was soll er tun? Er sieht in verschiedenster Haltung die Bilder,
Und er erkennt seine Treuen, er ruft einen jeden mit Namen,
Heischt von ihm Hilfe, er will es nicht glauben, berührt die ihm
nächsten
Leiber. – Sie waren Stein. Er wendet sich, fleht, seine Hände
Schuldbekennend, die Arme, zur Seite sich drehend, erhoben:

FÜNFTES BUCH

»Perseus, du siegst! Entferne das schreckliche Wunder, nimm weg,
was
Immer es sei, deiner grausen Medusa versteinend Gesicht, nimm
Weg! ich bitte. Mich hat nicht Haß, nicht Begierde nach
Herrschaft
Hier getrieben zum Krieg, für die Gattin erhob ich die Waffen.
220 *Dein* Recht war dem Verdienst nach das Bessre, der Zeit nach das
meine.
Daß ich nicht wich, ich bereu's. Nichts laß, o Tapferster, außer
Diesem Leben mir. Es soll das Andere dein sein!«
   Perseus erwiderte ihm, der solches sprach und nicht wagte,
Dem, den er bat, ins Auge zu sehn: »O ängstlicher Phineus,
225 Was ich gewähren dir kann – was großes Geschenk für den Feigen –
Hab keine Furcht! – ich gewähr's: kein Eisen soll dich verwunden.
Ja, ich will dir sogar für ewig setzen ein Denkmal.
Und in dem Haus meines Schwähers wird stets man können dich
schauen,
Daß meine Gattin am Bild ihres Bräutigams mag sich getrösten.«
230 Sprach es und hielt das Gesicht der Phorcystochter in jener
Richtung, in welche Phineus sein angstvoll Auge gewendet.
Jetzt noch versucht er, den Blick zu drehen, aber der Nacken
Wurde ihm steif, und zu Stein verhärtet' die Feuchte der Augen.
Aber im Marmor noch blieb das ängstliche Antlitz, der flehend
235 Bittende Blick, unterwürfige Hand, eines Schuldigen Aussehn.
   Siegreich kehrt mit der Gattin des Abas Sproß zu den heimschen
Mauern zurück und greift, ein Rächer des Ahnen, der's nicht ver-
diente, den Prœtus an. Denn mit Waffengewalt hatte Prœtus
Jüngst seinen Bruder verjagt und besetzt des Acrisius Feste.
240 Aber weder mit Waffengewalt noch der übel errungnen
Burg überwand er den Blick des schlangenhaarigen Grauens.
   Dich, Polydectes, hat, du Herr des kleinen Seriphus,
Nicht die in so viel Taten erwiesene Mannheit des Jünglings,
Nicht seine Mühsal gerührt. In unerbittlicher Härte
245 Hegst du den Haß, und es ist des Zornes kein End und des
Unrechts.
Schmälerst auch seinen Ruhm, verdächtigst, es sei der Medusa
Tod nur erfunden. »Ich werde ein Pfand der Wahrheit dir geben!

Nehmt eure Augen in acht!« ruft Perseus und wandelt des Königs
Antlitz durch das der Medusa zum bleichen, starrenden Steinbild.

Bis dorthin gab Pallas Geleit ihrem goldeentstammten
Bruder, dann schied sie in hohles Gewölke gehüllt von Seriphus,
Ließ zur Rechten Cythnus und Gyarus liegen und strebte,
Wie ihr der Weg übers Meer am kürzesten deuchte, nach Theben
Und zu der Jungfraun Helicon hin. Als sie diesen erreichte,
Machte sie halt und redete so zu den kunstreichen Schwestern:
»Kunde ist mir zum Ohr von der neuen Quelle gedrungen,
Welche der harte Huf des Gorgovogels geschlagen,
Sie ist der Grund meiner Fahrt. Ich wollte das Wunder betrachten;
Hab ich ihn selbst doch gesehn sich dem Blute der Mutter
            entschwingen.«
»Was auch immer, o Hehre, dein Grund, dies Heim hier zu
            schauen«,
Sprach Urania drauf, »unsern Herzen bist hoch du willkommen.
Wahr ist die Kunde indes, und Pegasus hier unsrer Quelle
Ursprung«, und führte Minerven hinab zu dem heiligen Wasser.
Diese bewunderte lang die hufschlagentquollenen Wellen,
Blickte darauf umher auf die Haine, die Wälder, die alten,
Rings auf die Grotten und die im Schmuck von unzähligen Blumen
Prangenden Wiesen und pries ob der Kunst, ob des Ortes die Töchter
Mnemones glücklich, doch ihr entgegnete eine der Schwestern:
»O Tritonia, die du in unsere Reihen getreten
Wärest, wenn Tapferkeit nicht zu höherem Werk dich berufen,
Wahres sprichst du und lobest zurecht die Kunst und den Ort hier,
Und ein schönes Los, wenn wir sicher nur blieben, ist unser.
Aber alles erschreckt – so wenig verwehrt ist dem Frevel –
Jungfraungemüter: mir steht vor dem Auge der schlimme Pyreneus,
Und ich hab' mich noch jetzt nicht ganz erholt im Gemüte.
Daulis hatte und phocisches Land mit thracischer Streitmacht
Dieser Wilde gewonnen und hielt's in tyrannischer Herrschaft.
Als zum parnassischen Tempel wir eilten, sah er uns gehn und
Sprach, mit Gleisnergesicht unsre Gottheit trüglich verehrend:
»Mnemones Töchter – er kannte uns wohl – ich bitt' euch, verweilt
            hier,

Meidet getrost das Wetter, den Regen – es regnete nämlich –
Hier unter meinem Dach. Es haben doch Himmlische oftmals
Niedere Hütten betreten.« Bestimmt durch sein Wort und das
                                                    Wetter
Gaben dem Manne wir recht und betraten die vorderste Halle.
285   Aufgehört hatte der Regen, der Nord überwunden den Südwind,
Und das dunkle Gewölk, es floh vom gereinigten Himmel.
Weiter wollten wir gehn. Da schließt Pyreneus sein Haus und
Rüstet, Gewalt uns zu tun. Der sind wir mit Flügeln entflohen.
Hoch auf der Burg stand er und schien uns folgen zu wollen,
290 Rief: »Wo ein Weg für euch, wird auch für mich er sich finden!«
Wirft sich im Wahnwitz hinaus von der höchsten Spitze des
                                                    Turmes,
Stürzt auf sein Antlitz und zuckt, des Gesichtes Knochen
                                                zerschmettert,
Sterbend unten am Boden, den rot sein verbrecherisch Blut färbt.«

     Noch erzählte die Muse, da klang's aus der Luft von Gefieder,
295 Grüßende Stimmen kamen herab aus der Höhe der Zweige.
Juppiters Kind blickt auf und fragt, woher die so deutlich
Sprechenden Zungen? Sie glaubt, da hätten Menschen gesprochen:
Vögel waren's, neun an der Zahl; ihr Schicksal beklagend,
Saßen dort im Gezweig die alles äffenden Elstern.
300 »Neulich haben auch die, im Wettstreit besiegt, des Geflügels
Scharen vermehrt«, so sprach zu der staunenden Göttin die Göttin.
»Pierus hat sie gezeugt, ein Reicher im Lande von Pella;
Doch ihre Mutter Euhippe, sie war aus Pæonien. Neunmal
Hat sie die mächtge Lucina gerufen, neunmal gebärend.
305 Stolz ob der Zahl hat die Schar der törichten Schwestern geschwellt,
                                                    und
Wandernd durch alle die Städte Thessaliens, alle Achaias,
Kamen sie hierher und trugen mit diesen Worten uns Kampf an:
»Laßt es, das ungebildete Volk zu betören mit leerer
Süße und meßt euch mit uns, ihr thespischen Göttinnen, wenn ihr
310 Irgend euch traut! Ihr werdet uns nicht im Gesang übertreffen,
Nicht in der Kunst, auch an Zahl sind wir gleich. Drum flieht als
                                                    Besiegte

Ihr Medusas Gewog ud Bœotiens Quell Aganippe,
Oder wir selbst, wir fliehen Emathia bis nach Pæoniens
Schneeigen Feldern. Die Nymphen, sie sollen scheiden den
                                             Wettkampf.«
Schmählich war es wohl, sich zu messen; doch schien uns zu
                                             weichen
Schmählicher noch. So schwuren, zu Richtern erwählt, bei dem
                                             Fluß die
Nymphen und saßen schon auf den Sitzen aus lebendem Felsen.
    Eine, die ohne zu losen, erklärt, sie werde beginnen,
Singt der Erhabenen Krieg; sie gibt den Giganten zu unrecht
Ehre dabei und schmälert die Taten der großen Götter.
Singt, entsendet vom Sitz in der tiefsten Erde, Typhoeus
Habe die Himmlischen alle in Furcht versetzt, und sie hätten
Fliehend den Rücken gewandt, bis die Müden die Erde Ägyptens
Aufnahm und der Nil, der in sieben Mündungen endet.
Doch sei auch dorthin gelangt der erdentsprossene Typhoeus,
Und die Götter hätten in Lügengestalt sich geborgen.
»Juppiter ward«, so sang sie, »ein Führer der Herde, und deshalb
Bildet im Widdergehörn man jetzt noch den libyschen Ammon.
Phœbus barg sich als Rabe, als Bock sich der Semele Sohn, als
Katze die Schwester Apolls, als schneeige Kuh sich die Juno,
Venus in Fisches Gestalt, Mercur im Gefieder des Ibis.«
    Klangvoll hatte ihr Mund so weit zur Leyer gesungen,
Uns verlangte man nun. – Doch fehlt vielleicht dir die Muße,
Und du hast nicht die Zeit, dein Ohr unserm Sange zu leihen?«
»Doch«, sprach Pallas, »trag euer Lied mir getrost nach der
                                             Ordnung
Vor«, und sie setzte sich nieder im sanften Schatten des Haines.
»Einer vertrauten wir ganz«, so erzählte die Muse, »den Kampf an.«
So erhob Calliope sich, mit Efeu die offnen
Haare umkränzt; sie prüft' mit dem Daumen die tönenden Saiten,
Schlug sie darauf und sang dies Lied zu der schwingenden Klange:

»Ceres wandte zuerst mit der Schar des Pfluges die Scholle,
Gab ihre Früchte zuerst der Erde, die mildere Nahrung,
Gab Gesetze zuerst. Ja, alles ist Gabe der Ceres.

FÜNFTES BUCH

Singen will ich von ihr. O könnte Lieder ich finden,
345 Würdig der Göttin! Gewiß ist die Göttin würdig des Liedes.
  Schwer auf den Riesenleib ihm geworfen, Siciliens weites
Eiland, drückt mit gewaltiger Last den gestürzten Typhoeus,
Der es gewagt, einen Sitz in des Äthers Höhen zu hoffen.
Zwar er müht sich oft und kämpft, sich aufs neu zu erheben,
350 Doch auf der Rechten liegt ihm italisch Pelorum, Pachyn', du
Liegst auf der Linken, es drückt Lilybæum die Schenkel ihm nieder,
Aetna beschwert sein Haupt. Auf den Rücken gestreckt, aus dem
                              Schlunde
Schleudert er Asche und speit er Feuer, der wilde Typhoeus,
Ringt gar oft, sich frei von der Last der Erde zu machen,
355 All die Städte, die großen Gebirge vom Leib sich zu wälzen.
Dann erbebt die Erd, und der König der Schweigenden selber
Bangt, es öffne der Boden sich weit in klaffendem Spalt und
Breche herein der Tag, die geängsteten Schatten zu schrecken.
  Solches Unheil befürchtend, war aufgebrochen vom finstern
360 Sitze der Fürst und fuhr auf dem Wagen, gezogen von schwarzen
Rossen, sorgend rings um den Grund der sicilischen Erde.
Als er genugsam erkundet, daß keine Stelle im Wanken,
Und seine Furcht sich gelegt, sah, thronend auf ihrem Gebirg ihn
Schweifen die Göttin des Eryx, umschlang den geflügelten Sohn
                              und
365 Sprach: »Meine Waffe und Hand, mein Sohn, meine Macht und
                              Gewalt du,
Nimm das Geschoß, mit dem du alles bezwingst, o Cupido,
Jage den flüchtigen Pfeil mit Wucht *dem* Gott in die Brust, dem
Damals gefallen als Los der letzte der Teile des Dreireichs.
Alle die Himmlischen, Juppitern selbst, die Götter des Meeres
370 Zwingst du und bändigst auch ihn, der die Götter des Meeres
                              beherrscht. Was
Soll sich der Orcus entziehn? Was trägst du die Herrschaft der
                              Mutter,
Deine nicht weiter vor? Um ein Dritteil geht es des Weltalls!
Aber im Himmel auch, bei der Langmut, wie jetzt ich sie zeige,
Werd' ich mißachtet und mindern mit mir sich die Kräfte der Liebe.
375 Siehst du nicht, daß Pallas, die speerwurffrohe Diana,

Schon mir entgangen? Und auch die Tochter der Ceres wird
Jungfrau,
Wenn wir es dulden, sein; denn sie macht auf das Gleiche sich
Hoffnung.
Auf! Für unser gemeinsam Reich, wenn es irgend dir wert ist,
Eine die Göttin dem Ohm!« So Venus. Er deckt seinen Köcher
380 Auf und legt nach der Wahl der Mutter *einen* der tausend
Pfeile beiseite, doch war kein anderer schärfer und keiner
Minder schwankend im Flug und besser dem Bogen gehorsam.
Und er krümmte, ans Knie es stemmend, das biegsame Horn und
Schoß den Pluto ins Herz mit dem widerhakigen Rohrpfeil.
385 Tiefen Wassers liegt nicht ferne den Mauern von Henna,
Pergus genannt, ein See. Nicht mehr Gesänge der Schwäne
Hört der Caÿstrus als er im Bett seiner gleitenden Wogen.
Wald umkränzt seine Flut; die Ufer rings ihm umschließend,
Hält durch des Laubes Dach er fern die Stiche der Sonne.
390 Kühlung spenden die Zweige und mancherlei Blumen der
Feuchtgrund.
Ewig ist Frühling da. Als Proserpina hier in dem Haine
Spielt und Veilchen pflückt und weiße, schimmernde Lilien,
Als sie im Mädcheneifer ihr Körbchen, den Bausch des
Gewandes
Füllt und im Wettstreit sucht, die Gespielen im Lesen zu
schlagen,
395 Sieht und begehrt und raubt sie zugleich fast der Herrscher des
Orcus.
So übereilt die Liebe den Gott. Mit klagendem Munde
Ruft der Mutter, den Mädchen die Göttin erschreckt, doch der
Mutter
Öfter. Als ihr Gewand sie vom obersten Saume zerriß, da
Fielen die Blumen all aus dem losgelassenen Kleide.
400 Und, von solcher Einfalt noch war ihr jugendlich Alter, –
Dieser Verlust war auch ein Schmerz ihrem Mädchengemüte.
Aber der Räuber treibt sein Gespann, ein jedes der Rosse
Ruft er mit Namen und feuert es an, über Hälse und Mähnen
Klatscht er die dunklen Riemen der rostbraunfarbenen Zügel.
405 Längs der Palicen See, des heilig Wasser, nach Schwefel

FÜNFTES BUCH

Riechend, brodelt im Spalt der Erde, jagt er und dorthin,
Wo des Bacchis der Stadt der zwei Meere entstammtes Geschlecht
einst
Mauern errichtet am Ort des großen und kleineren Hafens.
  Zwischen Cyane und Arethusa, der Quelle aus Elis,
410 Liegt, in die schmalen Zungen des Landes geengt, eine Meerbucht.
Dort war Cyane selbst, nach der auch ein Weiher benannt war,
Sie, die so hoch berühmt unter all den sicilischen Nymphen.
Diese, zu Leibes Höh aus des Strudels Mitte sich hebend,
Sah und erkannte die Göttin. »Nicht weiter werdet ihr gehn! Du
415 Kannst nicht der Ceres zuleid ihr Eidam sein! Zu erbitten
War sie, zu rauben nicht! Wenn ich Großes mit Kleinem
vergleichen
Darf, auch *ich* ward begehrt, von Anapis, doch ward ich die Seine,
Weil mich sein Flehen gerührt, und nicht wie diese in Ängsten!«
Rief es und trat in den Weg, nach beiden Seiten die Arme
420 Reckend. Da zähmt der Sohn des Saturnus nicht weiter den Zorn:
er
Feuert die Rosse, die schrecklichen, an und schleudert mit starkem
Arm sein königlich Szepter mit Macht hinein in des Strudels
Tiefe. Getroffen klaffte die Erde den Weg in den Orcus,
Schlang in den Trichter ein den niederwärts rasenden Wagen.
425   Cyane aber, betrauernd der Göttin Raub und der eignen
Quelle mißachtetes Recht, sie trägt untröstlich im Herzen
Schweigend die bittere Wunde, verzehrt in Trauer sich ganz und
Löst in die Wasser sich auf, deren mächtige Göttin sie kurz zu-
vor noch gewesen. Du konntest die Glieder erweichen sich sehen,
430 Beugung dulden die Knochen, die Nägel die Härte verlieren.
Das, was am zartesten war an ihr, verflüssigt zuerst sich,
So die bläulichen Haare, die Finger, die Schenkel, die Füße, –
Ist doch den schmächtigen Gliedern der Übergang leicht in die
kühlen
Wellen. – Nach diesen verschwinden die Schultern, der Rücken, die
Seiten,
435 Dann auch die Brust und werden in rinnende Bäche verwandelt.
Wasser endlich tritt in die kranken Adern anstelle
Lebenden Blutes und nichts, was du greifen könntest, bleibt übrig.

Angstvoll suchte die Mutter indessen vergeblich in allen
Ländern die Tochter und suchte in allen Tiefen des Meeres.
Nicht Aurora, dem Meere mit feuchten Haaren entsteigend,
Hat die Vermißte gesehn, nicht Hesperus. Cerces entzündet
Flammenspendende Fichten mit beiden Händen am Aetna,
Trägt durch die tauende Nacht sie voll Unrast. Schon hatte die
                                                        Sterne
Wieder gebleicht der freundliche Tag. Da sucht sie vom Orte,
Wo die Sonne versinkt, bis zu dem, wo sie aufsteigt, die Tochter.
    Durstig war in der Mühsal die Müde geworden; die Lippen
Hatte kein Tropfen genetzt, als bedeckt mit Stroh sie ein Hüttchen
Sieht; und sie klopft an die niedrige Tür. Da tritt eine Alte
Vor und erblickt die Göttin. Sie reicht ihr, um Wasser gebeten,
Süßes, das sie zuvor überstreut mit geröstetem Speltmehl.
Was ihr geboten, trinkt die Göttin, da stellt sich ein dreister
Knabe frech vor sie hin, der lachte und nannte sie gierig.
Sie war beleidigt und sprengte – noch war nicht alles getrunken –
Über den Redenden hin mit dem Trank das gefeuchtete Speltmehl.
Flecken trinkt sein Gesicht. Was er eben als Arme getragen,
Trägt er als Beine, ein Schwanz wird gesellt den verwandelten
                                                        Gliedern.
Daß seine Macht zu schaden nicht groß sei, schrumpft die Gestalt
                                                        ihm
Noch auf ein minderes als der kleinen Eidechse Maß ein.
Staunend und weinend müht sich die Alte, das Wunder zu greifen,
Aber er flieht und sucht ein Versteck. Er trägt einen Namen,
Passend zur Färbung des Leibs, der mit bunten Sprenkeln gestirnt
                                                        ist.
    Welche Gewässer und Länder die Göttin durchirrt, zu berichten,
Führte zu weit: keinen Raum mehr bot ihrem Suchen der Erdkreis.
Und nach Sicilien kehrt sie zurück. Dort alles durchforschend,
Kommt sie zu Cyane auch. Wär *die* nicht verwandelt gewesen,
Hätte sie alles erzählt. Wohl wollte sie reden, doch fehlten
Mund ihr und Zunge dazu, nichts war ihr zum Sprechen geblieben.
Aber sie gab ein sicheres Pfand: Den der Mutter bekannten
Gürtel Persephones, der an diesem Ort in den heilgen
Strudel geglitten, hob sie und zeigte ihn hoch auf den Wellen.

142 FÜNFTES BUCH

Als sie diesen erkannt, zerraufte die Göttin ihr wirres
Haar, als wenn sie erst jetzt entrissen wüßte die Tochter,
Und sie zerschlug sich die Brust mit den Händen wieder und
wieder.
Wo sie sei, das weiß sie noch nicht; doch schilt sie die Länder
475 All undankbar und nennt sie der Gabe der Früchte nicht würdig.
Aber Sicilien, wo sie die Spur des Verlustes entdeckt, vor
Allen. Und also zerbricht sie die schollenwendenden Pflüge
Dort mit wütender Hand; sie weiht im Zorne dem Tode
Bauern und feldbestellendes Vieh, sie heißt das vertraute
480 Pfand unterschlagen die Flur und läßt die Samen verkommen.
Die übers Erdrund berühmt, eine Lüge, liegt nun des Landes
Fruchtbarkeit da, es sterben im ersten Sprießen die Saaten.
Bald der Sonne zuviel und bald des Regens verdirbt sie,
Sterne schaden und Wind, es picken gierige Vögel
485 Fort die gestreuten Körner; des Weizens Ernte ersticken
Trespe und stachlige Dornwurz und unausrottbares Unkraut.
    Da erhob des Alphëus Geliebte ihr Haupt aus den Wogen,
Strich ihr tropfendes Haar von der Stirne zurück nach dem Ohr,
und
Sprach: »Der im ganzen Erdkreis gesuchten Tochter, der
Feldfrucht
490 Mutter du, halt ein! Beende das maßlose Leid und
Zürne so heftig nicht der treugebliebenen Erde;
Nichts hat die Erde verschuldet, dem Raub sich ungern geöffnet.
Nicht für mein Heimatland fleh' ich; bin hergekommen als
Gastfreund.
Pisa ist Heimat mir, auf Elis führ' ich den Ursprung,
495 Wohn' in Sicilien hier als Fremde; doch lieber als jedes
Andere Land ist es mir, und hier nun habe ich Heimstatt,
Ich, Arethusa, und Sitz, und du, o Milde, bewahr ihn.
Wie ich gewechselt den Ort, warum ich von jenseits des Meeres
Fließe weither Ortygia zu, dir das zu erzählen,
500 Kommt wohl die passende Stunde, wenn du deiner Sorgen
entledigt,
Uns ein heitrer Gesicht wirst zeigen. Mir öffnet die Erde
Durchlaß und Weg; geleitet durch Höhlen der Tiefe, erhebe

Hier ich mein Haupt und schaue die fremd mir gewordnen
                                              Gestirne.
Gleitend nach Art der Styx als unterirdisch Gewässer,
Sah ich deine Proserpina so mit eigenen Augen:
Traurig ist sie zwar noch, noch jetzt von erschrockenem Antlitz,
Königin aber doch, die größte doch in dem finstren
Reiche, gebietend Ehgemahl doch des Fürsten der Tiefe.«
    Wie versteinert erstarrte, die Worte vernehmend, die Mutter;
Lange stand sie wie donnergerührt. Als die schwere Betäubung
Dann dem schweren Schmerze gewichen, fuhr sie im Wagen
Auf zu des Äthers Höhn. Mit tief umwölktem Gesichte
Stand sie, gelöst ihr Haar, vor Juppiter grollend und klagte.
»Juppiter«, sprach sie, »zu flehn für mein eigen Blut und das deine,
Bin ich gekommen zu dir. Hast nichts für die Mutter du übrig.
Rühre den Vater sein Kind; und sei dir die Sorge um dies, ich
Bitte, geringer nicht, weil es meinem Schoße entbunden.
Sie, die ich lange gesucht, hab' ich endlich gefunden, die Tochter, –
Nennst, gewisser verlieren, du finden, nennst du es finden:
Wissen den Ort, wo sie ist. Ich will den Raub ihm verzeihen,
Gibt er sie nur zurück. Ist doch eines Räubers als Gatten
Deine Tochter nicht wert, wenn sie schon die meine nicht sein soll.«
    Juppiter sprach darauf: »Eine liebe, gemeinsame Sorge
Ist mir die Tochter mit dir. Doch will man der Sache den rechten
Namen geben, so ist nicht Unrecht, was da geschehen,
Tat der Liebe vielmehr. Ich würd' mich des Eidams nicht schämen,
Wolltest, o Göttin, auch du. Mag anderes fehlen, – was heißt es,
Juppiters Bruder zu sein! Und wie? Wenn das Andere *nicht* fehlt,
Und er nur nach dem Lose mir wich? Doch hast du der Scheidung
Solches Verlangen, dann soll zum Himmel Proserpina kehren.
Aber mit einem Beding: daß ihr Mund noch keinerlei Nahrung
Dorten berührt; denn so ist's bestimmt in der Satzung der Parcen.«
    Sprach es, und Ceres war es gewiß, daß sie löse die Tochter.
Doch das Geschick litt es nicht, da die Jungfrau ihr Fasten
                                              gebrochen,
Als sie arglos durchschweifend die wohlgewarteten Gärten,
Dort von hangendem Ast einen tyrischen Apfel gebrochen,
Sieben Kerne entnommen der gelblichen Schale und diese

FÜNFTES BUCH

Kauend im Munde zerdrückt. Das hatte gesehen von allen
Einzig Ascalaphus nur, den Orphne, schwanger von ihrem
540 Acheron einst, so erzählt man, in finsterem Walde geboren.
Sie, deren Ruhm nicht klein unter all den Nymphen des Orcus.
Jener sah und verriet es und nahm ihr grausam die Rückkehr.
Aber des Erebos Fürstin, sie seufzte und machte zum Unheils-
vogel den Zeugen; sein Haupt mit Phlegethonwasser besprengend,
545 Gab sie ihm Schnabel und Flaum und große, glühende Augen,
Nahm die Gestalt ihm und hüllte ihn ein in düster Gefieder.
Dicker sein Kopf und gekrümmt zu langen Krallen die Nägel.
Federn entsprießen dem trägen Arm, er rührt sie verdrossen,
Wird ein häßlicher Vogel, ein Bote künftiger Trauer:
550 Uhu, der feige, ein Zeichen, das Unheil den Sterblichen kündet.
    Ob seiner Zunge Verrat kann dieser wohl wert seiner Strafe
Scheinen, aber woher, Achelous' Töchter, die Vogel-
federn und -füße für euch, die ihr tragt ein Jungfrauenantlitz?
Deshalb, ihr klugen Sirenen, vielleicht, weil ihr da, als die
                                                          Frühlings-
555 blumen Proserpina las, in der Zahl der Gespielinnen waret?
Gleich, als ihr diese vergeblich gesucht in den Ländern des
                                                          Erdrunds
Allen, habt ihr gewünscht, damit auch das Meer euer Sorgen
Sehe, über die Flut hin, von Flügelrudern getragen,
Schweben zu können; ihr fandet geneigt die Götter und sahet,
560 Wie eure Glieder sich plötzlich mit gelblichen Federn bedeckten.
Aber, damit der Wohllaut, bestimmt, dem Ohre zu schmeicheln,
Solche Begabung des Mundes der Zunge Gebrauch nicht verliere,
Sind euch Jungfrauenantlitz und Menschenstimme geblieben.
    Zwischen dem Bruder jedoch und der trauernden Schwester
                                                          vermittelnd,
565 Teilte Juppiter endlich gerecht das rollende Jahr ein.
Gleichviel Monate lebt als gemeinsame Gottheit der beiden
Reiche die Göttin jetzt mit der Mutter wie mit dem Gatten.
Da ist gewandelt sogleich ihr Sinn sowohl wie ihr Antlitz;
Denn der Göttin Stirn, die eben auch Pluto noch traurig
570 Scheinen konnte, ist froh, wie Sonne, die vorher von trüben
Regenwolken bedeckt, aus besiegten Wolken hervortritt.

Mutter Ceres fragt, als der Tochter sie sicher, warum du
Einst, Arethusa, geflohn und jetzt ein heiliger Quell bist.
Und das Gewoge verstummt, seine Göttin hebt aus der tiefen
575 Quelle ihr Haupt; als ihr grünes Haar mit der Hand sie getrocknet,
Gibt von der alten Liebe des elischen Flusses sie Kunde,
Sprechend: »Eine von den Achaia bewohnenden Nymphen
War ich. Eifriger streifte als ich keine andre im Bergwald
Dort und eifriger legte dem Wild keine andre die Netze.
580 Aber hatt' ich auch nie nach dem Rufe von Schönheit gestrebt, und
War ich auch noch so stark: ich erhielt den Namen ›Die Schöne‹.
Doch mich machte die nur zu oft gelobte Gestalt nicht
Froh, und was andre gefreut, ich Rauhe, ich schäm mich der Reize,
Die meinem Leibe geschenkt, und hielt es für Schimpf zu gefallen.
585 Müd' – ich entsinne mich – kam ich einst vom stymphalischen
Walde.
Groß war die Hitze und war durch die Mühe des Jagens verdoppelt.
Rinnen ohne Gewoge und Rauschen fand ich ein Wasser,
Sichtig bis auf den Grund, durch das in der Tiefe ein jedes
Steinchen zu zählen war, du glaubtest kaum, daß es fließe.
590 Graues Weidicht und Pappeln, genährt von der Feuchte der Wellen,
Spendeten gern ihren Schatten den sanft sich senkenden Ufern.
Näher trat ich und netzte zunächst die Sohlen, dann stieg ich
Weiter hinein bis zum Knie; mit dem nicht zufrieden, entgürtet,
Lege mein zartes Gewand einer krummen Weide ich auf und
595 Tauche ich nackt in die Flut. Dieweil ich in dieser mich tummle
Und auf mancherlei Art die Arme strecke und werfe,
Hör' ich, ich weiß nicht was für ein Murmeln her aus den Wassern;
Und ich erklimme erschreckt den Rand des näheren Ufers.
»Ho, Arethusa, wohin?« so hatte Alphëus gerufen,
600 Noch einmal: »Ho, wohin?« aus den Wellen mit dröhnender
Stimme.
Ohne Gewand, wie ich war, so floh ich. Am anderen Ufer
War geblieben mein Kleid. Desto mehr und brennender drängt er;
Und, weil ich nackt war, sah er mich an als leichtere Beute.
So lief *ich*, und so verfolgte *er* mich, der Wilde,
605 Wie mit ängstlichem Fittich die Taube den Habicht zu fliehen,
So wie der Habicht pflegt zu bedrängen die ängstlichen Tauben.

FÜNFTES BUCH

Bis nach Orchomenus, Psophis, zum Berg Cyllene, dem Wald des
Mænalus, weiter zum Fluß Erymanthus, dem kühlen, nach Elis
Hielt ich zu laufen aus, und *er* war nicht schneller als *ich* war.
610 Doch ihm an Kräften nicht gleich, vermochte ich weiter den Lauf
nicht
Mehr zu ertragen, und *er* war langer Mühe gewachsen.
Dennoch bin über Felder und baumbestandene Berge,
Klippen, Gestein und, wo kein Weg zu sehn, ich gelaufen.
Hinter mir stand die Sonn'. Vor den Füßen sah einen langen
615 Schatten ich rücken – sofern nicht nur die Furcht ihn gesehn hat.
Aber gewißlich schreckte der Hall seiner Schritte, es wehte
Mächtig sein Atem schon das ums Haar mir flatternde Band an.
»Hilf!« so rief ich, erschöpft von der Mühsal der Flucht, »o Diana,
Mir, die die Waffen dir trug, und der du oft deinen Bogen,
620 Oft die im Köcher bewahrten Geschosse zu tragen gegeben!«
Da ward die Göttin gerührt. Sie brachte der dunstigen Wolken
Eine und warf sie auf mich. Der Flußgott mustert die dunkle
Hülle, und ahnungslos umforscht er das hohle Gewölke.
Zweimal umschritt er den Ort, in dem mich die Göttin verborgen,
625 Zweimal rief er: »Hei, Arethusa, hei, Arethusa!«
Wie war da mir Armen zu Mut? Ach, glaubst du wohl anders,
Als einem Lamm, das rings um die hohe Stallung der Wölfe
Schnauben vernimmt, einem Hasen, der tief in den Dornbusch
geduckt, die
Rachen der Hunde erkennt und nicht mehr wagt, sich zu regen.
630 Jener wich nicht vom Platz; denn er sah, daß keinerlei Spuren
Weiter führten von ihm, und bewachte den Ort und die Wolke.
Kalter Schweiß befiel mir da die belagerten Glieder,
Bläulich fielen vom ganzen Leib die Tropfen zu Boden.
Und, wohin einen Fuß ich gesetzt, – ein See! Aus den Haaren
635 Taut es herab, und geschwinder, als jetzt ich dir es erzähle,
Ward ich in Wasser verwandelt. Der Fluß, der wohl die geliebten
Fluten erkennt, legt ab die Mannesgestalt; in die eignen
Wellen wandelt er sich, um so mit mir sich zu mischen.
Delia spaltet den Grund. In die finsteren Höhlungen tauchend
640 Fließ' ich Ortygia zu, das – lieb mir, weil meiner Göttin
Namen es trägt, – mich zuerst aufs neu in die freiere Luft führt.«

So Arethusas Bericht. Die Göttin der Feldfrüchte schirrt der
Schlangen Paar ans Gefährt und lenkt es am Maul mit den Zügeln,
Fährt zwischen Erde und Himmel dahin ihren Weg durch die Luft
und
645 Schickt dem Triptolemus dann in die Stadt der Minerva den leichten
Wagen. Sie gibt ihm Samen und heißt ihn, teils in der rohen
Erde ihn bergen, teils nach längerer Frist in bebauter.
Schon hatte über Europa und Asiens Erde der Jüngling
Hoch seine Bahnen gelenkt und nahte sich Scythiens Küste.
650 Lyncus war König dort; er trat in dessen Behausung.
Wie er gekommen, gefragt, nach dem Grund seiner Reise, nach
Namen,
Heimat, sprach er: »Heimat ist mir das berühmte Athen, mein
Name Triptolemus, bin nicht zu Schiff durch die Wogen
gekommen,
Nicht auf der Erde zu Fuß: mein Weg ist der Äther gewesen.
655 Gaben der Ceres bring' ich. Die sollen, gestreut in die Äcker,
Früchtetragende Ernten euch spenden und mildere Nahrung.«
Neid erfaßte den Scythen. Er nahm ihn, um selber so großer
Gaben Spender zu sein, als Gast auf und griff mit dem Schwert den
Schlafbefangenen an. Als er sucht in die Brust ihn zu stoßen,
660 Wandelt ihn Ceres zum Luchs und befal dem athenischen Jüngling
Wieder das heilge Gespann zurück durch die Lüfte zu lenken.«

Hiermit hatte die Größte von uns geschlossen ihr kunstvoll
Lied. Einstimmig erklärten die Nymphen, die Göttinnen, die am
Helicon wohnen, hätten gesiegt. Als darauf die Besiegten
665 Schmähungen schleuderten, sprach sie: »Weil euch nicht genügt,
durch den Wettkampf
Schuldig geworden zu sein, weil zur Schuld ihr das Schelten noch
fügt, und
Weil auch unsrer Geduld eine Grenze gesetzt ist, so werden
Jetzt zur Bestrafung wir schreiten und tun, wozu uns der Zorn rät.«
Lachen Emathias Töchter, verspotten das drohende Wort – und
670 Sehen, als sie zu reden versuchen, versuchen, mit lautem
Schreien die frechen Hände zu legen an uns, ihren Nägeln
Federn entsprießen und sehen mit Flaum ihre Arme sich decken.

Eine sieht der Andern Gesicht sich spitzen zu hartem
Schnabel und sieht, wie sie selbst als neuer Vogel zum Wald eilt.
675 Schlagen woll'n sie die Brust, – von der Arme Bewegung erhoben,
Schweben sie frei in der Luft: Die Spötter des Waldes, die Elstern.
Jetzt noch haben die Vögel die alte Begabung zu sprechen,
Krächzende Redseligkeit und endlos Verlangen zu schwatzen.«

SECHSTES BUCH

Pallas hatte ihr Ohr den Worten der Musen geliehn, ihr
Lied, ihren Zorn, den gerechten, gelobt; dann sprach zu sich selbst
                                                                    sie:
»Loben allein ist zu wenig, – gelobt zu werden verlang' ich,
Und nicht ungestraft meine Gottheit mißachtet zu wissen!«
Und es wendet ihr Sinn dem Schicksal Arachnes sich zu, von
Der sie gehört, sie woll' ihr nicht weichen im Ruhme der
                                                            Webkunst.
Diese Lyderin war nicht berühmt durch Stand oder Abkunft,
Sondern allein durch die Kunst. Ihr Vater aus Colophon, Idmon,
Tränkt' mit dem purpurnen Saft der phocæischen Schnecke die
                                                              Wolle.
Schon gestorben die Mutter, doch war auch sie ihrem Manne
Gleich aus dem Volke gewesen. Trotzdem hatte jene in Lydiens
Städten durch ihr Gewerb einen Namen gewonnen, obgleich sie
Stammend aus kleinem Haus, in dem kleinen Hypæpa daheim war.
Ihre bewundernswerten Gewirke zu schauen, verließen
Oft das Rebengeländ ihres Tmolus die Nymphen, verließen
Oft ihre wogende Flut die Nymphen des Flusses Pactolus.
Nicht nur die fertigen Stoffe, nein, auch sie *werden* zu sehen,
War ein Vergnügen, mit solcher Gefälligkeit übt' sie ihr Können.
Mochte die rohe Wolle zunächst zu Knäulen sie ballen
Oder sie schlichten darauf mit den Fingern, entfilzen mit langen,
Oft wiederholten Zügen die wolkengleichenden Flocken,
Mochte mit leichtem Daumen die glatte Spindel sie drehen,
Mochte sie wirken in Bunt. – Sie mußte von Pallas belehrt sein.
Sie verneint es und spricht, beleidigt mit solch einer Meistrin:
»Messe sie doch sich mit mir! Nichts gibt's, was, besiegt, ich
                                                        verweigert'!«
Pallas nimmt die Gestalt eines Altweibs an: an den Schläfen
Falsches Grau, ihre Glieder gebrechlich, gestützt auf den Stecken.
Dann beginnt sie: »Nicht alles, was höheres Alter uns bringt, nicht

Alles sollten wir fliehn: auch Gutes kommt mit den Jahren.

30 Meinen Rat, mißachte ihn nicht: Unter Sterblichen magst du
Suchen den Ruhm, die Erste zu sein in der Wolle Bereitung –
Weiche der Göttin und bitte für das, was du frevelnd gesprochen,
Flehend um Gnade, der Bittenden wird sie Gnade gewähren.«
   Böse blickt Arachne sie an; sie verliert ihren Faden,

35 Kaum noch beherrschend die Hand, den Zorn in den Mienen
                                                    verratend,
Gibt der verwandelten Pallas mit dieser Rede sie Antwort:
»Sinnlos kommst du daher, von langem Alter verblödet,
Allzu lange gelebt, ist arg. Es hör' auf dein Schwatzen,
Wenn du vielleicht eine Schwieger hast, vielleicht eine Tochter.

40 *Ich* find Rates genug bei mir selbst. Und, daß du nicht glaubst, du
Hättest mit Mahnen Erfolg: Es bleibt meine Mahnung die gleiche:
Sag, was kommt sie nicht selbst, was meidet hier sie den
                                                    Wettkampf?«
Sprach die Göttin: »Sie *kam*!« ließ schwinden der Alten Gestalt und
Trat als Pallas hervor. Die lydischen Frauen, die Nymphen

45 Ehren die Gottheit, nur die Jungfrau ließ sich nicht schrecken.
Doch sie ward rot; eine plötzliche Glut überflog ihr erzürntes
Antlitz und schwand dann wieder, so wie die Luft in der Frühe
Purpurn gewöhnlich sich färbt, sobald Aurora emporsteigt,
Weiß jedoch bald darauf erglänzt mit dem Aufgang der Sonne.

50 Doch sie beharrt, nicht der Palme des Sieges verblendet begehrend,
Stürzt ihrem Schicksal sie zu. Denn die Göttin weigert sich jetzt
                                                    nicht
Länger, sie mahnt nicht mehr, verschiebt nicht weiter den
                                                    Wettkampf.
   Und schon stehn die zwei an verschiedenen Plätzen vor ihrem
Webstuhl, und jede spannt die zierlichen Fäden der Kette.

55 Querholz bindet die Pfosten. Es teilt die Kette ein Rohrschaft.
Mitten hindurch wird der Einschlag gelenkt durch das spitzige
                                                    Schiffchen,
Finger wickeln ihn ab, und sobald er geführt durch die Kette,
Drückt der Kamm ihn fest mit den eingeschnittenen Zähnen.
Beide bewegen in Eil', das Gewand unterm Busen gegürtet,

60 Flink die geübten Arme, im Eifer der Mühe vergessend.

Da wird Purpur verwebt, der in tyrischem Kessel getränkt ward,
Zartere Schattungen auch, von einander nur wenig verschieden –
So wie in mächtiger Wölbung der Bogen die Weite des Himmels
Färbt, wenn der Regen die Strahlen der scheinenden Sonne
       gebrochen:
65 Während tausend Farben in ihm verschieden erglänzen,
Läßt sich vom spähenden Auge nicht fassen der Übergang selbst, so
Gleich ist, was sich berührt, und doch das Entfernte verschieden.
Da wird unter die Fäden gewirkt auch schmiegsames Gold und
Eingewoben dem Stoff die Geschichte aus alten Zeiten.
70   Pallas webt in Farben den Hügel des Mars bei des Cecrops
Burg und den alten Streit, wer den Namen gebe dem Lande.
Hier die himmlischen Zwölf in erhabener Würde auf hohen
Sitzen, inmitten Juppiter selbst. Einen jeden bezeichnet
Deutlich sein Antlitz. Juppiter zeigt sein königlich Aussehn.
75 Da läßt sie stehn den Gott der See und läßt mit dem langen
Dreizack ihn stoßen in rauhen Fels und entspringen des Felsens
Wunde den Quell, das Pfand, um welches die Stadt er beansprucht.
Sich aber gibt sie den Schild und gibt sich die schneidende Lanze,
Gibt ihrem Haupte den Helm, die Brust verteidigt die Aegis.
80 Webt, wie die Erde, vom Stoß ihrer Lanze getroffen, des Ölbaums
Schimmernden Sproß mit den Früchten hervortreibt, und wie die
       Götter
Staunen. Und sie beendet ihr Bild mit der Göttin des Sieges.
  Doch, daß an Beispielen seh’ ihres Ruhmes Neiderin, welcher
Lohn ihr zu hoffen steh’ für solch wahnwitziges Wagnis,
85 Fügt in den Ecken, den vieren, noch vier Wettkämpfe in klaren,
Treffenden Farben sie bei in deutlichen kleinen Gestalten.
  Hæmus und Rhodopen zeigt, die Thracer, die erste der Ecken, –
Kalte Gebirge sie nun, doch vorher sterbliche Leiber, –
Sie, die sich einstens die Namen der obersten Götter gegeben.
90 Aber die zweite der Ecken, sie zeigt der pygmæischen Mutter
Klägliches Schicksal: Saturnia hieß die im Wettkampf Besiegte
Kranich werden und Krieg ihrem eigenen Volke erklären.
Auch Antigonen webt sie, die einst den Streit mit des großen
Juppiter Gattin gewagt: Der gab die Königin Juno
95 Drauf eines Vogels Gestalt; nicht Ilion konnte ihr helfen,

Vater Laomedon nicht: Sie mußte in weißem Gefieder
Beifall spenden sich selbst mit klapperndem Schnabel als Störchin.
Cinyras zeigt, den verwaisten, die Ecke, die einzig noch übrig.
Diesen sieht man, gestreckt auf den Stein, die Stufen des Tempels –
100 Einst seiner Töchter Glieder – umarmen und Tränen vergießen.
Rings umzieht sie zuletzt den Rand mit des schimmernden
Ölbaums
Zweigen und endet so ihr Werk mit dem eigenen Baume.
Lydiens Tochter wirkt dagegen die von des Stieres
Trugbild getäuschte Europa: Du glaubtest wirklich den Stier und
105 Wirklich das Meer. Man sah sie selbst zum verlassenen Ufer
Blicken, den Freundinnen rufen, des gegen sie springenden kühlen
Wassers Berührung scheun und ängstlich die Sohlen zurückziehn.
Auch Asterien ließ sie vom ringenden Adler gefaßt sein,
Dann auch unter den Schwingen des Schwanes Leda sich lagern;
110 Juppitern fügte sie bei, wie mit zwiefacher Frucht er des Nycteus
Herrliche Tochter erfüllt, in Gestalt eines Satyrn sich hehlend,
Wie er Amphitryon war, als er dich, Alcmene, gewann, wie
Golden er Danaën trog, als Feuer Aeginen, als Hirte
Mnemonen, aber die Tochter der Deo als schillernde Schlange.
115 Dich auch zeigt sie, Neptun, der Aeolustochter zulieb zum
Grimmigen Stiere geworden; du schaffst, als Enipeus erscheinend,
Auch dem Aloeus die Söhne, Theophanen täuschst du als Widder.
Sie, die mildeste Mutter der Früchte im goldenen Haar emp-
fing dich als Hengst, dich empfing als Vogel des fliegenden Rosses
120 Schlangenhaarige Mutter, empfing als Delphin die Melantho.
Und ihr eigen Gesicht gab jeder Gestalt sie und jedem
Orte. Da ist im Bild eines Bauern Phœbus, und wie er
Bald eines Habichts Gefieder und bald das Fell eines Löwen
Trug und als Hirte mit Isse, der Tochter des Macareus, spielte,
125 Bacchus, wie er, zur Traube geworden, Erigonen täuschte,
Und Saturn, wie als Hengst er des Chiron Zwiegestalt zeugte.
Blumen, mit Efeugerank unterwoben, nahmen den letzten
Raum des Gewebes ein, von schmalem Saume umrandet.
Dieses Werk – es konnt' es nicht Pallas, es konnt' es der Neid
nicht
130 Tadeln. Darob ergrimmte die blonde gewaltige Machtmaid,

Und sie zerriß das bunte Geweb, die Schanden des Himmels.
Wie in der Hand das Schiffchen vom Holz des Cytorus sie hielt, so
Stach sie dreimal und viermal mit ihm in die Stirne Arachnen.
　Und die Unselge ertrug's nicht, sie schlang sich die Schnur um die
　　　　　　　　　　　　　　　　　　　　　　　　　tapfre
135 Kehle. Die Hängende stützte Minerva, von Mitleid erfaßt, und
Sprach: »So lebe du zwar, doch hänge, du Schlechte! Und daß du
Sicher der Zukunft nicht seist, soll der selben Strafe Gesetz auch
Gelten deinem Geschlecht bis hin zu den spätesten Enkeln.«
Sprengte im Gehn darauf über jene des Hecatekrautes
140 Saft. Und, sobald sie benetzt von dem Gifte, dem schrecklichen,
　　　　　　　　　　　　　　　　　　　　　　　　schwanden
Hin ihre Haare sogleich, mit ihnen Nase und Ohren;
Winzig wird ihr das Haupt; am ganzen Leib ist sie klein, und
Schmächtige Finger hängen statt Schenkeln ihr dünn an den Seiten.
Alles Übrige nimmt sich der Leib; doch sendet aus dem sie
145 Fäden noch jetzt und übt als Spinne die frühere Webkunst.

Ganz Mæonien hallt von der Kunde, durch Phrygiens Städte
Läuft sie, erfüllt von Mund zu Munde getragen den Erdkreis.
Vor ihrer Hochzeit war mit Arachne bekannt noch geworden
Niobe, da sie als Jungfrau am lydischen Sipylus lebte.
150 Doch es lehrte sie nicht der Landsmännin schwere Bestrafung,
Himmelsbewohnern zu weichen und kleinere Worte zu brauchen.
Vieles hob ihren Mut. Doch war es minder des Gatten
Kunst, ihrer Beider Geschlecht, die Größe und Macht ihres Reiches,
Was ihren Stolz so geschwellt – wenngleich das alles ihn schwellte –
155 Als ihre Nachkommenschaft. Und der Mütter glücklichste hieße
Niobe, wäre sie nicht sich selbst als solche erschienen!
　Denn des Tiresias Tochter, die zukunftskundige Manto,
Hatte, von göttlichem Geist ergriffen, inmitten von allen
Wegen geweissagt: »Eilt, ihr Ismenustöchter in Scharen,
160 Spendet Latonen sowie den beiden Latonagebornen
Weihrauch mit frommem Gebet und schlingt ins Haar euch den
　　　　　　　　　　　　　　　　　　　　　　　　Lorbeer!
Heißt euch Latona durch meinen Mund.« Man gehorcht, und die
　　　　　　　　　　　　　　　　　　　　　　　　Frauen

SECHSTES BUCH

Thebens schmücken sich all, wie befohlen, die Schläfen mit
Lorbeer,
Spenden den heiligen Flammen mit bittenden Worten den
Weihrauch.
165 Sieh da! Niobe kommt von großem Gefolge begleitet,
Stattlich nach phrygischer Art mit Gold durchwirkt die Gewande,
Schön, soweit der Zorn es zuläßt; schüttelnd ihr edles
Haupt mit den beide Schultern umwallenden Haaren, verhält sie,
Läßt den stolzen Blick in der Runde, aufgereckt, kreisen:
170 »Was für ein Wahnsinn, Götter, die nur vom Hören bekannt, vor
Sichtbare stellen! Oder – was ehrt man Latonas Altar, und
meine Gottheit entbehrt noch des Weihrauchs! Da Tantalus doch
mein
Vater – der einzige Gast an der Götter Tisch. Meine Mutter
Ist der Plëiaden Schwester, mein Ahn der gewaltige Atlas,
175 Der auf der Schulter die Achse des Himmels trägt, und mein andrer
Ahn ist Juppiter selbst, auch als Schwäher rühm ich mich seiner.
Mich scheun Phrygiens Stämme, mich ehrt als Herrin des Cadmus
Königlich Haus; das Volk in den Mauern, die durch sein Saiten-
spielen mein Gatte gefügt, beherrsch' ich mit diesem gemeinsam.
180 Und, in welchen Teil des Palastes die Blicke ich wende –
Unermeßliche Schätze! Und Schönheit, wohl einer Göttin
Würdig, tritt noch hinzu. Und weiter bedenkt meine sieben
Töchter und Söhne und bald auch deren Gatten und Frauen.
Fragt dann, ob mir zum Stolz nicht genügend Gründe gegeben,
185 Wagt noch mir die Titanin, die Tochter, ich weiß nicht welches
Cœus vorzuziehn, Latonen, der einstens die weite
Erde den mindesten Platz versagt, als sie sollte gebären.
Ja, nicht Himmel noch Erde noch Wasser empfing eure Göttin;
Und sie blieb aus der Welt verbannt, bis zur Flüchtigen Delos
190 Mitleidig sprach: »*Du* irrst als Fremdling zu Land, in den Wellen
Ich«, und die unstete Stelle ihr bot, wo sie Mutter geworden
Zweier – des siebenten Teils der meinem Schoße Entbundnen!
Glücklich bin ich. Wer kann es leugnen? und bleibe auch glücklich.
Wer kann zweifeln an dem? Es macht die Fülle mich sicher.
195 Größer bin ich, als daß mir das Schicksal zu schaden vermöchte.
Mag es mir Vieles entreißen, viel mehr doch müßt' es mir lassen.

Über die Furcht schon hebt mein Besitz mich. Gesetzt auch, es könnte
Etwas mir nehmen vom Volk meiner Söhne und Töchter, es würfe
Doch der Verlust mich nicht zurück auf die Schar von Latonens
200 Zwiezahl, die ja kaum von Kinderlosen sie scheidet.
Geht, es ist des Opferns genug, in Eile! Den Lorbeer
Nehmt aus dem Haar!« Sie tun's und lassen ihr noch nicht vollbrachtes
Opfer, verehren still – was erlaubt noch – mit Murmeln die Gottheit.
Tief ist die Göttin empört; auf des Cynthus erhabenem Gipfel
205 Spricht sie zum Zwillingspaar ihrer Kinder zornig die Worte:
»Die euch gebar, seht mich, die stolz, eure Mutter zu heißen,
Keiner Göttin zu weichen gewillt, es sei denn der Juno,
Ob eine Göttin ich sei, wird gefragt, man sperrt von seit ewgen
Zeiten verehrten Altären mich aus, eilt *ihr* nicht zu Hilfe.
210 Dies nicht mein einziger Schmerz. Die Tochter des Tantalus fügte
Schmähung zur frevelnden Tat. Sie wagte es, euch ihren Kindern
Nachzustellen, sie schalt – was zurück auf sie selbst müsse fallen –
Kinderlos mich und verriet die Lästerzunge des Vaters!«
Weitere Bitten will sie zu diesen fügen, doch Phœbus
215 Spricht: »Halt ein! Es verzögert das lange Klagen die Strafe.
Phœbe nicht anders – und: schon haben sie, wolkenumhüllt, in
Raschem Sturz durch die Luft erreicht die Feste des Cadmus.
Nahe den Mauern lag ein weit sich dehnendes Blachfeld,
Ständig vom Tritt der Rosse zerstampft, wo der rollenden Räder
220 Druck und die Härte der Hufe zermürbt die Schollen der Erde.
Hier bestieg ein Teil der sieben Söhne Amphions
Feurige Rosse und sitzt auf Rücken, die tyrischen Purpurs
Röte bedeckt, und führt die mit Gold beschlagenen Zügel.
Einer von ihnen, Ismenus, als Erstling einst seiner Mutter
225 Schoße entwachsen, der jetzt auf bestimmten Kreis seines Renners
Gänge gewendet und sicher am schäumenden Maule ihn lenkt, ruft
Plötzlich: »Weh mir!« und trägt inmitten der tödlich verletzten
Brust das Geschoß; der sterbenden Hand entfallen die Zügel,
Und allmählich gleitet am rechten Bug er zu Boden.
230 Der durch den Luftraum das Klirren des Köchers gehört hat, der Nächste,

Sipylus jagt, die Zügel verhängt dahin, wie ein Schiffer
Flieht, der an Wolken erkannt, daß Wetter ihm droht, der die
                                    Leinwand
Alle herabholt, damit nicht der leiseste Hauch ihm entgehe.
Doch, wie er auch die Zügel läßt schießen, es folgt das Geschoß ihm
235   Unausweichlich; es haftet ihm schon in Höhe des Nackens
Zitternd der Pfeil, es entragt das nackte Eisen der Kehle.
Wie er sich vorgeneigt, schlägt er herab, der Mähne entlang und
Zwischen die jagenden Schenkel, befleckt mit Blute die Erde.
Phædimus war, der unselge, mit Tantalus, der seinen Ahnen
240   Namen geerbt, nachdem sie die übliche Arbeit beendet,
Schon zur Schule der Jugend, dem Ringkampf übergegangen.
Glänzend von Öl, in enger Umschlingung hielten sie Brust an
Brust gepreßt, da durchbohrt, von gespannter Sehne geschleudert,
Wie sie verschmolzen im Kampf, *ein* Pfeil zusammen die Beiden.
245   Und sie stöhnen zugleich, zugleich in Schmerzen sich windend,
Stürzen sie hin, zugleich mit verdrehten Augen die letzten
Blicke werfend, hauchen zugleich sie aus ihre Seelen.
Und Alphenor sieht's, mit den Fäusten die Brust sich zerschlagend,
Fliegt er herzu, umschlingt, sie zu stützen, zu heben, die kalten
250   Glieder und fällt in dem frommen Dienst. Denn Phœbus zerriß ihm
Tief im Innern der Brust mit dem tödlichen Pfeile das Zwerchfell.
Da er entfernt wird, reißt der Haken des Pfeils einen Teil der
Lunge heraus und entströmt mit dem roten Blute das Leben.
Zwiefach verwundet ward Damasichthon, der noch die Locken
255   Trug. Es traf ihn zuerst, wo die Wade beginnt und den weichen
Hohlraum bildet das Knie, in die Kehle zwischen den Sehnen.
Während die Hand sich ziehend müht am verderblichen Eisen,
Dringt ihm ein zweiter Pfeil in die Gurgel bis zu den Federn.
Drängend treibt das Blut ihn heraus, und sprudelnd ins Freie,
260   Spritzt es hochauf und bohrt sich in weitem Strahl in die Lüfte.
Nichts sollte frommen dem Letzten, Ilioneus, daß er die Arme
Flehend erhoben hielt. »Ihr Götter alle zusammen«,
Rief er, wußte nicht, daß nicht nötig, alle zu bitten,
»Schont mich!« Des Bogens Herr war gerührt, – als unwiderruflich
265   Schon das Geschoß; und es fiel auch dieser, doch an der kleinsten
Wunde, getroffen vom Pfeil, der leicht ins Herz ihm gedrungen.

Bis zu der Mutter drang die Unheilskunde vom jähen
Sturz ihres Glücks durch des Volkes Schmerz und die Tränen der
                                        Ihren,
Und sie staunte, daß solches die Götter vermocht, und sie zürnte,
270 Daß es die Götter gewagt, daß so viel Recht ihnen eigen.
Denn schon hatte der Vater Amphion, das Schwert in die Brust sich
Stoßend, scheidend vom Licht, seinen Schmerz mit dem Leben
                                        geendet.
Diese Niobe, weh! wie verschieden war sie von jener,
Die noch eben das Volk von Latonas Altären getrieben,
275 Hocherhobenen Haupts durch die Stadt ihre Schritte getragen,
Selbst den Ihren zum Neid – und jetzt auch vom Feind zu
                                        bedauern.
Hin auf die kalten Leiber warf sie sich; ohne zu wählen
Teilte die letzten Küsse sie unter all ihre Söhne.
Hebend von ihnen zum Himmel die blauzerschlagenen Arme,
80 Rief sie: »Weide dich nur an meinem Schmerze, Latona,
Grausame, weide dich, sättge an meiner Trauer die Brust dir,
Da ein Teil der Meinen erlag, man zu Grab mich hinausträgt
Siebenfach. Siegreiche Feindin, frohlocke, auf! Triumphiere! –
Doch, warum siegreich? Nein! Mir ist in dem Unglück geblieben
85 Mehr als dir in dem Glück. Nach so viel Verlust noch obsieg' ich!«
    Kaum gesprochen, da klang von gespanntem Bogen die Sehne;
Außer Niobe schuf Entsetzen allen ihr Schwirren.
Sie macht ihr Unglück kühn. Da standen in schwarzen Gewändern
Vor ihrer Brüder Bahren gelösten Haares die Schwestern.
90 Eine von ihnen zieht das Geschoß aus dem Leib eines Toten,
Da erschlafft sie und stirbt, auf den Bruder gepreßt noch die
                                        Lippen.
Dort eine Zweite versucht, die Mutter im Leide zu trösten,
Plötzlich verstummt sie und krümmt sich, unsichtbar verwundet, in
                                        Schmerzen,
(Schließt im Krampf ihren Mund, bis des Lebens Hauch ihm
                                        enteilte).
5 Eine hier stürzt auf vergeblicher Flucht, dort stirbt eine Andre
Hin auf die Schwester, es barg sich die und zitterte jene.
    Als so sechs schon dem Tod durch mancherlei Wunden verfallen,

SECHSTES BUCH

Blieb die Letzte; die deckt die Mutter ganz mit dem Leibe,
Deckt sie ganz mit dem Kleid. »Die Eine, die Kleinste, nur laß
mir!«
300 Schreit sie. »Von allen den Vielen verlang' ich die Kleinste, die
Eine!«
Während sie fleht, fällt, die, für die sie fleht; und verlassen
Bleibt sie zwischen den Toten, den Söhnen, den Töchtern, dem
Manne
Und erstarrte im Schmerz. Die Lüfte bewegen kein Haar, die
Röte des Blutes weicht aus den Wangen. Im traurigen Antlitz
305 Stehn die Augen starr. Kein Leben bleibt in dem Bilde.
Auch im Innern die Zunge wird fest mit der Höhlung des harten
Gaumens; die Adern auch sind nicht mehr imstande zu schlagen.
Beugen kann sich der Nacken nicht mehr, der Arm sich nicht
rühren,
Schreiten nicht mehr der Fuß. Versteint das Geweide, und dennoch
310 Weint sie. Und von dem Wirbel umfaßt eines mächtigen Windes,
Ward sie zur Heimat entführt; dort niedergelassen auf Berges
Gipfel, zerfließt sie, und heut noch entrieseln die Tränen dem
Marmor.

Jetzt, jetzt fürchten den Zorn, den offenbaren, der Gottheit
Alle, so Weib wie Mann. Sie dienen mit höherem Eifer
315 Alle der großen Macht, der Zwillinge göttlicher Mutter.
Und, wie es geht, sie kommen von nahem auf früher Geschehen;
Einer von ihnen erzählt: »Auch die alten Bebauer des äcker-
Reichen Lyciens haben nicht straflos die Göttin mißachtet.
Wenig bekannt ist die Sache, da niederer Herkunft die Männer,
320 Wunderbar doch. Ich selbst hab' den durch das Zeichen bekannten
Teich und die Stelle gesehn. Denn mein Vater, schon höheren
Alters,
Nicht mehr gewachsen dem Weg, hatte mir übertragen, erlesne
Rinder zu bringen von dort, und aus jenem Volk einen Führer
Selbst auf die Fahrt mir gegeben. Mit dem durchmustr' ich die
Weiden.
325 Sieh da! mitten im Teich, geschwärzt von der Asche der Opfer,
Stand ein alter Altar, umgeben von schwankendem Schilfrohr.

Und mein Führer verhielt und sprach: »Sei mir gnädig!« mit
          bangem
Murmeln, und ich auch sprach: »Sei gnädig!« mit ähnlichem
          Murmeln,
Fragte dann doch, ob den Nymphen, dem Faunus dieser Altar sei
330 Oder sonst einem heimischen Gott. Da erwidert der Gastfreund:
  »Jüngling, um diesen Altar west nicht eine Gottheit der Berge:
Jene nennt ihn den ihren, die einst von der Gattin des Herrschers
Ward aus dem Erdkreis verbannt, die kaum auf ihr Bitten dann
          Delos
Aufnahm, das irrende, da es noch trieb als schwimmende Insel.
335 Dort, an der Pallas Baum und die Palme sich klammernd, gebar La-
tona ihr Zwillingspaar zu der Stiefmutter schwerem Verdrusse.
Auch von dort sei die Wöchnerin dann vor Juno geflohen,
Hab' zwei Götter dabei, ihre Kinder, am Busen getragen.
  Schon auf lycischem Grund, in Chimæras Heimat – es sengte
340 Drückende Hitze die Flur – die Göttin, matt von der langen
Mühsal, war, ausgedörrt von der Hitze, durstig geworden,
Gierig hatten die Kinder ihr leer die Brüste getrunken.
Vor sich erblickte sie da in des Tales Grund einen kleinen
Teich. Da sammelten Bauern der üppig sprießenden Weiden
345 Schmiegsame Ruten und Binsen und Schilf, wie die Sümpfe es
          lieben.
Näher trat die Titanenentstammte, ließ auf ein Knie sich
Nieder, sich so von dem kühlen Naß zum Trunke zu schöpfen.
Wehrt ihr die bäurische Schar. Da sprach die Göttin zu ihnen:
»Wollt ihr vom Wasser mich treiben? Das Wasser ist allen
          gemeinsam.
350 Nicht zum Eigentum schuf die Sonne, die Luft und die linden
Wellen Natur; ich kam zu etwas, das jedem zu Dienst steht.
Dennoch bitte ich flehend: ›O gebt!‹ Ich schickte mich hier nicht
An, mir abzuspülen des Leibes ermattete Glieder,
Sondern zu stillen den Durst. Es fehlt zum Reden des Mundes
355 Feuchte, die Kehle brennt, gibt kaum einen Weg mehr der Stimme.
Wassers ein Schluck wird Nectar mir sein. Ich werde bekennen
Leben in ihm zu empfahn, ja Leben gebt ihr im Wasser.
Sie auch mögen euch rühren, die hier aus dem Busen die kleinen

SECHSTES BUCH

Arme mir strecken!« Und sieh! Die Kinder streckten die Arme!
360 Wen hätten da nicht gerührt die sanften Worte der Göttin?
Aber die Bauern wehren der Bittenden weiter; sie drohn ihr,
Wenn sie nicht weiche vom Ort, noch dazu, und obendrein
schmähn sie.
Das nicht genug! Sie trüben mit Händen und Füßen den Weiher
Selbst und rühren und wühlen vom Grund des Wassers den
weichen
365 Schlamm bald hier, bald da ihr auf voll gehässiger Bosheit.
Zorn vertrieb da den Durst. Jetzt fleht die Unwürdgen des Cœus
Tochter weiter nicht an, erträgt nicht weiter, zu reden,
Was einer Göttin nicht ziemt. Zum Himmel die Hände erhebend,
Ruft sie: »Auf ewig sollt ihr leben hier in dem Teiche!«
370 Und es geschieht, was die Göttin gewünscht: Sie leben im
Wasser,
Tauchen mit ganzem Leib bald unter im Bette des Tümpels,
Strecken bald ihre Köpfe hervor, bald schwimmen sie oben,
Sitzen oftmals auch am Ufer des Teiches und springen
Oftmals wieder zurück in den kalten See. Ihre frechen
375 Zungen üben sie jetzt noch im Zank; und, der Scham sich
entschlagend,
Suchen sie, auch unters Wasser getaucht, unterm Wasser zu
schmähen.
Rauh ihre Stimmen noch heut, die Kehlen schwellen gebläht, und
Schon das Schmähen verbreitert die klaffenden Mäuler, der Rücken
Rührt an den Kopf, dazwischen der Hals scheint ihnen zu fehlen.
380 Grün am Rücken, weiß am Bauch und zumeist an dem Leibe,
Hüpfen sie nun im schlammigen Teich zu Fröschen geworden.

Als, ich weiß nicht wer, vom Ende der lycischen Männer
Diese Geschichte erzählt, da gedenkt ein andrer des Satyrn,
Den der Latona Sohn im Spiel auf der Flöte der Pallas
385 Einst besiegt und gestraft. »Was ziehst du mich ab von mir selber!
Weh! Mir ist's leid! O weh! Soviel ist die Flöte nicht wert!« So
Schrie er, doch ward ihm die Haut von allen Gliedern geschunden.
Nichts als Wunde war er. Am ganzen Leibe das Blut quoll.
Bloßgelegt offen die Muskeln; es schlagen die zitternden Adern

Frei von der deckenden Haut. Das Geweide konntest du zucken
Sehen und klar an der Brust die einzelnen Fibern ihm zählen.
Ihn beweinten die Götter des Feldes und Waldes, die Faune,
Auch seine Brüder, die Satyrn, Olympus, der jetzt ihm noch teuer,
395 Auch die Nymphen und jeder, der dort in den Bergen die Herden
Wolliger Schafe geweidet und hörnertragender Rinder.
Naß ward die fruchtbare Erde, sie nahm die fallenden Tränen
Auf und trank sie ein in die Adern der Tiefe und ließ ein
Wasser sie werden und sandte es wieder hinaus in das Freie.
Strömend in steilen Ufern von dort zu dem raffenden Meere,
400 Führt es des Marsyas Namen als klarster der phrygischen Flüsse.

Wieder zur Gegenwart kehrt nach dieser Erzählung sogleich das
Volk, und es klagt, daß Amphion dahin mitsamt seinen Kindern.
Haß nur fällt auf die Mutter. Doch habe als Einziger Pelops
Auch um diese geweint und, als er zur Brust von der Schulter
405 Riß sein Gewand, gezeigt die elfenbeinerne Linke.
Fleisch, als geboren er ward, und Bein und gefärbt wie die Rechte
War sie gewesen. Die bald von des Vaters Händen zerstückten
Glieder vereinten, so hört man, die Götter. Das Übrige fand sich;
Nur *ein* Stück zwischen Hals und oberem Arme, es fehlte.
410 Elfenbein setzten sie ein, an des Mangelnden Stelle zu dienen.
Und da dieses geschehn, war ganz der Körper des Pelops.

Kamen die edlen Nachbarn zusammen. Es hatten die Städte
Rings ihre Fürsten gebeten zu gehn, um Trost ihm zu sprechen:
Argos, Sparta, Mycenæ, die Stadt des Pelopsgeschlechtes,
415 Calydon, damals noch nicht der erzürnten Diana verhaßt, das
Erzeberühmte Corinth, Orchomenus, früchtegesegnet,
Auch das wilde Messene und Patræ, Cleonæ im Tale,
Pylos, des Neleus Stadt, und Trœzen, da noch nicht des Pittheus,
All die anderen auch, die hinter den Isthmus geschlossen,
420 Manche der Städte dazu, die *vor* dem Isthmus sich finden.
Doch – wer möchte es glauben? – Athen, du fehltest allein da!
Krieg stand solcher Verpflichtung entgegen. Genaht übers Wasser,
Schreckten barbarische Horden die Mauern der attischen Feste.
    Die hatte Tereus, der Thracer, mit helfendem Heere vertrieben;

425 Und er trug seitdem einen großen Namen als Sieger.
Ihn, der an Schätzen und Mannen reich, sein starkes Geschlecht auf
Mars zurückführt, ihn verband sich Pandion, indem er
Prognen zur Ehe ihm gab. Doch war bei dieser Vermählung
Juno, die Schirmerin nicht, nicht Hymen, nicht eine der Gratien.
430 Nein! Die Furien trugen die Fackeln, geraubt vom Begräbnis,
Nein, die Furien streuten das Lager. Es ließ auf dem Dach der
Greuliche Uhu sich nieder und saß auf dem First des Gemaches.
Tereus und Progne, vermählt unter diesem Zeichen, sie wurden
Eltern auch unter ihm. Und Thracien dankte es ihnen,
435 Dank den Göttern sagten sie selbst; sie befahlen als Fest zu
Feiern den Tag, an dem Pandions Kind dem berühmten
König gegeben, und den, da Itys ihnen geschenkt ward.
So verborgen liegt, was uns frommt. Schon hatte die Sonne
Fünfmal des Jahres Lauf aufs neue geführt durch den Herbst, als
440 Progne schmeichelnd bat ihren Mann: »Wenn ich irgend dir etwas
Gelte, so laß mich die Schwester besuchen, oder die Schwester
Komme hierher. Dem Schwäher versprichst du, sie werde recht
                                         bald ihm
Wiederkommen. Du wirst mir den Anblick der Schwester
                                         gewähren
Gleich einem großen Geschenk.« Darauf ließ Tereus die Kiele
445 Ziehen hinab in die Flut. Er fährt mit Segeln und Rudern
Ein in des Cecrops Bucht und erreicht den Strand des Piräus.
    Als er beim Schwäher Zutritt erlangt, vereint ihre Rechten
Handschlag, und rasch entspinnt sich Gespräch unter günstigen
                                         Zeichen.
Eben beginnt er den Grund seines Kommens zu künden: der Gattin
450 Auftrag, verspricht jetzt schon der Gesendeten schleunige
                                         Rückkehr.
Siehe! Da kommt, in Pracht der Gewandung reich, Philomela,
Reicher in Schönheit jedoch, wie von Nymphen, Dryaden wir
                                         hören,
Daß sie so herrlich einher inmitten der Waldungen schreiten,
Teilst du ihnen nur zu eine ähnliche Pracht der Gewandung.
455 Tereus, da er die Jungfrau erblickt, entbrannte nicht anders,
Als wenn ein Mann das Feuer gelegt an gilbende Ähren

Oder Blätter entzündet und Heu, das im Speicher gelagert.
Wohl war ihr Antlitz es wert; doch stachelt ihn auch eine Geilheit,
Die ihm vererbt, ist rasch doch zu lieben das Volk seiner Heimat.
460 Also brennt er am Fehl seines Stammes so gut wie am eignen.
Wie's zu bestechen ihn treibt der Gespielinnen Sorge, der Amme
Wachsame Treu, nicht minder mit ungeheuren Geschenken
Kirre zu machen sie selbst, sein ganzes Reich zu verschwenden!
Oder zu rauben und dann sie in wildem Krieg zu behaupten.
465 Nichts da, was er, erfaßt von der zügellosen Begier, nicht
Wagte; sein Busen vermag die innere Glut nicht zu fassen.
Schon erträgt er den Aufschub kaum; er kehrt zu der Progne
Auftrag voll Eifer zurück, dient seinem Wunsch als dem ihren.
Und die Liebe macht ihn beredt. So oft er da bat – und
470 Öfter bat er als recht – bringt er vor, so wolle es Progne.
Tränen weint er dabei, als ob sie auch die ihm befohlen.
Welch eine Finsternis herrscht in der Sterblichen Geist, o ihr
Götter!
Tereus, eben da er zum schwersten Verbrechen sich anschickt,
Wird er gehalten für fromm und erntet Lob für sein Freveln.
475 Und Philomela? Verlangt sie nicht selbst das Gleiche und bittet,
Schmeichelnd die Schultern des Vaters erfassend, *bei* ihrem Heil –
nein,
Gegen ihr Heil, er möge sie lassen die Schwester besuchen!
Tereus schaut auf sie, verschlingt sie schon mit den Blicken,
Sieht die Küsse und sieht ihre Arme den Hals ihm umschlingen –
480 Alles wird ihm zum Stachel, zur Fackel, zur Nahrung der wilden
Gier: So oft sie den Vater umfängt, so wollte er selbst der
Vater sein – er wäre auch dann nicht weniger ruchlos.
Beider Töchter Bitten bezwingt den Vater. Voll Freude
Sagt sie ihm Dank und glaubt, die Unselge, es sei für sie Beide
485 Glücklich geraten, was Unheil so bald sollt' werden für Beide.
Schon blieb wenig Müh für Phœbus übrig, die Pferde
Traten am Himmel schon die abwärts sich neigenden Bahnen.
Königlich Mahl wird gesetzt auf den Tisch und in Golde des
Bacchus
Trank. Dann geben die Leiber sie hin dem friedlichen Schlummer.
490 Doch, obgleich nun allein, der Odrysenkönig, er brennt von

Ihr noch; er ruft sich zurück ihr Gesicht, die Bewegung, die Hände,
Denkt sich, wie er es wünscht, was noch nicht er gesehen, und nährt
so
Selbst seine Glut; das Liebesverlangen scheucht ihm den
Schlummer.
Morgen war es. Pandion ergreift des scheidenden Eidams
495 Hand und empfiehlt unter Tränen ihm an die Reisegefährtin:
»Hier vertrau ich sie dir, da frommer Grund mich gezwungen,
Da es die Beiden gewollt, und auch du es, o Tereus, gewollt hast,
Lieber Eidam, und fleh' bei der Treue, beim Band der
Verwandtschaft,
Fleh' bei den Göttern, du mögest sie väterlich liebend beschützen,
500 Mir, sobald du vermagst – wird lang mir doch jegliche Frist sein –
Wieder senden den süßen Trost des bekümmerten Alters.
Du, Philomela, auch sollst – genug, daß die Schwester mir fern –
zu-
rück mir kehren, sobald du vermagst, wenn irgend du fromm bist.«
Mahnte sie so und küßte zugleich gar oft seine liebe
505 Tochter; es rannen sanft in die mahnenden Worte die Tränen.
Beider Hände verlangte er dann als Pfand des Versprechens,
Legt ineinander sie jetzt und heißt sie, in treuem Gedenken
Grüßen an seiner Statt in der Ferne die Tochter, den Enkel,
Sprach mit Müh ein letztes Lebwohl mit seufzerstickter
510 Stimme und bangte vor dem, was er spürte im ahnenden Herzen.
Als auf sein buntes Schiff Philomela erst einmal gebracht war,
Als die See durch die Ruder genähert, die Erde zurückwich,
Ruft der Barbar: »Gewonnen, gewonnen, das Ziel meiner
Wünsche,
Mit mir wird es geführt!« frohlockt und verschiebt seine Wollust
515 Nur noch mit Müh und wendet nicht mehr einen Blick von der
Jungfrau.
Wie wenn Juppiters Aar mit den krummen Klauen, des Raubes
Froh, im hohen Horst einen Hasen niedergelegt hat:
Flucht dem Gefangenen gibt's nicht; der Räuber beschaut seine
Beute.
Schon ist die Reise vollbracht, schon sind sie am heimischen
Strand den

520 Müden Schiffen entstiegen, da zieht der König Pandions
Kind in die hohe, von altem Wald umdunkelte Stallung,
Schließt die Erbleichende, die schon bangend alles befürchtet,
Schon unter Tränen der Angst ihn fragt, wo die Schwester denn sei,
                                          dort
Ein, gesteht seinen frevelnden Wunsch, überwältigt mit roher
525 Kraft die Jungfrau, die Eine, die oft umsonst nach dem Vater,
Oft nach der Schwester ruft, nach den hohen Göttern vor allen.
Wie ein Lamm, das, verwundet, entrissen dem Rachen des grauen
Wolfes, in Ängsten sich noch nicht sicher achtet, so bebt sie;
Und ihr graut wie der Taube, die, rot ihre Federn von eignem
530 Blute, die gierigen Klauen noch fürchtet, darin sie gehangen.
Als die Besinnung ihr wiedergekehrt, da löst sie ihr Haar und
Rauft es; sie schlägt ihre Arme, als ob um Tote sie klagte,
Reckt ihre Hände empor und ruft: »Verruchter Barbar, du!
Welch abscheuliche Tat! Dich haben die Worte des Vaters,
535 Nicht seine frommen Tränen gerührt, nicht die Sorge der
                                          Schwester,
Nicht mein Jungfrauentum und nicht die Rechte der Ehe!
Alles hast du verkehrt: Der Schwester ward ich zur Kebse,
Zwiefacher Gatte bist du; nicht so sollt' ich Progne begegnen.
O, warum raubst du mir nicht, daß kein Verbrechen dir übrig,
540 Auch das Leben, Verräter! O, hättest du's *vor* der verfluchten
Buhlschaft getan; ich hätte den Schatten dann frei von Befleckung!
Aber, wenn dies die Himmlischen sehn, wenn ein Walten der
                                          Gottheit
Irgend es gibt, wenn mit mir nicht alles zugrunde gegangen,
Wirst du mir büßen einmal. Ich selbst, der Scham mich
                                          entschlagend,
545 Werde verkünden, was du getan. Sobald es nur möglich,
Werde ich treten vors Volk. Und hältst du im Wald mich gefangen,
Werd' ich erfüllen den Wald, die Steine bewegen, es mag dies
Hören der Äther, ein Gott, wenn irgend einer dort oben!«
   Solches Reden erregte den Zorn des wilden Tyrannen,
550 Aber nicht minder auch seine Furcht; von beiden gestachelt,
Macht aus der Scheide er frei das Schwert, mit dem er umgürtet,
Packt sie im Haar und biegt ihr die Arme nach hinten zum Rücken,

Läßt sie die Fesseln erdulden. Ihm bot Philomela die Kehle,
Hatte beim Anblick des Schwertes schon Hoffnung gefaßt auf den
                                                            Tod; er
555 Griff mit der Zange jedoch ihre Zunge, die immer des Vaters
Namen empört noch ruft und zu reden versucht; mit dem wilden
Schwerte schnitt er sie ab. Die Wurzel zuckt, und die Zunge
Selbst, auf die schwarze Erde gefallen, lallt ihr noch zitternd
Zu und schnellt, wie der Schwanz der verstümmelten Schlange zu
                                                            springen
560 Pflegt, sich empor und sucht im Sterben die Spur seiner Herrin.
    Auch nach diesem Verbrechen – kaum wag' ich's zu glauben –
                                                            mißbrauchte
Oft, so sagt man, er noch sich zur Lust den geschändeten Körper.
    Wieder zu Progne zu kehren, ertrug er nach all dem
                                                            Geschehnen.
Diese erblickt ihren Gatten und fragt nach der Schwester; doch
                                                            Tereus
565 Heuchelt Seufzer und gibt von Begräbnis erdichtete Kunde.
Und seine Tränen verschaffen ihm Glauben. Herab von der
                                                            Schulter
Riß sich Progne das Kleid mit dem breiten, glänzenden Goldstreif,
Hüllte in schwarze Gewandung sich ein. Sie errichtet ein leeres
Grabmal; opfernd versöhnt sie der Totgelogenen Manen
570 Und beklagt das Los der nicht so zu beklagenden Schwester.
    Zwölf seiner Zeichen durchmaß der Gott. Ein Jahr ist
                                                            vollbracht. Was
Soll Philomela tun? Zu fliehen wehrt ihr die Wache;
Fest aus Steinen gefügt umstarrt sie die Mauer der Stallung.
Stumm, entbehrt ihr Mund des Künders. – Groß ist des Schmerzes
575 Geist im Erfinden, es kommt der Not manch glücklicher Einfall.
Klug bespannt sie mit Fäden den fremden, barbarischen Webstuhl,
Webt in den weißen Stoff die purpurnen Zeichen: der Untat
Künder. Sie gab einer Magd das Gefertigte, bat durch Gebärden,
Daß sie es bringe der Herrin. Die Magd, sie tut, wie gebeten,
580 Bringt zu Progne es hin und weiß nicht, was sie gebracht hat.
    So entrollte die Ehfrau des wilden Tyrannen das Tuch, sie
Las den Jammerbericht von der Schwester Los, und – ein Wunder,

Daß sie es konnte! – sie schwieg. Der Schmerz verschloß ihr die
                                                    Lippen,
Worte, die solcher Empörung genügten, sucht sie vergeblich.
585 Und zu weinen bleibt ihr nicht Zeit. Das Recht und das Unrecht
Eilt sie zu wirren und lebt allein im Gedanken an Rache.
    Die Zeit war's, da die thracischen Fraun, wie es Brauch ist im
                                                    dritten
Jahre, das Fest des Bacchus begehn. Die Nacht ist sein Zeuge.
Nacht ist's. Rhodope hallt vom gellenden Klange des Erzes.
590 Nacht ist's. Die Königin tritt aus des Hauses Tor; in des Gottes
Dienst unterwiesen, ergreift sie die Waffen des heiligen Rasens.
Weinlaub deckt das Haupt, von der linken Seite hernieder
Hangt das Hirschfell, es liegt auf der Schulter der handliche
                                                    Thyrsus.
Schrecklich stürmt durch den Wald, von der Schar der Ihren
                                                    begleitet,
595 Progne dahin und heuchelt vom Rasen des Schmerzes gepeitscht, o
Bacchus, das deine. So kommt zur entlegenen Stallung sie endlich,
Ruft mit wildem Klang: »Evoë!« erbricht seine Pforte,
Reißt die Schwester hervor; mit den Zeichen des Bacchus versieht
                                                    sie
Rasch die Entführte, versteckt unter Efeublättern ihr Antlitz,
600 Schleppt die Bestürzte hinweg bis hinein ins Bereich ihrer Mauern.
Als Philomela erkennt, daß des Frevlers Haus sie betreten,
Schaudert die Unglückselge, erbleicht aufs tiefste im Antlitz.
    Progne fand einen Platz, entfernt die Zeichen der Weihen,
Und sie enthüllt der Schwester, der Armen, schamvoll Gesicht, sie
605 Will in die Arme sie schließen. Doch die erträgt nicht, die Augen
Aufzuheben zu ihr und fühlt sich als Kebse der Schwester.
Wieder zu Boden blickt sie, will schwören, die Götter zu Zeugen
Rufen, zugefügt sei durch Gewalt ihr die Schande. Ihr diente
Statt der Zunge die Hand. Doch Progne, glühend in heißem,
610 Überwallendem Zorn, sie spricht, das Weinen der Schwester
Scheltend: »Nicht mit Tränen ist diese Sache zu führen,
Sondern mit Eisen oder, wenn etwas du weißt, das dem Eisen
Über. O Schwester, *ich* bin zu jeder Untat gerüstet.
Soll mit Fackeln in Brand ich setzen des Königs Behausung,

SECHSTES BUCH

615 Mitten hinein in die Flammen den Schurken Tereus ich werfen,
Soll ich die Zunge, die Augen, das Glied, mit dem er die Scham dir
Raubte, mit Eisen ihm rauben, die schuldige Seele mit tausend
Wunden ihm treiben aus? Etwas Großes werd' ich vollführen.
Was es wird, noch weiß ich es nicht.« – Noch redete Progne,
620 Da kam Itys zu auf die Mutter. Und *er*, er belehrt sie,
Was sie vermöge. Sie spricht unter grimmigen Blicken: »Ha! wie
Ähnlich dem Vater du bist!« Und ohne noch weiter zu reden,
Faßt sie den grausen Entschluß und kocht in schweigendem Zorne.
Doch, als dann der Sohn ihr genaht, als er Heil seiner Mutter
625 Wünscht, mit den kleinen Armen zu sich heran ihren Hals zieht
Und unter kindlichem Schmeicheln viel zärtliche Küsse ihr gibt,
                                                          war
Wohl der Sinn ihr bewegt und stockte entwaffnet ihr Zürnen;
Wider ihr Wollen erfüllten erzwungene Tränen ihr Auge.
Aber, sobald sie wanken sich fühlt in zu heftiger Regung,
630 Wendet von ihm sie sich wieder zum Antlitz der Schwester; im
                                                          Wechsel
Blickt sie auf beide und spricht: »Warum kann der Eine mit
                                                  Schmeichel-
worten mir nahn und schweigt die Andre, beraubt ihrer Zunge?
Die er ›Mutter‹ hier ruft, warum ruft ihr die Andre nicht
                                                  ›Schwester‹?
Tochter Pandions, bedenk, mit welchem Mann du vermählt, du
635 Schlägst aus der Art: ein Verbrechen ist Treu, wenn der Gatte ein
                                                  Tereus!«
    Wie durch den dunklen Wald den zarten Säugling der Hirschkuh
Indiens Tigerin so schleppt ungesäumt Progne den Itys;
Und, als im hohen Haus ein entlegen Gemach sie erreichten,
Schlägt mit dem Schwert sie ihn da, wo Brust und Seite sich
                                                  treffen –
640 Ihn, der die Hände erhebt, der, schon sein Schicksal erkennend,
»Mutter, ach Mutter!« ruft, ihren Hals zu umschlingen versucht,
                                                  und
Wendete nicht ihren Blick! Ihn zu töten hätte die *eine*
Wunde genügt: Philomela durchschnitt mit dem Schwert ihm die
                                                  Kehle.

Und sie zerreißen die Glieder, die zuckend immer noch etwas
645 Leben enthielten. Es wallt ein Teil in ehernem Kessel,
Zischt der andre am Spieß. Es trieft das Gemach von dem Greuel.
   Dieses Mahl nun bot die Gattin dem ahnungslosen
Tereus; sie log von heiligem Brauch der Väter, dem einzig
Nahen dürfe der Mann, entfernt so Gefolge und Diener.
650 So speist Tereus dann, auf dem hohen Sitz seiner Ahnen
Thronend, und füllt mit dem eignen Fleisch und Blut seinen Leib
                                                              an.
So umnachtet sein Sinn: er sprach: »Schafft Itys zur Stelle!«
Progne vermag da nicht, ihre grausame Freude zu hehlen,
Spricht voll Eifer, die Botin des eignen Verlustes zu werden:
655 »Drinnen hast du, den du verlangst.« Er blickte im Kreise,
Fragte, wo Itys denn sei. Er fragte und rief ihn noch einmal.
Da, wie sie war, von dem rasenden Mord noch besprengt ihre
                                                              Haare,
Sprang Philomela vor; sie warf dem Vater des Itys
Blutiges Haupt ins Gesicht, und niemals hätte sie lieber
660 Reden können, die Freude des Herzens im Wort zu bezeugen.
   Gräßlich schreiend stößt der Thracer den Tisch da zurück und
Ruft aus dem stygischen Tal die schlangenhaarigen Schwestern;
Sucht bald, ob er vermöge, den Schlund sich weitend, das Greuel-
mahl herauf zu würgen und wieder von sich zu geben,
665 Weint bald, nennt sich selbst das klägliche Grab seines Sohnes –
Jetzt verfolgt er mit nacktem Schwert die Töchter Pandions.
   Wie auf Flügeln schienen die attischen Frauen zu schweben,
Und – sie schwebten auf Flügeln. Es strebt die eine zum Walde,
Birgt sich die andre im Haus. Noch heut sind die Male des Mordes
670 Nicht von der Brust ihr getilgt und mit Blute gezeichnet die Federn.
Er, von der Wut seines Schmerzes, von Gier nach Rache beflügelt,
Wird zu dem Vogel, dem auf dem Scheitel der Helmbusch
                                                              emporsteht.
Maßlos ragt ihm anstatt des langen Schwertes der Schnabel.
Wiedehopf heißt er und bietet das Bild eines Kriegers in Waffen.

Vor seiner Stunde brachte der Schmerz hierüber Pandion
Vor dem äußersten Alter hinab zu des Tartarus Schatten.

SECHSTES BUCH

Szepter und Herrschaft ergriff Erechtheus, bei welchem zu
                                    zweifeln,
Stand er durch Waffengewalt, durch Gerechtigkeit höher in
                                    Ansehn.
Jünglinge hat er vier und Kinder des andern Geschlechtes
680 Gleichviel gezeugt, und zwei, die durch gleiche Schönheit berühmt
                                    sind.
Glücklich mit deiner Hand, o Procris, des Aeolus Enkel,
Cephalus; Boreas aber, ihm schadeten Tereus und Thracien.
Lange entbehrte der Gott der Geliebten deshalb: Orithyias,
Als er noch fragte und lieber mit Flehn als Gewalt wollte vorgehn.
685 Doch als er nichts erreicht mit Schmeicheln, spricht er im Zorne
Schrecklich, der ihm gewohnt und nur allzu vertraut einem Winde:
»Und, wie verdient! Warum hab' ich auch *meine* Waffen gelassen?
Wildheit, gewaltige Kraft und Zorn und dräuendes Wüten?
Hab' es mit Bitten versucht, die zu brauchen mich schändet!
                                    Gewalt ist,
690 Was mir geziemt! Mit Gewalt vertreib ich die düsteren Wolken,
Wühle das Meer ich auf, entwurzle die knorrigen Eichen,
Laß ich erhärten den Schnee und schlag' ich mit Hagel die Erde.
Dann auch, wenn ich die Brüder am freien Himmel getroffen –
Der ist nämlich mein Feld – dann ring' ich mit solch einer starken
695 Wucht, daß der Äther, gepreßt zwischen unseren Anprall,
                                    erdonnert,
Und, aus den hohlen Wolken geschlagen, sprühen die Blitze.
Dann auch, wenn in die wölbigen Gänge der Erd' ich gedrungen,
Wild den Rücken gestemmt an das Dach der Höhlen der Tiefe,
Störe die Toten ich auf und mache erzittern den Erdkreis.
700 So hätt' ich sollen werben die Braut, hätte müssen Erechtheus
Machen zum Schwäher und nicht ihn bitten, es werden zu wollen.«
     Als er so oder doch nicht weniger wild sich geäußert,
Breitete Boreas aus die Schwingen. Es wird durch ihr Schlagen
Alles Land überweht, und die Weite des Meeres erzittert.
705 Über die Gipfel der Berge hinschleifend von Staub eine Schleppe,
Streifte den Grund und umfaßte, in Dunkel gehüllt, mit den fahlen
Flügeln der Liebende jetzt Orithyia, die schreckenerbleichte.
Heftiger, wilder entfacht durch den Flug, noch brannte sein Feuer.

Und nicht eher lenkte der Räuber den Flug aus den Lüften
710 Nieder, bis er das Volk und die Städte der Thracer erreichte.
Dort wird die attische Jungfrau die Gattin des wilden Tyrannen,
Mutter dann auch und gebiert ihm Zwillinge, die von der Mutter
Alles Übrige hatten, vom Vater jedoch ihre Flügel.
Doch sind *die*, wie es heißt, nicht zugleich mit dem Leibe
geworden:
715 Während unter dem rötlichen Haar noch fehlte der Bartwuchs,
Waren die Knaben Zetes und Calaïs ohne Gefieder.
Bald, wie bei Vögeln, begannen die Federn zu säumen die beiden
Seiten, zugleich sich die Wangen mit blondem Flaum zu bedecken.
Als ihre Knabenzeit dann dem Jünglingsalter gewichen,
720 Fuhren sie bald mit den Minyern aus nach dem glänzend gehaarten,
Strahlenden Vlies über fremdes Meer auf dem ersten der Kiele.

SIEBENTES BUCH

Schon durchschnitten die Helden die See auf dem Schiff von Iolcus,
Hatten Phineus gesehn, den Greis, der ein hilflos Alter
Schleppte durch ewige Nacht; die jungen Söhne des Nordwinds
Hatten vom Munde des Armen verjagt die geflügelten Jungfraun;
5   Hatten unter Iason noch viel, dem berühmten, bestanden,
Endlich erreicht die reißende Flut des schlammigen Phasis.
Als sie zum König dann gehn, das Vlies des Phrixus zu fordern,
Und er die schrecklichen Mühen den Minyern stellt als Bedingung,
Wird des Aeetes Kind von dem mächtigen Feuer ergriffen.
10   Als sie gerungen lang und mit aller Vernunft ihres Wahns nicht
Herr konnte werden, sprach sie: »Du wehrst dich vergeblich,
                                                        Medea!
Irgend ein Gott widersteht. Mich wunderte, wenn es nicht das ist
Oder etwas gewiß, dem ähnlich, was Lieben genannt wird.
Denn warum scheint dir sonst zu hart, was der Vater bestimmt hat?–
15   Und es ist auch zu hart! – Warum fürcht' ich, es gehe zugrunde,
Er, den ich kaum erst geschaut? Woher kommt mich solch eine
                                                        Furcht an? –
Wirf aus der Jungfrauenbrust die eingedrungenen Flammen! –
Wenn du Unselige kannst! – Wenn ich's könnte, wär' ich bei Sinnen.
Aber mich zwingt eine neue Gewalt. Die Liebe, sie rät zum
20   Einen, zum andern mein Sinn. Ich sehe und lobe das Beßre,
Folge dem Schlechteren doch! O Königsjungfrau, was glühst du
So für den Fremdling und denkst an Hochzeit weit in der Ferne?
Liebenswertes gibt es auch hier. Ob er leb' oder sterbe,
Steht bei den Göttern. – Doch leb' er! – Und darum zu bitten, das ist
                                                        wohl
25   Ohne zu lieben erlaubt. Denn, was hat Iason begangen?
Wen, er sei denn von Stein, wen rührte nicht seine Jugend,
Nicht seine Abkunft und Art? Wen muß nicht, von anderm zu
                                                        schweigen,
Rühren sein Antlitz? *Mich* hat es gerührt in innerster Seele.

Bring aber *ich* keine Hilfe, dann trifft ihn der Atem der Stiere,
Muß mit der eigenen Saat er kämpfen, den erdeentsproßnen
Feinden, oder wird schnöd zur Beute dem gierigen Drachen.
Duldet' ich das, dann müßte wahrhaftig von Tigern ich stammen,
Fühllos Eisen tragen und steinerne Klippen im Busen.
Ha! Warum seh ich nicht auch ihn verderben, beflecke an solchem
Anblick die Augen und hetze die Stiere auf ihn und das wilde,
Erdentstammte Geschlecht und den niemals schlafenden Drachen?
Seien die Götter davor! – Doch hab' ich um dies nicht zu beten,
Nein! ich hab' es zu tun! – – Soll verraten das Reich meines Vaters?
Und durch mein Werk wird bewahrt ein Fremdling, daß er sein
Boot, durch
Mich gerettet, den Winden dann ohne mich überlasse,
Werd' einer Anderen Mann und Medea zur Strafe zurückbleibt?
Ist er hierzu imstand und zieht eine Andre mir vor, dann
Sterb' er, der Undankbare! – Doch ist sein Antlitz nicht so, nicht
So seines Sinnes Adel, nicht so seines Leibes Gehaben,
Daß ich müßt' fürchten, er trüge, vergessend, was er mir schulde. –
Geben wird er zuvor sein Wort. Ich zwinge die Götter,
Zeugen des Bundes zu sein. Was fürchtest du dann noch? Mit allem
Zaudern hinweg! Es wird sich Iason immer dir schulden,
Wird sich dir einen beim Schein der heiligen Fackel, es wird dich
Retterin preisen der Mütter Schar in den griechischen Städten. –
Soll ich also die Schwester, den Bruder, den Vater, die Götter,
Soll ich den Boden der Heimat, entführt von den Winden,
verlassen? –
Aber der Vater ist wild, ein barbarisch Land meine Heimat,
Kind noch der Bruder, die Wünsche der Schwester sind mein
Geleit, den
Größten Gott, ich trag ihn in mir. Ich verlasse nicht Großes,
Großes erreich' ich: Den Ruhm der Rettung der Jugend Achaias,
Kennenzulernen ein besseres Land, seine Städte, von denen
Hier auch die Kunde so Vieles erzählt, ihre Kunst, ihre Schönheit,
Ihn, um den ich alles, was irgend besitze der Erdkreis,
Tauschte, des Aeson Sproß. Mit *Ihm* als Gatten glückselig,
Liebling der Götter berühre ich hoch mit dem Scheitel die Sterne. –
Wohl, man erzählt, daß inmitten der Wellen Berge – ich weiß nicht,

Welche – zusammenprallen, daß, feind den Schiffen, Charybdis
Schlürfe und gebe zurück die Flut, daß umgürtet von wilden
65 Hunde bellen im Meer bei Sicilien die raffende Scylla. –
Das, was ich liebe, im Arm, in den Schoß Iasons mich schmiegend,
Werd übers Meer ich geführt, nichts fürcht' ich in seiner
                                        Umarmung.
Oder fürchte ich etwas, so fürchte ich nur für den Gatten. –
Gattin glaubst du zu werden und gibst deiner Schuld, o Medea,
70 Namen von schönem Klang? Sieh zu, wie schwer das Verbrechen,
Das du beginnst, und fliehe, solange du kannst, noch den Frevel!«
    Sprach's, und ihr standen vor Augen das Rechte, das Gute, die
                                        Scham; schon
Hatte das Liebesverlangen, besiegt, den Rücken gewendet.
    Hin zu der Perse Tochter, der Hecate, altem Altare
75 Ging sie, den schattiger Hain in verschwiegener Waldung
                                        umdunkelt.
Schon war fest sie geworden, vertrieben, gewichen die Glut, da
Sieht sie den Aesonsproß, und auf lebt wieder die Flamme.
Rot ihre Wange sich färbt; dann erblaßt sie wieder aufs tiefste.
Und wie ein Fünkchen oft, das unter der Asche versteckt lag,
80 Nahrung zieht aus den Winden und wächst und, entfacht, in der
                                        alten
Kraft sich wieder erhebt, so flammte aufs neue die Liebe,
Die schon ermattet gewesen, die schon erstorben zu sein schien,
Auf, als den Jüngling sie sah, bei des gegenwärtigen Anblick.
Und des Aeson Sproß, er war gerade an diesem
85 Tage besonders schön; der Liebenden magst du verzeihen.
Und sie schaut und heftet den Blick auf des Mannes Gesicht, als
Ob sie zum ersten Mal es säh'; keines Sterblichen Antlitz
Glaubt die Betörte zu sehn und kann sich nicht von ihm wenden.
    Als der Gastfreund dann gar zu reden beginnt, ihre Rechte
90 Faßt und mit sanfter Stimme um Hilfe sie bittet, die Ehe
Auch ihr verheißt, da weint sie und spricht: »Was ich tun werde,
                                        weiß ich,
Und nicht mangelnde Kenntnis des Wahren wird mich verleiten,
Sondern die Liebe. Du wirst durch mich errettet dich sehen.
Halte dann, was du versprachst.« Bei der dreigestalteten Göttin

95 Heiligtum schwört er, der Gottheit, die hier in dem Haine daheim
sei,
Auch bei ihm, der alles erschaut, bei dem Vater des künftgen
Schwähers und bei seiner Rettung aus all den großen Gefahren.
Glauben wird ihm geschenkt, besprochene Kräuter empfängt er,
Lernt auch ihren Gebrauch, kehrt froh dann zurück in das Lager.
100 Ausgelöscht hatte den Schein der Sterne des folgenden Morgens
Röte; es strömte das Volk zum heiligen Felde des Mars und
Nahm auf den Höhen dort Platz. Inmitten der Scharen der König
Thront, im Purpurgewand, in der Rechten das Elfenbeinszepter.
Siehe! Die Stiere schnauben aus stählernen Nüstern ihr Feuer,
105 Nahen auf ehernem Fuß; die vom Brodem getroffenen Kräuter
Brennen. Und so wie es braust in der vollen Esse des Schmiedes
Oder dann, wenn die Steine, gebrannt im irdenen Ofen,
Feuer empfangen, sobald des Wassers Guß sie getroffen,
So braust's ihnen auch in der Brust, die Flammen im Innern
110 Wälzt, und den brennenden Kehlen. Und doch tritt ihnen des
Aeson
Sproß in den Weg. Sie wenden den schrecklichen Blick und die
eisen-
spitzigen Hörner wild dem Antlitz des Kömmlings entgegen.
Stampfend den stäubenden Grund mit den zwiegespaltenen Hufen
Füllen sie rings den Platz mit rauchversprühendem Brüllen.
115 Starr vor Furcht die Argiver. Doch er tritt näher und spürt den
Feurigen Anhauch nicht, – so viel vermögen die Kräuter –
Streichelt mit kecker Hand die niederhangenden Wammen,
Drückt ihren Nacken ins Joch und zwingt sie, zu ziehen des Pfluges
Schweres Gewicht und den Grund, dem fremd das Eisen, zu
furchen.
120 Staunen ergreift die Kolcher; die Griechen heben mit Rufen
Ihm und sich selber den Mut. Er faßt in den ehernen Helm die
Schlangenzähne und streut sie ins Feld, das er eben gepflügt hat.
Quellen läßt der Boden die Samen; getränkt von dem starken
Gift, die gesäten Zähne, sie wachsen und werden zu Leibern.
125 Wie seine Menschengestalt das Kind im Schoße der Mutter
Annimmt, drinnen in all seinen Gliedern zusammen sich fügt, nicht
Eher, als bis es gereift, in die Luft des Lebens hinaustritt,

So steigt jetzt, als im Innern der schwangeren Erde die Menschen-
leiber sich ausgeformt, es auf aus dem fruchtenden Feld und
130 Schwingt, was noch mehr zu verwundern, die mit ihm geborenen
Waffen.
Als sie die Krieger erschaun, bereit, ihre spitzigen, scharfen
Lanzen zu schleudern all nach dem Haupt des thessalischen
Jünglings,
Lassen so Blick wie Mut in Furcht die Minyer sinken.
Sie, die fest ihn gemacht, sie selbst auch bangt, als den *einen*
135 Jüngling sie sieht als ein Ziel so vieler Feinde; erbleichend
Sitzt sie mit stockendem Blut und erschauert in plötzlicher Kälte.
Und, daß zu schwach nicht seien die Kräuter, die sie gegeben,
Singt sie ein Lied und nimmt ihre heimlichen Künste zu Hilfe.
Jener wirft einen schweren Stein in die Mitte der Feinde,
140 Lenkt den vom eigenen Leibe gewendeten Kampf auf sie selbst ab.
Wechselwunden sich schlagend verderben die erdeentstammten
Brüder und fallen in innerem Krieg. Die Minyer wünschen
Glück, sie fassen den Sieger und drängen sich, ihn zu umarmen.
Du auch hättest gern, o Barbarin, den Sieger umarmt, doch
145 Ließ die Scham es nicht zu. Du hättest ihn dennoch umschlungen,
Aber es hielt dich zurück um den guten Ruf die Besorgnis.
Was dir erlaubt, du freutest dich still und sagtest den Liedern
Dank und den Göttern Dank, die solche Lieder gegeben.
Blieb, zu betäuben mit Kräutern die immerwachende Schlange,
150 Die, mit dem Kamme versehn, mit dreifacher Zunge und grimmen,
Hakigen Zähnen, die Wächterin war dem goldenen Baume.
Als sie diese besprengt mit dem lethegleichenden Safte,
Dreimal gesprochen den Spruch, der den friedlichen Schlummer
bereitet,
Der das tobende Meer, der reißende Flüsse zum Stehn bringt,
155 Drang der Schlaf in die Augen, die fremd ihm gewesen, und Aesons
Tapferer Sohn gewinnt das Gold, entführt, seiner Beute
Froh, als andere Beute das Weib, das ihm diese geschenkt hat,
Und mit der Gattin erreicht er als Sieger den Hafen Iolcus.

Gaben bringen zum Dank für die wiedergewonnenen Söhne
160 Griechenlands Mütter, die Väter, die hochbetagten; in Mengen

Lösen sie Weihrauch auf in den Flammen; die Hörner vergoldet,
Fällt das geopferte Tier. Jedoch, vom Alter entkräftet,
Näher schon dem Tod, bleibt ferne den Dankenden Aeson.
Da spricht aber sein Sproß: »O du, der mein Heil zu verdanken,
165 Gern ich gestehe, o Gattin, obgleich du mir alles gegeben
Und Deiner Dienste Zahl des Glaublichen Maß übersteigt: wenn
Das die Lieder vermögen – und was vermögen sie nicht? – dann
Nimm du von meinen Jahren und zähle sie zu meinem Vater.«
Und er weinte dazu. Es rührt sie des Bittenden Treu, ihr
170 Anders gearteter Sinn gedenkt des verlaßnen Aeetes.
Solch eine Regung jedoch verhehlend, erwidert sie: »Welch ein
Frevel entfiel deinem Mund, mein Gatte! So scheint dir, ich könnte
Irgendwem überschreiben von deinem Leben ein Stück? Das
Duldet Hecate nicht. Nichts Billiges bittest du. Doch ich
175 Will ein größer Geschenk, als du bittest, Iason, versuchen,
Will durch die Kraft meiner Kunst und nicht durch Jahre von dir
                                                          die
Jugend des greisen Schwähers erneun, – steht gnädig die hehre
Dreigestaltete bei und hilft dem gewaltigen Wagnis.«
     Nächte fehlten noch drei, daß die Hörner sich beide vereinten,
180 Ganz zu schließen den Kreis. Als dann der Mond, in dem hellsten
Lichte erglänzend, als volles Rund auf die Erde herabsah,
Trat aus dem Haus sie hervor; in entgürtete Kleidung gehüllt, auf
Bloßen Füßen, umwallt von den bloßen Haaren die Schultern,
Trug durch das stumme Schweigen der Mitternacht schweifende
                                                          Schritte
185 Ohne Geleit sie dahin. In tiefer Ruhe gelöst sind
Mensch wie Vogel und Tier. Kein Laut im Gehege, es schweigen
Ohne Bewegung die Blätter, es schweigen die feuchtenden Lüfte,
Funkeln die Sterne allein. Zu diesen kehrt sie, die Hände
Hebend, sich dreimal; sie schöpft vom Wasser des Flusses und netzt
                                                          sich
190 Dreimal das Haar, sie löst zu dreifachem Rufe die Lippen,
Läßt zu der harten Erde aufs Knie sich nieder und betet:
»Treueste Hüterin, Nacht, des Geheimen, und ihr, die des Tages
Scheine ihr folgt mit dem Monde vereint, ihr goldenen Sterne,
Hecate, Dreihaupt, die du weißt um dies mein Beginnen,

178   SIEBENTES BUCH

195 Die du als Helferin kommst der Kunst und den Liedern der Magier,
    Erde, die du die Magier versiehst mit den wirkenden Kräutern,
    Lüfte und Winde, ihr Berge und Ströme und Seen und ihr Götter
    Alle der Haine, helft und ihr Götter alle der Nacht, durch
    Deren Gewalt, wenn ich es gewollt, der Strom zu der Ufer
200 Staunen zur Quelle zurückfloß, durch deren Gewalt ich das Meer,
                                                    das
    Tobende stille und lasse das stille ertoben, Gewölk ich
    Scheuche und führe herauf, ich die Winde vertreibe und rufe,
    Vipern mit Liedern und Worten die giftigen Rachen ich sprenge,
    Lebenden Fels, ihrem Grunde entrissene Eichen, die ganzen
205 Wälder bewege, die Berge erzittern ich heiße, den Boden
    Brüllen, die Toten den Grüften entsteigen, durch deren Gewalt
                                                          auch
    Dich, o Mond, hernieder ich ziehe, wenngleich in der Not dir
    Erz aus Temesa hilft, durch deren Gewalt auch des Ahnen
    Wagen mein Lied, mein Gift die Röte Aurorens läßt bleichen:
210 Ihr habt für mich die Flammen der Stiere geschwächt, ihre starren
    Nacken gebeugt in das Joch, der Last des gebogenen Pfluges,
    Ihr in den Bruderkrieg, den wilden, gestürzt mir die Schlangen-
    söhne, den Wächter, den Feind des Schlafes, betäubt, in die Städte
    Griechenlands ihr das Gold mir gebracht und getäuscht den
                                                          Verfolger.
215 Jetzt ist ein Saft mir not, durch den das Alter, erneut, zur
    Blüte zurückkehrt, zurück zu den ersten Jahren der Jugend. – –
    Und ihr gewährt! Denn die Sterne, sie haben umsonst nicht
                                                          gefunkelt,
    Nicht umsonst ist da der Wagen, vom Nacken der Flügel-
    schlangen gezogen.« – Da *war*, aus dem Äther gesendet, der Wagen.
220   Als sie diesen bestiegen, gestreichelt der Drachen geschirrten
    Hals und dann mit der Hand die leichten Zügel geschüttelt,
    Führte es hoch sie empor; sie sieht Thessaliens Tempe
    Unter sich liegen und lenkt auf Thracien zu ihre Schlangen,
    Mustert die Kräuter, die der erhabene Pelion trug und
225 Ossa, Othrys und Pindus und, größer als Pindus, Olympus,
    Reißt die Gewählten zum Teil mit der Wurzel aus oder schneidet
    Ab mit der ehernen Schärfe der krummen Sichel die andern.

Auch vom Strand des Apidanus wählt sie viel seiner Kräuter,
Viel vom Amphrysus, und du auch, Enipeus, gingest nicht frei aus.

230 Weder Penëus noch die Flut des Sperchius, sie durften
Schuldig bleiben den Zoll, noch das Binsenufer von Bœbe.
Und auf Eubœa pflückt sie das Lebenskraut von Anthedon,
Damals noch nicht so berühmt, weil des Glaucus Leib es
verwandelt.

Und schon sah sie der neunte der Tage, die neunte der Nächte
235 All das Gefild in dem Drachengefährt überfliegen, dann kehrt sie
Heim. Und es hatte da nichts als der Duft die Schlangen berührt,
und
Dennoch legten sie ab die Haut vieljährigen Alters.

Als sie nun ankam, hielt sie sich diesseits von Schwelle und
Türen,
Nahm sich den Himmel zum Dach, eine jegliche Mannesberührung
240 Mied sie, errichtete zwei Altäre aus Stücken von Rasen,
Einen für Hecate rechts, den links für die Göttin der Jugend.
Als sie diese mit Grün und Gesträuch von den Feldern umhegt hat
Und aus der Erde Grund in der Näh zwei Gruben gehoben,
Bringt sie das Opfer; sie stößt den Dolch in die wollige, schwarze
245 Kehle und läßt das Blut in die Gruben, die offenen, fließen.
Gießt dann spendend hinzu von klarem Wein einen Becher,
Gießt noch weiter hinzu von warmer Milch einen zweiten,
Läßt ihre Worte strömen und ruft die Götter der Erde,
Bittet den Herrn der Schatten mit ihm die geraubte Gemahlin,
250 Nicht zu frühe den Leib um die alternde Seele zu bringen.
Als sie jene versöhnt mit langem Beten und Murmeln,
Heißt sie des Aeson entkräfteten Leib, der durch Lieder in tiefsten
Schlaf versenkt ist, gleich einem Toten hinaus in das Freie
Tragen und streckt ihn aus auf den hingebreiteten Kräutern,
255 Heißt dann ferne von da den Sohn und ferne die Diener
Gehn und mahnt sie ihr Laienaug vom Geheimen zu wenden.

Und die Geheißenen fliehn. Medea, das Haar nach der Bacchen
Weise gelöst, umschreitet den Brand der Altäre, die Fackel
Taucht sie, die spänige, ein in das schwarze Blut in den Gruben
260 Und entzündet sie dann an den Flammen beider Altäre.
Dreimal weiht sie den Greis mit Feuer, dreimal mit Wasser,

Dreimal mit Schwefel. Im Kessel dampft indessen der starke
Zauber und wallt und färbt sich weiß im brodelnden Schaume.
Drinnen siedet sie nun die Wurzeln, die sie im Tale
265 Tempe geschnitten, die Samen, die Blüten, die ätzenden Säfte,
Wirft im äußersten Osten gesuchte Steine hinein und
Sand, den Oceanusfluten im Rückwärtsebben gewaschen,
Gibt den Reif noch hinzu, der gesammelt im Scheine des
Vollmonds,
Weiter die Flügel sowie das Fleisch des unholden Uhus,
270 Dann das Geweid eines zwiegestalteten Wolfs, der sein tierisch
Aussehn mit dem eines Mannes zu wechseln vermocht, und da
fehlten
Nicht die dünne, schuppige Haut des libyschen Giftwurms,
Nicht die Leber des lebigen Hirschs; zu alledem fügt sie
Schnabel und Haupt einer Krähe, die neun Jahrhunderte schaute.
275 Als die Barbarin mit diesen und ungenannten unzähligen
Anderen Dingen gedient ihrem übermenschlichen Vorsatz,
Rührt sie alles um mit dem längst vertrockneten Zweig des
Milden Ölbaums und läßt, was zuhöchst, was zutiefst, sich
vermengen.
Und das alte Holz, bewegt in der Hitze des Kessels,
280 Siehe! ergrünt zunächst, es hüllt sich in Blätter in kurzer
Frist und plötzlich trägt es die Last der reifen Oliven.
Aber, wohin das Feuer geworfen den Schaum aus des Kessels
Höhlung, und wo auf die Erde die warmen Tropfen gefallen,
Frühlingt der Boden, und Blumen und schwellender Rasen
ersprießen.
285 Als Medea es sah, durchschnitt sie sogleich mit gezücktem
Schwerte die Kehle dem Greis, ließ aus dann fließen das alte
Blut und ersetzt's durch die Säfte. Als Aeson diese getrunken,
Teils durch den Mund und teils durch die Wunde, verloren sein
Haar, sein
Bart ihr Weiß und rafften die Schwärze der Jugend sich an, da
290 Floh die Dürre, verscheucht, verschwanden Bleiche und
Welkheit,
Füllten sich wieder, mit Fleisch sich ebnend, die Falten und
Runzeln,

Strotzten die Glieder von Kraft. Und Aeson staunt und entsinnt sich,
Daß er vor vierzig Jahren ein solcher Jüngling gewesen.
　　Bacchus hat aus der Höh das Wunder gesehn, und gemahnt, man
295　Könne auf ähnliche Art seinen Ammen die Jahre der Jugend
Wiedergeben, empfängt er dies als Geschenk von Medea.
　　Daß ihrer Listen kein End, gibt die Frau vom Phasis betrüglich
Zwist mit dem Gatten vor und flieht zu des Pelias Schwelle,
Flehend um Schutz. Und da ihn selbst das Alter beschwerte,
300　Nahmen die Töchter sie auf. Die hatte die schlaue Barbarin,
Freundschaft in böser Absicht erheuchelnd, bald sich gewonnen.
Da sie als größten von all ihren Diensten nannte, sie habe
Aeson vom Alter befreit, und lang bei der Sache verweilte,
Kam den Peliastöchtern allmählich die Hoffnung, es könne
305　Auch *ihr* Vater durch ähnliche Kunst sich lassen verjüngen.
Und sie bitten und heißen jedweden Preis sie verlangen.
Jene schwieg eine kleine Frist und schien zu bedenken,
Hielt die Bittenden hin von des Werkes Schwierigkeit fabelnd.
Dann, als sie doch es versprochen, erklärt sie: »Damit euer Zutraun
310　Größer zu meinem Geschenk: Der am höchsten betagt ist bei euren
Schafen als Führer der Schar, soll ein Lamm durch den Zauber euch
werden.«
　　Gleich wird herbeigeschleppt ein Widder, dem rings um die
hohlen
Schläfen die Hörner sich winden, den zahllose Jahre entkräftet.
Als die Giftmischerin mit thessalischem Dolch seine faltge
315　Kehle durchbohrt und das Eisen mit wenigem Blute befleckt hat,
Bringt sie des Tieres Leib zugleich mit den wirkenden, starken
Säften in ehern Gefäß. – Und, sieh! sie verkleinern die Glieder,
Ätzen die Hörner hinweg, mit den Hörnern nicht minder die Jahre.
Und ein zartes Blöken erklingt aus dem Innern des Kessels.
320　Flink, dieweil ob des Blökens sie staunen, entspringt ihm ein
Böckchen,
Flieht in lustigen Sprüngen und sucht sich ein tränkendes Euter.
　　Staunend stehn die Töchter des Pelias. Da das Versprochne
Glaublich erwiesen, drängen sie jetzt erst recht auf Erfüllung.
　　Dreimal hat Phœbus das Joch den ins Meer des Westens
getauchten

SIEBENTES BUCH

325 Rossen genommen, es funkeln die strahlenden Sterne der vierten
Nacht, da stellt voll Trug des Aeetes Tochter auf zehrend
Feuer in reinem Wasser der Wirkung ermangelnde Kräuter.
Schlaf, dem Tode gleich die Glieder lösend, umfing den
König schon und umfing mit dem König zugleich seine Wächter,
330 Schlaf, den Lieder gewirkt und die zaubrische Macht ihrer Zunge.
Als die Töchter mit ihr, wie geheißen, ins Zimmer getreten,
Rings um das Lager gegangen, begann sie: »Was zaudert ihr jetzt,
ihr
Trägen? Die Schwerter gezückt! Laßt aus das verbrauchte ihm
fließen,
Daß ich mit jungem Blut die leeren Adern erfülle.
335 Liegt doch in eueren Händen die Lebensdauer des Vaters.
Ist er irgend euch wert und spielt ihr nicht eitel mit Hoffnung,
Tut dem Erzeuger den Dienst, mit den Waffen treibt ihm das Alter
Aus und macht mit dem Schwert die verdorbenen Säfte
entweichen!«
Unfromm zuerst wird gerade die Frömmste bei solcher
Ermahnung;
340 Frevelhaft nicht zu sein, begeht sie den Frevel. Doch keine
Trägt es, zu sehn, wie sie trifft; – sie richten zur Seite die Blicke,
Abgewandt schlagen sie blind mit wilden Händen die Wunden.
Pelias, schwimmend im Blut, stemmt hoch seinen Leib auf dem
Lager,
Halberschlagen sucht er, vom Bett sich zu heben, und mitten
345 Zwischen so vielen Schwertern die bleichen Arme erhebend,
Ruft er: »Was tut ihr, o Töchter? Was waffnet euch gegen des
Vaters
Leben?« und ihnen sinkt der Mut und sinken die Hände.
Ehe er mehr noch sprach, schnitt Kehle und Wort ihm Medea
Ab und wirft seinen Leib zerstückt in das kochende Wasser.

350 Hätten die Flügel der Schlangen sie nicht in die Lüfte erhoben,
Wäre der Strafe sie nicht entgangen. Sie floh über jener
Philyra schattige Heimat, den Pelion, Othrys, die Gegend,
Die durch das so bekannt, was dem alten Cerambus geschehen:
Als die Erd von der Last des Meeres bedeckt sollte werden,

355 Hob er auf Flügeln sich hoch in die Luft mit Hilfe der Nymphen,
Und er entging so unertränkt Deucalions Wogen.
Pitane ließ sie zur Linken, den Ort in Aetolien, liegen,
Auch des langen Drachen aus Fels gebildetes Steinmal,
Dann am Ida den Hain, wo Bacchus einst seines Sohnes
360 Diebstahl, den Stier, unterm trügenden Bild eines Hirsches
                                    verborgen,
Auch den Platz, wo ein Häuflein Sand des Corythus Vater
Deckt, und das vom Gebell der Mæra geschreckte Gefilde,
Dann des Eurypylus Stadt, wo die Frauen von Cos ihre Hörner
Tragen mußten zur Zeit, als die Schar des Hercules abzog,
365 Rhodos, das phœbusgeweihte, Ialysus mit den Telchinen,
Deren Augen, die schon durch ihr Blicken alles verderbten,
Juppiter, dem sie verhaßt, mit den Wogen des Bruders bedeckt hat.
    Auch an den alten Mauern Carthëias auf Cea vorüber
Flog sie, wo einst sich der Vater Alcidamas sollte verwundern,
370 Daß aus der Tochter Leib konnt' werden die friedliche Taube,
Sah dann Hyries Teich und das Tal, das Cycnus zur Wohnstatt
Nahm, als er plötzlich zum Schwane geworden: Denn Phyllius
                                    hatte
Dort einen wilden Löwen, zwei Geier, nachdem sie gezähmt, dem
Knaben zu Diensten gestellt, einen Stier noch zu zwingen geheißen,
375 Zwar es getan, doch, erzürnt, daß sein Lieben so oft schon
                                    verschmäht war,
Diesen als letzten Preis verlangten Stier ihm verweigert.
Da rief Cycnus empört: »Du wünschst noch, geben zu können!«
Sprang von des Felsens Höh. Da glaubten ihn alle gestürzt – zum
Schwane geworden, schwebt in der Luft er auf schneeigem Fittich.
380 Mutter Hyrie aber, nicht wissend, daß er bewahrt, zer-
floß in Tränen und schuf einen See: er trägt ihren Namen.
Pleuron liegt in der Näh, wo Combe aus Ophis der eignen
Söhne drohenden Streichen mit zitternden Flügeln entflohn ist.
Dann erblickt sie die Flur Calaureas, die, heilig Latonen,
385 Weiß von dem mit der Gattin in Vögel verwandelten König.
Rechts die Cyllene sich hebt, wo, dem Brauch des wilden Getieres
Folgend, Menephron begehrt, bei der eigenen Mutter zu liegen.
Ferne von da erschaut den Cephisus sie dann, der des Enkels

Schicksal beweint, den Apoll in den plumpen Seehund verwandelt,
390 Und des Eumelus Haus, der den Sohn in den Lüften betrauert.
Endlich trug sie der Flügel der Schlangen zur Stadt der Pirene –
Dort, nach der Alten Bericht, entstanden einst in den ersten
Zeiten menschliche Leiber aus regenliebenden Pilzen.

Doch, als die Jungvermählte verbrannt an den Giften von
Colchis,
395 Als zwei Meere das Haus des Königs in Flammen gesehen,
Wurde das heillose Schwert überströmt vom Blute der Söhne,
Floh, entsetzlich gerächt, vor Iasons Waffe die Mutter.

Dorther geführt vom Gespann der Schlangen des Titan, betritt sie
Endlich der Pallas Burg, die dich, o gerechteste Phene,
400 Greiser Periphas, dich, zusammen fliegen gesehn und,
Wie, von den Flügeln gestützt, Polypemons Enkelin schwebte.
Aegeus nahm sie auf – zu schelten einzig ob dieser
Tat –, und nicht nur als Gast: er verband sich mit ihr durch die Ehe.

Schon war Theseus da, der Sohn, der, fremd seinem Vater,
405 Kühn befriedet zuletzt den zwischenmeerigen Isthmus.
Ihm zum Verderben mischt Medea das Gift Aconiton,
Welches sie mit sich gebracht von der fernen scythischen Küste.
Dieses, erzählt man, sei aus dem Maul des echidnaentstammten
Hundes getroffen: Es klafft der finstere Schlund einer dunkeln
410 Höhle – der Weg hinab, auf dem der tirynthische Held den
Cerberus einst an stahlgeschmiedeter Kette zur Lichtwelt
Schleppte, wie sehr er sich sträubte, wie wild er das Aug vor des
Tages
Blitzenden Strahlen verdreht. Das Untier, gestachelt zu wilder
Wut, erfüllte die Luft mit drei Gebellen zugleich und
415 Sprengte aufs grüne Gefild seines Geifers weißliche Tropfen.
Diese seien geronnen und hätten im fruchtbaren Boden
Nahrung gefunden und so die Kräfte zu schaden gewonnen.
Weil es wuchernd wächst auf dem harten Grunde der Felsen,
Nennen die Bauern es Steinkraut. Und dieses bot durch der Gattin
420 List Vater Aegeus selbst seinem Sohne, gleich einem Feinde.
Arglos hatte die Rechte des Theseus den Becher genommen,
Als an dem Elfenbeingriff seines Schwertes der Vater der eignen

Sippe Zeichen erkennt und den Mord von den Lippen ihm fortreißt.
Jene entfloh dem Tod, durch Zauber Nebel verbreitend.
425 Aber der Vater, obgleich er froh, daß der Sohn ihm erhalten,
War trotzdem bestürzt, daß solch entsetzlicher Frevel
Hätt' um ein Haar doch können geschehn. Er läßt die Altäre
Flammen und häuft den Göttern die Gaben. Im nervigen Nacken
Treffen die Beile das Rind mit den bindenumwundenen Hörnern.
430 Niemals habe, so heißt es, dem Volk des Erechtheus ein Tag zu
Höherem Feste gestrahlt. Gelage halten die Edlen,
Hält der mittlere Stand; und froh, vom Weine begeistet,
Stimmen auch Lieder sie an: »Auf dich, du gewaltiger Theseus,
Staunend Marathon sah beim Blute des cretischen Stieres.
435 Daß vor dem Wildschwein sicher der Bauer von Cromyon pflügt,
        ist
Deiner Hände Geschenk. Es sah epidaurische Erde
Fallen den keulenbewehrten Vulcanussohn, des Cephisus
Ufer sah den grimmen Procrustes fallen durch dich, es
Sah des Cercyon Tod das ceresgeweihte Eleusis.
440 Sinis ist tot, der übel gebraucht seine riesigen Kräfte,
Bäume zu beugen vermocht, der Fichtenwipfel zu Boden
Zog, die weithin die Leiber Zerrissener sollten zerstreuen.
Sicher zur carischen Stadt, zu Megaras Mauern, der Pfad, seit
Sciron gebettet zur Ruh. Des Räubers zerstreuten Gebeinen
445 Weigert die Erde den Platz, verweigert den Platz das Gewoge.
Lange umher geschleudert sind jene, so sagt man, zu Schären
mählich erstarrt, und es hangt an den Schären der Name des Sciron.
Wollten wir zählen all deine Ruhmestaten und Jahre,
Würden der Taten es mehr. Für dich, o Tapferster, opfert,
450 Betet die Stadt, und dir zum Wohle trinken den Wein wir.«
    Beifall des Volkes erfüllt und der Betenden Glückwunsch des
        Königs
Saal, in der ganzen Stadt ist nirgends ein Ort, wo man trauert.

Aegeus aber – so wenig ist sicheres Glück uns beschieden:
Etwas tritt immer hinzu, die Frohen zu stören – er sollte
455 Nicht in Ruhe sich freun des wiedergewonnenen Sohnes.
Minos rüstet zum Krieg. Es machte ihn stark seine Streitmacht,

SIEBENTES BUCH

Stark seine Flotte, sein Zorn als Vater jedoch ihn am stärksten.
Denn mit gerechten Waffen verfolgt er des Sohnes Ermordung.
Dennoch wirbt er zuvor zum Krieg sich befreundete Kräfte,
460 Fliegt mit der Flotte, um die man ihn mächtig glaubt, durch die
                                                        Meere,
Eint sich Anaphe hier und das Reich von Astypalæa –
Anaphe mittels Versprechung, durch Waffen Astypalæa –
Myconus dort, das flache, die tonige Flur von Cimolus,
Cynthus, das thymianblühende Land, das kleine Seriphus,
465 Parus, die Insel des Marmors, und Siphnus, das Arne so ruchlos
Einst verraten. – Sie ward, nachdem sie ihr gierig begehrtes
Gold erlangt, zu dem Vogel, der jetzt noch immer das Gold liebt
(Schwarz an den Füßen, gehüllt in schwarzes Gefieder): zur
                                                        Dohle. –
Aber die Zwillingsinseln, Oliarus, Tenos und Andros,
470 Gyarus und Peparethos, das ölbaumreiche, sie alle
Halfen der Flotte der Gnosier nicht. Von dort nun zur Linken
Wendet sich Minos Oenopia zu, wo Aeacus herrschte.
Denn Oenopia hieß es den Alten. Aeacus selber
Nannte es aber jetzt nach dem Namen der Mutter Aegina.
475 Eifrig im Wunsch, einen Mann von solcher Berühmtheit zu
                                                        sehen,
Stürzt die Menge herzu. Entgegen geht Telamon ihm und,
Jünger als Telamon, Peleus und Phocus, der dritte der Söhne.
Aeacus selbst auch tritt heraus mit der Würde des Alters,
Langsamen Schrittes, und fragt nach dem Grunde, aus welchem
                                                        er komme.
480 Minos, gemahnt seiner Trauer als Vater, seufzt, und der hundert
Städte Beherrscher gibt dem Aeacus dieses zur Antwort:
»Die für den Sohn ich erhoben, den Waffen, bitte ich, hilf!
                                                        Nimm
Teil an dem frommen Krieg. Als Trost für den Toten verlang'
                                                        ich's.«
Sprach des Asopus Enkel zu ihm: »Du bittest vergeblich,
485 Etwas, das meiner Stadt nicht geziemt. Es steht ja kein Land
                                                        sonst
Näher dem Cecropsvolke als wir. Wir haben ein Bündnis.«

Finster geht er und spricht: »Dein Bündnis wird dir noch teuer
Kommen zu stehn!« Doch hält er für besser, mit Krieg nur zu
                                                    drohen
Als ihn zu führen und so seine Kräfte zu früh zu verbrauchen.
Immer noch war die Flotte der Creter zu sehn von Aeginas
Mauern, da ist, heran von schwellenden Segeln getrieben,
Schon das attische Schiff. Es fährt im befreundeten Hafen
Ein, bringt Cephalus mit, mit ihm seiner Vaterstadt Auftrag.
Aeacus' Söhne sahen den Cephalus wieder nach langer
Zeit; sie erkannten ihn doch und reichten zum Gruß ihm die
                                                    Hände,
Führten ihn ein in des Vaters Haus. Der stattliche Held – er
Trug noch immer am Leibe die Spur seiner früheren Schönheit –
Tritt hinein, in der Hand einen Zweig des heimischen Ölbaums.
Rechts sich zur Seite und links hat der Ältre als junges Gefolge
Clytus und Butes gehn, die beiden Söhne des Pallas.
Als sie die üblichen Worte der ersten Begegnung gewechselt,
Brachte Cephalus vor den Auftrag des Cecropsentstammten,
Bat um Hilfe, gedachte der Eide, des Bundes der Ahnen,
Warnt', über ganz Achaia erstrebe jener die Herrschaft.
Als er so seinen Auftrag mit Redegewandtheit gefördert,
Sprach, die Linke gestützt auf den Knauf des Elfenbeinszepters,
Aeacus: »Bitte du nicht um Hilfe, nimm sie, Athen, und
Sieh als die deinen getrost die Kräfte du an, die mein Eiland
Hegt, und alles, was sonst zu Gebote mir steht; mir verbleiben
Krieger genug, um auch so dem Feind noch hier zu begegnen.
Dank den Göttern ist glücklich die Zeit und erlaubt keine
                                                    Ausflucht.«
»Mög' es so sein!« rief Cephalus da, »und es mög' deine Stadt noch
Wachsen an Bürgern! Wohl hab' ich mich eben gefreut bei dem
                                                    Anblick,
Als mir entgegentrat so stattlich kräftige Jugend,
Blühend in gleichem Alter. Und dennoch vermißte ich viele,
Die ich damals gesehn, als zuletzt eure Stadt mich empfangen.«

Aeacus seufzte darauf und sprach mit trauriger Stimme:
»Kläglichem Anfang ist gefolgt ein besseres Schicksal.

Könnte ich, ohne von jenem zu sprechen, von diesem berichten!
520 Sei nach der Reihe erzählt! Euch nicht hinzuhalten mit
                                        Umschweif:
Knochen liegen sie, Asche, nach denen in Treuen du fragst, und,
Ach, den wievielten Teil der Meinen verlor ich in ihnen!
   Schreckliche Seuche befiel das Volk durch den Zorn der
                                        ergrimmten
Juno: sie haßte das Land mit der Nebenbuhlerin Namen.
525 Als das Übel von Erden noch schien und verborgen so großen
Unheils Grund, versuchte mit ärztlicher Kunst man zu wehren.
Doch überwunden erlag die Mühe, besiegt durch den Ausgang.
   Schwerer Himmel drückte zuerst die Erde mit dichten
Dünsten und schloß in Wolken die lähmend lastende Schwüle.
530 Viermal erfüllte der Mond, seine Hörner schließend, die Scheibe,
Viermal löste, schwindend, die volle er auf; so lange
Wehten mit tödlichem Hauch die heißen Winde aus Süden.
Sicher ist dies: es drang auch in Seen und Quellen der Schaden;
Schlangen, tausende, krochen im unbestellten Gelände
535 Weit umher und verseuchten den Fluß mit dem Gift ihres Geifers.
Sterben von Hunden und Vögeln, von Schafen und Rindern, des
                                        Wildes
Ließ zuerst die Macht der jähen Krankheit erkennen.
Mitten im Werken sieht, erstaunt, der betroffene Pflüger
Stürzen die starken Stiere und sinken hin in die Furche.
540 Matt und kläglich blöken die Schafe der Herden, die Wolle
Fällt von selbst ihnen aus, das Fleich am Leib ihnen schwindet.
Einst so feurig, das Pferd, von hohem Ruhm in der Rennbahn,
Schändet die Palmen der Siege; vergessend der früheren Ehren,
Steht's vor der Krippe und stöhnt, einem trägen Tode verfallen.
545 Nicht mehr gedenkt der Eber zu toben, zu traun ihren flinken
Läufen die Hindin, der Bär zu befallen die kräftigen Rinder.
Siech ist alles und matt. In den Wäldern, Feldern und Wegen
Liegen, häßlich, die Leiber; Gestank verpestet die Luft, und –
Seltsam! hört: Die Hunde, die gierigen Vögel, die grauen
550 Wölfe, sie rührten die Leichen nicht an. In Verwesung zerfallend,
Dünsten sie Schaden aus und schicken weithin die Verseuchung.
   Schwereren Schaden zu schaffen, gelangt die Pest zu den armen

Pächtern und herrscht dann bald in den Mauern der volkreichen
Hauptstadt.
Glühend dörrt es zuerst das Geweide; der inneren Flamme
555 Merkmal, zeigt sich Röte und heißer, keuchender Atem.
Rauh, geschwollen die Zunge; der Mund, vertrocknet vom warmen
Winde, er klafft und holt in schweren Zügen die Luft ein.
Decken des Lagers, Umhüllung vermögen sie nicht zu ertragen:
Bäuchlings betten sie nackt den Leib auf die Erde, doch wird nicht
560 Kühl von dem Boden der Leib, der Boden wird heiß von dem
Leibe.
Keiner, der Einhalt gebeut; auf die Heilenden selber gerade
Stürzt sich des Sterbens Wut. Seine Künste, sie schaden dem Arzte.
Denn, je näher er kommt und je treuer ein jeder dem Kranken
Dient, desto rascher verfällt er dem Tod. Wie die Hoffnung auf
Heilung
565 Schwindet, und wie sie im Grab nur ein Ende der Krankheit
ersehen,
Geben sie nach dem Gelüst und sorgen nicht mehr, was fromme.
Frommen kann ja doch nichts. Sie drängen, der Scham sich
entschlagend,
Hier und dort sich in Quellen, in Flüsse und räumige Brunnen,
Und nicht früher erlischt der Trinkenden Durst als ihr Leben.
570 Schweren Leibes vermögen sich Viele von dort nicht zu heben,
Sterben mitten im Wasser, – und doch schöpft mancher von diesem.
So verhaßt und so zum Ekel den Armen das Bett: sie
Springen heraus, und wenn die Schwäche sie hindert am Aufstehn,
Wälzen den Leib sie zum Boden hinab. Aus dem eigenen Hause
575 Flieht ein jeder; es scheint einem jeden sein Heim eine Gruft, und
Da verborgen der Grund, gibt man schuld der Enge des Raumes.
Halbentseelt auf den Wegen, – solang sie zu stehn noch
vermochten –,
Konntest du taumeln sie sehn und Andere weinend am Boden
Liegen, in letzter Regung die matten Augen verdrehen,
580 Auf zu des lastenden Himmels Gestirn die Arme erheben,
Hier und dort, wo der Tod sie gefaßt, ihr Leben verhauchen.
Wie war *mir* da zu Mut? Wie anders, als mir gebührte!
Daß ich das Leben haßte und wünschte, den Meinen zu folgen.

Wo sich die Schärfe des Auges auch hingewendet – in Menge
585 Lagen sie hingestreckt da, wie mürb von geschüttelten Zweigen
Äpfel fallen und wie von erschütterter Eiche die Eicheln.
      Siehst du den hohen Tempel dort mit den Stufen, den langen?
Juppiter ist er geweiht. Wer hat vor dessen Altar um-
sonst nicht Weihrauch gebracht? Wie oft, noch während Gebetes
590 Worte er sprach: für sein Weib der Mann, für den Sohn der
                                                    Erzeuger,
Haben sie, unerhört, am Altar ihr Leben geendet;
Unverbraucht noch fand in den Händen ein Teil man des
                                                    Weihrauchs!
Hin zu dem Tempel geführt, dieweil die Gelübde der Priester
Sprach und zwischen die Hörner den reinen Wein ihnen goß, sind
595 Ohne der Wunde zu warten, wie oft! die Stiere gefallen.
Als ich selbst für mich, für das Land, für die Söhne, die drei, dem
Juppiter opferte, ließ das Opfer ein schreckliches Brüllen
Hören; plötzlich stürzt es, von keinem Schlage getroffen,
Färbt mit wenigem Blut das untergehaltene Messer.
600 Auch das Geweide verliert, erkrankt, die Kräfte, der Götter
Willen zu künden; es dringt in das Innre das schreckliche Siechtum.
      Hin vor die heiligen Türen geworfen, sah ich die Leichen,
Ja, daß noch widerwärtger ihr Tod, vor den Fuß des Altares.
Manche schnürten den Atem sich ab, vertrieben die Todes-
605 angst durch den Tod und riefen sich selbst das kommende
                                                    Schicksal.
Nicht nach den Bräuchen trägt man die von dem Sterben entrafften
Leiber hinaus, die Tore zu eng für die Züge der Leichen!
Unbestattet liegen sie da am Boden, man schafft sie
Ohne die Gaben auf Stöße von Holz. Keine Scheu ist geblieben,
610 Schon um die Scheiter ist Streit, man verbrennt auf Feuern von
                                                    Fremden.
Niemand, der weine, ist da; der Tränen Spende entbehrend,
Irren der Söhne und Männer, der Greise und Jünglinge Seelen.
Und es gebricht den Hügeln an Raum, an Bäumen den Feuern.
      Ich, von solchem Wirbel des Elends niedergeschmettert,
615 Rief: »O Juppiter, ist es kein falsches Gerücht, das erzählt, du
Seist zur Umarmung genaht der Asopustochter Aegina,

Schämst du, großer Vater, dich nicht, mein Erzeuger zu sein, so
Gib mir die Meinen zurück, oder birg auch mich in dem Grabe!«
Da ließ *Er* sich mit Blitz und günstigem Donner vernehmen.
620 »Wohl, ich nehme sie an! Sei dies deines gnädigen Sinnes
Gute Gewähr!« rief ich, »mir soll dein Zeichen ein Pfand sein!«
    Heilig dem Juppiter stand von seltenster Art eine Eiche,
Weiten Geästes, dort in der Näh, aus dodonischem Samen.
Emsen, die körnersammelnden, sahn an dieser in langem
625 Zuge im kleinen Mund ihre mächtige Bürde wir schleppen,
Innehaltend stät ihren Pfad in den Runzeln der Rinde.
»Bester Vater, gib«, so rief ich, der Zahl mich verwundernd,
»Bürger mir ebensoviel, die verödeten Mauern zu füllen!«
Bebte die ragende Eiche und ließ, da kein Hauch doch die Zweige
630 Rührte, ein Rauschen vernehmen. Mir zittern die Glieder in
                                                bleicher
Furcht, es sträubt sich mein Haar. Und dennoch gab ich der Erde
Küsse und gab sie dem Stamm. Ich gestand mir nicht ein, daß ich
                                                hoffte,
Aber ich hoffte und hegte im Herzen verborgen mein Wünschen.
Nacht wird's; der Schlummer hält in Bann den von Sorgen
                                                gequälten
635 Leib. Da schien mir vor Augen zu stehn die nämliche Eiche,
Gleichviel Äste zu tragen und gleichviel Getier in den Ästen,
Schien, in der nämlichen Weise bewegt, zu erbeben, aufs Feld dort
Unter ihr auszustreun den körnerschleppenden Heerzug.
Den sah plötzlich ich wachsen und größer werden und größer,
640 Sah ihn vom Boden sich heben und aufrecht tragen die Rümpfe,
Sah ihn das Dürre verlieren, die Zahl der Beine, die schwarze
Farbe und sah ihn am Leib die Gestalten von Menschen gewinnen.
    Wieder gewichen der Schlaf. Ich schelte, erwacht, mein Gesicht
                                                und
Klage, Hilfe sei nicht bei den Göttern. Doch war in dem Haus ein
645 Mächtig Gemurmel. Mir schien, als hörte ich Stimmen von
                                                Menschen,
Deren so lang ich entwöhnt. Ich glaube, auch diese zu träumen –
Sieh' da! Telamon kommt in Eil. An der offenen Türe
Ruft er: »Mehr als zu hoffen, zu glauben wirst, Vater, du sehen!

Tritt nur heraus!« Ich trete hinaus, und wie ich im Traumbild
650 Hatte zu sehen geglaubt die Männer, so schau ich im Zuge sie
Jetzt und erkenne sie wieder. Sie nahen und grüßen den König,
Juppiter opfr' ich, verteile die Stadt und die ihrer alten
Pfleger entledigten Äcker den neuen Bürgern; die nenn' ich
Ameisenmänner, im Namen den Ursprung nicht zu verhehlen.
655 Hast ihre Leiber gesehn. Den Brauch, den sie früher geübt, den
Üben sie weiter noch heut: Ein emsiges, zähes Geschlecht, das
Fest das Erworbene hält und wohl versteht, es zu sparen.
    Sie, an Jahren gleich und Mut, sie werden zum Krieg dir
Folgen, sobald der Ost, der glücklich hierher euch gebracht hat« –
660 Ostwind war's, der die Boten gebracht – »in Südwind gewandelt.«
    Solche und andre Gespräche erfüllten den Männern den langen
Tag. Sein Rest wird dem Mahl, die Nacht dem Schlummer
                                                  gewidmet.
Strahlend hatte sich wieder erhoben die goldene Sonne,
Immer noch wehte der Ost und hemmte den Segeln die Heimkehr.
665 Hin zu Cephalus gehn, dem Ältern, die Söhne des Pallas,
Cephalus geht mit den Söhnen des Pallas zusammen zum König.
Aber den König hielt ein tiefer Schlaf noch befangen;
Deshalb empfängt an der Schwelle sie Phocus, des Aeacus Sohn –
                                                  die
Brüder Telamon, Peleus, sie musterten Männer zum Kriege.
670 Phocus führte die Männer Athens in die schönen Gemächer
Drinnen im Hause und ließ mit ihnen zusammen sich nieder.
    Dort erkannte er bald: Der Enkel des Aeolus trug aus
Fremdem Holz einen Speer in der Hand, dessen Spitze aus Gold
                                                  war.
Als er mit wenigen Worten zunächst am Gespräch sich beteiligt,
675 Sagt er: »Ich bin ein Kenner der Hölzer, ein Kenner des
                                                  Waidwerks,
Doch aus welchem Baume geschnitten der Speer, den du hältst –
                                                  schon
Lang überlege ich das. Denn wäre er Esche, dann müßte
Rötlichen Tones er sein, und Kirsch, dann hätte er Äste.
Weiß ich auch nicht, woher er stammt, so hat doch mein Auge
680 Nie ein schöner Geschoß zum Werfen gesehen als dies hier.«

Da fiel einer der Brüder aus Attica ein und erklärte:
»Mehr als die Schönheit wirst du an ihm noch den Nutzen
                                                    bewundern:
Nicht der Zufall lenkt ihn, er trifft ein jegliches Ziel und
Fliegt dann blutig zurück, zurück von keinem gesendet.«
Nun fragt aber der Sohn der Meeresnymphe nach allem,
Fragt, warum, woher, von wem so Großes geschenkt sei.
Cephalus gibt ihm Bescheid. Doch schafft es ihm Scham, zu
                                                    erzählen,
Welchen Preis er gezahlt. Er schweigt. Voll Schmerz der verlornen
Gattin gedenkend, spricht er dann unter quellenden Tränen:
»Dieses Geschoß, o Sohn einer Göttin – wer möchte es glauben –
Macht mich weinen, und wird es noch lang, wenn das Schicksal
                                                    noch lang zu
Leben mir gibt. Es hat *mich* gerichtet zugrund und mein teures
Weib. O hätte ich immer entbehrt eines solchen Geschenkes!
Procris war's: – Oder wenn ›Orithyia‹ dir öfter zu Ohren
Kam: Orithyias Schwester, die Schwester jener Geraubten,
Würdiger selbst, geraubt zu werden, vergleichst du der beiden
Schönheit und Wandel. Mit ihr verband mich ihr Vater Erechtheus,
Liebe verband mich mit ihr. Und glücklich hieß ich und war ich,
Wär' es vielleicht noch heut, doch anders gefiel es den Göttern.
Noch war kein zweiter Mond nach dem Fest unsrer Hochzeit
                                                    vorbei, als
Mich, der ich spannte das Netz den geweihetragenden Hirschen,
Früh, da das Dunkel verscheucht, die helle Aurora vom immer
Blühenden Berge Hymettus hernieder schauend, erblickt und
Gegen mein Wollen mich raubt. Sei erlaubt mit Vergunst mir der
                                                    Göttin,
Wahres zu sagen: Wohl, sie ist schön mit dem rosigen Antlitz,
Wohl sie beherrscht des Lichtes, beherrscht der Finsternis Grenzen,
Wohl, es ist Nectar ihr Trank: doch ich, ich liebte nur Procris.
Procris war mir im Sinn und Procris mir immer im Munde.
Nur von dem heiligen Bund, vom Umfangen in bräutlicher
                                                    Kammer
Sprach ich, vom älteren Recht des verlassenen Lagers, da rief: »Du
Undankbarer!« die Göttin, »stell ein deine Klagen, behalte

Procris, doch wirst du noch wünschen, wenn zukunftkündend
mein Sinn ist,
Nicht sie behalten zu haben!« und schickt ihr zurück mich im
Zorne.
Während der Göttin Wort auf dem Heimweg mit mir ich
bedachte,
715 Kam mir allmählich die Furcht, es habe die eheliche Treue
Schlecht mir die Gattin bewahrt. Es ließ ihre Schönheit und
Jugend
Glauben an Buhlschaft, verbot, an Buhlschaft zu glauben, ihr
Wandel.
Doch war fern ich gewesen, war die, von der ich jetzt kam, ein
Böses Beispiel und fürchten wir doch als Liebende alles.
720 So, was mich schmerze, zu finden, beschließ' ich, mit Gaben zu
prüfen,
Ob sie getreu sei und keusch. Aurora begünstigt den Argwohn,
Gibt meinem Leib – ich glaubt' es zu fühlen – verwandeltes
Aussehn.
Nicht zu erkennen, betrat ich Athen, das pallasgeweihte,
Trat ich ein in mein Haus. Von Schuld ließ nichts es erkennen,
725 Ehrbar schien es und war um den Herrn, den geraubten, in
Ängsten.
Nur mit tausend Listen erlangte zur Herrin ich Zutritt,
Sah sie, – und hätte, bestürzt, die beschlossene Prüfung der Treue
Fast unterlassen, beherrschte mich kaum, die Wahrheit ihr nicht
zu
Sagen und kaum, sie nicht – wie ich hätte sollen – zu küssen.
730 Traurig war sie, doch kann so schön wie sie in der Trauer
Keine andere sein. Nach dem Gatten, der ihr entrissen,
Glüht' sie in Sehnsucht und Harm. Ermiß, o Phocus, von
welchem
Reiz sie gewesen, da selbst der Schmerz so reizend sie machte.
Soll ich erzählen, wie oft ihre züchtige Scham mein Versuchen
735 Von sich gewiesen, wie oft sie gesagt: »Ich spar mich dem Einen.
Wo er auch sei, für den Einen allein sind gespart meine Freuden.«
Welchem Verständigen hätte nicht diese Erprobung der Treue
Vollauf genügt? Doch ich, zufrieden nicht, voller Eifer,

Selbst mich zu kränken, verspreche als Lohn für die Nacht ein
Vermögen,
740 Biete ihr mehr noch und mehr, bis sie endlich ins Wanken gebracht,
da
Rief ich: »Verräterin, ich, zum Unheil in Buhlers Gestalt, ich
Bin in Wahrheit dein Mann, bin selbst deines Ehebruchs Zeuge!«
Sie entgegnete nichts. Sie schwieg; von Scham überwältigt,
Floh sie den schlechten Gemahl wie das hinterhältige Haus, und,
745 Da ihr wie ich das ganze Geschlecht der Männer verhaßt war,
Streifte sie hin durch die Berge, Dianens Werken sich weihend.
    Heftiger drang mir Verlassenem da in die Glieder der Liebe
Glut; ich bat um Verzeihung, gestand, verfehlt mich zu haben,
Daß ich, bot man Geschenke, auch selbst der gleichen Versuchung
750 Leicht hätte können erliegen, wenn solche Geschenke geboten.
    Wieder gewann ich sie so, die zuvor schon gerächt ihrer Ehre
Kränkung; und süße Jahre verbrachte mit mir sie in Eintracht,
Gab mir, als ob mit sich selbst sie nur wenig gegeben, dazu auch
Noch den Hund als Geschenk, von dem ihre Göttin gesprochen,
755 Da sie ihn ihr übergab: »Im Lauf wird er alle besiegen«,
Gab mir den Wurfspeer auch, den hier in den Händen ich trage. –
    Was aus dem zweiten Geschenke geworden, möchtest du wissen?
Höre, es wird dich bewegen ein wunderselten Geschehnis!
Oedipus hatte das Rätsel gelöst, das vorher kein andrer
760 Geist zu durchdringen vermocht. Ihre dunkeln Sprüche vergessend,
Lag hinuntergestürzt, zerschmettert die Sphinx in der Tiefe.
[Mutter Themis jedoch ließ solches nicht ungestraft bleiben,]
Doch [und] eine andere Plage befiel das bœotische Theben.
Unter des Landes Bewohnern verbreitete Schrecken ein Untier,
765 Tötete ihnen das Vieh und sie selbst. Die Jugend im Umkreis,
Sammeln wir uns und umstellen im Ring ein weites Gelände.
Aber in leichtem Sprung überwand es rasch die gespannten
Netze und flog übers oberste Garn ihrer Maschen hinüber.
Los von der Koppel läßt man die Hunde. Doch langsamer nicht im
770 Lauf als ein Vogel im Flug entgeht es im Spiel den Verfolgern.
    Da verlangten sie alle einstimmig von mir meinen ›Sturm‹ – so
Hieß der Geschenkte. – Er kämpft schon lang, sich selbst zu
befreien,

Zerrt an den Banden und dehnt mit dem Hals den hemmenden
Riemen.
Kaum war recht er gelöst, schon konnten wir nicht mehr erkennen,
775 Wo er nun sei. Die Spur seiner Pfoten haftet im Sand noch
Warm, doch er selbst ist den Augen entrückt. Es fliegt keine Lanze
Schneller als er, kein Blei, vom Riemen der Schleuder gewirbelt,
Nicht ein gefiederter Pfeil vom Bogen des cretischen Schützen.
Über das Feld unter ihm erhob sich ein mäßiger Hügel.
780 Den erstieg ich, genoß ihres Laufes seltenes Schauspiel,
Sah, wie das Tier, wenn gepackt es schon schien, sich den Bissen
noch immer
Eben entzog. Das Schlaue, es floh nicht längere Strecken
Graden Weges, nein, es täuschte das Maul des Verfolgers,
Schlug zum Kreis seine Bahn, daß der Feind nicht komme zum
Angriff.
785 Der verfolgt es dicht auf den Fersen, scheint es zu fassen,
Faßt es doch nicht und schnappt in die Luft umsonst seine Bisse.
Da will den Speer zu Hilfe ich nehmen. Dieweil meine Rechte
Diesen noch wägt, dieweil mit dem Finger die Schlaufe ich suche,
Kehr ich von jenen den Blick. Als ich wieder dorthin ihn gerichtet,
790 Sah ich, o Wunder! mitten im Feld zwei Bilder aus Marmor.
Eines von ihnen schien zu fliehn, zu verfolgen das andre.
Wohl hat ein Gott es gewollt, daß beide unüberwunden
Blieben im Laufe, wenn irgend ein Gott ihnen Beistand gewesen.«
Soweit erzählt er und schweigt. »Doch, was für ein Fehl ist am
Wurfspeer?«
795 Fragte jetzt Phocus, und jener berichtet vom Fehler des
Wurfspeers:
»Ach, unsre Freuden sind, o Phocus, der Quell unsrer Schmerzen!
Laß mich mit jenen beginnen! Wie schön, zu gedenken der ersten
Jahre, o Aeacussohn, der seligen Zeit, da so recht ich
Glücklich war mit der Gattin und glücklich sie mit dem Gatten,
800 Eines dem andern gesellt in innig sorgender Liebe.
Sie hätte Juppiters Lager nicht vorgezogen dem meinen,
Mich zu berücken gab es keine, und wäre auch Venus
Selbst mir genaht, so brannten von gleicher Flamme die Herzen.
Traf mit den ersten Strahlen die Gipfel der Berge die Sonne,

805 Zog ich meist in den Wald, nach Jünglings Weise zu jagen,
Duldete nicht, daß Diener dabei mir folgten und Pferde,
Hunde mit scharfem Geruch für die Spur und knotige Netze.
Sicherheit gab mir mein Speer. Doch hatte die Rechte genug des
Wildes gefällt, dann suchte den Schatten des Waldes ich auf und
810 Eine dem kühlen Grund eines Tales entströmende Brise.
Ihr, der sanften, strebte ich zu in der Hitze des Mittags,
Ihrer harrte ich stets, sie gab mir nach Mühen Erholung.
»Brise, o komm!« – ich erinnre mich wohl – so pfleg' ich zu singen,
»Mir an die Brust! Und erquicke mich du, bist hoch mir
                                                  willkommen.
815 Lindere, wie du gewohnt, die Gluten, an denen ich brenne!«
Fügte vielleicht hinzu – so riß mein Schicksal mich hin – noch
Weitere schmeichelnde Worte, mag sein, ich pflegte zu sagen:
»Du bist mein großes Verlangen, du stärkst mich wieder und hegst
                                                  mich.
Du bist der Grund, daß ich liebe den Wald und die Einsamkeit,
                                                  diesen
820 Deines Atems Hauch saugt stets mein dürstender Mund ein!«
    Solch zwiedeutige Worte, sie täuschten, ich weiß es nicht,
                                                  wessen,
Lauschendes Ohr; er wähnt, das so oft gerufene ›Brise‹
Sei einer Nymphe Namen, und glaubt, ich liebt' eine Nymphe,
Geht zu Procris sogleich. Übereilter Verräter vermeinten
825 Fehltritts, erzählt er, was er gehört, mit flüsternder Zunge.
Liebe, – ein leichtgläubig Ding! Sie bricht, als ihr solches berichtet,
Jäh zusammen im Schmerz. Nach langem erst sich erholend,
Nennt sie bejammernswert sich, von widrigem Schicksal verfolgt,
                                                  und
Klagt ob gebrochener Treu. Sie fürchtet, verwirrt durch den
                                                  falschen
830 Anschein, ein Nichts, sie fürchtet den leeren Hauch eines Namens,
Kränkt sich, die Unglückselge wie ob einer wirklichen Kebse.
Oft aber zweifelt sie auch und hofft, daß falsch ihr berichtet,
Wehrt sich, dem Manne zu glauben, und will die Schuld ihres
                                                  Gatten
Nicht verdammen, bevor sie mit eigenem Aug sie gesehen.

835 Wieder hatte der Schein Auroras vertrieben die Nacht, ich
Trat hinaus und eilte zum Wald. Als Sieger im Grünen
Rief ich: »O Brise komm und heile mein Leiden!« Da war mir
Plötzlich, noch während ich sprach, als hätte wie Seufzen ich irgend
Etwas gehört, doch rief ich weiter: »Komm doch, o Beste!«
840 Da, als ein fallendes Blatt ein Rascheln wieder läßt hören,
Glaubt' ich, es wäre ein Wild, und warf im Fluge den Wurfspeer:
Procris war es! Und mitten im Busen tragend die Wunde,
Schrie sie: »Wehe mir, weh!« Ich erkenne die Stimme der treuen
Gattin und stürze in Hast von Sinnen dorthin nach der Stimme.
845 Halbentseelt, ihr Gewand von dem quellenden Blute besudelt,
Wie sie ihr eigen Geschenk – o weh mir! – zog aus der Wunde,
Fand ich sie da; ich stützte den Leib, der mir teurer als meiner,
Sanft mit den Armen; ich riß des Kleides ein Stück von der Brust,
                                    ver-
band die schreckliche Wunde und suchte das Bluten zu hemmen,
850 Flehte, sie möge nicht mich, den Verbrecher, sterbend verlassen.
    Matt und gezeichnet schon vom Tode, zwang sie zu diesen
Wenigen Worten sich noch: »Bei dem heiligen Bund unsrer Ehe
Und bei den Göttern der Höh, bei den meinen, bei allem, wenn
                                    irgend
Etwas um dich ich verdient, bei der Liebe, die dann noch besteht,
                                    wenn
855 Jetzt ich vergehe, die Grund meines Todes: leide du nicht, daß
Brise an meiner Statt unsre Kammer als Gattin betrete!«
    Sprach es; *ich* aber merkte erst jetzt, daß ein Name des Irrtums
Grund und kläre sie auf! Doch was konnte erklären noch frommen?
Nieder glitt sie; es floh mit dem Blut der Rest ihrer Kraft, sie
860 Schaute, solang sie auf etwas noch schauen konnte, auf mich und
Ließ ihren letzten Hauch von meinem Munde empfangen.
Aber sie schien beruhigt, mit heiterer Miene zu sterben.«
    So erzählte der Held unter Tränen den Weinenden. Siehe!
Aeacus tritt da herein mit den beiden Söhnen und frischen,
865 Wohlgerüsteten Kriegern, die Cephalus so in Empfang nimmt.

ACHTES BUCH

Lucifer führte den strahlenden Tag aufs neue empor und
Scheuchte die Nacht, da legte der Ost sich und feuchtes Gewölk
stieg
Auf. Dem Cephalus gibt und den Aeacusmannen die Heimfahrt
Freundlich der Südwind frei; er fördert sie glücklich und läßt sie
5 Früher, als sie gehofft, den erstrebten Hafen erreichen.
Minos indessen verheert die Küsten des Lelegerlandes,
Prüft seiner Kriegsmacht Kraft an der Stadt des Alcathous, welche
Nisus damals beherrscht, der zwischen dem würdigen, alters-
Grauen Haar auf dem Haupt eine purpurglänzende Strähne
10 Trug, an die das Glück seines großen Reiches gebunden.
Schon zum sechsten Mal erwuchsen aufs neue des Mondes
Hörner; noch immer schwankte das Glück des Krieges, und lange
Schwebte die Göttin des Siegs zwischen beiden mit zweifelndem
Fittich.
Königlich ragte ein Turm, gefügt zu den tönenden Mauern,
5 Dort, wo Latonas Sohn, wie erzählt wird, die goldene Leyer
Einstens niedergelegt: ihr Klang blieb haften im Steine.
Diesen Turm erstieg die Tochter des Nisus gar oft und
Warf einen kleinen Stein nach den widerklingenden Mauern –
Damals, als Frieden noch war. Im Krieg auch pflegte sie oftmals
0 Niederzuschauen von ihm auf das Spiel des schrecklichen Mavors,
Kannte auch schon im Laufe des Krieges die Namen der edlen
Kämpfer, die Waffen, die Rosse, die Trachten, die Köcher der
Creter,
Kannte des Führers Gesicht, des Europasohnes, vor allem,
Kannte es mehr, als ihr frommt. Es war nach ihrem Ermessen.
5 Minos, wenn er das Haupt mit dem Eisen, dem federgekrönten,
Deckte, schön unterm Helm, und wenn er ergriffen den blanken,
Ehernen Schild, so stand es ihm gut, wie den Schild er ergriffen.
Minos hat mit gewinkeltem Arm geschleudert den schwanken
Speer: die Jungfrau lobt das mit Kraft verbundene Können;

30 | Minos krümmt, sein Geschoß zu versenden, den mächtigen Bogen:

Phœbus, griff er zum Pfeil, so schwur sie, stehe nicht anders.

Nahm er den Helm jedoch ab, und zeigte er offen sein Antlitz,

Saß in Purpur auf dem mit der bunten Decke geschmückten

Rücken des weißen Rosses und lenkt' es am schäumenden Maul,
dann

35 Kannte sich selbst nicht, dann war ihrer Sinne kaum mächtig des
Nisus

Jungfräulich Kind. Sie pries den Speer, da *er* ihn berühre,

Glücklich, glücklich die Zügel, da *er* in Händen sie halte.

Mitten durchs feindliche Heer ihre Mädchenschritte zu tragen,

Treibt sie es, ging' es nur an; es treibt sie, herab von der höchsten

40 Höhe des Turms sich hinein in das Lager der Creter zu stürzen,

Oder dem Feinde die erzbeschlagenen Tore zu öffnen,

Oder zu tun, was sonst noch Minos begehre. So saß sie

Blickend aufs schimmernde Zelt des Königs vom Dicte und sagte:

»Ob es mich freut oder härmt, daß dieser traurige Krieg tobt,

45 Zweifelhaft ist's. Mich härmt, daß Minos der Liebenden Feind ist;

Aber ohne den Krieg, wär' *er* nie kund mir geworden.

Aber empfinge er mich als Geisel, dann könnte den Krieg er

Enden und mich als Gefährtin und Pfand des Friedens besitzen. –

Die dich geboren, war sie wie du, du Schönster auf Erden,

50 Wahrlich, dann hat mit Recht für sie ein Gott sich entzündet.

Dreimal glücklich würd' ich mich schätzen, könnt' ich im Flug
die

Lüfte durchgleitend das Lager des Königs von Gnosus erreichen,

Mich, meine Glut offenbaren, ihn fragen, um welches Entgelt er

Sei zu gewinnen, – wenn er des Vaters Burg nicht verlangt: denn

55 Lieber schwinde mein Hoffen auf dieses bräutliche Lager,

Eh' mir Verrat es erfüllt. – Obgleich überwunden zu werden,

Manchem oft auch gefrommt, wenn mild und freundlich der Sieger.

Wahrlich, der Krieg ist gerecht, den er um den erschlagenen Sohn
führt,

Stark macht ihn seine Sache, die Waffen, die dieser geweiht, wir,

60 Werden, so glaub' ich, besiegt. Wenn dieser Ausgang der Stadt doch

Harrt, weshalb soll dann unsre Mauern ihm öffnen sein Heer und

Nicht meine Liebe? Er wird so besser können obsiegen,

Ohne Verzug und Mord und ohne zu wagen sein Herzblut.
Denn, o Minos, es könnte doch einer die Brust dir verwunden,
65 Einer, der dich nicht kennt, – wer sonst auch wäre so fühllos,
Wissend zu wagen, auf dich die grausame Lanze zu richten?
      Ja, so sei es! Es steht mein Beschluß: Ich will dir die Heimat
Weihen zur Mitgift mit mir und setzen ein Ende dem Kriege.
Wollen aber genügt nicht. Die Wachen hüten den Zugang.
70 Und die Riegel der Tore bewahrt mein Vater. Ich Unglück-
selige fürchte nur ihn, nur *er* ist im Weg meinen Wünschen!
Machten die Götter vaterlos mich! Doch ist sich ein jeder
Selber der Gott. Das Glück widerstrebt einem feigen Gebete.
Ja, eine andre, entzündet von solchem Verlangen, sie hätte
75 Längst mit Freuden beseitigt, was irgend der Liebe im Weg steht.
Und warum soll sie tapferer sein als ich? Durch die Flammen
Wagt' ich und Schwerter zu schreiten! Doch hier sind Flammen
                                                        und Schwerter
Nicht, was mir not ist, *mir* ist not das Haar meines Vaters.
Es ist wertvoller mir als Gold, sein Purpur, er wird mich
80 Selig machen, mich machen zur Herrin des, was ich wünsche!«
      Während sie so noch spricht, sinkt nieder die Nacht schon, der
                                                        Sorgen
Mächtige Nährerin, und ihr wuchs mit dem Dunkel die Kühnheit.
Zeit ist's der ersten Ruh, wo die Herzen, die matt von des Tages
Sorgen der Schlummer umfängt. Da tritt ins Gemach ihres Vaters
5 Schweigend die Tochter, beraubt ihn – o welch eine Tat! seines
                                                        schicksal-
trächtigen Haares und trägt im Besitz der schändlichen Beute
Mit sich den frevlen Raub und schreitet hinaus zu dem Tore.
Mitten hindurch durch den Feind – so sicher macht ihr Verdienst
                                                        sie –
Dringt sie zum König und spricht den Betroffenen an mit den
                                                        Worten:
10 »Liebe riet mir die Tat. Ich, Scylla, die Tochter des Königs
Nisus, bringe dir hier meiner Heimat Heil und das meine.
Will keinen anderen Preis denn dich. Als Pfand meiner Liebe
Nimm dies purpurne Haar, und glaube, ich bring' dir des Vaters
Haupt und nicht nur sein Haar!« Ihre frevelnde Rechte, sie reckt die

95   Gabe ihm zu. Doch Minos flieht vor der Gabe zurück und
      Gibt, von der ungeheuren Tat entsetzt, ihr zur Antwort:
      »Mögen die Götter dich, du Schandmal unsres Jahrhunderts,
      Raffen vom Rund ihrer Erd, sich Land und Meer dir versagen!
      Ich will gewiß nicht dulden, daß Juppiters Wiege, daß Creta,
100   Das *mein* Erdrund ist, ein solcher Unhold betrete!«
          Spricht's und, sobald dem gefangenen Feind sein gerechtes
                                                              Gesetz er
      Auferlegt hat, befiehlt er der Flotte, zu lösen die Anker-
      taue, mit Rudern die erzbeschlagenen Schiffe zu treiben.
          Scylla sah die ins Meer hinabgezogenen Kiele
105   Schwimmen, sah den Führer des Frevels Lohn ihr versagen,
      Ward, als vergeudet ihr Flehn, von wildem Zorne erfaßt und
      Rief, die Hände erhoben, gelöst ihre Haare, wie rasend:
      »Weh! Wohin fliehst du und lässest zurück, die zu Ruhm dich
                                                              gebracht hat?
      Du, den ich vorgezogen dem Vaterlande, dem Vater,
110   Grausamer, wehe, wohin fliehst *du*, des Sieg mein Verbrechen
      Und mein Verdienst! Doch dich, dich hat nicht gerührt meine
                                                              Gabe,
      Nicht meine Liebe und nicht, daß ich all mein Hoffen auf dich nur
      Einzig gesetzt. Denn sag, wohin soll ich Verlaßne mich wenden:
      Heim in mein Land? – Zu Boden liegt's! Und stünde es noch, so
115   Wär' es durch meinen Verrat mir versperrt! Vor das Antlitz des
                                                              Vaters?
      Den ich verraten an dich! Es hassen mit Recht mich die Bürger,
      Graut vor dem, was ich tat, den Nachbarn. Ich habe das Erdrund
      Rings mir versperrt, daß Creta allein mir offen noch stehe.
      Wehrst du auch dies mir und lässest undankbar hier mich zurück,
                                                              dann
120   Stammst von Europa du nicht, o nein, von der gastfeinden Syrte,
      Tigern Armeniens oder der südwindgepeitschten Charybdis,
      Bist du nicht Juppiters Sohn, ward nicht vom Bild eines Stieres
      Einst deine Mutter entführt – es ist falsch eure Sage –, ein echter,
      Wilder, von Liebe zu keinem der Rinder jemals berührter
125   Stier ist's gewesen, der dich gezeugt. Vollziehe die Strafe,
      Nisus, mein Vater! Lacht meines Unglücks, verratene Mauern!

Denn ich hab' es verdient, ich gesteh's, bin wert zu verderben.
Aber es soll mich einer von denen verderben, die frech ich
Kränkte – *du*, der durch mein Verbrechen gesiegt, warum willst auch
30 *Du* es verfolgen? Es gelte als Frevel der Heimat, dem Vater:
Dir sollt' es gelten als Dienst! Dein wert ist wahrlich als Gattin,
Sie, die im Holzbild buhlend getäuscht den grimmigen Stier, im
Schoße die Zwitterfrucht getragen! – – Gelangt, was ich rufe,
Noch dir zu Ohren? Entführt meine fruchtlosen Worte des Windes
35 Hauch, du Undankbarer, so wie er entführt deine Kiele? – –
Daß Pasiphaë dir hat vorgezogen den Stier, das
Wundert mich jetzt nicht mehr: du warst von größerer Wildheit! – –
Weh mir! Zu eilen freut dich, die Wogen, gepeitscht von den Rudern,
Rauschen, dir weicht mit mir zurück mein Land, doch erreichst du
40 Nichts, der vergeblich du willst vergessen, was du mir dankst: ich
Folge dir, willst du's auch nicht. Die Schweifung des Heckes umklammernd,
Laß übers Meer ich mich ziehn!« so rief sie und sprang in die Fluten.
Und sie erreichte – ihr gab das Verlangen die Kraft – seine Flotte,
Hing, ein leidiger Gast, an dem Kiel des cretischen Schiffes.
5 Als ihr Vater sie sah – er schwebte da schon in den Lüften,
War soeben geworden zum braungeflügelten Seeaar –
Will er die Hangende dort mit dem hakigen Schnabel zerfleischen.
Angstvoll ließ sie das Heck da los, doch es schienen die Lüfte
Leicht sie zu tragen, so daß sie das Wasser nicht mehr berührte:
10 Flaum ist's gewesen! Gehüllt in Flaum, zum Vogel geworden,
Heißt sie nun ›Schere‹ darum, weil ab sie geschnitten das Haupthaar.

Juppitern, wie er gelobt, fällt Minos die Leiber von hundert
Stieren, sobald nach der Ausfahrt der Flotte erreicht der Cureten
Insel; die Königshalle, sie prangt im Schmucke der Beute.
Groß war geworden die Schmach des Geschlechts, offenbar
durch des Unholds

Zwiegestalteten Leib der Mutter abscheulicher Ehbruch.

Minos beschließt, seine Scham hinweg aus dem Hause zu schaffen

Und in den finsteren Bau mit den vielen Kammern zu schließen.

Dædalus baut das Werk, in der Kunst der berühmteste Meister.

160 Und er versieht seine Kammern mit täuschenden Zeichen; die
Augen

Führt in den Krümmen der kraus sich verschlingenden Gänge er
irre.

So wie in schimmernden Wellen Mæander in Phrygien spielt und

Vorwärts und wieder zurück in zweifelndem Gleiten dahinfließt,

Selbst sich begegnend oft seine eigenen Wasser sich nahn sieht,

165 Jetzt nach der Quelle und jetzt nach dem offenen Meere gewandt,
sein

Ziellos Fluten lenkt, so füllt der Meister mit Irrnis

All die unzähligen Gänge. Er selbst vermochte die Schwelle

Kaum mehr zu finden: *so* stark ist die Kraft des Truges im Hause.

Dort also schloß man ein den zwiegestalteten Mannstier.

170 Als den Unhold, der zweimal geletzt an attischem Blute,

Der zum dritten Jahrneunt als Opfer Erloste gezähmt und,

Nutzend der Jungfrau Rat, am zurückgewundenen Faden

Wieder gefunden das Tor, was keinem zuvor noch gelungen,

Segelte Theseus, die Tochter des Minos entführend, sogleich nach

175 Naxos und ließ an dessen Gestade die Reisegefährtin

Grausam zurück. Doch ihr, der Verlassenen, Klagenden, brachte

Bacchus Liebesumfangen und Hilfe. Er nahm, daß sie ewig

Strahle als helles Gestirn, vom Haupt ihr die Krone und warf sie

Hoch zum Himmel empor. Sie flog durch die flüchtige Luft, es

180 Wurden, während sie flog, ihre Steine zu glänzenden Lichtern,

Blieben zuletzt, die Gestalt einer Krone bewahrend, inmitten

Zwischen dem knieenden Mann und dem Schlangentragenden
haften.

Dædalus, dem die lange Verbannung und Creta verhaßt sind,

Den das Heimweh ergreift nach der Stadt, in der er geboren,

185 Rings umschließt ihn das Meer. »Versperrt er auch Erde und
Wasser«,

Ruft er, »frei bleibt doch mir der Himmel, und so will ich fliehen!

Mag er auch alles besitzen, besitzt doch Minos die Luft nicht!«
Spricht's und versenkt seinen Geist in unerhörtes Beginnen,
Wandelt den Sinn der Natur. Denn Federn legt er in Reihe,
190 So, daß die Kleinste beginnt und den Langen die Kürzeren folgen,
Wie wenn sie wüchsen am Hang. So steigt mit den
                                            ungleichgeschnittnen
Rohren allmählich auf die ländliche Flöte des Hirten.
Dann verknüpft er mit Garn die Mitte der Federn, die Kiele
Klebt er mit Wachs und gibt, es nachzuahmen dem echten
195 Vogel, mäßige Schweifung dem Ganzen. Icarus steht, sein
Knabe, dabei; nicht ahnend, ans eigne Verhängnis zu rühren,
Hascht er mit lachendem Blick nach dem Flaum bald, wenn ihn ein
                                            leichtes
Lüftchen verweht, bald knetet in harmlosem Spiel er das gelbe
Wachs mit kindlicher Hand und hindert so seines Vaters
200 Staunenswürdiges Werk. Als dann an dieses die letzte
Hand der Meister gelegt, verteilt er selbst auf der Flügel
Paar seines Leibes Gewicht, bewegte die Lüfte – und schwebte.
Dann unterweist er den Sohn: »Mein Icarus, laß dich ermahnen!
Halte die Mitte der Bahn. Denn fliegst du zu tief, dann beschwert
                                            die
205 Welle die Federn, zu hoch, dann wird die Glut sie versengen.
Zwischen beidem dein Flug! Und schaue du nicht auf Bootes,
Nicht auf den Bären und nicht aufs gezückte Schwert des Orion.
Ich sei dir Führer allein!« So gab er die Richte dem Flug und
Paßte den Schultern an das unvertraute Gefieder.
210 Während er schafft und mahnt, benetzt sich die Wange des
                                            Greises,
Zittert des Vaters Hand. Er küßt sein Söhnchen – es sollte
Niemals wieder geschehn – und dann, vom Fittich erhoben,
Fliegt er voraus voller Sorg um den zarten Gefährten, dem Vogel
Gleich, der von hohem Nest seine Jungen lockt in die Lüfte,
215 Mahnt ihn zu folgen und zeigt die gefahrvolle Kunst; seine eignen
Flügel rührt er und blickt zurück auf die seines Sohnes.
Wer sie erblickt, ein Fischer vielleicht, der mit schwankender
                                            Rute
Angelt, ein Hirte, gelehnt auf den Stab, auf die Sterzen gestützt, ein

Pflüger, sie schauen und staunen und glauben Götter zu sehen,
220 Da durch den Äther sie nahn. Schon liegt zur Linken der Juno
Heiliges Samos, liegt im Rücken Delos und Paros,
Rechts schon Lebinthus erscheint und das honigreiche Calymne,
Als der Knabe beginnt, sich des kühnen Fluges zu freuen,
Als er den Führer verläßt und im Drang, sich zum Himmel zu
heben,
225 Höher den Weg sich wählt. Da erweicht der näheren Sonne
Zehrende Glut das duftende Wachs, die Fessel der Federn.
Hingeschmolzen das Wachs; er rührt die nackenden Arme,
Kann, seiner Flügelruder beraubt, keine Lüfte mehr fassen.
Und seinen Mund, der ›Vater‹ noch ruft, verschlingen die dunkeln
230 Wogen der blauen Flut, die seinen Namen erhalten.
    Doch der Unselige – Vater nicht mehr – »Mein Icarus!« ruft er,
»Icarus!« ruft er, »wo bist du? Wo soll in der Welt ich dich
suchen?«
›Icarus‹ rufend sieht er im Wasser treiben die Federn –
Und verflucht seine Kunst. Er birgt im Grabmal des Toten
235 Leib. Dem Eiland ward des Bestatteten Namen gegeben.

Betten im Hügel den Leib des beklagenswürdigen Sohnes
Sah vom schlammigen Graben ihn dort das geschwätzige Rebhuhn,
Und es klatscht mit den Flügeln, bezeugt mit Gesang seine Freude:
Damals das einzge, zuvor nicht geschaut, zum Vogel geworden
240 Kürzlich und, Dædalus, dir eine Mahnung vergangener Untat.
    Denn ihm hatte die Schwester, sein Schicksal nicht ahnend, den
Sohn als
Schüler vertraut: Einen Knaben, der damals begangen den zwölften
Tag der Geburt. Sein Geist wohl fähig, Gelehrtes zu fassen;
Aber er nahm sich auch die im Innern der Fische geschauten
245 Wirbel zum Muster und schnitt in geschärfte eiserne Blätter
Zahn an Zahn und hat den Gebrauch der Säge erfunden.
Ferner verband er auch als Erster mit *einem* Gelenk zwei
Eiserne Arme, auf daß, bei gleich sich bleibendem Abstand,
Einer steh' und den Bogen des Kreises ziehe der andre.
250 Dædalus faßte der Neid. Er stieß ihn hinab von Minervas
Heiliger Burg und log, er sei gefallen. Doch Pallas,

Schaffender Geister Gönnerin, fing ihn auf; einen Vogel
Ließ sie ihn werden und hüllte ihn noch in der Luft in Gefieder.
Aber es ging die Kraft seines einst so rührigen Geistes
55 Über in Flügel und Lauf, auch blieb ihm der frühere Name.
Dieser Vogel hebt sich jedoch nicht empor in die Lüfte,
Baut auch sein Nest sich nicht im hohen Gezweige der Wipfel:
Nahe dem Boden fliegt er und legt zwischen Zäune die Eier,
Meidet, des früheren Falles gedenk, die höheren Stellen.

60 Dædalus hegte, den müden, nun schon das Land um den Aetna;
Cocalus, der für den flehenden Mann die Waffen ergriffen,
Galt für milde darum. Schon zahlte Athen nach des Theseus
Ruhmeswürdiger Tat nicht mehr den kläglichen Blutzoll.
Tempel werden bekränzt, die kriegesfrohe Minerva
65 Ruft man mit Juppiter an und den übrigen Göttern; man ehrt mit
Blut sie und Gaben und Weihrauch, in köstlichen Schalen
                              gespendet.
    Fama, die schweifende, hatte durch Griechenlands Städte des
                              Theseus
Namen getragen; die Völker im Schoße des reichen Achaia
Flehten um seinen Beistand, wenn große Gefahr ihnen drohte.
70 Seinen Beistand erbat, obgleich Meleagern es hatte,
Calydon auch in dringlichem Flehn. Es war seines Bittens
Grund ein Schwein, der erzürnten Diana Diener und Rächer.
    Oeneus nämlich hatte des vollgesegneten Jahres
Erstlingsfrüchte, so sagt man, der Ceres gebracht, seinen Wein dem
75 Bacchus, den Saft aus der Frucht des Ölbaums der blonden
                              Minerva.
Alle die Götter erreichte nach denen des Feldbaus die eifer-
süchtig erwartete Ehrung. Es seien, erzählt man, des Weihrauchs
Ledig geblieben allein der Latonatochter Altäre.
Götter ergreift auch Zorn. »Doch straflos werd' ich's nicht lassen.
80 Die man mich ungeehrt, nicht ungerächt wird man mich nennen!«
Spricht die Vergeßne und schickt einen Eber als Rächer in Oeneus'
Lande: Das kräuterreiche Epirus trägt keine größern,
Aber es tragen die Fluren Siciliens kleinere Stiere.
Blutunterlaufen sprühn die Augen Feuer, der Nacken

208 ACHTES BUCH

286 Starrt, es stehn wie ein Wall, wie ragende Spieße die Borsten.
Heiß aus dem keuchenden Maul überströmt den mächtigen Bug
ihm
Geifer, es drohen gleich Elefantenzähnen die Hauer.
Blitz aus dem Rachen ihm flammt, es brennt das Laub von dem
Anhauch.
290 Dieser zertritt jetzt bald noch im Sprießen die grünenden Saaten,
Erntet bald das gereifte Gebet des zum Weinen erkornen
Bauern und raubt in den Ähren das Brot. Der verheißenen Ernte
Harren vergeblich die Tennen und harren die Scheuern vergeblich.
Nieder die schwellende Traube gewalzt mit den rankenden Reben,
295 Samt seinen Zweigen die Frucht des immergrünenden Ölbaums.
Ziegen fällt er und Schafe auch an. Es kann sie kein Hirt, kein
Hund sie schützen, nicht schützen der trotzige Stier seine Herde.
Überall flüchtet das Volk und fühlt sich nur in der Städte
Mauern noch sicher, bis dann mit erlesener Jünglinge kühner
300 Schar Meleagros zusammen sich fand in Ruhmes Begierde.
Tyndareus' Zwillingssöhne, der eine berühmt durch die Faust, der
Andre als Reiter, Iason, des ersten Schiffes Erbauer,
Auch des Pirithous und des Theseus glückliche Eintracht,
Beide Thestiussprossen, der hurtige Idas und Lynceus,
305 Aphareus' Söhne, und Cæneus, der da schon nicht mehr ein Weib
war,
Weiter der wilde Leucippus, Acastus, der Meister im Speerwurf,
Dryas, Hippothous auch und Phœnix, der Sohn des Amyntor,
Actors sich gleichendes Paar und Phyleus, den Elis entsendet.
Auch fehlt Telamon nicht und der Vater des großen Achilles,
310 Pheres' Sohn und der flinke Eurytion nicht, Iolaos
Nicht, der Hyant, und der nie im Laufe besiegte Echion.
Panopeus, Lelex aus Naryx, der wilde Hippasus, Hyleus,
Nestor, damals noch in den frischesten Jahren der Jugend,
Die aus dem alten Amyclæ Hippocoon hatte gesendet,
315 Auch Penelopes Schwäher, des Ampycus wissender Sohn, An-
Cæus Arcas, der Sproß des Oïcles, noch vor der Gattin
Sicher, und Tegeas Maid, die Zier des lycæischen Waldes.
Ihr hielt oben das Kleid eine glatte Spange zusammen,
Schmucklos trug sie das Haar in schlichten Knoten geschlungen;

320 Und von der linken Schulter ihr hangend klirrte der Pfeile
Elfenbeinern Gehäus, auch den Bogen führte die Linke.
So ihre Tracht. Ihr Gesicht: Du könntest es mädchenhaft nennen,
Wenn ein Knabe es trüg', und knabenhaft, trüg' es ein Mädchen.
Calydons Held erblickt und begehrt sie zugleich. Doch ein Gott
war
325 Feind seinem Wunsch. Er spricht, von geheimer Flamme
entzündet:
»Glücklich der Mann, wenn *sie* den Ihren einen zu nennen
Würdigen wird!« Es ließ die Zeit und die Scham ihn nicht weiter
Reden: es drängte das größere Werk des gewaltigen Kampfes.
Stamm an Stamm, ein Wald, zu keinen Zeiten geschlagen,
330 Steigt von der Ebene an und blickt auf fallend Gelände.
Als die Männer zur Stelle gekommen, spannen die einen
Netze, die anderen lösen den Hunden die Leinen, ein Teil auch
Folgt den Fährten, begierig die eigne Gefahr zu erspüren.
Dort ist ein hohler Grund, in dem sich in Bächen des Regens
335 Wasser zu sammeln gewohnt. Es stehn in der Tiefe der Mulde
Schmiegsame Weiden und leichtes Schilf, die Binsen des
Sumpflands,
Strauchwerk und unter den Schäften des Rohres niedriges Riedgras.
Aufgestört stürzte von dort der Eber wild in der Feinde
Schar, wie das Feuer bricht aus sturmgerüttelter Wolke.
340 Nieder streckt sein Anprall den Wald; die gebrochenen Stämme
Krachen. Die Jünglinge schrein und halten mit tapferer Hand die
Zitternden Speere ihm vor mit dem breiten, blinkenden Eisen.
Aber er stürzt auf die Hunde, er wirft sie, wie seiner Wut sich
Einer nur stellt, und zerstreut mit Seitenhieben die Kläffer.
345 Die von Echions Arm zuerst geschleuderte Lanze
Fehlte und schlug dem Stamm eines Ahorns leichte Verwundung.
Wäre die folgende nicht zu kräftig geworfen gewesen,
Hätte sie wohl in dem Rücken, auf den sie gezielt war, gehaftet:
Weiter fliegt sie. Ihr Schütze: Iason, der Held aus Iolcus.
350 »Phœbus, wenn ich je dich geehrt, dich ehre«, so rief jetzt
Mopsus, »so laß mein Ziel mich treffen mit sicherer Lanze!«
Und es gewährte der Gott, so viel er vermochte: der Eber
Wurde getroffen, verletzt jedoch nicht, da des fliegenden Schaftes

ACHTES BUCH

Eisen Diana entwandt; der Speer traf ohne die Spitze.
355 Aber des Tieres Zorn ist erregt und flammt wie der Blitzstrahl.
Funken sprüht's aus dem Aug, der Brust entatmet es Flammen;
Und wie ein Felsblock fliegt, von gewundenen Seilen geschleudert,
Wenn gegen Mauern er strebt und Türme, kriegerbemannte,
So schießt jetzt auf die Männer das wundenschlagende Schwein und
360 Streckt den Hippalmus hin und den Pelagon, welche des rechten
Flügels gewahrt; die Gefährten entraffen rasch die Gestürzten.
Aber dem tödlichen Hieb entging Enæsimus nicht, der
Sohn Hippocoons, dem am Knie die zerrissenen Sehnen,
Als er im Schrecken den Rücken will kehren, die Dienste versagten.
365 Vor der troïschen Zeit vielleicht auch wäre der Held von
Pylos verschieden, doch, mit der Lanze vom Boden sich schnellend,
Sprang er empor auf den Ast des Baumes, der ihm zunächst stand,
schaute aus sicherem Sitz auf den Feind, vor dem er geflohen.
Doch das Untier wetzt an dem Strunk einer Eiche die Hauer,
370 Droht Verderben und schlägt, den frischgeschliffenen Waffen
Trauend, den krummen Zahn in des großen Hippasus Leber.
Aber die Zwillingsbrüder, noch nicht Gestirne am Himmel,
Stattlich beide zu schaun, auf Rossen beide, die weißer
Glänzten als Schnee, sie schwangen und schüttelten beide die
                                                            spitzen
375 Lanzen hoch durch die Luft und ließen die Schäfte erzittern, –
Hätten getroffen, doch wich der Borstenträger in dunkles
Dickicht, wo weder ein Speer noch ein Pferd den Weg sich kann
                                                            bahnen.
Telamon folgt ihm dorthin, – unachtsam eilend im Eifer
Stürzt er vornüber, den Fuß in Baumes Wurzel verfangen.
380 Während Peleus ihn stützt, legt Tegeas Maid den geschwinden
Pfeil auf die Sehne und schnellt ihn ab vom gebuchteten Bogen.
Hinter dem Ohre traf das Rohr, er ritzte des Untiers
Schwarte und färbte mit wenigem Blut ihm rot seine Borsten;
Doch war die Jungfrau selbst des glücklichen Schusses nicht froher
385 Als Meleagros. Dieser erblickte das Blut, wie man glaubt, als
Erster, zeigte sogleich den Gefährten, was er erblickt, und
Sprach: »Mit Recht wirst *du* den Preis der Tapferkeit tragen!«
Schamrot werden die Männer, sie mahnen einander und schaffen

Mut sich mit Rufen und werfen, doch planlos, ihre Geschosse.
390 Und ihre Menge, sie schadet den Würfeln und läßt sie nicht treffen.
Gegen sein Schicksal rasend, Ancæus, der streitaxtbewehrte,
Ruft: »Ihr Jünglinge lernt, wieviel vor den Waffen des Weibes
Gilt die Waffe des Manns und gebt mir Raum, es zu zeigen!
Mag mit den eigenen Waffen auch selbst ihn schirmen Latonas
395 Tochter, es wird meine Hand, Diana zu leide, ihn fällen!«
Prahlenden Mundes hatte voll Hochmut so er gesprochen,
Hob mit beiden Händen das doppelschneidige Beil und
Schwebt, in die Höhe gereckt, auf den äußersten Gliedern der
                                                        Zehen.
So überraschte der Eber den Wagenden, schlug in die Weichen
400 Hoch die beiden Hauer ihm ein, wo am schnellsten es Tod bringt.
Nieder stürzte Ancæus; es quollen in blutüberströmten
Ballen die Därme hervor. Das Blut besudelt die Erde.

      Schwingend den Spieß in der kräftigen Hand, ging jetzt des Ixion
Sproß, Pirithous, gegen den Feind, da rief ihm des Aegeus
405 Sohn: »Du Teil meiner Seele, mir lieber, als ich mir selbst bin,
Bleibe dort stehn! Hier darf fernher auch ein Tapferer kämpfen:
Schaden hat dem Ancæus gebracht sein vermessenes Wagen.«
Sprach es, warf den gewichtigen Schaft mit der ehernen Spitze.
Diesem, der gut geschleudert, sein Ziel hätte müssen erreichen,
410 War der laubige Ast eines Eichenstumpfes im Wege.

      Aesons Sproß warf auch seinen Speer. Den lenkte der Zufall
Ab von dem Wild, einem schuldlosen Hund zum Verhängnis; er
                                                        haftet
Durch das Gedärm ihm gejagt, durchs Gedärm hindurch in der
                                                        Erde.

      Zweierlei Glück jedoch hat Meleagers Hand: seiner Lanzen
415 Erste im Boden stak, die zweite mitten im Rücken.
Während es rast, im Kreise es tobt und zischenden Geifer
– Schon mit Blut untermischt – verschäumt, ist er, der die Wunde
Schlug, zur Stelle, er reizt zu blindem Wüten den Feind und
Taucht ihm von vornen tief in den Bug das blinkende Eisen.

      Glückwunschrufend bezeugt der Gefährten Schar ihre Freude;
420 Alle verlangen die siegreiche Hand in die ihre zu schließen.
Staunend sehn sie das riesige Tier, wie viel es an Boden

Liegend bedeckt; und sie glauben, noch jetzt nicht ohne Gefahr es
Anzurühren, doch taucht in sein Blut ein jeder die Waffe.

Aber der Sieger setzt auf den Kopf des Verderbers den Fuß und
Spricht: »O Tochter Arcadiens, nimm du hier, was nach Jagdrecht
Mein; und mit *dir* sei geteilt, was heute an Ruhm ich gewonnen«,
Bot ihr sogleich die Zeichen des Sieges, die schrecklichen, starren
Borsten des Rückens, das starke Gebrech mit den mächtigen
Hauern.
Freude bedeutet für sie die Gabe so gut wie der Geber.
Faßte die Andern der Neid, in der ganzen Schar ein Gemurre.
Reckend die Arme rufen mit mächtiger Stimme aus ihr des
Thestius Söhne: »Sogleich leg nieder und nimm dir, was unser,
Weib, nicht vorweg! Vertraue du nicht zu viel deiner Schönheit,
Daß dir die Hilfe, hab acht! des verliebten Gebers nicht fern sei!«
Nehmen ihr das Geschenk und ihm das Recht, es zu schenken.
Doch das ertrug der Sohn des Mars nicht. In knirschendem
Zorne
Schwellend rief er: »Ihr Räuber von fremder Ehre, so lernt, wie
Weit von der Drohung die Tat!« und stieß das entsetzliche Eisen
Tief in die Brust des Plexippus, die nicht auf solches gefaßt war,
Und dem Toxeus, der zweifelt, was tun – er wollte den Bruder
rächen und scheute zugleich das Los des Bruders – ihn ließ nicht
Lange er zaudern und machte das Schwert, das noch warm von dem
ersten
Morde, aufs neue erwarmen im Blute des Schicksalsgenossen.
Gaben brachte zum Dank für den Sieg ihres Sohnes der Götter
Tempeln Althæa – und sieht die entseelten Brüder getragen.
Schmerzvoll schlagend die Brust erfüllt sie die Stadt mit der Trauer
Ruf und vertauscht die golddurchwirkten Gewande mit schwarzen.
Aber, als ihr der Mörder bekannt, sind Tränen und Trauer
Gänzlich vergessen und rasch in Verlangen zu strafen gewandelt.
War da ein Scheit, das die Schwestern, die drei, in die Flammen
geworfen,
Als des Thestius Tochter noch lag, nachdem sie entbunden.
Während mit drückendem Finger den Schicksalsfaden sie spannen,
Sprachen sie: »Eben Geborner, wir geben *dir* und dem Holz hier
Einerlei Lebens Frist.« Als diesen Spruch sie gesprochen,

Gingen die Göttinnen. Aber die Mutter riß aus dem Feuer
Eilig den flammenden Zweig und besprengt ihn mit lauterem
Wasser.
Lang war so er im letzten Gemache verborgen gewesen,
Hatte, selber bewahrt, o Jüngling, bewahrt deine Jahre.

460 Ihn zog nun die Mutter hervor, ließ Fackeln und Späne
Schichten und legte an die alsbald das feindliche Feuer.
Viermal versuchte sie dann, den Zweig in die Flammen zu legen,
Viermal hielt sie ein. Mit der Schwester kämpfte die Mutter.
Beider Namen drängen nach *ihrer* Seite das *eine*
465 Herz: und oft erblich ihr Gesicht vor dem kommenden Frevel,
Oft verlieh der glühende Zorn sein Rot ihren Augen.
Bald ist ihr Blick wie eines, der etwas Grausames droht, und
Bald wie eines, von dem du glaubtest, er fühle Erbarmen.
Immer, sooft die Tränen ihr auch von der Glut ihres wilden
470 Zornes getrocknet, fanden die Tränen sich wieder. Dem Fahrzeug
Gleich, das der Wind und, dem Winde entgegen, die Strömung
dahinreißt,
Das *zwei* Kräfte verspürt, unschlüssig beiden gehorcht, so
Schwankt des Thestius Tochter in zweifelvollem Empfinden,
Wechselnd legt sie ab ihren Zorn und weckt ihn aufs neue.

475 Doch sie beginnt eine bessere Schwester als Mutter zu sein, und
Willens die Schatten, die blutsverwandten, durch Blut zu
versöhnen,
Zeigt sie frevelnd sich fromm. Als das Feuer erstarkt, das
verderben-
bringende, spricht sie: »Verbrenne mein eigen Geweide der Brand
hier!«
Und, in der schrecklichen Hand das verderbenbedeutende
Holzscheit,
480 Trat die Unselige hin vor des Totenopfers Altar und
Rief: »Eumeniden, ihr, der Sühne Göttinnen drei, ihr,
Wendet her euren Blick auf dieses grausige Opfer!
Rächend begehe ich Frevel. Durch Tod ist Tod zu versühnen
Und zu Verbrechen Verbrechen zu fügen, ein Grab zu den
Gräbern.
485 Mag das Frevelhaus vergehn in Trauer auf Trauer.

Oder soll Oeneus im Glücke des siegreichen Sohnes genießen,
Thestius trauern verwaist? Nein, besser trauert ihr beide.
Ihr nur, Schatten der Brüder, ihr heute verschiedenen Seelen,
Fühlt den Dienst, den für euch ich leiste. Empfangt das um hohen
490 Preis euch bereitete Opfer, die böse Frucht meines Schoßes. – –
Weh mir! Wo reißt es mich hin? Verzeiht ihr Brüder der Mutter!
Nein, es versagt mir die Hand! Er hat, warum er verderbe,
Wohl, ich gesteh' es, verdient: des Todes Vollstrecker mißfällt
                                                mir. –
Soll er ungestraft denn sein und lebend als Sieger
495 Stolz auf seinen Erfolg die Herrschaft in Calydon haben,
Ihr, ein Häuflein Asche, als kalte Schatten ihr wesen?
Nein, ich dulde es nicht! Der Verbrecher gehe zu Grunde,
Nehm' er die Hoffnung des Vaters, des Reiches, des Landes auch
                                                mit sich! –
Doch wo bleibt das Muttergemüt, die Schwüre der Eltern,
500 Wo die Mühen, die zehn Monde um ihn ich getragen?
Wärest du doch als Kind in dem ersten Feuer verbrannt, und
Hätt' ich's gelitten! Du hast durch mein Geschenk nur gelebt, nun
Stirbst du nach deinem Verdienst. Empfange den Lohn deiner Tat,
                                                die
Seele, die ich dir zweimal geschenkt – gebärend und rettend –
505 Gib sie zurück, oder laß ins Grab meinen Brüdern mich
                                                folgen. – –
Ach, ich will und vermag nicht! Was tu ich? Bald stehn mir der
                                                Brüder
Blutige Wunden vor Aug, das Bild ihrer grausen Ermordung,
Jetzt zerbricht meinen Mut der Gedanke, daß Mutter ich
                                                heiße. – –
Wehe mir, weh! Ihr werdet zum Unheil siegen, o Brüder,
510 Aber ihr siegt. Wenn ich selbst nur dem Trost, den euch ich
                                                gegeben,
Folge und euch!« So sprach sie und stieß mit der zitternden
                                                Rechten
Abgewandt mitten ins Feuer das todbedeutende Holzscheit.
Seufzen ließ das Scheit oder schien es vernehmen zu lassen,
Und es brannte, erfaßt von den widerwilligen Flammen.

Dort, wo er ist, verbrennt an der selben Flamme der Ahnungs-
lose; er fühlt sein Geweid in verborgenem Feuer verdorren.
Doch unterdrückt er mit männlichem Sinn die gewaltigen
                                        Schmerzen,
Daß einem feigen Tod er ohne zu bluten erliege,
Klagt er allein und preist die Wunden des Arcaders glücklich,
Ruft unter Seufzen den Vater, den hochbetagten, mit letztem
Atem die Brüder, die Schwestern, die treuen, die Lagergenossin,
Auch die Mutter vielleicht. Es wachsen Feuer und Schmerzen,
Schwellen wiederum ab; zugleich erloschen sind beide,
Und in die leichten Lüfte entwich allmählich des Lebens
Hauch, wie die graue Asche allmählich die Gluten bedeckte.
    Calydon liegt, das hohe, darnieder; die Männer und Greise
Trauern; es seufzt das Volk und der Adel; zerrauft ihre Haare
Schlagen die Frauen der Stadt am Euenus im Schmerz sich die
                                        Brüste;
Liegend am Boden bestreut sein graues Haar und sein greises
Antlitz der Vater mit Staub, sein langes Alter beklagend.
Denn die Mutter vollzog mit eigener Hand, ihrer Untat
Selbst sich bewußt, die Sühne und stieß ins Geweid sich das Eisen.
    Hätte ein Gott mir gegeben auch tönende Zungen in hundert
Mündern, dazu einen Sinn, der den ganzen Helicon faßte,
Könnte ich doch nicht erschildern das Leid der trauernden
                                        Schwestern:
Aller Schönheit vergessend, zerschlagen sie blau sich die Brüste,
Wärmen wieder und wieder den Leib, solang er noch daliegt,
Küssen ihn selbst und küssen die Bahre, sobald sie bereitet,
Schöpfen, als er verbrannt, an die Brust sie zu pressen, die Asche,
Liegen hingestreckt an dem Hügel, umklammern den Namen,
Wie in den Stein er gehaun, überströmen den Namen mit Tränen.
    Endlich ersättigt am Unheil im Haus des Parthaon, erhob sie –
Außer der Gorge und der Schwieger der edlen Alcmene –
Dann die Tochter Latonas, ließ Federn am Leib ihnen sprießen,
Ließ ihren Armen entlang die langen Flügel sich dehnen,
Gab ihnen hürnernen Mund und sandte sie so in die Lüfte.

ACHTES BUCH

Theseus, nachdem er sein Teil in geselligem Mühen geleistet,
Zog indessen zur Burg des Erechtheus, der pallasgeweihten.
Schwellend von Regen versperrte den Weg ihm da Achelous,
550 Hemmte die Reise und sprach: »Berühmter Enkel des Cecrops,
Tritt hier unter mein Dach und meide die raffenden Wogen.
Tüchtige Stämme wälzen sie mit und störrige Blöcke,
Tosend mit mächtigem Hall. Ich sah in der Nähe des Ufers
Hohe Ställe mitsamt ihrem Vieh entführt, und da nutzte
555 Nichts den Rindern, stark zu sein und den Pferden geschwinde.
Auch viel Jünglingsleiber hat hier in den strudelnden Wirbel
Nieder gezogen der Strom, wenn der Schnee in den Bergen
                                                geschmolzen.
Rast ist sicherer jetzt, bis der Strom aufs neu in gewohnten
Schranken fließt, bis das Bett aufs neu die geminderte Flut faßt.«
560 »Wohl, Achelous«, erwidert der Sohn des Aegeus, »ich werde
Nutzen dein Haus sowie deinen Rat.« Und er nutzte sie beide,
Trat in die Halle. Sie stand aus löchrigem Bimsstein und rauhen
Tuffen gebildet; der Grund war feucht von schwellendem Moose,
Muscheln täfelten wechselnd mit Schneckengehäusen die Decke.
565   Als Hyperion dann zwei Teile der Lichtzeit durchmessen,
Lagen auf Pfühlen Theseus und die, die geteilt seine Mühen.
Hier der Sproß des Ixion und dort der trœzenische Kämpfer
Lelex, dem graues Haar vereinzelt die Schläfen durchsetzte,
Und noch andere, die der Fluß Acarnaniens gleicher
570 Ehre gewürdigt, froh, eines solchen Gastes zu pflegen.
Bloßen Fußes setzen die Nymphen ein Mahl auf die Tische,
Die sie gestellt, und bringen, nachdem die Speisen entfernt, in
Edelsteinen den Wein. Da fragte der mächtige Held und
Blickte hinaus auf das Meer, das unter den Augen sich dehnte:
575 »Was für ein Land ist dort?« – er wies mit dem Finger – »und sag'
                                                mir,
Wie man die Insel benennt, – obgleich's nicht nur eine zu sein
                                                scheint.«
    Gab ihm der Flußgott zurück: »Auch ist, was ihr seht, nicht nur
                                                eine.
Nein, sie liegen zu fünft, die Entfernung läßt's nicht erkennen.
Und, daß dich weniger wundre die Tat der vergessenen Phœbe:

547–612

580 Nymphen waren es einst. Die hatten, nachdem sie der Stiere
Zweimal fünfe gefällt und zum Opfer gerufen des Feldes
Götter, meiner vergessend den festlichen Reihen geschritten.
Zornig schwoll ich da und war so groß, wie mich je nur
Trägt meine Flut; und gewaltig zugleich an Wut und Gewoge,
585 Riß ich vom Walde den Wald, die Flur von den Fluren und wälzte
Samt dem Orte die Nymphen, die mein nun endlich gedachten,
Wild hinaus in die See. Des Meeres Flut und die meine
Spülten den Boden dazwischen hinweg und lösten der Teile
Ebensoviel, als du siehst Echinaden mitten im Meere.
590 Doch, wie du selber siehst, weit, weit dort etwas beiseite
Liegt eine Insel, mir lieb: Perimele nennt sie der Schiffer.
Dieser, die teuer mir war, nahm einst ich den Jungfrauennamen.
Grimmig wurde darob ihr Vater Hippodamas, stürzte
Hoch von der Klippe ins Meer, daß sie sterbe, den Leib seiner
                                                    Tochter.
595 Ich empfing sie und rief, die Schwimmende stützend:
                                              »Neptunus,
Der du die zweite, die Welt der schweifenden Wellen erlost, in
Die wir enden, soviele wir sind, wir heiligen Flüsse,
Herr des Dreizacks hilf und höre den Bittenden gnädig:
Ihr, die ich trage, hab' Not ich gebracht. Hippodamas, wär' er
600 Mild und gerecht, ein Vater, ja auch nur weniger ruchlos,
Mußt' er sich ihrer erbarmen und mir verzeihn. Da die Erde
Durch ihres Vaters Wut ihr verschlossen, gib ihr, Neptunus,
Du eine Zuflucht, oder laß selbst eine Zuflucht sie sein: ich
Werd' sie umfassen auch dann.« Da nickte der Herr der Gewässer,
605 Ließ durch seine Gewährung die Wogen alle erzittern.
    Und die Nymphe erschrak, schwamm weiter jedoch; ich
                                              berührte
Selbst ihren Busen, der in ängstlichem Zucken erbebte.
Diesen betastend fühlte ich schon, wie plötzlich ihr ganzer
Leib sich verhärtete, wie ihr Fleisch sich mit Erde umschloß und
610 Auf den verwandelten Gliedern erwuchs die lastende Insel.«

Hierauf verstummte der Strom. Das Wunder hatte die Hörer
Alle bewegt; doch, von wildem Sinn und Verächter der Götter,

ACHTES BUCH

Lachte der Gläubigen nur der Sohn Ixions und sagte:
»Märchen erzählst du und glaubst, Achelous, zu fest, daß die
                                                    Götter
615 Mächtig seien, wenn sie Gestalten geben und nehmen!«
    Alle waren bestürzt und billigten nicht, was er sagte;
Lelex vor allen sprach, gereift an Sinn und an Alter:
»Unermessen groß, kennt keine Schranken des Himmels
Macht, und, was immer die Götter gewollt, es ist schon vollendet.
620 Daß du weniger zweifelst: es stehn auf phrygischem Hügel
Linde und Eiche gesellt, von mäßiger Mauer umgeben.
Ich hab selbst die Gegend sehn, denn mich sendete Pittheus
Aus in des Pelops Land, das einst sein Vater beherrschte.
Nahe der Stelle ein Moor, besiedelte Erde vorzeiten,
625 Heut ein Gewässer, belebt von Taucherente und Sumpfhuhn.
    Juppiter in der Gestalt eines Sterblichen und mit dem Vater
Kam dorthin der Enkel des Atlas, ohne die Flügel.
Tausend Häuser gingen sie an, ein Obdach zu heischen,
Tausend Häuser verschloß der Riegel. Das letzte empfing sie,
630 Klein, mit Stroh und Schilf nur gedeckt. Doch in ihm war das gute
Mütterchen Baucis einst als junges Mädchen dem Jüngling,
Ihrem Philemon, vermählt; in ihm waren beide gealtert,
Hatten in ihm mit heiterem Sinn und ohne zu klagen
Frei ihre Armut bekannt und leicht ihre Bürde getragen.
635 Suchst du Herrn oder Diener: gleichviel hier – sind doch die Beiden
Selber das ganze Haus, befehlen zugleich und gehorchen.
    Als die Himmelsbewohner dem kleinen Hüttchen genaht sind,
Als sie, die Häupter gesenkt, durch die niedrige Türe getreten,
Heißt sie sitzen der Greis auf der Bank, die zurecht er gerückt, auf
640 Die ein derbes Gewebe gebreitet die emsige Baucis.
Diese entfernt nun im Herde die warme Asche, erweckt die
Glut von gestern aufs neu und nährt sie mit Blättern und trockner
Rinde und lockt die Flamme hervor mit dem Hauche der Greisin;
Kienholzspäne bringt sie herab vom Boden und dürres
645 Reisig, zerkleinert und legt es dem ehernen Kesselchen unter.
Blättert den Kohl ab, den im berieselten Garten ihr lieber
Gatte zuvor ihr geholt; mit der doppelzinkigen Gabel
Hebt sie vom schwarzen Balken des Schweines rußigen Rücken,

613–682

Schneidet von ihm, der seit langem gespart, herunter ein kleines
Stück und läßt es zart dann kochen im siedenden Wasser.
  Plaudernd kürzen die Zeit sie indessen und lassen des Wartens
Frist nicht empfinden. Da war aus Buchenholz eine Wanne,
Hing von dem Nagel herab an dem rundgebogenen Henkel.
Die wird mit warmem Wasser gefüllt und empfängt und erquickt
                                                         die
Glieder. Da fand sich auch aus weichen Binsen ein Polster.
War auf ein Bette gelegt, des Gestell und Füße aus Weiden.
Dieses hüllen sie jetzt in Tücher, die sie an Festes
Tagen allein zu entbreiten gewohnt; doch waren die Tücher
Wohlfeil auch und alt – keine Schande dem weidenen Bette.
  Lagern die Götter zum Mahl. Geschürzt und zitternd die Greisin
Stellte den Tisch. Da war *ein* Fuß zu kurz. Eine Scherbe
Gibt ihm das Maß. Als untergelegt, sie behoben die Neigung,
Wischt den geebneten Tisch das Grün der duftenden Minze.
Aufgetragen wird nun die Frucht der keuschen Minerva,
Herbstcornelien auch, in flüssiger Hefe bereitet,
Rettich, Endivie dann und festgeronnene Dickmilch,
Eier, gewendet zuvor in mild anwärmender Asche,
Alles in irdnem Gefäß. Aus demselben Silber geschmiedet,
Stellt sich ein Mischkrug bei und, aus Buchenholze geschnitten,
Becher, die Höhlung im Innern verpicht mit gelblichem Wachse.
Kurzer Verzug, und sie holen die warmen Speisen vom Herde,
Reichen zu ihnen aufs neu den Wein, der, mäßigen Alters,
Etwas beiseite gestellt dem folgenden Nachtisch dann Raum gibt.
Der bringt Nüsse und Feigen, gemischt mit den runzligen Datteln,
Pflaumen und würzige Äpfel, in flachen Körbchen geboten,
Und von der Purpurrebe geschnittene Trauben. Da ist auch
Schimmernder Honig in Waben zur Hand. Zu allem hinzu ein
Freundlich Gesicht und ein guter, nicht träger, nicht ärmlicher
                                                         Wille.
  Doch unterdessen sehn sie den Krug, so oft man auch schöpft,
                                                         sich
Wiederfüllen von selbst, als wachse der Wein im Gefäß nach.
Tief von dem Wunder erschreckt, erbleichen Philemon und Baucis,
Heben flehend die Hände; sie stammeln angstvoll Gebete,

Beide, erbitten Verzeihung dem Mahl und dem fehlenden
Aufwand.
Wächterin war eine einzige Gans dem winzigen Landsitz.
685 Diese wollen die Wirte den göttlichen Gästen nun schlachten.
Flügelflink läßt die sich müde haschen die Alters-
matten, entgeht ihnen lang und scheint zuletzt bei den Göttern
Zuflucht zu suchen. Die Hohen verbieten, daß man sie töte.
»Götter«, so sprechen sie, »sind wir, und wohlverdient wird die
Strafe
690 Treffen die gottlosen Nachbarn. Doch euch allein ist beschieden,
Frei von dem Unheil zu sein. Nur verlaßt jetzt eure Behausung,
Folgt unsern Tritten und wandert mit uns vereint auf des Berges
Höhe hinauf.« Sie gehorchen und steigen, geführt von den Göttern,
Beide gestützt auf die Stäbe und langsam, beschwert von den
Jahren,
Schritt für Schritt hinan den lang sich dehnenden Abhang.
695   Nun sind vom Gipfel soweit sie entfernt, wie auf einmal ein Pfeil
kann
Fliegen: sie wenden den Blick – da sehn sie versunken der Stadt un-
gastliche Häuser und fragen, wo denn die frommen geblieben:
Eines nur stand, das gastlich den großen Göttern gewesen.
Während sie staunen darob und das Los der Ihren beweinen,
Nimmt die Hütte, die alte, die selbst ihren Herren schon klein war,
700 An eines Tempels Gestalt: Das Gebälk zu stützen, erwachsen
Säulen, das Stroh glänzt auf, von Gold erschimmert der Dachstuhl,
Bildwerk ziert das Tor, von Marmor bedeckt ist die Erde.
Jetzt spricht freundlichen Mundes der Sohn des Saturnus zu beiden:
»Saget, redlicher Greis, und du des redlichen Gatten
705 Würdiges Weib, was ihr wünscht.« Philemon bespricht sich mit
Baucis
Etwas und gibt den Göttern bekannt als beider Entschließung:
»Priester zu sein, euer heiliges Haus als Hüter zu pflegen,
Ist unser Wunsch, und wie wir durchlebt unsre Jahre in Eintracht,
Möge die selbe Stund' uns entraffen, daß nie ich die Urne
710 Meiner Gemahlin muß sehn, noch sie mich im Hügel soll bergen.«
Wie es verheißen, erfüllt sich's. Solang ihm Leben beschieden,
Hütet den Tempel das Paar. Und als uralt und entkräftet

Einst vor den heiligen Stufen sie stehn, im Gespräch sich erinnernd
All der Geschicke des Orts, sieht Baucis plötzlich Philemon
Blätter umsprossen und *er* von Blättern umsproßt seine Baucis.
Bis der beiden Gesicht überwuchern die wachsenden Wipfel,
Wechseln, solang es vergönnt, sie Abschiedsworte: »So leb denn
Wohl, mein Gemahl!« so riefen zugleich sie, zugleich auch bedeckte
Astwerk den sprechenden Mund. Es zeigt der thynæische
                                                    Landmann
Heute die Stämme noch gern, in die ihre Leiber verwandelt.
    Glaubenswürdige Greise – wozu auch sollten sie trügen –
Haben *so* mir erzählt. Und selbst auch hab' ich gesehen
Kränze, gehängt ins Gezweig und frische weihend gesprochen:
»Gott ist, wen Götter geliebt, verehrt sei nun, wer verehrt hat.«

Lelex schließt. Das Geschehn, der Erzähler hat alle bewegt, doch
Theseus besonders. Zu ihm, der von Wundern der Götter zu hören
Weiter verlangt, spricht Calydons Strom, vom Lager sich stützend:
»Manche, o Tapferster, sind, deren einmal verwandelter Leib in
Dieser Veränderung blieb, und manche, denen das Recht ward,
Überzugehen auch in mehrere Leibesgestalten.
Proteus, wie dir! du Bewohner des erdumfassenden Meeres.
Denn man hat bald dich als Jüngling und bald als Löwen gesehen,
Warest ein Eber jetzt, ein wilder, und jetzt eine Schlange,
Die zu berühren man scheut, bald machten dich Hörner zum Stiere.
Oftmals konnte als Stein und oft als Baum man dich sehen,
Ahmtest bisweilen nach des fließenden Wassers Gestalt und
Wurdest zum Strom und bisweilen des Wassers Gegenspiel, Feuer.

Gleiches Vermögen besitzt des Autolycus Weib, Erysichthons
Tochter. Ihr Vater war ein Mann, der das Walten der Götter
Frech verlachte und nie auf Altären Weihrauch verbrannte.
Auch den Hain der Ceres, erzählt man, hat er entheiligt
Und seine alten Bäume verletzt mit dem Eisen des Beiles.
Riesig stand unter denen, bejahrten Stamms eine Eiche:
Sie allein ein Wald. Gedächtnistafeln und Bänder,
Kränze schmückten sie rings: erhörter Gebete Beweise.
Oftmals schritt unter ihr der Dryaden Schar ihren Reihen.

Oftmals maßen sie auch, mit verflochtenen Händen im Kreise
Rings ihn umschließend den Stamm. Und, sieh, es erreichte sein
                                                            Umfang
Fünfzehn Ellen. Es stehn unter ihr die übrigen Bäume
750 Tief, wie unter all den anderen Bäumen die Kräuter.
      Dennoch hielt des Triopas Sohn auch von dieser das Beil nicht
Fern. Er heißt die Diener den Stamm, den heiligen, fällen;
Und, als er zaudern sieht die Geheißnen, entreißt der Verbrecher
Einem von ihnen das Beil und läßt die Worte vernehmen:
755 »Mag sie nicht nur geliebt von der Göttin sein, sondern selbst auch
Göttin, jetzt wird sie den Grund mit dem laubigen Wipfel
                                                            berühren!«
Sprach es, und während zum Hieb von der Seite die Waffe er
                                                            schwingt, er-
zitterte Deos Eiche und ließ ein Seufzen vernehmen,
Bleich zu werden begannen die Blätter zugleich mit den Früchten,
760 Und eine Blässe kroch entlang den mächtigen Zweigen.
Als seine frevelnde Hand dem Stamm eine Wunde geschlagen,
Quoll aus dem Spalt in der Rinde das Blut nicht anders hervor als,
Wie es zu fließen pflegt aus dem angeschlagenen Nacken,
Wenn der gewaltige Stier als Opfer stürzt am Altare.
765   Alle entsetzten sich da. Es wagte dem Frevel zu wehren
Einer von allen und suchte die wütende Schneide zu hemmen.
Blickt ihn der Thessaler an und spricht: »Da nimm für den
                                                            frommen
Sinn deinen Lohn!« Er wendet das Eisen vom Baum auf den Mann
                                                            und
Trennt ihm vom Rumpfe das Haupt. Er schlug aufs neu auf den
                                                            Stamm ein,
770 Als eine Stimme erklang hervor aus der Mitte des Baumes:
»Hier unter diesem Holz bin *ich,* eine Nymphe, der Ceres
Teuer; und *ich,* ich künde dir sterbend an: Deiner Taten
Strafe steht dir nahe bevor, ein Trost mir im Tode.«
      Er treibt weiter sein Freveln, und endlich, von zahllosen
                                                            Streichen
775 Wankend, mit Seilen zur Seite gezogen, stürzte der Baum und
Streckte im wuchtigen Fall der anderen viele zu Boden.

All die Schwesterdryaden, bestürzt, daß den Hain und sie selbst
be-
troffen ein solcher Verlust, sie treten in schwarzen Gewändern
Trauernd vor Ceres hin, Erysichthons Bestrafung zu fordern.
780 Nickend gewährte es ihnen die Herrliche, ließ durch des hehren
Hauptes Regung wogen die ernteschweren Gefilde,
Denkt eine Strafe ihm zu erbarmenswürdigster Art, könnt
Einem nach solcher Tat erbarmenswürdig er scheinen:
Süchtiger Hunger soll ihn verzehren. Da diesem zu nahn der
785 Göttin selber verwehrt – daß Ceres und Hunger sich treffen,
Läßt das Geschick nicht zu – ruft diese eine der Nymphen,
Die im Gebirg man verehrt, und gibt ihr so ihren Auftrag:
»Fern an den eisigen Küsten von Scythien liegt eine Stelle,
Fruchtlos, öde der Boden, kein Korn, kein Baum auf der Erde.
790 Lähmende Kälte ist dort daheim, der Schrecken, das Graun und
Er, der Hunger, der hohle. Er soll in des Heiligtumschänders
frevelhaftes Geweide sich senken. Ihn soll keine Fülle
Zwingen, im Wettstreit soll er auch *meinen* Kräften obsiegen.
Und, daß die Weite des Wegs dich nicht schrecke, nimm meinen
Wagen.
795 Nimm sie auf hoher Bahn mit den Zügeln zu lenken, die
Schlangen.«
Gab sie der Nymphe, und die, durch die Lüfte geführt auf der
Göttin
Wagen, gelangte nach Scythien so. Auf dem Haupt eines wilden
Berges – Caucasus wird er genannt – gab frei sie der Schlangen
Rücken und sah nun dort auf steinigem Feld den gesuchten
800 Hunger mit Nägeln und Zähnen die dürftigen Kräuter sich rupfen.
Struppig sein Haar und hohl seine Augen, Blässe im Antlitz,
Fleischlos die Lippen und grau, voll rauhen Schorfes der Rachen,
Hart seine Haut, man konnte durch sie die Geweide erkennen.
Dürr über hohlen Lenden heraus ihm starrten die Rippen,
805 Statt des Leibes – Raum für den Leib. Die Brust schien zu hangen,
So, als würde sie nur von den Wirbeln des Rückens gehalten.
Größer macht die Gelenke die Magerkeit, quellend der Kniee
Scheiben, unmäßig treten hervor die kantigen Knöchel.
Als sie von ferne ihn sah – sie wagte nicht näher zu treten –

ACHTES BUCH

810 Rief sie der Göttin Befehle ihm zu. Und so kurz sie verweilt, so
Weit sie entfernt von ihm stand, und war sie auch kaum erst
gekommen,
Glaubte sie dennoch den Hunger zu spüren. Sie ließ ihre Schlangen
Wenden und lenkte sie hoch ihre Bahn nach Thessalien wieder.
Was ihm Ceres befohlen, vollführte der Hunger, obgleich er
815 Stets ihrem Wirken feind. Durch die Luft von den Winden
getragen,
Naht er sich schon dem befohlenen Haus. In des
Heiligtumschänders
Kammer tritt er sogleich; den in tiefem Schlummer Gelösten –
Nachtzeit war es – umschlingt mit beiden Armen er enge,
Haucht dem Manne sich ein, weht Brust ihm, Rachen und Antlitz
820 An und flößt seine Leere ihm tief in das hohle Geäder.
Dann, da sein Auftrag erfüllt, verläßt er den fruchtbaren Erdkreis,
Kehrt in das Haus des Mangels zurück auf die heimischen Fluren.
Friedlicher Schlummer umfächelt bisher Erysichthon mit
sanftem
Fittich. Aber schon im Traum verlangt er nach Nahrung,
825 Regt seine leeren Kiefer, ermüdet den Zahn an den Zähnen,
Quält mit nichtiger Speise umsonst die betrogene Kehle,
Schlingt an der Mahlzeit Statt die flüchtigen Lüfte hinunter.
Aber als dann der Schlummer verscheucht, da raste die Eßgier,
Herrschte im gierigen Schlund und den unermeßnen Geweiden.
830 Ohne Verzug verlangt er, was Meer, was Erde, was Luftreich
Liefern und klagt an gedecktem Tisch, ihn quäle der Hunger.
Speisend fragt er nach Speise, und was einer Stadt, einem ganzen
Volk hätte können genügen, es reicht nicht aus für den Einen.
Ja, je mehr in den Bauch er versenkt, desto mehr nur begehrt er,
835 Und, wie das Meer die Ströme der ganzen Erde empfängt und
Nie sich des Wassers ersättigt, die fernsten Flüsse noch austrinkt,
Und, wie das raffende Feuer niemals eine Speise zurückweist,
Nicht zu zählende Scheite verbrennt, und je mehr du ihm bietest,
Desto mehr nur verlangt und gefräßiger wird in der Fülle,
840 So empfängt und heischt zugleich Erysichthons, des Frevlers,
Schlund ein jedes Mahl. Ihm wird ein jegliches Essen
Grund zu essen, und stets wird leer von Speisen die Tafel.

Hungernd hatte er schon in Bauches Abgrund des Vaters
Reichtum schwinden gemacht. Doch nimmer schwindend, der
                                                      Hunger
845 Blieb, der grausige, doch; in dem unersättlichen Schlunde
Brannte es weiter. Als endlich versenkt im Geweid sein Vermögen,
Blieb ihm die Tochter allein, die solchen Vaters nicht würdig.
Arm nun, verkauft er auch die. Sie verschmäht einen Herren in
                                                      edlem
Stolze und ruft, ihre Hände zum nahen Meere erhebend:
850 »Du entreiß mich dem Herrn, der du einst meines Jungfrauentumes
Blume im Raube gewannst!« – Neptun war's, der sie gewonnen. –
Dieser erhörte ihr Flehn. Noch eben sah sie der Herr, der
Hinter ihr ging, da erhielt sie ein anderes Aussehn, ein männlich
Antlitz, dazu die Tracht, die Fischefangenden eigen.
855 Blickend auf sie spricht da der Herr: »Der mit wenigem Fleisch du
Hehlst das hangende Erz, du Meister der angelnden Rute,
So sei dir freundlich das Meer und so dir der Fisch in den Wellen
Arglos und fühle erst dann, wenn er fest sich gebissen, den Haken:
Sie, die eben noch hier in schlechtem Kleid mit verwirrten
860 Haaren am Ufer stand – ich sah sie stehn an dem Ufer –
Sag, wo ist sie? Die Spuren, sie führen von hier doch nicht weiter!«
       Da erkannte sie wohl, daß die Gabe des Gottes ihr fromme;
Froh, nach sich selbst gefragt sich zu sehn, gab dies sie zur
                                                      Antwort:
»Wer du auch seist, verzeih! Doch habe ich hier von dem Wasser
865 Keinen Blick noch verwandt, voll Eifer vertieft in die Arbeit.
Und, daß du weniger zweifelst: Der Gott des Meeres, er möge
So unterstützen mein Werk, wie niemand seit langem an diesem
Strand – außer mir allein – und gewiß keine Frau ist gestanden.«
       Glauben schenkt ihr der Herr, kehrt um und stapfte betrogen
870 Fort durch den Sand – und sie erhielt ihr eigenes Aussehn.
       Doch als der Vater erkannt, daß der Leib seiner Tochter
                                                      verwandlungs-
fähig geworden, verkauft er sie oft an Herren: als Stute
Einmal und dann als Rind, als Hirsch, als Vogel vergeben,
Schaffte betrüglich sie so dem gierenden Vater die Nahrung.
875 Aber, als allen Stoff die Gewalt seines Übels verzehrt und

Doch nur neue Nahrung der schrecklichen Krankheit gegeben,
Fing er mit Bissen an zu zerfleischen die eigenen Glieder,
Und der Unselige nährt seinen Leib, indem er ihn aufzehrt.

Doch, was verweil' ich bei Fremden? Stehn mir, o Jünglinge,
selbst doch
Mehrere Wandlungen frei, ist auch beschränkt ihre Zahl: denn
Bald erschein' ich wie jetzt, bald wind' ich als Schlange den Leib,
bald
Trag' ich als Führer der Herde die Kraft in den mächtigen
Hörnern. –
Ja, in den Hörnern, solang ich vermocht! – nun fehlt an der einen
Seite der Stirn, wie du siehst, die Wehr.« Und es folgte ein Seufzen.

NEUNTES BUCH

Was seines Seufzens Grund, warum seine Stirne verstümmelt,
Fragte der Sproß des Neptunus den Gott. Da hub, seine schlichten,
Schmucklosen Haare mit Schilf umwunden, Calydons Strom an:
»Schmerzliches heischst du von mir. Denn welcher Besiegte erzählt
                                                                wohl
5   Gern seinen Kampf. Doch ich will nach der Reihe berichten. Es war
                                                                ja
Nicht so schmählich, Besiegter zu sein, als gestritten zu haben
Ehrend: guten Trost gibt mir die Größe des Siegers.
    Wenn auch dir mit dem Klang ihres Namens Dëianira
Einmal gedrungen ans Ohr: Eine Jungfrau von herrlichster
                                                                Schönheit
10   Ist sie vieler Freier geneidete Hoffnung gewesen.
Als ich mit diesen ins Haus des erstrebten Schwähers getreten,
Sprach ich: »O Sohn des Parthaon, nimm mich zum Eidam.«
                                                                Dasselbe
Sprach des Alceus Sproß. Die Anderen wichen uns Beiden.
Juppiter, den er als Schwäher ihm bringe, führt er ins Feld, den
5   Ruhm seiner Taten, und daß er der Stiefmutter Fordern erfüllt hab'.
Ich dagegen sprach: »Daß ein Gott einem Sterblichen weiche –
Noch war jener kein Gott – wär' schmählich. Den Gott des
                                                                Gewässers
Siehst du in mir, das dein Reich in gewundenem Laufe durchströmt,
                                                                ich
Werde kein Eidam dir sein, der als Fremder gekommen von fernen
0   Küsten, ein Landsmann vielmehr, der dir Zugehörigen einer.
Möge mir nur nicht schaden, daß mich die Königin Juno
Nicht haßt, daß jede als Strafe befohlene Mühe mir fern: Denn
Juppiter, dem zu entstammen du prahlst, o Sohn der Alcmene,
Entweder ist er es nicht oder nur durch Verbrechen dein Vater.
5   Suchst den Vater im Ehbruch der Mutter. So wähl', was dir lieber:
Ob man von Juppiter log, oder du in Schanden geboren.«

Während ich solches sprach, schaut er schon lange mit grimmen
Blicken auf mich und beherrscht den entbrennenden Zorn nur mit
Mühe.
Soviel sprach er: »*Mir* dient besser die Hand als die Zunge,
30 Siege im Reden *du*, wenn *ich* im Kampfe gewinne!«
Und greift wütend mich an. Da ich eben so groß noch geredet,
Wehrt mir zu weichen die Scham. Ich warf vom Leibe den grünen
Umhang, hielt ihm die Arme entgegen, hielt meine Hände
Abwehrbereit vor der Brust, die Glieder zum Kampfe bereitet.
35 Er überstreut mich mit Staub, den mit hohlen Händen er schöpfte,
Und er selbst wird gelb, mit dem Sande des Flusses beworfen.
Bald nach dem Nacken greift er mir dann, nach den glänzenden
Schenkeln
Bald – oder scheint es zu tun – und reizt von da und von dort mich.
Doch war mir Schutz meine Schwere, und angegriffen vergebens,
40 Stand ich fest wie ein Damm, den rings die Fluten mit lautem
Tosen belagern: er bleibt durch die eigene Masse gesichert.
Und wir gehn auseinander, wir prallen zusammen zu neuem
Kriege und stehn gespreizt, nicht zu weichen ein jeder.
Fuß an Fuß gedrängt. Mit der ganzen Brust mich nach vornen
45 Lehnend, preßte ich Finger an Finger und Stirne an Stirne.
Starke Stiere sah ich so miteinander sich messen,
Wenn sie als Preis ihres Kampfes die schönste im ganzen Gebirge
Beide begehren zum Weib; die Herden schauen und bangen
Zweifelnd, wen durch den Sieg die Gewalt über alles erwarte.
50   Dreimal versuchte der Enkel des Alceus umsonst meine Brust,
die
Eng sich gegen ihn drängte, hinweg zu stoßen, beim vierten
Sprengt er die enge Umschlingung und löst meine klammernden
Arme,
Stößt mich hart mit der Hand – gewiß, ich bekenne, was wahr ist –
Kehrt im Nu mich um und hängt, eine Last, mir am Rücken.
55 Wenn du Glauben mir schenkst – ich will mir nicht Ruhm durch
erdichtet
Reden gewinnen – mir war, als ob ein Berg mich bedrücke.
Mühsam preßt' ich jedoch dazwischen die schweißüberströmten
Arme und löst' von der Brust mit Müh die harte Umschlingung.

Aber den Keuchenden drängt er, läßt neue Kraft mich nicht
           sammeln;
60 Und er bekommt meinen Nacken zu fassen. Da wurden die Knie
           mir
Endlich zur Erde gepreßt, und ich biß in den Sand mit den Zähnen.
  So unterlegen an Kraft, nahm ich jetzt meine Künste zu Hilfe,
Und ich entglitt dem Mann zur langen Schlange geworden.
Während als solche den Leib in rollenden Kreisen ich winde
65 Und mit wildem Gezisch die zwiegespaltene Zunge
Rege, lacht der tirynthische Held und spricht meiner Künste
Spottend: »Schlangenbezwingen, das war mein Geschäft in der
           Wiege.
Und, Achelous, du magst wohl ander Gewürm übertreffen,
Doch welch kleiner Teil nur bist du der Tochter Echidnas!
70 Die vermehrte sich selbst aus den eigenen Wunden, ihr wurde
Straflos keins von der Zahl ihrer hundert Häupter entrissen,
Daß nicht gefährlicher ward ihr Nacken durch doppelten
           Nachwuchs.
Sie, die so sich verzweigend aus blutentstandenen Vipern
Wuchs, indem sie verlor, ich hab' sie gezähmt und getötet.
75 Wie wird dir es ergehn, der trüglich zur Schlange geworden
Fremde Waffen du regst, den erborgte Gestalt muß verstecken?«
  Spricht es und spannt um den Hals mir oben hart seiner Finger
Fessel; mir engt es die Kehle, als ob die Gabel mich preßte,
Und ich mühe mich ab, meinen Schlund seinem Griff zu entziehen.
80 Da ich auch so nun besiegt, blieb noch als dritte Gestalt der
Grimmige Stier. Als Stier beginn' ich aufs neue zu kriegen.
Aber er schlingt mir von links um den wulstigen Nacken die Arme.
Treibt und zerrt und verfolgt mich und drückt mir hinab auf den
           harten
Boden die Hörner und streckt in dem tiefen Sande mich nieder.
85 Und nicht genug: Mein starrendes Horn, das die Rechte mit wildem
Griffe gefaßt, er bricht es mir ab und reißt's von der Stirne.
Nymphen haben's mit Früchten gefüllt und duftenden Blumen
Und es geweiht: durch *mein* Horn reich ist die Göttin der Fülle.«
  So erzählt er, und siehe! geschürzt in der Weise Dianas,
90 Tritt, von den offenen Haaren umwallt, der dienenden Nymphen

Eine herein und bringt in dem reichen Horne den ganzen
Herbst in üppiger Fülle und lachende Äpfel als Nachtisch.
   Nieder senkt sich das Licht; als die ersten Strahlen die Gipfel
Treffen, scheiden die Männer. Sie warten nicht, bis die Fluten
95 Frieden gewonnen und sanften Lauf, bis die Wasser des Flusses
Ganz sich wieder gestillt. Achelous barg in der Wellen
Mitte sein ländlich Gesicht und sein Haupt mit dem fehlenden
                                                      Horne.

Ihn hat freilich gezähmt der entrissenen Zierde Verlust, doch
Hat er das Andere heil. Auch kann er den Schaden am Haupte
100 Leicht mit Blättern der Weide, mit Schilfrohrkränzen verhüllen.
Dir, du wilder Nessus, dir hat die Begier nach der selben
Jungfrau den Tod gebracht in dem Pfeil, der durchbohrt deinen
                                                      Rücken.
   Denn als der Juppitersohn zu des Vaters Stadt mit der jungen
Gattin zurückzog, war er zum wilden Euenus gekommen.
105 Höher als sonst, geschwellt von den Regengüssen des Winters,
Reich an Strudeln war der Fluß und nicht zu durchschreiten.
Stark an Gliedern, als Kenner der Furten nahte dem Helden,
Der nicht für sich, sondern nur um die Gattin besorgt war, sich
                                                      Nessus:
»*Ich* will euch dienen, o Sproß des Alceus, und diese ans andre
110 Ufer setzen, und du mach schwimmend Gebrauch deiner Kräfte.«
Da übergab der bœotische Held die zitternde Frau, die
Angstvoll erbleicht, den Fluß und ihn selbst auch fürchtet, dem
                                                      Nessus,
Sprach, wie er war durch den Köcher beschwert und die Decke des
                                                      Löwen –
Keule und Bogen hatte zuvor er hinüber geworfen –
115 »Da ich nun einmal begann, unterliegen sollen die Flüsse!«
Zaudert und sucht nicht, wo der Strom am sanftesten fließe,
Und er denkt nicht daran, sich abwärts treiben zu lassen.
   Als er am Ufer schon steht, den geworfenen Bogen schon
                                                      aufhebt,
Hört und erkennt er die Stimme der Gattin und ruft dem
                                                      Centauern,

120 Der sich anschickt, das Pfand zu veruntreun: »Wohin, du
                                                    Verwegner,
    Reißt dich ein eitel Vertraun auf die Füße? Ich meine, o Nessus,
    Zwiegestalteter, dich! Du höre und stiehl nicht, was mein ist!
    Wenn dich die Rücksicht auf mich nicht bewegt, so hätte des Vaters
    Kreisendes Rad dir können verbotene Lüste verleiden.
125 Traust deinen Pferdebeinen du auch, du wirst nicht entfliehn, mit
    Wunden verfolg' ich und nicht mit dem Fuß!« Er macht seine
                                                          letzten
    Worte zur Tat, entsendet den Pfeil, durchbohrt des in Eile
    Fliehenden Rücken. Der Brust entragt die hakige Spitze.
    Als es herausgezogen, da spritzte das Blut aus den beiden
130 Löchern hervor, vermischt mit dem tödlichen Gifte der Hydra.
    Nessus fing es auf. »Denn nicht ungerächt werde ich sterben«,
    Spricht er zu sich und schenkt der Geraubten das mit dem warmen
    Blute getränkte Gewand als ein Mittel, Liebe zu wecken.

    Lange Zeit inzwischen verstreicht. Die Taten des großen
135 Hercules haben den Erdkreis, der Stiefmutter Haß schon ersättigt.
    Opfer zum Dank für Oechalias Fall will der Sieger Eubœas
    Juppiter spenden, da trägt die geschwätzige Fama, die gerne
    Falsches zu Wahrem fügt und aus Kleinstem durch Lügen ins
                                                          Große
    Wächst, o Dëianira, ans Ohr voraus dir die Kunde,
140 Daß des Amphitryon Sproß für Iole stehe in Flammen.
    Und die Liebende glaubt; verstört durch die Kunde von neuer
    Neigung des Gatten läßt sie zunächst den Lauf ihren Tränen,
    Mitleidswürdig verströmt ihren Schmerz sie weinend: dann aber
    Spricht sie: »Was wein' ich? Nur freun wird sich dieser Tränen das
                                                          Kebsweib!
145 Da sie im Anzug schon, muß eilig, solang es noch möglich,
    Vor sie mein Ehegemach besetzt hat, etwas geschehen.
    Klag' oder schweig' ich, kehr' ich zurück nach Calydon, bleib' ich?
    Soll ich verlassen das Haus, nicht doch mich wenigstens wehren?
    Wie, Meleagros, wenn ich gedenk, deine Schwester zu sein, mich
150 Starker Tat unterfing, bewiese, wieviel ein gekränktes
    Weib im Schmerze vermag, und des Kebsweibs Kehle durchstieße?«

Mancherlei Regung befällt ihren Sinn. Das Beste von allem
Schien ihr, das mit dem Blut des Nessus getränkte Gewand, dem
Gatten zu senden, die Kraft zu erneun der erkalteten Liebe.
155 Lichas, dem ahnungslosen, gab, was sie gebe, nicht wissend,
Selbst, was ihr Trauer sollt schaffen, die Ärmste, und hieß ihn mit
sanften
Worten es bringen dem Mann. Nichts ahnend empfängt es der Held
und
Legt um die Schultern das Gift der lernæischen Tochter Echidnas.
Weihrauch spendet er betend den frisch entzündeten Flammen,
160 Gießt auf den Marmoraltar aus der Opferschale den Wein, da
Ward die Gewalt des Giftes geweckt; gelöst durch die Wärme,
Dringt, weithin sich verteilend, es ein in des Hercules Glieder.
Tapfer wie stets unterdrückt er das Seufzen, solang er vermag, doch
Als die Geduld von den Schmerzen besiegt, da stößt den Altar er
165 Von sich und füllt mit dem Hall seiner Stimme die Wälder des Oeta,
Sucht das tödliche Kleid sogleich sich vom Leibe zu reißen:
Doch, wo er reißt, reißt Haut es mit, und – gräßlich zu sagen –
Haftet entweder fest trotz allem vergeblichen Zerren
Oder zerfleischt seinen Leib, legt bloß die mächtigen Knochen.
170 Wie wenn, glühend weiß, das Eisen getaucht wird in kaltes
Wasser, so zischt und kocht im Brande des Giftes das Blut. Da
Gibt es kein Maß: sein Geweide verzehren die gierigen Flammen;
Dunkel fließt vom ganzen Leib ihm hernieder der Schweiß. Es
Zischen die Muskeln versengt. Als das Mark in der Glut des
verborgnen
175 Giftes ihm schmolz, erhob er die Hände auf zu den Sternen:
»Weide dich, Tochter Saturns, an meinem Unheil!« so ruft er,
»Weide dich, Grausame, blick aus der Höhe auf dieses Verderben,
Sättge dein wildes Herz! Oder weck' auch beim Feind ich
Erbarmen,
Bin ich ja doch dein Feind – so nimm die an gräßlichen Qualen
180 Kranke, verhaßte, zu Mühsal geborene Seele von hinnen!
Tod wird Geschenk für mich sein, ein Geschenk, das der
Stiefmutter ziemte!
Ich also habe den Busiris bezwungen, der mit der Fremden
Blute die Tempel befleckt, dem wilden Antæus der Mutter

Nährstrom geraubt? *Mich* hat nicht geschreckt des hiberischen
Hirten
185 Dreigestalt, Cerberus *mich* auch deine Dreigestalt nicht? Ihr,
Ihr, meine Hände bezwangt die Hörner des kräftigen Stieres?
Eueres Werkes genießt das stymphalische Wasser, des *euren*
Elis und Phœbes Hain? Der mit Gold vom Thermodon gezierte
Gürtel, er ward durch *euere* Kraft erlangt wie die Äpfel,
190 Die vergeblich bewacht der nimmerschlafende Drache?
Mir konnten nicht widerstehn die Centauern, mir nicht der Eber,
Jener Verwüster Arcadiens? Nicht hat der Hydra genutzt, durch
Schaden zu wachsen und nicht, ihre Kräfte stets zu verdoppeln?
Habe nicht *ich* die Rosse gesehn, die thracischen, feist von
195 Menschlichem Blut, und die Krippen, erfüllt mit verstümmelten
Leibern,
Hab' sie gesehn und gestürzt, ihren Herrn und die Rosse getötet?
Diesen Armen erlag, erstickt, das nemëische Untier,
Trug ich mit diesem Nacken den Himmel? Müde zu heischen
Wurde Juppiters Weib, doch *ich* nicht müd zu vollführen.
200 Doch eine neue Plage ist da, der mit Tapferkeit nicht und
Nicht mit Waffen und Wehr zu begegnen: tief in den Lungen
Rast die gefräßige Glut und letzt sich an all meinen Gliedern.
Aber Eurystheus gedeiht! Und da gibt es welche, die möchten
Glauben, daß Götter sind!« Er ruft es und schreitet verwundet
205 So auf des Oeta Höh, wie wenn ein Stier in den Flanken
Trägt den haftenden Speer, indes der Schütze geflohn ist.
Konntest ihn oftmals seufzen und oftmals stöhnen ihn hören,
Sehn, wie er oftmals aufs neu versuchte, das Kleid zu zerreißen,
Wie er zu Boden streckt die Bäume und rasend die Arme
210 Auf zu den Bergen hebt und empor zu dem Himmel des Vaters.
Da erblickt er den Lichas, der zitternd in hohlem Gefels sich
Barg, und ruft in der Wut, wie der tobende Schmerz sie gesammelt:
»Du, o Lichas, hast die verderbliche Gabe gegeben?
Du bist schuld, daß der Tod mich ereilt?« Der bangte und zagte,
215 Sprach in bleicher Angst Entschuldigung stammelnde Worte.
Während er spricht und versucht, mit dem Arm seine Knie zu
umfassen,
Packt ihn des Alceus Sproß. Er wirbelt ihn dreimal und viermal,

Schleudert ihn wuchtiger als ein Geschütz ins Meer bei Eubœa.
Während in luftiger Bahn er fliegt, wird Lichas verhärtet,
220 Und, wie man sagt, daß Regen in kaltem Wind sich verdichte,
Daß dann Schnee aus ihm wird, daß der weiche Schnee durch das
                                                    Wirbeln
Starr wird und endlich sich ballt zu den festen Körnern des Hagels:
So wird *er*, von des Armes Kraft gejagt durch den leeren
Raum, mit angsterkaltetem Blut und all seiner Säfte
225 Bar zur starrenden Klippe, nach dem, was die Alten erzählen.
      Jetzt noch ragt aus dem brandenden Meer bei Eubœa ein kleiner
Schroffen und wahrt die Spur seiner früheren Menschengestaltung.
Ihn zu betreten, scheu'n die Schiffer, als ob er es fühl', und
Nennen ihn Lichas. Doch *du*, o Juppiters herrlicher Sproß du,
230 Als du die Bäume gefällt, die der ragende Oeta getragen,
Und sie geschichtet, hießest den Sohn des Pœas, den Bogen
Tragen den Köcher dazu und die Pfeile, die Troia zum zweiten
Male zu schauen bestimmt. Dann half dir dieser, das Feuer
Legen; und während die Flammen den Aufwurf gierig ergriffen,
235 Breitest du über der Schichtung das Fell des Neměischen aus und
Legst dich nieder, den Nacken gestützt auf die Keule, mit heitrer
Miene, nicht anders, als ob du bekränzt mit Blumgengewinden
Lägest am Tische als Gast vor Bechern lauteren Weines.
      Und schon brauste die Flamme mit Macht sich breitend nach
                                                    allen
240 Seiten und griff nach ihres Verächters geruhigen Gliedern;
Da gerieten die Götter in Furcht um den Rächer der Erde.
Doch der Sohn des Saturn sprach heiteren Blickes zu ihnen –
Denn er bemerkte es wohl –: »Eine Freude ist *mir* eure Furcht, ihr
Götter, und gerne wünsch' ich mir Glück von ganzem Gemüte,
245 Solch dankbaren Volkes Beherrscher und Vater zu heißen
Und auch in euerer Gunst meinen Sohn geborgen zu wissen.
Denn, obgleich seinen eignen, gewaltigen Taten gewährt, ver-
pflichtet sie auch mich selbst. Doch, damit euer treues Gemüt nicht
Bange in eitler Furcht: Mißachtet die Flammen des Oeta!
250 Er, der alles besiegt, wird auch dies Feuer besiegen,
Nur mit dem Teil, das der Mutter entstammt, die Macht des
                                                    Vulcanus

Spüren; ewig ist, was von *mir* er empfangen, und keinem
Tode fällt es anheim, ist von keiner Flamme zu tilgen.
Dies, sobald es der Erde entledigt, werd' an des Himmels
Strand ich empfangen und hoffe es wird, was ich tue, den Göttern
Allen zur Freude geschehn. Doch sollte, daß Hercules Gott wird,
Jemand bedauern, der wird seinen Preis zwar nicht wollen, doch
wird er
Wissen, daß er verdient, und ihn billigen, sei es auch ungern.«
Und die Götter bejahn. Auch die Gattin Juppiters sah man
Hören mit freundlicher Miene das Übrige, finster die letzten
Worte des Herrschers allein und mit Ärger bezeichnet sich fühlen.
Was zu verheeren vermochte die Flamme, das hatte des Feuers
Meister inzwischen getilgt. Und nicht mehr wiederzuerkennen
Blieb zurück des Hercules Bild; er hat von der Mutter
Nichts mehr behalten und wahrt allein, was Juppiter prägte.
Und wie, verjüngt, im Glanz der erneuerten Schuppen die Schlange
Prangt, wenn zugleich mit der Haut das Alter sie von sich gestreift
hat,
So blüht jetzt der Held in dem besseren Teil seines Wesens,
Als er des sterblichen Leibes entkleidet; größer zu schauen
Ward er, verehrungswürdig in ernster, erhabener Hoheit.
So hat in hohles Gewölk ihn gehüllt der allmächtige Vater
Und in dem Vierergespann entrückt zu den strahlenden Sternen.

Atlas fühlte die Last. Und noch immer hatte Eurystheus
Nicht gestillt seinen Zorn. Mit dem Haß auf den Vater verfolgt er
Weiter hinfort sein Geschlecht. Doch Alcmene, die ständig von
Angst und
Sorgen gepeinigte, hat, ihres Alters Beschwerden zu klagen,
Und von den Taten des Sohnes, den erdkreisbezeugten, dem eignen
Schicksal zu reden, Iole noch, die nach Hercules' Willen
Hyllus zum Weibe genommen, zur lieben Genossin des Lagers,
Deren Schoß er erfüllt mit edlem Samen. Zu dieser
Hub Alcmene nun an: »Wenn die Götter nur gnädig dir beistehn,
Jedes Zögernis scheuen, wenn *dir* die Stunde gekommen,
Daß Ilithyia du rufst, der bangen Gebärenden Herrin,
Die der Juno zuliebe sich *mir* so schwierig erwiesen.

285 Denn, als nahe der Tag der Geburt des zu Mühen erkornen
Hercules, als schon die Sonne ihr zehntes Zeichen durchmaß, da
War mein schwangerer Leib gespannt. Und das, was ich trug,
war
So: Du konntest wohl sagen, die Last, die drinnen geborgen,
Stamme von Juppiter selbst. Und schon vermocht' ich die Qual
nicht
290 Weiter zu tragen; ja jetzt noch, derweil ich rede, befällt mir
Kalter Schauer den Leib – daran denken zählt zu den Schmerzen.
Sieben Nächte hindurch und gleichviel Tage gequält und
Matt von den Leiden, rief ich, die Hände zum Himmel erhebend,
Laut Lucinen an und die beiden knieenden Helfer.
295 Zwar sie kam, doch gegen mich zuvor schon gewonnen,
Nur mit dem Willen, mein Haupt der feindlichen Juno zu liefern.
Als sie mein Seufzen gehört, da ließ vor der Tür am Altare
Dort sie sich nieder; ihr linkes Knie mit der Kehle des rechten
Pressend, die Finger darüber wie Kammes Zinken verschränkend
300 Hielt sie auf die Geburt. Auch summte ein Lied sie mit leiser
Stimme, und das auch hielt die Geburt auf, die schon begonnen.
Ich, ich quäle mich ab, von Sinnen schmäh' ich in eitlem
Schelten Juppiters Undank, zu sterben verlang' ich und klage –
Härteste Steine hätt' es gerührt. Die Frauen von Theben
305 Stehn mir bei und beten und sprechen der Jammernden Mut zu.
Eine der Mägde, Galanthis, ein Kind aus dem Volke, mit
blondem
Haar ist dabei; sie vollführte mit Eifer Befehle und war ob
Vieler Dienste mir lieb. Die merkte, daß da durch die Feindschaft
Junos irgend etwas geschah; und oft durch die Türe
310 Kommend und gehend sieht am Altare sie sitzen die Göttin,
Wie sie, die Finger verschränkt, mit den Armen die Knie
umschlang, da
Sprach sie: ›Wer du auch seist, wünsch Glück der Herrin!
Entbunden
Ward Alcmene und hat, wie gewünscht, einen Knaben geboren.‹
Aufspringt und öffnet bestürzt die Klammer der Hände des
Schoßes
315 Göttliche Herrin, und ich, da die Fessel gelöst, bin entbunden.

Als sie die Göttin getäuscht, hat Galanthis gelacht, so erzählt
man.
Während sie lachte, ergriff sie diese voll Wut an den Haaren,
Riß sie zu Boden und, da sie versucht, den Leib zu erheben,
Wehrt sie und wandelt sie ihr zu Vorderbeinen die Arme.
320 Doch ihre Emsigkeit bleibt; auch der Rücken büßte die alte
Farbe nicht ein: Die Gestalt nur ist anders, als sie gewesen.
Weil sie mit lügendem Mund der Gebärenden half, so gebiert sie
Nun mit dem Mund. – Sie sucht noch gern wie zuvor unser Haus
auf.«

Sprach's und in Rührung so ihrer alten Dienerin denkend
325 Seufzte sie auf. Da sprach zu der Trauernden so ihre Schwieger:
»Dich, o Mutter, bewegt, daß einer, die anderen Blutes
Wurde geraubt die Gestalt. – Wenn *ich* dir erzählte der eignen
Schwester schreckliches Los? Obgleich mich der Schmerz und die
Tränen
Hemmen, der Atem mir stockt! Ihrer Mutter einziges Kind – mich
330 Hat eine Andre dem Vater geschenkt – war Dryope einst Oe-
chalias herrlichste Schönheit. Sie hatte verloren ihr Magdtum,
Da es der Gott ihr geraubt, der Delphi und Delos beherrscht, doch
Nahm sie Andræmon zum Weib und galt ob der Gattin für
glücklich.

Dort ist ein See; wie ein Meeresgestade zu schauen sein sanft an-
335 steigend Ufer, gekrönt die Höhe von Myrtengebüschen.
Dort kam Dryope hin, ihr Schicksal nicht ahnend, und daß du
Desto mehr dich empörst, den Nymphen Kränze zu holen.
Trug, eine süße Last, am Busen den Knaben, der noch ein
Jahr nicht vollendet und gab ihre laue Milch ihm zur Nahrung.
340 Nahe dem Teiche blühte, mit Purpurs Röte wetteifernd,
Früchte verheißend ein Baum des wasserliebenden Lotos.
Dryope hatte von ihm, sie dem Sohn zur Ergötzung zu reichen,
Blüten gepflückt, und man sah auch mich zu dem gleichen bereit, –
denn
Ich war dabei – da sah von den Blüten ich blutende Tropfen
345 Fallen und sah seine Zweige in zitterndem Schauern erbeben.
Hatte doch, wie jetzt endlich – zu spät – uns Bauern berichten,

Lotis, die Nymphe, den geilen Priapus fliehend, in diesem
Baum den verwandelten Leib, ihren Namen wahrend, geborgen.
  Nichts hatte hiervon die Schwester gewußt. Sie fleht zu den
                                                    Nymphen,
350 Will voll Bestürzung sich wenden und gehn, da haften in Wurzeln
Fest ihr die Füße. Sie müht sich, sie ringt, wieder los sich zu
                                                      reißen, –
Kann ihren Leib nur noch oben bewegen. Allmählich von unten
Wuchs die Rinde ihr zäh und umschloß ihr gänzlich die Weichen.
Als sie es sieht und versucht, mit der Hand sich die Haare zu
                                                      raufen,
355 Füllt sie mit Blättern die Hand: das Haupt bedeckten ihr Blätter.
Aber Amphissus, der Knabe, – denn Eurytus hatte, sein Ahn, ihm
Diesen Namen verliehn – er fühlt sich verhärten der Mutter
Brust; seinem Saugen folgt nicht mehr der nährende Milchquell.
  Schauend stand ich dabei, bei dem grausigen Wunder und konnte
360 Keinerlei Hilfe, o Schwester, dir bringen! Soviel ich vermochte,
Hielt ich umarmend auf den wachsenden Stamm und die Zweige,
Wünschte gewißlich, es möge die nämliche Rinde mich bergen.
Siehe! Andræmon, ihr Mann, ihr Vater, der ärmste, sind da und
Suchen Dryope. Ihnen, die immer noch Dryope suchten,
365 Wies ich den Lotos. Sie decken mit Küssen das warme Gezweig und
Pressen sich, niedergestreckt, an die Wurzeln des teueren Baumes.
Und, o Schwester, geliebte, schon hattest du nur das Gesicht, das
Noch nicht geworden zum Baum! Die Tränen betaun das dem
                                                      armen
Leibe entwachsene Laub. Solang es vergönnt und des Mundes
370 Bahn der Stimme noch frei, ergoß in die Luft sie ihr Klagen:
›Glaubt man Elenden je, ich schwör' bei den Göttern: ich habe
Solch eine Schmach nicht verdient und schuldlos leid' ich die Strafe.
Schuldlos hab' ich gelebt, ich will, wenn ich lüge, verdorrt das
Laub, das ich trage, verlieren, zerstückt von Beilen verbrennen.
375 Doch nun nehmt dies Kind herab aus den Zweigen der Mutter,
Gebt's einer Amme und sorgt, daß es oft seine Milch unter meinem
Baum hier trinke und oft unter meinem Baume es spiele.
Wenn es zu sprechen vermag, dann sorgt, daß die Mutter es grüße,
Traurig sage: ›Es birgt unter diesem Stamm sich die Mutter.‹

Aber es scheue den Teich und pflücke vom Baum keine Blüten,
Glaube, daß alle die Sträucher die Leiber von Göttinnen seien. –
Teurer Gatte, leb wohl! Auch du, meine Schwester, mein Vater!
Hegt ihr irgend Treue für mich, so schützt vor der scharfen
Sichel Wunden mein Laub und vor Bissen der Schafe und Ziegen.
Und, da mir nicht mehr vergönnt, zu euch herab mich zu neigen,
Reckt euch empor zu mir und kommt, mir im Kusse zu nahn, so-
lang ich erreichbar noch bin, und hebt in die Höhe den Kleinen.
Weiter kann ich nicht reden. Schon kriecht mir zäh um den weißen
Hals der Bast, ich werde von Wipfels Spitze verschlungen.
Laßt von den Lidern die Hand! Die wachsende Rinde, sie wird auch
Ohne eueren Dienst die sterbenden Augen mir schließen!‹
Aufgehört hatte der Mund zu reden zugleich und zu sein, und
Lange blieben noch warm am verwandelten Leibe die Zweige.«

Während Iole noch von dem Wunderereignis berichtet,
Während Alcmene zart mit dem Finger der Eurytustochter
Tränen trocknet – doch selbst auch weint –, beschwichtigt ein neuer
Anblick all ihren Harm. Fast Knabe, stand auf der hohen
Schwelle, die Wangen bedeckt mit kaum zu erkennendem Flaume,
Jung wie in frühesten Jahren aufs neu im Gesicht, Iolaos.
Hebe, die Tochter der Juno, besiegt von den Bitten des Gatten,
Hatte ihm dieses gewährt. Als sie drauf zu schwören sich anschickt,
Keinen werde fortan sie mit solcher Gabe beschenken,
Wehrte ihr Themis und sprach: »Schon spaltet in innerem Krieg
                                        sich
Theben, Capaneus wird allein durch Juppiter stürzen
Können, es werden die Brüder in Todeswunden sich gleich sein.
Lebend wird, vom Spalt der Erde verschlungen, der Seher
Schaun seine Manen, es wird sein Sohn, an der Mutter den Vater
Rächend, fromm und frevelnd zugleich in der nämlichen Tat sein.
Niedergeschmettert vom Unheil, beraubt des Verstandes, der
                                        Heimat,
Wird er verfolgt von der Furien Drohn und dem Schatten der
                                        Mutter,
Bis die Gattin von ihm das Gold, das verderbliche, fordert
Und des Verwandten Seite durchsticht das Schwert der Phegiden.

NEUNTES BUCH

Dann wird Callirhöe erst von dem großen Juppiter bittend
Mannesjahre erflehn ihren beiden kindlichen Söhnen,
415 Und, nicht ungerächt zu lassen seines Verehrers
Tod, wird der Gott seiner Stief- und Schwiegertochter Geschenke
jenen bestimmen und wird aus Knaben zu Männern sie machen.«
    Als die wissende Themis mit zukunftkündendem Munde
Solches gesprochen, ließen die Götter mancherlei Reden
420 Hören, sie murmeln, warum man ein solches Geschenk nicht auch
                                                                andern
Dürfe gewähren. Da klagt Aurora, die Jahre des Gatten
Neigten dem Alter sich zu, da klagt ob Iasions grauen
Haaren die milde Ceres, dem Sohn Erichthonius heischt Vul-
canus die Jugend zurück; auch Venus bekümmert die Zukunft,
425 Und sie verlangt für Anchises erneuerte Jahre des Lebens.
Einen hat jeder Gott, für den er eifert. Der wirre
Aufstand wächst mit der Gunst, bis Juppiter endlich sein Schweigen
Bricht: »Wenn ihr irgend noch Scheu vor *mir* habt, sagt, wohin
                                                                stürzt ihr!
Glaubt sich denn Einer imstand, das Schicksal auch zu bezwingen?
430 Nur durch das Schicksal kam Iolaos zu Jahren zurück, die
Schon er durchlebt, und nur durch das Schicksal müssen der
                                                                Nymphe
Söhne zu Männern gedeihn und nicht durch Gunst und Gewalt.
                                                                Auch
Euch und, damit ihr dies mit leichterem Sinne ertragt, auch
Mich beherrscht das Geschick. Wenn ich das zu wenden
                                                                vermöchte,
435 Beugte der Jahre Last meinen Aeacus nicht, dann genösse
Ewig blühender Jugend mein Sohn Rhadamanthus mit ihm mein
Minos, mein Minos, der jetzt, ob der bitteren Bürde des Alters
Wenig geachtet, nicht in der früheren Ordnung mehr waltet.«
    Juppiters Worte bewegten die Götter; keiner vermag es,
440 Weiter zu klagen, bedenkt er, daß Aeacus, daß Rhadamanthus,
Minos gealtert: Minos, der schon mit dem Klang seines Namens
Einst, als er rüstig noch war, geschreckt die mächtigsten Völker.
Jetzt war er alt und in Furcht vor dem Sohn Dëiones, Miletus,
Den seiner Jugend Kraft, sein Vater Phœbus mit stolzem

Mute erfüllt; und in Sorge, daß der seine Herrschaft zu stürzen
Suche, wagt er doch nicht, ihn vom heimischen Herde zu treiben.
    Aber aus freien Stücken, Miletus, entwächst du, durchschneidest
Bald auf geschwindem Kiel das Meer des Aegeus, erbaust auf
Asiens Erde die Stadt, die des Gründers Namen noch festhält.
Als dem gewundenen Strand ihres Vaters Mæander sie folgte,
Der so oft seine Flut zur gleichen Stelle zurücklenkt,
Hast du Cyaneen dort erkannt, und sie hat dir der herrlich
Schönen Zwillinge Paar, dir Byblis und Caunus geboren.

Byblis ist Beispiel, daß Mädchen Erlaubtes nur sollen lieben.
Byblis erfaßt von Begier nach dem Bruder, dem Enkel Apollons,
Liebte ihn nicht wie die Schwester den Bruder, nicht wie sie sollte.
Anfangs erkannte sie nicht, welch Feuer da in ihr brannte,
Glaubte sich nicht zu verfehlen, wenn öfter Küsse sie tauschte,
Wenn ihren Arm um den Hals des Bruders öfter sie schlang, und
Täuschte sich lang mit dem trügenden Schein einer frommen
                                                    Empfindung.
Weiter verirrt mit der Zeit ihr Gefühl. Soll den Bruder sie treffen,
Kommt sie geschmückt und verlangt zu heftig, schön zu
                                                    erscheinen:
Und ist eine da schöner als sie, dann beneidet sie diese.
Aber sie ist sich des selbst nicht bewußt und tut unter diesen
Trieben noch keinen Wunsch. Doch glüht sie in innerem Feuer,
Nennt ihn schon ihren ›Herrn‹, schon haßt sie die Namen des
                                                    Blutes,
Läßt schon lieber ›Byblis‹ als ›Schwester‹ von jenem sich nennen.
Aber sie wagte es nicht, ihr verworfenes Hoffen sich wachend
Selbst zu gestehn. Doch wenn sie in Schlafes Ruhe gelöst ist,
Sieht sie oft, was sie wünscht, sah auch sich den Leib mit dem
                                                    Bruder
Einen; und sie ward rot, obgleich wie betäubt sie gelegen.
Wich der Schlummer, da schweigt sie lang. Sie ruft ihres Traumes
Bild sich zurück und spricht voll Zweifel so zu sich selber:
»Weh mir! Was soll dies Bild der schweigenden Nacht mir
                                                    bedeuten?
Nein, es erfülle sich nicht! Warum sah ich solch einen Traum nur?

Freilich, jener ist schön und wär's auch für feindliche Augen.
Und er gefällt mir, ich könnte ihn lieben, wär's nicht mein Bruder.
Und er wäre mein wert, doch bin ich leider die Schwester! –
Wenn ich derlei zu begehn, nur nicht im Wachen versuche,
480 Darf mir der Schlaf noch oft mit solchen Bildern sich nahen.
Zeugen sind ferne dem Schlaf, nicht fern ihm Bilder der Wonne.
Venus und du, geflügelter Sohn der lieblichen Mutter!
Was für Freuden ertrug ich! Und welch eine fühlbare Wollust
Ward mir zu teil! Wie lag ich durchschauert im innersten Marke!
485 Wie die Erinnerung labt! Ist kurz auch die Wonne gewesen,
War auch zu eilig die Nacht und neidisch auf unser Beginnen.
        Dürfte den Namen ich wechseln und so mit dir mich verbinden!
Caunus, wie könnte so gut die Schwieger ich sein deines Vaters!
Caunus, wie könntest so gut du sein der Eidam des meinen!
490 Schüfen's die Götter, daß alles gemeinsam uns sei, nur die Ahnen
Nicht! Und ich wollte fürwahr, daß du von edleren stammtest.
Schönster, ich weiß nicht, wen du also zur Mutter wirst machen.
Mir, die zum Unheil erlost dieselben Eltern wie du, mir
Wirst nur Bruder du sein! Und dies nur steht uns im Wege. –
495 Was ich geschaut, was bedeutet mir's nur? – Doch was hat für
                                              Gewicht ein
Traum? – Oder hat ein Traum ein Gewicht? Ihr Götter, bewahrt
                                              mich! –
Aber die Götter haben ja selbst ihre Schwestern besessen!
So hat Saturnus die Ops, die Blutsverwandte, geehlicht,
So Oceanus Tethys, der Herr des Olympus die Juno. –
500 *Ihre* Gesetze haben die Götter! Wie darf ich der Menschen
Bräuche zum Himmel und dessen ganz anderen Bünden erheben!
Fort aus dem Herzen sei verjagt die verbotene Glut! Und
Kann ich es nicht, so laßt zuvor mich sterben, damit man
Tot auf die Bahre mich legt und auf ihr der Bruder mich küsse. –
505 Hier die Sache jedoch verlangt das Urteil von zweien.
Halte auch *ich* es für recht, *ihm* wird es Verbrechen erscheinen. –
Scheuten die Aeolussöhne doch nicht die Eh mit den Schwestern! –
Doch woher kenne ich die? Was such ich in ihnen ein Beispiel?
Wehe! Wo reißt es mich hin! Hinweg, ihr schändlichen Flammen!
510 Laßt den Bruder mich lieben nur so, wie der Schwester es ansteht! –

Doch wenn er selbst von Liebe zu mir als erster ergriffen,
Könnte ich wohl der Glut seines wilden Begehrens willfahren. –
Soll ich, die selbst bereit, dem Verlangenden nichts zu versagen,
Selbst verlangen? – Wirst reden, gestehn du können? – Die Liebe
Zwingt mich! Ich kann! – Oder wenn die Scham den Mund mir
verschließt, so
Mag ein geheimer Brief die verborgene Glut ihm enthüllen!«
So beschließt sie, diese Entscheidung besiegte ihr Zaudern.
Seitlich richtet, gestützt auf den linken Arm, sie sich auf und
Spricht: »So wisse er's denn! Gesteh' ich mein rasendes Lieben! –
Weh! Wohin gleit' ich? Welch einem Brand hab' ich Einlaß
gegeben!«
Sinnend faßt sie die Worte mit zitternder Hand. In der Rechten
Hält sie den Stift, in der Linken die leere Fläche des Wachses.
Und sie beginnt, hält ein; sie schreibt, verwirft ihre Zeilen,
Zeichnet und tilgt, verändert; sie schilt, sie lobt, und im Wechsel
Nimmt sie und legt sie ab die Tafel und nimmt sie von neuem
Auf. Sie weiß es nicht, was sie will; was zu tun sie sich immer
Anschickt, mißfällt ihr; Scham und Kühnheit spiegelt ihr Antlitz.
›Schwester‹ geschrieben schon stand: Sie beschließt das ›Schwester‹
zu tilgen,
Um ins verbesserte Wachs dann diese Worte zu graben:
»Heil, das sie selbst entbehrt, solange nicht *du* ihr's geschenkt
hast,
Wünscht eine Liebende dir. Die sich schämt, ach schämt, sich zu
nennen.
Fragst du, was ich begehre: Ich wollt', es ließ' meine Sache
Ohne den Namen sich führen und wollte nicht eher als Byblis
Kund dir werden, bevor meines Hoffens Erfüllung gewiß ist.
Zwar, daß verwundet mein Herz, das hätte dir schon meine Farbe
Können verraten, mein Blick, mein Magern, die Augen, die oftmals
Feuchten, die Seufzer, die dann auch gehaucht, wenn kein Grund
zu ersehen,
Daß ich so oft dich umarmt und, wenn du vielleicht es gemerkt
hast,
Küsse gegeben, die man schwesterlich nicht konnte nennen.
Doch, obgleich ich so schwer im Gemüte verwundet, von wilder

Glut in der Brust es mir brannte – des seien die Götter mir Zeugen –
Ich hab alles getan, daß ich endlich sollte genesen.
Lange hab' ich Unselge gerungen, daß ich Cupidos
Mächtigen Waffen entging', und mehr, als du glaubst, daß ein
Mädchen
545 Hartes zu tragen vermöge, ertragen – ich muß mich besiegt ge-
stehn und mit schüchternen Wünschen von dir meine Hilfe
erflehen.
Du kannst retten allein die Liebende, du sie verderben.
Wähl, was du tun willst! Es bittet um dies dich nicht eine Feindin,
Eine vielmehr, die, so nah sie dir steht, dir noch näher zu stehn ver-
550 langt und mit engerem Band mit dir verbunden zu werden.
Satzungen kennen, erforschen, was Unrecht, Recht, was erlaubt
sei,
Laß du die Greise und diese Gesetze prüfend bewahren:
Unseren Jahren geziemt ein wagemutiges Lieben.
Was uns erlaubt, noch wissen wir's nicht; wir glauben, es sei uns
555 Alles erlaubt und folgen dem Beispiel der himmlischen Götter.
Uns wird kein harter Vater und nicht auf den Ruf eine Rücksicht
Hindern und nicht eine Furcht – wenn ein Grund, sich zu fürchten,
bestünde.
Süßen Raub werden wir unterm Namen ›Geschwister‹ verhehlen.
Habe ich Freiheit doch, mit dir im Geheimen zu reden,
560 Tauschen wir doch Umarmung und Kuß vor allen und offen.
Ist es so viel, was noch fehlt? Erbarme dich der, die ihr Lieben
Drum nur gesteht, weil die äußerste Glut sie zwingt, und verdiene
Nicht, daß man dich als den Grund meines Todes mir schreib auf
den Grabstein.«
Gänzlich beschrieben versagt sich das Wachs der schreibenden
Rechten. –
565 Fruchtlos: am Rand noch ließ die letzte Zeile sie haften.
Siegelt sogleich darauf ihre Schmach durch den Druck einer
Gemme,
Die sie mit Tränen genetzt – ihrer Zunge fehlte die Feuchte –
Rief, überwindend die Scham, ihrer Diener einen herbei und
Schmeichelte ängstlich ihm so: »Bring dies, Getreuester, meinem« –
570 Und eine lange Zeit hernach erst endet sie »Bruder«.

Beim Übergeben fiel, den Händen entgleitend, die Tafel.
Zwar verstört sie das Zeichen, doch sendet sie ab; und der Diener
Geht, und zu passender Zeit übergibt er die heimlichen Zeilen.
   Jäher Zorn überfiel, als halb er gelesen, Mæanders
Enkel, er warf die kaum empfangene Tafel zu Boden,
Hielt mit Mühe die Hand zurück vom Gesicht des erschrocknen
Dieners und rief: »Entfliehe, verbotener Lüste verruchter
Bote, solang es noch Zeit! Der *du* mit dem Tode mir solltest
büßen, zöge dein Fall nicht nach unsre eigene Schande!«
   Angstvoll flieht der Diener und kündet der Herrin die wilden
Worte des Caunus. Als du, o Byblis, so dich verschmäht sahst,
Wurdest du bleich und erbebtest, von eisiger Kälte befallen.
Als die Besinnung jedoch ihr zurückkehrt, kehrt auch ihr Wahnsinn
Wieder, die Zunge stößt die Worte mit Not in die Lüfte:
»Und, wie verdient! Warum auch habe ich hier meine Wunde
Vorschnell verraten? Warum der übereiligen Tafel
Worte so rasch vertraut, die ich hätte sollen verschweigen?
Wie er gesonnen, hätt' ich mit doppeldeutigen Reden
Sollen erproben zuvor! Daß sie nicht auf der Fahrt mich befalle,
Hätte mit halben Segeln ich sollen die Brise erkunden,
So erst gesichert mich wagen aufs Meer, das ich jetzt mit dem
                                                            kleinen
Kahne befahre, bevor ich die Stärke des Windes erforscht: Drum
Jagt es durch Klippen mich jetzt, begräbt meinen Nachen, ein
                                                            ganzer
Ozean stürzt auf mich ein, und es gibt kein Zurück meinen Segeln.
Und – hat ein sicheres Zeichen mich nicht gewarnt, meiner Liebe
Drang zu gehorchen, da als ich hieß überbringen die Tafel?
Als sie zu Boden fiel, hinfällig machte mein Hoffen?
Mußte ich da nicht den Tag, vielleicht mein ganzes Bestreben
Ändern? – Doch eher den Tag! – Ein Gott selbst mahnte und gab
                                                            ein
Sicheres Zeichen, wäre ich nur nicht von Sinnen gewesen.
Selbst hätt' ich sollen reden, mich nicht dem Wachse vertrauen
Und meine rasende Glut offenbaren mit eigenem Mund, dann
Hätt' er die Tränen gesehen, gesehen der Liebenden Antlitz.
Konnte auch mehr dann sprechen, als was die Tafel gefaßt hat,

NEUNTES BUCH

605 Konnte ihm, wehrte er auch, den Hals mit den Armen umschlingen,
Und wenn zurück er mich wies, so konnte zu sterben ich scheinen,
Konnt' seine Füße umfassen, am Boden flehn um mein Leben.
Alles hätt' ich getan, und hätte das Eine den harten
Sinn nicht zu beugen vermocht, so vermochte es alles zusammen.
610 Etwas Schuld hat vielleicht auch der Diener, den ich gesandt: Er
Nahte ihm ungeschickt und wählte die richtige Zeit nicht,
Wartete nicht der Stunde, da jener bereit war zu hören.
Dies hat mir Schaden gebracht. Stammt *er* doch von Tigern nicht ab
und
Trägt nicht starrenden Stein oder hartes Eisen im Busen,
615 Auch keinen Stahl und hat nicht die Milch einer Löwin getrunken.
Und er wird noch gewonnen. Ich muß es aufs neue versuchen,
Niemals wird der Versuch mich verdrießen, solange ich atme.
Könnt' ich, was ich getan, widerrufen: hier war es das Erste,
Nicht zu beginnen, nun ist es durchzukämpfen das Zweite.
620 Kann er doch – wenn ich schon meinen Wünschen wollte
entsagen –
Niemals vergessen, wie viel ich gewagt; und wird es nicht scheinen,
Daß ich zu flüchtiger Lust nur begehrt, wenn ich jetzt davon lasse,
Oder als hätt' ich versucht, ihn hinterhältig zu fangen;
Und er wird glauben, ich sei einem geilen Verlangen erlegen,
625 Nicht dem Gott, der die Brust uns am meisten bedrängt und
erglühn macht.
Keinen Frevel begangen haben, das kann ich schon nicht mehr:
Habe geschrieben, begehrt, verraten ist, was ich wollte.
Füg' ich auch nichts mehr hinzu, ich kann nicht schuldlos mehr
heißen.
Was noch aussteht, ist viel für den Wunsch, für die Schuld ist es
wenig.«
630 Spricht es, und solcher Zwiespalt beherrscht ihren Sinn: es
verdrießt sie,
Daß sie versucht hat, und möcht' es doch wieder versuchen. Sie
kennt kein
Maß, die Unselge, und läßt noch oft zurücke sich weisen.
Jetzt, als kein Ende zu sehn, flieht Caunus die Heimat, den Frevel,
Und er erbaut eine neue Stadt auf dem Boden der Fremde.

635 Da, so erzählt man, verlor des Miletus Tochter im Grame
Ganz die Besinnung, da erst riß sie herab von der Brust das
Kleid und zerschlug sich die Arme in wildem Rasen des Schmerzes,
Zeigte nun frei ihren Wahnsinn, gestand ihrer Liebe verbotnes
Hoffen; hoffnungslos verließ sie ihr Land, die verhaßten
640 Götter des Heimes und folgte der Spur des flüchtigen Bruders.

So wie die thracischen Bacchen, von deinem Thyrsos erregt, o
Semelesohn, die Feste begehn, die in jeglichem dritten
Jahre sich neun, so sehen die Frauen von Bubasus Byblis
Schreien durchs weite Gefild. Als sie diese verlassen, durchirrt der
645 Carer, der Leleger Land sie, der waffenfrohen, und Lycien.
Limyra hatte sie schon im Rücken, den Cragos, des Xanthus
Flut und den Berg, dessen Mitte Chimæra die Flammen entspeit,
                                                    wo
Brust und Gesicht eines Löwen sie trägt und den Schwanz einer
                                                    Schlange.
Als sich endet der Wald, o Byblis, stürztest zu Boden,
650 Matt vom Verfolgen, du nieder; du liegst, deine Haare auf harter
Erde gebreitet, und drückst den Mund auf gefallene Blätter.
Oft versuchten die Nymphen sie aufzuheben mit weichen
Armen und rieten ihr oft, von der Liebe sich heilen zu lassen,
Sprachen vergebliche Worte des Trostes dem tauben Gemüte.
655 Stumm liegt Byblis da, zerklaubt mit den Nägeln die grünen
Kräuter und feuchtet das Gras mit dem steten Bach ihrer Tränen.
Diesen fingen die Nymphen dann auf in die Ader, die nie, so
Sagt man, zu trocknen vermag – denn was hatten sie Größres zu
                                                    geben?
Bald hierauf, wie in Tropfen das Harz dem Schnitt in der Rinde
660 Oder, wie Steinöl zäh dem Schoße der Erde entquellen,
Oder, wie bei dem Nahn des linde wehenden Westwinds
Sanft in der Sonne das Wasser zerschmilzt, das in Kälte erstarrt war,
So ist Byblis, die phœbusentstammte, verzehrt in den eignen
Tränen geworden zur Quelle, die dort in dem Tal ihrer Herrin
665 Namen bewahrt und den Fuß einer dunklen Eiche befeuchtet.

Mag wohl sein, daß die Kunde von diesem Ereignis die hundert
Cretischen Städte erfüllt, hätt' Creta nicht selbst ein ihm näher

Liegend Wunder gehabt in der kürzlich verwandelten Iphis.
Denn in der Nähe des Reiches von Gnosus hat phæstisches Land
den
670 Ligdus hervorgebracht, einen Mann von wenig bekanntem
Namen, aus freigeborenem Volk. Sein Vermögen war auch nicht
Höher, als seine Abkunft es war. Doch war er nach Wandel
Unbescholten und Ruf. Der traf seiner schwangeren Gattin
Ohren, als die Geburt schon nahe bevorstand, mit diesem
675 Wort: »Was ich wünsche, ist zwei: Daß mit kleinstem Weh du
entbindest
Und einen Knaben gebierst. Das Los der andern ist schwerer,
Und das Geschick versagt ihm die Kraft. Darum – nicht berufen! –
Sollte dein Schoß zur Welt ein Mädchen bringen, so wird es –
Ungern befehl' ich's, verzeih, o fromme Rücksicht! – getötet.«
680 Spricht es; und beiden war überströmt von Tränen das Antlitz,
Ihm, der den Auftrag gab, und ihr, der er wurde gegeben.
Zwar Telethusa bestürmt mit vergeblichen Bitten den Gatten
Wieder und wieder, er möge ihr Hoffen so enge nicht grenzen;
Ligdus bleibt bei seinem Beschluß. Sie konnte den schweren
685 Leib mit der reifen Frucht schon nur mit Mühe noch tragen,
Als inmitten der Nacht am Fuß ihres Lagers, als Traumbild,
Festlich geleitet vom Zug der Ihren, des Inachus Tochter
Stand oder schien zu stehn. Sie trug an der Stirne die Monden-
hörner, an diesen die Spitzen von hellem, glänzendem Golde,
690 Trug einer Herrscherin Zier. Anubis, der Beller, mit ihr, mit
Ihr die heilige Bubastis, der farbige Apis und Jener,
Der seinen Mund mit dem Finger verschließt und Schweigen uns
anrät.
Sistren sind da und der niemals genug gesuchte Osiris
Und, von betäubenden Giften geschwellt, die ægyptische
Schlange.
695 Jetzt spricht zu ihr, der es war, als schaue sie wach die Gestalten
Wirklich, die Göttin so: »Telethusa, meine Getreue,
Laß von der drückenden Sorge, umgeh des Gatten Gebot und,
Was es auch sei, wenn dein Leib mit Lucinens Hilfe entbunden,
Ziehe getrost es auf! Eine Göttin der Hilfe bin ich und
700 Helfe, fleht man zu mir. Du wirst nicht Undank der Gottheit,

668–732

Die du verehrt hast, beklagen.« So mahnt sie und weicht aus der
Kammer.
Freudig erhebt sich vom Lager die Creterin, fleht, die gereinten
Hände zum Himmel erhoben, es möge ihr Traum sich erfüllen.
Als sich gesteigert der Schmerz, ins Freie von selbst sich gedrängt
die
705 Frucht, als sie ohne das Wissen des Vaters ein Mädchen geboren,
Log die Mutter, es sei ein Knabe, und hieß es ernähren.
Und man glaubt ihr. Es weiß um den Trug allein eine Amme.
Opfert der Vater und gibt dem Kind den Namen des Ahnen.
Der war Iphis genannt. Des Namens freut sich die Mutter:
710 Keinen täuscht sie mit ihm, denn er galt für beide Geschlechter.
Unbemerkt blieb so in frommem Betruge die Lüge.
Die eines Knaben die Tracht. Das Gesicht – du magst's einem
Mädchen,
Magst's einem Knaben verleihn: ein jedes von beiden wird schön
sein.
Schon ist inzwischen das dritte dem zehnten Jahre gefolgt, o
715 Iphis, als dir der Vater die blonde Ianthe verlobte,
Sie, die unter den Mädchen von Phæstus um ihrer Schönheit
Willen am höchsten gerühmt, eine Tochter des Creters Telestes.
Gleich ihr Alter, gleich ihre Schönheit; es lehrten dieselben
Lehrer dem Alter gemäß die ersten Künste die Zweie.
720 Hierbei rührte die Liebe der Beiden kindliche Brust und
Traf sie mit gleicher Gewalt; doch war ihre Zuversicht ungleich:
Sehnlich erwartet Ianthe die Eh, die vereinbarte Hochzeit,
Hofft, er werde der Ihre, von der sie glaubt, daß sie Mann sei.
Iphis liebt, was sie nie zu genießen darf hoffen, und eben
725 Dies erhöht ihre Glut; ein Mädchen brennt für ein Mädchen.
»Wie wird es enden mit mir?« so spricht sie, kämpfend mit Tränen,
»Die eine Liebe mich quält, die noch keiner gekannt, eine neue,
Unerhörte. Die Götter, sie hätten, wenn sie mich wollten
Schonen, mich sollen verderben; und wollten sie nicht mich
verderben,
730 Leiden mir schicken, wie sie noch in dem Brauch der Natur sind!
Keine Kuh macht die andere glühn, keine Stute die andre,
Schafe, sie glühn für den Widder, es folgt dem Hirsch seine Hindin.

Auch die Vögel paaren sich so. Unter allen den Tieren
Wird von Begier nach dem Weibchen niemals ein Weibchen
                                        ergriffen.
735 Wäre ich doch nicht da! Daß doch Creta nicht jeglichen Greuel
Trage. Die Tochter des Phœbus, sie liebte den Stier – immerhin als
Weib ein männlich Geschöpf. Die Wahrheit zu sagen: es ist mein
Lieben rasender noch als das ihre. Sie hat ihres Hoffens
Ziel doch erreicht, hat, mit List versteckt im Bildnis der Kuh, des
740 Stieres genossen; und ward ein Ehebrecher betrogen.
Hier mag alles Geschick des Erdrunds sich sammeln, es mag selbst
Dædalus fliegen zurück mit den wachsgehefteten Schwingen. –
Was kann er tun? Wohl *mich*, das Mädchen mit all seinen klugen
Künsten schaffen zum Knaben? Wohl *dich*, Ianthe, verwandeln?
745 Iphis, was festigst du nicht deinen Sinn und raffst dich zusammen?
Löschest die Flammen nicht des ratlos törichten Feuers?
Wenn du dich selbst nicht betrügst, so sieh, als was du geboren,
Strebe nach dem, was erlaubt, und liebe, was du als Weib darfst!
        Was die Liebe erweckt und sie nährt, ist die Hoffnung, und *dir* ist
750 Hoffnung von Anfang geraubt. Dich hält von der lieben
                                        Umarmung
Keine Bewachung fern, keines Ehmanns Mißtraun und keines
Vaters Härte; sie selbst versagt sich dem Bittenden nicht – und
Dennoch wird sie dir niemals gehören. Ob alles sich fügt, du
Kannst nicht glücklich sein, ob Götter und Menschen sich mühen.
755 Auch war vergeblich bisher meiner Wünsche keiner, die Götter
Sind mir geneigt und haben gegeben, was sie vermocht: was
Ich will, will mein Vater, sie selbst, der künftige Schwäher,
Doch die Natur will es nicht, die mächtiger ist als sie alle!
Sie allein ist mir feind. Da naht die erwünschteste Zeit, ist
760 Da der Hochzeit Tag. Schon wird Ianthe die Meine,
Und mein Eigen doch nicht: In den Wellen werden wir dürsten!
Juno, du hort der Eh', o Hymen, was kommt ihr zu diesem
Bund, wo der Bräutigam fehlt, und *wir*, zwei Bräute, das Paar
                                        sind?«
        Hierauf brach sie ab. Die andere Jungfrau, sie brennt nicht
765 Minder, und betet, du mögest, o Hymen, in Eile dich nahen.
Was *sie* fleht, Telethusa verschiebt es bald voller Angst, bald

Zieht sie es, Krankheit heuchelnd, hinaus; Gesichte und Zeichen
Nennt sie als Gründe noch oft. Doch endlich hatte sie jeden
Stoff eines Vorwands erschöpft; die Zeit der verschobenen
                                                                Hochzeit,
70 Drohend war sie genaht. Es blieb *ein* Tag noch. Sie nimmt sich
Selbst und der Tochter herab vom Haupte die Binde, umklammert,
Offen tragend ihr Haar, den Altar und fleht zu der Göttin:
»Die den Mareasee du bewohnst, Paraetonium, Pharus,
Die du den Nilstrom liebst, der in sieben Arme sich aufteilt,
75 Isis, ich bitte dich, hilf, gib Heilung unseren Ängsten!
Dich, o Göttin, hab’ einst ich geschaut, deine Zeichen hier, alles
Hab’ ich erkannt, auch den ehernen Klang der begleitenden Sistren
Und, was *Du* mir befohlen, in treuem Gemüte bewahrt: Daß
Diese das Licht noch schaut, daß *mich* die Strafe nicht treffe,
80 *Dein* Rat ist’s und von *Dir* ein Geschenk. Erbarme dich zweier
Frauen und steh uns bei!« Ihren Worten folgten die Tränen.
Schien es, als habe die Göttin bewegt den Opfertisch – und sie
Hat ihn bewegt, es erzittern die Tore des Tempels; dem Mond
                                                                gleich
Leuchten die Hörner auf, es ertönt das schwirrende Sistrum.
5   Zwar nicht gänzlich gewiß, doch froh des günstigen Zeichens
Geht die Mutter vom Tempel, es folgt auf dem Gange ihr Iphis
Größeren Schrittes, als sie gewohnt, auch bleibt ihr im Antlitz
Nicht das Weiß; ihre Kraft wird erhöht, selbst schärfer des Auges
Blick und kürzer das Maß des schlichten, schmucklosen Haares,
0 Größere Stärke ist da, denn als Mädchen sie hatte; denn du, die
Mädchen gewesen, bist Knabe nunmehr. Gebt Spenden dem
                                                                Tempel,
Freut euch in sichrem Vertraun! Sie geben Spenden dem Tempel,
Fügen dazu eine Schrift. Die kurzen Worte der Schrift sind:
›Was er als Mädchen gelobt, hat Iphis erfüllt als ein Knabe.‹
5   Weithin erhellen die Strahlen des nächsten Tages den Erdkreis,
Als Cytherea und Juno und Hymen zum Feuer des Bundes
Kommen und Iphis, der Knabe, sich seiner Ianthe bemächtigt.

ZEHNTES BUCH

Scheidend von dort durchmißt den unendlichen Äther, vom safran-
farbenen Mantel umhüllt, Hymenæus, zum Strande der Thracer
Strebt er und wird – umsonst – von des Orpheus Stimme gerufen.
Zwar er kam, doch brachte er keine festlichen Lieder,
5 Brachte kein heiter Gesicht, kein glücklich Zeichen; die Fackel
Auch, die er trug, sie zischte in tränenschaffendem Rauche,
Unaufhörlich, und ließ in keinem Schwung sich entflammen.
Schlimmer noch als die Zeichen der Ausgang: Die junge Vermählte,
Die von der Schar der Naiaden begleitet die Auen durchstreifte,
10 Sank, in den Knöchel vom Zahn der Viper tödlich getroffen.
   Als sie der Sänger genugsam beklagt den Lüften der Lichtwelt,
Wagt er, um unversucht auch nicht die Toten zu lassen,
Nieder durch Tænarons Tor zum stygischen Flusse zu steigen;
Und durch die leichten Völker der Schemen Bestatteter tritt er
15 Hin vor Persephone und den Herrn, der die Herrschaft im wüsten
Reiche der Schatten führt. Er schlug zum Liede die Leyer,
Sang: »Ihr Götter der Welt, die unter der Erde gelegen,
Der wir verfallen, soviel wir sterblich gezeugt sind, erlaubt ihr,
Wahrheit offen und frei zu reden ohne den Umschweif
20 Trügenden Mundes: ich bin nicht hernieder gestiegen, den finstren
Tartarus hier zu schaun, auch nicht, die schlangenumwundnen
Kehlen, die schrecklichen drei, des medusischen Scheusals zu
                                                         fesseln.
Grund meiner Fahrt ist die Frau. Eine Schlange, die sie getreten,
Spritzte ihr Gift in das Blut und stahl ihr die Jahre der Blüte.
25 Tragen wollt' ich's und will nicht leugnen, daß ich's versucht, doch
Siegte die Liebe. Gar wohl ist dort oben bekannt ihre Gottheit.
Ist sie's auch hier? Ich zweifle und muß es dennoch vermuten:
Wenn die Kunde nicht lügt vom Raub in der Vorzeit, so hat auch
Euch die Liebe vereint. Bei diesem Orte des Grauens,
30 Dieser gewaltigen Öde, dem Schweigen des riesigen Reiches:
Knüpft Eurydicen neu den zu früh zerrissenen Faden.

1–65

Alles schuldet sich euch, und nur ein wenig verzögert
Eilen wir früh oder spät zu dem einen Sitze; wir streben
Hierher alle, dies ist die letzte Behausung, und *ihr* habt
35 Über der Sterblichen Stamm die längste Herrschaft in Händen.
Sie auch, wenn sie, gereift, vollbracht die bemessenen Jahre,
Wird euch fallen anheim: Nur leihen sollt ihr, nicht schenken.
Gibt das Schicksal die Gattin nicht frei, so will ich gewiß auch
Selbst nicht kehren zurück, dann freut euch am Tode von Beiden.«
40 Während so er sang, zu den Worten rührte die Saiten,
Weinten die bleichen Seelen, die Welle, die flüchtige, haschte
Tantalus nicht, da stand Ixions Rad, nach der Leber
Hackten die Geier nicht mehr, die Beliden setzten die Krüge
Nieder, und, Sisyphus, du, du saßest auf deinem Felsen.
45 Damals benetzten zum ersten Mal der vom Liede besiegten
Furien Wangen, so sagt man, die Tränen. Die Herrin und Er, der
Herr der Tiefe, vermochte es nicht, zu versagen die Bitte.
Und sie rufen Eurydicen her. Sie war bei den jungen
Schatten und schritt einher im Gang noch gehemmt von der
                                                    Wunde.
50 So empfängt sie der Sänger vom Hæmus, mit ihr das Gesetz: er
Dürfe nicht eher wenden die Augen, bis des Avernus
Schlucht er durchschritten ganz, sonst werde zunichte die Gabe.
  Und sie steigen hinan durch stummes Schweigen auf steilem,
Dicht von schattenden Dünsten umwobenem, düsterem Pfade,
5 Sind schon ferne nicht mehr den äußersten Marken der Erde,
Da, in Sorg', sie ermüde, sie endlich zu sehen verlangend,
Blickte der Liebende um – und sogleich entglitt sie ihm wieder.
Streckend die Hände, bemüht, gefaßt zu werden, zu fassen,
Greift die Ärmste nichts als flüchtige Lüfte, und schon zum
Zweiten Mal sterbend klagt sie dennoch gegen den Gatten
Nichts – denn was sollte sie klagen, als daß sie zu sehr sich geliebt
                                                    sah?
Nur ein letztes ›Lebwohl‹, das kaum seinem Ohre vernehmbar,
Sprach sie und sank zurück dahin, woher sie gekommen.
  Orpheus erstarrte bei diesem erneuten Tode der Gattin
5 So wie der Mann, der voll Schrecken die Hälse des Cerberus sah,
                                                    die

ZEHNTES BUCH

Drei, deren mittlerer schleppte die Kette, der Mann, den die Angst nicht
Früher verließ als die alte Natur, als zu Stein er geworden.
Oder wie Olenus, der seiner Gattin Verfehlung auf sich nahm,
Schuldig wollt sein, und Lethæa, du selbst, unselge, die frevelnd
70 Stolz ihrer Schönheit vertraut: Ihr, unzertrennliche Herzen
Einstens, jetzt aber Steine, vom feuchten Ida getragen!
　Ihm, der vergebens bat und noch einmal wollte hinüber,
Hatte der Hüter gewehrt. Doch saß er zum siebenten Tage
Trauernd am Ufer dort, der Ceres Gaben verschmähend,
75 Kummer Nahrung ihm war und Gram des Herzens und Tränen.
Grausam seien die Götter des Erebos, klagt er, und sucht die
Ragende Rhodope auf und Hæmus, den nordsturmgepeitschten.

Dreimal hatte die Sonne vollbracht das im Zeichen der nassen
Fische geschlossene Jahr, und Orpheus war jegliche Frauen-
80 liebe geflohen, sei’s, weil für ihn sie so schlimm sich geendet,
Sei es, weil er’s gelobt. Doch mit ihm sich, dem Sänger, zu einen,
Brannten Viele, und Viele, sie sahen mit Schmerz sich verachtet.
Er hat die thracischen Völker gelehrt, die Liebe auf zarte
Knaben zu wenden und so die ersten Früchte des kurzen
85 Lebensfrühlings noch vor der Schwelle der Mannheit zu pflücken.
　Lag da ein Hügel, auf ihm eine offen sich dehnende Fläche,
Völlig eben; Gras und Kräuter ließen sie grünen.
Schatten fehlte dem Ort. Als der götterentstammende Sänger
Dort sich niedergesetzt und die tönenden Saiten gerührt, da
90 Kam der Schatten dem Ort. Da blieb nicht ferne Dodonas
Baum, der Heliaden Hain, des Gebirgs hochkronige Eiche,
Kamen die sanften Linden, die Buche, der magdliche Lorbeer,
Schwankende Haseln und die zum Speerschaft taugende Esche,
Auch die astfreie Tanne, der Stechbaum, gebeugt von der Früchte
95 Last, die heitre Platane und Ahorn, der mehrfach getönte.
Weiden vom Bache dazu, der wasserliebende Lotos,
Auch der beständig grünende Buchs, die zarten Myriken,
Myrten mit hellen und dunklen, mit schwarzen Beeren der
　　　　　　　　　　　　　　　Schneeball.
Da bist gekommen auch du, schmiegfüßiger Epheu, und mit dir

Rankende Reben und rebenumrankt, die Ulmen, des Manna
Spenderin auch und die Fichten und weiter, beschwert von den
roten
Früchten, der Erdbeerbaum, die zähen Palmen, des Siegers
Preis, und mit kahlem Rumpf und struppigem Scheitel die Föhre,
Cybelen lieb, der Mutter der Götter – hat doch in deren
Stamme erstarrt seine Menschengestalt verloren ihr Attis.

Ihnen gesellt war auch die säulengleiche Zypresse;
Jetzt ein Baum, ein Knabe zuvor, ein Liebling des Gottes,
Der mit Strängen meistert die Leyer, mit Strängen den Bogen.
Denn den Nymphen war, die Carthæas Fluren bewohnen,
Heilig ein mächtiger Hirsch. Mit des weitgespannten Geweihes
Blättern gab er selbst seinem Haupte den dichtesten Schatten.
Golden glänzten die Sprossen. Vom glatten Halse hernieder
Hing ihm aus edlen Steinen zum Buge herab eine Kette,
Und auf der Stirne schwankte, von zierlichen Riemen gehalten,
Leicht eine silberne Kapsel, ihm gleich an Alter; und Kugeln
Glänzten ihm links und rechts vom Ohr um die Höhlung der
Schläfen.
Frei von der Furcht und der Scheu, die sonst die Natur seiner
Gattung
Gibt, besuchte er oft die Häuser und pflegte den Händen
Jedes, auch wenn er ihm fremd, den Hals zum Streicheln zu bieten.
Doch, Cyparissus, dir, du Schönster von allen Bewohnern
Ceas, war vor allen er lieb. Du führtest zu frischer
Weide den Hirsch und du ihn zum Wasser der lauteren Quelle,
Du umflochtest ihm bald das Geweih mit farbigen Blumen,
Saßest als Reiter ihm oft auf dem Rücken und lenktest voll Freuden
Hierhin und dorthin sein weiches Geäs an den purpurnen Zügeln.
Mittag war, die Hitze groß; im Brande der Sonne
Glühten die hohlen Scheren des strandbewohnenden Krebses.
Müde bettete da der Hirsch seinen Leib auf dem weichen
Rasen der Erde, genoß den kühlenden Schatten der Bäume.
Dort durchbohrte der Knabe ihn ahnungslos mit dem scharfen
Speer und beschloß, als er sterben ihn sah an der schrecklichen
Wunde,

ZEHNTES BUCH

Sterben zu wollen. Wie sprach ihm Phœbus mit dringenden
Trostes-
worten nicht zu und mahnt ihn, gemäßigt und, wie es dem Falle
Zieme, zu trauern! Der Knabe seufzt und heischt von den Göttern
135 Dies als letztes Geschenk, auf ewig trauern zu dürfen.
Und schon begann sein Leib, nachdem durch das maßlose Weinen
Alles Blut ihm entströmt, in Grün seine Farbe zu wandeln,
Das in die weiße Stirn noch eben hangende Haar ein
Kraus und struppig Gewirr zu werden und mählich in spitzem
140 Wipfel erstarrend empor zum Sternenhimmel zu blicken.
    Seufzte der Gott und sprach voll Schmerz: »Von mir wirst
beklagt du
Werden, andre beklagen und allen Trauernden beistehn.«

Diesen Wald hatte so der Sänger an sich gezogen,
Saß inmitten des Kreises der Tiere, der Schar des Geflügels.
145 Als mit des Daumens Schlag er die Saiten genug dann geprüft und
Hörte: die mancherlei Weisen, obgleich verschieden sie tönten,
Stimmten zusammen, da brach er mit diesem Liede das Schweigen:
    »Laß von Juppiter mich – weicht Juppiters Herrschaft doch
alles! –
Mutter Muse, beginnen. Ich habe von Juppiters Macht schon
150 Oftmals gekündet, besungen mit schwererem Schlag der Giganten
Fall und die siegenden Blitze, verstreut über Phlegras Gefilde.
Jetzt ist leichterer Leyer mir not: von göttergeliebten
Knaben möchte ich singen, von Mädchen, die, rasend verbotnem
Feuer verfallen, verdient ihrer bösen Begierden Bestrafung.
155   Für Ganymedes entbrannte in Liebe der Himmlische König
Einst, und etwas war gefunden, was Juppiter lieber
Sein wollt' vor dem, was er war. Doch er würdigt in Ihn sich zu
wandeln
Keinen der Vögel als den, der imstand, seine Blitze zu tragen.
Und der durchschneidet sogleich mit den trügenden Schwingen die
Luft und
160 Raubt den troischen Knaben, der jetzt noch im Becher den Trank
ihm
Mischt und, Juno zu leide, den Nectar Juppitern einschenkt.

Sohn des Amyclas, auch dich hätte Phœbus versetzt in den Äther,
Hätte das leidge Geschick den Raum dazu ihm gegeben.
Ewig, soweit es vergönnt, bist du doch: Sooft der erneute
Frühling den Winter verjagt und der Widder folgt auf die nassen
Fische, erstehst du neu und blühst auf den grünenden Wiesen.
Dich hat mein Vater vor allen geliebt, und das in des Erdrunds
Mitte gelegene Delphi entbehrte des Herrn und Beschützers,
Während den Gott der Eurotas, das unummauerte Sparta
Festhält. Die Leyer, die Pfeile, sie stehn in Ehren nicht mehr, sein
Selbst vergessend, verschmäht er es nicht, die Netze zu tragen,
Nicht, die Hunde zu halten, und nicht, als Begleiter auf rauhen
Bergen zu gehn, und er nährt durch lange Gewöhnung die
                                      Flammen.
  Mitten zwischen der kommenden Nacht und der, die
                                     gegangen,
Stand schon etwa die Sonne, von beiden gleichweit entfernt: Da
Machen sie frei von den Kleidern den Leib, und vom Saft der
                                      Olive
Glänzend, beginnen sie jetzt mit dem breiten Discus den
                                     Wettkampf.
Phœbus wiegt und schleudert ihn hoch empor durch die Lüfte,
Läßt sein schweres Gewicht die begegnenden Wolken
                                   durchschneiden.
Und nach langer Zeit erst fällt es zurück auf den festen
Boden und gibt für Kraft, die mit Können gepaart ist, sein
                                   Zeugnis.
Hastig, der Vorsicht vergessend, verführt vom Eifer des Spieles,
Eilt der laconische Jüngling herzu, die Scheibe zu heben.
Aber es ließ mit Wucht die harte Erde zurück sie
Prallen und dir, Hyacinthus, ins Antlitz. Der Gott, er erbleichte
So wie der Knabe. Er fängt den zusammengesunkenen Leib auf,
Sucht dich wieder zu wärmen, die schreckliche Wunde zu stillen,
Sucht mit Hilfe von Kräutern die fliehende Seele zu halten.
Doch umsonst seine Kunst: Es war unheilbar die Wunde.
Wie, wenn Veilchen Einer und Mohn im berieselten Garten
Oder Lilien bricht mit den gelben, starrenden Zungen,
Und sie lassen, verwelkt, auf einmal hängen die Köpfe,

Halten sich aufrecht nicht mehr und blicken nieder zur Erde,
So hangt sterbend sein Antlitz, den Nacken verläßt seine Kraft,
und,
195 Selbst sich zur Last, das Haupt, es sinkt herab auf die Schulter.
»Oebalussproß, du vergehst, um die Blüte der Jugend betrogen!«
Spricht Apollo, »ich sehe, die mich verklagt, deine Wunde.
Du bist mein Schmerz, meine Untat du. Dein Tod, er ist meiner
Rechten zu schreiben zur Last. Ich bin's, der Verhängnis dir wurde.
200 Doch, was ist meine Schuld? Wenn man nicht, daß einer gespielt
hat,
Schuld kann nennen, nicht Schuld kann nennen, daß einer geliebt
hat.
Könnte doch nur, wie verdient, mit dir mein Leben ich lassen!
Da des Schicksals Gesetz es mir wehrt, so sollst du mit mir doch
Immerdar sein und mir im Munde, dich werden, von meiner
205 Hand geschlagen, tönen die Leyer, dich meine Lieder,
Wirst, zur Blume geworden, geschrieben tragen mein Seufzen;
Und es wird kommen der Tag, da der tapferste Held sich in diese
Blume wird wandeln, man wird auf denselben Blättern ihn lesen.«
Während, wahrheitskündend, Apollo noch redete, siehe!
210 Hörte das Blut, das, versprengt, die Kräuter am Boden gezeichnet,
Blut zu sein auf, und leuchtender rot als tyrische Säfte
Wuchs eine Blume, gewann die Gestalt einer Lilie; nur ist
Purpurfarbe ihr eigen und jener der Schimmer des Silbers.
    Dies auch dem Gott nicht genug! (Er war's, der so ihn geehrt): er
215 Schreibt auf die Blätter selbst seine Seufzer; und ›Wehe‹ geschrieben
Steht auf der Blume, so ist das Zeichen der Klage gezogen.
    Sparta schämt sich nicht, Hyacinthus geboren zu haben;
Ewig ist dort er geehrt: nach dem Brauch der Väter zu feiern,
Kehrt alljährlich wieder der ihm gewidmete Festzug.
220 Doch Amathus wird mit Recht, das an Erzen reiche, verneinen,
Wenn du es etwa fragst, ob es gerne gebar des Propœtus
Töchter und die, denen einst vom Paar der Hörner die Stirne
Rauh war, und die deshalb den Namen ›Gehörnte‹ getragen.
Vor ihren Toren stand ein Altar des Juppiter-Gastfreund,
225 Grausig durch Frevel entweiht. Wenn den von Blute befleckt ein
Fremdling gesehn, so glaubte er wohl, da würden geschlachtet

Saugende Kälber vielleicht, amathusische Schafe, – o nein!: der
Gastfreund wurde gefällt. Durch die gräßlichen Opfer beleidigt,
Schickte sich Mutter Venus schon an, ihre Städte, die Fluren
230 Cyperns zu fliehn, da sprach sie: »Was haben die lieblichen Orte,
Was meine Städte getan? Und was für Schuld ist an ihnen?
Lieber soll das frevle Geschlecht mit Verbannung es büßen
Oder mit Tod, oder gibt es etwas zwischen den beiden?
Und was könnte das sein als die Strafe der Leibesverwandlung?«
235 Während sie zweifelt, in was sie verwandeln? fällt auf die Hörner
Eben ihr Blick, und, gemahnt, man könne wohl die ihnen lassen,
Hat sie die plumpen Leiber in grimmige Stiere verwandelt.

   Doch des Propœtus Töchter, die frechen, haben der Venus
Gottheit zu leugnen gewagt. Und dafür habe der Göttin
240 Zorn sie zuerst den Reiz ihrer Leiber lassen verkaufen.
Und, wie dahin ihre Scham, wie kein Blut ihre Wangen mehr rötet,
Sind sie – nur wenig gewandelt – zu kalten Steinen geworden.

Weil er diese gesehen ihr Leben verbringen in Unzucht,
Weil die Menge der Fehler ihn abstieß, die die Natur dem
245 Weiblichen Sinne gegeben, so lebte Pygmalion einsam
Ohne Gemahl und entbehrte gar lange der Lagergenossin.
Weißes Elfenbein schnitzte indes er mit glücklicher Kunst und
Gab ihm eine Gestalt, wie sie nie ein geborenes Weib kann
Haben, und ward von Liebe zum eigenen Werke ergriffen.
250 Wie einer wirklichen Jungfrau ihr Antlitz, du glaubtest, sie lebe,
Wolle sich regen, wenn die Scham es nicht ihr verböte.
So verbarg sein Können die Kunst. Pygmalion staunt und
Faßt in der Tiefe der Brust die Glut für das Bild eines Leibes.
Oftmals berührt er sein Werk mit der Hand und versucht, ob es
                                        Fleisch, ob
255 Elfenbein sei, und versichert auch dann, kein Elfenbein sei es,
Gibt ihm Küsse, vermeint sie erwidert, spricht an und umfängt es,
Glaubt, seine Finger drückten dem Fleisch ihres Leibes sich ein und
Fürchtet, es mache der Druck das berührte Glied sich verfärben.
Schmeichelworte sagt er ihr bald, bald bringt er Geschenke,
260 Wie die Mädchen sie lieben, geschliffene Steine und Muscheln,
Kleine Vögelchen auch und tausendfarbige Blumen,

Lilien, farbige Bälle und die von den Bäumen getropften
Tränen der Heliostöchter; auch schmückt er den Leib ihr mit
Kleidern,
Gibt ihren Fingern den Ring, eine lange Kette dem Halse;
265 Zierliche Perlen hangen vom Ohr, auf der Brust ein Geschmeide.
All das ziert sie, doch war sie auch nackt nicht weniger schön zu
Schauen. Er legt sie so auf die purpurfarbenen Decken,
Nennt sie Genossin des Lagers, er stützt ihren Nacken mit weichen,
Flaumigen Kissen und bettet ihn sanft, als ob er es fühle.

270 Wieder ist da der Tag der Venus, gefeiert im ganzen
Cypern; das weite Gehörn vergoldet, waren die jungen
Rinder, im weißen Nacken getroffen, niedergesunken;
Weihrauch dampfte; Pygmalion trat, nachdem er geopfert,
Hin zum Altar: »Vermögt ihr Götter alles zu geben«,
275 Bat er schüchtern, »so sei meine Gattin« – ›die Elfenbeinjungfrau‹
Wagte er nicht und sprach – »meiner elfenbeinernen ähnlich.«
Venus, die goldene, die ihrem Feste zugegen, verstand wohl,
Was mit dem Wunsche gemeint; ein Zeichen der günstigen
Gottheit,
Hob sich dreimal die Flamme und trieb in die Luft ihre Spitze.

280 Als er zurückkam, eilt er sogleich zu dem Bild seines Mädchens,
Wirft sich aufs Lager und gibt ihr Küsse. Sie schien zu erwarmen.
Wieder nähert den Mund er, betastet die Brust mit der Hand, da
Wird das betastete Elfenbein weich, verliert seine Starrheit,
Gibt seinen Fingern nach und weicht, wie hymettisches Wachs im
285 Strahl der Sonne erweicht, von den Fingern geknetet, zu vielen
Formen sich fügt und, gerade genutzt, seinen Nutzen bekundet.
Während der Liebende staunt, sich zweifelnd freut, sich zu
täuschen
Fürchtet, prüft mit der Hand sein Verlangen er wieder und wieder.
Fleisch ist's und Bein! Es pochen vom Finger betastet die Adern.
290 Worte aus voller Brust, mit denen Venus er danke,
Faßt der Paphier da. – Auf den Mund, der endlich ihn nicht mehr
Täuschte, preßt er den seinen. Die Jungfrau fühlte die Küsse,
Und sie errötete, sah, als empor zum Licht sie die scheuen
Lichter erhob, zugleich mit dem Himmel den liebenden Jüngling.
295 Gnädig ist Venus der Eh', die sie selbst gestiftet, und als die

Hörner des Mondes sich neunmal zum vollen Runde vereint, hat
Jene die Paphos geboren, nach der die Insel benannt ist.
    Deren Sohn war Cinyras dann, den man hätte für glücklich
Halten können, wäre er ohne Kinder geblieben.
    Graunvoll, was ich nun singe. Bleibt fern, ihr Töchter, ihr Väter!
Oder wird mein Gesang eure Sinne bestricken, versagt mir
Hierin euer Vertraun und glaubt nicht, daß es geschehen.
Oder, wenn ihr es glaubt, so glaubt auch, wie es bestraft ward.
Läßt die Natur jedoch zu, daß solches erlaubt kann erscheinen,
Wünsche den thracischen Stämmen ich Glück und unserem Erdteil,
Glück den Ländern hier, daß sie fern von jenem Bereich sind,
Der einen solchen Greuel gezeugt. Sei reich auch an Balsam,
Trage den Zimt, seine Kostwurz, den Schweiß seiner Hölzer, den
                                                        Weihrauch,
Mancherlei Blüten dazu Arabiens Erde, solang auch
Myrrhen sie trägt, soviel wert ist das neue Gewächs nicht gewesen.
Daß sein Pfeil dich verletzt, o Myrrha, leugnet Cupido
Selbst, und frei erklärt er von dieser Schuld seine Fackel.
Dich hat mit stygischem Brand, mit gebläthem Viperngezücht der
Furien eine behaucht. Ein Verbrechen, den Vater zu hassen! –
So ihn zu lieben, größer Verbrechen als Haß! Dich begehren
Edle, erlesen im Umkreis, da ist die Jugend des ganzen
Ostens im Wettstreit um dich. Von allen wähle, o Myrrha,
Einen zum Mann, nur sei unter allen nicht eben der *Eine*!
    Myrrha fühlt es zwar und wehrt sich der häßlichen Liebe,
Spricht zu sich selbst: »Wohin reißt mich mein Sinn? Was will ich
                                                        beginnen?
Götter, heilige Scheu, ihr geheiligten Bande des Blutes,
Laßt *den* Frevel nicht zu, widersetzt euch meinem Verbrechen! – –
Wenn es Verbrechen ist. – Man leugnet, daß heilige Scheu ein
Solches Lieben verdammt. Es paaren die übrigen Wesen
Ohne zu wählen sich doch. Auf dem Rücken den Vater zu dulden,
Gilt nicht für Schande dem Rind, dem Hengst wird die Tochter zur
                                                        Gattin,
Die er gezeugt, die Ziegen bespringt der Bock, und von dem, aus
Dessen Samen einst er empfangen, empfängt auch der Vogel.
Glücklich die, denen solches vergönnt. Gehässige Satzung

330 Haben Menschen gesetzt, und, was die Natur uns erlaubt, das
Wehrt ein neidisches Recht. Doch soll auch Stämme es geben,
Wo mit dem Sohne die Mutter sich eint, mit dem Vater die Tochter
Und in verdoppelter Liebe noch wächst die heilige Ehrfurcht.
Daß ich dort nicht durfte geboren werden und daß des
335 Ortes Unstern mir feind! – – Wie fasse ich solche Gedanken!
Fort verbotenes Hoffen! Geliebt zu werden verdient er,
Doch wie ein Vater! – Wäre ich also die Tochter des großen
Cinyras nicht, so dürft' ich mit Cinyras teilen das Lager?
Nun, da so sehr er mein, ist er *nicht* mein; daß er so nah mir
340 Steht, bringt Schaden; ich dürfte als Fremde ihn eher besitzen!
Fort von hier möchte ich ziehn, verlassen des Vaterlands Grenzen,
Nur um der Schuld zu entgehn: Der Liebe schlimme Verwirrung
Hält mich, Cinyras leibhaft zu sehn, zu berühren, zu sprechen
Und ihm mit Küssen zu nahn, wenn mehr mir doch nicht vergönnt
                                                              wird. –
345 Mehr zu hoffen als dies, du heillos Mädchen, vermagst du!
Fühlst doch, wie viel du verwirrst an Namen und Rechten! So willst
                                                              du
Nebenbuhlerin sein der Mutter, Kebse des Vaters?
Willst des Sohnes Schwester, des Bruders Mutter du heißen?
Fürchtest die Schwestern du nicht mit den schwarzen Schlangen als
                                                              Haaren,
350 Die mit den wilden Fackeln die Augen, das Antlitz bedräuen
Sieht das schuldige Herz? Den Frevel, den du am Leibe
Noch nicht geduldet, empfange ihn nicht in Gedanken, beflecke
Du mit verbotenem Bund das Gesetz der großen Natur nicht! – –
Wolltest du auch: es verbietet sich selbst; denn *er* ist den Sitten
355 Treu, und ich wollte, es raste in ihm der nämliche Wahnwitz!«
    Spricht es. Doch Cinyras, den die würdige Menge der Freier
Zweifeln läßt, was tun, er fragt, nachdem er die Namen
All ihr genannt, sie selbst, wem sie wolle als Gattin gehören.
Schweigend zunächst, den Blick auf das Antlitz des Vaters geheftet,
360 Glüht sie und läßt den warmen Tau ihren Augen entquellen.
Cinyras glaubt, es seien die Tränen der Scham eines Mädchens,
Heißt sie nicht weinen, trocknet ihr sanft die Wangen und küßt sie.
Myrrha freut sich, zu sehr nur, der Küsse. Er fragt sie, von welcher

Art ihr Gatte sollt' sein. »Dir ähnlich!« gibt sie zur Antwort.
365 Und er lobt das nicht verstandene Wort: »Sei du immer«,
Spricht er, »so kindlich fromm!« Als die Jungfrau fromm sich
genannt hört,
Schlägt, ihrer Schuld sich bewußt, die Blicke zu Boden sie nieder.

Mitten war's in der Nacht, gelöst vom Schlummer der Menschen
Kummer und Glieder. Doch Myrrha, verzehrt von unbändigen
Gluten,
370 Wacht und weckt sich stets aufs neu ihr rasend Verlangen.
Bald verwirft sie ihr Hoffen, bald will sie es wieder versuchen,
Schämt sich und wünscht zugleich, weiß nicht, was sie tu'. Wie ein
mächtger
Stamm, der getroffen vom Beil, wenn der letzte Hieb noch zu
führen,
Zweifelt, wohin er falle, und wird gefürchtet ringsum, so
375 Schwankt ihr Sinn, ins Wanken gebracht von verschiedenen
Trieben,
Hierhin und dorthin und fühlt sich nach beiden Seiten gezogen.
Tod ist's allein, was als Maß und Ruh ihrer Liebe sie findet.
Tod beschließt sie, erhebt sich, gewillt mit dem Strang sich die
Kehle
Zuzuschnüren, befestigt am höchsten Balken den Gürtel:
380 »Cinyras, teurer leb' wohl, erkenne den Grund meines Todes!«
Ruft sie und paßt die Schlinge schon an dem erblassenden Halse.

Doch zu dem treuen Ohr der Amme, die dort ihres Ziehkinds
Schwelle behütete, sei der Klang ihrer Worte gedrungen.
Die steht auf, entriegelt die Tür, erblickt des geplanten
385 Todes Rüstzeug, schreit und schlägt zugleich sich die Brüste,
Reißt herab ihr Gewand, zerreißt die dem Halse entraffte
Schlinge; dann erst kann sie weinen, dann ihre Arme
Erst um sie schließen und dann, was die Schlinge bedeute, sie
fragen.
Ohne Bewegung schweigt die Jungfrau und starrt auf die Erde,
390 Grämt sich, daß ihr später Versuch, zu sterben, entdeckt ist.
Drängend entblößt die Alte ihr graues Haar, ihre leeren
Brüste und fleht bei der Wiege, der Milch, die dem Kind sie
gespendet,

Was auch immer sie schmerze, doch *ihr* zu vertrauen. Die Jungfrau
Wendet sich ab und seufzt. Da spricht, es doch zu erfahren
395 Und nicht nur Schweigen zu schwören, entschlossen, die Amme:
»O rede!

Mich laß Hilfe dir bringen! Ist doch nicht träge mein Alter.
Rasen der Liebe? Ich kann mit Lied und Kräutern es heilen.
Tat es Einer dir an? Ein Zaubergebrauch wird dich feien.
Ist es der Götter Zorn? Er läßt sich durch Opfer versöhnen.
400 Was soll ich denken noch sonst? Das Glück deines Hauses, es ist
doch
Heil und in fröhlicher Fahrt. Es leben Mutter und Vater?«
Myrrha, sobald sie ›Vater‹ gehört, sie seufzte aus tiefster
Brust. Die Amme begriff zwar noch immer nichts von dem Frevel.
Aber sie ahnte doch schon eine Liebe. Sie hält ihren Vorsatz
405 Fest und bittet, was immer es sei, doch *ihr* zu vertrauen,
Nimmt auf den greisen Schoß die Weinende, schließt ihrer Arme
Schwächliches Paar ihr eng um den Leib und spricht: »Ich erkenne,
Ja, du liebst! Und hier – laß ab von der Furcht – wird mein Eifer
Nützlich dir sein, und nie wird etwas erfahren der Vater.«
410 Rasend sprang sie vom Schoß da auf, auf das Lager ihr Antlitz
Pressend, rief sie: »Hinweg! Ich bitte dich, schone der Ärmsten
Scham!« und aufs neue gedrängt: »Hinweg, oder ende zu fragen,
Was für ein Schmerz mich bedrückt! Was zu wissen dich müht, ist
Verbrechen!«
Grausen erfaßt das Weib, sie reckt die von Alter und Schrecken
415 Zitternden Hände und stürzt ihrem Ziehkind flehend zu Füßen,
Schmeichelt und schreckt und droht, sie werde, wenn sie nicht alles
Höre, verraten, daß Myrrha den Tod mit der Schlinge gesucht, und
schwört ihr, wenn sie die Liebe bekenne, in allem zu dienen.
Myrrha hebt das Haupt, überströmt mit Tränen der Alten
420 Brust, und oft versucht sie zu reden, und oft unterdrückt sie
Wieder die Stimme, voll Scham mit dem Kleid das Antlitz
bedeckend
Stöhnt sie: »Glücklich, oh, um des Gatten willen die Mutter!«
Bricht dann ab und seufzt. Da fuhr der Amme der kalte
Schauder – denn sie begriff – in Mark und Gebein. Auf dem ganzen
425 Scheitel starrt das gebleichte Grau ihrer Haare zu Berge.

Vieles spricht sie, womöglich ihr auszureden die Unheils-
liebe. Die Jungfrau weiß sich nicht zu Unrecht ermahnt, doch
Ist sie zu sterben gewiß, wenn sie nicht des Gebliebten genieße.
»Lebe!« spricht jene, »genieße du deines –«, sie wagt nicht zu enden
›Vaters‹; und sie verstummt und bekräftigt durch Schwur ihr
             Versprechen.
 Jenes jährliche Fest der Ceres begingen die frommen
Mütter, wo sie, den Leib in weiße Gewänder gehüllt, die
Ährenkränze ihr weihn als Erstlingsgaben der Göttin.
Unter Verbotenes zählen sie dann neun Nächte hindurch den
Beischlaf und Mannesberührung. In ihrer Schar ist des Königs
Gattin Cenchrëis und übt die geheimen, heiligen Bräuche.
Da sein Lager so der gesetzlichen Gattin entbehrte,
Fand in üblem Eifer die Amme den trunkenen König,
Sprach, einen Namen erdichtend, von Einer, die wahrhaft ihn liebe,
Lobt ihre schöne Gestalt, erwidert, gefragt nach des Mädchens
Alter: »Dem Myrrhas gleich.« Er heißt, sie ihm bringen, da ruft sie,
Als sie nach Hause gekehrt: »Gewonnen! Freu dich, mein
             Ziehkind!«
Nicht mit vollem Herzen empfand die unselige Jungfrau
Freude, es drückt ihren Sinn die Ahnung kommenden Unheils,
Dennoch freut sie sich auch, so herrscht im Gemüt ihr der
             Zwiespalt.
 Die Zeit war's, da alles schweigt, schon hatte Bootes
Zwischen die Ochsen den Wagen, die Deichsel neigend, geleitet.
Myrrha kommt, ihre Tat zu begehn. Der goldene Mond, er
Floh vom Himmel, schwarzes Gewölk verhüllte die Sterne.
Ohne ihr Licht die Nacht. Du, Icarus, bargst dich zuerst, mit
Dir dein Kind, das geheiligt, weil fromm es den Vater geliebt hat.
Dreimal rief sie zurück ihres Fußes Strauchlen, und dreimal
Warnte mit schaurigem Ruf der unheilkündende Uhu.
Dennoch geht sie, es mindert die Scham das Dunkel der schwarzen
Nacht; sie hält mit der Linken die Hand der Amme, die Rechte
Tastet im Finstern den Weg. Schon berührt sie die Schwelle der
             Kammer,
Öffnet schon die Tür, wird hinein schon geführt, da erzittert
Plötzlich und bebt ihr der Kniee Gelenk, das Blut und die Farbe

Flieht ihre Wangen, es sinkt ihr der Mut, noch weiter zu gehn, je
460 Mehr ihrem Frevel sie naht, desto stärker graut ihr; es reut sie,
Was sie gewagt, und sie möchte noch unerkannt können
                                          entweichen.
Da sie noch zögert, zieht das Weib an der Hand sie hinein, es
Führt sie zum hohen Bett und spricht: »O Cinyras, nimm du
Hier, was dein ist«, und gibt die verfluchten Leiber zusammen.
465 So empfing in das schändliche Bett der Vater sein eigen
Fleisch und Blut; er lindert der Jungfrau Ängste durch Zuspruch,
Spricht, dem Alter gemäß, vielleicht mit Tochter sie an und
Sie ihn mit Vater, damit dem Frevel die Namen nicht fehlen.
Schwanger vom Vater verläßt sie die Kammer, trägt im verfluchten
470 Schoß den unseligen Samen, die Last des empfangenen Frevels.
    Und die folgende Nacht wiederholt – nicht als letzte – den
                                          Greuel.
Bis dann Cinyras endlich, begierig, die Liebende, die so
Oft er umschlungen, zu sehn, ein Licht bringt – und seine Tochter
Und das Verbrechen erkennt. Da der Schmerz ihm, Worte zu
                                          reden,
475 Wehrte, entriß er das blinkende Schwert der hangenden Scheide.
    Myrrha flieht und entrinnt, begünstigt vom Dunkel der finstern
Nacht einem jähen Tod. Sie durchschweifte die weiten Gefilde,
Ließ die panchæische Flur und Arabiens Palmen im Rücken.
Irrte, bis neunmal erfüllt des wiederkehrenden Mondes
480 Hörner, und rastete endlich erschöpft auf sabæischer Erde.
Kaum noch ertrug sie des Leibes Last. Was sie bitte, im Zweifel,
Formt, zwischen Todesfurcht und Lebensüberdruß schwankend,
Dieses Gebet sie: »O Götter, wenn jemals, dem der bekennt, das
Ohr ihr geliehen: ich hab' es verdient und versage der schwersten
485 Strafe mich nicht; doch damit ich nicht die Lebenden lebend
Kränke, die Toten tot, vertreibt mich aus beider Bereichen,
Wandelt meine Gestalt und versagt so Leben wie Tod mir.«
    Dem, der bekennt, ihm leiht ihr Ohr eine Gottheit. Gewißlich
Fand ihr letzter Wunsch einen Gott. Um der Redenden Füße
490 Schließt sich die Erde, und über der Zehen geborstene Nägel
Reckt sich gewunden die Wurzel, dem langen Stamme zur Stütze.
Kernholz treiben die Knochen, es bleibt im Innern das Mark, es

Strömt als Saft nun das Blut, die Arme, sie werden zu langen
Zweigen, zu kurzen die Finger, die Haut verhärtet zur Rinde.
Und schon hatte den schwangeren Leib überwuchert des Baumes
Wuchs, verhüllte die Brust und wollte bedecken den Hals, doch
Myrrha erträgt die Verzögerung nicht: dem nahenden Holze
Duckt sie entgegen sich selbst und taucht in die Rinde ihr Antlitz.
Hat mit dem Leibe sie auch ihr früheres Fühlen verloren,
Weint sie dennoch, und warm entfallen dem Baume die Tropfen.
Ehre genießen die Tränen. Der Rinde entquellend die Myrrhe
Wahrt ihrer Herrin Namen, und niemals wird er verklingen.

Unter dem Holze gewachsen, das übelempfangene Kind, es
Sucht einen Weg, auf dem es, die Mutter verlassend, ins Freie
Dringe; es schwillt der schwangere Leib inmitten des Baumes.
Qual der Mutter die Last. Den Wehen fehlen die Worte,
Und der Gebärenden Stimme, sie kann Lucinen nicht rufen.
Doch einer Kreißenden gleich sich krümmend ächzte und
stöhnte
Oftmals der Baum und ward von fallenden Tränen gefeuchtet.
Siehe! Die milde Lucina, sie tritt zu den leidenden Zweigen,
Legt an den Stamm ihre Hände und spricht die entbindenden
Worte.
Risse treibt der Baum und gibt aus dem Spalt seiner Rinde
Los seine lebende Last; ein Knabe wird frei, den die Nymphen
Betten auf weichen Kräutern und salben mit Tränen der Mutter.
Loben müßte der Neid seine Schönheit; denn so wie die kleinen
Liebesgötter auf Bildern mit nackenden Leibern gemalt sind,
War er zu schaun. Doch, damit auch die Tracht sie nicht
unterscheide,
Gib du ihm oder nimm du jenen den zierlichen Köcher.

Heimlich entgleitet die flüchtige Zeit in dringender Eile,
Und nichts Schnelleres ist als die Jahre. Er, seiner Schwester,
Er, seines Ahnen Sohn, der neulich im Baume geborgen,
Neulich geboren erst, noch eben das schönste der Kinder,
Jetzt schon ein Jüngling, ein Mann, übertrifft schon an Schönheit
sich selbst, wird
Schon von Venus geliebt und rächt die Leiden der Mutter.

Denn als der Knabe, der köcherbewehrte, die Mutter einst küßte,

Streifte versehentlich ihr ein Pfeil, der hervorstand, die Brust, da
Stieß sie, verletzt, ihren Sohn mit der Hand zurück, und der Stich war
Tiefer gedrungen, als es ihr selbst zunächst noch geschienen.
Jetzt, von der Schönheit des Mannes gefangen, läßt sie Cytheras
530 Strand und besucht das vom Meere umschlossene Paphos nicht weiter,
Gnidus, das fischreiche, nicht, Amathus nicht mit seinen Metallen,
Hält vom Himmel sich fern, vor dem Himmel geht ihr Adonis.
Er ihre Sorge, *sie* sein Geleit; und *sie,* die im Schatten
Lässig zu ruhen gewohnt, ihre Schönheit durch Pflege zu steigern,
535 Schweifte mit bloßen Knieen, geschürzt nach der Weise Dianas,
Hin durch Gebirge und Wälder und dornenbewachsen Gefels, und
Hetzte die Hunde. Sie jagt, was ohne Gefahr zu erbeuten:
Hastig hoppelnde Hasen, den Hirsch mit dem hohen Geweih, auch
Damwild vielleicht; sie hält von den starken Ebern sich ferne,
540 Meidet die Räuber, die Wölfe, die krallenbewaffneten Bären,
Meidet die vom Mord in den Herden gesättigten Löwen.
Mahnt, o Adonis, auch dich, sie zu fürchten, ob sie mit Mahnen
Etwas erreiche; sie spricht: »Sei tapfer denen, die flüchten,
Gegen die Mutigen kann der Mut keine Sicherheit bieten.
545 Jüngling, ich bitte dich, sei nicht kühn auf meine Gefahr, und
Reize die Tiere mir nicht, die Natur mit Waffen versehen,
Daß dein Ruhm nicht teuer mir steh'. Die Jugend und Schönheit,
Was eine Venus gerührt, es rührt die Augen, den Sinn der
Grimmigen Löwen nicht und der borstentragenden Schweine.
550 Blitzes Schärfe besitzen in krummen Hauern die Eber,
Plötzlichen Ansprung, gräßliche Wut die gelblichen Löwen.
Mir ist verhaßt ihr Geschlecht!« Er fragt nach dem Grunde, da spricht sie:
»Laß mich erzählen und staune ob schrecklicher Schuld aus der Vorzeit! –
Doch das wenig gewohnte Geschäft hat schon mich ermattet.
555 Siehe! gelegen lockt mit sanftem Schatten die Pappel,
Bietet der Rasen sein Pfühl! Hier will auf dem Boden mit dir ich
Ruhn.« Und sie legt sich und ruht auf dem Gras und dem Jüngling; in dessen

Schoße den Nacken gebettet, zurück sich lehnend erzählt sie
So und flicht gar oft den Worten ein ihre Küsse:

560 »Hast vielleicht schon gehört, ein Mädchen habe die schnellsten
Männer im Wettlauf besiegt. Und die Kunde ist keine Erfindung.
Denn es hat oft sie besiegt. Und du hättest nicht können sagen,
Ob ihr geschwinder Fuß, ihre Schönheit ihr höheren Ruhm gab.
Als sie den Gott um den Gatten befragt, spricht der: »Atalanta,
565 *Dir* ist ein Gatte nicht not! Nein, fliehe die Ehe! Doch wirst du
Nicht sie fliehen und wirst dein Selbst dann lebend verlieren!«
Sie, durch den Spruch des Gottes geschreckt, lebt ohne Gemahl in
Finsteren Wäldern und sucht der Freier drängende Schar zu
Scheuchen mit diesem Beding: »Es soll nur der mich besitzen,
570 Der zuvor mich besiegt. Im Wettlauf meßt euch mit mir, und
Braut und Hochzeit werden als Preis dem Schnellen gegeben.
Tod der Langsamen Lohn. Dies sei das Gesetz unsres Wettkampfs!«
Wohl war es hart. Und doch – so groß ist der Schönheit Gewalt – es
Kamen trotz dem Beding die kühnen Freier in Scharen.
575 Eben hatte Hippomenes dort, den ungleichen Kampf zu
Schaun, sich gesetzt und gesagt: »Wird Einer mit solcher Gefahr
                                                                noch
Werben?« und hatte verurteilt der Jünglinge törichtes Lieben.
Als er jedoch ihr Gesicht, ihren Leib von der Hülle befreit sah,
– So wie den meinen schön, wie deinen, würdest ein Weib du –
580 Da erstaunt er und hebt die Hände und ruft: »O verzeiht mir,
Ihr, die ich eben geschmäht! Der Preis, um den ihr euch müht, er
War noch nicht mir bekannt!« Er entflammt sich, während er lobt,
                                                                wünscht
Schon, daß der Jünglinge keiner zu schnell sich möge erweisen,
Wünscht es mit Neid und mit Furcht. »Doch warum soll das Glück
                                                          in dem Kampf hier
585 Unversucht bleiben von mir?« so spricht er, »dem Wagenden hilft ein
Gott!« Dieweil Hippomenes dies zu sich selbst noch erwägend
Redet, fliegt die Jungfrau vorbei mit beflügelten Schritten.
Wenn dem bœotischen Jüngling auch dünkte, sie jage dahin so
Schnell wie ein scythischer Pfeil, so bewundert er doch ihren Reiz
                                                                noch

590 Mehr, und gerade der Lauf verlieh besonderen Reiz ihr.
Rückwärts wehte die Luft von den schnellen Sohlen des
                                                    Schuhwerks
Bänder, es flattert' das Haar ihr über den Elfenbeinrücken,
Flatterten unter den Knieen mit bunten Säumen die Binden.
Und der marmorne Leib des Mädchens hatte mit zartem
595 Rot sich getönt, wie wenn über weiß erschimmernder Halle
Purpurne Tücher gespannt eine künstliche Schattung ihr geben.
Während der Gast es beschaut, erreicht sie die Säulen am Ziele;
Festlich wird Atlanta geschmückt mit dem Kranze des Sieges,
Doch die Besiegten seufzen und büßen, wie es bedungen.
600   Aber der Jüngling, nicht geschreckt durch ihr Schicksal, er trat
                                                    schon
Mitten hinein in den Kreis und sprach, auf die Jungfrau die Blicke
Heftend: »Was suchst du billigen Ruhm im Sieg über Schwache?
Miß dich mit mir, und wenn das Schicksal *mir* dann den Sieg gibt,
Ist es nicht Schande für dich, einem solchen Mann zu erliegen:
605 Megareus ist mein Erzeuger, der Herr von Onchestus, und dessen
Ahn war Neptunus, ich bin Urenkel des Königs der Wasser.
Und mein Wert entspricht dem Geschlecht. Unterlieg' ich, dann
                                                    hast du
Unvergeßlichen Ruhm, da Hippomenes dir unterlegen.«
    Sanften Blickes schaut des Schœneus Kind auf den Redner,
610 Zweifelt, ob sie sich Sieg oder Niederlage soll wünschen.
»Welcher dem Schönen feindliche Gott will diesen verderben?«
Fragt sie, »und heißt als Braut ihn *mich* mit Gefahr seines teuren
Lebens begehren. Ich bin so viel nicht wert, will mir scheinen.
Nicht seine Schönheit rührt mich, obgleich auch *die* könnte rühren,
615 Nein, daß er Knabe noch ist, nicht *er*, seine Jugend bewegt mich!
Lebt nicht Mut auch in ihm und ein Sinn, der vom Tod nicht
                                                    geschreckt wird?
Stammt er im vierten Glied nicht ab vom Beherrscher des Meeres?
Liebt er mich nicht und schätzt so hoch die Vereinigung mit mir
                                                    ein,
Daß er zu sterben bereit, wenn das Los mich hart ihm verweigert? –
620 Fliehe, o Gastfreund, solange du kannst, die blutige Hochzeit!
Bin eine grausame Braut. Die Deine zu werden wird Keine

Weigern; nach dir kann wohl ein verständiges Mädchen
                                          verlangen. – –
Doch, warum sorg ich um dich, nachdem so viele geopfert?
Sehe er zu! Verderbe, da soviel getötete Freier
Ihm nicht zur Warnung genügt, und er überdrüssig des Lebens! –
Soll er denn fallen, weil mit mir er zu leben verlangt hat,
Und einen schnöden Tod als Lohn seiner Liebe erleiden?
Unerträglichen Haß wird dieser Sieg mir gewinnen. –
Doch nicht mein ist die Schuld! – O, wolltest du abstehn, – oder,
Da dein Sinn doch verwirrt, o wolltest du schneller dich zeigen!
Ach, wie mädchenzart die Züge im Antlitz des Knaben!
Armer Hippomenes, ach, o hättest du nie mich gesehen!
Warest du doch des Lebens so wert! Wenn ich glücklicher wäre,
Nicht ein leidig Geschick mir die Ehe versagte, dann wärest
Du der Eine, mit dem ich teilen wollte das Lager.«
    Spricht es, und unerfahren von erstem Verlangen ergriffen,
Weiß sie nicht, was sie tut; sie liebt und wird es nicht inne.
    Schon verlangen das Volk und der Vater den üblichen
                                          Wettkampf,
Als des Neptunus Sproß, Hippomenes, *mich* mit bewegten
Worten anruft: »O möge doch dem, was ich wage, Cytheras
Herrin beistehn und helfen der Liebe, die selbst sie entzündet!«
Freundlich trug die Luft seine schmeichelnden Bitten mir zu: Ich
Ward, ich gesteh' es, gerührt. Und Zeit war nicht zu verlieren.
    Ist da ein Acker; er heißt tamasenischer dort bei den Leuten,
Bester Teil des cyprischen Grunds, den einst mir der Vorzeit
Greise geweiht; und sie hatten bestimmt, er solle zu meinem
Tempel gehören. Dort glänzte ein Baum inmitten des Feldes:
Gelb seine Krone, gelb von klingendem Gold seine Zweige.
Dorther kommend trug ich drei seiner goldenen Äpfel,
Die ich mit eigenen Händen gepflückt. Nur *ihm* zu erkennen
Trat ich Hippomenes nah und lehrte ihn, wie sie zu brauchen.
    Tuben gaben das Zeichen, und beide entstürzen den Schranken,
Kaum mit den flüchtigen Sohlen die Fläche des Sandes berührend,
Trockenen Fußes konnten, so glaubst du, die Wellen sie streifen,
Eilen über die silberne Saat bei stehenden Halmen.
Laute ermunternde Rufe erhöhen dem Jüngling den Kampfmut,

ZEHNTES BUCH

Worte wie diese dabei: »Jetzt, jetzt, Hippomenes gilt es!
Eile, eile, es gilt, jetzt all deine Kräfte zu zeigen!
Vorwärts, vorwärts, du siegst!« Ob des Megareus Sohn, ob des
                       Schœneus
660 Tochter sich mehr gefreut an solchen Worten, ist fraglich.
O, wie oft, wenn sie schon überholen konnte, verhielt sie,
Ließ nur ungern im Rücken die lange betrachteten Züge.
Schon brach heiß aus dem matten Mund der keuchende Atem;
Und die Säule noch weit! Da endlich warf des Neptunus
665 Sproß von den Früchten, den dreien des heiligen Baumes, die Eine.
Staunend stutzte die Maid; nach dem glänzenden Apfel verlangend,
Lenkte sie ab von der Bahn und hob das rollende Gold auf.
Und der Mann überholt, von Beifall hallen die Sitze.
Raschen Laufes jedoch holt *sie* Verzug und verlorne
670 Zeit wieder ein und läßt ihn zum zweiten Male im Rücken.
Aufgehalten aufs neu durch den Wurf des folgenden Apfels,
Holt sie ein, überholt sie den Mann. Es blieb noch des Laufes
Endstück, da rief er: »Jetzt, o göttliche Geberin, hilf!« und
Warf, daß später zurück sie finde, seitwärts in schrägem
675 Schwunge das glänzende Gold ins Feld mit der Kraft seiner Jugend.
Ob sie ihn hole, schien die Jungfrau zu zweifeln; ich zwang sie,
Daß sie ihn holte, und gab dem aufgehobenen Apfel
Größer Gewicht und ließ so Zeit wie Kraft sie verlieren.
Kurz, daß nicht langsamer sei mein Erzählen als damals der Lauf:
                       die
680 Jungfrau wird überholt, der Sieger führt seinen Preis heim. –
    Hatte ich da nicht verdient, o Adonis, daß Dank er mir sage,
Weihrauch mir spende zur Ehr? – Er vergaß es, Dank mir zu sagen,
Ehrte mit Weihrauch mich nicht! Da faßte mich plötzlicher Zorn,
                       und
Grollend, verschmäht mich zu sehn, daß die Zukunft nicht auch
                       mich verachte,
685 Sorg' ich durch warnendes Beispiel und sporne mich selbst gegen
                       beide.
    Dort an dem Tempel vorbei, den der große Echion der Götter
Mutter vor Zeiten gelobt und erbaut im Schoße des Waldes,
Gingen die Zwei, und es riet die Länge des Weges zu rasten.

Da überfällt den Hippomenes jäh, entzündet von meiner
690 Gottheit, heiß unzeitig Verlangen nach Liebesumarmung.
Dicht bei dem Tempel war, erhellt von spärlichem Lichte,
Höhlenähnlich ein Gang, gedeckt von gewachsenem Bimsstein,
Heilig von alters, in dem der Priester hölzerne Bilder
Viele zusammengetragen von Göttern aus früheren Zeiten.
695 Dahinein geht er und schändet durch Unzucht die heilige Stätte.
Wandten die Bilder den Blick. Die Mutter, die türmegekrönte,
Zweifelte, ob in die Fluten des Styx sie die Schuldigen tauche,
Doch es schien ihr zu leicht. Drum hüllen die eben noch glatten
Hälse die Mähnen gelb, an den Fingern krümmen sich Krallen,
700 Schultern werden zum Bug; es ballt in der Brust sich des Leibes
Masse zusammen, es peitscht der Schweif die Fläche des Sandes.
Zorn ist im Blicke daheim, ihr Reden – drohendes Grollen.
Ehegemach den Beiden – der Wald. Für Andere furchtbar,
Knirscht der gezähmte Zahn der Löwen auf Cybeles Zügeln. –
705 Diese, mein Treuer, flieh, mit ihnen das ganze Geschlecht, das
Nicht den Rücken der Flucht, vielmehr die Brust dem Gefechte
Bietet, damit dein Mut zum Schaden nicht werde für Zweie.«

So ermahnte sie ihn und nahm mit der Schwäne Gespann den
Weg durch die Luft. Doch stand sein Mut ihrer Mahnung entgegen.
710 Folgend der sicheren Spur, hat die Meute der Hunde ein wildes
Schwein aus dem Dickicht gejagt und des Cinyras Sohn es mit
flachem
Wurfe gespießt, als es eben den Wald zu verlassen sich anschickt.
Rasch jedoch stößt das grimmige Tier das Geschoß, das sein Blut
färbt,
Fort mit dem krummen Rüssel, verfolgt den Schützen, der angstvoll
715 Sicherheit sucht; es schlägt in die Weichen ihm tief seine ganzen
Hauer und streckt ihn zu Tode verletzt auf den gelblichen Sand hin.
Hoch durch die Lüfte geführt in dem leichten Gefährt mit der
Schwäne
Flug, ist Cytheras Herrin noch nicht bis nach Cypros gekommen;
Da erhorcht sie von fern des Sterbenden Stöhnen und leitet
720 Dorthin der weißen Vögel Gespann. Und als sie aus Äthers
Höhen ihn sieht, entseelt, im eigenen Blute sich wälzen,

Springt sie hinab und zerreißt ihr Gewand, zerrauft ihre Haare,
Schlägt sich schmählich die Brust. Nachdem mit den Mächten des
                                                    Schicksals
Hart sie gehadert, spricht sie: »Und doch wird eurer Gewalt nicht
725 Alles gehören. Es wird, o Adonis, stets meiner Trauer
Denkmal bleiben und wird, wiederholt alljährlich, im Bilde
Deines Todes Gedächtnis auch meine Klagen erneuen.
Aber dein Blut, es wird zur Blume mir werden. Oder
Durftest du, Persephone, einst in die würzige Minze
730 Wandeln die Nymphe und *mir* sollt' man neiden, zu wandeln den
                                                    tapfren
Cinyrassohn?« Die Göttin sprach's und besprengte sogleich mit
Duftendem Nectar das Blut. Sobald es von diesem getroffen,
Schäumte es auf so, wie aus dem gelblichen Schlamm sich die
                                                    lichten
Blasen heben. Nicht mehr verging als die Frist einer vollen
735 Stunde, da wuchs aus dem Blut an Farbe ihm gleich eine Blume,
Wie der Granatbaum sie trägt, der punische, der unter zäher
Haut seine Kerne verbirgt. Doch kurz nur freust du dich ihrer:
Locker haftend und allzu leicht zum Fallen geneigt, wird
Bald von dem Wind, der den Namen ihr gibt, verweht ihre Blüte.«

ELFTES BUCH

Während der thracische Sänger mit diesem Liede des Wildes
Sinne, die Bäume, die Felsen zu folgen zwang und in Bann hielt,
Sieh', da erspähen ciconische Fraun, die besessene Brust mit
Tierfell bedeckt, von der Höh' eines Hügels hernieder den
                                        Orpheus,
5 Wie er die Saiten schlug, ihrem Klang seine Lieder gesellte.
Eine von ihnen ruft, ihr Haar in die wehenden Lüfte
Schleudernd: »Seht doch! Dort ist Einer, der uns verachtet!«
Wirft nach dem klangreichen Mund des Apollosohnes den Stab, –
                                        der,
Vorne umlaubt, ein Mal, doch keine Verwundung verursacht.
10 Dort einer andern Geschoß ist ein Stein: besiegt noch im Fluge,
Noch in der Luft durch die Eintracht des Leyerklangs mit der
                                        Stimme,
Gleichsam Verzeihung erflehend für solch ein rasend Beginnen,
Legt er zu Füßen sich ihm. Doch der unbesonnene Krieg wächst
An, das Maß entflieht, es herrscht des Wahnsinns Erinye.
15 Zwar sein Sang hätte alle Geschosse besänftigt, die lauten
Schreie, der Klang des gebogenen Horns der phrygischen Flöte,
Schallende Becken, der Hände Geklatsch, der Bacchantinnen
                                        Heulen
Aber ersticken den Ton der Leyer. So wurden die Steine
Endlich rot von dem Blut des Sängers, den sie nicht hörten.
20   Doch zuerst zerreißen die wilden Mænaden des Orpheus
Ruhm, sein lebend Theater, das jetzt noch im Bann seiner Stimme
Steht: die unzähligen Vögel, die Schlangen, die Scharen des Wildes,
Wenden gegen ihn selbst sich dann mit den blutigen Händen,
Fliegen wie Vögel zu Hauf, die einmal den Vogel der Nacht am
Tage schweifen gesehn; und wie auf dem Sande des Circus
Morgens die Hunde den Hirsch, ihre toderkorene Beute,
Fallen den Sänger sie an und schleudern die blätterumgrünten
Thyrsusstäbe, die nicht zu diesem Dienste geschaffen.

276 ELFTES BUCH

Schollen werfen die einen, die andern vom Baume gerißne
30 Äste, Steine ein Teil. Und, daß die Waffen der Wut nicht
Fehlen, wendeten Rinder am Pfluge eben die Erde,
Gruben nicht ferne davon, um Frucht zu gewinnen, mit vielem
Schweiß den harten Boden dort um starkarmige Bauern.
Die, als sie sehen den Hauf, entfliehn; ihre Arbeitsgeräte
35 Lassen sie dort. Da lagen zerstreut umher auf dem leeren
Acker die Hacke, der schwerere Karst, langstielige Hauen.
   Die erraffen die Wilden, zerstücken die hörnerbewehrten
Rinder und stürzen aufs neu, des Sängers Los zu besiegeln.
Und sie ermorden *ihn,* den Heiligen, ihn, der die Hände
40 Ausstreckt, zum ersten Mal die Stimme vergeblich erhebt – und
Nichts zu rühren vermag; durch den Mund, o Juppiter, den die
Steine gehört, den Mund, den lauschend die Sinne der wilden
Tiere verstanden, entwich, in die Winde gehaucht, seine Seele.
   Dich, o Orpheus, beweinten voll Schmerz die Vögel, des Wildes
45 Scharen, der starrende Fels und *dich* der Wald, der gefolgt so
Oft deinem Lied. Der Baum legt ab seine Blätter und trauert
Kahlen Hauptes um dich. Von den eigenen Tränen geschwollen
Seien, wie man erzählt, auch die Flüsse. Dryaden und Nymphen
Trugen schwarz verbrämt ihr Gewand und gelöst ihre Haare.
50   Weit zerstreut seine Glieder. Das Haupt und die Leyer
                                        empfingst, o
Hebrus, du, und – o Wunder – solang in dem Strome sie trieben,
Klang es klagend leis von der Leyer, lispelt die tote
Zunge klagend, hallen die Ufer klagend es wider.
   Hinter sich lassen sie schon, ins Meer getragen, der Heimat
55 Fluß und erreichen den Strand von Lesbos, der Insel Methymnas.
Wild schoß dort eine Schlange nach dem auf den Strand eines
                                        fremden
Ufers gespülten Gesicht und den wassertriefenden Haaren.
Endlich ist Phœbus zur Stelle; er wehrt ihr, als sie zum Biß sich
Anschickt, und wandelt zu Stein den offenen Rachen des Wurmes,
60 Läßt ihm die Kiefer so, wie sie eben klafften, erstarren.
   Unter die Erde taucht der Schatten, erkennt alle Stätten
Wieder, die schon er geschaut. Er durchforscht die Gefilde der
                                        Frommen,

29–94

Findet Eurydicen und umschlingt sie mit sehnenden Armen.
Bald lustwandeln sie dort vereinten Schrittes zusammen,
65 Bald folgt er ihr nach, geht bald voran, und es blickt nun
Ohne Gefahr zurück nach seiner Eurydice Orpheus.

Doch nicht ungestraft ließ Bacchus jenes Verbrechen,
Daß seiner Weihen Verkünder er so verloren, betrauernd,
Bannte er all die thracischen Fraun, die den Frevel gesehen,
70 Gleich nach der Tat in den Wald mit krummen, gewundenen
Wurzeln,
Zog, soweit eine jede sich ziehn ließ, lang ihrer Füße
Zehen und senkt in den Grund der harten Erde die Spitzen.
Und, wie ein Vogel, der in die schlau vom Steller versteckte
Schlinge gebracht seinen Fuß und plötzlich gehalten sich fühlt, dann
75 Angstvoll flattert und nur um so enger die Fessel sich zieht, so
Sucht eine jede von ihnen, sobald sie fest an dem Boden
Haftet, in jähem Schrecken zu fliehn – vergeblich: es hält sie
Zäh die Wurzel und läßt sie sich auch im Sprung nicht befreien.
Während sie fragt: ›Wo sind meine Zehen, der Fuß, seine Nägel?‹
80 Sieht sie das Holz an die Stelle der glatten Waden sich setzen.
Als sie versucht, mit der Rechten die Schenkel trauernd zu schlagen,
Treffen die Schläge auf Holz; die Brust auch wird ihr zu Holz, und
Holz sind die Schultern, du möchtest wohl glauben, die laubigen
Arme
Seien wirkliche Zweige, und wirst in dem Glauben nicht irren.
5 Und dies ist dem Gott nicht genug: Er verläßt auch die Gegend,
Sucht mit dem besseren Chor seines Tmolus Rebengelände
Und den Pactolus auf, obgleich der damals noch nicht ein
Goldener Fluß und noch nicht ob des kostbaren Sandes begehrt war.
Diesen belebt nun das Heer des Gottes, die Bacchen und Satyrn.
10 Aber Silenus fehlt. Der wurde von phrygischen Bauern,
Schwankend von Alter und Wein, gefaßt und, mit Kränzen
umwunden,
Hin vor Midas geführt, den König, den Orpheus, der Thracer,
Einst das Geheimnis gelehrt mit dem cecropsentstammten
Eumolpus.
Midas, als er der Weihen vertrauten Genossen erkannte,

ELFTES BUCH

95 Gab, des Gastfreunds Ankunft zu feiern, ein heiteres Fest, zehn
Tage und Nächte hindurch in ununterbrochener Folge.
Und schon hatte den hohen Zug der Sterne der elfte
Lucifer wieder geschlossen, als fröhlich der Fürst in der Lyder
Landschaft kam und dort den Silen seinem Pflegling zurückgab.
100 Froh, seinen Pfleger wiederzuhaben, gewährte der Gott zum
Dank ihm – freilich umsonst – ein Geschenk, das frei er sich wähle.
Schlecht es zu nutzen gewillt, spricht Midas: »Mache, daß alles,
Was mit dem Leib ich berührt, in rotes Gold sich verwandelt.«
Bacchus nickte Gewährung, verlieh die schädliche Gabe
105 Und bedauerte nur, daß er nicht etwas Beßres erbeten.
Glücklich geht, seines Übels froh, der phrygische König;
Dies berührend und das erprobt er die Wirkung der Gabe.
Kaum noch traut er sich selbst; er bricht von der niedrigen Eiche
Hier einen grünenden Zweig: der Zweig ward golden, er hebt vom
110 Boden auf einen Stein: der Stein auch glänzte von Gold, dort
Rührt eine Scholle er an: durch die Wunderkraft der Berührung
Ward sie zum Barren. Er pflückt die trockenen Ähren des Kornes:
Golden die Ernte! Er hält einen Apfel vom Baume: du glaubst, ihn
Hätten die Töchter des Abends geschenkt. Wenn die Finger den
                                                                hohen
115 Pfosten er angelegt, dann sah man die Pfosten erstrahlen.
Als er die Hände in lauterem Naß sich gewaschen, da konnte
Danaën täuschen das Naß, wie es ihm von den Händen herabrann.
Kaum mehr weiß er selbst, was er sonst noch hoffe, und sieht schon
Alles in Gold. Da setzen die Diener dem Frohen den Tisch vor,
120 Hoch mit Speisen gehäuft, nicht arm an gerösteten Broten.
Da nun: sei es, er hatte berührt mit der Rechten der Ceres
Gaben, – siehe! die Gaben der Ceres verhärteten, oder
Wollte mit gierigem Zahn er die Speisen zerkleinern, – es schloß
                                                                sich
Rötliches Erz um die Speisen, sobald sein Zahn sie berührte;
125 Hatte mit reinem Naß er den Geber der Gabe gemischt, dann
Konntest du flüssiges Gold durch den Rachen rinnen ihm sehen.
Da erkennt er bestürzt das Unheil; reich und elend
Möcht' er die Schätze nun fliehn und haßt, was er eben gewünscht
                                                                hat.

Keinerlei Fülle stillt ihm den Hunger, die Kehle verbrennt ihm
130 Dörrender Durst, ihn quält, wie verdient, das Gold, das begehrte.
Auf zum Himmel hebt er die schimmernden Arme und Hände:
»Vater Lenæus, verzeih! Ich habe gesündigt«, so ruft er,
»Doch erbarm dich, ich bitte, entreiß mich dem glänzenden
                                                    Unheil!«
Mild ist der Götter Art: der gesündigt zu haben bekennt, ihm
135 Nimmt der Gott das Geschenk, das er treu seinem Worte gegeben.
»Daß du verhaftet nicht bleibst dem Gold, das du töricht
                                            gewünscht hast«,
Spricht er, »geh zu dem Strom, der dem großen Sardes benachbart.
Bergwärts diesem entlang, den gleitenden Wogen entgegen,
Nimm deinen Weg, bis hinauf du kommst zu dem Ursprung des
                                                    Flusses.
140 Tauche dann dort in den schäumenden Quell, wo am stärksten er
                                            austritt,
Haupt zugleich und Leib und spüle zugleich deinen Fehl ab.«
Wie ihm befohlen, taucht der König ins Wasser. Die Goldkraft
Tränkte den Fluß und wich aus dem menschlichen Leib in die
                                            Wogen.
Schimmernd starrt sein Strand, der den Samen dieser nun alten
145 Ader empfangen, noch heut mit goldgefeuchteten Schollen.
Midas haßt nun die Schätze, bewohnt die Wälder und Fluren,
Wählt sich zum Umgang den Pan, der in Bergesgrotten daheim ist.
Träge und stumpf jedoch blieb sein Geist; und sein törichter Sinn,
                                            er
Sollte ein zweites Mal seinem Herren zum Schaden gereichen.
150 Blickend weit auf das Meer, ragt hoch der Tmolus in steilem
Anstieg und wird, im Abfall nach beiden Seiten sich dehnend,
Hier von Sardes begrenzt und dort von dem kleinen Hypæpa.
Pan, der dort seine Weisen den zierlichen Nymphen gerühmt, ein
Leichtes Liedchen gespielt auf den wachsverbundenen Rohren,
155 Der es gewagt, vor den seinen gering zu achten Apollons
Lieder, er kam vor des Tmolus Gericht zu dem ungleichen
                                            Wettkampf.
Auf seinem Berge setzt sich als Richter der Alte, befreit von
Bäumen das Ohr, trägt nur um das bläuliche Haar seiner Eichen

Kranz; es hangen ihm links und rechts um die Schläfen die Eicheln.

160 Als er den Gott der Ziegen erblickt, erklärt er: »Der Richter
Wäre bereit!« und Pan stimmt an auf den ländlichen Rohren,
Nimmt den Midas, der durch Zufall sein Spielen vernommen,
Ein durch sein fremdländisch Lied. Dann wendet Tmolus sein
heilig
Antlitz dem Phœbus zu, sein Wald, er folgt dem Gesichte.

165 Phœbus, sein blondes Haupt bekränzt mit parnassischem Lorbeer,
Streift mit dem langen, purpurgetränkten Gewande den Boden,
Hält in der Linken die Leyer, die herrlich mit edlem Gestein und
Indischem Beine verziert; mit der Rechten führt er das Plektron.
Schon die Haltung verriet den Meister. Er schlug mit geübtem

170 Finger die Saiten. Und Tmolus, von deren Süße ergriffen,
Hieß den Pan seine Rohre der Leyer hinfort unterwerfen.

Allen behagte der Spruch, das Urteil des heiligen Berges;
Ungerecht ward es genannt und getadelt nur von der *einen*
Stimme, der Stimme des Midas. Da duldet der Herrscher von Delos

175 Nicht, daß das törichte Ohr seine menschliche Formung behielte,
Sondern er zieht es lang, erfüllt es mit weißlichen Haaren,
Nimmt seinen Wurzeln den Halt und läßt beweglich es werden.
Alles andre ist Mensch; er wird bestraft nur an *einem*
Glied und bekommt das Ohr des langsam schreitenden Esels.

180 Midas möchte es zwar verhehlen; er sucht seines Hauptes
Schimpflichen Makel ins purpurne Tuch der Tiara zu hüllen.
Aber der Diener, der mit der Schere gewöhnlich sein langes
Haar schnitt, hat es gesehn. Der möcht' in die Lüfte es rufen;
Da er es aber nicht wagt, die geschaute Schmach zu verraten,

185 Und er es doch nicht vermag, zu schweigen, geht er beiseite,
Gräbt den Boden auf und spricht mit flüsternder Simme,
Wie er das Ohr seines Herren erblickt, in das Loch in dem Boden.
Was seine Stimme verraten, bedeckt er wieder mit Erde,
Geht dann schweigend davon, nachdem er die Grube geebnet.

190 Dichtes Röhricht begann an der Stelle zu sprießen mit schwanken
Halmen und hat, sobald es im Lauf eines Jahres gereift, den
Pflanzer verraten; denn sanft vom Hauche des Südwinds
geschaukelt,
Rauscht's die vergrabenen Worte und schilt das Ohr seines Herren.

Derart gerochen, verläßt der Sohn Latonas den Tmolus,
Fährt durch die lautere Luft und erreicht noch diesseits des
                                                schmalen
Meeres der Nepheletochter, der Helle, Laomedons Fluren.
Rechts vom sigëischen Meer und links vom rhœtëischen steht ein
Alter Altar, geheiligt dem donnernden Künder der Wahrheit.
Phœbus sieht von dort, wie Laomedon anfängt, des jungen
Troia Mauern zu baun, wie das große Beginnen in schwerer
Arbeit wächst und keine geringen Kräfte erfordert.
Und mit dem Herren des Dreizacks, dem Vater der schäumenden
                                                Tiefe,
Nimmt eines Menschen Gestalt er an; sie bauen dem Herrscher
Phrygiens Mauern, nachdem sie Gold für das Werk sich bedungen.
Siehe, es stand, doch der König verleugnet, was er versprochen,
Fügt als der Untreu Gipfel den Meineid noch zu der Lüge.
»Straflos geht dir's nicht hin!« so ruft der Beherrscher des Meeres,
Lenkt seine Wasser all nach der Küste des geizigen Troia,
Füllt mit Fluten das Land und läßt als Meer es erscheinen,
Führt den Reichtum der Bauern hinweg, überschwemmt ihre
                                                Äcker.
Und der Strafe auch das nicht genug: man heischt für ein Meeres-
untier des Königs Kind. Das befreit aus den Fesseln am harten
Felsen des Alceus Sproß und verlangt die versprochenen Pferde.
Als man für solches Bemühn den Lohn ihm weigert, belagert,
Stürmt er die Mauern des zweimal meineidigen Troia.
Telamon bleibt, sein Helfer im Kampf, nicht ledig der Ehre:
Er wird Hesiones froh. Denn Peleus ist schon als der Göttin
Gatte berühmt; und nicht größer war sein Stolz auf den Ahn als
Der auf den Schwäher: Es war ja doch nicht nur *einem* beschieden,
Juppiters Enkel zu sein, Gemahl einer Göttin nur *einem*.

»Göttin der Wogen empfange«, so hatte zu Thetis der greise
Proteus gesprochen, »dann wirst eines Jünglings Mutter du werden,
Der durch tapfere Taten die Taten des Vaters verdunkelt,
Größer wird heißen als er.« Daß die Welt nichts Größeres hab' als
Juppiter, floh der Gott deshalb die Vereinung mit Thetis,
Floh sie, obgleich in der Brust keine mäßige Glut er empfunden,

Hieß seinen Enkel, den Aeacussohn, in diesem Begehr ihm
Folgen und hieß ihn suchen der Meeresjungfrau Umarmung.
    Liegt eine Bucht in Thessalien: zur Sichel gebogen, ihr Strand
                    streckt
230 Weit seine Arme ins Meer. Wenn die Wasser höher sich höben,
Wär' es ein Hafen, so decken den Sand nur eben die Fluten.
Festen Grundes der Strand, bewahrt keine Spuren von Tritten,
Hemmt den Schreitenden nicht, noch wallt er von wogendem
                    Seegras.
Drüber von Myrten ein Hain mit grünen Beeren und schwarzen,
235 Und eine Höhle inmitten, – ob Kunst, ob Natur sie geschaffen,
Fraglich, doch mehr wohl die Kunst. Dorthin, auf gezäumtem
                    Delphine
Reitend, pflegtest du oft, o Thetis, nackend zu kommen.
Dort, als in Schlafes Banden du lagst, überraschte dich Peleus,
Und, da dem Bittenden du, wie sehr er sich müht, widerstandest,
240 Braucht er Gewalt und schlingt um den Hals dir das Paar seiner
                    Arme.
Hättest, in viele Gestalten dich wandelnd, du da in gewohnten
Künsten nicht Hilfe gesucht, dann wäre sein Wunsch ihm
                    geworden.
Bald jedoch warst du ein Vogel – doch hielt er den Vogel noch
                    fest, – bald
Warst du ein schwerer Baum – doch haftete Peleus am Baume –
245 Fleckige Tigerin war deine dritte Gestalt, und erschreckt von
Dieser, löste der Aeacussohn von dem Leib seine Arme.
    Drauf verehrt er mit Wein, den über die Wasser er ausgoß,
Eingeweiden von Schafen und Weihrauch die Götter des Meeres,
Bis aus der Mitte des Strudels der Seher von Carpathus taucht und
250 Spricht: »O Aeacussohn, du wirst die Braut dir gewinnen.
Feßle sie nur, wenn schlafend sie ruht in der felsigen Höhle,
Ohne daß sie es merkt, mit zähen Banden und Schlingen.
Laß dich nicht täuschen, auch wenn sie hundert Gestalten erfindet,
Halte, was es auch sei, bis zur ersten Gestalt sie zurückkehrt.«
255 Proteus sprach es und barg sein Gesicht darauf in den Wellen,
Ließ seines Wassers Flut mit den letzten Worten sich mengen.
    Titan senkte sich schon herab und stand mit geneigter

Deichsel über dem westlichen Meer, da suchte des Nereus
Herrliche Tochter aufs neu ihr gewohntes Bett in den Felsen.
Kaum hat Peleus sich recht auf die Jungfrauenglieder gestürzt, da
Übt sie das nämliche Spiel, bis sie fühlt, daß die Glieder gefesselt,
Und daß die Arme von Banden ihr weit auseinandergespannt sind.
Endlich seufzte sie auf: »Nicht ohne die Gunst eines Gottes
Siegst du!« und Thetis ist da. Darauf umarmte der Held sie,
Hat erlangt seinen Wunsch, sie erfüllt mit dem großen Achilles.

Froh seines Sohnes, froh seiner Gattin, ist Peleus in allem
Glücklich gewesen, willst von des Phocus Ermordung du absehn.
Schuldig am Blute des Bruders, vom Hause des Vaters vertrieben,
Wird er vom Land, das um Trachin gelegen, empfangen, wo Ceyx
Ohne Gewalt und Blut als König führte die Herrschaft.
Ceyx, des Lucifer Sohn, der den leuchtenden Glanz seines Vaters
Hell auf dem Antlitz trug. Der aber trübe zu dieser
Zeit, sich selbst nicht gleich, den verlorenen Bruder beklagte.
Dorthin kam der Aeacussohn, von den Sorgen, den Wegen
Müde, und trat in die Stadt, von kleinem Gefolge begleitet.
Was er an Schafen und Ziegen und Rindern mit sich geführt hat,
Ließ er nahe den Mauern zurück in schattigem Tale.
    Als ihm Gelegenheit ward, dem Gebieter des Landes zu nahen,
Hebt er, flehend um Schutz, die Hand mit der wollenen Binde,
Sagt, wer er sei, und wer ihn gezeugt: seine Schuld nur verhehlt er,
Lügt einen Grund seiner Flucht und bittet, er möge mit Stadt und
Äckern ihm helfen. Ihm entgegnet mit freundlichem Munde
So der König von Trachin: »Was uns beschieden, genießt, o
Peleus, auch einfach Volk, kein ungastlich Reich ist das meine.
So unser Brauch, und du fügst noch Gewichtiges bei: deinen
                                    Namen,
Juppiter auch, deinen Ahn. Verliere die Zeit nicht mit Bitten,
Alles wird dir gewährt. Was hier ist, nenne das Deine,
Wie du immer es siehst. O möchtest du Besseres sehen!«
Und er weinte. Als Peleus und dessen Gefährten ihn fragen,
Was so großen Schmerz ihm schaffe, spricht er zu ihnen:
    »Dort der Vogel, der vom Raub lebt und alle die andern
Schreckt, er habe, so glaubt ihr, von jeher Federn gehabt. – Ein

ELFTES BUCH

Mann war es einst und war – so fest bewahrt er sein Wesen –
Damals schon heftig und wild, geneigt zu Krieg und Gewalttat,
295 Hieß mit Namen Dædalion, war von jenem gezeugt, der
Morgens Auroren ruft und als letzter scheidet vom Himmel.
Mir ist der Frieden lieb, den Frieden, das Glück meiner Ehe
Mühte ich stets mich zu wahren; dem Bruder gefielen die Kriege.
Seinem Mute, der jetzt im verwandelten Leibe die Tauben
300 Schreckt, unterlagen einst die Könige samt ihren Völkern.
    Chione war seine Tochter. Sie hatte, im vierzehnten Jahre
Mannbar, mit höchster Schönheit begabt, unzählige Freier.
Phœbus kehrte mit dem, den Maia geboren, von seinem
Delphi zurück und jener vom Gipfel des Berges Cyllene;
305 Beide erblickten zugleich das Mädchen, und beide entbrannten.
Phœbus verschiebt auf die Nacht sein Liebeshoffen, der andre
Duldet den Aufschub nicht. Mit der schlummerschaffenden Rute
Rührt er der Jungfrau Gesicht. Sie liegt in dem zaubrischen Bann
                                                                    und
Leidet des Gottes Gewalt. Die Nacht bestirnte den Himmel,
310 Phœbus nahte als Alte, genoß, was zuvor schon geraubt war.
Als der schwangere Leib die Zeit seiner Reife erfüllt hat,
Wird der verschlagene Sohn aus des Flügelfüßigen Samen,
Wird Autolycus, der zu jedem Streiche begabt ist,
Dessen Gewohnheit es ward, in Weiß das Schwarze, in Schwarz das
315 Weiß zu verwandeln, der nicht aus der Art des Vaters geschlagen;
Und aus Phœbus ward – denn Zwillinge hat sie geboren –
Der durch sein Leyerspiel und sein Singen berühmte Philammon.
    Daß sie zweie geboren und zweien Göttern gefallen,
Daß ihr Vater ein Held, ihr Ahn der Donnerer selbst war,
320 Ach, was frommte es ihr? Oder schadet ihr Ruhm nicht auch
                                                                    vielen?
Ihr, ihr hat er geschadet! Sich über Dianen zu stellen,
Hat sie gewagt und das Antlitz der Göttin getadelt. Doch diese
Faßte ein wilder Zorn: »Was ich tu, das soll dir gefallen!«
Ruft sie und spannt sogleich den Bogen, schnellt mit der Sehne
325 Ab ihren Pfeil und durchbohrt mit dem Schaft die schuldige Zunge.
Die verstummt, kein Laut, kein Wort erklingt ihrem Mühn, und
Als sie zu sprechen versucht, verläßt mit dem Blut sie das Leben.

Ich umschlang die Ärmste, versuchte, im Herzen des Oheims
Gram, dem Bruder Trost in seiner Trauer zu sprechen.
330 Aber der Vater nimmt es nicht anders auf als des Meeres
Brausen ein Fels und bejammert laut die verlorene Tochter.
Als er dann gar auf der Scheiter sie sieht, da treibt es ihn viermal
Mitten ins Feuer zu stürzen, und als man ihn viermal zurückhält,
Wendet er, wild verstört, sich zur Flucht; und so wie ein Jungstier,
335 Der im zerstochenen Nacken die Stacheln der Hornissen trägt, so
Stürzt er blindlings davon. Mir schien es schon da, daß er schneller
Lief' als ein Mensch, als hätten die Füße Flügel erhalten.
Allen entrann er so; und, rasch im Verlangen zu sterben,
Hat er das Haupt des Parnassus erreicht. Apollon erbarmt sich,
340 Ließ Dædalion, der sich vom hohen Felsen gestürzt, zum
Vogel werden und hielt auf Flügeln plötzlich ihn schwebend,
Gab ihm den krummen Schnabel, die hakigen Krallen, den alten
Tapferen Mut und größere Kraft, als dem Leibe du zutraust.
Jetzt als Habicht wütet er, keines Freund, gegen alle
345 Vögel und trauernd schafft er Grund zur Trauer den andern.«
   Während Lucifers Sohn von seinem Schicksalsgenossen
Dieses Wunder erzählt, fliegt atemlosen Laufes
Eilig der Rinder Hüter herbei, der Phocer Onetor:
»Peleus, Peleus, ich komme zu dir als Bote von großem
350 Unheil!« Peleus heißt ihn sagen, was es auch sei, und
Auch der Trachiner Fürst, er bangt, im Antlitz Besorgnis.
   Jener berichtet: »Ich hatte zum buchtigen Strande die müden
Rinder getrieben, als mitten zuhöchst im Laufe die Sonne
So viel hinter sich schaute, als vor ihr sie übrig noch sah, ein
355 Teil der Rinder hatte ins Knie sich gesenkt auf den gelben
Sand und blickte gelagert hinaus auf die Weite der Wasser;
Trägen Schrittes schweifte ein anderer hierhin und dorthin,
Andere schwammen, der Flut mit steilem Nacken entragend.
Über dem Meere steht ein Tempel, er strahlt nicht von Gold und
360 Marmor, tief von den Stämmen des dichten Waldes umschattet,
Nereus und dessen Töchtern geweiht. Sie seien des Tempels
Götter, erzählt uns ein Seemann, der Netze trocknet am Strande.
Neben dem Tempel ein Sumpf, von dichtem Weidicht umstanden,
Den an der Stelle verbleibend das Wasser des Meeres gebildet.

ELFTES BUCH

365 Schwer erschreckt dorther die Umgebung ein krachend Geräusch –
ein
Riesiges Untier, ein Wolf! Er tritt aus den Binsen des Sumpfes,
Schaumüberflockt, besudelt mit Blut den blitzenden Rachen,
Grausig die schrecklichen Lichter von flammendem Rot
unterlaufen.
Hauste er schrecklich auch in Wut *und* Hunger, so war er
370 Schrecklicher doch durch die Wut. Denn er denkt nicht, im Blute
der Tiere
Nur das grimmige Nagen des Hungers zu enden, er schlägt sie
Alle, die Rinder, und streckt sie alle feindlich zu Boden.
Auch ein Teil von uns, er sinkt, da zu wehren wir suchen,
Tödlich von Bissen verletzt, in den Sand. Der Strand und des
Meeres
375 Saum wird rot von dem Blut; es hallt von dem Brüllen der Sumpf. –
Doch
Schaden bringt der Verzug, die Lage leidet kein Zaudern!
Laßt uns, solang etwas blieb, die Waffen, die Waffen ergreifen,
Alle zusammen, und laßt vereint die Geschosse uns schleudern!«
So des Landmanns Bescheid. Doch den Peleus schreckt der
Verlust nicht,
380 Sondern er schließt, gedenk seiner Tat, die Tochter des Nereus
Sende des Mörders Verlust als Totenopfer dem Phocus.
Ceyx, der König, heißt die Männer sich rüsten, die scharfen
Waffen ergreifen, bereitet sich selbst mit ihnen zu ziehen.
Doch seine Gattin, Alcyone, springt, geschreckt durch das Lärmen,
385 Plötzlich hervor; sie reißt ihr noch nicht gänzlich geflochtnes
Haar auseinander und bittet mit Worten und Tränen, des Gatten
Hals umklammernd, er möge zwar Hilfe entsenden, doch mög’ er
Selbst nicht gehn und so zwei Seelen in einer bewahren.
Da spricht Peleus zu ihr: »O Königin, laßt von der schönen,
390 Frommen Besorgnis! Vollauf genügt euer freundlich Versprechen.
Daß man mit Waffen das Untier bekriege, ist nicht mein Begehr:
Hier
Gilt’s, eine Gottheit der See zu versöhnen!« Es ragte ein Turm dort,
Oben ein Brandplatz, ein Licht, den müden Kielen willkommen.
Den ersteigen sie jetzt und sehen die stöhnenden Stiere

Rings am Strande gestreckt und mit blutigem Maule den wilden,
Grimmen Verwüster mit Blut die langen Borsten besudelt.

Reckend die Hände von dort zum Strande des offenen Meeres,
Bittet Peleus die Göttin der Flut, zu enden den Zorn und
Hilfe zu bringen; doch ließ sich Psamathe nicht durch des Peleus
Bitten erweichen: Thetis empfing auf ihr Flehn für den Gatten
Erst Verzeihung von ihr. Der zurückgerufene Wolf, er
Mordete weiter jedoch, berauscht von der Süße des Blutes,
Bis sie ihn so, wie er hing am zerfleischten Hals einer Jungkuh,
Endlich in Marmor verwandelt. Den Leib und außer der Farbe
Alles ließ sie bestehn. Die Farbe des Steines verrät nur,
Daß er kein Wolf mehr ist und nicht mehr weiter zu fürchten.

Aber das Schicksal ließ den flüchtigen Peleus in diesem
Lande nicht bleiben: Ins Land der Magneten zog der Verbannte;
Dort erst ward er vom Morde entsühnt durch den Fürsten Acastus.

Ceyx indessen, die Brust beklemmt und verwirrt durch das
Zeichen,
Das an dem Bruder geschehn und von dem, was danach sich
ereignet,
Rüstet zum Gott von Claros die Fahrt, sein heilig Orakel
Dort zu befragen, der Sterblichen Trost; denn zum delphischen
Tempel
Sperrte der ruchlose Phorbas den Weg mit dem Phlegyervolke.

Doch, was er plant, gibt Ceyx zuvor der treuesten Gattin,
Dir, Alcyone, kund. Und sogleich durchrieselt ein kalter
Schauder ihr Mark und Gebein; mit des Buchsbaums Blässe
bedeckt sich
Ganz ihr Gesicht, ihre Wangen benetzen die quellenden Tränen.
Dreimal versucht sie zu reden, und dreimal erstickt ihre Stimme
Weinen; und oft unterbricht noch Schluchzen die Gute, doch
endlich
Klagt sie: »Was hab' ich gefehlt? Was hat deinen Sinn mir
gewandelt,
Liebster? Wo blieb dein Sorgen, das *mir* zuerst sonst gegolten?
Schon vermagst du, verlassend Alcyone, ruhig zu bleiben?
Lockt die Weite dich schon? Schon liebst du mich mehr als
Entfernte?

ELFTES BUCH

425 Führte zu Lande dein Weg, ich würde wohl ebenso trauern,
Doch mich nicht ängstigen so, zum Kummer träte die Furcht nicht:
Aber mir graut vor dem Wasser, dem traurigen Bilde des Meeres.
Und erst kürzlich sah ich zerschmetterte Planken am Strande,
Und schon oftmals las ich die Namen an Gräbern, die leer stehn.
430 Daß dir nicht etwa der Sinn ein trügend Vertrauen verführe,
Weil deinen Schwäher du nennst den Gott, der im Zwinger die
                                        wilden
Winde verwahrt und, wenn's ihm gefällt, die Fluten besänftigt.
Sind sie erst einmal los und gewannen die offene See, ist
Nichts mehr ihnen verwehrt und preisgegeben ein jedes
435 Land und ein jedes Meer. Sie jagen die Wolken des Himmels,
Stoßen im Anprall jäh heraus die rötlichen Blitze.
Ja, je mehr ich sie kenne: ich kenne sie, sah in des Vaters
Hause als Kleine sie oft – desto schrecklicher scheint mir ihr Wesen.
Kann aber, liebster Gemahl, den Sinn dir keinerlei Flehen
440 Beugen, und hast du zu fest schon beschlossen die Reise, dann bitt'
                                        ich:
Nimm mich mit auf die Fahrt. Wir dulden gemeinsam, ich fürchte
Dann nur das, was wirklich geschieht. Wir tragen vereint dann,
Was auch komme, und werden vereint übers Meer hin getragen.«
Wohl ist der sternenentstammte Gemahl von der Aeolustochter
445 Worten und Tränen bewegt, denn er liebt mit nicht minderer
                                        Wärme.
Doch von der Fahrt zur See, der beschlossenen, will er nicht
                                        abstehn,
Will auch nicht, daß die Gattin mit ihm die Gefahren der Seefahrt
Teile, und redet viel, das angstvolle Herz ihr zu trösten.
Doch er versöhnt sie nicht seinem Plan. Da fügt er zuletzt noch
450 Dies hinzu, was allein der Liebenden Kummer gelindert:
»Lang wird uns jegliche Frist der Trennung scheinen. Doch
                                      schwör' ich
Dir bei des Vaters Schein: Wenn das Schicksal nur mich zurückläßt,
Kehre ich früher zurück, als der Mond sich zweimal erneut hat.«
Als er mit diesem Versprechen auf Rückkehr Hoffnung gegeben,
455 Heißt er vom Lager ziehn das Schiff, daß den fichtenen Rumpf ihm
Netze die Flut, und befiehlt, das Takelwerk rasch ihm zu rüsten.

Jäh erschauert aufs neu, als ahnte sie kommendes Unheil,
Als sie das Schiff ersah, Alcyone; wieder vergießt sie
Tränen. Sie küßt und umschlingt den Gemahl, und traurigen
Mundes
Seufzt sie kläglich: »Leb wohl!« und sinkt ohnmächtig zusammen.

Aber die Jünglinge ziehn, da Ceyx um Aufschub bemüht ist,
Schon der Ruder doppelte Reih zur kräftigen Brust und
Teilen in gleichen Schlägen die Flut. Sie hebt ihre tränen-
feuchten Augen und sieht auf dem hohen Heck seines Schiffes
Dort den Geliebten stehn, sie sieht mit der Rechten die ersten
Grüße ihn winken und winkt ihm zurück. Als die Erde
zurückwich,
Weiter, das Auge nicht mehr im Stand, das Gesicht zu erkennen,
Folgt, solang er vermag, ihr Blick dem entfliehenden Fahrzeug;
Als auch dies in die Weite enträckt und nicht mehr zu sehen,
Schaut nach dem Segel sie noch, das schwebte hoch oben am Maste.
Auch das Segel verschwand; beklommen sucht sie das leere
Lager und wirft sich aufs Pfühl. Das Gemach und das Bette erneun
Al-
cyones Tränen und mahnen an den, der nun von ihr fern ist.

Schon ist der Hafen verlassen, die Taue bewegt von der Brise,
Und der Seemann legt an die Flanken die hangenden Ruder,
Setzt an den höchsten Ort die Rahen, holt von dem Mastbaum
Ganz die Leinwand herab und fängt den Wind, der nun aufkommt.

Weniger oder doch nicht mehr als mäßig bewegtes
Wasser durchfurchte der Kiel – das Land vom Heck und vom Bug
gleich
Weit – als bei sinkender Nacht das Meer auf schwellenden Wogen
Weiß sich zu krönen begann und der Ost sich jählings verstärkte.
»Vorwärts!« so schreit der Lenker, »herunter endlich die Rahen!
Rasch! Und das Segel ganz an die Stangen fest mir gebunden!«
Wohl, er befiehlt, doch wehrt dem Befehl das Wehen des Sturmes,
Und der Wogen Getös läßt keinen Ruf mehr vernehmen.
Trotzdem bergen die einen in Eile die Ruder, verwahren
Andre die Flanken, entziehn den Winden andre die Segel.
Der schöpft Wasser und gießt die Flut zurück zu den Fluten,
Der rafft Rahen. Dieweil dies ohne Befehle getan wird,

490 Wächst noch des Wetters Graus. Die Winde führen von allen
Seiten den Krieg und wühlen auf das empörte Gewoge.
Auch der Lenker erbleicht und gesteht, er wisse es selbst nicht,
Wo nun des Schiffes Stand, und was er befehl' und verbiete.
So des Unheils Wucht, viel mächtger als all seine Künste.
495 Rings umher der Männer Geschrei, das Pfeifen der Taue,
Tosen der schweren Seen in dem Meer, in den Lüften der Donner.
Auf seinen Fluten reckt das Meer sich empor, an den Himmel
Scheint es zu rühren, mit Gischt zu besprengen die hangenden
                                                                Wolken,
Pflügt aus den Tiefen bald den Sand und führt seine gelbe
500 Farbe, und bald erscheint es dunkler noch als die schwarzen
Wasser der Styx, und jetzt schäumt weiß es auf brodelnder Fläche.
    Auf und nieder reißt es im Wechsel das Schiff der Trachiner,
Bald erhoben zur Höh, wie von Bergesgipfel hinunter,
Scheint es, hinab ins Tal, in des Acheron Tiefen zu schauen,
505 Bald in den Abgrund gesenkt, umwallt von Wassergewölben,
Wie aus dem untersten Schlund des Orcus zum Himmel zu blicken.
Oftmals dröhnt ihm schwer vom Prall der Wogen die Flanke,
Hart ertönt es, wie wenn des Widders eherner Schädel
Oder der Wurfstein trifft einer Stadt zerstoßene Mauern.
510 Und wie Löwen die Brust mit der Wucht, wie der Sprung sie
                                                                verliehen,
Wütend wider den Schild und entgegengehaltene Lanzen
Werfen, so springen die Wogen, seitdem sie dem Sturm sich
                                                                ergeben,
Gegen des Schiffes Gerüst und heben hoch sich darüber.
    Schon gelockert die Pflöcke, beraubt des deckenden Wachses,
515 Klafft die Spalte und öffnet den Weg den tödlichen Fluten.
Da! Nun bricht ringsum aus geborstenen Wolken der Regen,
Wie wenn hinab ins Meer der Himmel ganz wollte strömen,
Wie wenn zum Himmel empor das Meer sich auf wollte schwellen.
Regen trieft aus den Segeln, mit wogenden Güssen des Himmels
520 Mischt sich das Wasser der See. Dem Äther mangeln die Sterne,
Undurchdringlich lastet das Schwarz der Nacht und des Wetters;
Blitze zerreißen allein das Dunkel und geben ein grelles,
Flackerndes Licht; die Wogen erglühn im Brand ihrer Strahlen.

Oft schon springt und schlägt die Flut hinein in der Rippen
525 Hohles Gefüge, und wie, vor allen trefflich, ein Krieger,
Der schon lange bestürmt einer Stadt verteidigte Mauern,
Endlich sein Ziel doch ereicht und, entbrannt von Ruhmes
                                        Begierde,
Setzt auf die Mauer den Fuß, unter tausend Männern der Eine –
So bricht jetzt, nachdem neun andere getroffen die hohen
530 Wände, weiter und höher sich hebend, die zehnte der Wogen
Ein und läßt nicht ab, das ermattete Schiff zu bedrängen,
Bis über Bord sie steigt auf das Deck des eroberten Fahrzeugs.
So versucht *ein* Teil der See, in das Schiff noch zu dringen,
Drinnen der andere schon. Sie zittern alle wie Bürger,
535 Wenn die einen von außen die Mauern noch untergraben,
Während die anderen schon im Inneren Stellung gewonnen.

Alles Können versagt, der Mut entsinkt, und sie sehen
Nahen in jeder Welle, die anrollt, einbricht, das Ende.
Der läßt Tränen den Lauf, *der* starrt, es preist dort ein andrer
540 Glücklich die, deren harre ein Grab, es betet der eine,
Hebt zum Himmel, den er nicht sieht, die Arme und fruchtlos
Fleht er um Hilfe; diesem erscheinen der Vater, der Bruder,
Jenem die Lieben, das Haus und, was sonst ein jeder zurückließ.
Ceyx denkt Alcyones nur, Alcyone ist in
545 Ceyx' Munde allein. Er entbehrt nur *sie,* und er freut sich
Doch, daß sie fern. Er wollte zur vaterländischen Küste
Rückwärts schauen und heim die letzten Blicke noch senden;
Aber er weiß nicht, wohin: In solch verwirrendem Kreisen
Kocht das Meer; und es deckt pechschwarz das dunkle Gewölke
550 Ganz den Himmel und läßt die Nacht verzwiefacht erscheinen.

Krachend birst der Mast, vom Wirbel des Sturmes gebrochen,
Birst das Ruder, und stolz, eine Siegerin über der Beute,
Blickt auf die anderen Wogen herab sich beugend die Eine,
Schwer, als ob den Athos, den Pindus ganz ihren Sitzen
555 Einer entrissen und dann auf des Meeres Weite gewälzt, so
Stürzt sie hernieder jäh und senkt mit des wuchtenden Falles
Last in die Tiefe das Floß. Mit ihm erfüllte, vom schweren
Strudel gesaugt und der Luft nicht wiedergegeben, der Männer
Mehrzahl ihr Los. An des Schiffes zerschlagene Teile und Trümmer

560 Klammern die anderen sich noch. Mit der Hand, die das Szepter
gehalten,
Hält auch Ceyx ein Stück des Steuers; er fleht zu dem Schwäher,
Ach, zum Vater umsonst! Doch bricht aus des Schwimmenden
Munde
Meist ›Alcyone, Gattin!‹ Er ruft es wieder und wieder,
Hofft, es treibe die Flut seinen Leib, den entseelten, vor *ihre*
565 Augen, daß liebende Hand zur Ruhe im Hügel ihn bette;
Sie, die ferne, sooft die Flut nur den Mund ihn läßt öffnen,
Ruft er schwimmend; er murmelt ›Alcyone‹ selbst in die Wogen. –
Da! Ob den Wassern hebt sich ein Wellenbogen, ein schwarzer,
Bricht und stürzt auf sein Haupt und taucht es unter die Fluten.

570 Dicht verfinstert blieb und nicht zu erkennen an diesem
Morgen des Morgens Stern; denn da ihm verwehrt ist, des Himmels
Bahn zu verlassen, bedeckt er mit Wolken das trauernde Antlitz.

Aeolus' Tochter indes weiß nichts von alle dem Unheil,
Zählt die Nächte und sucht das Gewand schon voll Eifer, das Er
soll
575 Tragen, und wählt schon das Kleid, das sie selbst soll schmücken,
wenn Er kommt,
Bilder hoffend vor Aug seiner Heimkehr, schöne – und eitle.
Fromm bedachte sie zwar die Götter alle mit Weihrauch,
Junos Tempel brachte jedoch sie Opfer vor allen;
Und sie trat für den Mann, der nicht mehr war, zum Altare,
580 Betend, daß heil ihr lieber Gemahl, daß wieder er kehre,
Keine ihm mehr gefalle als sie; und mit all ihren Opfern
Konnte sie nur die Erfüllung des letzten Wunsches erlangen.

Doch die Göttin erträgt das Flehn für den Toten nicht länger,
Fern von ihrem Altar die befleckenden Hände zu halten,
585 Spricht sie: »Iris, du meiner Stimme getreueste Botin,
Suche mir rasch den Hof des schlummerspendenden Schlafgotts,
Heiß in des toten Ceyx Gestalt ihn senden ein Traumbild,
Das Alcyone wahr verkünde, welch Los ihm gefallen.«
Juno spricht es, und Iris hüllt in den Schleier der tausend
590 Farben sich schon und erreicht, in geschwungenem Bogen den
Himmel
Zeichnend, des Königs Haus, das unter Wolken versteckt liegt.

Nah dem Cimmerierland erstreckt eine Grotte sich tief ins
Hohl eines Berges, und hier ist des trägen Somnus Behausung.
Phœbus, der strahlende, kann, er steige, schweb' oder sinke,
595 Niemals erreichen den Ort. Wie Hauch enthebt sich dem Boden
Nebel, mit Dünsten vermischt, es schimmert ein dämmerndes
Zwielicht.
Nie erweckt mit dem Krähn seines Schnabels Auroren des Kammes
Munterer Träger hier, noch bricht die Stille der Hunde
Eifernd Gebell, noch der Gans, der schärferen Wächterin,
Schnattern.
600 Nie ertönt ein Laut von wildem, von zahmem Getier, von
Zweigen im Winde bewegt, vom Zanken menschlicher Zungen.
Stumm die Ruhe hier haust. Dem Schoße des Felsens entquillt nur,
Lethe führend, ein Bach, des Wellen murmelnd und rieselnd
Über die Kiesel sanft hinplätschernd laden zum Schlummer.
605 Draußen am Eingang stehn in üppiger Blüte der Mohn und
Kräuter tausenderlei, aus denen die Nacht ihre süßen
Schlummersäfte gewinnt, das beschattete Land zu betauen.
Nie läßt die Pforte, gedreht in den Angeln, ein Knirschen
vernehmen:
Keine gibt es im Haus und keinen Wächter der Schwelle.
610 Doch inmitten erhebt aus Ebenholz sich ein Lager,
Einfarb, flaumweich, dunkel belegt mit schwärzlichen Decken.
Hier ruht *Er*, der Gott, gelöst und schlaff seine Glieder,
Rings um ihn her zerstreut die hohlen Träume gelagert:
Bilder so mancher Gestalt, an Zahl wie die Ähren der Ernte,
615 Blätter des Waldes und Körner des Sandes, gespült an die Küste.
Als nun die Jungfrau betreten den Raum, mit den Händen
beiseite
Drängte die Träume, die ihr im Weg, erhellt ihres Schleiers
Glanz das heilige Haus; und mühsam hob das in schwerer
Trägheit sinkende Lid der Gott, und wieder und wieder
620 Fiel er zurück und stieß sich nickend die Brust mit dem Kinn, doch
Riß er sich endlich los von sich selbst, erhob sich vom Lager,
Forscht, als er nun sie erkennt, warum sie gekommen. Da spricht
sie:
»Schlaf, du Ruhe der Wesen, o Schlaf, du freundlichste Gottheit,

ELFTES BUCH

Friede der Seele, den Kummer flieht, der Leiber, die hartes
625 Tagwerk erschöpft hat, labt und erfrischt zu neuem Beginnen, –
Laß in des Hercules Stadt einen Traum Alcyonen nahen,
Der in des Königs Gestalt, deren Aussehen treulich er treffe,
Dort erschein' und den Gatten ihr zeige als Opfer des Schiffbruchs.
Juno befiehlt es.« Und Iris, des Auftrags entledigt, enteilte, –
630 Denn sie konnte der Dünste Gewalt nicht länger ertragen, –
Und, wie sie fühlte den Schlaf in die Glieder sich schleichen, entfloh
sie,
Kehrte zurück auf dem Bogen, auf dem sie soeben gekommen.
    Aber der Vater ruft aus dem großen Volk seiner tausend
Söhne den Morpheus auf, den Meister der Kunst, die Gestalten
635 Nachzuahmen. Es drückt so geschickt wie dieser kein andrer
Mienen aus und Gang, den Ton der Stimme; die Tracht auch
Gibt er dazu und die Wendungen, die im Gespräch einem Jeden
Eigen. Doch *er,* er stellt nur Menschen dar, und ein andrer
Wird zum Vogel, zum Tier, zum langen Leib einer Schlange.
640 Icelos heißt er den Göttern, Phobetor der sterblichen Menge.
Aber als dritter übt von den ihren verschiedene Künste
Phantasos: Täuschend geht in Erde, Felsen und Wellen,
Stämme er über, in alles, was nicht der Sitz einer Seele.
Königen zeigen nur und Fürsten bei Nacht ihr Gesicht die
645 Einen, die andern erscheinen bald diesem, bald jenem im Volke.
Vater Somnus jedoch übergeht sie und wählt von den Brüdern
Allen den Morpheus aus, zu vollführen den Auftrag der Thaumas-
tochter. Dann legt er, in sanfter Erschlaffung wieder sich lösend,
Nieder sein Haupt und versenkt es aufs neue tief in den Polstern.
650 Morpheus fliegt – kein Rauschen erweckt der Schlag seiner
Flügel –
Hin durch die finstere Nacht und erreicht in der Spanne von kurzer
Frist die thessalische Stadt, entfernt vom Leibe die Flügel,
Nimmt die Gestalt des Ceyx an und tritt nun in dieser,
Leichenfahl, einem Toten gleich, ohn' alle Bekleidung
655 Hin vor der Gattin Bett, der beklagenswerten. Des Mannes
Bart schien naß und schwer aus den Haaren das Wasser zu triefen.
    Jetzt, auf das Lager geneigt, überströmt von Tränen das Antlitz,
Spricht er: »Erkennst du wohl deinen Ceyx, du ärmste der Frauen?

Oder verändert der Tod mein Gesicht? Blick her, und erkennen,
560 Finden wirst du anstatt des Mannes, den Schatten des Mannes.
Nichts, Alcyone, hat mir dein Beten geholfen: dein Ceyx
Starb. Laß ab, dir umsonst auf mich noch Hoffnung zu machen.
Wolkenumhüllt ergriff im ægæischen Meere mein Schiff der
Südwind, trieb es mit mächtigem Hauch dahin, seine Flanken
65 Hat er gelöst; meinen Mund, der deinen Namen vergeblich
Rief, erfüllte die Flut. Kein unzuverlässiger Bote
Meldet dir dies, du hörst es nicht als ein schweifend Gerücht: Ich
Künde dir, selbst zugegen, als Schiffbruchs Opfer mein Schicksal.
Auf, und weihe mir Tränen! Leg' Trauerkleider dir an und
70 Schick' mich nicht unbeweint hinab in des Tartarus Öde!«
Morpheus gab eine Stimme dazu: Alcyone glaubte,
Die ihres Gatten zu hören; in Wahrheit strömende Tränen
Schien er zu weinen und zeigte das Spiel der Hände des Ceyx.
    Und Alcyone stöhnt und weint, im Schlafe noch streckt die
75 Arme sie aus, zu umfassen den Leib – und greift in die Lüfte.
»Bleib! Wohin eilst du? O laß zusammen uns gehn!« so ruft sie.
Durch ihre Stimme verstört und den Anblick des Mannes, erwacht
                                                                sie,
Sieht zunächst umher, ob *er* nicht mehr an der Stelle,
Er, den sie eben geschaut. – Auf den Ruf hin hatten die Diener
80 Licht in die Kammer gebracht. – Und als sie nirgends ihn findet,
Trifft mit der Hand sie ihr Antlitz, sie reißt von der Brust das
                                                                Gewand und
Schlägt ihre Brüste; sie läßt sich, die Haare zu lösen, nicht Zeit, sie
Rauft sie und klagt der Amme, die fragt, was der Grund ihrer
                                                                Trauer:
»Wehe, dahin, dahin ist Alcyone, wehe, mit ihrem
5 Ceyx starb sie zugleich! O spart eure tröstenden Worte!
Schiffbrüchig ging er zugrund! Ich sah, erkannt' ihn und streckte
Hier nach dem Fliehenden aus die Hände und wollte ihn halten.
Wohl ein Schatten war's, doch deutlich erkennbar der wahre
Schatten meines Gemahls! Er hatte, fragst du danach, nicht
0 Seinen gewohnten Blick, noch strahlte wie früher sein Antlitz.
Bleich und nackt mit immer noch wassertriefenden Haaren
Sah ich Unselige ihn. Erbärmlich stand er am Platz hier, –

Hier, an *dem*!« – Und sie sucht, ob keine Spuren geblieben. –
»Dies war, dies, was lang ich in ahnender Seele gefürchtet,
695 Darum bat ich, du mögest, mich fliehend, den Winden nicht folgen.
Doch nun wollt' ich fürwahr, da du fuhrst ins Verderben, du hättest
Mich auch mit dir geführt! Viel besser wär' mir gewesen,
Mit dir zu ziehn; dann hätte ich keinen Teil meines Lebens
Nicht mit dir verbracht und der Tod uns getrennt nicht getroffen.
700 Jetzt, jetzt starb ich allein, allein treib' ich nun auf der Flut, und
Dich hat ferne von mir das Meer verschlungen. Es müßte
Grausamer sein mein Sinn als die See selbst, wollte das Leben
Weiter ich fristen, mich mühn, einen solchen Schmerz zu
                     verwinden.
Doch ich werd' mich nicht mühn, nicht allein, du Armer, dich
                     lassen,
705 Nein, als Gefährtin komm' ich zu dir. Und wenn uns im Grabmal
Nicht die Urne vereint, verbind' uns die Inschrift, und ruht nicht
Bein bei Gebein, so rühr' ich doch mit dem Namen an deinen!«
    Weiter mit Worten zu klagen, verbot ihr der Schmerz, einem
                     jeden
Folgte ein Schlag, und Seufzen entquoll dem geschlagenen Herzen.
710 Morgen war es, sie ging von Haus an die Küste und suchte
Traurig wieder den Ort, von dem sie ihn scheiden gesehen.
Dort verweilt sie und spricht: »Hier hat er die Taue gelöst und
Hier am Ufer mich scheidend geküßt.« Gemahnt durch die Stelle,
Denkt sie an alles, was damals geschehn. Hinaus auf das Meer nun
715 Schauend, erblickt sie jetzt auf weiterem Abstand im klaren
Wasser etwas – ein Körper schien's. Doch, was es wohl sei, blieb
Fraglich zunächst. Nachdem die Wellen es wenig genähert
Und es trotz der Entfernung als Leichnam schon zu erkennen,
Schreckte, wenn unbekannt auch, sie der Schiffbruchtote als
                     Zeichen.
720 Und, als ob einem Fremden sie Tränen widmete, rief sie:
»Armer, wer du auch seist, und wer deine Gattin!« Die Fluten
Tragen näher den Leib. Und je starrer ihr Blick an ihm haftet,
Desto mehr verwirrt sich ihr Sinn. Und jetzt, da das Ufer
Fast er erreicht und sie schon die Züge vermag zu erkennen,
725 Sieht sie: Der Gatte war's! »Er ist es!« ruft sie, mißhandelt

Wangen, Haare, Gewand, und die zitternden Hände nach Ceyx
Streckend, ruft sie und klagt: »Und so, o geliebtester Gatte!
So, du Armer, kehrst du zu mir!« – Von Händen errichtet,
Hebt sich seewärts ein Damm, der das erste Wüten der Wogen
30 Bricht und des Meeres Prall noch vor dem Hafen ermüdet. –
Dorthin springt sie und schwebt – durch ein Wunder vermag sie's –
                                                    im Fluge;
Teilend die flüchtige Luft mit den eben entsprossenen Federn,
Streift sie der Wellen Kamm, ein erbarmenswürdiger Vogel.
Und im Fliegen läßt aus dem schmalen Schnabel sie hören,
35 Klingend wie Trauerruf, einen Ton voll Jammer und Klage.
    Als sie aber den stummen, erkalteten Körper erreicht hat,
Breitet sie klammernd aus die Flügel auf seinen geliebten
Gliedern und sucht ihn – umsonst – mit dem harten Schnabel zu
                                                        küssen.
Ob es Ceyx gefühlt, ob er nur durch der Wellen Bewegung
40 Schien zu heben das Haupt – das Volk stand zweifelnd. Doch Ceyx
Hat es gefühlt, und der Götter Erbarmen verwandelte endlich
Beide in Vögel. Es blieb, obschon unterworfen der gleichen
Wandlung, ihr Lieben bestehn; und es löste das Bündnis der Ehe
Auch bei den Vögeln sich nicht. Sie paaren sich, werden zu Eltern,
45 Und auf dem schwimmenden Nest in stürmischer Winterszeit
                                                        brütet
Sieben friedliche Tage Alcyone ruhig: solange
Schläft die Woge der See; denn Aeolus hütet die Winde,
Hält sie versperrt und schenkt ein ebenes Meer seinen Enkeln.

Einer der Älteren sieht sie vereint überfliegen die weiten
50 Wogen und lobt ihr Lieben, ihr treu bis zum Ende bewahrtes.
Da erzählt der nächste, vielleicht auch derselbe: »Der Vogel,
Den du die Wogen streifen, die Beine, die schmächtigen, tragen
Siehst« – und er weist einen langgehalsten Taucher – »der dort ist
Auch eines Königs Kind. Es sind, willst zu ihm du in steter
55 Reihe gelangen, – es sind die Ahnen, von denen er abstammt:
Ilus, Assaracus und Ganymedes, den Juppiter stahl, der
Greise Laomedon dann und Priamus, welcher die letzten
Tage von Troia erlost. Er ist Hectors Bruder gewesen;

Und er hätte vielleicht, wenn sein Los sich so jäh nicht in früher
760 Jugend gewandt, einen Namen, nicht schlechter als Hector
gewonnen,
Wenn auch diesen die Tochter des Dymas zum Lichte gebracht hat,
Während den Aesacus, wie man erzählt, des gehörnten Granicus
Kind, Alexirhoë, heimlich im Schatten des Ida geboren.
Aesacus haßte die Städte, bewohnte, den schimmernden Hallen
765 Ferne, von Ehrgeiz frei, das Feld und entlegene Berge,
Stellte nur selten sich ein, wenn die Troer zusammen sich fanden.
Doch, in der Brust ein Herz nicht bäurischer Art und nicht unemp-
findlich für Liebe, sieht er an Vater Cebrens Gestade
Trocknen einst in der Sonne ihr schulternumwallendes Haar Hes-
770 perien, die er so oft schon durch alle Wälder gejagt hat.
Wie, erschrocken, die Hindin den fahlen Wolf, wie des Flusses
Ente, wenn fern sie dem Teich überrascht wird, den Habicht, so
flieht die
Nymphe, sobald sie erblickt. Der troische Jüngling verfolgt sie;
Schnell durch die Liebe, bedrängt er sie, die schnell durch die
Furcht ist.
775 Da! Im Grase versteckt, eine Schlange schlägt ihren krummen
Zahn in der Fliehenden Fuß und läßt sein Gift ihr im Leibe.
Und mit dem Leben endet die Flucht. Von Sinnen umschlingt er
Da die Entseelte: »Wie reut, wie reut mich, daß ich gefolgt bin!
Dies jedoch konnt' ich nicht ahnen, soviel lag nicht mir am Siege.
780 Ärmste, wir haben zu zweit dich getötet: Der Wurm hat die
Wunde,
Ich den Anlaß gegeben. Und *ich* bin schuldiger. Doch ich
Will durch meinen Tod für deinen Tod dir genugtun!«
Ruft es und stürzt sich ins Meer, von dem Riff, das nagend die
rauhen
Wellen weit unterhöhlt. Sich erbarmend, fing jedoch Tethys
785 Sanft den Fallenden auf, den Schwimmenden deckt' sie mit Federn.
So verlor er die Macht, den Tod, den er suchte, zu finden.
Daß man gegen sein Wollen zu leben ihn zwingt, man der Seele,
Die ihren elenden Sitz zu verlassen gewillt ist, es wehrt, em-
pört den Liebenden, und mit den frisch seinen Schultern
entsproßnen

Flügeln schießt er hinab und wirft sich erneut auf die Flut, doch
Mildert der Flaum seinen Fall. Und Aesacus rast; in die Tiefe
Stürzt er kopfüber und sucht einen Weg in den Tod, ohne Ende.
Mager hat ihn die Liebe gemacht; seine Läufe sind lang, und
Lang ist der Hals und weit sein Haupt vom Leibe. Das Wasser
Liebt er und trägt seinen Namen daher, daß er stets in die Flut
taucht.«

ZWÖLFTES BUCH

Priamus wußte es nicht, daß der Sohn, zum Vogel geworden,
Lebt, und er trauert um ihn. Mit den Brüdern hat Hector dem leeren
Grab, das den Namen nur trägt, die Totenopfer gespendet.
    Nur des Paris Gegenwart fehlt bei dem traurigen Dienst, – des
5 Paris, der bald hernach die geraubte Frau und den langen
Krieg in die Heimat gebracht. Die tausend verschworenen Schiffe
Folgen darauf mit dem Heer des gesamten pelasgischen Stammes,
Hätten die Rache nicht weiter verschoben. Doch wütende Winde
Wehrten den Weg übers Meer, und fest im fischreichen Aulis
10 Hielt bœotisches Land die zur Ausfahrt gerüsteten Schiffe.
Als sie dem Juppiter hier ein Opfer bereitet nach Väter-
brauch und der alte Altar vom entzündeten Feuer erglüht war,
Sahen die Danaer, wie eine Schlange den Stamm des Platanen-
baumes erklomm, der dort dem begonnenen Opfer zunächst stand.
15   Hoch im Baume ein Nest. Acht Vögel fanden sich drinnen.
Diese zusammen mit der ihr Unheil umflatternden Mutter
Faßte die Schlange und würgt' sie hinab in den gierigen Rachen.
Alle erstaunten. Da sprach der Wahrheit wissende Seher,
Thestors Sohn: »Wir werden, seid froh, ihr Danaer! siegen.
20 Troia fällt, doch erst, nachdem wir lange uns mühten.«
So erklärt er die Vögel, die neun, als Jahre des Krieges.
Jene jedoch, wie das grüne Gezweig sie des Baumes umwunden,
Ward zu dem Stein, der noch heut als Bild einer Schlange geblieben.
    Nereus aber blieb im bœotischen Meere ergrimmt und
25 Trug nicht hinüber den Krieg. Und mancher glaubte, Neptunus
Schone Troias, weil er selbst seine Mauern errichtet.
Nicht so des Thestor Sohn. Der wußte gar wohl und verschwieg nicht,
Daß mit Jungfrauenblut zu versöhnen der göttlichen Jungfrau
Zorn. Als dann das Heil des Ganzen die Liebe zum Kind, der
30 König den Vater besiegt, als, ihr reines Blut zu vergießen,

Iphigenia stand am Altar mit den weinenden Dienern,
War die Göttin besiegt; sie entzog sie dem Blick durch die Wolke.
Während des heiligen Dienstes und vor der betenden Menge
Hab' sie Mycenæs Kind, so erzählt man, vertauscht mit der
                              Hirschkuh.

35   Als nun Diana so mit geziemendem Opfer versöhnt war
Und mit dem ihren zugleich der Zorn des Meeres gewichen,
Fingen die tausend Schiffe die Winde endlich vom Rücken,
Und nach mancherlei Mühen erreichen sie Phrygiens Küste.

Mitten im Erdkreis ist zwischen Land und Meer und des Himmels
40 Zonen ein Ort, den Teilen der Dreiwelt allen benachbart.
Alles, wo es geschehe, wie weit es entfernt sei, von dort er-
späht man's; ein jeder Laut dringt hin zum Hohl seiner Ohren.
Fama bewohnt ihn; sie wählte zum Sitz sich die oberste Stelle,
Tausend Zugänge gab sie dem Haus und unzählige Luken,
45 Keine der Schwellen schloß sie mit Türen; bei Nacht und bei Tage
Steht es offen, ist ganz aus klingendem Erz, und das Ganze
Tönt, gibt wieder die Stimmen und, was es hört, wiederholt es.
Nirgends ist Ruhe darin und nirgends Schweigen im Hause.
Aber es ist kein Geschrei, nur leiser Stimmen Gemurmel,
50 Wie von den Wogen des Meeres, wenn einer sie hört aus der Ferne,
Oder so wie der Ton, den das letzte Grollen des Donners
Gibt, wenn Juppiter schwarzes Gewölk hat lassen erdröhnen.
Scharen erfüllen die Halle; da kommen und gehn, ein leichtes
Volk, und schwirren und schweifen, mit Wahrem vermengt, des
                              Gerüchtes
55 Tausend Erfindungen und verbreiten ihr wirres Gerede.
Manche von ihnen erfüllen mit Schwatzen müßige Ohren,
Andere tragen dem Nächsten es weiter, das Maß der Erdichtung
Wächst, und etwas fügt ein jeder hinzu dem Gehörten.
Töricht Vertrauen ist da, da ist voreiliger Wahn, ist
60 Eitle Freude, da sind die sinnverwirrenden Ängste,
Plötzlicher Aufruhr und Gezischel aus fraglichem Ursprung.
Aber sie selbst, sie sieht, was im Himmel, zur See und auf Erden
Alles geschieht und durchforscht in der ganzen Weite das Weltrund.

Sie hatte kund es gemacht, daß die griechischen Schiffe mit
starker
65 Streitmacht nahn. So kam der Feind in Waffen nicht uner-
wartet; die Troer wehren der Landung und schützen die Küste.
Protesilaos, du fällst als erster durch Hectors Geschoß nach
Schicksalsbestimmung. Die Schlacht kommt teuer zu stehn den
Achæern,
Hectorn lernen sie kennen am Tode der tapferen Seele.
70 Doch auch der Phryger erfuhr, was die griechische Rechte vermöge,
Nicht mit wenigem Blut. Schon färbte sich rot des Sigeum
Strand, schon hatte der Sohn des Neptun, hatte Cygnus unzählge
Männer dem Tode geweiht, schon steht auf dem Wagen Achill und
Streckt mit der Spitze des Schaftes vom Pelion nieder die ganzen
75 Scharen, und suchend im Kampfe den Cygnus oder den Hector,
Stößt er auf Cygnus: Hector blieb verspart auf das zehnte
Kriegsjahr. Da feuert er an die am Hals vom Joche gedrückten
Rosse, die schaumüberflockten, und lenkt auf den Feind seinen
Wagen.
Schüttelnd in seinem gewaltigen Arm die zitternde Lanze,
80 Ruft er: »Wer du auch seist, o Jüngling, als Trost dir im Tode
Nimm du, daß dich erlegt der thessalische Streiter Achilles!«
So des Aeacus Sproß. Seinen Worten folgte der wuchtge
Speer; doch, obgleich seinem sicheren Schuß kein Fehl unterlaufen,
Richtet er doch nichts aus mit dem Wurf des spitzigen Eisens
85 Und erschüttert ihm nur die Brust wie mit stumpfem Geschosse.
»Sohn einer Göttin – ich kenne dich schon vom Erzählen –« so
sprach da
Cygnus, »was wunderst du dich, mich unverwundbar zu sehn?« –
denn
Jener wunderte sich –. »Der Helm, den du siehst mit der falben
Mähne des Rosses, die Last meiner Linken, der wölbige Schild hier,
90 Sind keine Hilfe für mich: Eine Zierde nur such' ich in ihnen.
Trägt doch auch Mars seine Waffen nur deshalb. Bediene ich dieses
Schutzes mich nicht, ich ging' doch unverletzt von dem
Schlachtfeld.
Ja, ein anderes ist's, nicht Sohn einer Tochter des Nereus,
Sondern dessen zu sein, der *den*, seine Töchter und all die

Meere beherrscht.« Er spricht's und wirft auf Achilles den Spieß,
der

Treffen sollte den Schild, der das Erz, von den folgenden Rinder-
häuten neun durchbrach, doch steckenblieb in der zehnten.

Von sich stieß ihn der Held und warf aufs neue mit starker
Hand den zitternden Speer. Und wieder ohne Verwundung
Blieb und heil der Leib. Auch ein dritter Speerwurf vermochte
Nicht zu versehren den Cygnus, der frei und offen sich darbot.
Da entbrennt er im Zorn wie ein Stier im offenen Circus,
Der mit den schrecklichen Hörnern zu treffen sucht, was ihn reizt,
die

Purpurnen Tücher, und merkt, daß er nutzlos die Stöße
verschwendet.

Doch er erwägt, ob vielleicht der Lanze die Spitze entfallen.
Nein, sie haftet am Holz. »Ist also schwach meine Rechte«,
Fragt er, »erschöpfte an Einem die Kräfte, die einst sie besessen?
War ich gewißlich doch stark, da neulich als erster Lyrnesus'
Mauern ich brach, und stark, als ich Tenedos, als ich Eëtions
Theben erfüllt mit dem Blut seiner Bürger, als der Caïcus
Purpurrot von dem Blut der getöteten Uferbewohner
Floß, als Telephus zweimal die Kraft meiner Lanze erprobte.
Hier auch, wo ich so viele gefällt, die zu Haufen am Strand von
Mir geschichtet ich seh, war stark meine Rechte und ist es.«

Spricht es und wirft, als ob er dem, was zuvor er getan, nicht
Traue, den Speer auf Menœt', einen Lycier niederer Abkunft.
Und er durchbohrt ihm den Panzer und unter dem Panzer den
Brustkorb.
Während der Sterbende schwer auf die Erde schlägt mit dem
Scheitel,
Zieht er dasselbe Geschoß aus der warmen Wunde und spricht:
»Dies

Ist meine Hand und dies die Lanze, mit der ich gesiegt! Will
Auch gegen ihn sie gebrauchen, und werde der Ausgang der
gleiche!«
Sprach es, und wieder warf er auf Cygnus und fehlte ihn nicht,
und
Unvermieden erklang an der linken Schulter die Esche.

304 ZWÖLFTES BUCH

Dort jedoch prallte sie ab wie an Marmor und steinernen Klippen.
125 Doch, wo gesessen der Schuß, dort hatte Achilles den Cygnus
Blutgezeichnet gesehn und schon sich gefreut, doch zu frühe.
Denn es war keine Wunde, das Blut war das des Menœtes.
Zähneknirschend springt er da herab von dem hohen
Wagen; er schlägt auf den sicheren Feind aus der Näh mit dem
blanken
130 Schwert und erkennt, daß Schild und Helm von dem Schwerte
zerhaun wird,
Doch an dem harten Leib das Eisen selbst sich verwundet.
    Da erträgt er's nicht mehr, dem Entblößten hämmert er dreimal,
Viermal den Schild ins Gesicht und gegen die Schläfen den
Schwertknauf,
Rückt dem Weichenden nach, verwirrt ihn, bedrängt ihn und
weigert
135 Jegliche Rast dem Bestürzten. Den faßte das bleiche Entsetzen,
Schwarz vor den Augen schwamm ihm Dunkel; und als er die
Schritte
Rückwärts wendete, stand ihm mitten im Wege ein Feldstein.
Rücklings stößt Achill über diesen den Cygnus mit großer
Wucht; er wirft ihn nieder und heftet ihn fest an die Erde,
140 Preßt ihm dann mit dem Schild und den harten Knieen die Brust,
zieht
Eng des Helmes Band; und, unter dem Kinne sich spannend,
Schnürt es die Kehle ihm zu und sperrt den Atem, des Lebens
Weg, ihm ab. Er will den Besiegten der Rüstung berauben:
Nur die Waffen sind da. Den Leib hat Neptun in den weißen
145 Vogel verwandelt, in den, dessen Namen der Mann schon getragen.

Dieses Kampfes Müh schuf Ruhe für mehrere Tage,
Nieder legt man die Waffen auf beiden Seiten und rastet.
Während sorgliche Hut die Mauern Troias bewachte,
Sorgliche Hut die Gräben des griechischen Lagers bewachte,
150 Kam der festliche Tag, da des Cygnus Bezwinger, Achilles,
Pallas versöhnt mit dem Blut einer Kuh, die zum Opfer
geschlachtet.
Als er deren Geweid auf dem warmen Altare gespendet

Und, den Göttern genehm, der Duft zum Äther gedrungen,
Ward dem Opfer sein Teil und gab man das andre dem Mahle.
155 Rings auf Pfühlen gelagert, die Edlen füllen mit Braten-
fleisch ihren Leib und stillen im Wein den Durst und die Sorgen.
Nicht die Leyer und nicht der Gesang von Liedern ergötzt sie,
Nicht die Flöte, die lange, aus vieldurchlöchertem Buchsholz,
Nein, sie dehnen die Nacht mit Gesprächen. Ihr Gegenstand:
männlich
160 Tun; sie geben Bericht, wie der Feind, wie sie selbst sich geschlagen,
Freun sich, im Wechselgespräch von Gefahren, die oft sie gesucht
und
Oft bestanden, zu sagen. – Denn was auch sollte Achilles
Reden, was sollte man eher auch reden beim großen Achilles?
Doch vor allem war ihr Gespräch von dem eben errungnen
165 Sieg über Cygnus erfüllt, und allen schien es ein Wunder,
Daß des Jünglings Leib, von keinem Geschoß zu durchdringen,
Keiner Wunde erlag und schartig machte das Eisen.
Hierob staunte der Aeacussproß und hierob die Griechen,
Bis dann Nestor begann: »Zu euren Zeiten ist Cygnus
170 Einzig Verächter des Eisens gewesen, zu treffen durch keinen
Stich. Doch ich selbst hab' einst den Perrhæber Cæneus gesehen,
Unverletzten Leibes als Ziel unzähliger Wunden.
Cæneus, ja, den Perrhæber; er hauste am Othrys, durch tapfre
Taten berühmt; und – daß dies noch mehr zu verwundern an ihm –
er
175 War geboren als Weib.« Und alle, wie sie da lagen,
Staunten und baten, er möge erzählen, mit ihnen Achilles:
»Sag uns, denn alle erfüllt das gleiche Verlangen zu hören,
Redegewandter Greis, du Weisheit unsres Jahrhunderts,
Sag, wer Cæneus gewesen, warum sein Geschlecht er gewechselt,
180 Wie du ihn kennen gelernt, in welchem Kriegsdienst, in welchem
Kampfe, von wem er besiegt, wenn ihn irgend einer besiegt hat.«
Drauf der Greis: »Obgleich mich das lähmende Alter beschwert
und
Viel mir entfallen vielleicht, von dem was ich sah in den ersten
Jahren, so habe ich mehr doch behalten. Und keine der vielen
185 Taten in Frieden und Krieg ist besser mir haften geblieben.

Und, wenn einen je ein langes Alter zum Zeugen
Vieler Werke der Menschen zu machen vermocht hat: Ich habe
Schon zwei Menschenalter gelebt, jetzt leb' ich das dritte.
Durch ihre Schönheit berühmt, war Cænis, des Elatus Tochter,
190 Einst die herrlichste Jungfrau Thessaliens. Und in den Nachbar-
städten, in deinen auch – deine Landsmännin ist sie, Achilles! –
Ward sie vergeblich begehrt von den Wünschen vieler Bewerber.
Peleus hätte wohl auch versucht, sie zur Braut zu gewinnen,
Aber es war ihm da schon die Hand deiner Mutter geworden,
195 Oder sie war ihm zumindest verheißen. Und Cænis ist niemands
Braut mehr geworden; denn, als am einsamen Strand sie einst
                                                    schweifte,
Litt sie Gewalt von dem Gott der See. – So erzählt eine Sage. –
Als Neptunus die Freuden der neuen Liebe genossen,
Sprach er: »Sicher sei dein Wunsch, keinem Nein zu begegnen:
200 Wähle, was du dir wünschst!« – Dies erzählte die nämliche Sage. –
»Unbill wie *die*«, spricht Cænis, »macht groß mir den Wunsch, daß
                                                    ich solches
Nimmer zu leiden vermag. Gib, daß ich kein Weib sei, dann hast du
Alles gewährt!« Sie sprach mit tieferer Stimme die letzten
Worte; es konnte wohl scheinen, sie spreche mit männlicher
                                                    Stimme.
205 Und so war es. Schon hatte den Wunsch erfüllt des Gewoges
Herrscher, dazu verliehn, daß er niemals könne verwundet
Werden, und daß er nie einem Eisen könne erliegen.
Froh der Gaben geht der Jüngling aus Atrax; er widmet
Männlichem Tun seine Zeit und durchschweift das Gefild am
                                                    Penëus.

210 Heimgeführt hatte Hippodamen dann des verwegnen Ixion
Sproß und die wilden Söhne der Wolke an Tischen sich lagern
Heißen, wie sie gereiht in der baumbeschatteten Grotte.
Auch Thessaliens Adel, ich selbst bin zugegen gewesen;
Wirr, von der Menge Getös, ertönte die festliche Halle.
215 Hymen ruft man schon, es raucht der Saal von den Feuern.
Siehe! Da ist die Braut, gegürtet, im Kreise der Fraun und
Mütter, herrlich, von schönster Gestalt. Wir preisen ob dieser

186–250

Gattin Pirithous glücklich – und hätten fast es berufen.

Denn, o Eurytus, dir, du all der wilden Centaurn
20 Wildester, brennt die Brust vom Wein wie vom Anblick der
                                                            Jungfrau,
Und die Trunkenheit herrscht, gepaart mit geilem Verlangen.
Tische stören, plötzlich gestürzt, das Gastmahl. Gewaltsam
Wird an den Haaren gefaßt und entrafft die junge Vermählte.
Eurytus raubt Hippodamen sich, von den andern ein jeder
5 Die ihm gefällt, die er kann. Ein Bild aus eroberter Stadt war's.
Frauenschreie durchhallen das Haus. Wir erheben uns eiligst
Alle, doch Theseus ruft als erster: »Was für ein Wahnsinn
Faßt, o Eurytus, dich? So lang *ich* lebe zu reizen
Meinen Pirithous und uns beide in einem zu kränken!«
0 [Und der großherzige Held, daß er dies nicht vergeblich
                                                            gesprochen,
Drängt die Drängenden fort und entreißt ihrer Wut die Geraubte.]
Jener entgegnete nichts – er kann ja mit Worten ein solches
Tun nicht entschulden – und greift mit frechen Händen des Rächers
Angesicht an und schlägt nach der edelmütigen Brust ihm.
5 Stand durch Zufall, geziert mit erhabenen Bildern ein alter
Mischkrug dort in der Näh. Den mächtigen, mächtiger selbst, hob
Aegeus' Sohn da auf und warf ihn dem Gegner ins Antlitz.
Ballen von Blut und Hirn und Wein erbrechend aus Mund und
Wunde, zuckt, auf den Rücken gestürzt, der Räuber im feuchten
Sande. Sein Tod entflammt seine zwiegestalteten Brüder.
»Waffen, Waffen!« brüllt einstimmig die Schar um die Wette.
Mut gab ihnen der Wein. Als erste Geschosse im Kampfe
Fliegen Becher, zerbrechlich Geschirr und bauchige Kannen,
einst bestimmt für das Mahl und jetzt zum Streiten und Morden.

Amycus scheute sich nicht, der Sohn des Ophion, als erster
Auch von der heiligen Stätte die Gaben zu nehmen, und raubte
Dort aus der Nische den Leuchter mit all seinen strahlenden
                                                            Kerzen,
Schwang ihn hoch, und so wie einer, der opfernd den weißen
Hals des Stiers zu durchschlagen sich müht mit der Schneide des
                                                            Beiles,
Schmettert er ihn auf die Stirn des Lapithen Celadon, läßt die

Knochen zermalmt zurück in dem nicht mehr zu kennenden
Antlitz.
Ausgelaufen die Augen, zurückgestoßen, die Nase
Haftet hinten am Gaumen inmitten zerschlagener Knochen.
Pelates reißt, der Pellæer, vom Ahorntisch einen Fuß und
255 Streckt, an der Brust ihm das Kinn zerschlagend, den Amycus
nieder,
Sendet den Wilden, der schwarzes Blut mit Zähnen vermischt der
Doppelten Wunde entspeit, hinab zu des Tartarus Schatten.
    Gryneus sprach, den Altar, den rauchenden, dem er am nächsten
Stand, mit grimmigen Blicken betrachtend: »Was nutzen wir *den*
nicht?«
260 Und erhob die gewaltige Last mitsamt ihrem Feuer,
Schleudert ihn mitten hinein in die Schar der Lapithen und
schmettert
Zweie, den Broteas und den Orius nieder. Orius'
Mutter war Mycale, die schon oft, wie man wußte, des Mondes
Hörner mit Liedern hernieder gezogen, so sehr er sich wehrte.
265 »Straflos geht dir's nicht hin, wenn mir nur eine Waffe zuteil wird!«
Ruft Exadius – und hat eine Waffe im Hirschgeweih, welches
Dort an der hohen Fichte als Weihegabe gehangen.
Zwei seiner Enden stößt er dem Gryneus tief in die Augen,
Bohrt sie ihm aus; ein Teil bleibt hängen am Horne, der andre
270 Fließt in den Bart und klebt mit dem Blute vermengt in den Haaren.
    Sieh da! Rhœtus rafft den brennenden Strunk eines Pflaumen-
baumes hinweg vom Altar und schlägt auf die mit den roten
Haaren umkleidete Schläfe von rechts den Lapithen Charaxus.
Dessen Haare, erfaßt von den gierigen Flammen, sie lodern
275 Auf wie trockene Saat; das gesengte Blut aus der Wunde
Gibt einen schrecklichen Ton, wie hellrot glühendes Eisen
Zischt, wenn der Schmied mit den Klaun der gebogenen Zange dem
Feuer
Erst es enthebt und dann in das Becken senkt; und das Eisen
Strudelt und zischt, sobald es getaucht ins erwarmende Wasser.
280 Jener schlägt aus dem struppigen Haar das gefräßige Feuer,
Reißt aus dem Boden die Schwelle und hebt sie – die Last eines
Wagens –

Hoch auf die Schultern. Doch, daß im Wurf den Feind er
erreiche,
Hinderte eben das schwere Gewicht. Den Lapithen Cometes,
Der ihm zu nahe gestanden, erdrückt die steinerne Masse.
Rhœtus hehlt seine Freude da nicht: »O mögen nur alle
So sich tapfer erweisen, die deinem Lager gehören!«
Schlägt mit dem halb schon verbrannten Stamm aufs neu auf die
Wunde,
Dreimal und viermal, zerbricht mit den wuchtigen Hieben des
Scheitels
Dach, und es stecken im offenen Gehirn die Splitter der
Knochen.
Gegen Euagrus und Dryas und Corythus kehrt sich der Sieger.
Als von diesen Corythus stürzt, dem die Wangen mit erstem
Flaum noch bedeckt sind, spricht Euagrus: »Was für ein Ruhm
ist's,
Den dir der Fall des Knaben gebracht!« Doch ließ ihn der wilde
Rhœtus weiter nicht reden: Er stieß ihm die rötlichen Flammen,
Während er sprach, in den offenen Mund, durch den Mund in
die Lunge.
Dich auch, rasender Dryas, verfolgt er, das Feuer im Kreis ums
Haupt sich wirbelnd; doch war bei dir nicht das Gleiche der
Ausgang:
Ihn, der des steten Glückes im Morden sich brüstet, ihn traf dein
Feuergehärteter Pfahl, wo Schultern und Nacken sich treffen.
Rhœtus stöhnte und zog mit Mühe den Pfahl aus den harten
Knochen und floh nun selbst, mit dem eigenen Blute besudelt.
Auch Ornëus floh und Lycabas und der am rechten
Buge verwundete Medon; es flohen Pisenor und Thaumas,
Floh, der neulich im Wettlauf die Andern all überwunden,
Mermeros, – langsam lief er jetzt, gehemmt von der Wunde.
Melanus floh und Pholus und Abas, der Ebererbeuter,
Und, der umsonst den Seinen den Krieg widerraten, der Seher
Astylos. Dieser sprach zu Nessus, der auch eine Wunde
Fürchtete: »Flieh du nicht, bist verspart für des Hercules
Bogen!«
Imbreus, Eurynomus aber, Areos und Lycidas flohen

ZWÖLFTES BUCH

Nicht vor dem Tod: Sie alle, sie traf von vorne des Dryas
Rechte. Von vorne empfingst die Wunde auch du, o Crenæus,
Wenn du zur Flucht auch den Rücken gewandt. Das wuchtige
Eisen
Traf dir, da rückwärts du schautest, die Stelle zwischen den
Augen,
315 Wo an den untersten Teil der Stirne die Nase sich anschließt.
Maßlos trunken und nicht erweckt von dem wilden Getöse,
Lag in allen Adern betäubt der Centauer Aphidas,
Hielt in der schlaffen Hand den gemischten Trank noch im
Becher,
Hingestreckt auf das zottige Fell einer Bärin vom Ossa.
320 Phorbas, als er ihn sieht umsonst keine Waffen erheben,
Schlingt er die Finger sogleich in die Schlaufe des Riemens und
ruft ihm:
»Trink du den Wein vermischt mit dem Styx!« Er zögert nicht
lang und
Wirft auf den Jüngling den Speer. Die eiserne Spitze der Esche
Traf ihm den Hals so, wie er, gestreckt auf den Rücken, ihn
darbot.
325 Unempfunden der Tod! Das schwarze Blut aus der vollen
Kehle floß auf das Lager und selbst in den Wein seines Bechers.
Wie er versucht, aus dem Grund eine fruchtende Eiche zu
ziehen,
Hab' ich Petræus gesehn. Da er die mit den Armen umschlingt
und
Hierhin und dorthin rüttelt und rückt am gelockerten Stamme,
330 Spießt des Pirithous Speer, durch Petræus Rippen geschossen,
Fest an den harten Stamm des Baumes die ringende Brust ihm.
Lycus fiel durch Pirithous' Mut, und Chromis, so sprach man,
Fiel durch Pirithous' Mut. Doch haben sie beide dem Sieger
Weniger Ehre gebracht, als Dictys und Helops ihm brachten.
335 Helops, getroffen vom Speer, der den Weg sich gebahnt durch die
Schläfe
Und, von rechts her geworfen, zum linken Ohre gedrungen.
Dictys, der angstvoll floh vor dem dräuenden Sproß des Ixion,
Fiel, von dem trügenden Grat eines Berges niedergeglitten,

311–372   311

Jäh in die Tiefe und brach durch die Last seines Leibs einer Esche
340 Mächtigen Stamm und umkleidete den mit den eigenen Weichen.
　　Aphareus wollte ihn rächen. Er reißt von dem Berg einen Block
　　　　　　　　　　　　　　　　　　　　und
　　Sucht ihn zu werfen, doch kommt mit der eichenen Keule des
　　　　　　　　　　　　　　　　　　　　Aegeus
　　Sohn ihm zuvor und zerschlägt ihm die mächtigen Knochen des
　　　　　　　　　　　　　　　　　　　　Ellen-
　　bogens. Er hat und nimmt sich nicht Zeit, dem nutzlosen Leib den
345 Tod noch zu geben und springt auf den hohen Rücken Bienors,
　　Der keine andere Last als Bienor zu tragen gewohnt war,
　　Preßt in die Rippen die Knie, mit der Linken sich fest in der Mähne
　　Haltend, zerschmettert er ihm mit der knorrigen Keule das drohend
　　Blickende Antlitz, dazu, so hart sie auch waren, die Schläfen,
350 Streckt mit der Keule Nedymnus, den Lanzenschwinger Lycopes,
　　Hippasus hin, dem der Bart herniederwallend die Brust vorn
　　Deckte, den Ripheus dazu, der höchsten Wald überragte,
　　Thereus, der es gewohnt, in Thessaliens Bergen die Bären
　　Lebend zu fangen und trotz ihrem Sträuben nach Hause zu tragen.
355 　Daß noch weiter Glück im Kampf dem Theseus beschieden,
　　Trug Demoleon nicht. Er sucht, einer Fichte bejahrten
　　Stamm mit großem Bemühen ganz aus dem Boden zu reißen,
　　Wirft, als er dies nicht vermag, ihn abgeknickt auf den Gegner.
　　Aber Theseus wich dem Geschoß, da es anflog, zur Seite:
360 Pallas mahnte dazu – so wollte er selbst, daß man glaube –.
　　Doch nicht nutzlos fiel der Baum: Von der Kehle des hohen
　　Crantor riß er hinweg die Brust und die Schulter zur Linken.
　　Waffenträger war *der*, o Achill, deines Vaters gewesen,
　　Er, den der Doloperfürst, Amyntor, im Kriege besiegt, als
365 Pfand der Treu und des Friedens dem Aeacussohne gegeben.
　　Peleus sieht ihn von fern durch die gräßliche Wunde zerfetzt, da
　　Ruft er: »Aber nimm, o Crantor, der Jünglinge liebster,
　　Dies als Totengeschenk!« und wirft mit der Stärke des Armes
　　Und seines Mutes Gewalt auf Demoleon die eschene Lanze.
370 Die durchbrach der Rippen Geflecht und stak in den Knochen,
　　Zitternd. Er zog mit der Hand, doch ohne die Spitze den Schaft aus.
　　Der auch folgte nur schwer; die Spitze blieb in der Lunge.

ZWÖLFTES BUCH

Eben der Schmerz gab Kraft seinem Sinn. Es bäumt sich der
Wunde,
Stürzt auf den Feind und schlägt nach ihm mit den tierischen
Füßen.
375 Peleus empfängt mit Helm und Schild die hallenden Schläge,
Hält von den Schultern sie ab, er streckt von unten die Waffen
Vor und durchstößt durch den Bug zwei Brüste mit *einem* Stiche.
Vorher hatte er schon Phlegræus und Hyles im Fernkampf,
Clanis, Iphionus Mann gegen Mann aus der Nähe getötet.
380 Dorylas kam noch hinzu, der die Schläfen gedeckt mit dem
Wolfsfell
Trug, und der anstatt einer wilden Waffe die krummen
Hörner ragen ließ, von vielem Blute gerötet.
Diesem rief *ich* zu – es gab mein Mut mir die Kräfte –:
»Schau nur, wie weit deine Hörner vor unserem Eisen
zurückstehn!«
385 Rief es und warf meinen Speer. Da er *den* nicht zu meiden
vermochte,
Hielt er die Hand vor die Stirn, die die Wunde zu leiden bestimmt
war:
Und an die Stirn ist geheftet die Hand. Ein Schrei. Dem
Gehemmten,
Ihm, den die bittere Wunde besiegt, ihm stieß nun von unten
Peleus – der näher ihm stand – das Schwert in die Mitte des
Bauches.
390 Er springt auf, schleift wild auf dem Boden die eigenen Därme,
Schleift und zertritt sie, zertritt und zerreißt sie, verstrickt seine
Schenkel
Selbst in ihnen und stürzt, geleert die Höhle des Bauches.
Dich auch, o Cyllarus, hat in dem Kampf nicht bewahrt deine
Schönheit –
Sprechen wir Schönheit zu den Wesen, die seiner Natur sind.
395 Erst im Sprießen sein Bart. Die Farbe des Bartes war golden;
Golden hing ihm zum Buge herab das Haar von den Schultern.
Munter gefällig das Antlitz. Und Nacken, Schulter und Hände,
Brust, sie kommen den hochgepriesenen Werken der Kunst nah.
Alles auch sonst, wo er Mann ist. Der Leib des Pferdes darunter

Makellos, nicht weniger schön. Gib Hals ihm und Haupt, und
Castors wird würdig es sein: So ladet der Rücken zum Sitz, so
Schwillt von Muskeln die Brust. Das Ganze glänzender schwarz als
Pech, der Schweif jedoch weiß und weiß die Farbe der Schenkel.
Viele von seinem Geschlechte begehrten sein. Doch gewann ihn
Einzig Hylonome, die als die schönste von allen den Halbtier-
frauen den hohen Wald der thessalischen Berge bewohnte.
Sie allein mit Schmeicheln, mit Lieben und Liebegeständnis
Hielt den Cyllarus fest. Ihr Leib, soweit es bei ihren
Gliedern möglich, gepflegt: Mit dem Kamm die Haare geglättet;
Meertau steckt sie bald, bald Veilchen, Rosen als Schmuck an,
Trägt zuweilen wohl auch die weißen, glänzenden Lilien.
Zweimal am Tage wäscht sie das Antlitz im Quell, der von Pelions
Waldigem Gipfel fließt, und badet zweimal im Flusse.
Nur die gefälligen Bälge von auserlesenen Tieren
Läßt von der Schulter herab und links von der Seite sie hangen.
Gleich die Liebe in beiden. Sie ziehn vereint durch das Bergland,
Suchen sich Höhlen zugleich. Sie traten ins Haus des Lapithen
Beide gemeinsam und kämpften gemeinsam im wilden Getümmel.
Niemand weiß, wer ihn warf: es flog ein Speer von der linken
Seite und traf, o Cyllarus, dich, wo unter den Hals die
Brust sich schließt; und das Herz, von der leichten Wunde verletzt,
er-
kaltete samt dem Leib, als den Speer man wieder herauszog.
    Und Hylonome fängt sogleich den sterbenden Leib auf,
Legt auf die Wunde, ihr Wärme zu spenden, die Hand, auf den
seinen
Drückt sie den Mund und sucht die fliehende Seele zu halten.
Als sie ihn ausgelöscht sieht und etwas gesagt, dem der Lärm ans
Ohr mir zu dringen gewehrt, da stürzt sie sich selbst ins Geschoß,
das
Ihm im Leibe gesteckt und umfängt im Sterben den Gatten.
    Auch Phæocomes steht mir noch heute deutlich vor Augen,
Der sechs Löwenfelle durch Knoten zusammengeflochten
Und mit diesen den Menschen zugleich mit dem Rosse bedeckte,
Der durch den Wurf eines Stammes, den kaum vier Ochsen
geschleppt, dem

ZWÖLFTES BUCH

Tectaphus brach, dem Olenussohn, die Decke des Schädels.
[Breit zerschmettert die Rundung des Haupts, aus dem Mund und
der Nase

435 Höhlung quoll, aus den Augen, den Ohren des weichen Gehirnes
Masse hervor, wie geronnene Milch aus des eichenen Korbes
Flechtwerk dringt, oder wie das Naß aus dem maschigen Siebe
Träuft und dicker sich preßt aus den enge stehenden Löchern.]
Aber *ich* – dies weiß dein Vater – ich stieß ihm, dieweil er

440 Eben gewillt, dem Gestürzten die Waffen zu nehmen, das Eisen
Tief in die Weichen. Auch liegen Teleboas, Chthonius von meinem
Schwerte gefällt. Der erste, er hatte geführt eines Astes
Gabel, der andre den Speer. Er hat mit dem Speer mich verwundet.
Siehst hier das Mal, noch heut ist die alte Narbe zu kennen.

445 Hätt' man mich damals geschickt zu Troias Eroberung, damals
Hätte ich Hectors Waffen mit meinen, wenn nicht besiegen,
So doch zu hemmen vermocht. Doch *war* da Hector noch gar nicht
Oder ein Knabe vielleicht. Mich aber schwächt nun das Alter. – –
Was soll ich Periphas dir, des Centauern Pyræthus Besieger,

450 Was denn Ampyx dir nennen? Der ohne die Spitze den
Kirschbaum-
schaft ins Angesicht stieß dem viergehuften Echeclus.
Macareus traf mit dem Pfahl in die Brust Erigdupos und streckt' ihn
Hin, Pelethroniums Sohn. Von des Nessus Händen geschleudert,
Drang – so gedenkt mir – tief ins Geweid des Cymelus der
Wurfspeer.

455 Glaube du nicht, daß des Ampycus Sohn, daß Mopsus, die Zukunft
Nur zu künden verstand: Vom Wurfe des Mopsus getroffen,
Sank der Centauer Hodites und suchte vergebens zu reden,
Da ihm die Zunge ans Kinn, das Kinn an die Kehle geheftet.
Fünf hatte Cæneus dem Tode geweiht: Antimachus, Bromus,

460 Styphelus, Elymus und den beilbewehrten Pyræchmen.
Habe die Wunden vergessen, die Zahl und die Namen behalten.
In des Emathiers Wehr, des Halesus, den er erschlagen,
Sprengte nun Latreus vor, an Leib und Gliedern der Größte.
Zwischen Jüngling und Greis in der Mitte hielt sich sein Alter,

465 Jugendlich noch seine Kraft, die Schläfen mit Grau schon
gezeichnet.

Dieser, stattlich zu schaun mit Schild, macedonischem Speer und
Schwert, das Antlitz gewandt auf die beiden kämpfenden Scharen,
Schwang seine Waffen und trabte, die Bahn eines Kreises
                                        beschreibend,
Ließ in die Winde hinaus die stolzen Worte vernehmen:
»Soll ich treffen auch *dich,* o Cænis? Denn *mir* wirst ein Weib, wirst
Cænis immer du sein. Was du warst, als geboren du wurdest,
Mahnt es dich nicht, und steht dir nicht mehr vor Augen, um
                                        welchen
Preis du die Lügengestalt eines Mannes als Lohn dir erkauft hast?
Sieh, als was du geboren, und was dir geschehn ist. Den Rocken,
Geh! und den Wollkorb nimm und dreh mit dem Daumen den
                                        Faden!
Laß den Männern den Krieg!« Da schleuderte Cæneus den Speer
                                        und
Traf dem Prahlenden dort die im Laufe sich dehnende Flanke,
Wo an das Roß der Mann sich fügte. Er raste im Schmerz und
Stieß in das bloße Gesicht des Jünglings von Phyllus den Langspeer.
Doch der sprang zurück wie Hagel vom First eines Daches
Oder ein kleiner Stein, auf die Trommel von Einem geworfen.
Jetzt versucht er Mann gegen Mann ihm das Schwert in die harte
Flanke zu bohren: Das Schwert vermag ihn nicht zu durchdringen.
»Dennoch entrinnst du mir nicht! Dich wird, wenn die Spitze zu
                                        stumpf ist,
Schneiden die Mitte der Klinge!« So ruft er, und weit ausholend,
Schlägt er in schrägem Hieb das Schwert ihm rings um die Weichen.
Wie auf getroffenem Marmor erklang der Schlag auf dem Leibe,
Und in Stücken sprang von der Haut die zerbrochene Klinge.
Cæneus, als dem Erstaunten genug er geboten die heilen
Glieder, er sprach: »Nun laßt mit unserem Eisen auch deinen
Leib uns erproben!« und stieß bis ans Heft in den Bug das
                                        verderben-
bringende Schwert; er läßt seine Hand im Geweide verschwinden,
Wendet sie dort und schafft eine Wunde ihm so in der Wunde.

   Rasend stürzen mit mächtgem Geschrei die Centauern heran und
Schleudern und schlagen all auf den Einen die Waffen: die Waffen
Fallen, zurückgeprallt; und Cæneus, des Elatus Sohn, bleibt

Heil und verliert kein Blut von all ihren Hieben und Stichen.

Starr vor dem Wunder staunen sie da, bis Monychus ausrief:
»Welch eine Riesenschmach! Ein Volk wir, besiegt von dem Einen!
500 Kaum einem Mann. Nein, *er* ist Mann, und *wir* sind durch
Schlaffheit
Das, was dieser gewesen! Was nutzen die mächtigen Glieder?
Was die verdoppelte Kraft, und daß in uns die Natur die
Tapfersten aller auf Erden zu *einem* Wesen vereint hat?
Nein, ich glaube es nicht, daß der Göttin Söhne wir sind und
505 Die des Ixion, der so groß war, den Wunsch auf die hohe
Juno zu richten. Und *uns* überwindet ein Feind, der ein Halbmann!
Felsen, Stämme schleudert, die ganzen Berge auf ihn und
Treibt die Seele, die zähe, ihm aus mit geworfenen Wäldern!
Wald erdrück' ihm den Schlund, statt Wunden treffe die Last ihn!«
510 Sprach es und warf auf den starken Feind einen Stamm, den
durch Südwinds
Rasende Kraft gestreckt, durch Zufall er eben gefunden,
Gab ein Beispiel damit. In kurzer Zeit ist der Othrys
Ganz von Bäumen entblößt und Pelion hat keinen Schatten.
Unter der Bäume Gewicht, von dem mächtigen Berge begraben,
515 Cæneus kocht und trägt die gehäuften Stämme auf harter
Schulter; doch als die Last über Mund und Haupt ihm gewachsen,
Als die Luft, die atmend er schöpfe, ihm ausgeht, versagt ihm
Schon bisweilen die Kraft; bald sucht er umsonst in die Luft em-
por sich zu heben, hinweg die geworfenen Bäume zu wälzen;
520 Manchmal bewegt er sie auch, wie der ragende Ida, den dort ihr
Seht, seine Wälder bewegt, wenn ihn Beben der Erde erschüttert.
Wie er geendet, ist fraglich: Die einen sagten, des Waldes
Last, sie hätt' ihn hinab in den öden Orcus gedrückt: dies
Leugnet des Ampycus Sohn. Der sah aus der Masse mit braunen
525 Federn heraus in die lautere Luft den Vogel sich schwingen,
Den ich damals zum ersten und letzten Male erschaute.

Mopsus, als er ihn sah in ruhigem Fluge der Freunde
Lager mustern und rings mit mächtigem Schrei es umkreisen,
Rief, mit Herz und Augen zugleich ihm folgend, ihm zu: »O
530 Cæneus, sei uns gegrüßt, du Ruhm des lapithischen Stammes,
Einst ein Held und jetzt ein einzigartiger Vogel!«

Und man glaubt, weil *er* es gesagt. Der Schmerz gab uns Zorn ein,
Und wir wurden ergrimmt, daß so viele den einen bewältigt,
Ließen nicht eher ab, mit dem Eisen den Schmerz zu bezeugen,
535 Bis sie dem Tode geweiht, oder Flucht und Nacht sie entrückte.«

Als der Pylier so vom Centauernkampf der Lapithen
Kündete, war es ein Schmerz für Tlepolemus, daß er des Alceus
Sproß überging, und er trug es nicht weiter mit schweigendem
                                        Munde,
Sondern er sprach: »Mich wundert, o Greis, daß des Hercules
                                        Ruhm so
540 Ganz du vergessen. Ich bin doch gewiß, der Vater hat selbst mir
Oftmals erzählt, daß auch *er* die Wolkenentstammten gebändigt.«
       Nestor erwiderte traurig: »Was zwingst du mich so, eines alten
Unglücks zu denken und Schmerz, den die Jahre bedeckt, zu
                                        entgraben,
Was mir dein Vater getan, meinen Haß auf ihn zu bekennen!
545 Er hat Unglaubliches freilich, ihr Götter! vollführt und den
                                        Erdkreis
Weit mit Verdiensten erfüllt; ich wollte, ich könnte es leugnen.
Aber wir werden Dëiphobus nicht, nicht Polydamas loben
Oder den Hector gar selbst; denn wer auch lobt seine Feinde?
       Er, dein Vater, hatte die Mauern Messenes gebrochen,
550 Elis und Pylos zerstört, die beiden schuldlosen Städte,
Auch in unser Heim das Schwert und das Feuer getragen.
Und – von den andern zu schweigen, die Hercules damals getötet:
Söhne des Neleus waren wir zwölf, eine stattliche Jungschar –
Alle außer mir allein sind gefallen von seiner
555 Hand. Daß er andere konnte besiegen, wäre zu tragen:
Wunderbar ist Periclymenus' Tod, dem unseres Hauses
Stifter, Neptun, das Vermögen verliehen, alle Gestalten
Anzunehmen und abzulegen, wie's ihm gefalle.
Als er umsonst sich in all die verschiednen Gestalten gewandelt,
560 Nahm er das Aussehn an des Vogels, der in den krummen
Klauen den Blitzstrahl trägt, der dem König der Götter der liebste.
Nutzend des Vogels Kraft mit den Schwingen, den hakigen Klaun,
                                        dem

ZWÖLFTES BUCH

Krummen Schnabel, hat er das Antlitz des Mannes zerfleischt, da
Spannt der tirynthische Held gegen ihn, der sich hoch in die
Wolken
565 Hob und schwebend sich hielt, seinen allzu sicheren Bogen,
Und er trifft ihn da, wo der Flügel sich fügt an die Seite.
Wohl war die Wunde nicht schwer; doch die angeschnittenen
Sehnen
Weigern den Dienst und versagen die Kraft, sich im Fluge zu regen.
Da seine Schwingen, geschwächt, keine Luft mehr zu fassen
vermögen,
570 Stürzt er zur Erde. Der Pfeil, der nur leicht in dem Flügel gehaftet,
Ward von des Körpers Gewicht, das eng an den Boden sich preßte,
Quer durch die obere Brust von links in die Kehle getrieben.
Und da scheint dir, ich soll deines Hercules Werke als Herold
Preisend verkünden, du stattlicher Held der rhodischen Flotte? –
575 Aber ich räche die Brüder nur damit, daß von den großen
Taten ich schweige. Die Freundschaft mit dir bleibt fest mir trotz
allem.«
Als der Greis soweit mit süßem Munde geredet,
Standen sie auf von den Pfühlen, nachdem sie noch einmal des
Bacchus
Gabe genossen; der Rest der Nacht ward dem Schlummer
gewidmet.

580 Daß seines Sohnes Leib in den Phaëthonvogel verwandelt,
Schmerzte zutiefst im Vatergemüt den Gott, der des Meeres
Flut mit dem Dreizack beherrscht. Er haßt den wilden Achill, und
Unaufhörlich weckt er aufs neue den feindlichsten Zorn sich.
Als der Krieg sich schon durch zwei Jahrfünfte gezogen,
585 Redete so er an den lockigen Tilger der Mäuse:
»Der du bei weitem der liebste mir bist von den Söhnen des
Bruders,
Der du umsonst mit mir die troischen Mauern errichtet,
Seufzest du jetzt bei dem Anblick der Burg dort, die bald, ach so
bald, wird
Fallen? Betrauerst du all die Tausende, die, ihre Mauern
590 Schützend, gesunken? Oder, um nicht sie alle zu nennen,

563–621 319

Denkst du des Schattens von Hector, der rings um sein Troia
geschleift ward.
Während *er* noch lebt, der grausamer ist als der Krieg selbst,
Er, unsres Werkes Verwüster, der rasende, wilde Achilles!
Komm' er zu mir! Ich ließe ihn fühlen, was mit des Dreizacks
595 Macht ich vermag. Doch weil man mir wehrt, dem Feinde zu nahn,
bring
Du ihm unversehns mit geheimem Pfeile Verderben.«
Phœbus stimmte ihm zu; seines Oheims Wunsch und dem seinen
Folgend, gelangt er, in Nebel gehüllt, in die troische Kampfschar,
Sieht den Paris dort im männermordenden Kampfe
600 Spärliche Pfeile versenden auf wenig bekannte Achiver,
Zeigte sich ihm als Gott und sprach: »Was verlierst du die Pfeile
Nur an gewöhnliches Blut? Wenn du irgend sorgst um die Deinen,
Schieß auf den Aeacussproß und räche erschlagene Brüder!«
Spricht es und zeigt ihm den Sohn des Peleus, wie mit dem
Schwerte
605 Troerleiber er streckt; er richtet den Bogen auf ihn und
Lenkt den sicheren Pfeil mit der todbereitenden Rechten.
Was nach Hectors Fall den greisen Priamus freuen
Konnte, war dies. Der *du* so viele besiegt, o Achilles,
Liegst nun besiegt von dem feigen Entführer der griechischen
Ehfrau.
610 War es dir aber bestimmt, im Kampf einem Weib zu erliegen,
Wärest du lieber erlegen dem Beile der Maid vom Thermodon.
Schon hat die Flamme den Schrecken der Phryger, die Zierde,
den Hort des
Griechischen Namens verzehrt, verzehrt sein unüberwindlich
Haupt, hat der nämliche Gott ihn verbrannt, der einst ihn
gewaffnet.
615 Schon ist er Asche, es bleibt von dem einst so großen Achilles
Etwas, kaum zu erfüllen den kleinen Raum einer Urne.
Aber es bleibt sein Ruhm, der den ganzen Erdkreis erfüllt, und
Dessen Macht entspricht der Größe des Mannes, in diesem
Ist Achilles sich gleich, fühlt nicht des Tartarus Leere.
620 Selbst sein Schild, daß man könne erkennen, wes er gewesen,
Weckt einen Krieg: Man erhebt um der Waffen willen die Waffen.

ZWÖLFTES BUCH

Nicht des Tydeus Sohn, nicht Aiax, der des Oïleus,
Nicht der jüngre des Atreus, nicht der an Alter und Kriegsruhm
Größere wagt ihn zu fordern, kein Anderer, – Telamons Sohn und
625 Der des Laërtes allein getraun sich so viel zu verlangen.
Last und Feindschaft hielt von sich fern des Tantalus Enkel,
Hieß die griechischen Fürsten in Lagers Mitte sich setzen
Und übertrug die Entscheidung des Streites so auf sie alle.

DREIZEHNTES BUCH

Saßen die Fürsten und stand der Ring des Volkes; zu jenen
Hob sich Aiax, der Herr des siebenfältigen Schildes.
Nicht imstand, seinen Zorn zu meistern, schaut er mit grimmem
Blick zum sigëischen Strand, auf die Flotte am Strande und ruft, die
Hände erhebend: »Hier! Bei Juppiter! Hier bei den Schiffen   5
Wird unsre Sache geführt, und mit mir vergleicht sich Ulixes!
Aber er hat nicht gezögert, vor Hectors Flammen zu weichen,
Denen *ich* mich gestellt, die ich hier von der Flotte gewendet.
Sicherer also ist, sich mit Lügenworten zu messen
Als im Kampf mit der Hand. Doch *ich* bin träge zu reden,   10
Träge zu handeln *er.* Soviel ich tauge im wilden
Streit, in der Reihe der Schlacht, soviel taugt der da im Schwatzen.
    Aber ich muß euch wohl nicht an meine Taten erinnern,
Griechen, – ihr habt sie gesehn! Ulixes erzähle von seinen,
Die ohne Zeugen er tut, von denen einzig die Nacht weiß.   15
Groß, ich gestehe, der Preis, nach dem wir verlangen; der Neben-
buhler, er mindert jedoch die Ehre, kein Stolz ist's für Aiax,
Das zu erhalten, wie groß es auch sei, was Ulixes erhofft hat.
Er hat schon jetzt seinen Preis aus diesem Wettstreit gewonnen,
Da man, wenn er besiegt, von ihm sagt, daß mit *mir* er gestritten.   20
Ich aber, dürfte man auch an meiner Tapferkeit zweifeln,
Siegte durch adliges Blut, – als Sohn des Telamon, welcher
Troias Mauern gestürmt unter Hercules einstens, dem starken,
Der aus dem Schiff von Iolcus den Strand von Colchis betreten.
Aeacus hat ihn gezeugt, der dort den Schweigenden Recht spricht,
Dort, wo den Aeolussproß, den Sisyphus, drückt seine Steinlast.
Juppiter anerkennt, der höchste, und nennt seinen Sohn den
Aeacus: also stammt von Juppiter Aiax als dritter.
Diese Reihe, sie soll mir hier, o Griechen jedoch nicht
Frommen, ist sie mir nicht mit dem großen Achilles gemeinsam.
Bruder war er für mich, ein Brudererbe verlang' ich.
Er, der des Sisyphus Blut entstammt, an List und an Trug ihm

322 DREIZEHNTES BUCH

Gleich, was drängt seinen Namen er ein in des Aeacus Sippe?
    Weil ich, von keinem verraten, vor ihm zu den Waffen geeilt bin,
35 Soll man die Waffen mir weigern? Soll *er* der Bessere gelten,
Der die letzten ergriff, mit erheucheltem Wahnsinn den
                                                    Kriegsdienst
Floh, bis, gewandter als er, doch sich selbst zum größeren Schaden,
Endlich des Nauplias Sohn die Lügenerfindung des feigen
Sinnes entdeckte, ihn zog zu den Waffen, die gern er gemieden?
40 Soll, weil er keine zu nehmen gewillt war, die besten er nehmen?
Ich der Ehren bar, des Verwandtenerbes beraubt sein,
Weil ich mich sogleich gestellt den ersten Gefahren?
    Wäre sein Wahnsinn echt nur gewesen oder geglaubt ihm
Worden und nie als Gefährte zur phrygischen Burg er gelangt, der
45 Mahner zu frevelndem Tun! Dann wärest du ausgesetzt nicht, o
Sohn des Pœas, auf Lemnos gebannt zu unserer Schande.
Der, so erzählt man, du jetzt, dich in Waldes Höhlen verbergend,
Felsen seufzend bewegst, auf den Sohn des Laërtes herabflehst,
Was er verdient, und worum du, wenn Götter sind, nicht umsonst
                                                    flehst!
50 Nun ernährt und kleidet, zermürbt von Hunger und Krankheit,
Der sich von Vögeln, der einst geschworen mit uns auf dieselben
Waffen, einer, weh! von unseren Führern, der Mann, der
Hercules Pfeilen gilt als dessen Erbe, und braucht, um
Vögel zu schießen, Geschosse, die Troias Fall er geschuldet.
55   Er jedoch lebt immerhin, weil er nicht den Ulixes begleitet:
Auch verlassen zu sein, Palamedes zöge es vor: er
Lebte dann noch, oder hätte gewiß ein ehrliches Ende.
Der da, nur allzu gedenk, durch wen sein Wahnsinn entlarvt ward,
Log, er verrate die Sache der Griechen, bewies die erlogne
60 Schuld und zeigte das Gold, das zuvor er selber vergraben.
Also vermindert er durch Verbannen die Kraft den Achivern
Oder durch Mord, *so* kämpft, *so* ist zu fürchten Ulixes.
    Mag er im Reden Nestor, den Redlichen, selbst übertreffen,
Glauben macht er mich nicht, es sei keine Schmach, wie er Nestor
65 Damals verlassen: als dieser um Hilfe Ulixes einst anrief,
Weil ihm verwundet das Pferd und die Last der Jahre ihn hemmte,
Ließ der Gesell ihn im Stich. Daß ich diese Schmach nicht erfinde,

Weiß Diomedes gut, der oft seinen ängstlichen Freund beim
Namen rief und heftig ihn schalt, sein Fliehen ihm vorwarf.
Doch auf die Sterblichen schaun mit gerechten Augen die Götter:
Hilfe braucht, der keine gebracht; man hätt' ihn verlassen
Sollen, wie er verließ: ein Gesetz, das er selber gegeben.
Und er schreit nach Genossen: Da bin ich, sehe ihn zittern,
Seh' ihn erbleichen in Furcht, vor dem drohenden Tode erbeben,
Setze die Masse des Schildes vor ihn, den Liegenden deck' ich,
Rette – es ist mein geringster Ruhm – die erbärmliche Seele.
Willst du beharren im Streit: laß zum selben Platz uns zurückgehn,
Denke dir wieder den Feind, deine übliche Angst, deine Wunde,
Birg dich hinter dem Schild und kämpfe mit mir unter ihm! Doch –
Er, entrissen der Not, dem eben die Wunden zum Stehn die
Kraft noch versagt, er floh von keiner Wunde verlangsamt.

Hector ist da, er führt die Götter mit sich in den Kampf und
Schreckt, wohin er auch stürzt, nicht dich allein, o Ulixes,
Sondern auch Tapfre, so groß die Angst, die rings er verbreitet.
Ihn, der des Glückes sich rühmt im blutigen Morden, ihn habe
Ich auf den Rücken gestreckt durch den Wurf eines mächtigen
Feldsteins.
Ihn, der nach einem verlangt, mit dem er sich messe, ihn habe
Ich bestanden. Ihr habt, o Argiver, gebetet, es möge
Mein Los fallen und wurdet erhört. Und wenn nach des Kampfes
Ausgang ihr fragt: ich ward von jenem nicht überwunden.

Siehe! Das Schwert, das Feuer, den Juppiter trägt in der Griechen
Flotte der Troer! *Wo* ist *da* der beredte Ulixes?
Ich hab' mit meiner Brust, eurer Heimkehr Hoffnung, die tausend
Schiffe gedeckt. Nun gebt für so viel Schiffe die Waffen.
Steht mir zu sagen frei, was wahr ist: die Waffen hier heischen
Größere Ehre als ich; ihr Ruhm ist mit meinem verknüpft, nicht
Aiax verlangt nach den Waffen, die Waffen verlangen nach Aiax.

Stelle der Ithacer dem entgegen Rhesus, den feigen
Dolon und Helenus, den er fing, als er Pallas entwendet:
Nichts bei Tage getan und nichts, wenn gefehlt Diomedes!
Gebt ihr die Waffen hier so feilen Verdiensten, dann teilt sie,
Und der größere Teil, er sei Diomedes gegeben.
Doch wofür dem Ithacer sie, der heimlich, der immer

DREIZEHNTES BUCH

Ohne die Waffen schafft und den arglosen Feind überlistet?
105 Schon der Glanz, der strahlt von dem hellen Golde des Helmes,
Deckt seinen Hinterhalt auf und muß den Versteckten verraten.
Auch das Gewicht der Haube Achills, das wird des Dulichiers
Scheitel nicht können ertragen; die Lanze vom Pelion kann nur
Lastend und allzu schwer für seinen schwächlichen Arm sein.
110 Der mit dem Bilde der weiten Welt beschmiedete Schild, er
Wird der feigen, zum Stehlen geschaffenen Linken nicht ziemen.
Übler Gesell, warum verlangst du, was dich muß schwächen,
Was, wenn der Irrtum des griechischen Volkes es doch dir gegeben,
Wirkt, daß der Feind dich beraubt und nicht, daß er etwa dich
            fürchtet.
115 Und in der Flucht, in der du allein übertriffst alle andern,
Wird dir nur hinderlich sein, wenn du solch eine Bürde mußt
            tragen.
Dann: Dein Schild hier, der so selten Kämpfe bestand, ist
Heil; doch meiner, der den Waffen getrotzt und von tausend
Hieben und Stichen klafft, er sollt' einen Nachfolger haben.
120   Kurz, was bedarf es der Worte? Nach Taten richtet uns beide!
Werft in die Mitte der Feinde die Waffen des Helden und heißt sie
Holen von dort, ziert *den* dann damit, der von dort sie
            zurückbringt.«
Telamons Sproß, er hatte geendet. Das Murmeln des Volkes
War seinen letzten Worten gefolgt, bis der Sohn des Laërtes
125 Antrat. Er senkte den Blick eine Weile zu Boden; er hob ihn
Dann zu den Edlen und tat zur erwarteten Rede den Mund auf.
Und er verstand, seine klugen Worte gefällig zu setzen.
    »Hätten meine Gebete mit euren gefruchtet, Pelasger,
Gäbe es keinen Zwist um ein solches Erbe; die Waffen
130 Wären noch dein, und du, Achilles, wärest noch unser.
Doch, da ein hartes Geschick so mir wie euch ihn mißgönnt hat« –
Und er wischt mit der Hand, als ob sie weinten, die Augen –,
»Wer wird besser dann wohl folgen dem großen Achill als
Der, durch den der große Achill den Griechen gefolgt ist?
135 Nütze es dem da nur nicht, daß er stumpf, wie er ist, auch sich
            zeigt, und
Schade nicht mir, daß mein Geist sich stets euch nützlich erwies, o

Griechen! Schau man nicht scheel zu dieser Redegewandtheit –
Ist sie wirklich so groß – die jetzt für den eigenen Herrn, für
Euch schon oftmals gesprochen. Sein Gutes soll keiner verleugnen.
140 Abkunft nämlich und Ahnen und, was wir selbst nicht geleistet,
Nenn ich das Unsrige kaum. Doch da Aiax hier anführt, daß *er* des
Juppiter Urenkel sei: der ist Erwecker auch unsres
Blutes; von Juppiter ist mein Abstand gleichviele Glieder.
Mich hat Laërtes gezeugt, Arcesius diesen und den dann
145 Juppiter. Keiner ist unter diesen verbannt und verurteilt.
Auch von der Mutter her ist durch den Sproß der Cyllene ein
zweiter
Adel gegeben für mich. Ein Gott ist in jedem der Eltern.
Aber nicht, weil durch Abkunft der Mutter ich vornehmer bin und
Nicht, weil schuldlos mein Vater am Blute des Bruders geblieben,
150 Heisch ich die Waffen für mich. Nach Verdiensten schlichtet den
Streit, nur
Gelte für Aiax nicht, daß Peleus und Telamon Brüder
Waren, als ein Verdienst. Im Streit um die Waffen hier frag' man
Nicht nach der Ahnen Reih, man frage nach Ehre aus Taten.
Oder sucht man den ersten der Erben, die nächste Verwandtschaft,
155 Dann ist Peleus der Vater, ist Pyrrhus der Sohn des Achilles.
Wo ist für Aiax da Platz? Dann bringt sie nach Phthia, nach Scyros!
Teucrus ist minder nicht des Achilles Vetter als der hier.
Heischt er sie etwa deshalb, und gewönne sie, wenn er sie heischte?
Da also hier ein Kampf nach bloßen Verdiensten ergehn soll:
160 *Ich* hab' mehr vollbracht, als leichthin jetzt ich in Worten
Fassen könnte, doch soll der Geschehnisse Folge mich leiten.
Die seinen jähen Tod voraus schon wußte, des Nereus
Tochter, die Mutter verbarg ihren Sohn durch die Tracht. Die
gewählte
Kleidung hatte sie alle getäuscht, unter allen den Aiax.
165 *Ich* hab', den männlichen Sinn ihm zu wecken, zu weibischem Tand
ihm
Waffen gelegt. Noch hatte der Held nicht die Jungfrauenkleidung
Von sich geworfen, da sprach ich zu ihm, der Lanze und Schild
schon
Trug: »O Sohn einer Göttin! Dir spart das zu fallen bestimmte

DREIZEHNTES BUCH

Troia sich auf. Was zögerst du noch, das mächtge zu stürzen?«
170 Legt' ihm die Hand auf und sandte den Tapfern zu tapferen Taten.
So sind seine Taten die meinen, hab' *ich* mit dem Speer den
Telephus kämpfend besiegt, auf sein Bitten geheilt den Besiegten.
Mein Werk ist, daß Theben fiel. *Ich* habe, so glaubt nur,
Lesbos, Tenedos, Chrysa und Cilla, die Städte Apollons,
175 Scyros genommen. Denkt: Von meiner Rechten erschüttert,
Seien die Mauern der Stadt Lyrnesus zu Boden gesunken.
Ihn, der zu töten vermocht, von andern zu schweigen, den wilden
Hector, gab ich; so liegt durch mich der ruhmreiche Hector.
Hier die Waffen heisch ich um die, durch welche Achill sich
180 Fand; dem Lebenden gab, von dem Toten verlang' ich sie wieder.
Als des Einen Schmerz zu allen Achivern gedrungen,
Als die tausend Kiele eubœisch Aulis erfüllten,
Wehte, solang man auch harrte, kein Wind, es sei denn der Flotte
Widriger. Und Agamemnon befahl das grausame Los, die
185 Schuldlose Tochter der grimmig erzürnten Diana zu opfern.
Dies verweigert zunächst der Erzeuger; er grollt mit den Göttern
Selbst, und als König ist er doch Vater. Ich habe den weichen
Sinn ihm mit Worten da auf den Vorteil des Ganzen gewendet,
Hab – ich gestehe es frei, der Atride verzeih' meinen Freimut –
190 Unter befangenem Richter geführt die schwierige Sache.
Ihn bewegte der Nutzen des Volkes, der Bruder, des Szepters
Hoheit, das ihm verliehn, mit Blut seinen Ruhm zu bezahlen.
Auch zu der Mutter ward ich gesandt. Die galt's nicht zu mahnen,
Sondern zu täuschen mit List. Wär' dorthin gegangen der Sohn des
195 Telamon, dann entbehrten die Kähne noch heut ihres Windes!
Auch in Ilions Burg ward *ich* entsendet als kühner
Redner, ich sah und betrat den Saal des erhabenen Troia.
Damals war er noch voll von Männern; doch führe ich furchtlos
Die von Gesamtachaia mir aufgetragene Sache,
200 Klage den Paris an, verlang' seine Beute zurück und
Helena, rühre zugleich mit Priamus seinen Antenor.
Paris jedoch, seine Brüder und, die geraubt unter ihm, sie
Zügelten kaum – Menelaos, du weißt es – die frevelnden Hände.
Dies war ein erster Tag uns gemeinsam bestandner Gefahren.
205 Anzuführen, was ich mit Rat und Tat in des langen

Krieges Verlauf zu Nutz euch getan, es währte zu lange.
Hinter den Mauern der Stadt hielt lang sich der Feind nach den
                                                    ersten
Kämpfen, und keine Gelegenheit war zu offener Feldschlacht.
Und so kämpften wir endlich im zehnten Jahre des Krieges.
Was tust *du* so lang, der du nichts verstehst als zu fechten?
Was warst *du* da nutz? Wenn nach meinen Taten du fragst: Ich
Stellte den Feinden nach, umgab die Gräben mit Pfählen,
Sprach den Genossen Trost, den Überdruß an dem langen
Kriege geduldig zu tragen; ich zeige, wie wir zu nähren,
Wie wir zu waffnen sind; man schickt mich, wohin es die Not
                                                    heischt. –
    Da, auf Juppiters Mahnung, getäuscht durch ein trügendes
                                                    Traumbild,
Heißt der König, die Müh des begonnenen Krieges beenden.
Er kann, was er gesagt, verteidgen mit dem, der es eingab, –
Aiax sollt' es nicht dulden, verlangen, daß Troia zerstört wird,
Kämpfen, was er doch kann! Warum hält er den Aufbruch nicht
                                                    auf, greift
Nicht zu den Waffen und sorgt, daß die wirren Haufen ihm folgen?
Dies war doch nicht zuviel für einen, der immer nur großsprach!
Aber er floh ja selbst! Ich sah es und sah es mit Scham, wie
Du den Rücken gewandt und schmählich die Segel gerüstet!
Ich aber sprach sogleich: »Was tut ihr? Was für ein Wahnsinn
Treibt, o Gefährten, euch, das eroberte Troia zu fliehen?
Und was bringt ihr nachhaus im zehnten Jahr als die Schande?«
So und mit ähnlichen Worten, zu denen der Schmerz schon beredt
                                                    mich
Machte, hab' ich zurück sie geführt von der flüchtigen Flotte.
    Jetzt rief Atreus' Sohn die verstörten Genossen zusammen.
Aiax aber wagt' auch noch jetzt nicht, zu öffnen den Mund, doch
Hatte Thersites gewagt, mit frechen Worten die Fürsten
Selbst zu schmähn, und – wieder durch mich – nicht ohne
                                                    Bestrafung.
Ich erhob mich und warnte die ängstlichen Bürger aufs neue
Gegen den Feind und rief zurück den verlorenen Kampfmut.
Was auch der hier seitdem vollbracht zu haben kann scheinen

Tüchtiges, ist *mein* Werk, da *ich*, da er floh, ihn gehalten.

Wer von den Danaërn endlich, wer lobt dich oder verlangt dich?

Doch der Tydide vollbringt gemeinsam mit mir seine Taten,

240 Schätzt mich, und immer vertraut er auf seinen Gefährten Ulixes.

Wenn Diomedes einen von so viel tausend Achæern

Auswählt, das *ist* etwas! Und nicht das Los hieß mich gehn: Nein,

So, die Gefahren der Nacht und die vom Feinde verachtend,

Töte ich den, der dasselbe wie wir unternommen, den Phryger

245 Dolon, doch nicht bevor ich ihn alles zu sagen gezwungen,

Nicht bevor ich gelernt, was das tückische Pergamon plane.

Alles wußte ich nun, hatte weiter nichts zu erkunden,

Konnte schon jetzt mit dem Ruhm, der dafür mir verheißen,
zurück, doch

Nicht zufrieden damit, such' ich heim des Rhesus Gezelt und

250 Töte im eigenen Lager ihn selbst mitsamt seinen Leuten,

Fahre, da alles geglückt, auf dem so erbeuteten Wagen

Wie in frohem Triumph als Sieger ein zu den Meinen.

Weigert die Waffen mir des, dessen Pferde der Feind für sein
nächtlich

Wagnis gefordert als Preis, und Aiax wird gnädiger werden.

255 Daß von meinem Schwerte vernichtet Sarpedons, des Lyciers,

Schar, was soll ich's erzählen? Den Cœranus habe ich blutig

Niedergestreckt, des Iphitus Sohn, und Alastor, Alcander,

Chromius, Halius auch, den Prytanis und den Noëmon,

Hab dem Verderben geweiht den Chersidamas, Thoon und
Charops

260 Und den Ennomus, den sein grausam Schicksal geleitet,

Mehr der minder berühmten dazu, die gefallen von meiner

Hand vor den Mauern der Stadt. – Auch Wunden habe ich, Bürger,

Schön schon gemäß ihrem Platz. Und glaubt nicht leerem Gerede –

Hier, schaut her!« – Und er zog sein Kleid mit der Hand
auseinander. –

265 »Hier die Brust, die stets zu eurem Wohl sich gemüht hat!

Aiax aber kat kein Blut noch geopfert in all den

Jahren den Freunden zugut, trägt keine Verwundung am Leibe.

Was besagt es denn auch, wenn er sagt, er habe die Waffen

Gegen die Troer und Juppiter selbst für die Flotte geführt: Er

Hat es, ich gebe es zu. Denn hämisch tüchtige Taten
Schmälern, ist nicht meine Art. Doch nehm' er für sich nicht allein,
was
Allen gehört, und gebe auch euch einen Teil an der Ehre.
Trieb doch Actors Sohn, geschützt, weil Achilles er schien, den
Feind von den Schiffen, die samt ihrem Schützer drohten zu
brennen.
Daß er allein es gewagt, sich mit Hectors Waffen zu messen,
Meint er; und er vergißt des Königs, der Führer und meiner,
Er, der der neunte doch war, von der Gunst des Loses bevorzugt.
Aber, o Tapferster, wie ist gewesen eures Kampfes
Ausgang? – Hector ging, von keiner Wunde getroffen. – –
Weh mir! zu welchem Schmerz muß jetzt der Zeit ich gedenken,
Da die Mauer der Griechen, Achilles, sank. Doch mich hemmten
Tränen und Trauer nicht und Furcht, vom Boden den Leib zu
Heben, zurück ihn zu tragen auf diesen Schultern. Auf diesen
Schultern, ich sag' es, hab' ich den Leib des Achilles getragen,
Samt seinen Waffen, die heut ich wieder zu tragen bemüht bin.
Ja, ich habe die Kräfte, die solcher Bürde gewachsen,
Habe gewiß auch den Sinn, zu empfinden euere Ehrung.
Hat sich vielleicht für den Sohn die Mutter, die Göttin des Meeres,
Dazu bittend gemüht, daß die Gabe des Gottes, ein Werk von
Solcher Kunst, der rohe und stumpfe Krieger sich anlegt?
Kennt er die Bilder des Schildes doch nicht, Oceanus nicht, die
Länder nicht und nicht am hohen Himmel die Sterne,
Nicht die Plëiaden, Hyaden, den Bären, der nie in das Meer taucht,
Nicht die verschiedenen Städte, Orions blinkendes Schwert nicht,
Fordert die Waffen zu tragen und kann ihren Sinn nicht begreifen!
Wenn er mir vorwirft, ich sei den schweren Dienst in dem harten
Kriege geflohn und zu spät den begonnenen Mühen genaht, – ja,
Merkt er da nicht, daß er auch den hochgesinnten Achill schmäht?
Nennst du Verstellung Verbrechen: wir haben uns beide verstellt,
und
Gilt dir Verspätung als Schuld, dann war ich früher als er war.
Mich hielt mein frommes Gemahl, den Achilles die Mutter, die
fromme.
Ihnen widmeten wir unsre erste Zeit, doch die weitre

DREIZEHNTES BUCH

Euch. Es macht mir nicht bang, kann ich schon die Schuld nicht
verleugnen,
Die mir mit solchem Manne gemeinsam. Doch durch des Ulixes
305 Geist ward Achilles entdeckt, nicht durch den des Aiax Ulixes. –
Wundern wir uns doch nicht, daß auf mich er der tölpischen
Zunge
Schändliche Schmähungen gießt, Beschämendes wirft er auch euch
vor.
Denn ist es Schande für mich, Palamedes fälschlich beschuldigt,
Ehrend aber für euch, ihn fälschlich verurteilt zu haben?
310 Doch der vermochte ja nicht, eine solche, so ganz offenbare
Tat zu bestreiten. Ihr habt seine Schuld nicht gehört, o Argiver,
Nein, ihr habt sie gesehn: in dem Preise lag klar sie vor Augen. –
Daß man mich anklagt, weil Philoctetes auf Lemnos gebannt ist,
Hätte ich auch nicht verdient. Verteidigt, was selbst ihr getan habt!
315 Habt ihr zu doch gestimmt. Ich riet, und will es nicht leugnen,
Daß er den Mühen des Krieges und denen der Fahrt sich entziehe,
Daß er die wilden Schmerzen durch Ruhe zu lindern versuche.
Er gehorchte – und lebt. So war nicht treu nur mein Rat, nein
Glückhaft war er dazu, da es schon genügt, wenn er treu war.
320 Da nun die Seher nach ihm verlangen zu Troias Zerstörung,
Tragt nicht *mir* es auf. Nein besser wird Aiax dann gehn, den
Mann, der in Krankheit rast und Zorn, mit Reden besänftgen
Oder ihn irgendwie mit klugen Künsten hierherziehn.
Rückwärts fließt zuvor der Simoïs, ohne sein Laub steht
325 Ida oder verspricht seine Hilfe Achaia den Troern,
Ehe, wenn meine Brust im Dienst für euch sich zu mühen
Aufhört, den Danaërn nutzt das Geschick des tölpischen Aiax.
Magst auf die Griechen, den König, auf mich du erbost sein,
o harter
Held Philoctetes, magst du mein Haupt verfluchen und magst du's
330 Unaufhörlich verwünschen, verlangen, es mög' deinem Schmerz ein
Zufall mich liefern, magst du begehren, mein Blut zu vergießen,
So wie mir über dich, sei Macht über mich dir gegeben:
Dennoch werd' ich dir nahn, dich hierher zu bringen versuchen,
Werde, hilft mir das Glück, mich so deiner Pfeile bemächtgen,
335 Wie ich des troischen Sehers, den damals ich fing, mich bemächtigt,

Wie ich die Sprüche der Götter, das Schicksal Troias entschleiert,
Wie ich entführt aus der Zelle das Bild der phrygischen Pallas
Mitten heraus aus dem Feind. Und mit mir will sich Aiax
                              vergleichen?
    Ohne das Bild versagte das Schicksal den Sieg über Troia.
Wo ist der tapfere Aiax? Die mächtigen Worte des großen
Mannes wo? Warum fürchtest du da? Warum muß es Ulixes
Wagen, zu gehn durch die Wachen, der Nacht sich anzuvertrauen
Und durch die wilden Schwerter nicht nur die Mauern von Troia,
Nein, auch die Burg auf der Höh zu betreten, die Göttin aus ihrem
Tempel zu reißen und dann durch den Feind hierher sie zu bringen?
Hätte ich das nicht getan, dann hätte der Telamonsohn um-
sonst an der Linken geführt die sieben Häute der Stiere.
Sieg über Troia habe in jener Nacht ich gewonnen,
Pergamon damals besiegt, da ich's zwang besiegbar zu werden. – –
    Laß es nur sein, mit Murmeln und Wink auf Freund Diomedes
Hinzuweisen: er hat sein Teil an unserem Ruhme.
Warst du doch auch nicht allein, als du hieltest den Schild ob der
                              Griechen
Flotte. Dir gab eine Menge Geleit, ich hatte nur *einen*.
Wüßte der nicht, daß ein Streiter soviel nicht gilt wie ein Kluger,
Nicht der Preis schon gebührt einer unbezwungenen Rechten,
Hätte er selbst ihn verlangt, der bescheidene Aiax ihn auch, der
Wilde Eurypylus und der Sohn des berühmten Andræmon,
Auch Idomeneus und Meriones, der aus der selben
Heimat stammt, und nicht minder der Bruder des großen Atriden.
Sind sie auch stark mit der Hand – nicht schlechter im Kampfe als
                              ich – es
Galt ihnen höher mein Rat. Dir taugt die Rechte zum Kriege,
Aber dein Geist ist's, welcher der Lenkung bedarf durch den
                              meinen.
Du hast Kräfte, doch ohne Verstand, *ich* sorg' um die Zukunft.
Du kannst kämpfen, die Zeit zu kämpfen bestimmt der Atride
Immer mit mir. *Du* schaffst deinen Nutzen allein mit dem Leibe,
Ich mit dem Geist. Und soviel der Lenker des Schiffes voransteht,
Dem, der am Ruder dient, wie der Führer über den Krieger,
So steh' ich über dir. Bei mir ist der Sinn in der Brust noch

Mächtiger als die Hand, in ihm liegt all mein Vermögen.

370 Ihr, ihr Edlen, jedoch, gebt jetzt einen Preis eurem Wächter,
Gebt für das Sorgen in soviel Jahren, die bang ich verbrachte,
Gebt in dieser Ehrung Entgelt für meine Verdienste.
Schon ist geendet die Müh. Ich entfernte das Hemmnis des
Schicksals.
Nahm das erhabene Troia, indem ich einnehmbar es machte.

375 Jetzt bei dem, was wir hoffen, dem Sturz der troischen Mauern,
Bitte ich und bei den Göttern, die kürzlich dem Feind ich
genommen,
Bei – wenn etwas noch fehlt, das mit Klugheit vollendet muß
werden,
Wenn da etwas kühn mit jähem Wagen zu suchen,
Wenn ihr glaubt, daß etwas noch fehle zu Troias Schicksal, –

380 Dann seid meiner gedenk! Oder gebt ihr die Waffen nicht mir, dann
Gebt sie dem!« – und er wies auf das schicksalträchtige Bildnis.
Und er rührte die Edlen. Was Redegewandtheit vermöge,
Zeigte sich da: Der Beredte gewann die Waffen des Starken.
Er, der allein dem Hector, so oft dem Eisen, dem Feuer,

385 Juppiter selbst widerstand, widerstand allein nicht dem Zorn! Den
Unbesiegten besiegte der Schmerz. Er greift nach dem Schwerte:
»Dies ist gewiß doch mein! Oder heischt Ulixes auch dies noch?
Dienen muß es mir jetzt gegen mich. Das so oft mit der Phryger
Blut sich genetzt, wird nun mit dem seines Herren sich netzen,

390 Daß kein anderer den Aiax zu zwingen vermöge als Aiax.«
Sprach es und barg in der Brust, die endlich nun eine Wunde
Litt, da, wo sie dem Eisen sich bot, die tödliche Waffe.
Nicht seine Hände vermochten, das Schwert aus der Wunde zu
ziehn, das
Blut trieb selbst es heraus. Von diesem gefeucht, die Erde

395 Ließ dem grünenden Rasen die purpurne Blume entsprießen,
Die schon zuvor aus der Wunde des Oebalussohnes gewachsen.
Beiden geltend, als Schrift auf die Mitte der Blätter geschrieben,
Steht der Name des Mannes, die Klage zugleich um den Knaben.

Aber der Sieger fährt, die Pfeile des Helden von Tiryns

400 Wiederzuholen, zur Heimat Hypsipyles und des berühmten

Thoas, dem Land, das um Mord an den alten Männern verfemt ist.
Als er jene mitsamt ihrem Herrn zu den Griechen geführt hat,
Legt man endlich, spät, die letzte Hand an den Kriegszug.
[Troia, Priamus fällt, seine unglückselige Gattin
Hat nach allem zuletzt die Gestalt eines Menschen verloren
Und durch ihr plötzlich Gebell erschreckt die Lüfte der Fremde,
Dort, wo das lange Meer der Helle am stärksten sich einengt.]
   Ilion brannte, noch waren die Flammen zur Ruh nicht
                         gekommen,
Juppiters Opfertisch hatte des greisen Priamus spärlich
Blut getrunken. Geschleift an den Haaren reckte des Phœbus
Priesterin fruchtlos zum Äther empor die flehenden Arme.
Troias Fraun, die, solang es vergönnt, der heimischen Götter
Bilder umklammern und an die entzündeten Tempel sich drängen,
Reißen die griechischen Sieger hinweg als geneidete Beute.
Und Astyanax wird von dem Turme geschleudert, von dem so
Oft er den Vater gesehn, den von dort die Mutter ihm zeigte,
Wie er kämpfte für ihn und das Reich seiner Ahnen beschirmte.
   Nordwind rät schon zur Reise; bewegt von günstigem Anhauch
Knattern die Segel. Der Schiffer verlangt die Winde zu nutzen.
»Troia leb wohl! Man entführt uns!« so rufen die troischen Frauen,
Küssen die Erde, verlassen der Heimat rauchende Dächer.
   Jetzt bestieg als letzte, ein kläglicher Anblick, das Fahrzeug
Hecuba, die man zwischen den Gräbern der Söhne gefunden.
Wie sie die Hügel umfaßt, mit Küssen deckt die Gebeine,
Zogen dulichische Hände sie fort. Doch nahm sie von einem,
Nahm sie von Hectors Asche und nahm im Busen sie mit sich,
Ließ an Hectors Hügel vom grauen Haar ihres Scheitels,
Ließ, als ärmliche Gabe dem Toten, das Haar und die Tränen.
   Dort, gegenüber dem phrygischen Strand, wo Troia gewesen,
Liegt, von thracischen Männern bewohnt, ein Land. Polymestors
Reicher Saal stand da, dem dich, Polydorus, der Vater
Heimlich zur Pflege gesandt, dich dem troischen Krieg zu
                         entziehen.
Klug sein Plan – hätt' er nicht als Lohn einer Untat die reichen
Schätze hinzu noch gefügt, habgierigem Sinne zum Anreiz.
Als das Glück der Phryger gestürzt, nahm der gottlose Thracer-

DREIZEHNTES BUCH

könig das Schwert und stieß es dem Zögling tief in die Kehle.
Und, als ob mit dem Leib er der Schuld sich entledigen könnte,
Stürzt er vom schroffen Fels den Entseelten hinab in die Wogen.
    Atreus' Sohn war dort an der thracischen Küste gelandet,
440 Bis sich befriedet das Meer und der Wind sich freundlicher zeige.
Groß wie im Leben einst, trat plötzlich hier aus der weithin
Klaffenden Erde Achilles hervor; einem Drohenden gleichend
Ließ er dasselbe Gesicht erschaun, das er damals gezeigt hat,
Als mit dem frevelnden Schwert Agamemnon wütend er angriff.
445 »Wollt ihr meiner vergessend«, so sprach er, »scheiden, Argiver,
Ist mit mir der Dank für all meine Taten begraben?
Tut so nicht! Und, damit meinem Grabe die Ehre nicht fehle,
Soll Polyxenas Blut den Geist des Achilles versöhnen.«
    Spricht es, und da die Gefährten dem grimmigen Schatten
                                                    gehorchen,
450 Wird die Jungfrau vom Schoß der Mutter, an den sie sich nun al-
lein fast noch schmiegt, gerissen und, tapfer im Unglück und mehr
                                                    als
Weib, zu dem Hügel geführt der schrecklichen Asche zum Opfer.
Als zum Altar sie gebracht, dem grausamen, als sie gemerkt hat,
Daß das furchtbare Opfer um ihretwillen bereitet,
455 Und Neoptolemus sieht, wie er steht, das Eisen in Händen,
Wie er auf ihr Gesicht die Augen heftet, da spricht sie,
wohl ihrer selbst sich bewußt: »Bedien dich des adligen Blutes!
Ich bin bereit, magst du in die Kehle, die Brust mir das Eisen
Senken!« Und sie entblößt die Brust zugleich mit der Kehle.
460 »Ich, Polyxena, bin nicht gewillt, einem Herren zu dienen.
Keinen Gott werdet ihr mit solchem Opfer versöhnen.
Könnte mein Tod nur der Mutter verborgen bleiben, dies wünsch'
                                                    ich,
Nur die Mutter trübt mir die Freude zu sterben, obgleich sie
Nicht mein Sterben, nein, ihr Leben sollte beseufzen.
465 Ihr nur, damit nicht unfrei den stygischen Schatten ich nahe,
Tretet beiseit, wenn gerecht mein Begehr, und rührt mit den
                                                    Männer-
händen die Jungfrau nicht an. Es wird, wer immer es sein mag,
Den ihr mit meinem Blut zu versöhnen trachtet, ein freies

436–498

Blut genehmer ihm sein. Rührt einen jedoch meines Mundes
70 Letzter Wunsch – euch bittet des Königs Priamus Tochter,
Jetzt die Gefangene, – gebt meinen Leib umsonst meiner Mutter,
Daß sie das traurige Recht der Bestattung mit Gold nicht erkaufe,
Sondern mit Tränen. Sie tat's, da sie's konnte, einst auch mit
                                Golde.«
Sprichts. Doch die Tränen, die *sie* verhielt, das Volk, es verhielt
                                sie
5 Nicht. Und der Priester, entgegen dem eigenen Wunsche und selbst
                                auch
Weinend, durchstieß mit dem Eisen die Brust, die willig sie darbot.
Nieder zur Erde glitt mit gelösten Knieen die Jungfrau,
Bis zum Ende behielt sie ihr unerschrockenes Antlitz.
Was zu verhüllen sich ziemt, zu bedecken, die Zierde der keuschen
10 Scham zu wahren, ist auch im Fallen noch ihre Sorge.
Frauen empfangen sie so, überzählen die Priamuskinder,
Die man beweint, und wieviel das eine Haus schon geblutet,
Seufzen, Jungfrau, um dich und um *dich*, die du eben noch Königs-
gattin und Mutter gewesen, ein Bild des blühenden Asiens,
15 Jetzt auch als Beute ein schlechter Gewinn, den der Sieger Ulixes
Lieber andern gewünscht, wenn sie nicht doch den Hector geboren
Hätte. Hector fand mit Müh einen Herrn seiner Mutter!
Die umschlingt jetzt den Leib, den die tapfere Seele verlassen,
Weint, die so oft sie der Heimat, den Söhnen, dem Gatten geweint
                                hat,
20 Tränen auch ihr. Sie läßt in die Wunde fließen die Tränen,
Deckt mit dem ihren den Mund und trifft ihre schlägegewohnten
Brüste; ihr graues Haar mit geronnenem Blute befleckend,
Spricht sie, nachdem sie zerschlagen die Brust, unter anderem
                                dies: »O
Tochter, du letzter Schmerz deiner Mutter – denn was bleibt noch
                                übrig? –
Tochter, du liegst, und ich sehe, die mich verwundet, die Wunde!
Seht! daß ich ohne Blut nicht eines der Meinen verliere,
Trägst eine Wunde auch du. Dich glaubte ich, da du ein Weib bist,
Sicher vorm Eisen – nun bist auch als Weib du durchs Eisen
                                gefallen.

DREIZEHNTES BUCH

Und derselbe hat dich wie so viel deiner Brüder getötet,
500 Troias Untergang, er, und unser Verwaiser, Achilles.
Als er endlich vom Pfeile des Paris, des Phœbus gefallen,
Sprach ich: ›Jetzt ist gewiß Achilles nicht mehr zu fürchten!‹
Und *mir* war er zu fürchten noch dann. Des Bestatteten Asche
Rast gegen dieses Geschlecht, wir spüren den Feind aus der Gruft
noch.
505 Fruchtbar war ich dem Aeacussproß. Das gewaltige Ilion
Liegt; in schwerem Sturz hat geendet das Leiden der Stadt, doch
Hat es geendet. Nur mir, mir leidet Pergamon weiter,
Mein Schmerz lebt noch jetzt. Noch eben die Höchste, so vieler
Schwiegersöhne und -Töchter und Kinder froh und des Mannes,
510 Jetzt von den Hügeln der Meinen ins Elend gezerrt, ein Geschenk
gar
Bald für Penelope, die mich Ithacas Frauen wird zeigen,
Wenn ich schlichte mein tägliches Maß: »Das ist die berühmte
Mutter des Hector, das ist« – wird sie sagen – »des Priamus Gattin.«
Nun, nachdem ich so viele verloren, hast du, die der Mutter
515 Trauer allein noch gesänftigt, versöhnt die Asche des Feindes.
Totenopfer gebar ich dem Feind! Wozu bin ich noch da, ich
Eiserne? Warte worauf? Wozu sparst du mich, endlos Alter?
Grausame Götter, wozu, als daß weitere Gräber ich schaue,
Zieht ihr die zähe Alte hinaus? Wer möchte es glauben,
520 Daß man nach Pergamons Sturz den Priamus glücklich könnt'
nennen?
Glücklich macht ihn sein Tod! Er muß nicht dich, meine Tochter,
Tot erschauen und ließ das Leben zugleich mit der Herrschaft.
Königsjungfrau, vielleicht wirst ein Leichenbegängnis du haben,
Und man wird einen Leib bei den Mälern der Ahnen bestatten?
525 Anders ist unseres Hauses Geschick! Die Tränen der Mutter
Sind die Gaben für dich und Hände voll Sand aus der Fremde.
Alles hab' ich verloren. Mir bleibt, das Leben noch kurze
Zeit zu ertragen, der Mutter geliebtester Knabe, der einzge
Jetzt, zuvor doch der kleinste vom männlichen Stamm: Polydorus,
530 Den wir an dieses Gestade dem thracischen König gesendet. –
Doch, was zögr' ich indes, die grausame Wunde mit Wasser
Abzuspülen und das so schrecklich mit Blute bespritzte

499–562   337

Antlitz?« So sprach sie und ging, ihre grauen Haare zerrauft, mit
Greisen Schritten zum Strand. »Ihr Frauen, gebt einen Krug!« So
535 Hatte die Unglückselge gesagt, gewillt, von dem lautern
Wasser zu schöpfen, da sieht sie, gespült an den Strand,
                                    Polydorus'
Leib und die mächtge vom Schwerte des Thracers geschlagene
                                    Wunde.
Troias Frauen schrein. Sie selbst verstummte im Schmerz, und
Eben der Schmerz verschlang ihre Stimme zugleich und die
                                    einwärts
540 Quellenden Tränen. Sie blieb, einem harten Felsen vergleichbar,
Starr; sie heftet bald auf die Erde die Blicke, dann hebt sie
Wieder zum Äther empor ihr verzerrtes Antlitz, betrachtet
Jetzt des liegenden Sohnes Gesicht und jetzt seine Wunde.
Ja, die Wunde zumeist und wappnet und füllt sich mit Zorne.
545   Da sie von diesem entbrannt, als ob sie noch Königin wäre,
Nimmt sie zu rächen sich vor, sieht nur, wie sie strafe, noch vor
                                    sich.
Wie eine Löwin rast, der das säugende Junge genommen,
Wie sie den ungesehenen Feind verfolgt nach der Fußspur,
So geht Hecuba, als mit der Trauer den Zorn sie gemengt hat,
550 Nicht ihres Mutes vergessend, vergessend der Zahl ihrer Jahre,
Hin zu dem tückischen Stifter des gräßlichen Mords, Polymestor,
Heischt Unterredung mit ihm. Sie wolle verborgen gebliebn
Gold ihm zeigen, damit er es weitergebe dem Sohne.
    Und der Odryse glaubt; in gewohntem Verlangen nach Beute,
555 Kommt er zum heimlichen Ort. Da schmeichelt der Schlaue:
                                    »Nun zaudre
Nicht und gib deinem Sohne die Gabe, o Hecuba! Alles,
Was du ihm gibst, und was du gegeben zuvor, bei den Göttern
Schwör' ich dir zu, wird sein.« Sie blickt, da er redet und falsch
                                    schwört,
Voller Grimm auf ihn und kocht in schwellendem Zorne.
560 Und sie stürzt sich auf ihn, sie ruft der gefangenen Frauen
Schar zu Hilfe und bohrt in die treulosen Augen die Finger,
Raubt seinen Wangen das Licht. – Der Zorn gibt Kraft ihr. – Die
                                    Hände

DREIZEHNTES BUCH

Taucht sie hinein, und, befleckt von des Schuldigen Blute, zerwühlt
sie
Nicht das Auge – das ist dahin – die Höhlung des Auges!
565 Was ihrem Fürsten geschah, erregte die thracische Menge,
Und sie begann nach ihr mit Geschossen und Steinen zu werfen.
Sie verfolgt den geworfenen Stein unter rauhem Geknurr mit
Bissen. Und aus der Kehle, die Worte formen will, bellt sie,
Als sie zu reden versucht. – Die Stelle ist heut noch zu sehn und
570 Trägt ihren Namen daher. Und lange gedenk ihrer alten
Leiden, heulte sie traurig noch spät über Thraciens Felder.
    Aber ihr Schicksal hat ihre Troer, die griechischen Feinde,
Aber ihr Schicksal hat die Götter alle gerührt, ja
Alle in diesem Maß: selbst Juppiters Gattin und Schwester
575 Hätte geleugnet, daß Hecuba solch ein Ende verdient hab'.

Muße, um Troias Fall, um Hecubas Los sich zu kümmern,
Mangelt Auroren, obgleich sie die selben Waffen begünstigt.
Nähere Sorge bedrückte und häusliche Trauer die Göttin:
Trauer um Memnons Verlust, den die leuchtende Mutter auf
Phrygiens
580 Feldern sterben sah, gefällt von dem Speer des Achilles.
Sah's und das Rot, in dem die Frühe des Morgens erschimmert,
War da plötzlich gebleicht, und der Äther verbarg sich in Wolken.
    Aber die Mutter vermochte es nicht, seine Glieder im letzten
Feuer gebettet zu sehn; sie verschmähte es nicht, vor dem großen
585 Juppiter selbst auf die Knie sich zu werfen, so, wie sie war, die
Haare gelöst, und dabei zu den Tränen die Worte zu fügen:
»Tiefer als alle gestellt, die der goldene Äther beherbergt, –
Habe in aller Welt doch *ich* die wenigsten Tempel, –
Göttin immerhin, bin ich gekommen, nicht, daß du Tempel,
590 Opfertage mir gibst und Altäre, die Feuer erwärme. –
Möchtest du aber betrachten, wie viel, ein Weib, ich dir leiste,
Wenn ich die Grenzen der Nacht mit dem jungen Lichte bewache,
Glaubst du vielleicht, daß ein Lohn mir gebührt. – Doch ist dies
nicht Auroras
Sorge, nicht dies ihre Stunde, geschuldete Ehre zu fordern.
595 Nein, ich komme, beraubt meines Memnon, der fruchtlos die starken

Waffen trug für den Ohm, und der durch den starken Achilles –
So habt *ihr* es gewollt – an der Schwelle des Lebens gefallen.
Gib ihm zum Trost im Tode, o höchster Herrscher der Götter,
Irgend eine Ehre und lindre die Schmerzen der Mutter!«

Juppiter hatte gewährt, und Memnons ragende Scheiter
Stürzte im hohen Brande zusammen; die Schwaden des schwarzen
Rauches trübten den Tag, wie wenn ein Fluß seine frischen
Nebel haucht und der Sonne darunter zu dringen verwehrt ist.
Schwarz fliegt Asche umher. Sie ballt sich dichter zu *einem*
Leibe, gewinnt Gestalt; vom Feuer nimmt sie die Wärme,
Nimmt die Seele von ihm, ihre Leichte schafft ihr die Flügel.
Ähnlich etwas zunächst einem Vogel, ein wirklicher Vogel
Bald mit den Schwingen rauscht, wie *er* unzählige Brüder
Rauschen, dem gleichen Ursprung sie alle entstammt. Sie umfliegen
Dreimal die Scheiter, und dreimal bricht ihr gemeinsamer heller
Schrei in die Luft; sie teilen beim vierten Flug sich in Lager.
Jetzt zwei Völker, führen sie wild von hier und von dort den
Krieg; sie regen im Zorne des Kampfes die Schnäbel, die krummen
Klaun und ermüden die Brust und die Flügel in stetigem Anprall.
Opfer der Asche zuletzt des Bestatteten, fallen der Brüder
Leiber zu Boden, gedenk einem tapferen Mann zu entstammen.
Dieser gibt seinen Namen den neuen Geschöpfen, nach diesem
›Memnonvögel‹ genannt, erneun sie, zu fallen für Vaters
Ehre, den Krieg, sooft zwölf Zeichen die Sonne durchmessen.

So schien anderen kläglich der Dymastocher Gebell, der
Eigenen Trauer weiht sich Aurora; sie weint ihre frommen
Tränen noch heute und taut in der ganzen Weite des Erdrunds.

Doch, daß zugleich mit den Mauern auch Troias Hoffnung
                                    gesunken,
Läßt das Geschick nicht zu. Seine Heiligtümer, ein ander
Heiligtum, trägt seinen Vater der Venussohn auf den Schultern.
Solch ehrwürdige Last und seinen Ascanius wählt aus
Allen Schätzen der Fromme und fährt übers Meer von Antandros
Fort mit der flüchtigen Flotte. Die Frevelschwelle der Thracer
Läßt er im Rücken, den Grund, der vom Blut Polydorus' genetzt
                                    ist,

DREIZEHNTES BUCH

630 Und von günstigen Winden und freundlichen Fluten getragen
Kommt er zur heiligen Stadt Apollons, mit ihm die Gefährten.
    Anius, der als König den Menschen, als Priester dem Phœbus
Treulich diente, empfängt ihn dort im Tempel und Hause,
Zeigt ihm die Stadt, die berühmten geweihten Stätten, die beiden
635 Bäume, an die sich einst Latona in Wehen geklammert.
Als sie Weihrauch entzündet und Wein in den Weihrauch gegossen
Und nach dem Brauche verbrannt die Fibern geschlagener Rinder,
Gehn sie ins Haus des Königs, genießen, gelagert auf hohen
Pfühlen, mit lauterem Bacchus die Gaben der Ceres. Da sprach der
640 Fromme Anchises: »Sag, erlesener Priester des Phœbus,
Irre ich? Hattest du nicht, als hier deine Mauern zuerst ich
Sah, einen Sohn und der Töchter vier, soweit mir gedenk ist?«
Anius schüttelte traurig das Haupt, dessen Schläfen die weiße
Binde umschloß, und erwidert: »Du irrst dich nicht, o gewaltger
645 Held. Du hast mich als Vater von fünf Geschwistern gesehen,
Mich, den du jetzt – so spielt mit der Menschen Geschicken der
                                                          Wechsel –
Beinah kinderlos siehst. Denn was hilft mir der Sohn in der Ferne?
Er, den Andros, das Land, das nach seinem Namen genannt ist,
Festhält, wo für den Vater er Platz und Herrschaft behauptet.
650   Phœbus hat *ihm* den Blick des Sehers gegeben, den Töchtern
Bacchus ein ander Geschenk, das den Wunsch übertrifft und den
                                                          Glauben.
Alles nämlich, was meine Töchter immer berührten,
Wurde in fruchtendes Korn verwandelt, in lauteren Wein, in
Früchte Minervas, und reich war, wer sich ihrer bediente.
655 Als Agamemnon dies, der Verwüster Troias, erfahren,
Reißt er mit Waffengewalt – daß du siehst, wir haben von euren
Stürmen auch unsererseits ein Teil zu spüren bekommen –
Reißt er sie fort vom Schoße des Vaters; sie sollten, befiehlt er,
Nutzend die himmlische Gabe, die griechische Flotte ernähren.
660 Jede von ihnen flieht, wohin sie vermag: nach Eubœa
Zwei und ebensoviel nach Andros, der Insel des Bruders.
Streitmacht ist da und droht mit Krieg, wenn man nicht sie
                                                          herausgibt,
Und, von der Furcht besiegt, übergab die Scham die Geschwister-

630–698

herzen der Pein. Und du magst dem geängsteten Bruder verzeihen:
665 Kein Aeneas war dort, der Andros zu schirmen vermochte,
Auch kein Hector, durch die bis ins zehnte Jahr ihr euch hieltet.
   Fesseln wurden schon den gefangenen Armen bereitet.
Jene, zum Himmel die jetzt noch freien Hände erhebend,
Riefen: »Vater Bacchus, o hilf!« Und der Geber der Gabe
670 Hat geholfen, wenn man auf seltsame Weise verderben
Helfen will nennen. Doch, *wie* die Gestalt sie verloren, erkennen
Konnte ich nicht und kann es auch heute nicht sagen. Bekannt ist
Nur das traurige Ende: Sie wurden mit Federn begabt, in
Vögel deiner Gemahlin, in weiße Tauben, verwandelt.«

675 Als sie mit solchen und andern Geschichten geendet das Gastmahl,
Suchen sie Ruhe im Schlummer, nachdem die Tische entfernt sind,
Stehn dann auf mit dem Tag und befragen des Phœbus Orakel,
Der sie die alte Mutter heißt suchen und ihrer Ahnen
Küste. Den Scheidenden gibt der König Geleite und Gaben,
680 Gibt dem Anchises ein Szepter, dem Enkel ein Kleid, einen Köcher
Und dem Aeneas den Krug, den einst aus bœotischen Landen
Therses, ein Gastfreund aus Theben, als Gabe gesendet. Gesendet
Hatte ihn Therses, geschaffen jedoch ein Bürger von Hylæ,
Alcon, und ihn dabei versehen mit Bändern von Bildwerk.

685 Hier eine Stadt: Ihre Tore, die sieben, konntest du weisen;
Diese anstelle des Namens bekundeten, welche gemeint sei.
Vor der Stadt ein Leichenbegängnis, Hügel und Feuer,
Scheiterhaufen und Fraun mit gelöstem Haar und entblößten
Brüsten bezeichneten Trauer. Auch sah man weinen die Nymphen,
690 Klagen vertrocknete Quellen; und nackt und bar seines Laubes
Starrt der Baum; die Ziegen benagen die dorrenden Felsen.
Mitten in Theben hat er die Töchter Orions gebildet:
Diese mit männlichem Sinn sich die offene Kehle durchstoßend,
Jene, wie sie die Waffe gesenkt in den tapferen Busen,
695 Schon ihrem Volke zugute gefallen, wie man in schönem
Zug durch die Stadt sie trägt, sie auf ehrendem Platze verbrennt,
                                   und
Wie aus der Jungfrauenasche, damit das Geschlecht nicht erlösche,
Zwillingssöhne erstehn – Coronen nennt sie die Sage –

Und, wie den Feierzug für die Asche der Mutter sie führen.
700 Soweit sein altes Erz mit funkelnden Bildern geschmückt, trug
Oben am Rande der Krug vergoldet erhabnen Acanthus.
    Nicht mit geringeren Gaben vergilt die Geschenke der Troer,
Gibt dem Priester ein Kästchen, in dem er den Weihrauch bewahre,
Auch eine Schale und, glänzend von Steinen und Gold, eine Krone.

705 Creta erreichen sie dann von dort, gedenk, daß auf Teucrus'
Blut ihren Ursprung zurück die Teucrer führen. Nicht lange
Konnten den Himmel dort sie ertragen. Verlassend die hundert
Städte, wollen sie jetzt in Italiens Häfen gelangen.
    Raste der Sturm und zerstreute die Männer. In der Strophaden
710 Treulosen Hafen schreckt sie der Spruch des Vogels Aëllo.
Und schon sind sie vorbei an Dulichiums Hafen, an Same,
Neritus' Häusern, an Ithaca schon, des verschlagnen Ulixes
Inseln gefahren. Sie sehn die im Streit der Götter umkämpfte
Stadt Ambracia, die jetzt durch den actischen Phœbus bekannt ist,
715 Sehen den Felsen dort, die Gestalt des verwandelten Richters,
Das von dem Klang seiner Eichen durchhallte dodonische Land, die
Bucht Chaoniens, wo die Söhne des Herrn der Molosser
Flügel erhielten und so dem frevelnden Brande entgingen.
    Nächstes Ziel ihrer Fahrt: die mit lachenden Äpfeln bepflanzte
720 Flur der Phæacen; epirisch Buthrotus wird dann erreicht, die
Stadt, wo der phrygische Seher gebietet, Troias Abbild.
Sicher des Künftigen dann, das alles des Priamus Sohn, das
Helenus treulich mahnend geweissagt, nahen von dort sie
Endlich Sicilien, das drei Zungen hinaus in das Meer treibt.
725 Eine, Pachynus, kehrt sich dem regenbringenden Süden
Zu, Lilybæum setzt sich aus dem schmeichelnden Westwind,
Nordwärts Peloros schaut, nach dem Bären, den nimmer die Flut
                                        netzt.
    Dieses steuern die Teucrer nun an; mit günstiger Strömung
Rudernd, gewinnt die Flotte vor Nacht das Gestade von Zancle.

730 Rechts bringt Scylla Gefahr, die ruhelose Charybdis
Links. Die schlingt und speit wieder aus die verschlungenen Kiele.
Scylla, den schwarzen Leib mit wilden Hunden gegürtet,

Trägt einer Jungfrau Gesicht und war, wenn nicht alles erdichtet,
Was von den Sängern uns blieb, auch früher einmal eine Jungfrau.

735 Viele Bewerber freiten um sie. Sie wies sie zurück, ging
Oft, als willkommener Gast, zu den Nymphen der See und
erzählte
Denen, wie sie ihr Spiel mit den liebenden Jünglingen treibe.
Während das Haar sie von ihr ließ kämmen, sprach Galatea
Einst unter manchem Seufzer zu Scylla traurig die Worte:

740 »Dich, o Jungfrau, begehrt der Männer nicht unhold Geschlecht,
und
Du kannst, wie du es tust, dich ungestraft ihm versagen.
Ich, die von Nereus gezeugt, geboren von Doris, der Meeres-
göttin, die ich dazu in der Schar meiner Schwestern bewahrt bin,
Durfte mit Trauer nur des Cyclopen Liebe entfliehen.«

745 Spricht es, und Tränen hemmen der Redenden Stimme; die
Jungfrau
Wischt mit dem Finger sie ab, dem marmorweißen, und sagt, nach-
dem sie die Göttin getröstet: »Ich bitte dich, Liebe, erzähle,
Hehle mir nicht – ich bin dir getreu – den Grund deines
Schmerzes.«
Da entgegnet die Tochter des Nereus dem Kind der Cratæis:

750 »Acis, den Faun mit der Nymphe des Flusses Symæthus gezeugt,
war
Wohl seines Vaters und wohl seiner Mutter hohes Entzücken,
Meines aber noch mehr. Durch ihn nur war ich gefesselt.
Schön, erst sechzehn Jahre geworden, hatte die zarten
Wangen er eben mit kaum zu erkennendem Flaume gezeichnet.

755 Unablässig begehrte ich sein, doch mein der Cyclop, und
Fragst du, was mehr mich erfüllt, die Abscheu vor dem Cyclopen
Oder die Liebe zu Acis, – ich kann es nicht sagen: sie waren
Beide einander sich gleich. – O Mutter Venus, wie groß ist
Deiner Herrschaft Gewalt! Ja, er, der grimmige Unhold,

760 Er, der selbst den Wäldern ein Schrecknis, den ungestraft nie ein
Gast noch erschaut, der Verächter des großen Olympus, der
Götter,
Fühlte, was Liebe sei. Von dem starken Verlangen ergriffen,
Brennt er; und er vergißt sein Vieh, vergißt seine Höhlen.

DREIZEHNTES BUCH

Ja, schon pflegst du dein Aussehn und mühst dich schon zu
gefallen,
765 Schon, Polyphemus, kämmst mit dem Karst du die störrigen Haare,
Schon beliebt's dir, den struppigen Bart mit der Sichel zu schneiden
Und deine wilden Züge im Wasser zu schaun und zu glätten;
Mordlust, die schreckliche Wildheit, der unermeßliche Blutdurst
Ruhen, und sicher kommen und sicher scheiden die Schiffe.
770 Telemus, der unterdes zum sicilischen Aetna verschlagen,
Telemus, Eurymos' Sohn, den nie ein Vogel getäuscht hat,
Nahte dem grimmen Cyclopen und sprach: »Das Aug', das du
einzig
Mitten trägst auf der Stirn, das wird Ulixes dir rauben!«
»Blödester, du, der Seher«, so lacht er, »du irrst, eine andre
775 Hat es längst schon geraubt!« So läßt er vergeblich ihn Wahrheit
Künden und drückt mit der Last seiner mächtigen Schritte das Ufer,
Kehrt, wenn er's müde geworden, zurück in die schattige Höhle.
Weit in die Fluten ragt wie ein Keil ein Hügel mit langem
Rücken; an beiden Flanken umspült ihn die Woge des Meeres.
780 Den besteigt der wilde Cyclop und setzt sich inmitten;
Ungetrieben folgen die wolletragenden Schafe.
Als er zu Füßen sich dort die Fichte gelegt, die zum Stab ihm
Diente – sie hätte getaugt, als Mastbaum Rahen zu tragen –,
Als er die Flöte gefaßt, die aus hundert Rohren gefügt war,
785 Da vernahmen all die Berge sein Hirtengetön, ver-
nahmen die Wellen es all. Doch ich, auf dem Schoß meines Acis
Sitzend, von Felsen versteckt, ich hab' aus der Ferne mit eignen
Ohren die Worte gehört und hab, was ich hörte, behalten.
»Leuchtender du, Galatea, als Blätter des weißen Liguster,
790 Blühender du als Wiesen und schlanker als ragende Erlen,
Blanker als Glas und munterer du als ein zierliches Böckchen,
Glatter als Muscheln, die stetig die Wellen des Meeres geschliffen,
Höher willkommen als Sonne im Winter, als Schatten im Sommer,
Edler als Äpfel und stattlicher du als die hohe Platane,
795 Glänzender du als Eis und süßer als zeitige Trauben,
Weicher du als der Flaum des Schwans und geronnene Milch und
Schöner, wolltest du nur nicht fliehn, als berieselter Garten, –
Wilder du auch, Galatea, als ungebändigte Stiere,

Härter als älteste Eichen und trüglicher du als die Welle,
800 Zäher als Weidenruten und weißer Reben Geranke,
Minder beugsam als hier die Felsen, jäher als Bergstrom,
Stolzer als der gepriesene Pfau und schärfer als Feuer,
Rauher als Stechwurz und grimmiger du als die Bärin mit Jungen,
Tauber als Brandung und weniger mild als getretene Viper
805 Und, was vor allem ich wollte dir nehmen können, geschwinder
Du – nicht nur als der Hirsch, der von lautem Bellen verfolgt ist –
Nein, noch flüchtiger du als Wind und geflügelter Lufthauch.

Wüßtest du's jedoch recht, dann verdrösse dich, daß du geflohn,
ver-
dammtest du selbst dein Zögern und mühtest dich, fest mich zu
halten.

810 Höhlen habe ich, Teile des Berges, im hangend gewachsnen
Fels, wo du mitten im Sommer nicht spürst die Gluten der Sonne,
Wo du den Winter nicht spürst. Hab' Äpfel schwer an den Ästen,
Habe an langen Ranken dem Golde gleichende Trauben,
Habe die purpurnen auch, will diese und jene dir reichen.
815 Wirst mit eigener Hand die im Waldesschatten gereiften
Zarten Erdbeeren und wirst Herbstcornelien pflücken,
Pflaumen, nicht solche allein, die blau mit glänzendem Saft sind,
Nein, veredelte auch, die mit frischem Wachs zu vergleichen.
Nicht der Kastanie Frucht wird dir fehlen, wenn ich dein Mann bin,
820 Die der Meerkirsche nicht: ein jeder Baum wird dir dienen.

All dies Vieh ist mein, und viel auch schweift in den Tälern,
Viel verbirgt sich im Wald, und viel ist gestallt in den Höhlen.
Fragst du etwa, wie viele an Zahl: ich kann es nicht sagen. –
Sache des Armen, zu zählen sein Vieh! Vom Lob meiner Kühe
825 Sollst du nichts *glauben*, du kannst mit eigenen Augen es *sehen*,
Wie mit den Schenkeln sie kaum die prallen Euter umtreten.
Habe als kleinere Zucht in warmen Ställen die Lämmer,
Hab auch, an Alter gleich, in anderen Ställen die Böcke.
Schneeweiße Milch fehlt nie bei mir. Zum Trinken bewahr' ich
830 Einen, den anderen Teil macht flüssiges Lab mir gerinnen.

Nicht die billigen Freuden und Gaben, die jeder kann geben,
Sollen dir werden zuteil wie Ziegen, Hasen, ein Geisbock
Oder von Tauben ein Paar, ein Nest, geholt aus dem Wipfel, –

DREIZEHNTES BUCH

Hoch in den Bergen hab' ich gefunden der zottigen Bärin
835 Junge, ein Zwillingspaar; mit denen könntest du spielen,
Beide einander sich gleich, du kannst sie kaum unterscheiden.
Hab' sie gefunden und sprach: »Die werden bewahrt für die
Herrin!«
Hebe nur jetzt dein leuchtendes Haupt aus dem bläulichen Meere,
Jetzt, Galatea, komm, verachte nicht meine Gaben!
840 Kenne ich doch mich selbst; ich habe mich neulich im klaren
Spiegel des Wassers gesehn, und gefallen hat mir mein Anblick.
Sieh, wie groß ich bin! Im Himmel Juppiter ist nicht
Größer als dieser Leib. – Ihr erzählt ja gerne, ich weiß nicht
Was für ein Juppiter herrsche. Hinein in das männliche Antlitz
845 Wächst mir in Fülle das Haar und umschattet wie Wald meine
Schultern.
Daß der Leib so dicht von struppigen Borsten mir starrt, das
Halte für schimpflich nicht. Nein, schimpflich ein Baum ohne
Blätter,
Schimpflich ein Pferd, dem nicht die gelbliche Mähne den Hals
hüllt.
Federn bedecken die Vögel, dem Schaf ist die Wolle zur Zierde,
850 Bart und ragende Borsten am Leibe zieren die Männer.
Habe ein einziges Auge inmitten der Stirne, doch mächtig
Gleich einem Schilde. Und sieht die gewaltige Sonne nicht alles
Hier aus der Höh? Und doch hat sie nur eine einzige Scheibe!
Dann: mein Vater herrscht in eurem Meere, und diesen
855 Gebe zum Schwäher ich dir. Erbarme dich nur und erhöre
Nur eines Bittenden Flehn. Denn dir allein unterlieg' ich.
Der ich Juppiter, Himmel, durchbohrenden Blitzstrahl verachte,
Fürchte, o Nereuskind, dich. Dein Zorn ist schlimmer als
Blitzstrahl.
Und ich ertrüge mit größrer Geduld, verschmäht mich zu sehen,
860 Würdest du alle fliehn. Warum, den Cyclopen verachtend,
Liebst du den Acis und suchst statt meiner Umarmung den Acis?
Aber er mag sich selbst, er mag, was mich wurmt, Galatea,
Dir auch gefallen, er soll, sobald sich Gelegenheit bietet,
Fühlen, daß meine Kräfte der Größe des Leibes entsprechen.
865 Lebend reiß ich die Därme ihm aus, zerstreu' die zerstückten

Glieder aufs Feld, dein Meer – so mag er mit dir sich vereinen! –
Denn ich glühe, und hitziger kocht das beleidigte Feuer.
Den, so scheint es, mitsamt seiner Glut in die Brust mir versetzten
Aetna trag ich in mir, doch dich, Galatea, dich rührt's nicht!«
Derart klagt er umsonst, dann steht er – ich sah nämlich alles –
Auf und kann wie ein Stier, der rast, weil die Kuh ihm geraubt
                                           ward,
Nicht verweilen und schweift durch Wald und bekanntes Gebirge.
Da erblickte der Wilde den Acis und mich, die wir dessen
Nicht uns versahen, und rief: »Ich sehe euch wohl, und ich werde
Sorgen, daß dies der letzte Verein eurer Liebe gewesen!«
Und seine Stimme war *die* eines wild erzürnten Cyclopen,
Ja, es ließ sein Gebrüll den ganzen Aetna erbeben.

    Ich, von Schrecken erfaßt, ich tauch' in dem nahen Gewässer
Unter, der Sproß des Symæthus, er hatte den Rücken gewandt, er
Floh und rief: »Ach, hilf, Galatea, ich bitte, ihr Eltern,
Helft und nehmt mich, der jetzt ich vergehe, in euerem Reich auf!«
Und der Cyclop verfolgt, er reißt vom Berg einen Teil, er
Wirft; und obgleich ihn nur der äußerste Zacken des Felsens
Traf – schon dieser deckte den ganzen Acis allein zu.

    Wir, wir haben getan, was allein vergönnt nach des Schicksals
Schluß: daß Acis doch seiner Ahnen Kräfte gewinne.
Purpurfarben troff das Blut von dem Felsen, und binnen
Kurzer Frist schon begann die Röte zu schwinden; die Farbe
Ward zu der eines Flusses, den Regengüsse getrübt, sie
Reinigt allmählich sich dann. Es sprang und klaffte der Felsen;
Lebend Schilfrohr hob sich schlank aus den Spalten, des Steines
Hohler Mund erklang von munter hüpfenden Wellen.
Plötzlich – ein Wunder – ragt heraus bis zur Mitte des Leibes,
Rings sein frisches Gehörn mit Schilf umwunden, ein Jüngling –
Acis war es, nur größer und blau erschimmernd vom ganzen
Antlitz. Aber auch so war er doch ein zum Flusse gewordner
Acis. Der Bergstrom hat den alten Namen behalten.«

    Und Galatea hatte geendet. Die Töchter des Nereus
Lösen den Kreis und schwimmen umher in dem sanften Gewoge.
Scylla – die es nicht wagt, sich dem offenen Meer zu vertrauen –

348 DREIZEHNTES BUCH

Geht; sie läuft auf dem feuchten Sand, der Kleider entledigt,
Oder sie frischt, wenn sie müde geworden, und wenn eine abseits
Liegende Bucht sie entdeckt, im umfriedeten Wasser die Glieder.
    Sieh! Durch die Fluten gerauscht, der neue Bewohner der hohen
905 See, in Anthedon neulich, der Stadt bei Euboea, verwandelt,
Glaucus ist da, und gebannt von Verlangen beim Anblick der
                                                            Jungfrau,
Spricht er Worte, von denen er glaubt, sie könnten ihr Fliehen
Hemmen. Aber sie flieht; und von Angst beflügelt erreicht sie
Rasch die Höh' eines Berges, der nahe dem Strande gelegen.
910 Knapp vor den Fluten wölbt sich, bewaldet, geschlossen zu *einer*
Spitze, sein mächtiger Gipfel der Weite der Wasser entgegen.
Hier verhält sie und zweifelt, von sicherem Platz ihn betrachtend,
Ob er ein Unhold oder ein Gott. Sie bestaunt seine Farbe,
Staunt ob der Mähne, die Schultern und Rücken darunter bedeckt,
                                                            und
915 Daß der gewundene Fischschwanz des Leibes Ende ihm einnimmt.
Glaucus fühlt es und spricht auf den Felsen gestützt, der zunächst
                                                            steht:
    »Jungfrau, ich bin kein Wundergeschöpf, kein grimmiges Untier,
Sondern ein Gott der See. Nicht Proteus hat in den Wassern
Höheres Recht, nicht Triton, Palæmon, des Athamas Sohn, nicht.
920 Sterblicher aber war ich zuvor. Doch von jeher dem hohen
Meere verfallen, machte an ihm ich mir immer zu schaffen.
Denn bald zog mit dem Netz die Fische ich ein, auf dem Felsen
Sitzend führte ich bald mit der Rute die Leine der Angel.
    Nah einer grünenden Wiese ein Strand. Ihn begrenzen auf einer
925 Seite die See, auf der andern die Kräuter, die niemals die hörner-
tragenden Rinder mit Bissen verletzt, die *ihr* nicht, ihr sanften
Schafe, geweidet und *ihr* nicht, ihr zottigen Ziegen. Dorther trug
Nie eine fleißige Biene zum Stock den gesammelten Nectar,
Ward kein heiterer Kranz einem Haupte geschenkt, und es schnitt
                                                            sie
930 Nie eine sichelbewaffnete Hand. Ich saß auf dem Rasen
Dort als der erste, als einst ich trocknete triefende Netze.
Und, die gefangenen Fische in guter Ordnung zu mustern,
Legt' auf der Wiese ich aus, was teils in die Netze der Zufall,

$$901-965 \qquad\qquad 349$$

Teils sein arglos Gemüt an den Haken der Angel gebracht hat.
935 Wenn es erdichtet auch scheint, – doch was sollte Erdichten mir
nutzen? –:
Als das Grün sie berührt, beginnt meine Beute zu zucken,
Schnellend die Seite zu wechseln, am Land wie im Meer sich zu
regen.
Während ich zaudere und mich wundere, flieht die gesamte
Schar in ihr Naß und verläßt den neuen Herrn und die Küste.
940 Ich war erstaunt und zweifelte lang, nach dem Grunde mich
fragend,
Ob dies irgend ein Gott, ob's der Saft gewirkt eines Krautes.
»Doch welch Kraut«, so fragt' ich, »hat diese Kräfte?« und
pflückte
Etwas davon mit der Hand und biß darauf mit den Zähnen.
Kaum hat die Kehle noch recht von dem fremden Safte gekostet,
945 Als mein Geweide plötzlich im Innern erzittern ich fühle
Und ein Verlangen nach anderer Art die Brust mir erfaßte.
Bleiben konnte ich nicht. »Die ich nie soll wieder betreten,
Erde, leb wohl!« so rief ich und tauchte den Leib in die Fluten.
Meergötter nahmen mich auf, sie würdigten mich, von den Ihren
950 Einer zu werden, und baten Ocean' und Tethys zu tilgen,
Was ich an Sterblichem trüg'. Von diesen ward ich geweiht, und,
Als mir neunmal ein Spruch, der von Schnödem mich reinte,
gesprochen,
Ward ich geheißen, die Brust unter hundert Flüsse zu halten.
Ohne Verweilen werden von allen Seiten heran die
955 Ströme, der ganze Schwall der See übers Haupt mir geflutet.
So weit kann ich dir noch Erinnerungswertes erzählen,
So weit erinnre ich mich. Das Weitere fühlte mein Geist nicht.
Als er zurück mir gekehrt, da fand ich mich anders am ganzen
Leib, als zuvor ich gewesen, und nicht als den Gleichen im Geiste.
960 Damals sah ich zuerst den grünspanschimmernden Bart hier,
Hier meine Mähne, die jetzt durch die Weite der Fluten ich schleife,
Hier die gewaltigen Schultern, die bläulichen Arme, die Schenkel,
Wie sie sich krümmend enden im flossentragenden Fischschwanz.
Doch, was nutzt die Gestalt hier, Gefallen-zu-haben den Meeres-
965 göttern, ein Gott zu sein, wenn *du* davon nicht gerührt wirst!«

DREIZEHNTES BUCH

Während er redet und mehr zu reden gewillt ist, verläßt die
Jungfrau den Gott. Er rast, und im Zorn, verschmäht sich zu sehen,
Eilt er zum Zauberhaus der Tochter Titans, der Circe.

VIERZEHNTES BUCH

Schon hat Eubœas Kind, der Bewohner der wallenden Wasser,
Den auf den Schlund der Giganten geschleuderten Aetna verlassen,
Schon der Cyclopen Flur, die vom Karst , von des Pfluges
                                        Gebrauch nichts
Weiß und nichts den im Joche gekoppelten Rindern verdankt,
                                        schon
5   Zancle und dem gegenüber auch Regiums Mauern verlassen,
Schon das Schiffbruchsmeer, das, von beiden Küsten geengt, die
Grenze zwischen italischem Land und Sicilien einnimmt.
Rudernd mit mächtiger Hand von dort durch das Meer der
                                        Tyrrhener
Naht sich Glaucus den kräuterbewachsenen Hügeln der Tochter
10 Titans und kommt an ihr Haus, das voll von den mancherlei Tieren.
    Als er sie selbst dann erblickt und Heil gewünscht und
                                        empfangen,
Spricht er: »Erbarm dich, o Göttin, ich bitte, des Gottes, denn *du*
                                        nur
Kannst in dieser Liebe, wenn wert ich es scheine, mir helfen.
Titantochter, wie groß die Macht der Kräuter, das weiß kein
15 Anderer besser als ich, der selbst durch Kräuter verwandelt.
Daß dir der Grund meines Rasens nicht unbekannt bleibe: ich habe
Scylla gesehn am italischen Strand, den Mauern Messanas
Dort gegenüber. Beschämend, mein Bitten, Versprechen und
                                        Schmeicheln,
All die Worte, die hart sie verschmäht hat, noch einmal zu sagen.
20 Du, wenn irgend Macht in Liedern gelegen, so sing' ein
Lied mit dem heiligen Mund; ist mehr durch ein Kraut zu
                                        erkämpfen,
Nutze du dann die erprobteste Kraft eines wirksamen Krautes.
Daß du mich heilst, die Wunde hier stillst, ist nicht was ich bitte:
Nicht ein Ende soll sein, *sie* fühle ihr Teil an den Gluten!«
25   Circe jedoch – es hat nämlich keine für solches Entflammen

VIERZEHNTES BUCH

Leichter empfänglichen Sinn (mag sein, daß der Grund in ihr selbst
                        liegt,
Sei es, daß Venus es wirkt, den Verrat des Vaters zu rächen) –
Circe entgegnete ihm: »Eine Willige suchtest du besser,
Eine, die Gleiches begehrt, die von gleichem Verlangen erfaßt ist.
30 Würdig warst du, gebeten zu werden – und konntest es wirklich –
Und, wenn du Hoffnung gibst, so – glaube mir – wirst du gebeten.
Daß du nicht zweifelst, daß Zutraun zu deiner Gestalt dir nicht
                        fehle:
Ich, die ich Göttin bin, eine Tochter des strahlenden Phœbus,
Die ich durch Lieder soviel, soviel durch Kräuter vermag, ich
35 Wünsche, die Deine zu sein. Verachtung verachte, Willfahren
Zahle mit Gleichem und gib in Einem Zweien Genugtuung.«
    Ihr, die so ihn versucht, entgegnet Glaucus: »Es wachsen
Bäume im Meere zuvor und Algen auf Gipfeln der Berge,
Ehe mein Lieben sich wandelt, solange Scylla mir heil ist!«
40 Tief empört ist die Göttin. Doch da sie ihn selber nicht treffen
Konnte – aus Liebe es auch nicht wollte – zürnte sie der, die
Vorgezogen vor ihr. Gekränkt, daß verschmäht ihr Verlangen,
Nimmt und zerreibt sie sogleich ob schrecklicher Säfte verrufne
Kräuter und singt dazu ein Lied um Hecates Hilfe,
45 Hüllt in den blauen Mantel sich ein und tritt aus des Hauses
Mitte ins Freie hervor durch die Schar der schmeichelnden Tiere,
Eilt auf Regium zu, das Zancles Gefels gegenüber
Aufgebaut steht, und betritt die kochenden, wallenden Meeres-
fluten; sie setzt auf die wie auf festes Land ihre Sohlen,
50 Schreitet über die Spiegel der Wasser, trockenen Fußes.
    War ein kleines Gewässer, zum Bogen gerundet sein Ufer,
Scylla willkommen zur Ruh, wohin sie vor Meeres und Himmels
Branden zurückwich, zur Zeit, wenn die heißeste Sonne in Kreises
Mitte stand und vom Scheitel die kürzesten Schatten erzeugte.
55 Dieses verseuchte die Göttin; mit grauenwirkenden Giften
Tränkt sie es. Hier versprengt sie den schädlichsten Wurzeln
                        entpreßten
Saft und murmelt dreimal aus zauberkundigem Munde
Neunfach ein dunkles Lied in seltensten Worten und Sätzen.
    Scylla kommt, und hinein bis zur Mitte des Leibes gestiegen,

26–93   353

60 Sieht sie entstellt ihre Weichen von bellenden Greuelgeschöpfen.
    Nicht vermutend zunächst, daß die ein Teil ihres eignen
    Leibes seien, flieht sie und scheucht sie und fürchtet die frechen
    Schnauzen der Hunde; aber sie trägt mit sich selbst, was sie flieht,
                                                                           und
    Als ihren Körper sie sucht, seine Lenden, Schenkel und Füße,
65 Findet an deren Statt sie die Rachen des höllischen Wächters,
    Steht der Hunde Wut und hält mit dem Strunk ihrer Weichen
    Unter dem menschlichen Leib die Rücken der Wilden zusammen.
        Glaucus, der Liebende, weinte und floh die Vereinung mit Circe,
    Weil sie allzu feindlich gebraucht die Kräfte der Kräuter.
70 Scylla blieb an dem Ort. Und sobald die Macht ihr geboten,
    Hat sie Ulixes aus Haß auf Circe beraubt der Gefährten.
    Und sie hätte dann bald auch versenkt die Schiffe der Troer,
    Wäre sie nicht zuvor verwandelt worden ins Riff, das
    Steinern heute noch ragt. Das Riff noch meidet der Seemann.

75 Als die Schiffe der Troer dann dies und die Gier der Charybdis
    Rudernd bezwungen und schon den Ufern Italiens nahe
    Schwammen, wurden vom Sturm sie zur libyschen Küste getrieben.
    Dort empfing den Aeneas im Herzen und Hause die Tochter
    Sidons, die schwer sollte tragen das Scheiden des phrygischen
                                                                        Gatten;
80 Und auf der Scheiter, die scheinbar des Opfers wegen geschichtet,
    Stürzte sich selbst ins Schwert, hat alle getäuscht die Getäuschte.
        Wieder flieht er die werdende Stadt auf dem sandigen Grund, zu-
    rück zu dem Sitze des Eryx, dem treuen Acestes getragen,
    Opfert er fromm und ehrt den Schatten des teuren Erzeugers,
85 Löst die von Iris, der Botin der Juno, beinahe verbrannten
    Schiffe und läßt im Rücken das Land, das von hitzigem Schwefel
    Dampft, des Hippotesenkels Gebiet, und das Riff der Sirenen,
    Die Achelous gezeugt. Das Schiff, das den Lenker verloren,
    Hält auf Inarime, Prochyte zu und den steinigen, öden
90 Berg Pithecusas, das einst nach der Wohner Namen benannt ward.
        Denn der Vater der Götter, voll Abscheu vor der Cercopen
    List und Trug und den Taten des tückischen Volks hat die Männer
    Einst in häßliche Tiere verwandelt: *so*, daß sie Menschen

VIERZEHNTES BUCH

Nicht mehr ähnlich und doch noch ähnlich können erscheinen.

95 Schrumpfen ließ er die Glieder, die Nasen unter der Stirne
Stülpte er auf und furchte mit Greisenfalten das Antlitz,
Schickte, nachdem er am ganzen Leib sie gehüllt in ein gelblich
Fell, sie an diesen Sitz. Er nahm ihnen vorher der Worte
Und der zu gräßlichem Meineid geborenen Zunge Gebrauch und

100 Ließ ihnen nur das Vermögen, in rauhen Tönen zu klagen.

Als er vorbei an diesen gefahren, Parthenopes Mauern
Dann zur Rechten gelassen, zur Linken des Bläsers Misenus
Hügel, betrat er die binsenbestandene, sumpfige Gegend,
Cumæs Ufer, Sibyllas, der langelebenden, Grotte,

105 Bat, durch avernisch Gebiet zum Schatten des Vaters zu kommen.
Aber Sibylla erhob ihr lange zu Boden gesenktes
Antlitz, und endlich sprach sie zu ihm, von dem Gotte besessen:
»Großes verlangst du, o Mann, der an Taten der größte du bist, des
Rechte durch Eisen erprobt, des Herz durch Feuer erprobt ist!

110 Laß, o Troer, indes von der Furcht. Du wirst es erreichen,
Wirst die elysischen Haine, die letzten Reiche der Welt, den
Teuren Schatten des Vaters von mir geleitet erschauen.
Ist dem Tapferen doch kein Gang ungangbar.« So sprach sie,
Wies ihm darauf in dem Wald der avernischen Juno den golden

115 Schimmernden Zweig und hieß ihn *den* seinem Stamme entreißen.
    Und Aeneas gehorcht. Er sieht des schrecklichen Orcus
Schätze, die eigenen Ahnen, des hochgesinnten Anchises
Greisen Schatten, erfährt das im Orcus geltende Recht und,
Welche Gefahren er noch in neuen Kriegen bestehn muß.

120 Hebend von dort den ermüdeten Schritt auf steigendem Pfade
Sänftigt im Wechselgespräch mit der Führerin schon er die Mühsal,
Spricht, den grausigen Weg durch das schattige Dämmer
                              durchmessend:
»Seist eine Göttin du oder hoch durch die Götter begnadet,
Mir wirst als Gottheit immer du gelten, ich werde bekennen,

125 Daß du mich selbst mir geschenkt, die gewollt, daß ich nahte des
                              Todes
Stätte, ihn schau', die gewollt, daß ich heil ihr wieder entrinne.
Hierfür werde ich dir, zurückgekehrt zu den Lüften

Droben, Tempel erbaun und mit Weihrauchgaben dich ehren.«
Aber die Seherin blickt auf Aeneas zurück, schöpft Atem,
Spricht: »Ich bin keine Göttin. Der Ehre des heiligen Weihrauchs
Würdige du kein sterbliches Haupt. Daß du weiter nicht irrest:
Ewiges Licht, das mir nie sollt' enden, ward mir geboten,
Hätte mein Jungfrauentum sich dem liebenden Phœbus
                                                              erschlossen.
Als er hierauf noch hoffte, mit Gaben mich doch zu bestechen
Dachte, sprach er: »O Jungfrau von Cumæ, wähle dir frei, du
Wirst erlangen, was du dir wünschst.« Und ich, eine Handvoll
Staubes ihm weisend, habe verblendet gefordert, so oft als
Teilchen seien im Staub, den Tag der Geburt zu erleben;
Und ich vergaß die Jahre als Jugendjahre zu heischen.
Doch er wollte auch dies, ja ewige Jugend mir geben,
Wenn seine Liebe ich litt'. Das Phœbus Geschenke verschmähend,
Blieb ich Jungfrau. Doch kehrt schon die bessere Zeit mir den
                                                              Rücken,
Und es naht mit zitterndem Schritt das kränkliche Alter.
Das ich lange muß leiden. Denn sieben Jahrhunderte siehst du
Jetzt schon mich alt, und es bleibt, der Stäubchen Zahl zu
                                                              erreichen,
Noch dreihundert Ernten, dreihundert Lesen zu schauen.
Ja, die Stunde wird sein, da die lange Frist meinen großen
Leib hier klein mir gemacht, da die Glieder, verzehrt durch das
                                                              Alter
Auf ein geringstes Gewicht gebracht sind. Es wird dann nicht
                                                              scheinen,
Daß einem Gott ich gefallen. Auch Phœbus selber wird dann mich
Nicht mehr kennen vielleicht oder leugnen, geliebt mich zu haben.
Soweit wird die Verwandlung mich bringen. Für keinen zu sehen,
Bleib ich zu kennen als Stimme, denn die wird das Schicksal mir
                                                              lassen.«

Während Sibylla dies auf dem Wege zur Höhe berichtet,
Taucht der Troer Aeneas empor aus dem stygischen Reich und
Naht der eubœischen Stadt; als er dort nach dem Brauche geopfert,
Tritt er zum Strand, der noch nicht seiner Amme Namen erhalten.

Hier war des Neritus Sohn, des verschlagnen Ulixes Gefährte,
Macareus, überdrüssig der langen Irrfahrt geblieben.

160 Dieser erkennt Achæmenides, den sie einst unter Aetnas
Felsen verlassen, und staunt, daß der unvermutet Gefundne
Lebe, und fragt: »Welcher Zufall erhält oder *wer* von den Göttern
Dich, Achæmenides heil? Warum trägt ein barbarisches Deck den
Griechen? Nach welchem Land ist der Kiel eures Schiffes
                                                    gerichtet?«

165 Und Achæmenides, jetzt nicht mehr in zerrissenem Mantel,
Schon sich selbst wieder gleich, die Kleider nicht mehr gesteckt mit
Dornen, gibt ihm zurück: »Polyphemus und dessen von Menschen-
blute triefendes Maul will zum zweiten Male ich schauen,
Ist mir des Ithacers Schiff, die Heimat lieber als dies hier,

170 Ist mir Aeneas minder geehrt als ein Vater, und niemals
Kann, wenn auch alles ich tu, ich dafür ihm dankbar genug sein,
Daß ich noch rede, noch atme, den Himmel, der Sonne Gestirn
                                                    noch
Schaue. Könnte ich da undankbar sein und vergessen?
Er hat gegeben, daß meine Seele nicht in des Unholds

175 Rachen geriet. Wenn ich jetzt des Lebens Lüfte verlasse,
Wird mir im Grab oder doch nicht im Bauch des Cyclopen
                                                    gebettet.
Wie war da mir zu Sinn – siehst davon du ab, daß der Schreck
                                                    mich
Jeder Besinnung beraubt – als, zurück ich gelassen, zum offnen
Meere euch steuern sah? Ich wollte schreien, doch scheut' ich,

180 So mich dem Feind zu verraten. Der Ruf des Ulixes er hat ja
Fast eurem Schiffe Verderben gebracht. Ich sah, wie den mächtgen
Block vom Berge er riß und hinaus ihn warf in die Wogen,
Sah ihn zum zweiten Mal mit dem riesigen Arm ein gewaltig
Felsstück schleudern – es flog wie geschnellt von der Kraft des
                                                    Geschützes.

185 Und ich fürchtete schon, der Schwall der Flut und der Luft ver-
senke das Schiff, und vergaß, daß ich selbst ja nicht mehr darauf
                                                    war.
Als jedoch euch die Flucht entführt dem bitteren Tode,
Schreitet er, stöhnend vor Wut, um den ganzen Aetna die Runde,

Tastet voraus mit der Hand nach dem Wald, und, beraubt seines
Auges,
190 Rennt an die Felsen er an; die vom Ausfluß der Wunde
befleckten
Arme streckt er zum Meer und verwünscht den Stamm der
Argiver.
»Wenn den Ulixes ein Zufall zurück mir bräch' oder einen
Seiner Gefährten, an dem mein Zorn könnte wüten«, so ruft er,
»Dessen Geweide ich äße, des lebenden Leib mit der Hand in
195 Fetzen ich risse, des Blut in Schwällen die Kehle mir schwemmte,
Dessen zerfleischte Glieder mir zuckten unter den Zähnen, –
O, wie nichtig, wie leicht wär' dann des Auges Verlust mir!«
So und noch weiter der Wilde. Mich faßte das bleiche Entsetzen,
Als seine Züge ich sah, die jetzt vom Morde noch trieften,
200 Und seine grausamen Hände, die leere Höhle des Auges
Und seine Glieder, den Bart, verklebt mit menschlichem Blute.
Tod stand so mir vor Augen, doch *er* das kleinste der Übel.
Jetzt schon, so glaubte ich, greift er nach mir und birgt in den
seinen
Jetzt schon mein Geweide; es stand vor dem Geist mir aus jener
205 Zeit noch immer das Bild, da zu Paaren die Leiber der Freunde
Drei- und viermal zur Erde geschmettert ich sah und den Unhold
Selbst, wie er drüber sich warf, nach der Weise des zottigen
Löwen
Eingeweide und Fleisch, das weißliche Mark mit den Knochen
Schlürft' in den gierigen Leib und halb noch lebende Glieder.
210 Zittern befiel mich da. Ich stand erbleicht und voll Trauer,
Als ich ihn kauen sah und dabei aus dem Maule sein blutig
Mahl verlieren und Bissen, geballt mit dem Weine, erbrechen.
Solches Schicksal sah ich elend selbst mir bereitet.
Viele Tage hindurch versteckt und zitternd bei jedem
215 Laut, in Furcht vor dem Tod und doch nach dem Tode
verlangend,
Stillend mit Eicheln den Hunger, mit Laub und Kräutern, allein
und
Ratlos, der Hoffnung bar, dem Tod und der Pein überlassen,
Hab' ich nach langer Zeit dies Schiff aus der Ferne gesehen,

VIERZEHNTES BUCH

Habe durch Zeichen um Rettung gefleht, bin zum Strande gerannt
und
220 Hab' es gerührt: den Griechen nahm ein troisches Schiff auf! –
Du auch, du liebster mir der Gefährten, erzähle, was *ihr* dann,
Du, der Führer, die Schar, die dem Meer sich vertraut, noch erlebt
habt.«

Aeolus herrsche im tuscischen Meer, so erzählt der Gefragte,
Aeolus, Hippotes' Sohn, der im Zwinger halte die Winde.
225 Die, ein beachtlich Geschenk, gesperrt in die Haut eines Rindes,
Habe Ulixes empfangen, sei so neun Tage mit günstgen
Winden gesegelt und hab' den ersehnten Strand schon gesichtet.
Doch als dann nach dem neunten das zehnte Frührot gestiegen,
Hätten von Neid und Begier nach Beute besiegt, die Gefährten,
230 Gold in dem Schlauche vermutend, gelöst die Bande den Winden.
Da sei, von diesen erfaßt, das Schiff zurück zu des Herrschers
Aeolus Hafen gelangt durch das Meer, das es eben befahren.
»Dann sind zur alten Stadt wir«, erzählte er, »des Læstrygonen
Lamus gekommen. Es herrschte Antiphates dort in der Gegend.
235 Ich ward zu diesem gesandt im Geleit von zwein der Gefährten.
Ich und ein zweiter fand in der Flucht mit Mühe noch Rettung,
Aber der dritte von uns, er tränkte des Räubers verruchtes
Maul mit dem eigenen Blut. Antiphates drängte den Flüchtgen
Nach und hetzte die Schar; sie rennen zusammen und werfen
240 Blöcke und Balken, ertränken die Männer, versenken die Schiffe.
Eines jedoch, das uns und Ulixes selber geführt, ent-
kam. Den Verlust eines Teils der Gefährten betrauernd und bitter
Klagend gelangten wir dann zu den Inseln, die du von hier aus
Dort in der Ferne erkennst. Und, glaub mir, zu sehn aus der Ferne,
245 Ist, die ich selber gesehn. Auch du, gerechtester Troer,
Sohn einer Göttin – ich muß dich, Aeneas, nach Ende des Krieges,
Feind nicht nennen – ich rate, o flieh das Gestade der Circe!
Wir auch, als wir das Schiff am Gestade der Göttin verankert,
Weigerten uns, gedenk des Antiphates und des Cyclopen
250 Grausamer Wut, zu gehn, ein unbekannt Haus zu betreten.
Doch uns bestimmte das Los. Das Los entsendete mich, Eu-
rylochus und den getreuen Polites, den Trinker Elpenor,

219–282

Zweimal neun der Gefährten dazu nach den Mauern der Circe.
Als wir zu diesem gelangt, auf der Schwelle des Hauses schon
                                                        standen,
255 Schufen unzählige Wölfe und Bärinnen, Löwinnen, die ent-
       gegentraten, uns Angst; und doch war keines zu fürchten,
Keines von ihnen gewillt, unserm Leib eine Wunde zu schlagen.
Ja, sie wedeln sogar, die Schweife sanft in den Lüften
Regend, und schmeichelnd begleiten sie jeden von unseren
                                                        Schritten,
260 Bis uns die Mägde empfangen, die dann durch den
                                                marmorgedeckten
Saal uns zur Herrin geleiten. Die saß in dem schönen Gemache
Hoch auf stattlichem Stuhl, sie trug ein schimmernd Gewand und
War darüber gehüllt in den golddurchwobenen Schleier.
Nereustöchter und Nymphen bei ihr, die nicht mit bewegten
265 Fingern die Wolle ihr schlichten, noch Fäden zupfen und ausziehn:
Kräuter legen sie aus und ordnen in einzelne Körbchen
Blumen, die wirr noch zerstreut, und Pflanzen von mancherlei
                                                        Farben.
Sie vollendet das Werk, das die Nymphen verrichten; wofür zu
Brauchen ein jedes Blatt, wie gemischt zusammen sie wirken,
270 Weiß sie und prüft mit Bedacht die Kräuter, die jene geordnet.
   Als sie uns nun erblickt, als Heil gewünscht und empfangen,
Glättet sie freundlich die Mienen und läßt uns Gutes erhoffen.
Ohne zu säumen heißt sie geröstete Körner der Gerste
Mengen mit Honig und Wein und mit Milch, die durch Lab sich
                                                        verdickt hat.
275 Säfte, die diese Süße verdecke, fügt heimlich sie bei, und
Wir empfangen, gereicht von der heiligen Rechten, den Becher.
Als wir mit lechzendem Mund ihn dürstend zur Neige getrunken,
Als uns die schreckliche Göttin das Haar mit der Rute berührt, –
                                                        ich
Schäme mich, doch ich erzähl's! – da begann ich von Borsten zu
                                                        starren,
280 Konnte nicht reden mehr, statt Worten ließ ich ein rauhes
Grunzen vernehmen und sank mit dem Antlitz nieder zu Boden,
Fühlte zugleich meinen Mund sich zu breitem Rüssel verknorpeln,

Schwellen von Muskeln den Hals; mit der Hand, mit der ich den
                                                         Becher
Eben gehalten, drückte ich Spuren; und samt den Gefährten,
285 Denen das Gleiche geschehn – soviel vermögen die Gifte –,
Ward ich gesperrt in den Stall. Eurylochus sahen wir einzig
Nicht in Schweines Gestalt. Er allein ist den Becher geflohen.
Hätt' er den nicht gemieden, – ich wäre geblieben des borsten-
tragenden Viehs ein Stück, Ulixes, durch ihn von dem großen
290 Unheil verständigt, wäre dann nicht als Rächer gekommen.
     Ihm hat der Friedensbringer die weiße Blume gegeben, –
Moly heißt sie dem Gott, wird von schwarzer Wurzel gehalten.
Sicher durch sie und des Gottes Rat betritt er der Circe
Haus, und als sie auch ihn zu dem tückischen Becher gerufen
295 Und es versucht, auch ihm das Haar mit der Rute zu streifen,
Stößt er sie fort und schreckt mit gezücktem Schwert die Erblaßte.
Treue verspricht sie mit Handschlag darauf. In der Kammer
                                                   empfangen,
Heischt der Gefährten Gestalt er als Mitgift der Lagergenossin.
Und wir werden besprengt mit dem besseren Saft eines fremden
300 Krautes, geschlagen aufs Haupt mit dem anderen Ende der Rute;
Worte, den früher gesprochnen entgegenwirkende, spricht sie.
Und je mehr sie singt, desto mehr vom Boden erhoben,
Richten wir mählich uns auf; die Borsten fallen, gespaltne
Füße verläßt der Riß, die Schultern kehren zurück, es
305 Gliedert aufs neu sich der Arm. Wir umfassen den Weinenden
                                                   weinend,
Hängen am Halse des Führers; und keinerlei andere Worte
Sprachen zunächst wir als solche, die zeugten, wir seien ihm
                                                   dankbar.

Dort sind ein ganzes Jahr wir geblieben. Ich sah und ich hörte
Viel in der langen Zeit mit eigenen Augen und Ohren.
310 Dies unter vielem sonst, was heimlich eine der Mägde,
Eine der vier mir erzählt, die zu solchem Zauber bereit sind.
Während Circe allein mit unserem Führer verweilte,
Zeigte mir diese das Bild eines Jünglings, der auf der Schulter
Trug einen Specht. Es stand aus weißem Marmor gehauen,

315 Herrlich mit vielen Kränzen behängt, an geheiligter Stätte.

Als ich zu wissen verlangt, wer es sei, und warum man an
                                                    heilger
Stätte ihn ehre, weshalb er den Vogel trage, da sprach sie:
»Macareus, also vernimm, erfahre, wie groß meiner Herrin
Macht, auch aus diesem Geschehn; merk auf du, was ich erzähle!

320 Picus, der Sohn des Saturn, war Fürst in italischen Landen,
Eifrig beflissen der Zucht zum Kriegsdienst taugender Rosse.
Wie du sie schaust, des Mannes Gestalt. Du magst seine Schönheit
Selbst hier sehn und nach der im Bilde die wirkliche loben.
Gleich der Gestalt sein Gemüt. Nach den Jahren konnte er noch
                                                          nicht

325 Viermal gesehen haben die Spiele der Griechen in Elis.
All der Dryaden Blick, die Latiums Bergen entstammten,
Hatte auf sein Gesicht er gebannt, ihn begehrten der Quellen
Nymphen, all die Naiaden, die Albula, die der Numicius,
Die des Anio Flut, die Almo, der kürzeste Fluß, die

330 Nar, der stürzende, trug und der schattenumdunkelte Farfar.
Auch, die den See im Wald der Diana von Tauris bewohnen,
Und die benachbarten rings. Jedoch, sie alle verschmähend,
Liebte die Nymphe er nur, die Venilia, wie uns erzählt wird,
Einst auf Palatiums Höh dem ionischen Janus geboren.

335 Diese wurde, sobald sie erreicht der Mannbarkeit Jahre,
Picus, dem König Laurentums, vermählt, den allen man vorzog.
Selten schön ihr Gesicht, doch seltner die Kunst ihres Sanges.
Canens hieß sie daher. Sie bewegte die Bäume und Felsen,
Sänftigte wildes Getier und hemmte gar oft mit des Mundes

340 Macht die langen Flüsse und bannte die flüchtigen Vögel.

Während *sie* ihre Lieder sang mit fraulicher Stimme,
War ihr Picus von Haus auf Laurentums Gefilde gezogen,
Eber zu spießen, wie dort sie daheim; auf des feurigen Rosses
Rücken saß er und hielt in der Linken von Lanzen ein Paar, den

345 Purpurnen Mantel zusammengehalten von rötlichem Golde.

Titans Tochter war in die selben Wälder gekommen,
Hatte verlassen die Flur, die nach ihrem Namen benannt ist,
Um von den fruchtbaren Hügeln sich frische Kräuter zu lesen.
Als sie, selbst verdeckt durch Gebüsch, den Jüngling erblickt hat,

VIERZEHNTES BUCH

350 Steht sie und staunt, es entfallen der Hand die gesammelten
Kräuter,
Und durch Mark und Bein schien heiß ihr die Flamme zu rasen.
Aber sobald sie den Sinn aus der starken Wallung gesammelt,
War sie gewillt, ihren Wunsch zu gestehn. Doch das eilende Roß,
die
Eng ihn umdrängende Schar verwehrten ihr, nahen zu können.
355 »Dennoch entgehst du mir nicht, mag auch der Wind dich
entführen,
Kenne ich selbst mich nur recht, wenn nicht eine jegliche Tugend
Wirkender Kräuter entschwand, mir nicht meine Lieder versagen«,
Spricht sie und bildet sogleich eines Ebers trügendes Bild, ein
Körperloses, und läßt es vorbei vor den Augen des Königs
360 Rennen und scheinbar dahin, wo die Bäume am engsten gedrängt
stehn,
Eilen, zum dichtesten Wald, wo dem Roß der Durchlaß verwehrt
ist.
Ahnungslos will Picus sogleich den Schatten erbeuten,
Schwingt sich geschwinde herab von des Rosses dampfendem
Rücken,
Streift, das nichtige Ziel verfolgend, zu Fuß durch den Hochwald.
365 Da, mit beschwörenden Worten beginnt sie Gebete zu sprechen;
Fremde Götter ruft mit dem fremden Liede sie an, mit
Dem sie gewohnt, das Gesicht des weißen Mondes zu trüben
Und um des Vaters Haupt die feuchten Wolken zu weben.
Jetzt auch, als sie gesungen das Lied, überzieht sich der Himmel,
370 Haucht der Boden Gedünst, auf im Dunkel schwindenden Wegen
Irrt die Gefolgschaft blind; dem König fehlt seine Wache.
»Bei deinen Augen«, begann sie, als Ort und Stunde sie günstig
Fand, »die gefangen die meinen, bei dieser Gestalt, o du Schönster,
Die eine Göttin, mich, läßt flehend dir nahen, erbarm dich
375 Hier meiner Glut und nimm als Schwäher Phœbus, der alles
Sieht, und verachte nicht hart die titanentstammende Circe!«
Spricht es, doch trotzig kehrt er sich nicht an sie und ihr Bitten.
»Wer du auch seist, ich bin nicht der Deine. Nein, eine andre
Hält mich gefangen und wird, so flehe ich, ewig mich halten,
380 Will mit Buhlschaft nicht verletzen den ehlichen Bund, so-

lang mir das Schicksal erhält die janusentstammende Canens.«
»Straflos geht dir's nicht hin, und Canens erhält dich nicht wieder!«
Sprach, als noch oft sie vergeblich gebeten, die Tochter des Titan,
»Wirst, wie ein liebendes Weib, das gekränkt ist, handelt, erfahren.
385 Wahrlich, und Circe ist ein liebendes Weib, das gekränkt ist!«
     Zweimal wendet sie dann sich zum Untergang, zweimal zum
                                                    Aufgang,
Dreimal berührt sie den Mann mit dem Stab, singt drei ihrer Lieder.
Picus flieht; doch er wundert sich selbst, daß so schnell er enteile,
Schneller, als sonst er vermocht. Da sieht er die Federn am Leibe.
390 Und, empört, sich plötzlich als neuer Vogel in Latiums
Wäldern zu finden, haut er auf wildes Holz mit dem harten
Schnabel, und zornig versetzt den langen Ästen er Wunden.
Aber die Federn erhielten des Mantels purpurnes Rot, das
Gold, das die Spange gewesen und fest die Kleidung gehalten,
395 Wurde zu Flaum, und rötliches Gold umschloß seinen Nacken.
Nichts von dem Alten blieb dem Picus außer dem Namen.
     Seine Gefährten indes, die oft vergeblich ihr ›Picus!‹
Über die Felder geschrien und doch ihn nirgends gefunden,
Treffen auf Circe – sie hatte die Luft schon wieder geläutert,
400 Hatte, daß Wind und Sonne die Nebel zerstreue, geduldet –
Und sie geben zu Recht ihr Schuld, sie fordern den König
Wieder und wollen wild mit der Waffen Gewalt auf sie stürzen.
Schadende Tropfen versprengte sie da und giftige Säfte,
Rief die Nacht und die Götter der Nacht aus Dunkel und Wirrnis
405 Auf, und mit langen Schreien verlangte sie Hecates Hilfe.
Da – ein Wunder zu sagen – da hebt der Wald sich vom Platze,
Stöhnt der Boden, da erblaßt in der Nähe der Baum, da
Triefen, mit Tropfen besprengt, mit blutigroten, die Kräuter.
Steine, so schien es, ließen ein rauhes Brüllen vernehmen,
410 Hunde schienen zu heulen, die Erde zu wimmeln von schwarzen
Schlangen und flüchtig umher der Schweigenden Seelen zu flattern.
Bleich, vor Grausen starr die Menge. Der Staunenden bleiches
Antlitz berührt mit der giftgetränkten Rute sie jetzt, und
Über die Jünglinge kommen, sobald ihr Schlag sie getroffen,
415 Unholder Tiere Gestalten, und keinem blieb seine eigne.
     Phœbus hatte im Sinken den Strand überstrahlt von Tartessus,

Und die Augen, das Herz der Canens hatten umsonst des
Gatten geharrt. Die Diener, das Volk, sie streifen in allen
Wäldern zerstreut und suchen und tragen ihm Lichter entgegen.
420 Ihr, der Nymphe, genügt nicht zu weinen, das Haar sich zu
raufen,
Nicht, die Brust sich zu schlagen – doch hat sie das alles getan – sie
Stürzt davon und durchirrt im Wahnsinn Latiums Fluren.
Schon sechs Nächte und ebensoviel mit dem Lichte der Sonne
Wiederkehrende Tage, sie sahen des Schlafs und der Nahrung
425 Bar durch Tal und Gebirg, wie der Zufall es fügte, sie schweifen.
Thybris hat sie zuletzt erschaut, wie von Kummer und Wegen
Matt sie den Leib auf den Sand seines langen Ufers gebettet.
Trauernd verströmte sie dort in zartem Ton mit den Tränen
Worte, die eben der Schmerz zu lieblichen Weisen gestimmt hat,
430 Wie, schon sterbend, der Schwan sich singt sein eigenes Grablied.
So, im zarten Mark von äußerster Trauer zerschmolzen,
Schwand sie und löste allmählich sich auf in die flüchtigen Lüfte.
Doch ist die Kunde bewahrt durch den Ort, den zurecht nach der
Nymphe
Namen, nach Canens, die alten Camenen, ›den Singenden‹
nannten.«
435 Viel dergleichen hörte und sah ich im Laufe des langen
Jahres; der Mühsal entwöhnt und träge, wurden aufs neu das
Meer zu befahren, aufs neu wir die Segel zu setzen geheißen.
Schreckliche Wege und weite, so hatte gekündet die Tochter
Titans, drohten uns noch und wilden Meeres Gefahren.
440 Mir ward angst, ich gesteh's; dies Ufer fand ich und blieb hier.«

Macareus hatte erzählt. In der Urne geborgen, des Helden
Amme, sie trug den kurzen Spruch auf dem marmornen Grabstein:
Mich, Caëte, hat hier, die er dem der Griechen entführt, mein
Zögling, der Fromme berühmt, verbrannt im gebührenden Feuer.
445 Wieder lösen vom grünenden Damm sie die haltenden Taue,
Lassen fernab liegen die Tücken, das Dach der verrufnen
Göttin und streben den Wäldern zu, wo nebelumschattet,
Reich an gelblichem Sand der Thybris zum Meere hervorbricht.
Haus und Tocher des faunusentstammten Latinus gewinnt er.

450 Kampflos freilich nicht: ein Krieg mit dem trotzigen Volke
Wird unternommen, es rast für die Braut, die versprochene,
Turnus,
Ganz Tyrrhenien mißt sich mit Latium. Lange und heftig
Wird um die spröde Göttin des Sieges mit Waffen geworben.
Jeder von beiden vermehrt durch fremde die eigenen Kräfte,
455 Viele treten den Rutulern bei und viele den Troern;
Nicht vergeblich kommt zu Euanders Mauern Aeneas,
Venulus aber vergeblich zur Stadt des flüchtigen Tydeus-
sohnes. Zwar hatte *der* unterm Herrn der Iapyger, Daunus,
Mächtige Mauern erstellt und besaß dort Fluren als Mitgift.
460 Aber als Venulus ihm des Turnus Auftrag erklärt und
Hilfe gefordert, versagt Aetoliens Held seine Kräfte.
Weder sei er gewillt, des Schwähers Völker dem Kriegsglück
Auszusetzen, und Männer aus eigenem Stamm, sie zu waffnen,
Habe er nicht. »Daß ihr dies für erfunden nicht haltet«, so sprach
er,
465 »Will ich, obgleich das Erinnern mir neut die bittere Trauer,
Doch es zu künden ertragen: Als Troia, das hohe, verbrannt, als
Pergamons Burg zur Nahrung den griechischen Flammen
geworden,
Als der narycische Held, der die Jungfrau entrissen der Jungfrau,
Die er allein verdient, die Strafe auf alle gelenkt hat,
470 Da zerstreut es uns weit; vom Sturme gejagt durch die Wogen,
Dulden wir Danaër alle die Blitze, die Nacht und den Regen,
Himmels und Meeres Zorn und den Gipfel des Unheils, Caphereus.
Aufzuzählen nicht lang unsre Nöte: Griechenland konnte
Da dem Priamus selbst beweinenswürdig erscheinen.
475 Mich zwar bewahrt' und entriß der waffenfrohen Minerva
Sorge den Fluten; doch trieb es mich wieder vom heimischen
Argos,
Und Mutter Venus, noch immer gedenk ihrer alten Verwundung,
Nimmt ihre Rache: ich habe der Mühsal soviel auf dem hohen
Meere erduldet, soviel auf der Erde im Waffengetümmel,
480 Daß ich oftmals jene die Glücklichen pries, die der Sturmwind
Damals zusammen versenkt in die Flut und Caphereus, der
Unglücks-

VIERZEHNTES BUCH

hügel, und hätte gewünscht, ich wär' unter ihnen gewesen.

Als sie das Äußerste schon im Krieg, auf dem Meere erduldet,
Sinkt den Gefährten der Mut, und sie flehn um ein Ende der Irrsal;
485 Acmon, der hitzige, aber, erbittert erst recht durch die Leiden,
Rief: »Was bleibt noch, ihr Männer, das eure Geduld zu ertragen
Endlich sich weigert, was hat die Cytherische noch, was sie weiter
Tue, wollte sie's auch. Denn, solange man Schlimmeres fürchtet,
Gibt es für Wunden noch Raum: Wo das Schlimmste Wahrheit
geworden,
490 Liegt zu Füßen die Furcht und frei ist von Sorgen des Unheils
Gipfel. Hör sie's nur selbst und hasse sie uns Diomedes-
mannen, wie sie es tut, nur alle, – wir alle, wir achten
Nichts ihren Haß und bezahlen hoch dies hohe Vermögen!«

Acmon aus Pleuron stachelt die grollende Venus mit solchen
495 Reden zur Wut und weckt ihr altes Zürnen aufs neue.
Wenigen nur gefiel, was er sprach; die meisten der Freunde,
Schalten den Acmon wir hart. Als dieser entgegnen will, wird ihm
Schwächer die Stimme und enger ihr Weg, es gehn ihm die Haare
Über in Flaum; mit Flaum überdeckt der verlängerte Hals sich,
500 Decken sich Rücken und Brust, und, siehe! die Arme erhalten
Größere Federn, es schweift ihr Gelenk sich zu flüchtigen
Schwingen.
Breit umschließt die Zehen der Fuß. In Horn sich verhärtend
Starrt der Mund und setzt sich ein End in der Spitze des Schnabels.
Lycus, Idas, Rhexenor wie Nycteus und Abas, sie starrten
505 Staunend alle auf ihn – und erhielten, während sie staunten,
Alle die gleiche Gestalt. Die größere Zahl aus der Menge
Hebt sich empor und umfliegt die Ruder mit klatschenden
Schwingen.
Fragst du, wie die Gestalt der fraglichen Vögel beschaffen:
Wenn auch Schwänen nicht gleich, doch weißen Schwänen am
nächsten.
510 Mühvoll behaupt' ich nun hier als Eidam des Daunus den Sitz auf
Dürrem Iapyxgefild mit dem kleinsten Teile der Meinen.«

So Diomedes. Und Venulus schied aus dem Reich des Aetoler-
helden, verließ die peucetische Bucht und Messapiens Fluren,

Sah dort die Grotte, die heute, von dichten Wäldern umschattet,
Nickend mit leichten Rohren des Schilfs, dem Bocksfuß gehört,
dem
Pan – in früheren Zeiten jedoch den Nymphen gehörte.
Diese verscheuchte einmal von dort ein apulischer Hirte,
Schreckte sie auf und jagte zunächst ihnen plötzliche Furcht ein.
Als sie sich aber gefaßt und darauf den Verfolger mißachtet,
Schritten sie bald, im Takte die Füße bewegend, den Reihen.
Da verhöhnt sie der Hirt. Er äfft sie in tölpischen Sprüngen
Nach und schmäht unflätig dazu in bäurischer Weise.
Und nicht eher verstummte sein Mund, bis den Hals ihm der Baum
barg.
Denn ein Baum ist er jetzt, am Saft zu erkennen sein Wesen,
Und Oleaster verrät seiner Zunge Natur in den bittren
Beeren: in *die* ist das Gift seiner Reden übergegangen.

Als die Gesandten von dort die Kunde gebracht, daß Aetoliens
Waffen sich ihnen versagt, da führen die Rutuler ohne
Die den begonnenen Krieg; es fließt viel Blutes auf beiden
Seiten. Turnus trägt in der Schiffe fichten Geweb die
Gierigen Fackeln: Das Feuer bedroht, die die Woge verschont hat.
Schon verbrannte Vulcanus das Pech, das Wachs und, was sonst den
Flammen Nahrung gewährt, schon stieg zu den Segeln am hohen
Mast er empor; am geschwungenen Kiel schon rauchen die Bänke,
Als die heilige Mutter der Götter, gedenkend, daß dieses
Holz auf dem Gipfel des Ida gefällt, mit dem Klang von
geschlagnem
Erz und dem Ton der Flöten aus Buchs die Lüfte erfüllt und,
Her durch die flüchtige Luft von den zahmen Löwen gezogen,
Ruft: »O Turnus, du legst mit der heiligtumschändenden Rechten
Fruchtlos den Brand, ich werde entreißen, ich werde nicht dulden,
Daß die gefräßige Glut meines Waldes Glieder verzehre!«
Donner erscholl, da die Göttin sprach, und folgend dem Donner
Fielen schwer die Güsse des Regens mit prasselndem Hagel.
Jäh im Kampf miteinander zusammenprallend durchtobten
Wild des Astræus Söhne die Luft und die schwellende Meerflut.
Nutzend die Kräfte des einen von ihnen, zerreißt die erhabne

VIERZEHNTES BUCH

Mutter die hänfernen Taue der phrygischen Flotte und jagt bug-
über die Schiffe dahin und versenkt sie mitten im Meere.
      Weich wird das Harte, das Holz in Fleisch von Leibern
                                                  verwandelt,
550 Und zu Häuptern gestalten sich um die geschwungenen Hecke,
Finger werden die Ruder und schwimmende Schenkel, doch Flanke
Bleibt, was Flanke zuvor gewesen, und unter des Fahrzeugs
Mitte der Kiel wird verwandelt, als Rückgrat künftig zu dienen.
Weiches Haar wird das Linnen, die Rahen werden zu Armen;
555 Wie sie gewesen, die Farbe ist blau; in den Wellen, die einst sie
Fürchteten, tummeln sie jetzt ihre Jungfrauenleiber als Meeres-
nymphen im Spiel, und sie, die im rauhen Gebirge geboren,
Hausen in linder Flut und achten nicht ihres Ursprungs.
Nicht vergessend jedoch, wie viel Gefahr sie im wilden
560 Meere erduldet, haben den kämpfenden Kielen gar oft die
Hände sie untergelegt, wenn sie nicht etwa Griechen getragen,
Haßten, noch immer gedenk der phrygischen Not, die Pelasger,
Sahen mit frohem Gesicht die Trümmer vom Floß des Ulixes,
Sahen auch mit frohem Gesicht des Alcinous Fahrzeug,
565 Wie es erstarrte, und wie in das Holz der Felsen hineinwuchs.

Hoffnung bestand, da die Flotte zu Meeresnymphen belebt, der
Rutuler könne aus Scheu vor dem Wunder vom Kampfe nun
                                                  abstehn:
Nein, er beharrt. Seine Götter hat jeder und hat, was den Göttern
Gleich gilt, hat Mut. Sie verlangen jetzt nicht nach der Herrschaft,
                                                  der Mitgift,
570 Nicht nach dem Szepter des Schwähers, nicht dich, o Jungfrau
                                                  Lavinia,
Nein, nach dem Sieg. Aus Scham, die Waffen niederzulegen,
Führen sie Krieg. Doch zuletzt sieht Venus die Waffen des Sohnes
Siegreich. Turnus fällt, und Ardea fällt, das gewaltig
Hieß, als Turnus noch heil. Nachdem es verbrannt in des Troers
575 Feuer und warm die Asche die Dächer bedeckte, erhob sich
Mitten hervor aus dem Schutt ein Vogel, der da sich zum ersten
Male gezeigt, und er peitschte die Asche mit klatschenden
                                                  Schwingen.

Klang seiner Stimme, magerer Leib und Blässe und alles,
Wie der eroberten Stadt es geziemt. Der Name der Stadt auch
580 Blieb ihm, und Ardea klagt um sich selbst mit den eigenen
          Schwingen.

Schon hatte alle die Götter, selbst Juno auch, des Aeneas
Tugend gezwungen, dem alten Zorn ein Ende zu setzen,
Als, da gefestigt die Macht des herangewachsnen Iulus,
Reif für den Himmel der Sohn der Herrin Cytheras geworden.
585 Venus hatte die Götter umworben, umschlingend des Vaters
Nacken gesprochen: »Mein Vater, der nie du hart mir gewesen,
Sei, dies bitte ich, jetzt der allermildeste mir und
Gib du meinem Aeneas, der dich zum Ahnen aus meinem
Blute gemacht, eine Gottheit, o Bester, und sei's eine kleine,
590 Gibst du eine ihm nur! Genug ist's, die unholden Reiche
Einmal geschaut und *einmal* die Styx überschritten zu haben.«
Zustimmung gaben die Götter, nicht unbewegt ließ auch des
          Königs
Gattin ihr Antlitz und nickte versöhnten Blickes ihr zu. Dann
Sprach der Vater: »Ihr seid wohl würdig der himmlischen Gabe,
595 Du, die du bittest, und er, für den du bittest, mein Kind, so
Nimm, was du wünschst!« Er spricht es, sie freut sich, dankt ihrem
          Vater,
Und, durch die flüchtige Luft vom Gespann ihrer Tauben gezogen,
Naht sie Laurentums Gestad, wo schilfüberwachsen Numicius
Hin zu dem nahen Meere im Fluß seiner Wogen sich windet.
600 Diesem befiehlt sie, was an Aeneas dem Tode verfallen,
Abzuwaschen und schweigenden Laufs unters Meer es zu tragen.
Was ihn Venus geheißen, vollführte der Träger der Hörner,
Tilgte mit rinnendem Naß seiner Flut, was einst an Aeneas
Sterblich gewesen. Es blieb ihm nur sein Bestes erhalten.
605 Da sein Leib nun geweiht, bestreicht ihn die Mutter mit Götter-
balsam, berührt seinen Mund mit Ambrosia, das sie mit süßem
Nectar gemischt und macht ihn zum Gott. Die Schar des Quirinus
Nennt ihn Indiges und erbaut ihm Altäre und Tempel.

  Unter Ascanius stand hierauf, dem zwiefach benannten,
610 Alba und Latiums Staat. Ein Silvius folgte auf diesen.

VIERZEHNTES BUCH

Dessen Sohn dann trug als zweiter zugleich mit dem alten
Szepter den Namen Latinus. Dann Alba nach ihm, der berühmte.
Epytus stammte von dem. Und Capetus weiter und Capys, –
Capys aber zuerst. Von diesen empfing Tiberinus
615 Herrschaft und Reich. Und im Wasser des tuscischen Flusses
ertrunken,
Gab er den Namen der Flut. Den Remulus hat und den wilden
Acrota er dann gezeugt. Der Ältere, Remulus, der den
Blitz nachahmte, er ging durch den Strahl des Blitzes zugrunde.
Acrota, mäßiger dann als sein Bruder, gab Aventinus
620 Weiter das Szepter, dem starken, der dort unterm Hügel begraben
Liegt, von dem er geherrscht, und dem Hügel den Namen verliehn
hat.
Proca gebot nun dem Volk am Berg Palatin'. Unter diesem
Könige hat Pomona gelebt. Von allen Dryaden
Latiums pflegte nicht eine geschickter des Gartens, nicht eine
625 War mit höherem Eifer der Zucht des Obstes beflissen.
Auch ihr Name stammte daher. Nicht Wälder und Ströme
Liebte sie, sondern das Feld und Zweige mit lachenden Äpfeln.
Nicht die Lanze, das Messer des Gärtners beschwert ihre Rechte.
Bald bezähmt sie mit ihm zu üppiges Wachstum und schneidet
630 Wuchernde Triebe zurück, bald schlitzt sie die Rinde und setzt ihr
Ein das Reis und führt dem fremden Zögling den Saft zu,
Läßt ihn nicht dürsten und tränkt die saugenden Fasern der
krummen
Wurzeln mit rinnendem Naß. Und dies ist allein ihre Liebe,
Dies ihr Streben: sie kennt auch nach anderer Lust kein Verlangen.
635 Fürchtend jedoch die Gewalt der Bauern, schließt sie von innen
Ab ihren Garten und wehrt dem Zutritt von Männern und flieht sie.
Sie zu gewinnen, was hat nicht die tanzende Jugend der Satyrn,
Was nicht der Pane Schar, die mit Fichten bekränzt ihre Hörner,
Was nicht Silvanus getan, der stets seine Jahre verleugnet,
640 Was nicht der Gott, der mit Sichel und Glied die Diebe in Schreck
setzt!
Doch übertraf im Lieben sie alle der *eine* Vertumnus, –
Und ist trotzdem nicht glücklicher als sie alle gewesen.
O, wie oft nicht trug er in Tracht eines kräftigen Schnitters

611–676   371

Ähren im Korbe und war das Bild eines richtigen Schnitters!
645 Oft, wenn er frisches Heu sich rings um die Schläfen gewunden,
Konntest du glauben, er habe sein Gras gemäht und gewendet.
Oftmals hielt in der harten Hand er den Stachel, so daß du
Schwürest, er habe gerade entschirrt die ermüdeten Stiere.
Laubstreifer war er und Schneitler, sobald man die Hippe ihm gab,
                                                                    er
650 Nahm die Leiter: du glaubtest, er gehe, um Äpfel zu pflücken.
Krieger war er, nahm er das Schwert, mit der Angel ein Fischer.
Kurz, er fand durch viele Verwandlung oftmals den Zutritt,
Daß er die Lust, ihre schöne Gestalt zu schauen, gewinne.
      Auch als ein altes Weib erschien er; den Kopf mit der bunten
655 Mitra umwunden, gestützt auf den Stab, um die Schläfen die grauen
Haare, tritt es ein in den Garten, den sorglich gepflegten,
Staunt ob der Äpfel und ruft: »Umso glücklicher du!« und es lobt
                                                                    sie
Selbst auch ein wenig und küßt sie – so hätt' eine wirkliche Alte
Niemals geküßt, – sie setzt sich gebeugt auf die Erde und schaut
                                                                    hin-
660 auf zu den Zweigen, die schwer von den Gaben des Herbstes sich
                                                                    breiten.
      Stattlich stand vor ihr eine Ulme mit glänzenden Trauben.
Als sie die und die Rebe gepriesen, die ihr gesellt war,
Sprach sie: »Stünde der Baum allein und ohne die Ranken,
Hätte er nur seine Blätter, sonst nichts, weshalb man ihn suche,
665 Sie auch, die Rebe, die so ihm verbunden, sie ruht an dem Stamme,
Wäre sie dem nicht vermählt, sie läge drunten am Boden.
Du aber lässest dich nicht vom Beispiel des Baumes belehren,
Fliehst die Liebesvereinung und sorgst nicht, dich zu vermählen.
Wolltest du doch! Nicht Helena wär' von größerer Zahl von
670 Freiern worden umworben, nicht die, die entfacht der Lapithen
Kämpfe, und nicht die Gattin des allzu späten Ulixes.
Jetzt auch, da du sie fliehst, von allen Bewerbern dich wendest,
Streben unzählige Männer nach dir und Halbgötter, Götter
Und die Gottheiten all, die Albas Berge bewohnen.
675 Bist du weise jedoch, und willst du gut dich vermählen,
Hören hier auf die Alte, die mehr dich liebt als sie alle,

Mehr dich liebt, als du ahnst, dann verwirf gemeine Verbindung,
Wähle Vertumnus dir zum Lagergenossen und nimm du
Mich zum Bürgen für ihn. Er ist sich selbst nicht bekannter
680 Nämlich als mir; er schweift nicht umher in der Weite der Welt, er
Wohnt am Ort hier allein. Und nicht wie die anderen Freier
Liebt er, was eben er sieht: Du wirst die erste und letzte
Flamme ihm sein, und dir wird allein seine Jahre er weihen.
Weiter bedenk, er ist jung, mit natürlicher Schönheit begabt und
685 Fähig, in jede Gestalt sich zu wandeln, und wird sich in jede,
Die du ihm immer befiehlst, befiehlst du auch alle, verwandeln.
Liebt ihr nicht beide das Gleiche, hat *er* nicht als erster die Äpfel,
Deren du wartest, und trägt in der frohen Hand deine Gaben?
Doch er verlangt jetzt nicht nach von Bäumen geernteten Äpfeln,
690 Nicht nach Kräutern mit mildem Saft, wie die Gärten sie nähren,
Nichts verlangt er als *dich*! Erbarme dich seiner und glaub, er
Bitte durch meinen Mund gegenwärtig dich selbst, was er bittet.
Fürchte die rächenden Götter, wie Venus, sie, der die harten
Herzen verhaßt, und den wachen Zorn der Herrin von Rhamnus.
695   Daß umsomehr du sie fürchtest – läßt mich doch mein Alter gar
vieles
Wissen, – so will ich erzählen, was höchst bekannt ist im ganzen
Cypern, etwas, das leicht dich beugen kann und erweichen.

Die aus des alten Teucrus Geblüt entstammende edle
Maid Anaxarete hatte ein Mann von niederer Abkunft,
700 Iphis, gesehen, – gesehn und im innersten Mark sich entzündet.
Als er gerungen lang und mit aller Vernunft seines Wahns nicht
Herr zu werden vermocht, da nahte er flehend der Schwelle.
Bald gestand er der Amme sein kläglich Lieben, beschwor sie,
Doch sich beim Glück ihres Ziehkinds nicht hart gegen ihn zu
erzeigen,
705 Bald umschmeichelt er jeden von all den Dienern, den vielen,
Bat in dringlichem Ton, ihm freundliche Gunst zu gewähren.
Oft auch ließ er sein Wort durch schmeichelnde Tafeln bestellen,
Hängte bisweilen ans Tor von Tau seiner Tränen genetzte
Kränze und lag, auf dem harten Holz der Schwelle die weiche
710 Flanke gebettet, und schalt von dort den feindlichen Riegel.

Wilder *sie* als das Meer, wenn das Sternbild der Böcke sich hebt,
und
Härter als Eisen, wie das norische Feuer es auskocht,
Härter als lebender Fels, den zäh die Wurzel noch festhält,
Weist sie lachend ihn ab. Zu der Grausamkeit fügte sie wild noch
Höhnendes Wort und betrog den Liebenden auch um die
Hoffnung.
Iphis konnte die Marter des langen Schmerzes nicht weiter
Tragen und sprach vor der Tür *die* Worte jetzt, seine letzten:
»Ja, Anaxarete, ja, du siegst, wirst mich Lästigen endlich
Nicht mehr müssen ertragen. Ja, feiere frohe Triumphe!
Rufe den Pæan und kränze dich stolz mit dem schimmernden
Lorbeer!
Denn du siegst, ich sterbe, und gern! Auf, Eiserne, freu dich!
Etwas an meinem Lieben wirst endlich loben du müssen,
Was mich genehm dir macht, wirst bekennen, daß Dank ich
verdiene.
Aber bedenke, nicht *vor* meinem Leben fand meine Not um
Dich ein Ende, ich muß zwiefach des Lichtes entbehren.
Nicht ein Gerücht, mein Ende zu künden, soll kommen zu dir: –
Ich
Selbst, damit du nicht zweifelst, will gegenwärtig mich zeigen,
Daß am entseelten Leib die grausamen Augen du weidest. –
Wenn ihr Himmlischen aber der Sterblichen Taten betrachtet,
Dann seid meiner gedenk – darüber hinaus etwas bitten
Kann meine Zunge nicht mehr – und schafft, daß von mir man noch
lange
Rede: die Zeit, die dem Leben ihr nahmt, die gebt meinem
Nachruhm.«
Spricht es. Und als er das Ende der Schlinge befestigt am
höchsten
Balken, ruft er, empor zu der Tür, die so oft er geschmückt mit
Kränzen, die feuchten Augen erhebend, erhebend die bleichen
Arme: »Ein solches Gewinde, du Grausame, Böse, gefällt dir!«
Steckte das Haupt hinein, und, auch jetzt zu ihr noch gewendet,
Hängt – unselige Last – er da mit erdrosselter Kehle.
Aber die Tür, von den Stößen der zuckenden Füße getroffen,

VIERZEHNTES BUCH

740 Gab, als seufze sie stumm, einen Klang; und, geöffnet, verriet sie,
Was da geschehen. Die Diener schrein, sie stützen – umsonst –
                                                        ihn,
Tragen ihn dann – denn der Vater war tot – zur Schwelle der
                                                        Mutter.
Diese nahm an die Brust den kalten Leib ihres Sohnes,
Schlang die Arme um ihn; sie sprach der trauernden Eltern
745 Worte, vollbrachte die Handlungen all der trauernden Mütter,
Führte den Zug der Weinenden dann durch die Mitte der Stadt
                                                        und
Trug auf der Bahre den Leib, den leichenblassen, zum Brandplatz.
   Nahe der Straße, auf welcher der klägliche Zug sich bewegte,
Stand *ihr* Haus, und der Klang der Klagen drang zu dem Ohr des
750 Harten Mädchens, das schon der Gott, der rächende, drängte.
»Schaun wir«, so sprach sie, »doch das traurige
                                                Leichenbegängnis!«
Stieg zu den offenen Fenstern des Obergeschosses hinauf, doch
Kaum hat den Iphis sie recht erblickt, wie er lag auf der Bahre,
Da erstarrte ihr Aug, da wich in dem Leibe des Blutes
755 Wärme vor kalter Blässe zurück. Sie sucht, ihre Schritte
Rückwärts zu kehren, – sie hafteten fest, – ihre Blicke zu
                                                        wenden, –
Konnte auch dies nicht mehr: der Stein, der zuvor schon im harten
Busen geherrscht hat, befällt allmählich all ihre Glieder.
   Daß du nicht glaubst, dies sei erdichtet: Salamis wahrt noch
760 Heute des Mädchens Bild und hat einen Tempel der ›Ausschau-
haltenden Venus‹. Dies, ich bitte, bedenk, meine Liebe,
Laß von der störrigen Spröde, vereine dem Liebenden dich, so
Möge die werdenden Äpfel dir nicht versengen des Frühlings
Frost und der raffende Wind dir nicht die blühenden rauben.«
765 Dies erzählte der Gott der vielen Gestalten – umsonst –, da
Kehrt' er zu der des Jünglings zurück, entfernte die Zeichen,
Die ihn zur Alten gemacht, und erschien in herrlicher Schönheit,
So wie die Sonne, wenn sie die feindlichen Wolken besiegt hat
Und, von keiner getrübt, in lauterstem Glanze erstrahlt. Er
770 Will ihr Gewalt tun, doch ist Gewalt nicht nötig: Die Nymphe
Ward von des Gottes Gestalt gefangen und liebte ihn wieder.

Herr ob Italiens Schatz war des ungerechten Amulius
Krieger darauf; als der Enkel Geschenk nimmt der Greis die
verlorne
Herrschaft zurück. Man legt den Grund zu den Mauern der Stadt
am
775 Feste der Pales. Tatius und die sabinischen Väter
Führen den Krieg. Die den Weg zur Burg hin geöffnet, Tarpeia,
Haucht unter Schilden aus die bestrafungswürdige Seele.
Drauf unterdrücken die Söhne von Cures nach schweigender Wölfe
Art ihre Stimmen und nahn den schlummerbezwungenen Leibern,
780 Streben den Toren schon zu, die der Sohn der Rhea mit festem
Riegel verschlossen. Das eine jedoch entriegelte Juno
Selbst und ließ kein Knirschen beim Drehen der Angel vernehmen.
Venus merkte allein, daß gefallen der Riegel des Tors, und
Hätt' es geschlossen; doch darf ein Gott, was ein andrer getan hat,
785 Niemals machen zunicht. Den Ort mit dem kühlenden Quell in
Nähe des Janus bewohnten italische Nymphen, und diese
Bat sie um Hilfe. Die Nymphen, sie konnten der Göttin gerechtem
Bitten nicht widerstehn. Ihrer Quelle fließende Adern
Ließen sie sprudeln. Doch war des Janus geöffneter Mund noch
790 Immer gangbar, der Zutritt noch nicht gesperrt durch die Welle.
Fahlen Schwefel legen sie da in die Tiefe des reichen
Quells und entzünden die Höhlung der Adern mit rauchendem
Erdöl.
Hitze drang in den Grund des Quells durch solche und andre
Kräfte. Ihr Wasser, die eben getrost ihr konntet mit Alpen-
795 kälte wetteifern, wichet jetzt selbst der heißesten Glut nicht!
Siehe! Die beiden Pfosten, besprengt von den Flammen, sie
rauchen,
Und das den rauhen Sabinern vergeblich versprochene Tor war
Nun durch die kochende Quelle gesperrt, bis der Krieger des Mars
sich
Wieder in Waffen gehüllt. Als Romulus diese zum Angriff
800 Vortrug, wurde der Boden von Rom bedeckt mit Sabiner-
leibern, bedeckt mit denen der Seinen; da mengte das frevle
Schwert mit des Eidams Blut das des Schwähers. Doch man
beschloß durch

376   VIERZEHNTES BUCH

Frieden zu stillen den Krieg, den Kampf mit dem Eisen zum
                                                    Letzten
Nicht zu führen und Tatius Teil an der Herrschaft zu geben.

805   Tatius fiel, und du, o Romulus, gabst nun den beiden
      Völkern ein gleiches Recht, als Mars vom Haupte den Helm sich
      Nahm und so begann zu dem Vater der Götter und Menschen:
      »Vater, es ist an der Zeit, da die Stärke der römischen Sache,
      Sicher begründet und fest, von *einem* Herrscher nicht abhängt,
810   Mir und dem würdigen Enkel verheißenen Lohn zu gewähren,
      Und, der Erde entrafft, in den Himmel ihn zu versetzen.
      Vor den versammelten Göttern hast einst zu mir du gesagt: – ich
      Habe in treuem Gemüt die frommen Worte behalten –:
      ›Einer wird sein, den du in des Himmels Blau sollst erheben.‹
815   Dies dein hohes Wort, es gehe nunmehr in Erfüllung.«
      Und der Allmächtige nickte ihm zu, verfinstert mit schwarzen
      Wolken die Lüfte und schreckte mit Donner und Blitzen den
                                                    Erdkreis.
      Mars empfand es als Zeichen, versprochenen Raub zu vollführen,
      Und auf die Lanze gestemmt, bestieg er kühn das von blutger
820   Deichsel gedrückte Gespann; er läßt die Schläge der Geißel
      Klatschen und jagt in steiler Fahrt herab durch die Lüfte,
      Macht auf der waldigen Höh des Berges Palatius halt und
      Raubt der Silvia Sohn, der dort seinen Bürgern Recht, und
      Kein tyrannisches sprach. Beim Flug durch die schmeichelnden
                                                    Lüfte
825   Schwand der sterbliche Leib, wie die bleierne Kugel von breiter
      Schleuder gesandt, in der Mitte des Himmels schmilzt; und ihm
                                                    ward ein
      Schönes Gesicht, wie es würdiger war der erhabenen Sitze,
      Und die Gestalt wie die des Trabeaträgers Quirinus.
      Als verloren beweint ihn die Gattin, doch Juno, die hehre,
830   Hieß auf der bogigen Bahn herab zu Hersilien Iris
      Steigen und dieses Gebot von ihr der Verlassenen künden:
      »Höchste Zier du von Latiums Stamm und des der Sabiner,
      Frau, die du würdig bist, bisher die Gattin so großen
      Mannes gewesen und jetzt auch die des Quirinus zu sein, o

335 Ende dein Weinen, und trägst du Verlangen, den Gatten zu
                                                    schauen,
Komm und folge mir nach zu dem Hain, der dort des Quirinus
Hügel begrünt und den Tempel des römischen Königs umschattet.«
    Iris gehorchte und glitt auf dem farbigen Bogen zur Erde,
Sprach Hersilien an mit den Worten, die ihr befohlen.
340 Diese in frommer Scheu wagt kaum die Augen zu heben:
»Göttin, – denn weiß ich auch nicht zu sagen, welche du seist, – du
Bist eine Göttin gewiß – o führe, führe und laß mich
Schauen des Gatten Gesicht. Vergönnt das Geschick mir nur einmal
Dies noch zu sehn, so bekenn' ich, den Himmel gewonnen zu
                                                    haben.«
345   Und sie bestieg sogleich des Romulus Berg mit des Thaumas
Magdlichem Kind. Dort fiel, aus Äthers Höhen sich lösend,
Nieder zur Erde ein Stern. Hersilia schwebte, von dessen
Feuer die Haare umflammt, mit dem Stern empor in die Lüfte.
Da empfängt sie der Gründer der römischen Stadt mit vertrauten
350 Händen; er wandelt ihr Leib und früheren Namen und nennt sie
Hora. So ward sie die Göttin, die jetzt dem Quirinus vereint ist.

FÜNFZEHNTES BUCH

Wer, so fragt man indes, erträgt das Gewicht einer solchen
Bürde, und wer vermag einem solchen König zu folgen?
Wahres kündend bestimmt für die Herrschaft sein Ruf den
          berühmten
Numa. Diesem war nicht genug, des sabinischen Stammes
5 Bräuche zu kennen, nein, mit dem höher befähigten Geiste
Nahm er Größeres auf und forscht' nach dem Wesen der Dinge.
Eifer in solchem Bemühen bewirkte, daß er die Heimat,
Cures, verließ und zur Stadt des Herculesfreundes sich wandte.
Dort, als er fragte, wer die griechische Stadt auf Italiens
10 Küste gegründet, gab ihm einer der Alten zur Antwort,
Einer, geboren im Lande und wohl des Vergangenen kundig.
    »Reich durch Hispaniens Rinder sei Juppiters Sohn, so erzählt
          man,
Glücklich vom westlichen Meer zur lacinischen Küste gekommen,
Sei, dieweil seine Herde die zarten Kräuter durchschweifte,
15 Selbst in das gastliche Haus des großen Croton getreten,
Hab' unter dessen Dach sich ruhend erholt von den langen
Mühen und scheidend gesagt: »Zur Zeit unsrer Enkel wird hier der
Platz einer Stadt einst sein!« Und wahr ist sein Ausspruch
          geworden.
    Denn ein Myscelus war, ein Sohn des Argivers Alemon,
20 Der zu jener Zeit bei den Göttern am höchsten in Gunst stand.
Diesen, geneigt über ihn, als in tiefem Schlafe er ruhte,
Hieß der Träger der Keule: »Verlaß die heimischen Sitze,
Geh und such' in der Ferne des Aesar steiniges Bett auf!«
Drohte, gehorche er nicht, mit schweren schrecklichen Folgen.
25 Schlaf und Gott entschwinden zugleich; der Sohn des Alemon
Hebt sich vom Lager, schweigend bedenkt er das eben Geschaute,
Und um Entscheidung kämpft er sinnend lang mit sich selber:
Gehen heißt ihn der Gott, die Gesetze verbieten's, die Todes-
strafe ist dem bestimmt, der die Heimat zu wechseln versuche.

³⁰ Schon hat die Sonne ihr strahlendes Haupt im Meere geborgen,
Schon die finstere Nacht ihr sternenbedecktes erhoben:
Wieder scheint der gleiche Gott zum Gleichen zu mahnen
Und, gehorche er nicht, noch härter und schwerer zu drohen.
Furcht ergriff ihn; er macht sich bereit, den häuslichen Gott nach
³⁵ Neuen Sitzen zu tragen. Gerede entsteht in der Stadt, man
Klagt als Gesetzesverächter ihn an. Als der Kläger geklagt und,
Ohne Zeugen erwiesen, die Schuld offenbar ist, da ruft, zum
Himmel das Antlitz, die Hände erhebend, in Schmach der Beklagte:
»Du, dem der Mühen zwölf ein Recht auf den Himmel gegeben,
⁴⁰ Hilf, ich bitte, denn *Du* bist schuld an meinem Verbrechen!«
    War ein alter Brauch, mit schwarzen Steinen und weißen
Schuldig oder frei die Angeklagten zu sprechen.
So ward damals auch das traurige Urteil gefällt und
Schwarz ein jeder Stein in die grausame Urne geworfen.
⁴⁵ Als sie, zum Zählen gestürzt, die Steine wieder entschüttet,
War eines jeden Farbe aus schwarzer in weiße gewandt und
Sprach, durch des Hercules Macht ein unschuldfarbner, der Spruch
                                                              den
Sohn des Alemon frei. Der dankt des Amphitryonzöglings
Väterlich helfender Macht, befährt das ionische Meer mit
⁵⁰ Günstigen Winden, läßt die Stadt der Spartaner Tarentum,
Sybaris und sallentinisch Neretum zur Seite, die Bucht von
Thurii, Crimise dann und darauf die Flur des Iapyx,
Findet, als kaum er durchschweift die Länder dort an der Küste,
Bald des Aesarflusses vom Gotte bezeichnete Mündung,
⁵ Nahe dabei den Hügel, von dessen Erde bedeckt ist
Crotons heilig Gebein. Er legt, wie befohlen, der Mauern
Grund an der Stelle und gibt der Stadt des Bestatteten Namen.
    Dies ist, wie sichere Kunde verbürgt, der Ursprung des Ortes
Hier und der Stadt, die so in Italiens Grenzen gegründet.«

^o Dort war ein Mann. Aus Samos gebürtig, doch war er die Insel
Samt ihren Herren geflohn und lebte als Feind der Tyrannis
Freiwillig in der Verbannung. Der drang, wenn auch fern in des
                                                              Himmels
Höhen ihr Sitz, im Geist zu den Göttern; und was die Natur den

FÜNFZEHNTES BUCH

Menschlichen Blicken verbarg, *er* sah's mit dem inneren Auge.
65 Als er mit wachem Sinn dann alles durchspäht hatte, trug er
Schülern es vor und lehrte fortan der Schweigenden, *seine*
Worte Bewundernden Kreise die Uranfänge des großen
Weltalls, die Gründe der Dinge und, was die Natur, was ein Gott
                                                          sei.
Auch, wie der Schnee, wie der Blitz entsteht, ob Juppiter donnre,
70 Oder der Wind, der die Wolken zerreißt, was die Erde erschüttre.
Auch, nach welchem Gesetz die Gestirne wandeln, und alles,
Was verborgen noch sonst. *Er* rügte zuerst, daß Beseeltes
Aufgetischt werde als Mahl, *er* löste zuerst den gelehrten
Mund, dem doch Wenige nur geglaubt, zu solcherlei Reden.
75 »Sterbliche schändet nicht mit verruchtem Mahl eure Leiber!
Feldfrüchte gibt es, gibt Äpfel, die schwer und lastend die Zweige
Nieder zu Boden ziehn, gibt an Reben schwellende Trauben.
Süße Kräuter gibt es, gibt solche, die durch das Feuer
Mild können werden und zart. Man nimmt euch die Labe des
                                                    Milchtranks
80 Nicht und den nach der Blüte des Thymians duftenden Honig.
Reichtum häuft verschwendend und milde Gerichte die Erde,
Bietet in Menge euch Speisen, die frei von Mord und von Blut sind.
Tiere stillen den Hunger mit Fleisch, und sie auch nicht alle:
Lebt doch das Pferd und das Rind, das Schaf und die Ziege von
                                                        Gräsern.
85 Aber die, die von wilder und unbezähmbarer Art sind,
Wie die armenischen Tiger, die zornesmutigen Löwen
Und mit den Wölfen die Bären, die freun sich an blutiger Mahlzeit.
Welch ein Frevel, weh! wenn Geweid in Geweide gestopft wird
Und ein gieriger Leib einen Leib verschlingend sich mästet,
90 *Ein* Beseeltes lebt vom Tod eines andern Beseelten!
Wie? Von den Schätzen umringt, die der Mütter beste, die Erde,
Alle hervorbringt, kann nichts dich erfreun, als mit wütenden
                                                        Zähnen
Gräßliche Wunden zu kaun, Cyclopenbrauch zu erneuern!
Kannst du nur dann, wenn zuvor du umgebracht einen Andern,
95 Stillen den Hunger des übelgesitteten, gierigen Bauches?
Jene vergangene Zeit, die wir doch die ›Goldene‹ nennen,

Ist mit den Früchten der Bäume und dem, was der Boden
                                        hervorbringt,
Glücklich gewesen und hat ihren Mund nicht mit Blute besudelt.
Sicher schwangen da durch die Luft ihre Flügel die Vögel,
100 Frei von Ängsten streifte da mitten im Kraute der Hase,
Und sein arglos Gemüt brachte nicht den Fisch an den Haken.
Ohne Verrat und ohne die Furcht vor Arglist war alles
Da und des Friedens voll. Als dann ein Unnützer, wer auch
Immer es war, an der früheren Kost kein Genüge mehr fand und
105 Fleisch von Leibern als Speise versenkt in den gierigen Bauch, da
Schuf dem Verbrechen er Bahn. Vielleicht ist am Blut eines
                                        Raubtiers,
Das man erlegt hat, zuerst erwarmt das besudelte Eisen.
Das war wirklich genug! Man mochte noch, ohne zu frevlen,
Leiber, die unseren Tod verlangen, weihen dem Tode.
110 Doch, die man töten durfte, man durfte sie doch nicht verzehren!

Weiter schritt der Frevel von da. Man glaubt, daß als erstes
Opfer das Schwein zu sterben verdient, weil *es* mit dem groben
Rüssel die Saaten zerwühlt und die Hoffnung des Jahres zerstört
                                        hat.
Weil er die Rebe benagt, hab' den Bock an des rächenden Bacchus
115 Opferaltar man gefällt. Ihre Schuld hat den Beiden geschadet:
Was habt ihr Schafe getan? Ihr friedlich Vieh, zu des Menschen
Schutze geboren, die Nectar ihr tragt im schwellenden Euter,
Die, uns weich zu umhüllen, ihr eure Wolle uns schenkt und
Mehr mit eurem Leben als eurem Tode Gewinn schafft?
120 Was habt ihr Rinder getan? Ihr Geschöpf ohne Listen und Tücke,
Einfalt- und unschuldsvoll, Beschwerden zu tragen geboren?
Dankvergessen ist, nicht wert der Früchte des Feldes,
Wer zu schlachten vermocht seines Ackers Bebauer, den eben
Erst vom geschweiften Pflug er gelöst, der den Hals, den von
                                        Arbeit
125 Wunden, mit dem er so oft den harten Boden erneut, mit
Dem er so viele Ernten erzielt, mit dem Beile durchschlagen!
    Und, nicht genug, daß man solch einen Frevel begeht, – auf die
                                        Götter

FÜNFZEHNTES BUCH

Selbst noch schiebt man die Schuld. Man glaubt, ihr erhabenes
Walten
Werde erfreut durch den Tod des mühsalduldenden Stieres.
130 Da wird, makelfrei, das Opfer, herrlich gestaltet, –
Schön zu sein, bringt Tod – im Schmucke von Binde und Goldstaub
Hin zum Altare geführt; nichts ahnend hört es den Beter,
Sieht, wie man zwischen die Hörner ihm legt auf die Stirne die
Frucht, die
Selbst es gebaut; und, erschlagen, befleckt mit Blut es das Messer,
135 Das es zuvor vielleicht im spiegelnden Wasser erblickt hat.
Dann entreißt man der lebenden Brust die zuckenden Fibern.
Diese beschaut man und forscht nach dem Willen der Götter in
ihnen!
Und – so groß ist der Menschen Gier nach verbotener Speise –
Hiervon wagst du zu essen, o menschlich Geschlecht! Und ich
bitte:
140 Tu es nicht und kehr' deinen Sinn an meine Ermahnung:
Wenn euren Gaumen ihr letzt an den Gliedern erschlagener Rinder,
Wisset und fühlt: ihr zerkaut den eigenen Arbeitsgefährten!
Und, da ein Gott den Mund mir bewegt, so werde zu Recht ich
Folgen dem Gott, mein Delphi, ja, selbst den Äther erschließen,
145 Werde entriegeln des hocherhabenen Sinnes Orakel,
Großes künden, das keiner der früheren Geister durchspürt, das
Lange verborgen lag. Es erhebt, zu durchschweben die hohen
Sterne, erhebt, mit der Wolke zu schiffen, verlassend der Erde
Trägen Sitz, auf die Schultern des starken Atlas zu steigen,
150 Fern auf die schweifend zerstreuten, der Einsicht ermangelnden
Menschen
Niederzuschaun und sie, die bang um ihr Ende in Furcht sind,
So zu mahnen und so des Schicksals Lauf zu entrollen:
Du vom Graun vor dem bleichen Tod verstörtes Geschlecht, was
Fürchtest die Styx du, warum das Dunkel, die Namen, die leeren, –
155 Stoff für die Dichter! die Fährden all der erlogenen Welt dort?
Glaubt, wenn die Scheiter durch Feuer, die Zeit durch Verwesung
den Körper
Schwinden gemacht, so kann er keinerlei Schlimmes mehr leiden.
Aber die Seele stirbt nicht, und stets ihren früheren Wohnsitz

Lassend, lebt sie und wohnt, empfangen von anderem Hause.
160 Ich – ich erinnere mich – bin zur Zeit des troischen Krieges
Panthous' Sohn Euphorbus gewesen, dem einst in die Brust des
Jüngeren Atreussohnes gewichtige Lanze gedrungen.
Neulich in Argos, der Stadt des Abas, im Tempel der Juno
Habe den Schild ich gesehn, meiner Linken einstige Bürde.
165   Alles wandelt sich, nichts vergeht. Es schweift unser Geist,
                                                    kommt
Hierher von dort, von hier dorthin, und dieser und jener
Glieder bemächtigt er sich, geht über aus Tieren in Menschen-
leiber und wieder in Tiere, und niemals geht er zugrunde.
Wie das schmiegsame Wachs sich formt zu neuen Gebilden,
170 So nicht bleibt, wie es war, die gleiche Gestalt nicht behält, und
Doch das selbe verbleibt, so lehre ich, ist auch die Seele
Immer die selbe, doch wandert sie stets in neue Gestalten.
Drum, daß Frömmigkeit nicht von der Gier des Bauches besiegt sei,
Treibt, so warne ich, nicht die Seelen eurer Verwandten
175 Aus durch abscheulichen Mord; und es nähre sich Blut nicht von
                                                    Blute.
    Und, da auf hoher Flut es mich trägt, ich dem Winde die vollen
Segel vertraut: es ist nichts in der ganzen Welt, was Bestand hat.
Alles fließt, es bildet sich wechselnd jede Erscheinung.
Selbst die Zeit, auch sie entgleitet in steter Bewegung –
180 Gleich wie der Fluß. Denn es kann der Fluß nicht stehn, und nicht
                                                    stehn die
Flüchtige Stunde. Und wie von der Welle die Welle gejagt wird,
Wie, von der kommenden selbst gedrängt, sie die vorige drängt, so
flieht und verfolgt zugleich auch die Zeit, und doch ist sie immer
Neu; denn, was vorher gewesen, es ist vorbei, und es wird, was
185 Niemals gewesen zuvor; und all das Bewegen erneut sich.
    Streben zum Licht hin siehst du die eben durchmessene Nacht,
                                                    und
Diesen strahlenden Glanz der Nacht, der finsteren, folgen.
Auch ist die Farbe des Himmels nicht gleich, ob alles in tiefster
Ruhe ermattet liegt, ob der glänzende Stern auf dem weißen
190 Rosse sich zeigt, und wieder nicht gleich, wenn Aurora voraus dem
Tage den Erdkreis tönt, den sie Phœbus soll übergeben.

FÜNFZEHNTES BUCH

Hebt er sich früh von der Tiefe der Erde, ist rötlich des Gottes
Schild und rötlich, sinkt er unter am Rande der Erde,
Weiß auf der Höhe der Bahn, weil dort die reinere Art des
195 Äthers herrscht und fern sich hält von der Erde Berührung.
Auch des nächtlichen Mondes Gestalt kann niemals die gleiche
Bleiben, und immer zeigt sich der heutige gegen den nächsten
Kleiner, ist er im Wachsen, und größer, schwindet die Scheibe.
    Siehst du nicht auch, wie das Jahr seine vier Gestalten einander
200 Folgen läßt, wie es im Abbild den Lauf unseres Lebens uns
                                                    vorführt?
Zart wie ein Milchkind ist es im ersten Lenz und dem Knaben-
alter vergleichbar: Da schwillt das Kraut, das frische, im Saft, der
Stärke, des Haltes noch bar, gibt frohes Hoffen dem Landmann.
Alles blüht, und es spielt das nährende Feld in der Blumen
205 Farben, doch ist in den Blättern noch keinerlei Kraft zu verspüren.
Stärker geworden, geht das Jahr aus dem Lenz in den Sommer
Über – ein kräftiger Jungmann: Es ist ja kein anderes Alter
Stärker, üppiger keins und keins voll größeren Feuers.
Herbst löst ihn dann ab. Der Glut der Jugend verlustig,
210 Naht er milde und reif, nach der Art seines Sinnes inmitten
Zwischen Jüngling und Greis, an den Schläfen mit Grau schon
                                                    gezeichnet.
Dann kommt zitternden Schrittes der greise, struppige Winter,
Ganz seiner Haare beraubt oder weiß, wo ihm Haare geblieben.
    Rastlos wird auch unser Leib verwandelt zu jeder
215 Stunde: was gestern wir waren und heute wir sind, – wir werden's
Morgen nicht sein. Es gab eine Zeit, da sind wir als Menschen-
keime und Erstlingshoffnung im Schoße der Mutter gelegen.
Angelegt hat die Natur ihre Künstlerhände: Sie wollte
Nicht, daß ein Leib im gespannten Schoß der Mutter geengt sei,
220 Und entsandte ihn drum aus dem Haus in die freieren Lüfte.
So an das Licht gebracht lag ohne Kräfte das Kind da.
Vierfüßig hat es dann bald wie ein Tier seine Glieder getragen
Und sich allmählich zum Stand erhoben auf schwankenden,
                                                    schwachen
Knieen und half dabei seinen Kräften durch irgendein Stützwerk.
225 Stark und geschwind ist darauf es gewesen, durchmaß seiner Jugend

Zeitraum; und hat es dann auch die mittleren Jahre durchlaufen,
Gleitet's auf steiler Bahn zum gebrechlichen Alter des Greises.
Dies untergräbt und zerstört der vorhergegangenen Jahre
Kräfte. Und Milon weint, der gealterte, sieht er die Arme
Kraftlos hangen und schlaff, die, strotzend von mächtigen Muskel-
wülsten, einstmals denen des Hercules ähnlich gewesen.
Auch des Tyndaräus Tochter, sie weint, erblickt sie die Greisen-
falten im Spiegel und fragt sich, weshalb sie zweimal entführt
                                                    ward. –
Zeit, du gefräßigste du, und du, du neidisches Alter,
Alles zerstört ihr, verzehrt allmählich, was vorher der Stunden
Zähne benagt und geschwächt, in langsam schleichendem Tode!
    Die auch, die Elemente wir nennen, beharren nicht stet, die
Wechsel, die sie durchlaufen – merkt auf – will jetzt ich euch lehren:
Vier urzeugende Stoffe enthält das ewige Weltall;
Zwei von ihnen besitzen Gewicht und werden von eigner
Masse belastet zur Tiefe gezogen: Erde und Wasser.
Ebensoviele sind frei von Schwere und streben, da nichts sie
Drückt, nach der Höhe: Die Luft und, reiner als diese, das Feuer.
Diese, im Raume getrennt, sie gehn doch ein jedes ins andre
Über und fallen zurück in sich selbst: die Erde, sie löst in
Flüssiges Wasser schwindend sich auf, das Wasser verflüchtigt
Weiter sich dann in die Luft, die Luft, ihrer Schwere entledigt,
Steigt, auf das feinste verdünnt, empor zu den Höhen des Feuers.
Rückwärts geht es von da, und der nämliche Weg wird
                                                    durchmessen.
Denn, verdichtet, wird das Feuer zu dunstiger Luft und
Diese zu Wasser, und Erde entsteht aus sich ballenden Wellen.
    Keinem bleibt seine äußre Gestalt, die Verwandlerin aller
Dinge, Natur, sie läßt aus dem Einen das Andere werden.
Glaubt mir, nichts in der ganzen Welt geht wirklich zugrund, es
Wandelt sich nur, erneut sein Gesicht. Und geboren zu werden,
Heißt, etwas andres als vorher zu sein, *beginnen*, und sterben,
Enden, das selbe zu sein. Mag dies und jenes von hierher
Dorthin getragen auch werden, im Ganzen ist alles beständig.
    Nichts, so möchte ich glauben, verharrt auf lange im gleichen
Zustand. So seid ihr Zeiten vom Gold auf das Eisen gekommen.

So hat oft sich Geschick und Stand eines Ortes gewandelt.
Was da festestes Land vorzeiten gewesen, das hab' als
Meer ich gesehn, gesehn, daß Land aus Wasser entstanden.
Weit entfernt von der See sind Meeresmuscheln gelegen,
Hoch in den Bergen ward ein alter Anker gefunden.
Was da Blachfeld war, hat zum Tale vertieft des Gewässers
Abfluß, und dort ein Berg ward hinabgeschwemmt in die Fluten.
Aus einem sumpfigen ward ein dürrer, sandiger Boden,
Was da gelitten an Durst, wird von Teichen und Sümpfen
                                                    gefeuchtet.
Hier hat Natur einen neuen Quell entfesselt, den andern
Dort verschlossen, und Flüsse entspringen, geweckt durch des
                                                    tiefsten
Erdreichs Beben, und sinken, verschwindend, aufs neu in die Tiefe.
    So taucht Lycus, vom Klaffen der Erde getrunken, an fernem
Orte empor und ersteht aus anderer Quelle aufs neu, so
Wird Erasinus, der mächtige Fluß, der, versickert, gedeckten
Laufes geflossen, den Fluren von Argos wiedergegeben.
Auch den Myser Caïcus, so sagt man, hab' seines alten
Hauptes und Bettes verdrossen, und heute fließt er in neuem.
Und, der den Sand Siciliens wälzt, bald fließt Amenanus,
Bald wieder trocknet er aus, so oft seine Quellen erstickt sind.
Trinkbar war er zuvor, jetzt führt der Anigrus ein Wasser,
Welches du ungern berührst, seitdem – wenn der Sänger Bericht
                                                    nicht
Alles Vertraun zu entziehn – in ihm die Centauern die Wunden
Wuschen, die ihnen der Bogen des Keulenschwingers veruracht.
Und, ist der Hypanis nicht, der entspringt in Scythiens Bergen,
Süß einst gewesen und jetzt durch bittere Salze verdorben?
Rings vom Meere umschlossen sind Pharus, Antissa, phœnicisch
Tyrus gewesen, von denen nicht eines Insel geblieben.
Festlandverbunden bewohnten die alten Bebauer ihr Leucas,
Meer umflutet es jetzt. Auch Zancle sei mit Italien,
Sagt man, vereinigt gewesen, bis dann die See die Verbindung
Einriß und mitten zwischen die Länder die Woge sich drängte.
Fragst du nach Helice, Buris, den Städten Achaias, – du wirst sie
Finden unter der See, und heute noch zeigen die Schiffer

295 Gern die geneigten Mauern der untergesunkenen Städte.

Nah bei des Pittheus Trœzen erhebt steilauf sich ein Hügel,
Gänzlich von Bäumen frei. Vorzeiten ebenstes Blachfeld,
Heute ein Berg. Denn dort – zu sagen ein Graun – hat der Winde
Wilde Gewalt, gesperrt in die finsteren Höhlen, einmal doch
300 Auszuatmen verlangend, nachdem sie vergeblich gerungen,
Freierer Luft sich zu freun, und als kein Spalt in dem ganzen
Kerker sich fand, der Weg ihrem Wehen gewähre, – den Boden
Hochgedehnt und geschwellt, wie des Mundes Hauch eine Blase
Aufbläht oder die Haut, die vom Rücken gestreift des gehörnten
305 Bockes. Die Schwellung blieb am Orte, sie zeigt sich als hoher
Hügel und hat sich im Laufe der langen Zeiten verhärtet.

Da noch viel mich gemahnt, was ich sah und hörte, so will ich
Einiges mehr noch künden: Verleiht und erhält nicht auch manches
Wasser neue Gestalt? So ist dein Quell, o gehörnter
310 Ammon, am Mittag kalt und erwarmt am Morgen und Abend.
Und der Dodoner entzündet sein Holz, indem seinem Quell er's
Nähert dann, wenn der Mond seinen Kreis aufs kleinste verengert.
Aber der Thracer besitzt einen Fluß, der, getrunken, das Innre
Stein läßt werden, und, was ihn berührt, mit Marmor umkleidet.
315 Crathis und Sybaris, der ihm benachbart an unseren Küsten,
Machen dem Bernstein gleich und dem Golde die Haare des
                                                    Hauptes.

Und, was noch mehr zu verwundern, es gibt auch Gewässer, die
                                                    nicht den
Leib nur, sondern sogar auch den Geist zu wandeln vermögen.
Wer hat nicht schon gehört von der Salmacis geilem Gewoge
320 Und Aethiopiens Seen? Netzt einer aus diesen den Gaumen,
Rast er oder verfällt einem Schlaf von seltener Schwere.
Wer da immer den Durst aus Clitors Quelle gestillt hat,
Flieht nun den Wein und freut sich, enthaltsam, des lauteren
                                                    Wassers.
Sei's: eine Kraft widerstrebt dem hitzigen Wein in dem Wasser,
325 Sei es, wie dort man erzählt, weil Melampus, der Sohn Amythaons,
Als er mit Kräutern und Liedern dem Wahnsinn entrissen des
                                                    Prœtus
Rasende Töchter, die Mittel, den Geist zu reinen, in dieses

FÜNFZEHNTES BUCH

Wasser gesenkt und der Haß auf den Wein in den Wogen geblieben.
Anders wirkend als er doch fließt der lyncestische Bergstrom:
330 Denn, wer von diesem mit allzubegieriger Kehle geschlürft hat,
Schwankt nicht anders, als hätte von reinem Wein er getrunken.
Und in Arcadien liegt ein See, den Pheneos einst die
Alten benannt, von verdächtiger Flut. Ihn meide zur Nachtzeit:
Schaden bringt er bei Nacht, man trinkt am Tag ihn gefahrlos.
335 So empfangen die Flüsse und Seen bald diese, bald jene
Kräfte. Es gab eine Zeit, da schwamm es frei in den Wellen,
Heut sitzt Ortygia fest. Der Argo Scheu, die vom Schwall ver-
drängten Wassers bespritzten zusammenprallenden Felsen:
Reglos stehn sie heut und starren den Winden entgegen.
340 Aetna, der feurige Berg mit der schwefeldampfenden Esse,
Wird nicht immer glühn und hat nicht immer geglüht: Denn –
Sei es: die Erde ist ein Wesen und lebt und hat Atem-
röhren vielerorts und haucht daraus ihre Flammen,
Kann ihres Atems Wege verändern, sooft sie erbebt, hier
345 Schließen die eine und dort eine andere Höhlung sich öffnen –
Sei es: Die flüchtigen Winde sind drunten in Grotten gesperrt und
Schleudern Stein gegen Stein und Stoff, der im Innern des Feuers
Keime enthält, und der sich unter den Schlägen entzündet,
(Kalt jedoch bleiben die Grotten zurück, wenn die Winde gestillt
sind)
350 Sei es auch, daß des Erdpechs Gewalt den Brand zu sich herzieht,
Oder der gelbe Schwefel verbrennt mit spärlichem Rauche.
Wenn dann die Erde den Flammen, nachdem ihre Kraft in der
langen
Zeit sich verbraucht, die Nahrung, die fettige Speise, versagt und
So dem gefräßigen Wesen des Berges der Unterhalt ausgeht,
355 Trägt es den Hunger nicht und verläßt, verlassen, das Feuer.
Männer soll's in Pallene, dem hyperboreischen, geben,
Die sich mit leichtem Gefieder am ganzen Leibe verhüllen,
Wenn sie sich neunmal getaucht in die Flut des tritonischen
Teiches.
Glauben möcht' ich es nicht. Auch von Scythiens Frauen erzählt
man,
360 Daß sie, die Glieder mit Gift besprengend, das Gleiche vermögen.

Aber wenn Glauben doch erprobten Dingen zu schenken:
Siehst du nicht, daß ein jeder im Laufe der Zeit in der feuchten
Wärme verwesende Leib in kleines Getier sich verwandelt?
Geh und bedecke in Gruben geschlachtete Stiere: es werden
365 Überall dann aus dem mürben Geweid – so lehrt die Erfahrung –
Blütenbesuchende Bienen entstehn, die nach Art ihrer Eltern
Lieben das Feld, ihres Werkes sich freun, sich mühn für die
Zukunft.
Unter den Boden gebracht, ist das Kriegsroß der Hornisse
Ursprung.
Nimmst du am Ufer dem Krebs die hohlen Scheren und birgst du
370 Dann in der Erde den Rest, so wird aus dem, was begraben,
Kriechen bald der Skorpion und dräun mit gebogenem Stachel.
Draußen die Raupen im Feld, die die Blätter dort mit den grauen
Fäden umspinnen – es wird von den Bauern bezeugt – sie
vertauschen
Ihre Gestalt mit der des grabmalschmückenden Falters.
375 Samen besitzt der Schlamm, der die grünen Frösche erzeugt, er
Zeugt sie der Glieder bar und gibt ihnen bald die zum Schwimmen
Taugenden Schenkel; und daß sie auch sich eignen zu weitem
Sprung, übertreffen an Maß die hinteren Beine die vordern.
Und, was die Bärin gebiert, ist, eben geworfen, kein Jungtier,
380 Sondern lebos Fleisch: durch Belecken bildet die Mutter
Glieder an ihm und gibt ihm die Form, die sie selbst schon
erworben.
Siehst du nicht auch, daß die Brut der honigsaugenden Bienen,
Wie sie das wächserne Sechskant birgt, geboren wird ohne
Glieder und spät erst Beine gewinnt und spät erst die Flügel?
385 Daß der Vogel der Juno, der Sterne trägt in dem Schweif, daß
Juppiters waffenbewehrter, die Tauben der Herrin Cytheras,
All der Vögel Geschlecht aus dem Dotter der Eier entsteht, wer
Hielte, wüßte er nicht, daß es wirklich geschieht, es für möglich?
Manche glauben, es werde das Mark in dem menschlichen
Rückgrat,
390 Wenn in geschlossenem Grab es in Staub sich gewandelt, zu
Schlangen.
All die führen indes auf andre zurück ihren Ursprung.

FÜNFZEHNTES BUCH

Einen Vogel gibt es, der selbst sich erzeugt und erneuert.
Phœnix nennt der Assyrier ihn. Er lebt nicht von Frucht und
Kräutern, sondern von Zähren des Weihrauchs, vom Saft des
Amomum.

395 Hat seines Lebens fünf Jahrhunderte dieser erfüllt, dann
Baut er sich selbst mit den Klaun und dem reinen Schnabel ein Nest
im
Eichengezweig oder auch im Wipfel der schwankenden Palme.
Hat er Casia dort und die Ähren der schmiegsamen Narde,
Gelbliche Myrrhe dazu und gestoßenen Zimt unterbreitet,

400 Bettet er selbst sich darauf und endet in Düften sein Leben.
Hier, so sagt man, entsteht aus dem Leibe des Vaters ein kleiner
Phœnix, dem ebensoviel an Jahren zu leben bestimmt ist.
Hat sein Alter dem die Kraft, es zu tragen, verliehen,
Löst er des hohen Baumes Gezweig von der Last seines Nestes,

405 Trägt seine Wiege – *und* das Grab seines Vaters – er fromm, und
Wenn durch die flüchtige Luft er die Stadt Hyperions erreicht hat,
Legt er am heiligen Tor des Sonnentempels es nieder.
　　Gibt es schon etwas zu staunen an diesen, so staunen wir
vollends,
Daß die Hyäne, die eben als Weibchen vom Männchen bestiegen,

410 Selbst ein Männchen jetzt ist, ihr Geschlecht des öfteren wechselt.
Dann: das Tier, das sich nur von der Luft ernährt und den Winden,
Gleicht seine Farbe an die stets an, die es eben berührt hat.
Indien hat, das besiegte, dem rebenumwundenen Gott die
Luchse gegeben, von denen erzählt wird, es werde, was ihren

415 Blasen entflossen, zu Stein und gerinne, sobald es die Luft rührt.
So wird auch die Koralle, sogleich wenn die Luft sie getroffen,
Hart, und war doch zuvor ein zartes Kraut unter Wasser.
　　Eher endet der Tag und netzt seine keuchenden Rosse
Phœbus im tiefen Meer, als mit Worten ich all die Gestalten,

420 Die sich verwandeln, erreicht. So sehn wir die Zeiten sich wenden,
Kräfte gewinnen hier ein Volk, dort stürzen ein andres.
So ist Troia groß an Schätzen und Männern gewesen,
Konnte zehn Jahre hindurch soviel des Blutes verströmen,
Jetzt ist es klein und zeigt nur noch seine alten Ruinen

425 Und an der Reichtümer statt nur noch die Gräber der Ahnen.

Herrlich ist Sparta und mächtig das große Mycenæ gewesen,
Ebenso herrlich die Burg des Cecrops und die des Amphion. –
Feiler Boden ist Sparta, gestützt das hohe Mycenæ.
Außer dem Namen, was ist das Theben des Oedipus heute,
430 Was von Pandions Athen geblieben außer dem Namen?
    Jetzt, so erzählt man, erhebt sich das troische Rom, das zunächst
                                                                den
Wogen des Tiberis, des appenninus-geborenen Flusses,
Unter gewaltiger Last und Müh seiner Herrschaft Grund legt.
Wachsend also wandelt sich dies, wird einstens des Erdrunds
435 Haupt, des unermeßlichen, sein. So sollen die Seher
Sagen und schicksalkündender Spruch. Wie ich selbst mich erinnre,
Hat, als Troias Glück schon wankte, des Priamus Sohn, hat
Helenus einst zu Aeneas gesagt, der weinend am Heile
Zweifelte: »Sohn einer Göttin, behältst du im Sinn meines Geistes
440 Wahrspruch, wird Troia, wenn *du* nur heil, nicht gänzlich
                                                        zugrundgehn.
Durchlaß werden dir Feuer und Eisen gewähren, wirst gehn und
Pergamon nehmen mit dir, bis ihm und dir in der Ferne
Glückt, zu finden die Flur, die euch freundlicher ist als die Heimat.
Phrygiens Enkel seh' eine Stadt der Erde ich schulden,
445 Groß, wie keine sonst ist, noch sein wird, noch früher gesehn ward.
Andre Gewaltige werden im Laufe der Zeiten sie mächtig
Machen, zur Herrin der Welt jedoch der Sproß aus Iulus'
Blut. Hat dessen die Erde genossen, werden des Äthers
Sitze seiner sich freun; zum Himmel führt ihn sein Ausgang.«
450   So – ich erinnere mich – hat Helenus einst dem Penaten-
träger Aeneas gesagt; und ich freu' mich, die heimischen Mauern
Wachsen zu sehn, daß der Grieche den Phrygern zum Frommen
                                                        gesiegt hat.
    Doch, daß auf Pferden wir nicht, die des Zieles vergessend
                                                        enteilen,
Weit aus der Bahn uns verlieren: Der Himmel und unter ihm alles,
455 So auch die Erde und alles auf ihr, sie wandeln sich ständig.
Wir auch, ein Teil des Alls, wir können, da wir nicht Leib nur,
Sondern geflügelte Seelen auch sind, unsre Wohnung in wilden
Tieren finden oder im Leib von zahmen uns bergen.

Leiber, welche die Seelen vielleicht unsrer Eltern und Brüder,
460 Eines, den sonst ein Band uns geeint hat, beherbergt, gewiß doch
Die eines Menschen, die wollen in Ruhe und Ehren wir lassen,
Nicht mit thyestischem Mahl die Eingeweide uns füllen.
O, wie gewöhnt er sich schlimm, wie bereitet er ruchlos auf Mord
an
Menschen sich vor, der die Kehle des Kalbes durchschlägt mit dem
Messer,
465 Rührungslos das Ohr seinem Brüllen bietet, und *der* auch,
Der es vermag den Bock zu stechen, wenn seinen Schrei, der
Dem eines Knaben gleicht, er ausstößt, vom Vogel zu essen,
Dem er selbst das Futter gereicht. Wieviel ist's, was da fehlt zum
Vollen Verbrechen, wohin wird so die Bahn nicht bereitet?
470 Pflüge das Rind! Doch schreibe sein Sterben den Jahren es zu, es
Liefere Waffen das Schaf, zu wehren dem grimmigen Nordwind,
Lasse die satte Ziege ihr Euter den pressenden Händen. –
Fort die Netze, die Fallen, die Schlingen, die Listen und Tücken!
Täuscht den Vogel nicht mit der leimbestrichenen Rute,
475 Schließt den Hirsch nicht ein in die schreckenflitternden Federn
Und verbergt nicht den Haken der Angel in trügender Speise.
Tötet, die schaden etwa, doch diese tötet auch nur, bleib
Ferne davon euer Mund und genieße sanftere Nahrung!«

Numa, im Herzen belehrt, so erzählt man, durch solche und andre
480 Worte, kehrte zur Heimat zurück und ergriff in dem Volke
Latiums, das ihn selbst darum bat, die Zügel der Herrschaft.
Glücklicher Gatte der Nymphe, vom Chor der Camenen geleitet,
Hat er die Opferbräuche gelehrt und ein rauhes, zu wilden
Kriegen gewöhntes Geschlecht geführt zu den Künsten des
Friedens.
485 Als er, gealtert, die Zeit seines Lebens und Herrschens vollendet,
Weinten Latiums Fraun, das Volk und die Väter um Numas
Tod: seine Gattin hatte die Stadt verlassen und barg sich
Tief im dichten Wald des fernen aricischen Tales,
Störte durch Klagen und Seufzen die Weihen der taurischen Göttin.
490 Ach, wie oft ermahnten die Nymphen des Haines, des Sees sie
Nicht so zu trauern und gaben ihr tröstende Worte, wie oft sprach

So des Theseus tapferer Sohn zu der Weinenden: »Setze
Doch ein Maß und ein Ziel! Ist wert doch der Klage nicht *dein* Los
Einzig. Betrachte das Unglück, das Andere ähnlich getroffen,
495 Leichter trägst du dann deins. Ich wolllte, ich wäre nicht selbst ein
Beispiel zum Trost dir im Schmerz, doch bin auch *ich* solch ein
Beispiel.
Daß ein Hippolytus einst durch die Leichtgläubigkeit seines
Vaters
Und seiner frevlen Stiefmutter Trug zu Tode gekommen,
Ist wohl zu Ohren gedrungen auch euch. Wirst dich wundern und
kaum mir
500 Glauben, doch *ich* bin *der:* Als Pasiphaës Kind mich umsonst ver-
sucht, das Lager des Vaters zu schänden, log die Unselge,
Ich hätt' gewollt, was sie selbst nur begehrt; und verkehrend die
Schuld – mag
Sein aus Angst vor Entdeckung, mag sein gekränkt als
Verschmähte –
Klagt sie mich an: den Unschuldigen weist aus der Heimat der
Vater
505 Und verflucht des Scheidenden Haupt durch ein feindliches Beten.
Trœzen strebte ich zu, der Stadt des Pittheus, auf flüchtgem
Wagen und fuhr schon entlang dem Ufer der Bucht von Corinthus,
Als das Meer sich erhob, man im Wasser sah ein gewaltig
Schwellen, das hoch zum Berge sich wölbt, das wächst, das ein
schrecklich
510 Brüllen ausstößt und endlich im höchsten Gipfel sich spaltet.
Siehe! Ein hörnertragender Stier durchbricht das Gewoge,
Reckt bis zur Brust sich frei in die weichen Lüfte hinaus und
Jagt einen Teil der See aus den Nüstern, dem klaffenden Maul, da
Stockt den Gefährten das Herz; *mein* Sinn blieb ungeschreckt fest
und
515 Hatte an seiner Verbannung genug. Doch die Vierhufer wenden
Wild nach der Brandung die Hälse, sie schaudern, gespitzt ihre
Ohren,
Scheuen in Furcht vor dem Untier und reißen blindlings den
Wagen
Jäh durch die hohen Klippen dahin. Ich ring' mit umsonst sich

Mühenden Händen, am weiß überschäumten Maul sie zu lenken,
520 Ziehe, dagegen mich stemmend, zurück die geschmeidigen Zügel.
Und es hätt' ihre Wut meinen Arm hier nicht überwunden,
Wäre das Rad nicht da, wo es immer die Achse umrundet,
Berstend beim Prall an den Strunk eines Baumes, in Trümmer
                                                    zersprungen.
Mich schleudert's aus dem Gefährt. Mein Leib verstrickt in die
                                                    Zügel.
525 Da hättest können du sehn geschleift mein lebend Geweide,
Sehnen vom Baume gehalten, die Glieder entrafft, die gefaßten
Haften am Baume, die Knochen mit schwerem Krachen zerbersten,
Und die ermattete Seele verhaucht; kein Teil an dem ganzen
Leib zu erkennen, alles da nur eine einzige Wunde.
530   Kannst du, wagst du da, dein Los zu vergleichen mit meinem,
Nymphe? Ich hab' auch geschaut die lichtentbehrenden Reiche,
Hab' den zerrissenen Leib erwärmt in des Phlegethon Wogen.
Und allein die starke Arznei des Phœbusentstammten
Gab mir das Leben zurück. Als ich dies durch die kräftigen Kräuter
535 Und mit der Hilfe Apolls zu Plutos Verdrusse gewonnen,
Warf die Herrin des Cynthus, damit mein Anblick den Neid auf
Solches Geschenk nicht vermehre, um mich ein dichtes Gewölke.
Und, daß ich sicher sei, mich ohne Gefahr könne zeigen,
Gab sie mir höheres Alter und ließ unkenntlich mein Antlitz
540 Werden. Sie zweifelte lang, ob sie Creta, Delos zum Sitz mir
Gebe. Sie sah von Delos dann ab und Creta und wies mich
Hierher, befahl mir zugleich den Namen niederzulegen,
Der an die Pferde könnte erinnern, und sprach: »Der du einst Hip-
polytus warest, sollst jetzt ein Virbius sein, und seit diesem
545 Hause ich hier in dem Hain; als einer der minderen Götter
Bin ich im Schutze der Göttin geborgen und gelt' als der Ihre.«

Doch eines anderen Trauer vermag Egerias Schmerz nicht
Linder zu machen, nein, am Grunde der Wurzeln des Berges
Liegend, zerfließt sie in Tränen, bis Phœbus' Schwester, vom
                                                    frommen
550 Trauern gerührt, aus der Trauernden Leib eine kühlende Quelle
Schuf und in ewigen Wellen sich ließ verlieren die Glieder.

Dieses Wunder bewegte die Nymphen; der Kriegerin Sohn, er
Staunte nicht anders als damals der Pflüger vom Stamm der
                                                        Tyrrhener,
Als er mitten im Feld die schicksaldeutende Scholle
Sah, die von keinem gerückt, zunächst von selbst sich bewegte,
Dann die Gestalt eines Menschen gewann, die von Erde verlor, um
Zukunft kündend die eben gewordenen Lippen zu öffnen.
(Tages nennen ihn dort die Bewohner, ihn, der als erster
Tusciens Stämme gelehrt, des Schicksals Lauf zu enthüllen.)
Oder, wie Romulus einst, als er den im palatischen Hügel
Steckenden Speerschaft sah sich plötzlich mit Blättern belauben,
Der durch Wurzeln nun schon, nicht mehr durch das haftende
                                                        Eisen
Stand, – schon nicht mehr Geschoß, schon Baum mit geschmei-
                                                        digem Stamme,
Unerwarteten Schatten den staunenden Männern gewährte.
Oder wie Cipus, als seine Hörner er sah in des Stromes
Flut. – Denn er sah sie und, glaubend, er traue dem Bilde zu
                                                        Unrecht,
Hebt er wieder und wieder die tastenden Finger zur Stirn und
Fühlt, was zuvor er gesehn. Seinen Augen nicht weiter
                                                        mißtrauend,
Stand er als Sieger, der eben zurück vom bezwungenen Feind kam,
Rief er zum Himmel die Augen, zum Himmel die Arme erhebend:
»Was, ihr Götter, auch dies Wunderzeichen bedeute, –
Glück? – so bringe es Glück der Heimat, dem Volk der
                                                        Quiriten, –
Unglück? – so gelte es mir!« Den aus grünendem Rasen erbauten
Kräuterbewachsnen Altar versöhnt er mit duftendem Feuer,
Gießt in die Schale den Wein und befragt geschlachteter Schafe
Zuckendes Eingeweide darauf, was ihm es bedeute.
Als der tyrrhenische Opferbeschauer auf dieses geblickt hat,
Sieht er darinnen wohl ein gewaltiges Wandeln im Staate,
Deutlich und klar jedoch nicht. Doch, als von den Fibern der
                                                        Tiere
Jetzt er die Schärfe des Auges erhebt zu den Hörnern des Cipus,
Ruft er: »O König, Heil! Ja dir, o Cipus, und deinen

Hörnern wird hier der Ort und Latiums Feste gehorchen.
Brich dein Zaudern, auf! Zieh ein durch die offenen Tore,
Eile, so will's das Geschick! Denn, sobald dich empfangen die
                                                    Stadt, wirst
585 König du sein und zu sichrem Besitz das Szepter gewinnen!«
Cipus tritt zurück, von den Mauern Roms sein verzerrtes
Antlitz wendend, ruft er: »Solch Zeichen mögen die Götter
Fern uns halten, fern! Viel besser werd' ich verbannt mein
Leben fristen, als daß unsre Burg als König mich schaue!«
590   Spricht's und beruft sogleich das Volk und die Väter zu ernstem
Rat. Doch verhüllt er zuvor mit dem Friedenslorbeer die Hörner,
Tritt auf den Damm, den hiezu der kräftige Krieger geschichtet,
Betet dem Brauche gemäß zu den alten Göttern und redet:
»Einer ist hier, der wird, wenn ihr ihn nicht treibt aus den Mauern,
595 König sein. Will durch ein Zeichen und nicht durch den Namen ihn
                                                    nennen:
Hörner trägt seine Stirn. Er wird, so verkündet der Seher,
Knechtesgesetze euch geben, sobald die Stadt er betreten.
Er zwar konnte bereits durch die Tore, die offenen, dringen,
Ich widerstand ihm jedoch, obgleich mir enger als er kein
600 Andrer verbunden. Doch *ihr,* Quiriten, haltet der Stadt ihn
Fern, oder schließt den Mann, verdient er's, in lastende Ketten,
Oder endet die Furcht im Tode des künftgen Tyrannen.«
    Wie sich im Walde ein Rauschen erhebt, wenn der trotzige
                                                    Südwind
Sausend bricht in die Kronen der kahlaufragenden Föhren,
605 Wie von den Fluten der See, wenn einer von fern sie hört, so
Klang es da aus dem Volk. Doch wird aus der murmelnden Menge
Wirren Worten das eine vor allem vernehmlich: »Wer ist es?«
Und sie schaun nach den Stirnen und suchen die Hörner. Zu ihnen
Wieder gewandt, sprach Cipus: »Hier habt ihr den, den ihr
                                                    fordert!«
610 Nahm vom Haupte, obgleich das Volk ihm wehrte, den Kranz und
Zeigte die Schläfen frei vom Paare der Hörner gezeichnet.
Alle senkten den Blick und ließen ein Seufzen vernehmen,
Sahn das Haupt, das berühmt durch Verdienste – wer mochte es
                                                    glauben? –

Sahn *sein* Haupt mit Schmerz. Daß es weiter der Ehre ermangle,
615 Dulden sie nicht und setzen ihm wieder den festlichen Kranz auf.
   Aber der Adel hat dir, da der Weg in die Stadt dir verwehrt ist,
So viel Landes, o Cipus, als Ehrengabe verliehen,
Als du, drückend den Pflug, mit dem Paar der Rinder im Joche
Könntest vom Aufgang des Lichts bis zum Ende des Tages
                                                    umpflügen.
620 Und sie schneiden ins Erz des Tores ein Bild, das der Hörner
Seltene Formung bewahrte und lange Zeit sollte bleiben.

Kündet, o Musen, nun, ihr göttliche Hilfe des Sängers –
Wißt ihr es doch, denn euch entgeht Vergangenstes nicht, – wo-
her das vom tiefen Tiber umflossene Eiland den heilgen
625 Hütern der Romulusstadt den Sohn der Coronis gesellte.
   Latiums Lüfte verpestete einst eine schreckliche Seuche;
Blutlos schwanden und bleich die Leiber in zehrendem Siechtum.
Als sie, müd des Bestattens, erkennen, daß menschlich Bemühen
Nichts vermöge und nichts vermöchten die Künste der Ärzte,
630 Gehn sie um himmlische Hilfe; sie suchen Delphi, des Erdrunds
Mittelpunkt, auf und befragen dort das Orakel des Phœbus,
Bitten, er möge dem Elend mit rettungbringendem Wahrspruch
Hilfe bereiten, die Not einer solchen Stadt zu beenden.
Da erbebte der Tempel, der Lorbeer, der Köcher des Gottes,
635 Und der Dreifuß ließ aus dem Innern der heiligen Zelle
Diese Stimme vernehmen, das Herz der Erschreckten erschütternd:
»Römer, was hier du suchst, hättest sollen an näherem Ort du
Suchen und suche es jetzt an näherem Ort! Nicht Apollons,
Nein, seines Sohnes bedarf's, eure Not und Trauer zu mindern.
640 Auf, unter günstigen Zeichen zur Fahrt und holt meinen Sohn ein!«
   Als ein weiser Senat des Gottes Gebote vernommen,
Forscht er, in welcher Stadt der Sohn des Phœbus daheim, und
Schickt einen Segler aus zum Strande der Stadt Epidaurus.
Als die Gesandten an dem auf geschweiftem Kiele gelandet,
645 Treten sie hin vor den Rat der griechischen Väter und bitten,
Ihnen zu geben den Gott, des Gegenwart, wie es ein sicher
Wahrspruch künde, das Sterben italischen Volkes beende.
Zwiespalt herrschte im Rat: Die Hilfe sei nicht zu versagen,

FÜNFZEHNTES BUCH

Meinte ein Teil, doch raten auch viele, die eigene Macht zu
650 Halten, sie nicht zu entsenden, die Gottheit nicht zu vergeben.
Während sie zweifeln, vertrieb den späten Schimmer die
Dämmrung,
Hatte der Schatten in Dunkel gehüllt die Weite des Erdrunds.
Da, o Römer, schien, wie du schliefest, der helfende Gott ans
Pfühl deines Lagers zu treten und so, wie man stets ihn im Tempel
655 Sieht, den ländlichen Stab in der Linken haltend, des langen
Bartes wallend Gelock mit der Rechten abwärts zu streichen
Und aus freundlicher Brust dir diese Worte zu senden:
»Fürchte dich nicht! Ich komme, verlasse diese Gestaltung.
Sieh die Schlange dir an, die hier den Stab mir umwindet.
660 Merke ihr Bild, damit du es wiederzukennen vermagst, in
Diese werd' ich mich wandeln, doch größer und so euch erscheinen,
Wie einem Leibe, in den ein Gott sich verwandelt, es ansteht.«
Stimme schwand und Gott, mit dem Gott und der Stimme der
Schlaf, es
Folgte des Schlafes Flucht der Schein des belebenden Lichtes.
665 Schon hat die Röte des Morgens die funkelnden Sterne
vertrieben,
Zweifelnd noch, was zu tun, versammelt der Rat sich am prächtgen
Haus des begehrten Gottes und bittet, er mög' durch ein himmlisch
Zeichen bedeuten den Sitz, wo er selbst zu weilen verlange.
Kaum ist die Bitte getan, da läßt als Schlange mit hohem
670 Güldenem Kamme der Gott ein bedeutendes Zischen vernehmen,
Macht durch sein Kommen sein Bild, den Altar, die Flügel der Tür,
den
Marmorbelegten Boden, den goldenen Giebel erbeben;
Und bis zur Höhe der Brust sich mitten im Tempel erhebend,
Reckt er sich auf und blickt umher mit funkelnden Augen.
675 Bleich vor Schrecken das Volk. Der Priester, umwunden sein
würdig
Haar mit der weißen Binde, erkennt die Gottheit und ruft: »Der
Gott ist's, der Gott! O wahrt eure Herzen und wahrt eure Zungen!
Mögest, wer du auch seist, o Hehrster, zum Heil du erschienen
Sein und helfen dem Volk, das deinem Dienste sich widmet!«
680 Jeder am Orte verehrte, so wie er geheißen, die Gottheit

Und wiederholt des Priesters gedoppelten Ruf. Die Aeneas-
enkel bezeugen mit Mund und Sinn ihre fromme Verehrung.
Ihnen nickte der Göttliche zu, und – ein Pfand der Gewährung –
Stößt er, den Kamm aufsträubend und züngelnd, ein zwiefach
              Gezisch aus,
685 Gleitet die schimmernden Stufen hinab; dann kehrt er das Antlitz
Rückwärts und schaut, zum Abschied bereit, auf den alten Altar
              und
Grüßt die vertraute Behausung, den Tempel, in dem er gewohnt
              hat,
Windet in mächtigen Bögen darauf sich über den freien
Blumenbestreuten Grund und strebt durch die Mitte des Ortes
690 Hin zu dem durch den Bogen des Dammes gesicherten Hafen.
Dort verhält er und scheint den Zug, die Schar, die Geleites
Dienst ihm erwiesen, mit gnädigem Wink zu entlassen und bettet
Dann seinen Leib auf dem Schiff der Ausonier. Und es empfand die
Last des Gottes; es drückt sein Gewicht den Kiel in die Fluten.
695 Freut sich die Schar des Aeneas; sie fällt am Strand einen Stier und
Löst die gewundenen Taue des kränzegeschmückten Gefährtes.
    Leichter Wind hat das Schiff schon bewegt; hoch ragte der Gott
              auf.
Und das geschwungene Heck mit der Last seines Hauptes
              beschwerend,
Schaut er hinab auf die blauende See. Erreicht bei dem sanften
700 Wind durch Ioniens Meer mit dem sechsten Aufgang der Morgen-
röte Italien, fährt an dem durch den Tempel der Göttin
Hochgefeierten Kap und dem Strand Scylacëums vorüber,
Läßt Iapygien liegen und flieht mit dem Schwunge der Ruder
Links die Amphrisischen Felsen und rechts das steile Celennia,
705 Streift Romethium, Caulon und dann das narycische Locri
Und überwindet das Meer und die Enge sicilisch Pelorums,
Auch des Aeolus königlich Haus und die Erze Temesas,
Strebt auf Leucosia zu und die Rosengärten des lauen
Pæstum; Caprea streift er, das Vorgebirge Minervas,
710 Das durch Surrentums Reben geadelte Hügelgelände,
Stabiæ dann und des Hercules Stadt, den zur Muße geschaffnen
Platz Parthenope und den Tempel von Cumæs Sibylla,

FÜNFZEHNTES BUCH

Kommt zu den heißen Quellen darauf, nach dem Orte der Mastixbäume, Liternum, erreicht den Fluß, der strudelnd die Mengen
715 Sandes schleppt, Sinuessa, der weißen Tauben Bereich, Min-
turnæs drückende Luft, die vom Zögling begrabene Amme
Und des Antiphates Haus, das sumpfumgebene Trachas,
Endlich der Circe Land und Antiums festes Gestade.

Hier, als die Schiffer den Kiel, den segelbeschwingten, geländet, –
720 Rauh war geworden die See – entrollte der Gott seines Leibes
Kreise und glitt in vielen, gewaltigen Bögen sich windend,
Ein in des Vaters Haus, das nah an den gelblichen Sand rührt.
Als das Meer sich gestillt, verläßt er des Vaters Altäre,
Furcht, nachdem er so der Gast der nah ihm verwandten
725 Gottheit gewesen, des Ufers Sand mit der knirschenden Schuppen
Zug und klimmt an dem Ruder empor und bettet des Hauptes
Last auf dem hohen Heck, bis nach Castrum er kommt und zum
heilgen
Sitz der Laviniastadt und dann zu der Mündung des Tiber.

Dorthin stürzt ihm die Schar des gesamten Volkes, der Mütter,
730 Väter in Eile entgegen und, die dein Feuer bewahren,
Troische Vesta! und grüßen den Gott mit freudigen Rufen.
Wo das geschwinde Gefährt den Wellen entgegen geführt wird,
Knistert der Weihrauch von den auf den beiden Ufern gereihten
Opferaltären und schwängert mit duftenden Schwaden die Lüfte,
735 Läßt das geopferte Tier die gezückten Messer erwarmen.
Schon ist zum Haupte der Welt, zu der Römer Stadt sie gedrungen,
Als sich die Schlange erhebt, den Hals um die Höhe des Mastes
Windet und nach einem Sitz, der ihr gezieme, sich umblickt.

Rings ein Eiland umschließend – ›Die Insel‹ nennt man die
Stelle –
740 Teilt in zwei sich der Strom und reckt zwei Arme von gleicher
Stärke von links und rechts um das mittenliegende Land aus.
Dorthin begibt sich vom Schiff der Latiner die phœbusentstammte
Schlange, gewinnt die Gestalt eines Himmlischen wieder und setzt
der
Trauer ein Ziel und kommt der Stadt als Bringer des Heiles.

745 Er ist als Fremdling hierher zu unseren Tempeln gekommen:
Cæsar ist Gott in der eigenen Stadt. In Panzer und Toga
War er bedeutend, doch haben zum Stern mit glänzendem Schweif
ihn
Minder die Kriege gemacht, die mit Sieg und Triumph er geendet,
Nicht, was daheim er getan, sein Ruhm, der so schnell sich
verbreitet,
750 Als seine Nachkommenschaft. Denn keine von allen den großen
Taten Cæsars war größer, als daß er diese gezeugt hat.
Oder gilt es wohl mehr, über See die Briten gebändigt,
Siegreiche Schiffe dann auch durch des Nilstroms sieben papyrus-
tragende Arme geführt, die empörten Numider, König
755 Juba vom Cinyps und das, Mithridates' Namen zu tragen,
Stolz sich brüstende Pontus dem Volk der Quiriten gewonnen,
Viele Triumphe verdient und manche gefeiert zu haben,
Als des Mannes Vater zu sein, durch des Regiment ihr
Götter der Menschen Geschlecht so überschwenglich gesegnet?
760 Also, daß dieser nicht aus menschlichem Samen entstammt sei,
Mußte man jenen erheben zum Gott. Als dies des Aeneas
Goldene Mutter sah und sah dem Priester den grausen
Mord bereiten und schon die verschworenen Waffen sich regen,
Wurde sie bleich, und zu jedem der Götter, der ihr begegnet,
765 Sprach sie: »Sieh doch, sieh, mit welcher Gewalt man mir
nachstellt,
Und mit welcher Tücke und welchem Trug nach dem Haupt man
Zielt, das mir einzig noch von dem Troer Iulus geblieben!
Soll nur immer *ich* mit berechtigten Sorgen mich quälen?
Ich, die mich eben die Lanze des Tydeussohnes verwundet,
770 Jetzt verstören die schlechtverteidigten Mauern von Troia,
Die ich von langer Irrsal den Sohn verschlagen muß sehen,
Treiben weit auf dem Meer, der Schweigenden Sitze betreten,
Krieg mit Turnus oder – die Wahrheit zu sagen – noch mehr mit
Juno führen! Doch was erinnre ich jetzt mich der alten
775 Leiden meines Geschlechts? An Vergangenes denken verwehrt die
Heutige Furcht. O seht ihr sie nicht geschliffen die frevlen
Schwerter? Haltet sie auf, ich bitte euch, wehret der Untat,
Löscht das Feuer der Vesta nicht aus in dem Blut ihres Priesters!«

FÜNFZEHNTES BUCH

Angstvoll erfüllte Venus mit solchen Reden den ganzen
780 Himmel und rührte vergeblich die Götter. Die können der alten
Schwestern eisernen Schluß zwar nicht zerbrechen; sie geben
Zeichen von Trauer jedoch, die klar das Kommende künden.
Waffen, so wird uns erzählt, zwischen schwarzen Wolken
erklirrend,
Tuben und Hörner, herab vom Himmel schrecklich zu hören,
785 Sagten den Frevel voraus. Auch der Sonne trauriges Bild, es
Bot ein gespenstiges Licht der erschreckten, sorgenden Erde.
Oft erschienen inmitten der Sterne brennende Fackeln,
Oftmals fielen im Guß des Regens blutige Tropfen.
Finster, sein Antlitz besprengt mit schwarzem Rost war des
Morgens
790 Stern und besprengt mit Blut der Wagen des Mondes; an tausend
Stellen ließ sich Uhu, der stygische Künder des Unheils,
Hören, das Elfenbein weinte an tausend Stellen, aus heilgen
Hainen seien Gesänge mit drohenden Worten erklungen.
Günstige Zeichen gibt kein Opfer, schwere Verwirrung
795 Kündet die Fiber, man findet das Haupt im Geweide zerschnitten.
Und auf dem Forum und rings um die Häuser, die Tempel der
Götter
Hätten nächtliche Hunde geheult, der Schweigenden Schatten
Seien geirrt und die Stadt, sie sei erbebt und erzittert.
Aber die mahnenden Zeichen der Götter vermögen die Tücken
800 Nicht zu besiegen und nicht zu zwingen das kommende Schicksal.
Schwerter trägt man gezückt zum Tempel, – kein Ort in der
ganzen
Stadt gefiel für die Tat, für den gräßlichen Mord, als die Curie.
Da zerschlägt sich die Herrin Cytheras die Brüste mit beiden
Händen, sie denkt, des Aeneas Sproß in der Wolke zu bergen,
805 Die schon den Paris zuvor dem grimmen Atriden entrafft, in
Der Aeneas dem Schwert des Tydeussohnes entronnen.
»Tochter, willst *du* allein das unüberwindliche Schicksal
Beugen?« so spricht ihr Vater zu ihr. »Magst selbst in der
Schwestern
Halle treten, der Drei. Wirst dort in riesigem Ausmaß
810 Schauen die Tafeln des Schicksals in Erz und gehärtetem Eisen.

779–843

Nicht den Donner des Himmels und nicht die zürnenden Blitze
Fürchten sie, sicher *sie* vor jedem Sturze für ewig.
Finden wirst du dort, gegraben in dauernden Stahl, auch
Deines Geschlechtes Geschick. Hab' selbst es gelesen, gemerkt und
815 Will, damit du der Zukunft nicht unkund bleibst, es berichten.
Er, für den du dich mühst, hat erfüllt seine Zeit, Cytherea,
Da er die Jahre vollbracht, die der Erde er schuldig gewesen.
Daß er als Gott zum Himmel sich hebt und in Tempeln verehrt
wird,
Schaffen wirst du's und sein Sohn, seines Namens Erbe, der einzig
820 Auf sich wird nehmen die Last, und der, des ermordeten Vaters
Tapferster Rächer, *uns* im Krieg zu den Seinen wird zählen.
Mutinas Mauern werden, belagert, besiegt unter ihm, um
Frieden bitten, Pharsalus wird ihn zu spüren bekommen,
Wieder wird triefen von Blut macedonisch Philippi, des Großen
825 Namen auch überwunden im Meer bei Sicilien werden,
Fallen des römischen Feldherrn ägyptisches Weib, das zu Unrecht
Frech auf des Gatten Stärke vertraut, das vergeblich gedroht wird
Haben, *mein* Capitol werde dienen ihrem Canopus.
All die Barbaren, die Stämme am West- und Ostrand des
Weltmeers,
830 Aufzuzählen, wozu? Was nur die bewohnbare Erde
Trägt, wird ihm unterstehn, das Meer auch wird ihm gehorchen.
Hat er den Frieden der Erde geschenkt, wird den Sinn auf der
Bürger
Rechte er richten, Gesetze von höchster Gerechtigkeit geben,
Lenken den Wandel selbst durch sein eigenes Beispiel; voraus auch
835 Schauend in künftige Zeit auf der späteren Enkel Geschlechter,
Wird er dem Sohn, den die heilge Gemahlin geboren, befehlen,
Mit ihm zugleich seinen Namen sowie seine Sorgen zu tragen,
Erst, wenn als Greis er die Jahre des Alten von Pylos erreicht hat,
Sitz im Äther gewinnen und folgen dem Stern seines Vaters. – –
840 Du entreiße indes dem gemordeten Leibe die Seele,
Mach' sie zum Haarstern, damit der göttliche Julius immer
Schaue vom hohen Haus auf mein Capitol und den Marktplatz!
Kaum hatte er so gesprochen, da stand Mutter Venus schon
mitten

FÜNFZEHNTES BUCH

Dort im Saal des Senats für keinen zu sehn; ihres Caesar
845 Seele entreißt sie dem Leib, sie läßt die eben verhauchte
Nicht in die Lüfte sich lösen und bringt sie den himmlischen
             Sternen,
Fühlt im Tragen, wie sie von Licht und Feuer erfaßt wird,
Gibt aus dem Busen sie frei, die höher fliegt als der Mond und,
Nach sich ziehend weit einen Schweif von feurigen Flammen,
850 Glänzt als ein Stern. Der sieht des Sohnes Taten, erklärt sie
Größer als seine und freut sich von ihm übertroffen zu werden.
 Der zwar verbeut, sein Werk über das des Vaters zu stellen,
Aber das freie Gespräch, durch keine Befehle zu hemmen,
Stellt ihn höher trotz ihm und weigert – nur hier – den Gehorsam.
855 So weicht Atreus an Ruhm seinem großen Sohn Agamemnon,
So übertrifft sein Theseus den Aegeus, den Peleus Achill und,
Endlich ein Beispiel zu brauchen, das ihrer Würde gemäß ist,
So ist kleiner Saturn als Juppiter. Juppiter lenkt des
Äthers Höhn und das Reich der dreigestalteten Welt, die
860 Erde ist unter August; und Vater und Herrscher sind beide.
 Götter ihr, des Aeneas Geleit, denen Schwerter und Flammen
Wichen, ihr Götter des Landes, du Vater der Stadt, o Quirinus,
Du, des unbesiegten Quirinus Vater, Gradivus,
Heilige Vesta, die du zählst zu Cæsars Penaten,
865 Und mit Cæsars Vesta Apollon, du Gott seines Hauses,
Juppiter, der du erhaben beherrschst die tarpëische Burg, ihr
Anderen all, die nach Fug und Recht ein Sänger soll rufen:
Zögernd nahe der Tag und später als unsere Zeiten,
Da des Augustus Haupt den Erdkreis, den es beherrscht, ver-
870 läßt, zum Himmel sich hebt und von ferne den Betenden Gunst
             schenkt.

Habe vollbracht nun ein Werk, das nicht Juppiters Zorn, das nicht
             Schwert noch
Feuer wird können zerstören und nicht das gefräßige Alter.
Setze der Tag, dem nur ein Recht auf den Leib hier gegeben,
Wann er nur mag ein Ziel meinem flüchtigen Dasein: ich werde
875 Doch mit dem besseren Teil meines Selbst mich über die Sterne
Heben auf ewig und unzerstörbar wird bleiben mein Name.

Wo des Römers Macht auf bezwungenen Landen sich breitet,
Wird mich lesen das Volk, und für alle Jahrhunderte werde –
Ist etwas Wahres am Wort der Seher – im Ruhme ich leben.

ANHANG

ERLÄUTERUNGEN

Unsere Erläuterungen geben im allgemeinen nur, was zur Orientierung über den *Aufbau des Werkes* und zum unmittelbaren *Verständnis der Dichtung* notwendig schien, soweit es nicht dem Namenregister (NR) zu entnehmen ist. In Fällen, in denen Ovid besonders bekannte Motive bearbeitet, sind darüber hinaus die *loci classici* (l. c.) angegeben.

VORSPRUCH

Der Vorspruch ist der 7. Elegie des ersten Buches der ›Tristien‹ entnommen (I 7, 35 ff.). In dieser spricht der verbannte Dichter einem ungenannten Freund von seinen ›Metamorphosen‹. Das Werk sei durch die Verbannung unterbrochen worden. Im ersten Schmerz habe er es in die Flammen geworfen wie Althæa das Holzscheit, in dem das Leben ihres Sohnes Meleager gebunden war; er wisse aber, daß noch Abschriften von ihm vorhanden seien, und nun freue er sich, in seinem Werke weiterzuleben, wenn diesem auch die letzte Feile fehle. Der Freund möge, wenn es ihm passend erscheine, die folgenden sechs Verse bei der Herausgabe dem Ersten Buche voransetzen.

2 *in eurer Stadt*: in Rom.
4 *vom Grabe ihres Herrn*: Die Verbannung ist für den Dichter wie ein Tod.

BUCH I

1–4 Prooemium
1–4 Ovid charakterisiert die ›Metamorphosen‹ als ein von der Urzeit bis in die Gegenwart reichendes, chronologisch strukturiertes Werk. (s. Einführung S. 5)

DIE URZEIT (I 5–451)

5–88 Die Schöpfung
21–31 Zu den vier Elementen Erde, Wasser, Luft und Äther (Feuer) vgl. XV 237–251 (Pythagoras).

410 ERLÄUTERUNGEN

32–51   In der Darstellung Ovids überschneidet sich die ältere Vorstellung, nach der die Erde als eine flache Scheibe rings vom Ozean umgeben und vom Himmel überwölbt ist, mit der jüngeren pythagoreisch-stoischen, nach der sie als Kugel im Luftraum schwebt.

45–51   Man mag sich die Wärmezonen auf der Erde als eine Projektion der Zonen des Himmels vorstellen.

48   die umschlossene Last: die vom Weltmeer umschlossene Erde.

55f.   Zu der Vorstellung, daß die Winde die Blitze aus den Wolken herausschlagen, s. VI 696 VIII 339 XI 436 XV 70, Donner *vor* dem Blitz II 311.

62   *Ketten*: die indischen Gebirgsketten.

70f.   *unter jener Masse*: unter dem Chaos.

89–150 Die Weltzeitalter

89   *Erstes Alter*: bedeutet hier genauer »Generation«. Zum Mythos der Weltzeitalter vgl. Hesiod, ›Werke und Tage‹ 106ff. und Vergil, ›Vom Landbau‹.

91   Erinnerung an die römischen Zwölftafelgesetze, die auf eherne Tafeln geschrieben waren.

93   Im antiken Rechtsgang war es üblich, daß der Angeklagte, das Haupt mit Staub und Asche bestreut, das Haar verwirrt, mit Weib und Kind das Mitleid der Richter zu erflehen suchte.

94   Die Föhre, aus deren Holz die Schiffe gebaut wurden, steht oft metonymisch für Schiff (z.B. XI 456); hier ist sie zunächst noch als Baum zu denken.

104f.   *Hagäpfel*: Früchte des Erdbeerbaums (*Arbutus unedo*), eines südeuropäischen Strauches mit rötlichen herben Früchten; *Waldkirschen*: Früchte des Kornelkirschbaums (*Cornus mas*).

105   *Frucht am Dornengerank*: Brombeeren.

147   *Gifte*: der Saft des Eisenhutes (*Aconitum napellus*); vgl. VII 406ff. (Steinkraut).

148   Der *Sohn* forscht (mit Hilfe des Astrologen) nach der Todesstunde des Vaters, die er nicht erwarten kann.

151–162 Die Gigantenschlacht

163–451 Die große Flut

176   Auf dem Hügel *Palatinus* war das vornehmste Quartier der Stadt Rom; auch der Palast des Augustus befand sich dort. Zur Gleichsetzung Juppiter – Augustus in Buch I s. Einführung S. 15; vgl. auch I 200ff. und 562ff.

182   Man stellte sich einzelne der Giganten vielarmig und mit Schlangenfüßen vor.

188f.   Der Unterweltfluß *Styx*, bei dem die Götter schwören; s. II 45f.

200   Zur Parallelisierung Olymp – Rom s. I 176.

218   *Der Herr von Arcadien*: Lycaon.

ERLÄUTERUNGEN   411

255 *Die Achse, die lange*: die Himmelsachse, um die sich der Himmel
mit den Gestirnen dreht.
275 *Juppiters Bruder im Meere*: Neptun-Poseidon, eigtl.: der »blaue
Bruder«; zu Blau als Farbe der Wassergottheiten vgl. II 8 III 342 XIII
742. 894f.
351 *Schwester*: Pyrrha ist eigtl. die Base Deucalions; in ähnlicher Weise nennt Aiax (XIII 31) seinen Vetter Achilles »Bruder«.
368 *Bei den heiligen Losen*: beim Orakel am Parnassus.
422ff. *Urzeugung aus dem Nilschlamm*: vgl. XV 375 (Pythagoras).

DIE MYTHISCHE ZEIT (I 452–XI 193)

452–567 Daphne
452ff. Zur Funktion der Daphne-Geschichte als »Programm-Meta-
morphose« s. Einführung S. 10–12.
454 *Der Drache*: Python.
560 *Zum Triumph*: eigtl.: »den Triumph(ruf)«.
561f. *Die Burg*: Das Kapitol. In der Vorhalle zum Palast war ein
Eichenkranz aufgehängt, die »Bürgerkrone« (*corona civica*), eine Auszeichnung für die Errettung von römischen Bürgern; rechts und links
davon standen Lorbeerbäume; vgl. zu I 176.

568–746 Io
672 Mercurius als Herr der Schlummerrute I 716 II 819 XI 307.
720 *Lichter*: »Augen«, vgl. die Waidmannsprache.
722 *Der Vogel der Juno*: der Pfau.

747–II 400 Phaethon
747 *Die Schar im Linnengewande*: die Priester der ägyptischen Göttin
Isis, mit der Io gleichgesetzt wurde.
778 *des Gestirnes*: der Sonne.

BUCH II

2 *Feuerflammende Erze*: *pyropus*, eine Mischung aus Kupfer und
Gold.
5f. *Des Eisens Meister*: Vulcanus.
8 *Bläuliche Götter*: vgl. I 275.
12 *Grünes Haar*: vgl. V 575.
18 *Zeichen (des Himmels)*: die Tierkreiszeichen.
28. 30 Der Sommer (*aestas*) und der Winter (*hiems*) sind im Lateinischen weiblich.

412   ERLÄUTERUNGEN

45 f.   *Der dunkle Strom*: der Styx; vgl. zu I 188 f.

72   Daß die Sonne im Laufe eines Jahres die Tierkreiszeichen durch-
läuft und sie dabei überholt, wird hier als ein Entgegenfahren geschildert.

78 ff.   *Wilder Tiere Gestalten*: die Sternbilder des Tierkreises; der
Thessalier ist der an den Himmel versetzte Centaur Chiron, der als
Schütze mit Pfeil und Bogen dargestellt wird.

131   Zu den fünf Zonen vgl. I 45 ff.

138   *Zur gewundenen Schlange*: zum Sternbild der Schlange, die von
dem nördlich des Skorpions im Tierkreis stehenden »Schlangenhalter«
(gr. *ophiuchos*) gehalten wird.

139   *Der tiefe Altar*: ein Sternbild des südlichen Sternenhimmels.

143   *Die Säulen*: das Zeichen, daß (wie sonst die Sonne) die Nacht ihr
Ziel wie die Säulen in einer Rennbahn erreicht hat; vielleicht auch die
Säulen des Hercules, die man sich in der Nähe der Straße von Gibraltar
dachte.

171 f.   *Die Ochsen des Nordens*: das Sternbild der »Sieben Dreschoch-
sen«, nach denen die Himmelsrichtung Norden benannt ist, unser Großer Wagen; als Zirkumpolargestirn sinken sie für den Betrachter in
unseren Breiten nie unter den Horizont; vgl. II 527 ff.

195   Das jetzt als »Waage« betrachtete Sternbild bildete nach ur-
sprünglicher Auffassung die Scheren des Skorpions.

208   *Mond*: Die Mondgöttin lenkt ihren Wagen tiefer und näher der
Erde als ihr Bruder, der Sonnengott, den Sonnenwagen.

255   *sein Haupt*: die Nilquelle war unbekannt.

261   *König der Tiefe*: Pluto; seine Gattin: Proserpina.

264   *Die zerstreuten Inseln*: die im Ägäischen Meer zerstreuten Cycla-
den und Sporaden.

272   *Mutter Erde*: eigtl. »Aber die nährende Erde«.

291   *Bruder*: Neptun als Bruder Juppiters.

291 f.   *das Los*: Die Herrschaft über Himmel/Erde, Wasser und Unterwelt wurde zwischen Juppiter, Neptunus und Pluto durch das Los
verteilt; vgl. V 368.

299   *Chaos*: vgl. I 7.

325   *von Blitzes dreifacher Flamme*: Der Blitz in der Hand des Zeus
wird oft als dreifache Flamme dargestellt; vgl. II 848.

340   *Des Sonnengotts Töchter*: die Heliaden.

364 f.   *Bernstein*: Phaëthons Schwestern wurden in die (wenig harzrei-
chen) Schwarzpappeln verwandelt; die Verbindung zum Bernstein ist
nicht zu klären.

365 f.   *Der klare Strom*: Eridanus – Padus.

392   *Die Feuerfüßgen*: Die Sonnenpferde.

401–530 Callisto und Arcas

410   *Jungfrau*: Callisto, die Tochter Lycaons.

ERLÄUTERUNGEN   413

454 *Strahlen des Bruders*: Diana ist die Schwester des Sonnengottes
Phoebus Apollo.
524 *Schwester des Königs in Argos*: Io als Schwester des Phoroneus.
527ff. Der Große Bär, das Gestirn des Nordens, gehört zu den Zir-
kumpolarsternen; vgl. II 171 f.

531–632 Coronis
533 *Pfauen*: vgl. I 722 f.
538 Gänse sollen durch ihr Geschrei das Kapitol vor einem Überfall
durch die Gallier bewahrt haben. Zur Gans als Wächterin vgl. VIII 684
XI 599; zum Blick auf Rom vgl. I 200ff.
561 *Schlange*: Minerva-Athene hatte dem Erichthonius eine Schlange
(nach anderer Überlieferung: ein Schlangenpaar) als Wächter in den
Korb beigegeben. Doch läßt sich auch denken, daß Erichthonius als
Erdgeborener selbst schlangenfüßig war.
564 *Vogel der Nacht*: die Eule, der heilige Vogel der Athene.
574 *Der Gott der See*: Neptunus.
588 In Corone in Messenien trug ein Erzbild der Athene eine Krähe
auf der Hand.
593 *Vogel*: die Nachteule.
629 *Sohn*: Aesculapius; vgl. XV 622–744.

633–675 Ocyrhoë
633 *Halbmensch*: Chiron als Centaur.
638f. *des Vaters Künste*: Chiron war heil-, stern- und musikkundig.
645ff. Aesculapius wurde, nachdem er Hippolytus wieder belebt hatte, von Juppiter auf die Beschwerde Plutos hin mit dem Blitz erschlagen,
auf die Klage Apollos darauf in den Himmel erhoben; vgl. XV 534.
649 Chiron wurde zufällig durch einen der giftigen Pfeile des Hercules am Fuß verwundet. Nach einer Sage, der unter anderen auch Aischy-
los im ›Befreiten Prometheus‹ folgt, erklärt er sich bereit zu sterben und
befreit dadurch Prometheus, dem Zeus versprochen hatte, seine Strafe
zu enden, wenn er einen Unsterblichen stelle, der für ihn sterben wolle.
Um diese Bedingung zu erfüllen und von den eigenen Qualen durch die
unheilbare Wunde erlöst zu werden, verzichtet Chiron auf seine Unsterblichkeit.
654 *der Göttinnen Drei*: die drei Parzen, die den Lebensfaden spinnen
und abschneiden.
655 Ocyrhoë hat noch nicht verkündet, daß Chiron als Sternbild
Schütze an den Himmel versetzt werden wird.
675 Der Name Ocyrhoë (»die Schnellfließende«) paßt mehr auf die
Mutter der Verwandelten als auf diese selbst; bei Euripides, den Ovid
wohl als Quelle benutzt hat, heißt eine in eine Stute verwandelte Weis-
sagungskundige »Hippe« (gr. Stute), was eher zu unserer Stelle passen
würde.

ERLÄUTERUNGEN

GESCHICHTEN VON MERCURIUS (II 676–845)

676–707 Battus
680 Apollo mußte die Herden des Admetus hüten, da er aus Rache für den Tod seines Sohnes Aesculapius alle Cyclopen bis auf einen durch den Blitz getötet hatte. – An dieser Stelle könnte man auch daran denken, daß Apollo aus Schmerz über den Tod der Coronis die Einsamkeit gesucht habe.
706 *Zeiger*: wohl ein wegweisender Meilenstein.

708–832 Aglaurus
711 ff. Es ist der Tag des Panathenäenfestes.
727 ff. Zu der Fabel, daß das Bleigeschoß der Schleuder sich in der Luft erhitze, vgl. XIV 825 f.
749 vgl. II 552 ff.
752 *Göttin*: Minerva.
754 *Aegis*: vgl. IV 803; zum Folgenden II 553–561.

833–875 Europa
834 *das Land, das nach Pallas benannt ist*: Athen, Attika.
839 Die Pleïaden, zu denen Maia, die Mutter des Mercurius, gehört, gehen über Phönizien ungefähr 10° südlich vom Zenit durch den Meridian; Juppiter ist mit dem Gesicht nach Süden gewandt zu denken, so daß Phönizien links liegt.
844 f. *der große König*: Agenor.
848 f. *mit Blitzstrahls dreifacher Flamme*: vgl. zu II 325.
872 ff. Dieses Bild entspricht auffallend einer Darstellung auf einer unteritalischen Vase.

BUCH III

CADMUS UND SEIN GESCHLECHT (III 1–IV 603)

1–130 Cadmus, der Gründer Thebens
8 *das Orakel des Phoebus*: Delphi.
13 *nach dem Rinde sollst du sie nennen*: Böotien; gr. *Boiotia* bedeutet »Rinderland«.
14 *die heilige Grotte*: die castalische Grotte, in der die Orakel gegeben wurden.
32 Nach einer Überlieferung war der Drache der Sohn des Mars-Ares und einer Erinys. Die Drachen der Antike sind keine Lindwürmer, sondern Schlangen, d. h. ohne Beine; wohl aber kommen geflügelte Schlangen vor, wie die am Wagen der Medea und der Ceres.

ERLÄUTERUNGEN 415

32 *mit goldenem Kamme gezeichnet:* Es wäre auch die Übersetzung möglich »ausgezeichnet durch einen Kamm und Gold«, d.h. goldschimmernde Schuppen; dann müßte man sich die Schlange von dunkler, schwarzblauer Grundfarbe mit goldschimmernden Schuppen, etwa auf dem Rücken, vorstellen.

45 *trennt der beiden Bären Gestirne:* das Sternbild der Schlange; vgl. II 138. 173.

104 Drachenzähne als Menschensaat; vgl. VII 122 ff.

111 Der Vorhang des antiken Theaters wurde nach Schluß des Spieles (aus einer Versenkung) hochgezogen.

125 *die blutige Mutter:* die Erde.

129 *der phœnicische Gast:* Cadmus (aus Sidon).

131–252 Actaeon
133 Mars und Venus als Schwäher und Schwieger (Schwiegereltern): Cadmus gewinnt Harmonia, die Tochter von Mars und Venus.

145 Der Tageslauf der Sonne wird mit einer Rennbahn verglichen, deren Enden durch Säulen bezeichnet sind; vgl. zu II 143.

146 *der bœotische Jüngling:* Actæon, der Enkel des Cadmus.

194 *des langelebenden Hirsches:* Es wurde geglaubt, der Hirsch lebe 36 Menschenalter; vgl. VII 273.

197 *mit dem fleckentragenden Vliese:* Es ist also wohl an einen Damhirsch zu denken.

253–315 Semele
258 *die tyrische Kebse:* Europa (aus Tyros).

269 *was mir kaum gelang:* Es sind tatsächlich nur wenig Kinder der Juno (Hera) überliefert: Mars, Vulcanus und Iuventa (Hebe).

316–338 Tiresias
336 Derselbe Gedanke findet sich XIV 784.

339–510 Narcissus und Echo
342 Zu Blau als Farbe der Wassergottheiten vgl. I 275.

386 *hier uns vereinen:* der Text des Originals ist von schärferer Zweideutigkeit.

509 *eine Blume:* die weiße Narzisse.

BACCHUS STRAFT SEINE VERÄCHTER
(III 511–IV 415)

511–731 Pentheus
511 *des Sehers:* des Tiresias.

531 f. *schlangengeborene Söhne des Mars:* die Thebaner, weil sie (zum Teil) aus den Zähnen des Drachen hervorgegangen sind, der als ein Sohn des Mars galt; s. zu III 32.

416 ERLÄUTERUNGEN

532f. *geschlagen Erz auf Erz*: die beim Bacchuskult verwendeten Bekken.

533 *aufwärtsgebogene Flöten*: die phrygischen Schalmeien, die einen gebogenen Ansatz mit weiter Mündung zur Verstärkung des Schalles hatten.

539 *Theben als ein neues Tyrus*: vgl. III 129–131.

544 *jenes Drachen*: der Schlange, die Cadmus erlegte; vgl. III 32.

558 *Vater*: Juppiter.

559 Zu Acrisius vgl. IV 608ff.

564 *Ahn*: Cadmus. Warum Cadmus nicht mehr selbst die Herrschaft führt, wird nicht erklärt.

577–691 Bacchus und die lydischen Schiffer

594 *der regenbringenden Ziege*: Sternbild der Capella.

595 *die Bärin des Nordens*: der Große Bär; vgl. II 527ff.

639 Die Schiffe waren mit Farben angestrichen und trugen am Vorderteile ein Zeichen, nach dem das Schiff benannt wurde; auch weitere Bemalung kam vor, vgl. VI 511. Zu Blau als Farbe der Schiffe vgl. XIV 555.

663 *holen die Segel herab*: das antike Segel wurde, wenn es benutzt werden sollte, von der Querstange, an die es gerollt war, herabgeholt; »die Segel herabholen« entspricht also etwa unserem Begriff »die Segel hissen«, obwohl die entgegengesetzte Bewegung genannt wird; vgl. VI 232f. XI 475.

675 *beschuppt sich*: Die Delphine haben keine Schuppen; trotzdem ist kaum zu zweifeln, daß Ovid an Delphine denkt, wenn er auch den Namen nicht nennt; vgl. das berühmte Vasenbild des Exekias, auf dem Delphine das Schiff des Bacchus umspielen.

DIE ERZÄHLUNGEN DER MINYASTÖCHTER
(III 732–IV 415)

732f. Die beiden letzten Verse des III. Buches sind weniger als Abschluß der Pentheusgeschichte denn als Einleitung zu der von den Minyastöchtern anzusehen.

BUCH IV

11–30 Ovid baut hier einen kunstgerechten Götterhymnus in sein »Epos« ein; zur Gattungsfrage s. Einführung S. 9ff.

11f. *Sproß des Feuers*: Semele verbrannte bei der Empfängnis des Bacchus (III 298ff.).

12f. Wiedergezeugt und Einzig-geboren-von-zweien-Müttern: Bacchus hat Juppiter, in dessen Lende er ausgetragen wurde, gewissermaßen als zweite Mutter; vgl. III 308ff.

ERLÄUTERUNGEN

19 *Hörner*: als Zeichen der Kraft sonst bei den Flußgöttern. Bei Bacchus nicht ursprünglich, wohl erst, nachdem man ihn mit dem phrygischen Gotte Sabazius gleichsetzte, der ähnlich wie Bacchus verehrt und mit Stierhörnern dargestellt wurde.

26 *Greis*: Silenus; vgl. Ovid, ›Liebeskunst‹ I 527–564.

47 *Tochter*: Semiramis.

48 *in den weißen Türmen*: in Taubenschlägen.

50 *Nymphe*: Diese Nymphe bewohnte die Insel des Sonnengottes Nosala zwischen Taprobana und Carmana, einem Küstenland am persischen Meerbusen; sie verwandelte die Jünglinge, die sich mit ihr einließen, durch Zaubergifte in Fische, bis sie selbst von dem Sonnengott in einen Fisch verwandelt wurde.

55–166 Pyramus und Thisbe
165 *schwarz ist die Farbe der Frucht*: der reifen Maulbeere.

167–270 Leucothoe und Clytie
171 *I.c.*: Homer, ›Odyssee‹ VIII 266 ff.; vgl. auch Ovid, ›Liebeskunst‹, II 561 ff.

173 *dem Ehmann*: Vulcanus.

187 *einer von den Göttern*: Mercurius.

199 *dehnst die kurzen Stunden des Herbstes*: Die Römer zählten von Sonnenaufgang bis -untergang immer 12 Stunden, so daß die Sommerstunden länger waren als die Herbst- und Winterstunden.

245 f. *der Lenker der Flügelrosse*: der Sonnengott; vgl. II 329 ff.

251 zum Äther dringen als Weihrauch beim Opfer.

268 Es läßt sich nicht eindeutig bestimmen, welche Pflanze Ovid meint; gr. *Heliotropium*, lat. *Solago*?

271–388 Salmacis und Hermaphroditus
275 *am stehenden Stuhl*: Der Webstuhl der Heroenzeit stand senkrecht; s. zu VI 53 ff.

291 *die Namen von Beiden*: Mercurius (Hermes), Venus (Aphrodite).

333 Bei Mondfinsternissen nahm man an, das Gestirn werde durch Zauber – meist von thessalischen Hexen – herabgezogen, und suchte, ihm durch Lärmen mit ehernen Instrumenten zu helfen; vgl. VII 207 XII 263 XIV 367.

DAS ENDE DER MINYASTÖCHTER (IV 389–415)

404 *reißende Tiere*: Panther, Tiger, Luchse, die sich immer im Gefolge des Bacchus finden; vgl. III 668.

415 In *vespertilio*, dem lat. Wort für Fledermaus, ist *vesper* »Abend« enthalten.

418   ERLÄUTERUNGEN

416–562 Athamas und Ino
417   *die Muhme (Tante) des Bacchus:* Ino, die Schwester Semeles; vgl.
III 313.
422f.   *des Kebsweibs Sohn:* Bacchus als Sohn der Semele.
424   *lassen des Sohnes Geweid ...:* Pentheus-Agaue; vgl. III 725ff.
438ff.   *der schwarze König, der Tiefe Herr:* Pluto, Dis.
445   *als Nachbild früheren Lebens:* So jagt bei Homer (›Odyssee‹ XI
572ff.) der Schatten Orions und schaut bei Ovid (III 505) Narcissus im
Styx nach seinem Spiegelbild.
451f.   *den Schwestern, den Töchtern der Nacht:* den Furien.
456   *Stätte der Frevler:* vgl. X 41ff.
480   *mit reinendem Wasser:* Juno hat sich durch die Berührung mit der
Totenwelt befleckt und muß deshalb gereinigt werden, bevor sie die
Götterwohnung wieder betreten darf; vgl. XI 584.
535   *Westmeer:* Das Ionische Meer (westlich von Griechenland).
538   *meinen griechischen Namen:* Der Name Aphrodite wurde auf das
gr. Wort *aphros* (»Schaum«) zurückgeführt; sie trug auch die Beinamen
Aphrogeneia (»die Schaumgeborene«) und *Anadyomene* (»die [aus dem
Meere] Auftauchende«).

563–603 Cadmus und Harmonia
563   *Tochter:* Ino; *Enkel:* Melicertes.
564   *von der Reihe der Schläge:* Actæon, Pentheus, Athamas, Ino.

                    PERSEUS (IV 604–V 249)

605   *ihr Enkel:* Bacchus als Sohn der Semele.
614   *zum Himmel erhoben:* Nach seinem Siegeszug auf Erden führte
Bacchus seine Mutter Semele als Thyone aus der Unterwelt und stieg
mit ihr zum Himmel empor.

621–662 Perseus und Atlas
644f.   Hercules wird die von den Hesperiden bewachten goldenen Äpfel holen.

663–739 Perseus und Andromeda
666   *die Sichel:* Perseus führt das Sichelschwert des Mercurius.
670ff.   Cassiope, die Mutter Andromedas, hatte sich gerühmt, schöner
zu sein als die Töchter des Nereus; darauf hatte Neptunus ein Seeungeheuer über das Land geschickt und ein Orakel des Juppiter-Ammon den
Spruch gegeben, das Land werde nur dann von der Plage befreit werden, wenn Andromeda diesem geopfert werde. Die Äthiopier hatten
Cepheus gezwungen, sie an einen Felsen zu fesseln.
694   *Schlagen-der-Brust:* Zeichen des Schmerzes.

740–752 Die Koralle

ERLÄUTERUNGEN   419

753–803 Medusa
774f.   *zwei Schwestern*: die Graien; s. NR (Phorcys).
786   *Bruder (des Pegasus)*: Chrysaor.
798   *der Herrscher der See*: Neptunus (und Medusa)
803   *trägt sie vorn an der Brust*: die Aegis, ein Abbild des Gorgonen-
hauptes.

BUCH V

1–235 Perseus und Phineus
17   *der Nymphen Groll*: s. zu IV 670.
46ff.   Hier legt Ovid eine an epischen Mustern orientierte Schlachtbe-
schreibung ein; vgl. ›Ilias‹ XI 218ff.
46   *Bruder*: Perseus als Sohn Juppiters.
110   *mit weißer Binde*: Abzeichen des Priesters.
152f.   *der fromme Schwäher (Schwager)*: Cepheus; *die junge Frau*:
Andromeda; *die Mutter*: Cassiope.

236–249 Proetus und Polydectes
237   *Rächer des Ahnen*: Acrisius, der Ahn des Perseus, hatte Danaë mit
ihrem Sohne in einem Kasten ins Meer ausgesetzt und Perseus nicht als
Juppiters Sohn anerkannt.
245   *kein End des Unrechts*: Der Kasten war nach Seriphus getrieben
worden; Polydectes sendet Perseus nach dem Gorgonenhaupt aus, um
Danaë ungehindert gewinnen zu können.

PALLAS ALS GAST DER MUSEN AUF DEM HELICON
(V 250–678)

250–268 Hippocrene
250   *ihrem goldentstammten Bruder*: vgl. zu V 46.
254   *der Jungfrauen Helicon*: der Berg Helicon als Sitz der Musen; vgl.
Hesiods Dichterweihe (›Werke und Tage‹ 1ff.).
256f.   Die Quelle heißt daher gr. *Hippokrene* (»Pferdequelle«).

269–293 Pyreneus

DER WETTSTREIT DER PIEROSTÖCHTER MIT DEN
MUSEN (V 294–678)

295   *grüßende Stimmen*: Man hörte aus dem Gekrächze der Elstern
den griechischen Gruß *chaire* heraus.

318–331 Typhoeus (Streitlied der Pieriden)
318   eine der Pierustöchter.

420 ERLÄUTERUNGEN

319 *der Erhabenen Krieg*: die Gigantenschlacht; vgl. I 151 ff., 182 ff.

327 ff. *Führer der Herden*: der Widder (vgl. den widderköpfigen libyschen Himmels- und Sonnengott Ammon); der Rabe als Vogel des Phœbus (vgl. II 535 ff.); der Bock als (Opfer)tier des Bacchus (vgl. XV 114).

329 f. *als Katze*: Artemis-Diana wird hier mit der katzengestaltigen ägyptischen Göttin Bubastis in Beziehung gebracht; fischgestaltig zeigen sich semitische Göttinnen, z. B. Astarte, Dercetis (vgl. IV 45); der Ibis ist der Vogel des ägyptischen Thot, den die Griechen mit Hermes gleichsetzten; Phœbus bei Nicander als Habicht (vgl. den ägyptischen Horus und VI 123).

332–661 Ceres (Lied der Calliope)

341 ff. vgl. Schiller ›Das Eleusische Fest‹.

356 *der König der Schweigenden (der Schatten)*: Pluto.

359–571 Pluto und Proserpina

368 *Dreireich*: Himmel und Erde (Juppiter); Meer (Neptunus); Unterwelt (Pluto); vgl. zu II 291 f.

376 ff. *die Tochter der Ceres*: die Göttin Proserpina; Pluto ihr Ohm (Onkel), da Ceres seine Schwester ist.

407 *Stadt der zwei Meere*: Corinthus, weil es zwischen dem Ägäischen und dem Ionischen Meere liegt.

408 ff. Die Stadt mit dem großen und kleinen Hafen ist Syracus; mit der Meerbucht ist der große Hafen von Syracus gemeint.

442 *Fichten*: Fichte kann den Baum oder metonymisch die Fackel aus Fichtenholz bedeuten; s. auch zu I 94.

450 *Speltmehl*: lat. *polenta* wurde im Italienischen auf ein Gericht aus Mais übertragen.

460 f. Der Knabe wird zur Sterneidechse, lat. *stellio* (gr. *steles*), ein Name der von *stella* (Stern) oder *stilla* (Tropfen) abgeleitet wird.

486 *Trespe*: Lolch, Schwindelhafer (*Lolium temulentum L.*), eine giftige Grasart; Dornwurz: Burzeldorn (*Tribulus terrestris*), ein stacheliges Unkraut.

498/9 vgl. V 572 ff.

550 Zum Uhu als Unheilskünder vgl. VI 432 ff. VII 269 X 453.

564 ff. *Bruder*: Pluto; *Schwester*: Ceres; *Göttin*: Proserpina.

572–641 Arethusa

575 *grünes Haar (an Nymphen)*: vgl. II 12.

642–661 Triptolemus und Lyncus

662–678 Das Ende der Pieriden

662 *die Größte von uns*: Calliope, die älteste der Musen.

664 *die Besiegten*: die Töchter des Pieros.

ERLÄUTERUNGEN   421

Buch VI

BESTRAFTE ÜBERHEBLICHKEIT STERBLICHER
(VI 1–411)

1–145 Arachne

19 ff. Die zusammengeballte rohe Wolle wird wohl zunächst mit den Fingern einigermaßen glattgestrichen und dadurch für das nachfolgende Kämmen zurechtgemacht.

23 *von Pallas belehrt*: Die Stelle (wörtlich übersetzt: »man hätte wissen können, daß sie von Pallas belehrt war«) muß wohl so verstanden werden, daß jede Webkünstlerin als eine Schülerin der Göttin der Webkunst, der Pallas, anzusehen ist; denn von einer wirklichen Unterrichtung Arachnes durch Minerva ist nirgends die Rede.

53 ff. Der Rahmen des werdenden Gewebes wird durch zwei senkrechtstehende Pfähle und ein Querholz, den Webebaum, das die beiden oben verbindet, gebildet. Von diesem Querholz hängen, mit Gewichten beschwert, die Fäden der Kette herab. Diese werden von einem Rohrschaft, der parallel zu dem Querholz weiter unten angebracht ist, in gerade und ungerade geteilt. Der Einschlag wird, das Schiffchen voran, quer durch die Fäden der Kette geschickt: Der Faden für den Einschlag wird mit den Fingern von dem Wollknäuel freigemacht, der durch die Kettfäden geschossene Faden des Einschlags wird mit einem beweglichen gezähnten Querholz, dem Kamm, an das schon Gewobene festgepreßt. Wie das Wechseln der Fächer vor sich geht, ist aus der Darstellung Ovids nicht ersichtlich.

70 *Hügel des Mars*: der Areopag in Athen.

71 ff. *den alten Streit*: Auseinandersetzung zwischen Minerva (Athene) und Neptunus (Poseidon) um die Frage, wer als der größere Wohltäter der Stadt seinen Namen geben durfte. Das Folgende ist eine Wiedergabe der Darstellung im Giebel des Parthenontempels auf der Akropolis von Athen: Die Victoria (Nike) übergibt auf dieser der siegreichen Göttin Athene einen Lorbeerkranz.

77 statt »Quell« in anderen Texten: »das Roß«.

79 *Aegis*: s. zu IV 803.

90 f. *die pygmæische Mutter*: s. NR.

118 *die Mutter der Früchte*: Ceres.

119 f. *des fliegenden Rosses Mutter*: Medusa; vgl. IV 786. 798 V 259.

146–312 Niobe

178 f. Durch Amphions Musik hatten sich die Steine von Thebens Stadtmauer von selbst zusammengefügt.

186 ff. Zu Latona s. VI 146–381.

232 f. *die Leinwand herabgeholt*: s. zu III 663.

311 f. Den Niobe-Felsen zeigte man im Sipylos-Gebirge in Lydien.

422　　　　　ERLÄUTERUNGEN

313–381 Die lykischen Bauern
315　*der Zwillinge Mutter*: Latona als Mutter von Apollo und Diana.
376　Die Lautmalerei des lateinischen Textes (*sub aquá, sub aquá*) läßt
sich in der Übersetzung nicht wiedergeben.

382–400 Marsyas
383　*des Satyrn*: Marsyas.
384　Pallas hatte die Flöte erfunden, sie aber weggeworfen, als sie bemerkte, daß das Blasen auf ihr das Gesicht entstellte. Marsyas findet die
Flöte und fordert Apollo zum Wettstreit auf.
399　*zu dem raffenden Meere*: Der Marsyasfluß fließt nicht ins Meer,
sondern mündet in den Mæander.

401–411 Pelops

GESCHICHTEN VON DEM ATHENISCHEN
KÖNIGSGESCHLECHT (VI 412–721)

412–674 Progne und Philomela
414　*die Stadt des Pelopsgeschlechtes*: In Mycenae herrschten (später)
die Söhne und Nachkommen des Pelops.
415　*Calydon, der Diana verhaßt*: vgl. VIII 272.
511　*buntes Schiff*: s. zu III 639.
568f.　ein leeres Grabmal (gr. *kenotaphion*), wie es für Verschollene
oder Verstorbene errichtet wurde, deren Leichnam nicht aufgefunden
werden konnte; vgl. XI 429. 705ff. XII 2f.
571　*der Gott*: die Sonne.
662　*die schlangenhaarigen Schwestern*: die Furien.
669　*die Male des Mordes*: Die Rauchschwalbe hat eine rotbraune Kehle. Es gibt auch eine Überlieferung, nach der Progne zur Nachtigall und
Philomela zur Schwalbe wird, und eine, nach der Philomela die Mutter
des Itys ist und klagend seinen Namen ruft.

675–721 Orithyia
696　vgl. I 55f.
698　*Winde unter der Erde als Erreger von Erdbeben*: vgl. XV 299ff.
346ff. (Pythagoras).
720f.　*das (goldene) Vlies*: s. NR (Phrixus).
721　*auf dem ersten der Kiele*: der Argo.

ERLÄUTERUNGEN   423

Buch VII

MEDEA (VII 1–424)

›Medea‹ war auch der Titel der einzigen Tragödie, die Ovid verfaßt hat; sie ist nicht erhalten.

1–158 Medea und Iason in Colchis
1   *die Helden*: die Argonauten.
4   *die geflügelten Jungfrauen*: die Harpyien.
7   *zum König*: Aeetes.
8   *die schrecklichen Mühen*: s. VII 29 ff.
49   *heilige Fackel*: die des Hochzeitsgottes Hymenæus.
54   *die Wünsche der Schwester*: In einer der von Ovid vermutlich benutzten Quellen wird Medea von ihrer Schwester Chalciope beschworen, die Argonauten zu retten.
54 f.   *den größten Gott*: Cupido-Amor.
62 f.   *zusammenprallende Berge*: die Symplegaden.
94   *die dreigestaltete Göttin*: Hecate.
96 f.   *der künftge Schwäher (Schwager)*: Aeetes; *dessen Vater*: der Sonnengott.

159–296 Aeson
207   *den Mond herniederziehen*: vgl. IV 333 XII 263 XIV 367.
208   *der Ahn (Medeas)*: der Sonnengott.
210 ff.   vgl. VII 100 ff.
214   *getäuscht den Verfolger*: Nach der Überlieferung hält Medea den verfolgenden Aeetes auf, indem sie ihn die von ihr zerstückelten Glieder ihres kleinen Bruders auflesen läßt; hierauf mag diese Stelle anspielen.
236   Zur Häutung der Schlange als Verjüngung vgl. IX 266.
244 f.   *die wollige, schwarze Kehle*: eines schwarzen Schafes, wie es den Göttern der Unterwelt als Opfertier zukommt.
249   *den Herrn der Schatten, mit ihm die geraubte Gemahlin*: Pluto und Proserpina.
271   Der Glaube an Werwölfe ist uralt und weit verbreitet.
273   Zur Langlebigkeit des Hirsches vgl. III 194.

297–349 Pelias

350–424 Medeas Flucht
358   vgl. XI 56 ff.?
360   Thyoneus, der Sohn des Bacchus, soll phrygischen Hirten einen Stier gestohlen haben und von diesen gesucht worden sein; Bacchus habe, damit der Diebstahl verborgen bleibe, seinen Sohn in einen Jäger und den Stier in einen Hirsch verwandelt.

424 ERLÄUTERUNGEN

363 Eurypylus, der König von Cos, widersetzte sich der Landung des von Troia heimkehrenden Hercules, weil er ihn und seine Gefährten für Seeräuber hielt, und wurde von Hercules erschlagen; über die Verwandlung der Frauen und ihren Zusammenhang mit dem Abzug des Hercules ist nichts Bestimmtes zu ermitteln.

394 Nach dem Tode des Pelias flieht Iason mit Medea nach Korinth; dort vermählt er sich mit Glauce (oder Crëusa), der Tochter des dortigen Königs Creon. Medea stellt sich versöhnt und schickt der neuvermählten Nebenbuhlerin einen Kranz und ein Gewand, die mit tödlichem Gifte getränkt sind. Die junge Frau und der ganze Palast Creons gehen in Flammen auf. Da Korinth auf einer Landenge liegt, sehen zwei Meere den Brand. Außerdem tötet Medea die beiden Söhne, die sie Iason geboren hat.

401 Wenn Polypemon wirklich als Bruder Scirons anzusehen ist, muß anstelle von Enkelin »Nichte« eingesetzt werden: »Polypemons Nichte geschwebt ist«.

404ff. *fremd seinem Vater*: Theseus war in Trœzen aufgewachsen. Aegeus hatte ihn mit Aethra, der Tochter des Königs Pittheus, gezeugt und dieser bei seinem Weggang aufgetragen, wenn sie einen Sohn gebäre, solle sie diesen zu ihm senden, sobald er die Kraft habe, den Felsen zu heben, unter dem er für ihn ein paar Schuhe und ein Schwert verborgen habe. Das Schwert ist dann das Zeichen, an dem Aegeus seinen Sohn erkennt. Auf dem Wege nach Athen besteht Theseus viele Abenteuer und befreit das Land, besonders den Isthmus, von Gewalttätern; vgl. VII 433–450.

406 *Aconiton*: Steinkraut; vgl. I 147.

THESEUS (VII 404–IX 97)

404–452 Theseus und Aegeus
429 Die Hörner der Opfertiere wurden mit Binden umwunden.
433–450 vgl. zu VII 404ff.

MINOS (VII 453–IX 446)

458 *des Sohnes*: Androgeus.
480f. Die Insel Kreta hat schon in der ›Ilias‹ hundert Städte (›Ilias‹ II 649).
498 Der Ölbaum ist der Baum der Pallas Athene und damit der Athens, ein Ölzweig das Zeichen des Friedens; vgl. VI 70–82.

517–660 Die Pest auf Aegina
524 *Nebenbuhlerin*: Aegina, mit der Juppiter den Aeacus gezeugt hatte; vgl. VII 474.

ERLÄUTERUNGEN   425

600   Aus den Eingeweiden wurde die Zukunft gedeutet; aus denen der
erkrankten Tiere war das aber nicht mehr möglich.
609   *ohne die Gaben*: ohne die Beigaben, die man den Toten auf den
Scheiterhaufen oder ins Grab mitzugeben pflegte.
611   *der Tränen Spende entbehrend*: vgl. XI 670.
654   *Ameisenmänner*: die Myrmidonen; gr. *myrmex* »Ameise«.

671–862 Cephalus und Procris
685   *der Sohn der Meeresnymphe*: Phocus als Sohn der Psamathe.
687 und 747 ff.   Procris ist nach Kreta geflohen, wo sie von Minos oder
Diana den Wunderspeer und den Hund erhält. Dort trifft Cephalus sie
wieder, erkennt sie aber nicht, da sie als Jäger gekleidet ist. Er bittet den
Jäger (Procris) um den Speer; der willigt ein und verspricht den Hund
dazu unter der Bedingung, daß er ihm beiliege. Als Cephalus sich dazu
bereit gefunden hat, gibt Procris sich zu erkennen.

757–793 Laelaps
759 ff.   *das Rätsel*: Die bei Theben lauernde Sphinx tötete jeden, der
ihre Frage, wer zuerst auf vier, dann auf zwei und schließlich auf drei
Beinen gehe, nicht beantworten konnte.
762   Wenn der angezweifelte Vers 762 wegfällt, gilt im Folgenden
»doch«; andernfalls »und«.
764   *ein Untier*: ein Fuchs, nach dem Gebirge Teumessos bei Theben
»der teumessische« genannt.
788   *die Schlaufe*: Mit einem am Speer angebrachten Wurfriemen wurde dem fliegenden Geschoß eine Drehung um seine Längsachse verliehen; vgl. XII 321.

794–862 Der Tod der Procris
804 ff.   Diesen Mythos hat Ovid auch in der ›Liebeskunst‹ (III 685 ff.)
bearbeitet.
853   *bei den meinen*: bei den Göttern der Unterwelt, denen Procris
schon verfallen ist.

BUCH VIII

1–151 Scylla, die Tochter des Nisus
81 f.   *die Nacht, der Sorgen Nährerin*: Die Nacht gilt sonst als Befreie-
rin von den Sorgen.

152–182 Das Labyrinth; die Krone der Ariadne
155 f.   *Unhold*: der Minotaurus; *seine Mutter*: Pasiphaë.
171   Das besiegte Athen mußte Minos alle neun Jahre sieben Jünglinge
und Jungfrauen zum Fraß für den Minotaurus schicken; sie wurden
durch das Los bestimmt. Nach anderer Überlieferung geht Theseus
freiwillig; er tötet den Minotaurus.

426 ERLÄUTERUNGEN

172 *Jungfrau*: Ariadne.
175–177 Diesen Mythos hat Ovid in seiner ›Liebeskunst‹ (I 525 ff.) ausführlich dargestellt.
180 ff. Das Sternbild der Krone befindet sich zwischen dem Knieenden (VIII 182) und dem Bootes. Ovid verwechselt hier den Schlangenträger (Ophiuchos) mit dem Bootes.

DAEDALUS (VIII 159–261)

183–235 Daedalus und Icarus
230. 235 *die seinen Namen erhalten*: das Ikarische Meer als der Teil des Ägäischen Meeres, der die Insel Ikarias umgibt.

236–259 Perdix
241 f. *den Sohn* (der Schwester des Daedalus): sein Name *Perdix* bedeutet »Rebhuhn«.

MELEAGRUS (VIII 270–546)

260–444 Der Calydonische Eber
262 f. *des Theseus ruhmeswürdige Tat*: die Tötung des Minotaurus; vgl. VIII 170 ff.
305 Zu *Cæneus* vgl. XII 171 ff.
316 f. *Sproß des Oïcles*: Amphiaraos; s. zu IX 406 ff.
339 *das Feuer aus sturmgerüttelter Wolke*: der Blitz; vgl. I 55 f.
365 f. *der Held von Pylos*: Nestor.
372 *die Zwillingsbrüder*: Castor und Pollux; s. NR (Tyndareus).

445–525 Althaea
451 *die Schwestern, die drei*: die Parzen.
519 *des Arcaders*: des Ancæus; s. VIII 391–402.

526–546 Trauer um Meleagrus
543 *die Schwieger(tochter) der edlen Alcmene*: Deïanira, die Gattin des Hercules.
545 Zwei der Schwestern werden zu Perlhühnern, gr. *Meleagrides*.

THESEUS ALS GAST BEI DEM FLUSSGOTT ACHELOUS (VIII 547–IX 97)

547–610 Echinaden und Perimele
547 *in geselligem Mühen*: die Jagd auf den calydonischen Eber.
596 *erlost*: s. zu II 291 f.

611–724 Philemon und Baucis
664 *die Frucht der keuschen Minerva*: die Olive.

ERLÄUTERUNGEN

665 *Herbstcornelien*: vgl. I 104f.
684 *Wächterin*: vgl. II 538f. XI 599.
700 *das Gebälk zu stützen erwachsen Säulen*: wörtlich: »An die Stelle der (gabelförmigen) Dachstützen traten Säulen.«

725–737 Proteus
731ff. *l.c.*: Homer, ›Odyssee‹ IV 382ff.; vgl. Vergil, ›Vom Landbau‹ IV 387ff.

738–878 Erysichthon und Mestra
755f. *sondern selbst auch Göttin*: Die Dryaden sind keine unsterblichen Wesen, sondern leben so lange wie der Baum, den sie beseelen.
805 *die Brust schien zu hangen*: Der Hunger (*fames*) ist im Lateinischen weiblich.
856 *das hangende Erz*: der Angelhaken, der durch den Köder verdeckt ist.
875 *als allen Stoff verzehrt*: Ovid übergeht hier, daß M(n)estra die Gemahlin der Autolycus wird und Erysichthon dadurch die Möglichkeit verliert, sie weiter zu verhandeln.

879–884 Achelous erzählt
882ff. *als Führer der Herde*: hier »als Stier«. Die Hörner trägt der Flußgott auch in seiner eigenen Gestalt.

Buch IX

HERCULES (IX 1–272)

1–88 Achelous und Hercules
2 *der Sproß des Neptunus*: Theseus.
15 *Stiefmutter (des Hercules)*: Juno veranlaßte, daß Hercules unter dem Befehl des Eurystheus die bekannten zwölf Arbeiten verrichten mußte.
34 *die Glieder zum Kampfe bereitet*: Bedeutet wohl, daß er sich aus dem kleinen Gefäß, das man bei sich zu tragen pflegte, einölt, um dem Gegner das Zufassen zu erschweren. Das Bewerfen mit Staub und Sand soll die Wirkung des Salböls aufheben.
67 Hercules hatte kurz nach seiner Geburt zwei von Juno gesendete Schlangen erwürgt, die ihn nachts in seiner Wiege überfielen.
74 *gezähmt und getötet*: Gemeint ist sicherlich, daß Hercules (bzw. sein Begleiter Iolaus) durch einen Fackelbrand es den Häuptern der Hydra unmöglich machte, wieder nachzuwachsen.
78 *die Gabel*: Man benutzte zum Fang von Schlangen eine Astgabel, mit der man das Tier hinter dem Kopf faßte und an den Boden drückte.

428   ERLÄUTERUNGEN

87   Das Füllhorn wird sonst als das Horn der Ziege Amalthea aufgefaßt, die den neugeborenen Zeus in Kreta mit ihrer Milch ernährt hat.

89–97 Abschied des Theseus

98–133 Nessus
103   *des Vaters Stadt*: Tiryns. Amphitryon, der Pflegevater des Hercules, war von dort nach Theben geflohen, um sich von einer Blutschuld
entsühnen zu lassen. Hercules zog aber nach der Gewinnung Deïaniras
auf die Weisung eines Orakelspruches nach Tiryns.
115   Anspielung auf den vorhergegangenen Kampf mit dem Flußgott
Achelous.
124   *des Vaters*: Ixions als des Vaters der Centauren.

134–272 Tod und Vergöttlichung des Hercules
166   *das tödliche Kleid*: ein vergiftetes Gewand; vgl. VII 394f.
182ff.   *Die zwölf Arbeiten des Hercules*: der hiberische Hirt: Geryo-
n(es). – des Stieres: s. NR (Marathon). – Phoebes Hain: Hier fing
Hercules Dianas Hirschkuh. – die Äpfel: von den Hesperiden bewacht;
vgl. IV 637 XI 114. – die thrakischen Rosse: die fleischfressenden Pferde
des Thrakerkönigs Diomedes. – den Himmel: Hercules trug, bis Atlas
ihm die Äpfel der Hesperiden geholt hatte, an dessen Stelle den Himmel
auf seinem Nacken.
203   Eurystheus hier als Beispiel eines feigen, lasterhaften Menschen.
232f.   *die Troia zum zweiten Male zu schauen bestimmt*: vgl. XI 215
XIII 54. 334. 401.
241   *Rächer der Erde*: Hercules, weil er die Erde von Ungeheuern
befreite.
262   *des Feuers Meister*: Vulcanus; vgl. II 5.

ALCMENE IM GESPRÄCH MIT IOLE (IX 273–399)

273–323 Galanthis
273   *Atlas fühlte die Last*: Der Himmel wird durch die Ankunft des
neuen Gottes schwerer.
294   *die beiden knienden Helfer*: oft paarweise kniend dargestellte
Genien der Geburtshilfe.
320ff.   Galanthis wird in ein Wiesel (gr. *gale*) verwandelt. Daß dieses
mit dem Maul gebäre, ist eine im Altertum verbreitete Ansicht, vielleicht von Beobachtern aufgebracht, die das Tier seine Jungen im Maul
an einen anderen Platz tragen sahen.

324–393 Dryope
332   *der Gott, der Delphi und Delos beherrscht*: Apollo.
341   *Lotos*: wohl eher der im Orient, in Nordafrika und Italien wachsende Baum (*Celtis australis* oder *Diospyros Lotus*) als der in der ›Odys-

ERLÄUTERUNGEN   429

see‹ vorkommende Baum der Lotophagen (*Rhamnus Lotus* oder *Ziziphus Lotus*).

394–453 *Verjüngungen*

403 f. *spaltet sich Theben*: Hier und im folgenden streift Ovid kurz die bekannten Sagen um die »Sieben gegen Theben«.

405 *die Brüder*: Eteokles und Polyneikes, die sich im Zweikampfe um die Herrschaft in Theben gegenseitig töten.

406 ff. *der Seher*: Amphiaraos; sein Sohn: Alcmæon; dessen Mutter: Eriphyle, die Gemahlin des Amphiaraos. Eriphyle hatte, von Polyneikes mit einem kostbaren Halsband bestochen, ihren Gemahl bestimmt, am Zug der Sieben gegen Theben teilzunehmen, obwohl er wußte, daß er auf ihm sein Ende finden werde. Amphiaraos wurde nach der Niederlage der Sieben auf der Flucht mit seinem Wagen von der Erde verschlungen und in der Unterwelt zu einem Herrn der Schatten gemacht. Alcmæon tötet, um den Vater zu rächen, seine Mutter Eriphyle. Er flieht, von den Erinyen verfolgt, bis er von Phegeus in Psophis in Arkadien entsühnt wird. Dessen Tochter Arsinoë, deren Gemahl er wird, schenkt er das Halsband. Später muß er wieder flüchtig werden und gewinnt Callirhoë, die Tochter des Flußgottes Achelous, als zweite Gemahlin. Um ihrem Verlangen nach dem Halsband zu willfahren, erbittet er dieses von Phegeus unter dem Vorwande, er müsse es zur Sühnung einer Mordtat dem Apollo weihen. Als Phegeus erkennt, daß er betrogen wurde, läßt er Alcmæon durch seine Söhne ermorden. Callirhoë bittet darauf Juppiter, ihre und Alcmæons kleine Söhne zu Männern zu machen, daß sie Vaterrache üben könnten; und Juppiter erhört ihr Gebet.

416 *Stief- und Schwiegertochter Juppiters*: Iuventa (Hebe) als Tochter der Hera, nach einer Überlieferung ohne Vater geboren, und als Gemahlin des Juppitersohnes Hercules; ihr Geschenk hier nicht Verjüngung, sondern Manneskraft.

421 *Gatte Auroras*: Tithonus.

431 f. *der Nymphe Söhne*: die Söhne der Callirhoë.

454–665 *Byblis*

466 ihren »Herrn«: lat. *dominus*, das männliche Gegenstück zu *domina*, einem zentralen Begriff der römischen Liebeselegie.

524 *tilgt*: Sie wischt mit dem breiten Ende des Griffels das Eingeritzte aus.

528 ff. Briefe liebender Frauen des Mythos an ihre Geliebten hat Ovid in einem eigenen Werk, den ›Heroides‹, zusammengestellt.

565 ff. *am Rande ... siegelt*: Byblis schreibt auf eine Wachsschicht, die in ein Holztäfelchen eingelassen ist; dessen erhöhter Rand bildet den Rahmen der Schreibfläche. Sie bedeckt die beschriebene Tafel mit einer zweiten, schnürt beide mit einem Faden zusammen, heftet dessen Kno-

ten mit Wachs und drückt auf dieses ihr Siegel, vermutlich einen Ring mit einem geschnittenen Edelstein, einer Gemme. Das Benetzen soll das Festkleben des Wachses an dem Siegelstein verhindern.

572/595 *das Zeichen*: Daß die Tafel beim Übergeben zu Boden fällt, ist ähnlich wie das Straucheln des Fußes und dergleichen ein ungünstiges Vorzeichen für den Ausgang ihres Unternehmens.

625 *dem Gott*: Amor.

634 *eine neue Stadt auf dem Boden der Fremde*: die Stadt Caunus an der südwestlichen Küste Kariens in Kleinasien.

666–797 Iphis

691 *der farbige Apis*: Der ägyptische als Gott verehrte Apisstier mußte eine ganz bestimmte Färbung und Zeichnung aufweisen.

692 *der Schweigen uns anrät*: Horus, der Sohn der Isis (gr. auch *Harpokrates*), wird oft als nacktes Kind mit dem Finger auf dem Munde abgebildet.

694 *die aegyptische Schlange*: wohl die heilige Uräusschlange an der Pharaonenkrone, die Macht und Unnahbarkeit versinnbildlicht; vielleicht auch eine Schlange, die wie die des Aesculapius (Asklepios) das Attribut einer heilenden Gottheit ist.

736 *die Tochter des Phoebus*: Pasiphaë.

776 ff.   vgl. 685 ff.

BUCH X

ORPHEUS (X 1–XI 66)

1–77 Orpheus und Eurydice

22   Anspielung auf die Entführung des Cerberus durch Hercules.

28 f.   *so hat auch euch die Liebe vereint*: vgl. V 362 ff.

37   *nur leihen sollt ihr, nicht schenken*: Ovid gebraucht hier die juristischen Fachausdrücke *munus* und *usus*; wörtlich übersetzt müßte es etwa heißen: »statt Geschenkes fordre ich Nießbrauch«.

41 ff.   Zur Schilderung der bestraften Frevler vgl. IV 456 ff.

65   Als Hercules den Cerberus zu Eurystheus schleppte, wurde ein Mann, der diesen erblickte, vor Entsetzen zu Stein.

78–105 Der vereinsamte Orpheus

92   *der magdliche Lorbeer*: weil er aus der jungfräulichen Daphne entstanden ist; vgl. I 452 ff.

94   *der Stechbaum*: die immergrüne Steineiche (*Quercus ilex, L.*) mit ihrem stachligen Laube.

95   *mehrfach getönt*: Bezieht sich wohl auf die Maserung des Ahornholzes und nicht auf die Farbe der Blätter.

98   *Myrten mit hellen und dunklen Beeren*: weil die Myrte wie unser

ERLÄUTERUNGEN   431

Wacholder unreife grüne und reife schwarze Beeren zugleich trägt; vgl.
XI 234.
100   In Italien wurden und werden die Reben an Bäumen gezogen; vgl.
XIV 661 ff.
100 f.   die Berg- oder Mannaesche (*Fraxinus Ornus, L.*).
102   Zum Erdbeerbaum vgl. I 104 f.
105   *Attis*: vgl. Catull c. 63.

106–142 Cyparissus
107   *der Gott*: Phœbus Apollo.
115   *eine silberne Kapsel*: Sie ist ihm nach bekanntem Brauch als eine
Art Amulett kurz nach der Geburt angehängt worden.
127   *des Krebses*: Gemeint ist das Sternbild Krebs.
142   *allen Trauernden beistehn*: Die dunkle, immergrüne Zypresse ist
den unterirdischen Göttern geweiht; ihre Zweige werden auf den Lei-
chenaltar und den Scheiterhaufen gesteckt.

DIE LIEDER DES ORPHEUS VON GÖTTERGELIEBTEN
KNABEN UND BÖSER LEIDENSCHAFT VERFALLENEN
MÄDCHEN
(X 143–739)

143–161 Ganymedes
158   *der Vogel*: der Adler.

162–216 Hyacinthus
169   *das unummauerte Sparta*: nach der bekannten Auffassung, daß
die Jugend Spartas seine lebenden Mauern vorstelle.
206 f. und 215   *zur Blume geworden*: Es handelt sich wohl nicht um
unsere Hyazinthe (*Hyacinthus orientalis*), die erst von den Türken nach
Europa gebracht worden sein soll, sondern um eine rotblühende Iris-
oder Gladiolenart.
206   *geschrieben tragen mein Seufzen*: Es ist an den Klagelaut *Ai-Ai*
gedacht, der gleichzeitig der Anfang des Namens des Aiax, des »tapfersten Helden«, ist (vgl. XIII 393). Wie und wo dieses Ai-Ai auf den
Blättern der Blume stehen soll, ist nicht zu klären. Georges: »die Blume
Hyazinthe…, in deren Blätterstreifen man die Buchstaben AI AI (als
Wehklagelaut Apollos) oder das Y (als Anfangsbuchstaben des Namens
des [H] Yakinthos) fand.«

AUF CYPERN SPIELENDE GESCHICHTEN
(X 217–739)

217–242 Die Cerasten und Propoetiden
219   *Festzug*: das dreitägige Fest der Hyakinthien, das in Lakonien
alljährlich im Juni oder Juli gefeiert wurde. Es ist ähnlich wie das des

432   ERLÄUTERUNGEN

Adonis in Vorderasien ein Fest der von der Sonnenglut getöteten und sich wieder belebenden Vegetation.

221 *Propoetus*: Propoitos ist als Vater der Propoetiden aus diesem Namen erschlossen; es ist über ihn sonst nichts bekannt.

223 *die Gehörnten*: Bewohner Cyperns, die wegen ihrer Frevel von Venus in Stiere verwandelt worden waren.

241f. *Zugrundeliegender Gedanke*: Frauen, die die Scham nicht mehr kennen, müssen schon fühllos sein wie Stein. Diese ganze Sage mag mit der kultischen Prostitution zusammenhängen, von der z. B. Herodot bei der Schilderung der Bräuche der Babylonier berichtet.

243–297 Pygmalion
263 *Tränen der Heliostöchter*: der Bernstein; vgl. zu II 364 ff.

277 *Venus die goldene*: nach der »güldenen Aphrodite« Homers (›Odyssee‹ IV 14).

294 *Lichter*: Augen; vgl. I 720.

298–502 Myrrha
310 »Myrrhen« hat hier Beziehung auf die Pflanze und auf die Jungfrau Myrrha, der diese ihren Namen verdanken soll.

349 *die Schwestern mit den schwarzen Schlangen als Haaren*: die Furien.

431 *jenes jährliche Fest der Ceres*: Es handelt sich wohl um das von den römischen Matronen im August zur Feier der Auffindung der Proserpina begangene Fest.

450 s. NR (Icarus).

475 *der hangenden Scheide*: das Schwert ist über Nacht neben dem Lager aufgehängt zu denken.

501 *der Rinde entquellend*: Die Myrrhe ist das Harz mehrerer Arten von Bäumen der Länder um das Rote Meer.

503–739 Venus und Adonis
514 *Tränen der Mutter*: das Harz des Baumes, in den Myrrha verwandelt ist.

524 *rächt die Leiden der Mutter*: Spielt (im Widerspruch zu 311) auf eine Fassung der Sage an, nach der Venus Myrrha die Liebe zu ihrem Vater eingeflößt hat, um die Mutter Cenchrëis dafür zu bestrafen, daß sie ihre Tochter für schöner als Venus erklärt hatte.

525 *der Knabe, der köcherbewehrte*: Cupido-Amor.

564 *den Gott*: Apollo als Herrn des Orakels.

639 *mich*: Venus, die erzählt.

686f. *der Götter Mutter*: Cybele.

696 *die türmegekrönte*: Cybele wird mit einer Krone von Mauern und Türmen dargestellt.

727 *deines Todes Gedächtnis*: Adonis ist ein vorderasiatischer Gott des Pflanzenwuchses, dessen Tod und Wiedererstehen in einem hoch-

ERLÄUTERUNGEN   433

sommerlichen Fest mit Klagen und Jubel gefeiert wurde; vgl. X 219 ff.
730 *die Nymphe*: Proserpina verwandelt Mintha aus Eifersucht in die
Minze.
739 *vom Wind, der den Namen ihr gibt*: wohl unsere Anemone (gr.
anemos »Wind«). Das (in Griechenland häufige) mohnrote Adonisrös-
chen wurde wohl erst später so genannt.

Buch XI

1–84 Der Tod des Orpheus
1 *der thracische Sänger*: Orpheus.
7 Orpheus als einer, der die Frauenliebe flieht; vgl. X 80.
8 *der Stab*: der mit Weinlaub umwundene Thyrsos, das Zeichen des
Bacchus und seines Gefolges.
24 *der Vogel der Nacht*: die Erde oder das Käuzchen; vgl. II 589–595.
58 *Phoebus*: als Vater des Ermordeten.
61 f. vgl. X 11 ff.

85–193 Midas
87 *Pactolus*: s. XI 136–145.
93 *das Geheimnis*: die Mysterien, die Orgien des Bacchus.
114 *die Töchter des Abends*: die Hesperiden. Sie gelten als Töchter der
Nacht oder des Zeus und der Themis oder des Abendsterns oder des
Atlas und einer Hesperis, deren mythische Existenz vielfach geleugnet
wird.
154 *auf den wachsverbundenen Rohren*: vgl. I 711.
160 *den Gott der Ziegen (eigtl. des Kleinviehs)*: Pan.
163 *fremdländisch*: hier wohl gleich »phrygisch«.
168 *mit indischem Beine*: mit Elfenbein.
181 *Tiara*: asiatische Kopfbedeckung, die mit breiten Bändern unter
dem Kinn festgehalten wurde.

DIE ›HISTORISCHE‹ ZEIT (XI 194 – XV 870)

194–220 Laomedon und Hesione: Die Mauern Troias
198 *donnernder Künder der Wahrheit*: Zeus Panomphaios.
202 *Herr des Dreizacks*: Neptunus (Poseidon).
212 *des Königs Kind*: Hesione.
213 *des Alceus Sproß*: Hercules.
218 f. *den Ahn*: Juppiter; *den Schwäher* (Schwager): Nereus.
220 *Gemahl einer Göttin nur einem*: Es wird von vielen Verbindun-
gen zwischen Sterblichen und Göttinnen berichtet, wie z. B. von Aurora

434 ERLÄUTERUNGEN

Tithonus, Venus Anchises; Peleus wird aber in einer von den Göttern
besuchten Hochzeitsfeier mit Thetis vermählt.

PELEUS (XI 217–409)

221–265 Peleus und Thetis

PELEUS BEI CEYX (XI 266–406)

290–345 Daedalion und Chione
267 vgl. XIII 149; Phocus soll tobsüchtig gewesen sein; Peleus habe
ihn seiner Mutter zu Gefallen beim Fünfkampf mit einem Discus erschlagen; der Mord kann auch aus Neid auf die Gewandtheit und Be-
liebtheit des Phocus geschehen sein.
272 s. XI 291ff.
279 *mit der wollenen Binde*: Zeichen des Schutzflehenden.
295f. *der morgens Auroren ruft*: der Morgenstern Lucifer.
303 *den Maia geboren*: Mercurius.
307 *die schlummerschaffende Rute*: s. zu I 672.
312 *der Flügelfüßige*: Mercurius (Hermes).
319 *ihr Ahn der Donnerer selbst*: Juppiter als Vater des Daedalion.

346–406 Der Wolf in den Herden des Peleus
346 *Schicksalsgenosse (als Bezeichnung für Bruder)*: vgl. VIII 444.
380 *die Tochter des Nereus*: Psamathe, die Mutter des von Peleus
getöteten Phocus.

410–748 Ceyx und Alcyone
410 *Zeichen*: die Verwandlung des Daedalion und der Wolf in den
Herden des Peleus; vgl. XI 291ff.
429 *Gräber, die leer stehn*: vgl. VI 568 XI 705ff. XI 429 XII 2.
431f. *der Gott, der die Winde verwahrt*: Aeolus, der Vater der Alcyone.
436 Zu den Winden als Erregern der Blitze s. I 55f.
475 Die Ruder werden längs des Schiffes hingelegt, die Rahen hochgezogen, die Segel dann herabgeholt; vgl. zu III 663.
486 *bergen die Ruder*: Die Ruder werden in den Schiffsrumpf einge-
zogen.
486f. *verwahren die Flanken*: die Ruderlöcher werden geschlossen.
508 *des Widders eherner Schädel*: der »Widder« als Belagerungsma-
schine; ihr Hauptbestandteil ein Balken, der an der Spitze einen Metall-
block, oft in Gestalt eines Widderkopfes, trägt und gegen die Mauer der
belagerten Stadt in Schwingung versetzt wird.
514 Die einzelnen Schiffsplanken sind durch Zapfen miteinander verbunden, und diese werden durch Holzpflöcke festgehalten; die Fugen
sind mit Werg, Pech und Wachs gedichtet.

ERLÄUTERUNGEN   435

584 *die befleckenden Hände*: Alcyone als die Gattin eines unbestatteten Toten ist kultisch nicht rein.

591 *des Königs*: des Somnus.

599 Zur Gans als Wächterin vgl. II 538.

633 *der Vater*: Somnus.

652 *die thessalische Stadt*: Trachin.

706f. Zu »ruht nicht Bein bei Gebein« vgl. VI 568 und XI 429.

742ff. *beide in Vögel*: griechisch *(H)alcyon* bedeutet »Eisvogel«. Aber das Einzige, was in der Schilderung Ovids auf unseren Eisvogel (*Alcedo ispida*) passen könnte, ist das treue Zusammenhalten der Paare, die verhältnismäßige Länge des Schnabels und vielleicht der klagende Ton seiner Stimme. Der Schnabel ist aber nicht zart; auf das so sehr auffallende farbenprächtige Gefieder findet sich keine Anspielung in der Erzählung Ovids. Der Eisvogel baut kein schwimmendes Nest, sondern gräbt sich mit dem Schnabel eines in den Uferwänden. Es ist wohl anzunehmen, daß in der Sage ein anderer Vogel gemeint ist, wohl irgendein Tauchervogel, unter denen es wirklich solche gibt, die schwimmende Nester bauen.
In der Stelle, wo Plinius (›Naturalis historia‹ 10, 89ff.) von dem *halcyon* berichtet, erzählt er, daß man ihn nur selten und nur zu bestimmten Zeiten zu sehen bekomme, wenn er einmal das Schiff umfliege, um schnell in einem Versteck zu verschwinden. Er brüte zur Zeit der Wintersonnenwende, und um diese Zeit sei das Meer, besonders bei Sizilien, ruhig. Das Nest werde bewundert, es habe die Form eines Balles mit sehr engem Eingang und Ähnlichkeit mit einem großen Schwamm.

749–795 Aesacus

749 *vereint*: die in Vögel verwandelten Ceyx und Alcyone.

761 *die Tochter des Dymas*: Hecuba.

762 *gehörnte Flußgötter*: vgl. IX 97 XIV 602.

BUCH XII

DER TROIANISCHE KRIEG (XII 1 – XIII 623)

1 *der Sohn (des Priamus)*: Aesacus.

2f. *das leere Grab*: s. zu VI 568.

5 *die geraubte Frau*: Helena, die von Paris aus Sparta entführt wurde.

19 *Thestors Sohn*: Calchas.

26 *weil er selbst seine Mauern errichtet*: vgl. XI 202ff.

28 *mit Jungfrauenblut*: Agamemnon hatte eine der Diana heilige Hirschkuh erlegt und so ihren Zorn erregt. Das Orakel verkündete, die Göttin werde nur durch die Opferung von Agamemnons Tochter Iphigenia versöhnt werden; vgl. XIII 181–195.

436 ERLÄUTERUNGEN

39–63 Das Reich der Fama
40 *die Dreiwelt*: hier nicht wie V 368 Unterwelt, Meer, Himmel, sondern, wie sich aus XII 62 ergibt: Himmel, Meer und Erde.
43 ff. Zu Fama vgl. IX 137 ff.

64–145 Achilles und Cygnus
102 *er*: nicht Cygnus, sondern Achilles. Stellen, an denen Ovid aus der Lebhaftigkeit seiner Anschauung heraus das Subjekt wechselt, ohne den grammatischen Bezug herzustellen, sind nicht selten.
144 f. *in den weißen Vogel verwandelt*: cygnus »Schwan«; vgl. II 367 ff.

DIE GRIECHENFÜRSTEN IM ZELT DES ACHILLES
(XII 146–579)

168 *der Aeacussproß*: Achilles.

169–539 Caenis-Caeneus

210–535 Der Kampf der Lapithen und Centauren
210 f. *des verwegenen Ixion Sproß*: Pirithous.
211 *die wilden Söhne der Wolke*: die Centauren.
235 ff. vgl. zu V 46 ff.
263 *des Mondes Hörner herniedergezogen*: vgl. zu IV 333.
309 *bist verspart für des Hercules Bogen*: vgl. IX 101 f.
320 *umsonst*: Es nutzt ihm nichts, daß er sich am Kampfe nicht beteiligt; vgl. V 91.
321 *die Schlaufe des Riemens*: vgl. zu VII 788.
337 *Sproß des Ixion*: s. zu 210 f.
342 f. *des Aegeus Sohn*: Theseus.
410 *Meertau*: das *ros maris* oder *ros marinus*, unser Rosmarin.
426 f. *ans Ohr mir zu dringen*: Nestor erzählt.
434–438 Ob man diese wohl wegen ihrer Kraßheit verworfenen oder angezweifelten Verse Ovid nicht zutrauen dürfe, soll dahingestellt bleiben.
470 ff. Zu Cænis vgl. oben XII 172 ff.
501 *was dieser gewesen*: nämlich ein Mädchen.
503 *die tapfersten aller Wesen auf Erden*: Mensch und Pferd.
524 *des Ampycus Sohn*: Mopsus.

536–572 Periclymenus
536 *der Pylier*: Nestor.
541 *die Wolkenentstammten*: die Centauren; vgl. XII 211.
549 Ovid scheint mit den Mauern Messenes das messenische Oechalia, die Stadt des wortbrüchigen Eurytus, zu meinen (im Gegensatz zu IX 136, wo Oechalia, wie sonst allgemein angesetzt wird, eine euböische

ERLÄUTERUNGEN 437

Stadt ist). Als Grund der Feindschaft des Hercules gegen Neleus und dessen Städte Elis und Pylus wird angegeben, Neleus habe sich geweigert, Hercules von einer Blutschuld zu entsühnen.

560 *der Vogel Juppiters*: der Adler; vgl. IV 714 X 158 XV 386.

580–619 Der Tod des Achilles

580 *seines Sohnes Leib*: des Neptunsohnes Cygnus; vgl. XII 144f.

580 *Phaëtonvogel*: der Schwan, weil Phaëthons Freund Cygnus in ihn verwandelt wurde; vgl. II 367ff.

585 *den lockigen Tilger der Mäuse*: Apollo-Smintheus, der besonders in der mysischen Stadt Chryse und auf Rhodos als Vertilger der Feldmäuse verehrt wurde. Wer diese Übersetzung zu prosaisch findet, mag einsetzen: »den lockigen Herren von Chryse (oder Rhodos)«.

586 *der Bruder (des Neptun)*: Juppiter.

587 *Apollo als Erbauer der troischen Mauern*: vgl. XI 194ff.

591 l. c.: Homer, ›Ilias‹ XXII 395ff.

595 *weil man mir wehrt, dem Feinde zu nahn*: Der Dichter denkt vielleicht an eine Stelle der ›Ilias‹ (XV 155ff.), wo Zeus durch Iris dem Poseidon die Teilnahme am Kampfe verbietet.

610 *im Kampf einem Weib zu erliegen*: Paris wird einem Weibe gleichgesetzt, und ein Tod durch die tapfere Amazonenkönigin Penthesilea als des Achilles würdiger hingestellt.

614 *der nämliche Gott*: Vulcanus (Hephaistos), der die berühmten Waffen für Achilles geschmiedet hat (›Ilias‹ XVIII 478ff.), verbrennt als sein Element, als Feuer, den Leichnam des Helden.

620–XIII 398 Der Streit um die Waffen des Achilles

624 *Telamons Sohn*: Aiax.

625 *Sohn des Laërtes*: Ulixes (Odysseus).

BUCH XIII

5ff. Mit den beiden großen »Gerichtsreden« des Aiax und des Ulixes stellt Ovid seine Fähigkeiten auch auf dem Gebiet der forensischen Rhetorik unter Beweis.

7f. vgl. XIII 91ff.

14f. vgl. XIII 242ff.

22f. *welcher Troias Mauern gestürmt*: Telamon; vgl. XI 216.

24 *Schiff von Iolcus*: die Argo; vgl. VII 1ff.

25f. *Recht spricht*: Aeacus ist einer der drei Richter in der Unterwelt.

26 Sisiphus wurde von bösen Zungen als Vater des Ulixes bezeichnet.

31 *Bruder*: in Wirklichkeit Vetter; in ähnlicher Weise nennt Deucalion seine Base Pyrrha Schwester; vgl. I 351.

36 und 56ff. Ulixes stellte sich, um nicht mit gegen Troia ziehen zu müssen, wahnsinnig; er pflügte mit einem großen Stier und einem klei-

438 ERLÄUTERUNGEN

nen Esel und streute Salz in die Furchen; Palamedes legte das Söhnchen des Ulixes vor dessen Gespann, Ulixes wich wohlbedacht aus und bewies damit seine Zurechnungsfähigkeit. Vor Troia rächte er sich, indem er Palamedes scheinbar des Verrates überführte: Er vergrub eine bestimmte Summe im Zelt des Palamedes, gab einem gefangenen Troianer einen gefälschten Brief des Priamus an Palamedes, in dem die Summe als Preis für den Verrat genannt war, ließ dem Gefangenen den Brief abnehmen, brachte ihn dem Agamemnon und ließ im Zelt des Palamedes nach der Summe nachgraben. Palamedes wurde als Verräter verurteilt und gesteinigt; vgl. XIII 308 ff.

46 *der Sohn des Poeas*: Philoctetes.

53 *Erbe der Pfeile des Hercules*: vgl. IX 229 ff.

89 *Los*: Die Griechen losten, wer gegen Hector zum Zweikampf antreten solle; l. c. ›Ilias‹ VII 171 ff.

91 *Juppiter*: Juppiter (Zeus) stand in dieser Zeit auf die Bitten der Thetis, der Mutter des grollenden Achilles, auf seiten der Troianer. Homer schildert den Brand der griechischen Schiffe in ›Ilias‹ XV.

98 ff. vgl. unten 244–347.

110 vgl. die berühmte Beschreibung von Achills Schild in ›Ilias‹ XVIII 478 ff.

144 Zu Ulixes/Sisiphus/Laërtes vgl. XIII 26.

145 und 149 keiner verbannt und verurteilt, schuldlos am Blute des Bruders; vgl. XI 267.

146 f. *von der Mutter her ein zweiter Adel*: Ulixes' Mutter Anticlea war die Tochter des Mercurius-Sohnes Autolycus.

164 Thetis verbarg den Achilles in Frauenkleidern unter den Mädchen bei König Lycomedes auf Scyrus. Ulixes (Odysseus) legte Waffen in den Vorsaal und ließ fälschlich wie bei einem feindlichen Angriff zu den Waffen rufen; da flohen die Mädchen, während Achilles nach den Waffen griff und sich so verriet.

181 ff. *des Einen*: Menelaos als Gemahl der geraubten Helena; vgl. XII 6 ff.

190 *unter befangenem Richter*: Ulixes schildert seinen erfolgreichen Versuch, Agamemnon zur Opferung Iphigeniens zu bereden, als eine Verhandlung vor Gericht; der Richter ist der widerstrebende Vater Agamemnon selbst.

193 *zu der Mutter*: zu Clytæmnestra, der Gemahlin Agamemnons, der Mutter Iphigenies. Sie wird mit der Tochter unter dem Vorwand, diese solle mit Achilles vermählt werden, in das Lager nach Aulis gelockt.

216 ff. Juppiter (Zeus) hat, um die Beleidigung des Achilles durch Agamemnon zu rächen, Agamemnon durch ein Traumbild, das ihm Sieg verhieß, verleitet, die Troer anzugreifen. Um den Widerspruch des Volkes zu erregen und seinen Kampfmut zu entzünden, beschließt Agamemnon mit den Fürsten, dem Volk fälschlich den Entschluß bekannt-

ERLÄUTERUNGEN   439

zugeben, die Belagerung abzubrechen und heimzufahren. Sie erreichen
das Gegenteil dessen, was sie erreichen wollten: das Volk stürzt begei-
stert zu den Schiffen, um zur Abfahrt zu rüsten (l.c.: ›Ilias‹ II 1 ff.).
242 ff.   Die sog. Dolonie findet sich in ›Ilias‹ X 299 ff.
253   *der Feind*: Dolon hatte als Preis für sein nächtliches Unternehmen
die unsterblichen Rosse des Achilles gefordert.
273   *weil Achilles erschien*: Patroclus hatte von Achilles, der sich noch
nicht entschließen konnte, selbst wieder zu kämpfen, seine Rüstung
erhalten.
277   vgl. zu XIII 89.
289   *die Gabe des Gottes*: die Waffen des Achilles, die Vulcanus auf
Bitten der Thetis schmiedete, von denen besonders der bildergeschmückte Schild berühmt war; vgl. zu XIII 110.
301   *mein frommes Gemahl*: Penelope, mit der Ulixes (Odysseus) bei
Beginn des Krieges jung vermählt war.
308   vgl. zu XIII 36.
320   *die Seher*: Calchas und Helenus; vgl. XIII 99. 335.
335   *des troischen Sehers*: Helenus; vgl. XIII 99.
337 ff.   *das Bild der phrygischen Pallas*: das Palladium, das Ulixes
(Odysseus) aus Troia entwendete; vgl. XIII 339. 349. 376. 381.
347   *die sieben Häute der Stiere*: der Schild des Aiax; vgl. XIII 2.
356   *der bescheidene Aiax*: der Sohn des Oïleus, der sog. Kleine Aias.
364   *der Atride*: Agamemnon als Führer der Griechen.
373 ff.   vgl. zu XIII 337 ff.
384   *er*: Aiax, der dem Feuer und Juppiter widerstand; vgl. XIII 91.
391 f.   *die endlich eine Wunde litt*: vgl. XIII 267; nach späterer Überlieferung galt Aiax als nur an einer Stelle verwundbar. Ovid übergeht hier
die Version vom Wahnsinn des Aias, die in Sophokles' Drama ›Aias‹
eine entscheidende Rolle spielt.
395 ff.   die purpurne Blume; vgl. X 206 ff.

399–575 Hecuba
401   *Mord an den alten Männern*: s. NR (Thoas).
402   Herr der Pfeile des tirynthischen Helden (Hercules) ist Philoctetes; vgl. XIII 45. 313. 334. Ulixes holt ihn von Lemnos.
404–407   Man möchte annehmen, daß diese Verse von Ovid durch die
ausführlichere Erzählung ihres Inhalts im Folgenden ersetzt und dann
hätten getilgt werden sollen; denn eine solche störende plumpe Voraus-
nahme und Wiederholung findet sich sonst in den Metamorphosen
nicht. Zum Inhalt vgl. XIII 535–575.
409   *Priamus*: Neoptolemus tötet Priamus am Altar des Juppiter
(Zeus).
410 f.   *des Phœbus Priesterin*: Cassandra, die der »Kleine Aiax« vom
Altar wegreißt; vgl. XIV 468, wo Cassandra allerdings als Priesterin der
Pallas aufgefaßt wird.

440   ERLÄUTERUNGEN

415   Astyanax, Hectors Sohn, wird auf Beschluß der Griechen durch
Neoptolemus (oder Odysseus) von der Mauer Troias herabgestürzt.

429–438 Polydorus

439–575 Polyxena; Hecubas Ende
439   *Atreus' Sohn*: Agamemnon.
444   *mit dem frevelnden Schwert*: bei dem Streit um Briseïs, bei dem
Achilles nur durch Pallas gehindert worden war, Agamemnon, den
obersten Heerführer, mit dem Schwert anzugreifen (›Ilias‹ I 188f.).
460f.   *Ich, Polyxena, bin nicht gewillt …*: Der Sinn dieser schwierigen,
in der Überlieferung strittigen Stelle mag sein: Ich sterbe lieber, als daß
ich Sklavin werde, und ihr werdet durch ein mit Gewalt zum Altar
geschlepptes Opfer einen Gott nicht versöhnen können; vgl. 465ff.
475   *der Priester*: Neoptolemus, der als nächster Verwandter des
Achilles das Opfer vollzieht.
481   *Frauen*: die gefangenen Troerinnen, die die Tote zu Hecuba bringen.
483f.   *die Jungfrau*: Polyxena; die Königsgattin und Mutter: Hecuba.
501   *als er endlich gefallen*: vgl. XII 604.
505   *der Aeacussproß*: Achilles, der Kinder Hecubas getötet hatte.
569f.   Auf dem thrakischen Chersones gab es ein Mal, das »Zeichen
des Hundes« (gr. *kynos sema*) hieß; es ist wohl erst später mit der
Überlieferung über Hecuba in Verbindung gebracht worden.
574   Juno war die erbittertste Feindin der Troianer.

576–622 Memnon
607ff.   Es soll sich um eine Art schwarzer Habichte handeln, die man
um die Herbstzeit in der Landschaft Troas beobachtete, und die nach
Plinius (›Naturalis historia‹ 10, 74) aus Äthiopien nach Ilion fliegen.
610ff.   Die Vögel spielen die Rolle der Gladiatoren bei den altetrus-
kisch-römischen Totenfeiern, bei denen ursprünglich die Gladiatoren-
spiele stattfanden.
620   *der Dymastochter Gebell*: Hecubas Klage; vgl. XIII 565ff.

AENEAS (XIII 623– XIV 608)

623–631 Fahrt bis Delos
625   *der Venussohn*: Aeneas; l.c.: Vergil, Aeneis II 721ff.

AENEAS BEI ANIUS AUF ANDROS (XIV 632–704)

632–674 Die Töchter des Anius
629   *vom Blut Polydorus' genetzt*: vgl. XIII 430ff.; Vergil berichtet
(›Aeneis‹ III 19ff.): Als Aeneas, ohne vom Schicksal des Polydorus

ERLÄUTERUNGEN   441

etwas zu wissen, ein Bäumchen aus dem Boden über seinem Grabe zog,
zeigten sich an den Wurzeln Blutstropfen, und die Stimme des Ermordeten bat ihn abzustehn und erzählte von dessen Schicksal. Aeneas
verließ darauf, nachdem er Polydorus eine Totenfeier gehalten hat, das
verfluchte Land. Vielleicht spielt Ovid auf dieses Vorkommnis an und
nicht auf die Ermordung des Polydorus selbst.

631   *zur heiligen Stadt Apollons*: Delos.

634 f.   *die beiden Bäume*: vgl. VI 335.

654   *Früchte Minervas*: Oliven.

674   *deiner Gemahlin*: Venus, »Gemahlin« des Anchises und Mutter
des Aeneas.

675–699 Die Töchter des Orion

678 f.   *die alte Mutter... und ihrer Ahnen Küste*: Der Orakelspruch
meint Italien, weil Dardanus, der Ahnherr des troischen Königsge-
schlechts, nach jungrömischer Sage aus Italien nach Phrygien ausgewan-
dert ist. Anchises mißversteht den Spruch und denkt zunächst an Kreta,
weil Teucer, der von dort nach Troia gezogen war und die Tochter des
Dardanus heiratete, auch als ein Stammvater der Troianer galt.

680   *dem Enkel*: Ascanius.

685   Die sieben Tore sind bezeichnend für Theben in Böotien.

692 ff.   Die beiden Töchter des Orion opfern sich gemäß einem Orakelspruch, der das freiwillige Opfer zweier Jungfrauen verlangt, um den
Zorn der Götter, die eine Pest über das Land geschickt haben, zu be-
sänftigen.

700–729 Weiterfahrt bis Sizilien

705   vgl. zu XIII 678 f.

707   *den Himmel dort*: das Klima Kretas; Aeneas wurde durch eine
Seuche und eine große Dürre von Kreta wieder vertrieben.

707 f.   Zu den hundert Städten Kretas vgl. VII 480 f.

710   *der Spruch des Vogels Aëllo*: Bei Vergil droht die Harpyie, die bei
ihm Celæno heißt, die Troer sollten erst dann zur Ruhe kommen, wenn
sie aus Not einmal ihre Tische aufgezehrt hätten (›Aeneis‹ III 247 ff.).
Die Weissagung erfüllt sich später in Italien dadurch, daß sie nach der
Landung dort ihre Mundvorräte auf großen gebackenen Fladen ausbrei-
ten und zuletzt diese, die so als Tische gedient hatten, aufessen. Der
Hafen wird »treulos« genannt, weil er als Heimat der Harpyien, die die
Troer beim Mahle belästigen, keine Ruhe gewährt.

713 ff.   *die im Streit der Götter umkämpfte Stadt*: Bezieht sich auf eine
Überlieferung, nach der Diana und Hercules die Entscheidung in ihrem
Streit um Ambracia dem klugen und gerechten Cragaleus übertragen.
Dieser habe Hercules recht gegeben und sei dafür von Apollo in Stein
verwandelt worden.

714   *durch den actischen Phœbus bekannt*: Augustus vergrößerte zur

442 ERLÄUTERUNGEN

Erinnerung an seinen Sieg über Antonius den Apollotempel in Actium und setzte Festspiele ein, die alle fünf Jahre gefeiert werden sollten.

717 Der Molosserkönig Munichus wurde mit Frau und Kindern von Räubern überfallen; da sie sich heftig wehrten, wurde das Gebäude in Brand gesteckt. Sie entrannen den Flammen, weil Juppiter sie in Vögel verwandelte.

721 *Troias Abbild*: Buthrotos; der phrygische Seher: Helenus. Er war mit Andromache, der Gemahlin Hectors, von Neoptolemus nach der Eroberung Troias als Gefangener dorthin gebracht worden. Als Neoptolemus nach Sparta zog, vermählte er Helenus mit Andromache. Nachdem Neoptolemus dann von Orestes getötet worden war, wurde Helenus König des Landes. Er nannte seinen Fürstensitz dort Pergamos.

727 *dem Bären, den nimmer die Flut netzt*: vgl. II 527ff.

SCYLLA (XIII 730 – XIV 75)

742f. Zu Blau als Farbe der Meergötter vgl. I 275.

750–897 Acis und Galatea

784 *aus hundert Rohren gefügt*: die Panflöte der Hirten.

803 *Stechwurz*: Burzeldorn; vgl. zu V 486.

816ff. *Herbstcornelien, Meerkirschen*: vgl. zu I 104f. VIII 665.

854 *mein Vater*: Neptunus (Poseidon).

886 *seiner Ahnen Kräfte*: Acis stammt von einer Wassernymphe und soll zu einem Flußgott werden.

894f. Die Hörner und die blaue Gesichtsfarbe sind die Zeichen eines Flußgottes; vgl. I 275.

898–XIV 69 Scylla und Glaucus

CIRCE (XIII 968 – XIV 446)

BUCH XIV

1–74 Glaucus und Circe

1 *Eubœas Kind*: Glaucus, ein böotischer Fischer.

2 *den auf den Schlund der Giganten geschleuderten Aetna*: vgl. I 151ff.

6 *das Schiffbruchsmeer*: Das Meer um Sizilien, besonders die Straße von Messina, war durch viele Schiffbrüche berüchtigt.

27 *den Verrat des Vaters zu rächen*: vgl. IV 171ff.

44 Hecate als Göttin der Zauberei; vgl. VII 74.

66 *der Hunde Wut*: Die Rachen der Hunde um Scyllas Leib werden denen des Cerberus gleichgesetzt.

ERLÄUTERUNGEN   443

71 Ulixes (Odysseus) galt ihr als ein Freund Circes. In der ›Odyssee‹
(XII 85 ff.) ist Scylla jedoch anders dargestellt, als Ovid sie schildert;
von einem Frauenoberkörper ist nicht die Rede, sondern von sechs
Hälsen, auf denen Raubtierhäupter sitzen; mit diesen holt sie sechs
Gefährten des Odysseus von seinem Schiff; ihre Stimme gleicht der
junger Hunde.

75–90 Weiterfahrt zu den Pithekusen
78 f.   *die Tochter Sidons*: Dido; *der phrygische Gatte*: Aeneas, der sie
auf Befehl der Götter wieder verlassen mußte (l. c.: Vergil, ›Aeneis‹ IV).
81   *hat alle getäuscht die Getäuschte*: Dido, aus Verzweiflung über die
Flucht des Aeneas zu sterben entschlossen, ließ einen Scheiterhaufen
errichten und gab ihrer Schwester Anna gegenüber vor, auf diesem
sollten Erinnerungen an Aeneas verbrannt werden, um sie auf magische
Weise von ihrer Liebe zu ihm zu befreien. Als alles vorbereitet ist,
ersticht sie sich auf diesem Scheiterhaufen.
84   *ehrt den Schatten des teuren Erzeugers*: Anchises war bei einem
früheren Aufenthalt der Troer in Sizilien gestorben und begraben worden. Aeneas hält dort große Wettspiele zu Ehren des Verstorbenen ab.
85 f.   *die beinahe verbrannten Schiffe*: Während der Wettkämpfe sendet Juno, um die Troer nicht nach Italien gelangen zu lassen, Iris aus.
Diese verleitet in Gestalt einer Troerin die troianischen Frauen, die
Schiffe in Brand zu stecken, damit man nicht weiteren Gefahren entgegenfahren könne, sondern in dem schönen Sizilien bleiben müsse. Das
Feuer wird aber vor allem durch einen Regen, den Juppiter den lö-
schenden Männern zu Hilfe sendet, erstickt.
87   *des Hippotesenkels (Aeolus) Gebiet*: die schwefelreichen Lipari-
schen Inseln nördlich von Sizilien.
87   Man dachte sich den Sitz der Sirenen teils auf einigen Felseninseln
des Golfs von Neapel, teils auf dem Vorgebirge Posidonium zwischen
Paestum und Velia.
88   *den Lenker verloren*: Palinurus; er schlief am Steuerruder ein und
stürzte ins Meer.

91–100 Die Pithecusen
93   *in häßliche Tiere verwandelt*: in Affen (gr. *píthekos* »Affe«). Es ist
möglich, daß auf den Pithecusen (wie auf Gibraltar noch heute) wirklich
Affen gelebt haben.

101–153 Sibylla
102   *Misenus*: der Trompeter des Aeneas; der Meergott Triton stürzte
ihn aus Eifersucht auf seine Kunst in das Meer. Aeneas begrub ihn auf
dem nach ihm benannten Vorgebirge (heute Capo Miseno).
109   *durch Eisen, durch Feuer erprobt*: die Waffentaten im Troianischen Krieg und die Rettung des Vaters aus dem brennenden Troia.
114   *der Zweig der avernischen Juno*: ein goldener Zweig, der den

444 ERLÄUTERUNGEN

Fährmann über den Styx gefügig macht und Proserpina als Gabe gebracht werden muß.

153 *weiterlebende Stimme*: vgl. Echo III 398 ff.

GESPRÄCH ZWISCHEN MACAREUS UND
ACHAEMENIDES (XIV 154–440)

154–222 Achæmenides und Polyphemus

156 *die euböische Stadt*: Cumæ, von Chalkis auf Euböa aus gegründet.

157 *seiner Amme* (Caëta) *Namen*: vgl. XIV 441 ff.

165 *nicht mehr in zerrissenem Mantel*: So sah Achæmenides aus, als er
nach seinem Aufenthalt auf der Insel der Cyclopen von Aeneas auf sein
Schiff genommen wurde.

180 *der Ruf des Ulixes*: Odysseus höhnte im Abfahren den geblende-
ten Polyphemus, und dieser warf nach dem Klang der Stimme einen
Felsblock nach dem Schiff, der dieses fast zerschmettert hätte. Wie ein
zweiter Wurf durch Flutwelle und Luftdruck Gefahr bringt, berichtet
Achæmenides im Folgenden (l. c.: Homer, ›Odyssee‹ IX 474 ff.).

222 *der Führer*: Ulixes.

223–440 Macareus bei Circe

223 *der Gefragte*: Macareus.

237 *des Räubers*: des Lästrygonen.

268 ff. Circe ist eine Zauberin; vgl. XIII 968.

291 *der Friedensbringer*: Mercurius (Hermes) als Götterherold, der
Streitigkeiten beilegt.

308–434 Picus und Canens

325 *die Spiele der Griechen in Elis*: die Olympischen Spiele, die alle
vier Jahre stattfanden. Ovid setzt eine Olympiade gleich einem römischen Lustrum, einem Zeitraum von fünf Jahren.

331 *der Diana von Tauris*: der skythischen Diana; die grausamen
Bräuche um das Heiligtum der Diana im aricischen Wald am Nemi-See
legten eine Gleichsetzung der auch Menschenopfer fordernden Diana in
Tauris nahe. Sie heißt nach dem Bruder der zwar nicht getöteten, sondern entführten Iphigenia auch »die orestische Diana«. Eine Überlieferung erzählt, Orestes habe das in Tauris geraubte Bild der Göttin von
dort nach Aricia gebracht.

347 *die Flur, die nach ihrem Namen benannt ist*: das Gebiet um die
Stadt Circëi an einem Vorgebirge gleichen Namens in Latium; dorthin
soll Circe aus Colchis geflohen sein. Bei Homer und Ovid (s. XIV 245)
gilt als ihr Aufenthalt die Insel Aeæa.

367 *getrübter Mond*: s. zu IV 333.

368 *Vater (Circes)*: der Sonnengott.

386 *Untergang/Aufgang*: Westen/Osten.

ERLÄUTERUNGEN   445

396 *Picus* heißt »Specht«. Das betonte Rot des Purpurmantels und das
rote Gold der Spange, die diesen zusammenhielt, läßt an den (großen)
Buntspecht denken, der von den Spechtarten am meisten Rot im Gefieder zeigt und dessen Männchen im Nacken einen roten Fleck trägt.
405 Zu Hecate vgl. XIV 44.
411 *die Schweigenden*: Umschreibung für »die Toten«.

435–440 Macareus bleibt in Italien
435 *ich*: Macareus.

441–453 Weiterfahrt nach Latium
443 *hier*: bei Caieta, einem Hafen auf der Grenze von Latium und
Campanien (heute Caëta).
444 *im gebührenden Feuer*: im Feuer des Scheiterhaufens.
446f. *der verrufnen Göttin*: der Circe.
450 *das trotzige Volk*: wohl die Latiner, die zum großen Teil nicht auf
der Seite ihres Königs Latinus stehen, oder die Rutuler, das Volk des
Turnus.

DIE GESANDTSCHAFT DES VENULUS
(XIV 454–526)

454–511 Diomedes
468 *der die Jungfrau entrissen der Jungfrau*: Der jüngere Aiax, der
Sohn des Oïleus, riß Cassandra bei der Plünderung Troias aus dem
Heiligtum der Pallas. Diese straft dafür die ganze griechische Flotte auf
der Heimfahrt durch ein furchtbares Unwetter bei Euböa.
477 *gedenk ihrer alten Verwundung*: Diomedes hatte Venus im
Kampf der Götter und Menschen vor Troia verwundet (l.c.: Homer,
›Ilias‹ V 334ff.).
509 Die schwanenähnlichen Vögel sind nach den einen Reiher, nach
anderen Sturmvögel (Albatrosse).

512–526 Oleaster
525 *Oleaster*: der wilde Ölbaum.

527–565 Die Schiffe des Aeneas
530f. *Turnus trägt die gierigen Fackeln*: Dies geschieht, während
Aeneas abwesend ist, um Bundesgenossen (Euander und die Etrusker)
zu gewinnen.
535ff. *die heilige Mutter der Götter*: Cybele, der das Idagebirge heilig
war.
555 *blau*: die Farbe des Wassers und der Wassergötter wie des An-
strichs der Schiffe; vgl. I 275. III 639.
562 *die phrygische Not*: der Troianische Krieg.
563 *das Floß des Ulixes*: Man mag an das Schiff des Odysseus denken,
das wegen des Frevels, den dessen Gefährten an den Rindern des Helios

446   ERLÄUTERUNGEN

verübt hatten, durch Zeus zerschmettert wurde, oder an das Floß, das
sich Odysseus selbst für seine Abfahrt von der Insel der Kalypso erbau-
te und das durch Poseidon zerschlagen wurde, während Odysseus
selbst sich mit Hilfe des Schleiers der Leukothea an das Land rettete.
564 *des Alcinous Fahrzeug*: das Schiff, in dem Odysseus von dem
König der Phäaken Alcinous nach Ithaca gesendet und das auf der
Heimfahrt von Poseidon versteinert wurde (l. c.: Homer, ›Odyssee‹
XIII 162 ff.).

566–580 Ardea
580   *Ardea* bedeutet »Reiher«.

581–608 Die Vergöttlichung des Aeneas
581 f.   Juno zürnt Troia besonders wegen des Parisurteils; vgl. Vergil,
›Aeneis‹ I 27.
590 f.   *genug ist's, die unholden Reiche einmal geschaut zu haben*: vgl.
XIV 105 ff.
592 f.   *des Königs Gattin*: Juno.
602   *der Träger der Hörner*: der Flußgott; vgl. VIII 882.

609–621 Die Nachfolger des Aeneas bis Proca
609   Ascanius wird auch Iulus genannt.
611   *als zweiter*: Der erste Latinus ist der Vater der Lavinia; er vermählte seine Tochter mit Aeneas.
614 ff.   der Tiber soll nach Varro vorher *Albula* geheißen haben.
618   Hier scheint Ovid auf eine Sage anzuspielen, die sonst von Salmo-
neus erzählt wird. Dieser ahmte durch das Dröhnen seines Wagens und
geschwungene Fackeln Donner und Blitz nach und wurde dafür von
Zeus mit dem Blitz erschlagen.
620   *Aventinus*: Name eines der sieben Hügel Roms.

622–771 Pomona und Vertumnus
640   *der Gott mit Sichel und Glied*: Priapus, der mit übergroßem Penis
dargestellt wird, und dessen Bild in den Gärten oft als Vogelscheuche
diente.
647   *den Stachel*: Im Mittelmeergebiet wird noch heute statt der Peit-
sche ein Stock mit spitzem Ende zum Antreiben der Zugtiere verwendet; vgl. II 399.
649   *schneiteln*: Rebentriebe beschneiden; *Hippe*: sichelförmiges Win-
zermesser.
655   *Mitra*: Kopfbinde mit Backenstücken, die man unter dem Kinne
zusammenband; aus Vorderasien stammend, in Griechenland und in
Rom im allgemeinen nur von Frauen getragen.
661   *eine Ulme mit glänzenden Trauben*: vgl. zu X 100.
670 f.   *die entfacht der Lapithen Kämpfe*: Hippodame; vgl. XII 210 ff.

ERLÄUTERUNGEN 447

671   *die Gattin*: Penelope, zu der Ulixes erst nach 20jähriger Abwesenheit zurückkehrte; er fand sie von unzähligen Freiern bedrängt.

698–761 Iphis und Anaxarete

698 ff.   Die Darstellung des Verhaltens des verliebten Iphis ist ganz nach dem Muster des Liebenden in der römischen Elegie gestaltet.

707   *durch schmeichelnde Tafeln*: auf Wachstafeln geschriebene Briefe; vgl. zu IX 528 ff. 565 ff.

711   das Sternbild der »Böcke« (*Haedi*) geht Mitte Dezember unter. Es ist die Zeit der regenbringenden Winterstürme.

712   das Eisen aus Noricum, der Steiermark, galt als besonders gut.

725   *zwiefach des Lichtes entbehren*: des Sonnenlichtes und der Geliebten, die auch »mein Licht« genannt wurde.

736   *ein solches Gewinde*: Iphis vergleicht sich selbst, wie er vor der Türe hängen wird, mit den Kränzen, die er vor diese gehängt hatte.

750   *der Gott, der rächende*: Rhamnusia; vgl. III 406 XIV 694.

760 f.   der »*Ausschauhaltenden Venus*«: In Salamis auf Cypern war anscheinend in einem Tempel der Venus ein Bild der Göttin in eigentümlich vorgebeugter Haltung, das den Anlaß zu der Bildung dieser Sage gegeben hat.

765   *der Gott der vielen Gestalten*: vgl. XIV 685.

ROMULUS (XIV 772–851)

772–804 Lautulae

772 ff.   Amulius raubte seinem Bruder Numitor die Herrschaft; dessen Enkel Romulus und Remus stürzten ihn und setzten Numitor wieder in die Herrschaft ein.

774   *Man*: Romulus und Remus. Die Sabiner führten als Väter Krieg gegen das neugegründete Rom, weil Romulus ihre zu einem Wettkampf als Gäste geladenen Töchter hatte rauben lassen. Tarpeia: s. NR.

780 f.   Bei dem Tor, das Romulus (der Sohn der Rhea-Silvia) geschlossen hat, handelte es sich nicht um das von Tarpeia geöffnete zum Kapitol, sondern um ein in die Stadt führendes.

784   *niemals machen zunicht*: vgl. III 336.

790   *des Janus geöffneter Mund*: Der Gott ist hier gleichzeitig sein Element, der Tür-oder-Toreingang selbst.

799 ff.   Der Kampf zwischen Schwiegervätern (Sabinern) und Schwiegersöhnen (Römern) wurde durch die entführten Sabinerinnen, die sich zwischen die Streitenden warfen, beendet. Romulus und Tatius herrschten darauf bis zu dem Tode, den Tatius bei einem Volksauflauf in Lavinium fand, gemeinsam.

805–828 Die Vergöttlichung des Romulus

823   *der Silvia Sohn*: Romulus.

448   ERLÄUTERUNGEN

825 *die bleierne Kugel*: vgl. zu II 727.
828 *Trabea*: ein weißer Mantel mit scharlachroten horizontalen Streifen und einem purpurnen Saum, der ursprünglich von den Königen
Roms getragen wurde. Die Stelle spielt wohl auf ein Standbild des Quirinus an, das diese Tracht trug.

829–851 Hersilia
836f. *des Quirinus Hügel*: Der Senat hatte dem Romulus gleich nach
seinem Hingang einen Tempel auf dem Quirinalis geweiht; vgl. XIV
845f.

BUCH XV

NUMA (XV 1–487)

2   *einem solchen König*: dem Romulus.
8   *die Stadt des Herculesfreundes*: Croton.

12–59 Myscelus
12   *Hispaniens Rinder*: die Rinder des Geryon(es); *Juppiters Sohn*:
Hercules.
22   *Träger der Keule*: Hercules.
34   *den häuslichen Gott*: seine Hausgötter, die Penaten.
39   *du, dem der Mühen zwölf ...*: Hercules; vgl. IX 182ff.

60–478 Pythagoras
60   *ein Mann*: Pythagoras; der halbgeschichtlichen Überlieferung nach
lebte Numa (715–672 v.Chr.) freilich lange vor Pythagoras (6.Jh.).
61   *als Feind der Tyrannis*: des Polykrates und seiner Brüder; Pythagoras verließ Samos 532/31 v.Chr.
66f. *der Schweigenden Kreise*: Die Schüler des Pythagoras mußten die
Bedingung eines mehrjährigen Schweigens erfüllen. Das Wort des Mei-
sters hatte bei ihnen unbedingte Autorität. Der Hinweis »ER hat es
gesagt« (gr. *autós epha*), beendete jede weitere Diskussion.
70   Zur Entstehung des Blitzes vgl. zu I 55f.
96   *die »Goldene« (Zeit)*: vgl. I 89–112.
133   *die Frucht*: Man streute dem Opfertier eine Mischung von Spelt-
schrot und Salz auf die Stirne.
150ff. das Leugnen eines Lebens in der Unterwelt ist nicht pythago-
reisch, sondern epikureisch.
178   *die Formel* »Alles fließt« und der Vergleich von dem Flusse sind
von Neupythagoreern übernommene Bestandteile der Lehre Heraklits.
187   *diesen strahlenden Glanz*: das Licht des heutigen Tages.
189f. *der glänzende Stern auf dem weißen Rosse*: der Morgenstern
(*Lucifer*).
192f. *des Gottes Schild*: die Sonnenscheibe.

ERLÄUTERUNGEN 449

232 f. *des Tyndarëus Tochter*: Helena; sie wurde in ihrer Jugend von Theseus, zum zweiten Male von Paris entführt.

237 ff. *die Elemente*: vgl. I 15 ff.

260 *vom Gold auf das Eisen*: vgl. I 89–150.

284 *der Keulenschwinger*: Hercules.

319 *Salmacis*: vgl. IV 285 ff.

326 *des Proetus rasende Töchter*: die Proetiden.

337 Die Symplegaden bildeten für die Argo noch eine Gefahr; nachdem diese sie durchfahren hatte, blieben sie unbeweglich; vgl. VII 62 f.

350 *Erdpech (bitumen)*: vgl. IX 660 XIV 792.

364 ff. Dieser Vorgang heißt »Bugonie«; *l.c.*: Vergil, ›Vom Landbau‹ IV 531 ff.

374 *des grabmalschmückenden Falters*: der Schmetterling findet sich als Bild der Seele oft auf Grabmälern dargestellt.

383 *das wächserne Sechskant*: die Bienenwabe.

385 *Vogel der Juno*: der Pfau; vgl. I 722.

386 *Juppiters waffenbewehrter Vogel*: der Adler; vgl. IV 714 XII 560.

394 *Amomum*: in Indien, Medien, Armenien heimische Gewürzstaude, aus deren Frucht ein kostbarer Balsam hergestellt wurde.

398 *Casia*: Baum mit wohlriechender Rinde; *Narde*: Bezeichnung für mehrere wohlriechende Pflanzenarten; vgl. X 307–310. 500.

411 die Fabel, daß das Chamäleon sich von der Luft ernähre, rührt vielleicht daher, daß das Tier wie alle Reptilien sehr lange ohne Schaden hungern kann.

414 *Luchse als Gespann des Bacchus*: vgl. IV 25.

416 *die Koralle*: vgl. IV 750 ff.

444 *Phrygiens Enkel*: die Römer als Nachkommen der Troianer.

447 f. *der Sproß aus Iulus' Blut*: Augustus.

450 f. *dem Penatenträger Aeneas*: Er hat seine Hausgötter aus dem brennenden Troia gerettet; vgl. XIII 623 ff.

451 *die heimischen Mauern*: Pythagoras ist zwar Samier, er war aber in einer früheren Verkörperung als Euphorbus ein Troianer; vgl. XV 160.

475 *in die schreckenflitternden Federn*: An den Stricken, mit denen man das Jagdgebiet umspannte, brachte man Federn an, deren Bewegung das Wild zurückscheuchen sollte (vgl. die Lappen der neuzeitlichen Jagd).

479–551 Egeria
482 *der Nymphe*: Egeria.
489 *die taurische Göttin*: vgl. XIV 331.

497–546 Hippolytus
498 *seiner frevlen Stiefmutter*: Phædra, Tochter des Monos und der Pasiphaë.

450 ERLÄUTERUNGEN

505 *durch ein feindliches Beten*: Auf ein Gebet des Theseus sendet
Neptun (Poseidon) den Stier.

533 *der Phœbusentstammte*: Aesculapius (Asklepios); vgl. II 645 ff.
(Ocyrhoë).

543 *der an die Pferde könnte erinnern*: Hippolytus (gr. *hippos*
»Pferd«).

552–559 Tages
552 *der Kriegerin Sohn*: Hippolytus als Sohn der Amazone Antiope
(oder Hippolyte).

560–564 Die Lanze des Romulus
560 ff. Noch zur Zeit Caligulas wurde am Palatinushügel der Kornel-
kirschbaum gezeigt, der aus der Lanze des Romulus entstanden sein
soll.

565–621 Cipus
565 Man mag diese Hörner als ein Sinnbild von Kraft und Macht
ansehen und sie mit denen vergleichen, die der Moses des Michelangelo
trägt, oder mit denen, die die Flußgötter auszeichnen; es kann aber auch
eine Umdeutung eines hornartigen Helmschmucks sein, der als militäri-
sche Auszeichnung verliehen wurde.

590 *die Väter*: die Senatoren.

622–744 Aesculapius
626 *eine schreckliche Seuche*: Es handelt sich um die Pest im Jahre 293
v. Chr. Die Überführung des Aesculapiusdienstes nach Rom fand im
folgenden Jahre statt.

635 *der Dreifuß*: Von diesem aus gab die Priesterin von Delphi, die
Pythia, ihre Orakelsprüche.

653 *der helfende Gott*: Aesculapius.

701 f. Das Vorgebirge Lacinium trug einen berühmten Tempel der
Juno (Hera).

709 *das Vorgebirge Minervas*: an der Südspitze des campanischen
Golfes.

711 *des Hercules Stadt*: Herculanëum.

712 *Parthenope*: alter Name für Neapolis; die Stadt soll nach den
Sirenen so genannt sein (gr. *parthénos* »Jungfrau«).

713 *die heißen Quellen*: der Badeort Baiæ.

714 *Liternum, der Ort der Mastixbäume*: Aus dem Mastixstrauch (*Pi-
stacia lentiscus*) wird der Mastixgummi gewonnen.

714 f. *der die Mengen Sandes schleppt*: der Fluß Volturnus.

716 *drückende Luft*: Minturnæ hatte, weil in seiner Nähe viele Sümpfe
waren, ein ungesundes Klima.

716 *Die vom Zögling begrabene Amme*: Caëta; vgl. XIV 441.

717 *des Antiphates Haus*: Formiæ; vgl. XIV 234. 249.

ERLÄUTERUNGEN 451

718 *der Circe Land*: das Gebiet von Circeï; vgl. XIV 348.

722 *des Vaters Haus*: der Tempel des Apollo in Antium.

727f. *zum heilgen Sitz der Laviniastadt*: Lavinium galt als Gründung des Aeneas und war als Hauptstadt des alten Latinerbundes die »Mythische Metropole Roms«.

730 *die sein Feuer bewahren*: die Vestalinnen.

731 *troische Vesta*: Aeneas soll aus Troia ein Bild der Vesta und ihr heiliges Feuer mitgebracht haben.

CAESAR UND AUGUSTUS (XV 745–870)

746 *in Panzer und Toga*: in Krieg und Frieden. Die Toga ist das bürgerliche Festgewand des Römers.

750 *seine Nachkommenschaft*: Der spätere Augustus war ein Enkel der Schwester Cæsars, ein Sohn von deren Tochter Atia; er wurde von Cæsar adoptiert.

752ff. Über seine Expeditionen nach Britannien in den Jahren 55 und 54 berichtet Cæsar in seinem ›Gallischen Krieg‹; in Afrika besiegte er in der Schlacht bei Thapsus im Jahre 46 die von dem Numiderkönig Juba unterstützten Republikaner; von seinem Sieg über Pharnaces, den Sohn des großen Mithridates von Pontus, bei Zela im Jahre 47 ist die Siegesmeldung *veni, vidi, vici* bekannt.

762 *dem Priester*: Cæsar war seit dem Jahre 74 Pontifex, seit dem Jahre 63 Pontifex Maximus.

769 *die mich die Lanze des Tydeussohnes verwundet*: Venus von Diomedes verwundet; s. XIV 477.

772 *der Schweigenden Sitze*: das Totenreich; vgl. XIV 105–157.

773f. *Krieg mit Turnus*: vgl. XIV 445ff.; *mit Juno*: vgl. zu XIV 581f.

778 *löscht das Feuer der Vesta nicht aus*: Cæsar hat als Pontifex Maximus auch die Oberaufsicht über das Feuer der Vesta; Venus fürchtet, mit Cæsars Ermordung könnte auch das Feuer der Vesta erlöschen.

780f. *die alten Schwestern*: die Parzen.

791 *der stygische Künder des Unheils*: vgl. V 533ff.

795 *das Haupt im Geweide zerschnitten*: mit »Haupt« ist hier eine Anschwellung im rechten Leberlappen gemeint; es galt als böses Vorzeichen, wenn dieser mit dem Opfermesser zerschnitten war.

801 *Schwerter trägt man*: die gegen Cæsar Verschworenen.

805 So rettete Venus den Paris, als Menelaus ihn nach dem Zweikampf am Helmriemen schleifte, und den Aeneas vor Diomedes (›Ilias‹ III 374ff. V 311ff.).

808 *die (drei) Schwestern*: die Parzen; vgl. XV 780f.

819 *sein Sohn*: Augustus, eigtl. sein Großneffe; s. zu XV 750.

824f. *des Großen Namen*: Gnæus Pompeius, der Gegner Cæsars, hatte den Beinamen Magnus (»der Große«); sein Sohn Sextus Pompeius

452 ERLÄUTERUNGEN

führte den Beinamen des Vaters weiter; er wurde von Agrippa, dem Admiral des Octavianus, bei Sizilien besiegt, nachdem er lange die Meere dort unsicher gemacht hatte.

826 *des römischen Feldherrn ägyptisches Weib*: Cleopatra als Gemahlin des Antonius, der von Octavianus bei Actium im Jahre 31 v.Chr. geschlagen wurde.

836 *dem Sohn, den die heilge Gattin geboren*: Tiberius, der Sohn der Livia aus deren erster Ehe, wurde von Augustus adoptiert und als Nachfolger eingesetzt.

838 *der Alte von Pylos*: Nestor.

841 *Haarstern*: Komet.

842 *vom hohen Hause*: Der Tempel des vergöttlichten Iulius stand am südöstlichen Ende des Forums.

848 *höher als der Mond*: Über dem Monde begann nach antiker Vorstellung der Äther, unter ihm war noch die dichtere irdische Luft.

861 *des Aeneas Geleit*: die Penaten, die Aeneas aus Troia mitnahm, haben ihn auf all seinen Irrfahrten bis nach Italien begleitet.

862 *ihr Götter des Landes (di Indigetes)*: Der vergöttlichte Aeneas wurde ihnen zugezählt.

864 *die du zählst zu Cæsars Penaten*: Augustus hatte, weil er als Pontifex Maximus verpflichtet war, neben dem Tempel der Vesta zu wohnen, dieser neben seinem Palast auf dem Palatinus eine Kapelle geweiht; so wurde sie wie Apollo, dem er einen Tempel auf dem Palatin errichtete, unter seine Hausgötter, seine Penaten, aufgenommen.

SPHRAGIS (XV 871–879)

s. dazu Einführung S. 16

NAMENREGISTER

Die Nennung von Buch- und Verszahl verweist bei den großen Figuren auf die wichtigsten Ereignisse. Im übrigen werden Stellen nur angegeben, wenn ein und derselbe Name mehrere Figuren bezeichnet oder wenn die betreffende Figur nur einmal vorkommt.

Äther: der helle Himmel und die feurig-reine Luft, die ihn erfüllt

Abaris: Krieger des Phineus V 86

Abas: 1. König von Argos, Vater des Acrisius, Urgroßvater des Perseus IV 607 u. ö. 2. Krieger des Phineus V 126 3. Centaur XII 306 4. Gefährte des Diomedes XIV 504

Acanthus: distelähnliche Pflanze, deren auffällige Blätter das korinthische Säulenkapitell zieren

Acarnanien: Landschaft in Mittelgriechenland

Acastus: König von Iolcus, Sohn des Pelias, Teilnehmer an der calydonischen Eberjagd

Acestes: König von Segesta auf Sizilien XIV 83

Achaeer: Bewohner der Landschaft Achaia auf der Peloponnes; oft svw. »Griechen«

Achaemenides: Gefährte des Odysseus, auf der Cyclopeninsel zurückgeblieben XIV 161 ff.

Achaia: s. Achaeer

Achelous: Strom in Mittelgriechenland, zwischen Aetolien und Acarnanien, sowie der zugehörige Flußgott

Acheron: Fluß in der Unterwelt

Achill: Sohn des Peleus und der Thetis, größter griechischer Held im trojanischen Krieg, von Paris getötet (XII 580ff.). Um seine Waffen stritten Odysseus und Aiax (XII 620ff.)

Achilles: s. Achill

Achiver: wie Achaeer ein anderer Name für »Griechen«

Acis: Sohn des Faunus, Geliebter der Galatea, von Polyphem getötet, von den Himmlischen in den Gott eines Flusses auf Sizilien verwandelt XIII 750ff.

Acmon: Gefährte des Diomedes XIV 484ff.

Acoetes: Lyder, der König Pentheus die Geschichte von Bacchus und den etruskischen Seeräubern erzählte III 574ff.

Aconiton: ein starkes Gift, vielleicht Eisenhut

Aconteus: Äthiopier V 201

Acrisius: König von Argos, Vater der Danaë, Großvater des Perseus

Acrota: König von Alba Longa XIV 617ff.

Actaeon: Enkel des Cadmus, erblickte Diana im Bad, wurde in einen Hirsch verwandelt und von den eigenen Hunden zerrissen III 138ff.

actisch: vom Vorgebirge Actium stammend, bei dem 31 v. Chr. Octavian, der spätere Augustus, Marcus Antonius und Kleopatra in einer Seeschlacht entscheidend schlug XIII 714

Actor: 1. Vater der calydonischen Jäger Eurytus und Cteatus VIII 308 2. Vater des Eurytus, eines Kämpfers für Phineus V 79 3. Vater (richtiger: Großvater) des Patroklos XIII 273

Adonis: Sohn der Myrrha von ihrem

NAMENREGISTER

Vater Cinyras, wegen seiner Schönheit von Venus geliebt X 503 ff.

Aeacus: Sohn des Juppiter und der Aegina, Herrscher über die nach seiner Mutter benannte Insel, berichtete von der dortigen Pest und den Ameisenmenschen (VII 518 ff.). Vater des Telamon, Peleus und Phocus, Großvater des Achill. Nach seinem Tod Richter in der Unterwelt (XIII 25 f.)

aeaeisch: von der Insel der Circe, Aeaea IV 205

Aeas: Fluß in Epirus I 580

Aeetes: König von Kolchis, Sohn des Sonnengotts, Vater der Medea

Aegaeon: riesenhafter Meergott II 10

Aegeus: König von Athen, Vater des Theseus, den Medea beinahe vergiftet hätte (VII 420). Als dieser nach Kreta segelte, um seine Vaterstadt von den Menschenopfern für den Minotaurus zu befreien, versprach er, bei glücklicher Rückkehr statt schwarzer weiße Segel zu setzen – und vergaß das. Aus Kummer über den vermeintlichen Tod seines Sohns stürzte sich Aegeus in das nach ihm benannte Meer, die Ägäis (IX 448; XI 663)

Aegina: 1. Nymphe, Tochter des Asopus, Mutter des Aeacus VII 616 2. nach ihr benannte Insel vor Attica, früher Oenopia VII 474

Aegine: s. Aegina

Aegis: das Bild der Medusa mit dem Schlangenhaar, das Minerva auf ihrem Schild und ihrem Brustpanzer trägt

Aello: Harpyie XIII 710

Aeneas: Sohn des Anchises und der Venus, rettete Vater und Sohn aus dem brennenden Troja, gelangte auf langer Irrfahrt über Karthago, dessen Königin Dido ihn halten wollte, nach Italien, wo er seinem Volk eine neue Heimat schuf. Über seinen Sohn Ascanius/Ilus/Iulus führte sich das Geschlecht der Julier (Caesar, Augustus) auf ihn zurück, der als Gott *Indiges* verehrt wurde

Aeolus: 1. Gott der Winde, auf einer der Äolischen Inseln nordöstlich von Sizilien daheim, Vater der Alcyone I 262 u. ö. 2. Ahnherr der Aeolier, eines der vier großen Griechenstämme, Vater des Athamas (IV 512), Sisyphus (XIII 26) und der Canace (VI 116), einer Geliebten des Neptunus, sowie Großvater des Cephalus (VI 681; VII 672)

Aesacus: Sohn des Priamus, in einen Tauchervogel verwandelt XI 751 ff.

Aesar: Fluß in Unteritalien XV 22

Aeson: König von Iolcus, Vater des Iason, durch seinen Bruder Pelias vertrieben, von Medea verjüngt VII 159 ff.

Aethalion: etruskischer Seeräuber III 647

Aethion: Äthiopier V 146

Aethiopien: sagenhaftes Land im Südosten des Erdkreises, wo der Sonnengott seinen Palast hat; später auch svw. Nubien

aethiopisch: s. Aethiopien

Aetna: der Vulkan Ätna auf Sizilien

Aetoler: Bewohner der Landschaft Ätolien im westlichen Mittelgriechenland

Aetolien: s. Aetoler

Africa: in der Antike meist das nördliche Afrika, das man auch Libyen nannte

Agamemnon: König von Mykene, Sohn des Atreus, Führer der Griechen gegen Troja, gezwungen, seine Tochter Iphigenie zu opfern (XIII 184)

Aganippe: den Musen heilige Quellen am Helicon in Böotien V 312

Agaue: Tochter des Cadmus, Mutter des Pentheus, den sie in bacchantischer Wut zerriß III 710 ff.

Agenor: König von Phönizien, Vater der Europa und des Cadmus

Aglauros: Tochter des Cecrops, wegen ihrer Neugier und ihres Neids von Minerva bestraft II 708 ff.

Agyrtes: Äthiopier V 148

Aiax: Sohn des Telamon, nach Achill der tapferste Grieche vor Troja, ver-

NAMENREGISTER

übte Selbstmord, als er im Streit um
die Waffen dem Odysseus unterlag;
aus seinem Blut erwuchs dieselbe
Blume wie aus dem des Hyacinthus,
nur daß nun das doppelte AI, das
man auf ihren Blütenblättern erkennen kann, für den Namen des Helden steht (XII 624–XIII 398)

Alastor: Lykier XIII 257

Alba: 1. die Stadt Alba Longa in La-
tium XIV 609 2. ein König dieser
Stadt in der Nachfolge des Aeneas
XIV 612

Albula: älterer Name des Tiber
XIV 328

Alcander: Lykier XIII 258

Alcathous: Sohn des Pelops, Gründer
von Megara VIII 8

Alceus: Vater des Amphitryon, des
Stiefvaters des Hercules

Alcidamas: Vater eines verwandelten
Mädchens auf Cos VII 369

Alcimedon: etruskischer Seeräuber
III 618

Alcinous: König der Phäaken, der
Odysseus in seine Heimat zurück-
bringen ließ XIV 565

Alcithoe: Tochter des Minyas

Alcmene: Gattin des Amphitryon, in
dessen Gestalt von Juppiter zur
Mutter des Hercules gemacht

Alcon: Erzgießer XIII 683

Alcyone: Tochter des Aeolus (1.),
Gattin des Ceyx, in einen Eisvogel
verwandelt, während dessen Brut-
zeit im Winter Aeolus die Winde im
Kerker hält (»Halkyonische Stille«)
XI 416ff.

Alemon: Vater des Myscelus XV 19

Alexirhoe: Nymphe, Mutter des Aesacus XI 763

Almo: Nebenfluß des Tiber XIV 329

Aloeus: Stiefvater der gewalttätigen
Riesen Otos und Ephialtes, die seine
Gattin Iphimedeia dem Neptun ge-
bar VI 117

Alphenor: Sohn der Niobe VI 248

Alpheus: Fluß auf der Peloponnes,
und der zugehörige Flußgott

Althaea: Mutter des Meleagros, den sie
aus Rache für ihre Brüder tötete, in-

dem sie ein Holzscheit verbrannte,
an dessen Bestand einst die Schick-
salsfrauen das Leben ihres Kindes
gebunden hatten VIII 446ff.

Amathus: erzreiche Stadt auf Zypern,
der Venus heilig

amathusisch: s. Amathus

Ambracia: Stadt in Epirus XIII 714

ambrosisch: der Götternahrung Ambrosia gleich, oft svw. »göttlich, unsterblich (machend)«

Amenanus: Fluß auf Sizilien XV 279

Ammon: 1. der ägyptische Sonnengott
Amon-Ra, mit Widderkopf oder
-gehörn dargestellt, von den Griechen und Römern mit Zeus bzw.
Juppiter gleichgesetzt IV 671 u. ö.
2. ein Faustkämpfer V 107

Amomum: ölreiche, wohlriechende
Pflanze, wahrscheinlich Kardamom

Amor: Sohn der Venus, Liebesgott

Amphimedon: Libyer V 75

Amphion: Sohn des Juppiter und der
Antiope, König von Theben, dessen
Mauern sich bei seinem Saitenspiel
fügten, Gatte der Niobe, tötete sich
nach dem Verlust seiner Kinder VI
221ff.

Amphissus: Sohn des Apollo IX 356

Amphitryon: Stiefvater des Hercules,
s. Alcmene

amphrisische Felsen: Bergzug oder
Klippen in Unteritalien XV 703

Amphrysus: Fluß in Thessalien

Ampycus: 1. äthiopischer Priester
V 110 2. Vater des Sehers Mopsus
VIII 316 u. ö.

Ampyx: 1. Krieger des Phineus V 184
2. Lapithe XII 450

Amulius: Sohn des Proca, König von
Alba Longa, nachdem er seinen
Bruder Numitor entmachtet hatte;
von Romulus und Remus erschlagen XIV 722

Amyclae: Stadt in Lakonien (Peloponnes) VIII 314

Amyclas: Vater des Hyacinthus,
Gründer von Amyclae X 162

Amycus: Centaur XII 245

Amymone: Quelle in der Argolis (Peloponnes) II 240

456 NAMENREGISTER

Amyntor: König der Doloper, Vater
des Phoenix (1.)

Amythaon: Vater des Sehers Melampus XV 325

Anaphe: Kykladeninsel VII 461 f.

Anapis: Fluß bei Syrakus (Sizilien)
V 417

Anaxarete: schönes Mädchen aus Kreta, verschmähte den verliebten Iphis
(2.) XIV 698 ff.

Ancaeus: Teilnehmer an der calydonischen Eberjagd VIII 315 ff.

Anchises: Vater des Aeneas, Geliebter
der Venus (IX 425), von seinem
Sohn in der Unterwelt aufgesucht
(XIV 118)

Andraemon: 1. Gatte der Dryope
IX 333 2. Vater des Thoas XIII 357

Andromeda: Tochter des Äthiopierkönigs Cepheus, sollte einem Meer-
ungeheuer geopfert werden, das
Neptun zur Strafe sandte, weil ihre
Mutter Cassiopeia sich für schöner
hielt als die Nereustöchter, wurde
aber von Perseus gerettet (IV 671–V
236)

Andros: Kykladeninsel

Anigrus: Bach in Elis XV 282

Anio: Nebenfluß des Tiber XIV 329

Anius: Priesterkönig auf Delos

Antaeus: riesenhafter Sohn der Erde,
der aus ihr immer neue Kraft gewann, solange er sie berührte; daher
hob ihn Hercules in die Höhe und
erdrückte ihn IX 184

Antandros: Hafenstadt an der Küste
bei Troja XIII 628

Antenor: alter Trojaner, der für die
Rückgabe Helenas eintrat XIII 201

Anthedon: Stadt an der Küste Böotiens, Euböa gegenüber

Antigone: Tochter des Trojanerkönigs
Laomedon, die sich wegen ihrer langen Haare so schön wie Juno vor-
kam und zur Strafe in einen Storch
verwandelt wurde VI 93

Antimachus: Centaur XII 460

Antiphates: König der menschenfressenden Lästrygonen

Antissa: Stadt an der Nordküste von
Lesbos XV 287

Antium: Stadt an der Küste von Latium XV 718

Anubis: ägyptischer Gott, mit einem
Hundekopf dargestellt IX 690

Aphareus: 1. König von Messene
VIII 304 2. Centaur XII 341

Aphidas: Centaur XII 317

Apidanus: Fluß in Thessalien, mündet
in den Peneus

Apis: heiliger Stier der Ägypter, nach
bestimmten Merkmalen ausgewählt,
in Memphis verehrt und nach seinem Tod als Apis-Osiris einbalsa-
miert IX 691

Apoll: Gott der Heil- und Dichtkunst,
Musik und Weissagung, Sohn Juppiters und der Latona, Bruder der
Diana, Vater des Aesculapius und
Orpheus, auf Delos geboren (VI
335 f.), tötete den Drachen Python
(I 331 ff.), warb vergeblich um
Daphne (I 452 ff.), rächte sich an seiner Geliebten Coronis (II 542 ff.),
strafte Niobe (VI 215 ff.), schindete
Marsyas (VI 382 ff.), liebte Cyparissus (X 106 ff.) und Hyacinthus (X
162 ff.), siegte mit seinem Saitenspiel
über Pans Flöte und gab Midas
Eselsohren (XI 153 ff.), lenkte den
Pfeil des Paris auf Achill (XII
585 ff.), baute mit Neptun Trojas
Mauern (XI 194 ff.) und gewährte
der Sibylla ein übermenschlich langes Leben (XIV 132 ff.)

Apollo(n): s. Apoll

Appenninus: Gebirgszug in Italien

apulisch: aus Apulien in Süditalien

Arachne: lydische Weberin, die sich
auf einen Wettstreit mit Minerva
einließ und in eine Spinne verwandelt wurde VI 5 ff.

Arcader: Bewohner der Landschaft
Arcadien im Herzen der Peloponnes;
in VIII 391 wird der calydonische Jäger Ancaeus als Arcader bezeichnet

Arcadien: s. Arcader

arcadisch: s. Arcader

Arcas: Sohn des Juppiter und der Callisto, mit seiner Mutter, die in eine
Bärin verwandelt ist, als »Bärenhü-

NAMENREGISTER

ter« unter die Sterne versetzt II 468 ff.

Arcesius: Sohn des Juppiter, Großvater des Odysseus XIII 144

Ardea: Stadt der Rutuler, aus deren Asche sich ein Kranich erhob XIV 573 ff.

Arestor: Vater des hundertäugigen Argus I 624

Arethusa: Quelle auf der Halbinsel Ortygia bei Syrakus, deren Nymphe ursprünglich bei Pisa in Elis daheim war, aber vor der Verfolgung durch den Flußgott Alpheus floh und, von Diana in einen Quell verwandelt, unterirdisch nach Sizilien kam V 409 ff.

Argiver: Einwohner von Stadt und Landschaft Argos in der nordöstlichen Peloponnes, oft auch allgemein »Griechen«

argivisch: s. Argiver

Argo: das Schiff Iasons und der Argonauten, die das Goldene Vlies aus Colchis holten

Argos: s. Argiver

Argus: der hundertäugige Wächter, der im Auftrag Junos die in eine Kuh verwandelte Io hütete. Nach seiner Ermordung durch Mercurius setzte Juno die Augen des Argus auf den Schweif ihres Vogels, des Pfaus

aricisch: bei Aricia, einer alten Stadt in Latium mit einem Dianaheiligtum und der Quelle der Egeria

Armenien: Land am Oberlauf des Euphrat und Tigris

Arne: in eine Dohle verwandelte Verräterin VII 465

Ascalaphus: Sohn des Acheron, verriet, daß Proserpina in der Unterwelt Granatapfelkörner aß, und wurde zur Strafe in einen Uhu verwandelt V 533 ff.

Ascanius: Sohn des Aeneas, Gründer von Alba Longa, auch Iulus genannt und vom Geschlecht der Iulier (Caesar, Augustus) als Stammvater beansprucht

Asien: in der Antike wurde das heutige Kleinasien so genannt

Asopus: Fluß in Böotien; sein Gott war Vater der Aegina und Großvater des Aeacus

Assaracus: Sohn des Tros, des Ahnherrn der Trojaner XI 756

Assyrer: Volk im nördlichen Mesopotamien

Assyrier: s. Assyrer

Asterie: Geliebte des Juppiter, zu der er als Adler kam VI 108

Astraea: Göttin der Gerechtigkeit, die im eisernen Zeitalter von der Erde floh I 150

Astraeus: Titan, Vater der Winde von Aurora XIV 545

Astreus: Krieger des Phineus V 144

Astyages: Krieger des Phineus V 203 ff.

Astyanax: Sohn des Hektor und der Andromache, bei der Eroberung Trojas durch Neoptolemus von einem Turm geschleudert XIII 415

Astylos: zukunftskundiger Centaur XII 308

Astypalaea: eine Insel der Sporaden VII 461 f.

Atalanta: 1. Arkadierin, nahm an der calydonischen Eberjagd teil, von Meleager begehrt VIII 317 ff. 2. Böotierin, von Hippomenes mit Hilfe der Venus im Wettlauf besiegt X 560 ff.

Athamas: Sohn des Aeolus (1.), Gatte der Ino, Vater des Melicertes und des kleinen Learchus, zerschmetterte im Wahnsinn sein eigenes Söhnchen IV 420 ff.

Athis: Inder V 47 ff.

Athos: Vorgebirge auf der Halbinsel Chalkidike, heute der heilige Berg der Ostkirche

Atlas: Riese, Sohn des Iapetus, Vater der Maia und Großvater des Mercurius, Träger des Himmelsgewölbes, beim Anblick des Medusenhaupts in einen Berg verwandelt

Atrax: Stadt in Thessalien XII 209

Atreus: Enkel des Tantalos, Sohn des Pelops, Bruder des Thyestes, Vater des Agamemnon und Menelaos, König in Mykene

458 NAMENREGISTER

Atride: Agamemnon und Menelaos als
Söhne des Atreus

Attica: Griechische Landschaft mit der
Hauptstadt Athen

Attis: Phryger, Geliebter der Cybele
X 104

attisch: aus Attica/Athen

August: s. Augustus

Augustus: »Erhabener«, ehrender Beiname, der C. Iulius Caesar Octavianus, Caesars Adoptivsohn, nach Be-
endigung der Bürgerkriege 27
v. Chr. verliehen wurde, als er zum
Schein alle außerordentlichen Be-
fugnisse in die Hände des Senats zu-
rücklegte. Er leitete danach den
Staat als *princeps* (»erster Mann«)

Aulis: Hafenstadt in Böotien, Euböa
gegenüber, wo die Griechen sich
zur Fahrt gegen Troja sammelten
und Iphigenie opfern wollten

Aurora: Göttin der Morgenröte, Gattin des Tithonus, Mutter des Memnon

Aurore: s. Aurora

Ausonier: angeblich die Ureinwohner
Italiens

Auster: der Südostwind

Autolycus: listiger Sohn des Mercurius
und der Chione

Autonoe: Tochter des Cadmus, Mutter des Actaeon, zerreißt zusammen
mit Agaue den Pentheus III 720

Aventinus: König von Alba Longa, auf
dem nach ihm benannten römischen
Hügel begraben

avernisch: in der Unterwelt befindlich

Avernus: ein Kratersee in der Gegend
von Cumae/Neapel, wo man einen
Eingang zur Unterwelt vermutete,
oft svw. Unterwelt

Babylon: alte Großstadt am Euphrat
in Mesopotamien

Bacchantinnen: Begleiterinnen des
Bacchus, die in ihrer Ekstase selbst
den Sänger Orpheus nicht schonten

Bacchen: Begleiter des Bacchus

Bacchis: eine Bacchantin

Bacchus: Sohn der Semele und des
Juppiter, der das Kind in seinem

Schenkel austrug (III 660 ff.); strafte
seinen Verächter Pentheus (III
517 ff.), die etruskischen Seeräuber
(III 660 ff.), die Töchter des Minyas
(IV 1 ff.) und die Mörderinnen des
Orpheus (XI 67 ff.), verlieh Midas
die Gabe, alles, was er berührte, in
Gold zu verwandeln (XI 85 ff.), be-
schenkte und verwandelte die Töchter des Anius (XIII 650 ff.)

Bactrer: Bewohner der Landschaft
Baktrien zwischen Persien und Af-
ghanistan

Baleare: Einwohner der Balearen vor
der spanischen Ostküste

Battus: Hirt des Neleus II 687 ff.

Baucis: fromme, gütige Gattin des Philemon VIII 620 ff.

Beliden: die fünfzig Töchter des Danaus, des Sohnes des Belus, die – mit
einer Ausnahme – ihre Verlobten in
der Hochzeitsnacht töteten und
dafür in der Unterwelt ewig mit einem
Sieb Wasser in ein Faß ohne Boden
füllen mußten (IV 463; X 44)

Bellona: römische Kriegsgöttin

Belus: Assyrerkönig, Ahnherr der
Leukothoe IV 213

Beroe: Semeles Amme, deren Gestalt
Juno annahm III 278

Bienor: Centaur XII 345

Boebe: Stadt an gleichnamigem See in
Thessalien

Boeotien: die Landschaft Böotien in
Mittelgriechenland mit der Hauptstadt Theben

boeotisch: s. Boeotien

Bootes: »Rinderhirt«, der unter die
Sterne versetzte Arcas, auch Arkto-
phylax, Bärenhüter, genannt; s. Callisto

Boreas: der Nordwind

Briten: die keltischen Einwohner des
heutigen Großbritannien

Bromus: Centaur XII 459

Broteas: 1. Äthiopier V 107 2. Lapithe
XII 262

Bubastis: die löwenköpfige ägyptische
Göttin Bastet, in der Stadt Bubastis
im Nildelta verehrt IX 691

Bubasus: Stadt in Karien (Kleinasien)

NAMENREGISTER

Buris: versunkene Stadt an der Küste der Peloponnes XV 293

Busiris: ägyptischer König, der Fremde als Opfer abschlachten ließ, von Hercules getötet IX 183

Butes: Begleiter des Cephalus VII 500

Buthrotus: Stadt in Epirus XIII 721

Byblis: Tochter des Miletus, in ihren eigenen Bruder Caunus verliebt IX 454ff.

Cadmus: Sohn des Agenor, gründete auf der Suche nach seiner von Juppiter entführten Schwester Europa die Stadt Theben. Sein Drachenkampf: III 1ff.; seine Verwandlung: IV 563ff.

Caeneus: s. Caenis

Caenis: Tochter des Lapithen Elatus, von Neptun vergewaltigt und auf ihren Wunsch in einen unverwundbaren Mann, Caeneus, verwandelt (XII 171ff.), der im Kampf mit den Centauren durch einen ganzen Berg von Baumstämmen erdrückt wurde (XII 459ff.)

Caesar: 1. C. Iulius Caesar (100–44 v. Chr.), römischer General und Politiker, der Gallien eroberte, im Bürgerkrieg Pompeius bezwang und von Verschwörern unter Führung des Brutus und Cassius an den Iden des März (15. 3. 44) ermordet wurde XV 745ff. 2. Sein Adoptivsohn, der spätere Kaiser Augustus XV 864f.

Caete: Amme des Aeneas, am Kap Gaeta begraben

Caicus: Fluß in Mysien (Kleinasien)

Calais: Sohn des Boreas, mit Flügeln ausgestattet

Calaurea: Insel an der Nordostküste der Peloponnes VII 384

Calliope: die älteste der Musen, Mutter des Orpheus von Apoll, trat gegen die Töchter des Pierus zum Sängerkrieg an V 339

Callirhoe: Tochter des Achelous, Schwiegertochter des Sehers Amphiaraos, deren Söhne vor der Zeit zu Männern wurden, um ihren Vater Alcmaeon rächen zu können IX 413ff.

Calydon: Stadt in Ätolien (Mittelgriechenland), von einem riesigen Eber bedroht, weil ihr König Oeneus die Göttin Diana bei einem Opfer vergaß

Calymne: Insel nördlich von Kos VIII 222

Camenen: altitalische Göttinnen des Gesangs und der Weissagung, später den Musen gleichgesetzt

Canens: »die Sängerin«, Gattin des Picus XIV 333ff.

Canopus: Stadt in Unterägypten, berüchtigt wegen ihrer Sittenlosigkeit

Capaneus: einer von den Sieben, die mit Eteokles gegen Theben zogen; als er sich vermaß, nicht einmal Juppiter könne ihn hindern, die Mauer zu stürmen, erschlug ihn dieser durch einen Blitz IX 404

Capetus: König von Alba Longa XIV 613

Caphereus: Vorgebirge im Süden von Euböa XIV 472ff.

Capitol: Burgberg von Rom mit dem Tempel des Juppiter, der Juno und der Minerva

Caprea: die Insel Capri

Capys: König von Alba Longa XIV 613

Carer: Einwohner von Karien in Kleinasien

carisch: s. Carer

Carpathus: Insel zwischen Rhodus und Kreta, Heimat des wahrsagenden Meergotts Proteus

Carthaea: Stadt auf Kos

Cartheia: s. Carthaea

Casia: wohlriechende Pflanze (Lavendel, Rosmarin?)

Cassiope: Gattin des Cepheus, Mutter der Andromeda

Castor: Sohn der Leda, Bruder des Pollux und der Helena, Teilnehmer an der calydonischen Eberjagd

Castrum: Hafenstadt in Latium XV 727

Caucasus: Gebirge östlich des Schwarzen Meers

Caulon: Küstenstadt in Süditalien (Bruttium) XV 705

Caunus: Bruder der Byblis, vor deren verwerflicher Liebe er floh und die Stadt Kaunos in Karien gründete IX 454 ff.

Caystrus: Fluß in Lydien (Kleinasien), der bei Ephesus mündet

Cea: alter Name der Kykladeninsel Keos VII 368

Cebren: Fluß im Gebiet von Troja XI 769

Cecrops: sagenhafter Gründer Athens, ein schlangenfüßiger Sohn der Erde, Vater von Aglauros, Pandrosos und Herse

Celadon: 1. Ägypter V 144 2. Lapithe XII 250

Celennia: Küstenort in Süditalien XV 704

Celmis: einer der Daktylen vom Ida in Phrygien, die zum Gefolge der Göttermutter Cybele gehörten und Erz zu bearbeiten wußten. Ein Irrtum brachte sie mit dem kretischen Idagebirge, dem Geburtsort des Juppiter, in Verbindung, der Celmis in Stahl verwandelt haben soll, weil er ihn sterblich nannte IV 282

Cenchreis: Mutter der Myrrha X 435

Centauer: Kentauren sind Mischwesen aus Mann und Roß und hausten nach der Sage in den Bergen Thessaliens; ihr Stammvater ist Ixion, der sie mit jenem Wolkengebilde zeugte, das er – von Zeus getäuscht – statt der von ihm begehrten Juno umarmte

Centaur, Centauern: s. Centauer

Cephalus: vornehmer Athener, Enkel des Aeolus (2.), Gatte der Procris, von Aurora vergeblich umworben, entzweite sich mit seiner Gemahlin, als er ihre Treue prüfte, söhnte sich aber wieder mit ihr aus und wurde seinerseits von ihr in der Maske eines hübschen Hirten auf die Probe gestellt, die er nicht bestand. Mit dem Hund, den ihm Procris schenkt, jagte er den teumessischen Fuchs; ihre zweite Gabe, ein Speer,

der nie fehlte, wurde schließlich Procris selbst zum Verhängnis, als sie ihrem Mann eifersüchtig auf die Jagd folgte VII 700 ff.

Cepheus: Sohn des Belus, Bruder des Aegyptus, Danaus und Phineus (1.), König von Äthiopien, Vater von Andromeda IV 669 ff.

Cephisus: 1. Fluß in Phocis und Böotien, entspringt am Parnaß und mündet in den Copaissee; als Gott Vater des Narcissus III 19 u. ö.
2. Fluß in Attica, an dessen Ufern sich Procrustes aufhielt VII 438

Cerambus: Hirt vom Othrysgebirge, bei der Großen Flut von Nymphen in einen Käfer verwandelt VII 353

Cerberus: der dreiköpfige Höllenhund, den Hercules bezwang und vor König Eurystheus brachte

Cercopen: verlogene, eidbrüchige Bewohner der Pithecusen-Inseln vor der süditalienischen Küste, von Juppiter in Affen verwandelt XIV 92

Cercyon: Wegelagerer beim attischen Eleusis, der die Wanderer zwang, sich mit ihm im Ringkampf zu messen, und sie dabei tötete; von Theseus überwältigt VII 439

Ceres: Göttin des Ackerbaus und der Früchte, Mutter der Proserpina, die sie nach ihrer Entführung durch Pluto überall suchte (V 438 ff.). Einen frechen Jungen verwandelte sie in eine Sterneidechse (V 446 ff.) und den bösen König Lyncus, der ihren Abgesandten Triptolemus ermorden wollte, in einen Luchs (V 642 ff.). Den Baumfrevler Erysichthon dagegen strafte sie durch Heißhunger (VIII 738 ff.). Ihre Gabe ist das Brot

Ceyx: friedlicher König von Trachis am Oetagebirge, Sohn des Morgensterns, treuer Gatte der Alcyone XI 410 ff.

Chaonien: Landschaft in Epirus (Nordwestgriechenland)

Chaonier: s. Chaonien

Chaos: regellose Mischung der Elemente vor der Erschaffung der Welt

NAMENREGISTER

Charaxus: Lapithe XII 272

Chariclo: Nymphe, Mutter der Ocyrhoe von Chiron II 636

Charops: Lykier XIII 260

Charybdis: Strudel in der Meerenge von Messina

Chersidamas: Lykier XIII 259

Chimaera: feuerspeiendes Mischwesen aus Löwe, Ziege und Schlange, von Bellerophon erlegt

Chione: Tochter des Daedalion, geliebt von Apollon und Mercur, wegen ihres Stolzes von Diana erschossen XI 301 ff.

Chios: Insel vor der kleinasiatischen Südwestküste

Chiron: Sohn des Saturn, unsterblicher, weiser Centaur, Erzieher des Achill und Aesculapius, wünschte sich von den Göttern die Sterblichkeit, als ihm ein Pfeil des Hercules ohne dessen Schuld eine unheilbare Wunde beibrachte, und wurde als Sternbild (Schütze) an den Himmel versetzt

Chromis: 1. Krieger des Phineus V 103 2. Centaur XII 333

Chromius: Lykier XIII 257

Chrysa: dem Apollon heilige Stadt in Mysien (nordwestl. Kleinasien), von Achill zerstört XIII 174

Chthonius: Centaur XII 441

ciconisch: vom Volk der Ciconen in Thrakien stammend, oft svw. thrakisch

cilicisch: aus Cilicien in Kleinasien stammend

Cilla: dem Apollon heilige Stadt in Mysien, von Achill zerstört XIII 174

Cimmerier: sagenhaftes Volk im dämmrigen Westen der Welt XI 592

Cimolus: Kykladeninsel VII 463

Cinyps: Fluß in Nordafrika; vom Cinyps svw. »afrikanisch«

Cinyras: 1. assyrischer König, dessen Töchter in Stufen eines Tempels verwandelt wurden VI 98 2. König von Zypern, Enkel des Pygmalion, Vater der Myrrha und – von ihr – des Adonis X 299 ff.

Cipus: römischer Feldherr, der freiwillig das Exil wählte, als ihm auf der Stirn Hörner wuchsen und die Seher dies als Zeichen nahmen, daß er Roms König werden würde XV 565 ff.

Circe: Göttin und Zauberin, Tochter des Sonnengottes, Herrin der Insel Aeaea oder – nach späterer Sage – des Vorgebirges Circei im südlichen Latium, verzauberte Scylla (XIV 11 ff.), die Gefährten des Odysseus (XIV 244 ff.) und Picus samt seinen Begleitern (XIV 308 ff.)

Circus: bei den Römern der Schauplatz von Kämpfen und Wagenrennen, in der Regel eine langgestreckte, von den Zuschauertribünen gesäumte Anlage

Cithaeron: Gebirge an der Grenze von Attica nach Böotien

Clanis: 1. Krieger des Phineus V 143 2. Centaur XII 379

Claros: Stadt im südwestlichen Kleinasien mit berühmtem Orakel

Cleonae: Stadt im Gebiet von Argos VI 417

Clitor: Stadt in Arkadien XV 322

Clymene: Tochter der Tethys, Gattin des Äthiopierkönigs Merops, von Phoebus, dem Sonnengott, Mutter der Heliaden (Sonnentöchter) und des Phaethon

Clymenus: Krieger des Phineus V 98

Clytie: Tochter der Tethys, Geliebte des Phoebus, verriet aus Eifersucht dessen Verhältnis mit Leukothoe deren Vater, grämte sich, verschmäht, zu Tode und wurde in eine Blume, den Heliotrop, verwandelt IV 206 ff.

Clytius: Krieger des Phineus V 140 ff.

Clytus: 1. Krieger des Phineus V 87 2. Begleiter des Cephalus VII 500 u. ö.

Cocalus: König in Sizilien, bei dem der aus Kreta geflüchtete Daedalus Aufnahme fand VIII 261

Coeranus: Lykier im Gefolge des Sarpedon XIII 257

Coeus: Titan, Vater der Latona

462 NAMENREGISTER

Colchis: Land an der Ostküste des Schwarzen Meers

Colophon: Stadt im westlichen Kleinasien, nördlich von Ephesus

Combe: auf der Flucht vor ihren Söhnen in einen Vogel verwandelte Ätolerin VII 383

Cometes: Lapithe XII 284

Corinth: die Handels- und Hafenstadt Korinth auf der nach ihr benannten Meerenge in Griechenland

Corinthus: s. Corinth

Coronen: »die Bekrönten«, zwei Jünglinge, die aus der Asche der Töchter des Orion hervorgingen XIII 685 ff.

Coroneus: König von Phokis in Mittelgriechenland, dessen Tochter in eine Krähe verwandelt wurde II 569

Coronis: Geliebte des Apollon, von diesem wegen eines Treubruchs getötet, Mutter des Aesculapius, den der Gott aus dem Leib der Toten rettete II 524 ff.

Corythus: 1. Gegner des Perseus V 125 2. Sohn des Paris und der Oenone VII 361 3. Lapithe XII 290 ff.

Cos: Sporadeninsel vor der kleinasiatischen Küste

Cragos: Gebirge in Lykien (Kleinasien)

Crantor: Waffenträger des Peleus XII 361 ff.

Crataeis: Mutter der Scylla (2.) XIII 749

Crathis: Fluß in Lukanien (Süditalien) XV 315

Creta: s. Creter

Creter: die Bewohner der Insel Kreta im östlichen Mittelmeer

cretisch: s. Creter

Crimise: Stadt in Lukanien (Süditalien) XV 52

Crocale: Nymphe, Dienerin der Diana III 169

Crocus: Geliebter der Smilax, in den Krokus verwandelt, aus dessen Blütenstaub man Safran gewinnt IV 283

Cromyon: Ort bei Korinth, wo Theseus ein gewaltiges Schwein erlegte VII 435

Croton: Stadt in Unteritalien, nach einem Gastgeber des Hercules benannt, Wahlheimat des Pythagoras aus Samos

Cumae: alte griechische Kolonie in der Nähe von Neapel mit Grotte der Sibylla

Cupido: der Liebesgott Amor

Cures: Hauptort des italischen Stamms der Sabiner

Cureten: Priester des Juppiter auf Kreta, die den neugeborenen Gott vor seinem Vater Saturn schützten, indem sie durch klirrenden Waffentanz das Schreien des Kindes übertönten. Daß sie ein Regenguß hervorgebracht habe, berichtet nur Ovid IV 282

Curie: das Rathaus in Rom, Versammlungsort des Senats. Neben der alten Curie auf dem Forum gab es eine von Pompeius errichtete auf dem Marsfeld. Dort wurde Caesar ermordet

Cyane: Flüßchen bei Syrakus auf Sizilien und seine Nymphe V 409 ff.

Cyanee: Mutter der Byblis und des Caunus IX 452

Cybele: kleinasiatische Muttergottheit, von Griechen und Römern als »Große Mutter« oder »Mutter der Götter« verehrt

Cyclop: gr. »Rundauge« in der ›Odyssee‹, deren Darstellung Ovid im allgemeinen folgt, sind Cyclopen einäugige Riesen, die als Hirten auf Sizilien gelebt haben sollen. Auf Hesiod geht die I 259 und III 305 gemachte Aussage zurück, sie schmiedeten – als Helfer des Vulcanus – die Blitze des Juppiter

Cycnus: gr. »Schwan«, 1. ein Freund des Phaëthon II 367 ff. 2. Sohn des Apollon, den sein Vater in einen Schwan verwandelte VII 371 ff.

Cygnus (= Cycnus): Sohn des Neptun, den Achill trotz seiner Unverwundbarkeit überwand XII 72 ff.

Cyllarus: Centaur von besonderer Schönheit XII 393 ff.

Cyllene: Gebirge im nordöstlichen Arkadien, Heimat des Mercurius

NAMENREGISTER

Cymelus: Lapithe XII 454

Cynthus: Berg auf der Insel Delos

Cyparissus: Liebling des Apollon X 106 ff.

Cypern: Zypern im östlichen Mittelmeer

cyprisch: s. Cypern

Cypros: s. Cypern

Cythera: Insel vor der Südostküste der Peloponnes, der Venus heilig

Cytherea: »Herrin von Cythera«, Beiname der Venus

cytherisch: s. Cytherea

Cythnus: Kykladeninsel

Cytorus: Gebirge am Südufer des Schwarzen Meers

Daedalion: Bruder des Ceyx, Vater der Chione XI 290 ff.

Daedalus: Künstler und Baumeister aus Athen, stürzte aus Eifersucht auf dessen Erfindungsreichtum seinen Neffen von der Akropolis, suchte in Kreta Zuflucht, wo er das Labyrinth anlegte, und entfloh durch die Lüfte nach Sizilien, als König Minos ihn nicht gehen lassen wollte VIII 155 ff.

Damasichthon: Sohn der Niobe VI 254

Danaë: Tochter des Königs Acrisius von Argos, der sie aufgrund einer Weissagung in einen Turm einschließen ließ. Dort empfing sie von Juppiter, der als goldener Regen zu ihr kam, den Perseus, wurde von ihrem Vater samt dem Kind in einem Kasten den Wellen übergeben und auf der Insel Seriphos daraus befreit

Danaer: ursprünglich wohl Name eines griechischen Stammes, aber schon bei Homer Sammelbezeichnung für die gegen Troja kämpfenden Griechen

Danaos: der mythische Ahnherr der Danaer

Daphne: von Apollo geliebte Nymphe, auf der Flucht vor ihm in einen Lorbeer verwandelt I 452 ff.

Daphnis: Hirt im Idagebirge IV 277

Daulis: Stadt in Mittelgriechenland V 276

Daunus: König in Apulien, nahm Diomedes auf

Deianira: Schwester des Meleager, Gattin des Hercules, dem sie der Centaur Nessus entführen wollte. Von jenem mit einem ins Gift der Hydra getauchten Pfeil zu Tode verwundet, gab er Deianira den Rat, mit seinem Blut ein Gewand zu tränken und dieses Hercules zu schenken, wenn seine Liebe zu erkalten scheine. Als Deianira später diesen Rat befolgte, verursachte ihre Gabe dem Helden unerträgliche Qualen IX 9 ff.

Deione: Mutter des Kreters Miletus IX 443

Deiphobus: Sohn des Priamus XII 547

Delia: Beiname der Diana nach ihrem Geburtsort Delos

Delos: Kykladeninsel, die vor der Geburt des Apollo und der Diana unstet über die Meere getrieben sein soll

Delphi: Stadt am Fuß des Parnaß (Mittelgriechenland) mit berühmtem Orakel des Apollo; galt als »Nabel der Welt«

delphisch: aus Delphi stammend

Demoleon: Centaur XII 356 ff.

Deo: Beiname der Ceres

Dercetis: Beiname der semitischen Muttergöttin Ischtar-Astarte, die bei den Griechen als Mutter der Semiramis galt IV 45

Deucalion: Sohn des Prometheus, überlebte mit seiner Gattin Pyrrha die Große Flut I 318 ff.

Diana: gr. Artemis, Tochter der Latona von Juppiter, Schwester Apollos, jungfräuliche Göttin der Jagd, verwandelte Actaeon in einen Hirsch (III 155 ff.), strafte Niobe (VI 216 ff.), schickte den calydonischen Eber (VIII 272 ff.), verlangte Iphigenie als Opfer (XII 35; XIII 185)

Diane: s. Diana

Dicte: Berg auf Kreta, wo Juppiter geboren worden sein soll

NAMENREGISTER

Dictys: 1. etruskischer Seeräuber
III 615 2. Centaur XIII 334 ff.

Dindymon: Berg in Kleinasien II 223

Diomedes: Sohn des Königs Tydeus
von Argos, einer der großen Helden
vor Troja, wurde nach dem Krieg
nach Apulien verschlagen und dort
Schwiegersohn des Daunus

Dirce: Quelle bei Theben (1.)

Dodona: Orakelstätte in Epirus, wo
eine dem Juppiter heilige Eiche
stand, aus deren Rauschen Priester
die Zukunft kündeten

Dodoner: Bewohner von Dodona

dodonisch: bei/aus Dodona

Dolon: trojanischer Späher, von
Odysseus und Diomedes bei einer
nächtlichen Unternehmung gefangen und getötet

Doloper: Volk im südwestlichen Thessalien

Doris: Gattin des alten Meergotts Nereus, Mutter der Nereiden

Dorylas: 1. reicher Libyer V 129 f.
2. Centaur XII 380

Dryaden: Waldnymphen, halbgöttliche Seelenwesen der Bäume

Dryas (die), Dryade

Dryas: Sohn des Mars, calydonischer
Jäger, Teilnehmer am Kampf der
Lapithen und Centauren

Dryope: Tochter des Eurytus, von
Apollo Mutter des Amphissus, in
einen Lotosbaum verwandelt IX
326 ff.

Dulichier: Odysseus als Herr der Insel
Dulichium bei Ithaka

dulichisch: svw. »dem Odysseus un-
tertan«

Dulichium: s. Dulichier

Dymas: Vater der Hecuba

Echeclus: Centaur XII 450

Echemmon: Nabataeer

Echidna: Ungeheuer, halb Weib, halb
Schlange, von Typhon Mutter des
Cerberus, der Hydra von Lerna
und anderer Monster

Echinaden: Inselgruppe im ionischen
Meer vor der Mündung des Achelous VIII 577 ff.

Echion: 1. ein Mann aus der Drachen-
zahnsaat des Cadmus, Gatte von
dessen Tochter Agaue, Vater des
Pentheus III 126 u. ö. 2. Argonaut
und calydonischer Jäger VIII 311 ff.

Echo: Nymphe, in Narcissus unglücklich verliebt III 359 ff.

Eetion: Vater der Andromache
XII 110

Egeria: Quellnymphe, Gattin des römischen Königs Numa

Elatus: Vater der Caenis

Eleleus: Beiname des Bacchus nach
dem Jubelruf *eleleu!*

Eleusis: Stadt in Attica mit einem wegen seiner heiligen Weihen (Mysterien) berühmten Heiligtum der
Demeter/Ceres

Elis: Landschaft im Westen der Peloponnes, in der die Olympischen
Spiele stattfanden

elisch: s. Elis

Elpenor: Gefährte des Odysseus, der
im Rausch vom Palastdach der Circe stürzte XIV 52

Elymus: Centaur XII 460

elysische Haine: Gefilde der Seligen in
der Unterwelt XIV 111

Emathia: Landschaft in Makedonien

Emathier: Einwohner von Emathia

Emathion: Äthiopier V 100

Enaesimus: Teilnehmer an der calydonischen Eberjagd VIII 314 ff.

Enipeus: Fluß in Thessalien sowie der
zugehörige Flußgott

Ennomus: Lykier XIII 260

Epaphus: Sohn Juppiters und der Io,
dem Apis gleichgesetzt I 748 ff.

epidaurisch: s. Epidaurus

Epidaurus: Stadt in der nordöstlichen
Peloponnes mit berühmtem Heiligtum des Aesculapius

Epimetheus: Bruder des Prometheus,
Vater der Pyrrha I 390

epirisch: s. Epirus

Epirus: Landschaft im Nordwesten
Griechenlands

Epopeus: etruskischer Seeräuber
III 619

Epytus: König von Alba Longa
XIV 613

NAMENREGISTER

Erasinus: Bach in der Argolis (Peloponnes), galt als der unterirdische Abfluß des Stymphalischen Sees XV 276

Erebos: das dunkle Totenreich

Erechtheus: König von Athen, Sohn des Pandion, Bruder der Progne und Philomela, Vater der Procris und Orithyia

Erichthonius: Sohn des Vulcanus, aus dessen Samen entstanden, der auf die Erde rann, als der Gott Pallas Gewalt antun wollte

Eridanus: sagenhafter Strom im fernen Westen, später mit Rhone oder Po gleichgesetzt

Erigdupos: Centaur XII 453

Erigone: Athenerin, von Bacchus in Traubengestalt verführt; tötete sich aus Gram um den Verlust ihres Vaters, als Sternbild der Jungfrau an den Himmel versetzt

Erinye: Rachegöttin, Furie; meist ist von drei Erinyen die Rede, von Tisiphone, Alecto und Megaera

Erymanthus: 1. Waldgebirge in Arkadien V 608 2. Fluß, der in diesem Gebirge entspringt II 244

Erysichthon: Frevler gegen Ceres, mit Heißhunger bestraft VIII 738 ff.

Eryx: 1. Berg im Westen Siziliens, auf dessen Gipfel sich eine Stadt und ein Venusheiligtum befanden II 221 2. Sohn der Venus, Gründer der Stadt Eryx XIV 83 3. Krieger des Phineus V 196

Euagrus: Lapithe XII 290 ff.

Euander: Einwanderer aus Arkadien, der sich am Palatin, also auf dem Stadtgebiet des späteren Rom, niederließ und später Aeneas unterstützte XIV 456

Euboea: große, langgestreckte Insel vor der Küste Böotiens

Euenus: Fluß bei Calydon

Euhan: Beiname des Bacchus nach dem Festruf *euan!* IV 15

Euhippe: Mutter der Pieriden V 303

Eumelus: Thebaner, der bei einem Opfer für Apollo versehentlich den eigenen Sohn erschlug. Der Gott verwandelte diesen in einen Vogel VII 390

Eumeniden: »die Gutgesinnten«, euphemistische Bezeichnung der Erinyen

Eumolpus: thrakischer Sänger, Schüler des Orpheus, Begründer der Mysterien in Eleusis XI 93

Euphorbus: von Menelaus getöteter Trojaner, dessen im Tempel zu Argos aufgehängten Schild Pythagoras als den seinen erkannte und zum Beweis für eine frühere Existenz nahm XV 161

Europa: Tochter des Königs Antenor von Tyrus, von Juppiter in Stiergestalt nach Kreta entführt, Mutter des Minos

Eurotas: Fluß bei Sparta in Lakonien

Eurus: der Ostwind

Eurydice: Gattin des Orpheus, die dieser vergeblich aus der Unterwelt zu befreien sucht X 8 ff.

Eurylochus: Begleiter des Odysseus, entging der Verzauberung durch Circe XIV 252 ff.

Eurymos: Vater des Sehers Telemus XIII 771

Eurynome: Gattin des Perserkönigs Orchamus, Mutter der Leucothoe IV 210 ff.

Eurynomus: Centaur XII 310

Eurypylus: 1. König der Insel Kos VII 363 2. Thessalier XIII 357

Eurystheus: König von Argos, in dessen Dienst Hercules seine zwölf »Arbeiten« verrichten mußte

Eurytion: calydonischer Jäger VIII 311

Eurytus: 1. König von Oechalia auf Euböa, Vater der Iole IX 136 u. ö. 2. Centaur XII 220 ff.

Evoe: Jubelruf für Bacchus

Exadius: Lapithe XII 266

Fama: Göttin des Gerüchts XII 39 ff.

Farfar: Nebenfluß des Tiber XIV 330

Faun: altitalischer Gott der Fluren, dem Pan gleichgesetzt und wie dieser mit Hörnern und Beinen eines Ziegenbocks dargestellt

466 NAMENREGISTER

Faune: Feldgötter I 193

Faunus: sagenhafter König von Latium, Sohn des Picus, Enkel des Saturnus, Vater des Latinus, aber auch – als Gatte der Symaethis – des Acis. Faunus soll sein Volk im Ackerbau unterwiesen und es zu milderer Gesittung geführt haben; dafür wurde er als Faun unter die Götter versetzt

Furie: Rachegöttin, svw. Erinys

Galanthis: Magd der Alcmene, von Lucina in ein Wiesel verwandelt IX 306 ff.

Galatea: Meernymphe, Geliebte des Acis XIII 734 ff.

gallisch: aus Gallien, dem heutigen Frankreich, stammend

Ganges: Strom in Indien

Ganymedes: trojanischer Prinz, von Juppiter wegen seiner Schönheit entführt, Mundschenk der Götter X 155 ff.

Gargaphie: Tal in Böotien III 156

Giganten: riesenhafte Söhne der Erde mit hundert Armen und Schlangenfüßen, beim Versuch, den Himmel zu stürmen, von den Göttern vernichtet. Aus ihrem Blut erwuchs ein götterfeindliches Menschengeschlecht

Glaucus: böotischer Fischer, durch ein Zauberkraut verwandelt und unter die Götter des Meers aufgenommen, von Scylla (2.) abgewiesen (VII 223; XIII 964–XIV 69)

Gnidus: die Stadt Knidos im Südwesten Kleinasiens, der Venus heilig X 531

Gnosier: Einwohner von Gnosos (Knossos)

Gnosus: die Stadt Knossos auf Kreta; Residenz des Minos

Gorge: Schwester des Meleager VIII 543

Gorgo: s. Medusa

Gradivus: Beiname des Mars

Granicus: Fluß bei Troja XI 763

Gratien: die drei Göttinnen der Anmut (gr.: Charitinnen) VI 429

Gryneus: Centaur XII 260 ff.

Gyarus: Kykladeninsel östlich von Kos

Haemus: wildes Gebirge in Thrakien, Zuflucht des Orpheus; VI 87 ein Frevler, der mit seiner Schwester Rhodope Juppiters und Junos Namen annahm und daher mit ihr in einen Berg verwandelt wurde

Halcyoneus: Baktrer V 135

Halesus: Makedone XII 462

Halius: Lykier XIII 258

Harpyia: räuberischer Sturmdämon; in III 215 Hundename

Hebe: Göttin der Jugend, von Juno ohne Vater geboren, Gemahlin des vergöttlichten Hercules und somit Stief- und Schwiegertochter Juppiters IX 416

Hebrus: Fluß in Thrakien

Hecate: dreiköpfige Göttin der Nacht und des Zaubers, an Dreiwegen angerufen

Hector: Sohn des Priamus und der Hecuba, tapferer Beschützer Trojas, von Achilles im Zweikampf getötet

Hecuba: Gattin des Priamus, Mutter des Hector, des Polydorus, der Polyxena und vieler anderer Söhne und Töchter, fiel nach der Eroberung Trojas dem Odysseus als Beute zu, wurde, während sie den in Thrakien ermordeten Polydorus rächte, in eine Hündin verwandelt XIII 422 ff.

Helena: Tochter des Juppiter und der Leda, Gattin des Menelaus, von Paris entführt und damit Anlaß zum Krieg um Troja

Helenus: Sohn des Priamus, Seher; überlebte den Untergang Trojas und herrschte in Buthrotus, wo er dem Aeneas die Zukunft kündete

Heliaden: Töchter des Sonnengotts und der Clymene, Schwestern Phaëthons; bei der Klage um ihren Bruder in Pappeln verwandelt; ihre Tränen erstarrten zu Bernstein II 340 ff.

Helice: im Meer versunkene Stadt an der Küste der Peloponnes XV 293

Helicon: Berg in Böotien, den Musen

NAMENREGISTER

heilig; in VIII 534 svw. »Dichtkunst«

Heliostöchter: s. Heliaden

Helix: Krieger des Phineus V 87

Helle: Tochter des Athamas, floh auf
einem fliegenden Widder mit goldenem Vlies gemeinsam mit ihrem
Bruder Phrixus vor Ino, ihrer bösen
Stiefmutter, stürzte ab und ertrank
in dem nach ihr benannten Helles-
pont XI 195

Helops: Centaur XII 334 f.

Henna: Stadt im Herzen Siziliens
V 385

Hercules: Sohn des Juppiter und der
Alcmene, Stiefsohn des Amphitryon, in dessen Gestalt der Gott zu
seiner Mutter kam, von Juno verfolgt, die es erreichte, daß Eurystheus vor ihm zur Welt kam und
ihm später jene zwölf »Arbeiten«
auferlegen konnte (IX 182 ff.). Er
erstürmte mit Peleus und Telamon
Troja (XI 212 ff.), tötete alle Brüder
Nestors (XII 536 ff.), erlitt durch
das mit dem Blut des Nessus getränkte Hemd unerträgliche Qualen, verbrannte sich selbst auf dem
Öta und wurde unter die Götter
aufgenommen (IX 134 ff.)

Hermaphroditus: Sohn des Mercurius
(gr. Hermes) und der Venus (gr.
Aphrodite), verschmähte die in ihn
verliebte Nymphe Salmacis, die sich
an ihn klammerte, und verschmolz
mit ihr zu einem Zwitterwesen IV
288 ff.

Herse: Tochter des Cecrops, von Mercurius geliebt II 724 ff.

Hersilia: Gattin des Romulus, als Hora unter die Götter aufgenommen
XIV 829 ff.

Hersilie: s. Hersilia

Hesione: Tochter des trojanischen Königs Laomedon, von Hercules vor
einem Seeungeheuer gerettet, später
mit Telamon vermählt XI 211 ff.

Hesperie: Tochter des Flußgotts Cebren, Geliebte des Aesacus, von einer
Schlange getötet XI 767 ff.

Hesperus: der Abendstern

hiberisch: aus Hiberien, dem heutigen
Spanien; der hiberische Hirt in
IX 184 ist der dreileibige Riese Ge-
ryoneus, dessen Rinder Hercules
raubte

Hippalmus: Teilnehmer an der calydonischen Eberjagd VIII 360

Hippasus: 1. Teilnehmer an der calydonischen Eberjagd VIII 313 ff.
2. Centaur XII 352

Hippocoon: König von Amycla
VIII 314 ff.

Hippodamas: Vater der Perimele
VIII 593 ff.

Hippodame: Braut des Pirithous, um
die der Kampf zwischen Lapithen
und Centauren entbrannte
XII 210 ff.

Hippolytus: Sohn des Theseus, von
seiner Stiefmutter Phaedra begehrt
und, als er sie abwies, verleumdet.
Er fand, vom Vater verflucht und
verstoßen, ein schreckliches Ende,
wurde aber von Aesculapius auf
Dianas Bitten wieder belebt und als
Virbius eine ländliche Gottheit XV
492 ff.

Hippomenes: Böotier, besiegt mit Venus' Hilfe Atalanta (2.) im Wettlauf,
erwies sich als undankbar und wurde mit seiner Braut in Löwen verwandelt X 575 ff.

Hippotes: Vater des Aeolus

Hippothous: Teilnehmer an der calydonischen Eberjagd VIII 307

Hispanien: das heutige Spanien

Hister: Unterlauf der Donau II 249

Hodites: 1. Äthiopier V 97 2. Centaur
XII 457

Hora: s. Hersilia

Horen: Göttinnen der Stunden bzw.
der Jahreszeiten, Dienerinnen des
Sonnengotts

Hyacinthus: Geliebter Apollos, der
ihn beim Spiel unabsichtlich tötete
und in eine Blume verwandelte X
162 ff.

Hyaden: Sternbild in der Nähe des
Orion, mit dessen Aufgang die Re-
genzeit beginnt

Hyale: Nymphe III 171

468 NAMENREGISTER

Hyant: svw. Böotier, nach dem bö-
otischen Stamm der Hyanter VIII
311

Hydra: vielköpfiges, schlangenartiges
Untier, dem für einen abgeschlage-
nen Kopf zwei nachwuchsen; von
Hercules bezwungen, der in ihr gif-
tiges Blut seine Pfeile tauchte

Hylae: Ort in Böotien XIII 684

Hyles: Centaur XII 378

Hyleus: Teilnehmer an der calydonischen Eberjagd VIII 312

Hyllus: Sohn des Hercules und der
Deianira IX 279

Hylonome: schöne Centaurin XII
405 ff.

Hymen: Hochzeitsgott

Hymenaeus: s. Hymen

hymettisch: vom Hymettus, einem
durch seinen Blütenreichtum und
seinen Honig bekannten Berg bei
Athen

Hymettus: s. hymettisch

Hypaepa: kleine Stadt in Lydien

Hypanis: Fluß in Skythien (Südrußland) XV 285

hyperboreisch: im äußersten Norden
gelegen (bei den Hyperboreern, den
Leuten »jenseits des Nordwinds
Boreas«)

Hyperion: 1. ein Titan, Vater des Sonnengotts IV 192 ff. 2. der Sonnengott selbst VIII 565; XV 406 f.

Hypseus: Krieger des Phineus V 98 f.

Hypsipyle: Tochter des Königs Thoas
von Lemnos, rettete ihren Vater, als
die Frauen der Insel alle Männer ermordeten XIII 399

Hyrie: Mutter des Cycnus (2.), wurde
in der Trauer um ihren Sohn zu einem See VII 371 ff.

Iacchus: Beiname des Bacchus nach einem Jubelruf bei seinen Festen

Ialysus: Stadt auf Rhodos

Ianthe: Braut des Iphis (1.) IX 715 ff.

Ianus: altitalischer Gott des Eingangs
und Ausgangs, doppelköpfig dargestellt, Vater der Canens

Iapetus: ein Titan, Vater des Atlas und
des Prometheus

Iapyger: Volk in Apulien (Unteritalien)

Iapygien: das heutige Apulien

Iapyx: Sohn des Daedalus und einer
Kreterin, Stammvater der Iapyger
XV 52

Iasion: Sohn Juppiters, Geliebter der
Ceres IX 423

Iason: Sohn des thessalischen Königs
Aeson, dem sein Bruder Peleus die
Herrschaft entriß. Im Auftrag des
Pelias zog Iason mit den Argonau-
ten nach Kolchis, um das Goldene
Vlies zu holen, das er mit Hilfe Me-
deas gewann. Als er später Medea
verstieß, tötete sie ihre Kinder.

Icarus: 1. Sohn des Daedalus, entfloh
mit seinem Vater durch die Lüfte
aus Kreta, stürzte in das nach ihm
benannte Ikarische Meer, wurde auf
der Insel Ikaria bestattet VIII 195 ff.
2. Vater der Erigone, von Bacchus
mit dem Weinstock beschenkt und
von Bauern getötet, die von ihm an-
gebotenen Wein für Gift halten. Mit
seiner Tochter, die sich selbst getötet hat, als Sternbild Bootes an den
Himmel versetzt X 450

Icelos: Göttername des Traumgotts
Phobetor XI 640

Ida: Gebirge bei Troja (IV 277–293
kann der gleichnamige Gebirgszug
auf Kreta gemeint sein)

Idas: 1. Sohn des Aphareus, calydonischer Jäger VIII 304 2. Gefolgsmann
des Cepheus V 90 3. Gefährte des
Diomedes XIV 504

Idmon: Vater der Arachne

Idomeneus: Enkel des Minos, König
von Kreta, Held vor Troja

Ilion: svw. Troja

Ilioneus: Sohn der Niobe VI 261

Ilithyia: gr. Eileithyia, die Göttin der
Entbindung

illyrisch: aus Illyrien, einer Landschaft
an der Ostküste der Adria nördlich
von Epirus, stammend

Ilus: Sohn des Tros, Gründer von Tro-
ja-Ilion

Imbreus: Centaur XII 310

Inachus: Fluß in Argos, sein Gott ist
Vater der Io

NAMENREGISTER 469

Inarime: alter Name der Insel Ischia bei Neapel XIV 89

Indiges: Name des vergöttlichten Aeneas XIV 608

Ino: Tochter des Cadmus, Schwester der Semele, der Agaue (mit der zusammen sie den Pentheus tötete III 722) und der Autonoe, Gattin des Athamas, Mutter des Melicertes und des Learchus, von der Furie Tisiphone mit Wahnsinn erfüllt. Als sie sich mit Melicertes ins Meer stürzte, wurde sie von Neptun gerettet und zur Göttin Leucothea IV 416 ff.

Io: Tochter des Inachus, von Juppiter verführt und, als Juno ihm nachspürte, in eine Kuh verwandelt; Juno verlangte diese zum Geschenk und ließ sie von Argus bewachen, schlug sie nach dessen Ermordung durch Mercurius mit Wahnsinn und jagte sie durch die ganze Welt. Auf Juppiters Bitten erhielt Io in Ägypten ihre Menschengestalt zurück und wurde zur Göttin Isis (I 568 ff.)

Iolaos: Neffe des Hercules, calydonischer Jäger, von Hebe verjüngt IX 397 ff.

Iolcus: thessalische Stadt, Herrschersitz des Aeson und Pelias; von hier unternahm Iason die Fahrt nach Kolchis

Iole: Tochter des Königs Eurytus von Oechalia auf Euböa, die Hercules als Siegespreis errang. Als ihr Vater sie ihm nicht geben wollte, zerstörte er Oechalia, erschlug den König und seine Söhne und führte Iole mit sich fort, was die Eifersucht der Deianira erregte. Vor seinem Tod gab Hercules Iole seinem Sohn Hyllus zur Frau IX 134 ff.

Ionien: Siedlungsgebiet des Griechenstamms der Ionier (Attika, Inseln, insbesondere die westkleinasiatische Küste)

ionisch: 1. das Meer zwischen Griechenland und Italien 2. vielleicht svw. griechisch (Ianus in XIV 334)

Iphigenia: Tochter des Agamemnon und der Clytaemnestra, sollte in Aulis der zürnenden Diana geopfert werden, damit die Griechen günstigen Fahrtwind bekämen; im entscheidenden Augenblick aber entrückte sie Diana und schob eine Hirschkuh unter (XI 27 ff., XIII 181 ff.)

Iphinous: Centaur XII 379

Iphis: 1. Tochter des Kreters Ligdus, der von seiner Frau für den Fall, daß sie ein Mädchen zur Welt brächte, verlangt hatte, dieses zu töten. Daher gab die Mutter Iphis als einen Knaben aus, in den ihn schließlich die Göttin Isis verwandelte IX 666 ff. 2. unglücklicher Liebhaber der Anaxarete XIV 698 ff.

Iphitus: Vater des Lykiers Coeranus XIII 257

Iris: Göttin des Regenbogens, Botin der Juno

Isis: ägyptische Göttin, Gattin des Osiris, den sein böser Bruder tötete und zerstückelte. Isis suchte die Leichenteile, fügte sie mit Bandagen zusammen und belebte sie wieder. Seitdem herrscht Osiris in Mumiengestalt über die Toten. Da die Ägypter Isis mit dem Gehörn einer Kuh darstellten, setzten Griechen und Römer sie mit Io gleich

Ismen(us): 1. Fluß in Böotien I 244 u. ö.; dessen Gott ist Vater der Nymphe Crocale (III 169) 2. Sohn der Niobe VI 224

Isse: Geliebte des Apollo VI 124

Isthmus: Landenge, insbesondere der Isthmus von Korinth

Ithaca: westgriechische Insel, Heimat des Odysseus

Ithacer: Odysseus als Herr von Ithaca

Itys: Sohn des Tereus, von seiner Mutter geschlachtet und dem Vater aufgetischt VI 619 ff.

Iulus: Beiname des Ascanius, den das römische Geschlecht der Iulier deshalb als Ahnherrn in Anspruch nahm

Iuno: s. Juno

Ixion: König der Lapithen in Thessalien, Vater des Pirithous, wollte als Tischgenosse der Götter Juno Gewalt antun, umarmte aber statt ihrer eine Wolke, die Mutter der Centauren. In der Unterwelt ist er zur Strafe auf ein Rad gefesselt, das sich ewig dreht

Janus: s. Ianus
Juba: König von Numidien, der 46 v. Chr., von Caesar besiegt, Selbstmord beging
Julius: s. Caesar
Juno: Gattin und Schwester des Juppiter, gr.: Hera, verfolgte mit ihrer Eifersucht dessen Geliebte Io, Callisto, Europa, Semele, Aegina und Alcmene, deren Sohn Hercules, den schönen Ganymedes, Semeles Sproß Bacchus und dessen Pflegerin Ino, blendete Tiresias und nahm Echo die Möglichkeit, ungehindert zu sprechen
Juppiter, Jupiter: gr. Zeus; Sohn des Saturnus (Kronos), Bruder des Neptunus (Poseidon) und des Pluto (Hades), mit denen er die Weltherrschaft durch das Los geteilt hat; Herr über Götter und Menschen, Herrscher über Himmel und Erde; Vater des Mercurius, Hercules, Bacchus, Epaphus, Perseus, Aeacus, Minos, der Minerva und anderer Söhne und Töchter, teils durch Göttinnen, teils durch sterbliche Frauen, die er überlistet und verführt hat

Kolcher: Bewohner der Landschaft Kolchis im Nordosten des Schwarzen Meers

lacinisch: beim Vorgebirge Lacinium nahe Croton (Unteritalien) lebend
Laconier: die Spartaner als Bewohner der Landschaft Laconien auf der Peloponnes
laconisch: spartanisch
Ladon: Nebenfluß des Alpheus in Arkadien
Laertes: Vater des Odysseus (Ulixes)
Laestrygonen: menschenfressende

Riesen, die einen Großteil der Flotte des Odysseus vernichteten; nach Ovid hausten sie im Süden von Latium bei Formiae (XIV 237)
Lampetides: Sänger des Cepheus V 111
Lampetie: eine der Heliostöchter (Heliaden)
Lamus: Sohn des Neptunus, König der Laestrygonen XIV 233
Laomedon: König von Troja, Vater des Priamus, betrog Apollo und Neptunus, die ihm seine Stadt ummauerten, um ihren Lohn und suchte auch Hercules zu prellen, als dieser seine Tochter Hesione gerettet hatte.
Lapithen: thessalische Bergbewohner
lapithisch: s. Lapithen
Larissa: Stadt in Thessalien
Latiner: Bewohner der Landschaft Latium in Italien
Latinus: 1. Sohn des Faunus, Vater der Lavinia, König in Latium XIV 449 u. ö. 2. König von Alba Longa XIV 611 f.
Latium: Heimat der Latiner
Latona: gr. Leto, Tochter des Titanen Coeus, Geliebte des Juppiter, Mutter des Apollo und der Diana, die sie auf der schwimmenden Insel Delos zur Welt brachte, weil ihr Juno Land und Meer zu verwehren suchte, kam auf der Flucht vor Juno nach Lykien (VI 337 ff.); ihre Rache an Niobe VI 157 ff.
Latreus: Centaur XII 463 ff.
Laurentum: Stadt in Latium nahe der Tibermündung
Lavinia: Tochter des Latinus (1.), zuerst mit Turnus verlobt, dann Gattin des Aeneas
Learchus: Söhnchen der Ino, von seinem Vater Athamas getötet IV 516
Lebinthus: Insel vor der kleinasiatischen Küste, südwestlich von Milet VIII 222
Leda: Tochter des Thestius, Gattin des Spartanerkönigs Tyndareus, von diesem Mutter der Clytaemnestra, von Juppiter, der sie in Gestalt eines

NAMENREGISTER

Schwans verführte, der Helena und
des Castor und Pollux VI 109
Leleger: Bezeichnung vorgriechischer
Bevölkerungsgruppen in Kleinasien
(Karien) und Griechenland (Isth-
mus von Korinth)
Lelex: Begleiter des Theseus, calydoni-
scher Jäger
Lemnier: Bewohner von Lemnos
Lemnos: große Insel südlich von Thra-
kien, dem Vulcanus heilig, zeitwei-
lig Aufenthaltsort des kranken Phi-
loctetes
Lenaeus: »Kelterer«, Beiname des Bac-
chus XI 132
Lerna: Stadt und See an der Küste von
Argos (Peloponnes), Heimat der
Hydra
lernaeisch: aus Lerna stammend
Lesbos: große Insel vor der Nordwest-
küste Kleinasiens mit den Städten
Mitylene und Methymna
Lethaea: Gattin des Olenus, wegen ih-
res Stolzes versteinert X 70
Lethe: Quell des Vergessens in der
Unterwelt oder beim Haus des
Schlafes
Leucas: Halbinsel an der Nordwestkü-
ste Griechenlands, durch einen Ka-
nal vom Festland getrennt XV 289
Leucippus: Teilnehmer an der calydo-
nischen Eberjagd VIII 306
Leuconoe: zweite Tochter des Minyas
IV 168
Leucosia: Insel vor Paestum in Süditali-
en XV 708
Leucothea: Name der Ino als Göttin
IV 542
Leucothoe: Geliebte des Sonnengot-
tes, von ihrem Vater lebendig begra-
ben und von Phoebus in einen
Weihrauchbaum verwandelt IV
190ff.
Liber: italischer Fruchtbarkeitsgott,
dem Bacchus gleichgesetzt
Libyen: das nördliche Afrika
Libyer: Afrikaner
Libys: etruskischer Seeräuber III 617
libysch: afrikanisch
Lichas: Diener, der Hercules von Dei-
anira das mit dem Blut des Nessus

getränkte Gewand überbrachte; von
Hercules ins Meer bei Euböa ge-
schleudert, erstarrte er schon im
Flug zu Stein IX 155ff.
Ligdus: Vater der Iphis (1.)
Ligurien: Landschaft im Nordwesten
Italiens
Lilybaeum: Stadt und Vorgebirge im
Westen Siziliens
Limnaea: Nymphe, Tochter des Gan-
ges V 48
Limyra: Stadt in Lykien (Kleinasien)
IX 646
Liriope: Nymphe, Mutter des Narcis-
sus III 342
Liternum: Stadt in Campanien (Unter-
italien) XV 714
Locri: Stadt an der Südwestspitze Ita-
liens
Lotis: Nymphe, auf der Flucht vor
Priapus in Kleinasiens Lotoskirschen-
baum verwandelt, den Dryope un-
wissentlich verletzte
Lucifer (»Lichtbringer«): der Morgen-
stern, Vater des Ceyx
Lucina: Göttin der Entbindung, gr.
Eileithyia
Lucine: s. Lucina
Lycabas: 1. etruskischer Seeräuber III
624ff. 2. Assyrer V 60 3. Centaur
XII 302
lycaeisch: II 710 wird das Lyceum in
Athen, ein Park und Sportplatz, als
lycaeischer Garten bezeichnet
Lycaeus: Berg in Arkadien (Peloppon-
nes), Heimat des Lycaon, der Syrinx
und der Atalanta (1.)
Lycaon: König von Arkadien, Vater
der Callisto (II 526), Frevler gegen
Juppiter, der ihn in einen Wolf ver-
wandelte (I 198ff.)
Lycetus: Krieger des Phineus V 86
Lycidas: Centaur XII 310
Lycien: Landschaft im westlichen
Kleinasien
Lycier: Bewohner Lyciens
lycisch: s. Lycien
Lycopes: Centaur XII 350
Lycormas: 1. Fluß in Aetolien (Mittel-
griechenland) II 245 2. Äthiopier
V 119

472 NAMENREGISTER

Lycurgus: thrakischer König, der den
Bacchusdienst bekämpfte und sich
bei dem Versuch, Weinstöcke abzu-
hacken, selbst mit dem Beil traf
IV 22

Lycus: 1. Centaur XII 332 2. Gefährte
des Diomedes XIV 504 3. zum Teil
unterirdisch fließender Fluß in
Phrygien XV 273

Lyder: Einwohner von Lydien

Lydien: Landschaft im Westen Kleinasiens

lydisch: aus Lydien stammend

lyncestisch: svw. mazedonisch, nach
dem Volk der Lynkester

Lynceus: gr. Luchsauge, calydonischer
Jäger VIII 304

Lyncus: gr. Luchs, verbrecherischer
König der Skythen, von Ceres in einen Luchs verwandelt V 650 ff.

lyrceisch: vom Berg Lyrceum im
nördlichen Arkadien (Peloponnes)
stammend I 598

Lyrnesus: Stadt im nordwestlichen
Kleinasien, Heimat der Briseis

Macareus: 1. Vater der Isse VI 124
2. Lapithe XII 452 3. Gefährte des
Odysseus XIV 158 ff.

macedonisch: aus Mazedonien (nördlich von Griechenland) stammend

Maeander: kleinasiatischer Fluß, der
bei Milet mündet; sein vielfach ge-
wundener Lauf war Vorbild des
Mäander-Ornaments

Maenaden: rasende Begleiterinnen des
Bacchus XI 2 ff.

Maenalus: Waldgebirge in Arkadien
(Peloponnes)

Maeonien: Landschaft in Lydien

Maera: Frau, die in einen Hund verwandelt wurde VII 362

Magneten: Bewohner der thessalischen
Halbinsel Magnesia XI 408

Maia: Tochter des Atlas, eine der
Pleiaden, von Juppiter Mutter des
Mercurius

Manen: die Geister der Toten

Manto: Seherin in Theben, Tochter
des Tiresias VI 157

Marathon: Ort in Attika, wo Theseus

einen wilden Stier bezwang, den
Hercules vorher aus Kreta nach Tiryns gebracht hatte VII 434

Marea: Stadt und See in Unterägypten
IX 773

Marmarer: Bewohner der Landschaft
Marmarica westlich von Ägypten
V 125

Mars: Kriegsgott (gr. Ares), Sohn Juppiters und der Juno, Vater der Harmonia und damit Schwiegervater
des Cadmus, bei einem Schäfer-
stündchen mit Venus von Vulcanus
gefangen (IV 171 ff.), Vater des Romulus, den er in den Himmel holte
(XIV 806 ff.)

Marsyas: Satyr, der sich auf einen musikalischen Wettstreit mit Apollon
einließ, als er es auf der von Minerva
erfundenen und weggeworfenen
Flöte zur Meisterschaft gebracht
hatte. Da er aber zu seinem Spiel
nicht wie Apollo zur Leier singen
konnte, erklärte ihn dieser für besiegt und zog ihm die Haut ab (VI
382 ff.); die Tränen, die ländliche
Gottheiten um ihn weinten, verei-
nigten sich zu dem Fluß Marsyas in
Phrygien (Kleinasien)

Mastix: wohlriechendes, gummiartiges
Harz

Mavors: alter Name des Mars

Medea: zauberkundige Tochter des
Königs Aeetes von Kolchis, verliebte sich in den Argonauten Iason und
half ihm, das Goldene Vlies zu gewinnen, folgte ihm nach Thessalien,
verjüngte seinen Vater und tötete
den Pelias sowie später, von Iason
verstoßen, dessen Braut und ihre eigenen Kinder, flüchtete zu Aegeus
nach Athen, der sie heiratet, und
mußte weiterfliehen, als ihr Giftan-
schlag auf Theseus entdeckt wurde
VII 1–424

Medon: 1. etruskischer Seeräuber
III 671 2. Centaur XII 303

Medusa: eine der drei schlangenhaarigen Gorgonen, deren Anblick versteinert, von Neptunus Mutter des
Flügelrosses Pegasus und des

NAMENREGISTER

Chrysaor (»Goldschwert«), die sie beide zur Welt brachte, als sie von Perseus schon tödlich verletzt war
medusisches Scheusal: der Höllenhund Cerberus, weil er wie die Medusa Schlangenhaare hat
Megara: Stadt am Isthmus von Korinth, von Nisus beherrscht
Megareus: König von Onchestus in Böotien, Vater des Hippomenes
Melampus: Seher, der die Töchter des Proetus heilt XV 325
Melaneus: 1. Äthiopier V 128 2. Centaur XII 306
Melantho: Tochter Deucalions, Geliebte des Neptunus VI 120
Melanthus: etruskischer Seeräuber III 617
Melas: Fluß in Thrakien II 247
Meleager: Sohn des Königs von Calydon, Oeneus, und der Althaea, erlegte den calydonischen Eber, wollte den Ruhm der Tat mit Atalanta (1.) teilen und erschlug, als es deshalb Streit mit den anderen Jägern gab, die Brüder seiner Mutter Plexippus und Toxeus. Daraufhin verbrannte Althaea das Scheit, an das sein Leben gebunden war, und tötete ihn so VIII 270ff.
Meleagros: s. Meleager
Melicertes: Sohn der Ino, mit dem sie sich ins Meer stürzte; wie seine Mutter wurde Melicertes gerettet und ein Gott namens Palaemon IV 522ff.
Memnon: Sohn der Aurora, König von Äthiopien, vor Troja gefallen; aus seiner Asche erhoben sich Vogelschwärme, die miteinander kämpften XIII 576ff.
Memnonvögel: s. Memnon
Mendeser: Einwohner der Stadt Mende im Nildelta V 144
Menelaos: Bruder des Agamemnon, König von Sparta, Gatte der Helena
Menephron: sittenloser Arkadier VII 386
Menoet': s. Menoetes
Menoetes: Lykier XII 116ff.
Mercur(ius): Sohn des Juppiter und

der Maia, Götterbote (gr. Hermes) mit Flügelhut und Flügelschuhen, Beschützer der Händler und Diebe, Meister in jeder Kunst und Täuschung; er tötete Argus (I 668ff.), stahl Apollos Rinder und strafte Battus (II 685ff.), half Juppiter bei der Entführung Europas (II 833ff.), begleitete ihn zu Philemon und Baucis (VIII 627ff.) und schützte Odysseus vor Circe (XIV 292)
Meriones: Wagenlenker des Idomeneus XIII 359
Merops: König von Äthiopien, Stiefvater des Phaethon
Messana: das heutige Messina auf Sizilien
Messapien: Landschaft in Süditalien
Messene: Hauptstadt von Messenien in der westlichen Peloponnes
Messenien: s. Messene
Methymna: Stadt auf der Insel Lesbos
Metion: Vater des Phorbas V 74
Midas: König von Phrygien, erbittet von Bacchus, daß alles, was er berührt, zu Gold wird, und wird auf sein Flehen hin von der verhängnisvollen Gabe befreit; beim Wettstreit zwischen Apollo und Pan nimmt er Partei für den letzteren und bekommt deshalb Eselsohren XI 85ff.
Miletus: Sohn des Apollo, wandert aus Kreta nach Kleinasien aus und gründet die Stadt Milet XI 444ff.
Milon: großer Athlet aus Croton, siebenfacher Olympiasieger XV 229
Mimas: Vorgebirge an der kleinasiatischen Westküste II 222
Minerva: gr. Athene, Tochter Juppiters, aus dessen Haupt geboren, jungfräuliche Göttin des Kriegs, der Wissenschaften und Künste, Beschützerin Athens, das sie im Wettstreit mit Neptunus gewann (VI 70ff.), und verschiedener Helden, vor allem des Odysseus, Perseus, Theseus und Diomedes
Minos: König von Kreta, Sohn des Juppiter und der Europa, Gatte der Pasiphaë, rächt im Krieg mit Athen seinen dort getöteten Sohn (VII

456ff.), gewinnt durch Verrat Megara (VIII 6ff.), läßt Daedalus das Labyrinth für Pasiphaës Sohn Minotaurus bauen (VIII 152ff.) und will den Künstler auf Kreta festhalten (VIII 187)

Minturnae: ungesunder Ort in Campanien (Unteritalien) XV 716

Minyas: König von Theben, Vater von drei Töchtern, die nicht an den Bacchusfeiern teilnehmen wollten und stattdessen webten und Geschichten erzählten

Minyer: Volk in Thessalien; VI 720ff. svw. Argonauten (die aus Thessalien nach Kolchis fuhren)

Misenus: Trompeter des Aeneas, ließ sich im Golf von Neapel mit dem muschelhornblasenden Triton auf einen Wettstreit ein und wurde von diesem ertränkt. Aeneas bestattete ihn an der Küste; das Kap Misenum soll seinen Namen tragen

Mithridates: Name mehrerer Könige der Landschaft Pontus am Schwarzen Meer; Mithridates der Große machte bis zu seinem Selbstmord 63 v. Chr. den Römern schwer zu schaffen XV 755

Mitra: bunte Kopfbedeckung

Mnemone (V 268): s. Mnemosyne

Mnemosyne: (»Erinnerung«) Mutter der Musen von Juppiter, der sie in Gestalt eines Hirten verführte VI 114

Molosser: Volk in Epirus (Nordwestgriechenland)

Molpeus: Krieger des Phineus V 163ff.

Moly: Zauberkraut, das Odysseus von Mercurius zum Schutz gegen die Hexenkünste der Circe erhielt XIV 292

Monychus: Centaur XII 499

Mopsus: Seher, calydonischer Jäger, Teilnehmer am Centaurenkampf

Morpheus: Traumgott, erschien Alcyone als ihr ertrunkener Mann XI 650ff.

Munychium: Hafenstadt auf einer Halbinsel bei Athen II 709

Musen: Töchter des Juppiter und der Mnemosyne, Göttinnen der Musik, des Tanzes und Gesangs, der Dichtung und Astronomie

Mutina: das heutige Modena in der Poebene, wo Octavianus im Bürgerkrieg über Marcus Antonius siegte XV 823

Mycale: 1. Kap an der kleinasiatischen Küste gegenüber von Samos II 223
2. Hexe, Mutter des Orius XII 263

Mycenae: Burg in Argos auf der Peloponnes, Herrschersitz des Pelops und Agamemnon

Myconus: Kykladeninsel VII 463

Mygdonien: Landschaft in Lydien, deren Bewohner angeblich aus Thrakien eingewandert waren II 247

Myrice: ein Strauch, die Tamariske

Myrrha: Tochter des Cinyras, liebte den eigenen Vater und empfing von ihm den Adonis X 298ff.

Myrrhe: Harz des orientalischen Myrrhenbaums

Myscelus: Argiver, von Hercules zur Auswanderung nach Italien veranlaßt und durch ein Wunder gerettet, als er deshalb bestraft werden sollte XV 19ff.

mysisch: aus der Landschaft Mysien im nordwestlichen Kleinasien

Naiaden: Nymphen der Quellen und Gewässer

Nar: Fluß in Umbrien (Mittelitalien)

Narcissus: wunderschöner Sohn des Cephisus, verschmähte alle, die um seine Liebe warben, auch die Nymphe Echo; wurde von einem enttäuschten Liebhaber verwünscht und liebte sein eigenes Spiegelbild, bis er sterbend in eine Blume verwandelt wurde III 341ff.

Narde: indische Pflanzenart, aus der ein kostbares Parfüm gewonnen wurde

narycisch: s. Naryx

Naryx: Stadt in Lokris (Mittelgriechenland), Heimat des Lelex und des jüngeren Aiax

Nauplias: Vater des Palamedes

NAMENREGISTER

Naxos: Kykladeninsel, auf der Theseus die Ariadne zurückließ

Nectar: Trank der Götter

Nedymnus: Centaur XII 350

Neleus: Vater des Nestor

nemeischer Löwe: von Hercules erwürgtes unverwundbares Untier

Neoptolemus: Sohn des Achilles XIII 455

Nephele: Nymphe III 171

Neptun: Bruder des Juppiter und Pluto, Herr der Meere

Neretum: Stadt in Süditalien XV 51

Nereus: alter Meergott, Vater der Nereiden (»Nereustöchter«), darunter auch der Galatea (XIII 749)

Neritus: Berg auf Ithaka

Nessus: Centaur, riet, vom vergifteten Pfeil des Hercules getroffen, dessen Gattin Deianira, ein Gewand mit seinem Blut zu tränken und sich damit die Liebe ihres Mannes zu erhalten (IX 101ff.). Als Deianira diesen Rat befolgte, brachte sie Hercules den Tod (IX 152ff.)

Nestor: König von Pylos auf der Peloponnes, Sohn des Neleus, lebte drei Menschenalter: Als junger Mann nahm er an der calydonischen Eberjagd teil (VIII 313), als Greis riet er den Griechen beim Kampf um Troja (XII 169ff.).

Nil: er große Strom in Ägypten, verbarg beim Phaethonbrand sein Haupt, das seitdem verborgen ist (II 254) – das will besagen, daß die Antike die Quellen des Nils nicht kannte

Nileus: Krieger des Phineus V 187ff.

Ninus: assyrischer König, Gatte der Semiramis IV 88

Niobe: Tochter des Tantalus, in Phrygien aufgewachsen, Gattin des Königs Amphion von Theben, lästerte voll Stolz auf ihre vierzehn Kinder die Latona, die nur zwei zur Welt brachte, wurde nach dem Verlust aller Söhne versteinert und von einem Wirbelwind in ihre Heimat entführt VI 146ff.

Nisus: König von Megara, Vater der

Scylla (1.), dessen Leben und Herrschaft von einem purpurfarbenen Haar abhing. Als Scylla ihn dieses Haares beraubte, unterlag er Minos und wurde in einen Seeadler verwandelt VIII 6ff.

Noemon: Lykier XIII 258

norisch: aus Noricum, einer Landschaft im heutigen Österreich, die wegen ihrer Eisenerzeugung bekannt war, stammend

Numa: zweiter König Roms, Nachfolger des Romulus, gab dem jungen Volk Recht und Ordnung, liebte den Frieden und strebte nach Weisheit. Seine Gattin war die Nymphe Egeria XV 7ff.

Numicius: Fluß in Latium

Numider: Berbervolk in Nordafrika XV 754

Nycteus: 1. Vater der Antiope VII 111 2. Gefährte des Diomedes XIV 504

Nyctimene: Lesbierin, wegen Blutschande in eine Eule verwandelt und statt der Krähe Begleiterin der Minerva II 589ff.

Nymphen: halbgöttliche Wesen, die in Bäumen (Dryaden, Hamadryaden), Gewässern (Najaden) und Gebirgen (Oreaden) daheim sind

Nysa: Berg in Indien oder Thrakien, wo Bacchus aufgewachsen sein soll

Oceanus: Gott des Weltmeers und dieses selbst

Ocyrhoe: weissagende Tochter des Chiron, während einer Prophezeiung in eine Stute verwandelt II 635ff.

Odrysen: thrakisches Volk

Oeagrius: Thrakerkönig, Vater des Orpheus II 219

Oebalus: Vater des Hyacinthus X 196

Oechalia: Stadt auf Euböa IX 136

Oedipus: Sohn des Königs von Theben, Laius, und der Iocaste, wurde aufgrund eines Götterspruchs ausgesetzt und von König Polybus von Korinth als Sohn angenommen. Als ihn ein Orakel warnte, seinen Vater zu töten, verließ er Korinth und erfüllte gerade dadurch sein Schicksal: Ohne ihn zu kennen, erschlug er in der Fremde den eigenen Vater, befreite Theben von der Sphinx und gewann die Hand der Königin, seiner Mutter. Als er schließlich erkannte, was er getan hatte, stach er sich die Augen aus, während sich Iocaste erhängte und seine Kinder ein klägliches Ende fanden XV 429

Oeneus: König von Calydon, Vater des Meleagros, wird von Diana, die er bei einem Opfer vergißt, durch den schrecklichen Eber bestraft VIII 273 ff.

Oenopia: alter Name der Insel Aegina VII 472 ff.

Oeta: Gebirge in Thessalien, wo Hercules sich verbrannte IX 165 ff.

Oicles: Vater des Sehers Amphiaraos

Oileus: König in Lokris, Vater des jüngeren Aiax XII 622

Oleaster: der wilde Ölbaum, einst ein Hirt, der Nymphen verspottete und deshalb verwandelt wurde XIV 512 ff.

Olenus: 1. Gatte der Lethaea, mit dieser zusammen versteinert X 69 2. Vater des Lapithen Tectaphus XII 433

Oliarus: Kykladeninsel VII 469

Olymp: Berg in Thessalien, Sitz der Götter; oft svw. Himmel

Olympus: s. Olymp

Onchestus: Stadt in Böotien X 605

Onetor: Hirt des Peleus XI 348

Opheltes: etruskischer Seeräuber III 605 ff.

Ophion: Centaur XII 245

Ophis: Landschaft in Ätolien (Mittelgriechenland), Heimat der Ophier VII 383

Ops: altitalische Erd- und Muttergöttin, als Schwester und Gattin des Saturnus der griechischen Rhea gleichgesetzt IX 498

Orchamus: Perserkönig, Nachkomme des Belus, Vater der Leucothea IV 212

Orchomenus: Stadt in Arkadien (Peloponnes)

Orcus: die Unterwelt und (XIV 116) ihr Beherrscher Pluto

Orion: 1. wilder Jäger, als Sternbild an den Himmel versetzt VIII 207; XIII 294 2. Thebaner, dessen Töchter sich bei einer Seuche für das Wohl ihrer Stadt opferten XIII 692

Orithyia: Tochter des Erechtheus, von Boreas entführt, Mutter des Calais und Zetes

Orius: Lapithe XII 262

Orneus: Centaur XII 302

Orontes: Fluß in Syrien II 248

Orpheus: Sohn des Apollo (oder des Thrakerkönigs Oeagrius) und der Muse Calliope, großer Sänger, der sogar die Götter der Unterwelt rührte, als er seine tote Gattin Eurydice zurückholen wollte. Er verlor sie wieder, als er sich gegen ausdrückliches Gebot nach ihr umsah, und wurde später von Maenaden getötet (X 1 ff.; XI 1 ff.)

Orphne: Nymphe der Unterwelt, von Acheron Mutter des Ascalaphus V 539

Ortygia: 1. Halbinsel, auf der die Altstadt von Syrakus (Sizilien) erbaut wurde. Dort entspringt die Quelle Arethusa V 499. 640 2. alter Name von Delos XV 337; ob in I 694 (1.) oder (2.) gemeint ist, bleibt unklar, da beide Orte der Diana heilig waren

Osiris: ägyptischer Gott, Gatte der Isis IX 693

Ossa: Berg in Thessalien, dem Olymp gegenüber

Othrys: Berg in Thessalien

Pachyn: Vorgebirge an der Südwestküste Siziliens

Pachynus: s. Pachyn

Pactolus: Fluß in Phrygien (Kleinasien), führt Gold, seit sich Midas in ihm von seiner verhängnisvollen Gabe befreite

Padus: der Fluß Po in Oberitalien II 258

Paean: Beiname des Apollo als Heilgott I 566 2. Siegeslied XIV 720

NAMENREGISTER 477

Paeonien: Landschaft im Norden Macedoniens

Paestum: Stadt in Süditalien XV 708

Palaemon: Göttername des Melicertes

Palamedes: Griechenfürst, der beim Zug gegen Troja den vorgetäuschten Wahnsinn des Odysseus entlarvte und von diesem aus Rache später des Verrats bezichtigt wurde. Da Odysseus Beweise in Palamedes' Zelt versteckt hatte, wurde dieser verurteilt und gesteinigt XII 35 ff.

Palatin: einer der sieben Hügel Roms; auf ihm wurden später die Kaiserpaläste errichtet

Palatinus: s. Palatin

palatisch: am Palatin liegend

Palatium: s. Palatin

Pales: altitalische Hirtengöttin, deren Fest am 21. April, dem angeblichen Tag der Gründung Roms, begangen wurde XIV 774

Palicen: Dämonen eines wohl vulkanischen Sees auf Sizilien V 406

Pallas: 1. Beiname der Minerva II 553 u. ö.; mit dem »Bild der phrygischen Pallas« in XIII 337 ist das sogenannte Palladium gemeint, ein Götterbild, das Troja schützte. Odysseus entführte es bei einem nächtlichen Unternehmen mit Diomedes aus der Stadt. 2. Bruder des Aegeus, Vater des Clytus und Butes VII 500, 665 f.

Pallene: südwestliche Landzunge der Halbinsel Chalcidice oder eine weiter im Norden gelegene Landschaft XV 356

Pan: Wald- und Hirtengott mit Hörnern und Bocksfüßen, verfolgte Syrinx (I 698 ff.), unterlag Apollo im musikalischen Wettstreit (XI 146 ff.)

panchaeisch: aus Panchaea stammend, einer sagenhaften Insel im arabischen Meer, die überreich sein sollte an Edelmetallen und Gewürzen

Pandion: König von Athen, Vater von Philomela und Progne VI 436 ff.

Pandrosos: Tochter des Cecrops

Pane: griechische Gottheiten des Feldes, den Faunen Italiens gleichgesetzt XIV 638

Panope: Stadt in Phokis (Mittelgriechenland) II 19

Panopeus: Teilnehmer an der calydonischen Eberjagd VIII 312

Panthous: Vater des Euphorbus XV 161

Paphier: Einwohner der Stadt Paphos

Paphos: 1. Tochter des Pygmalion, Mutter des Cinyras X 297 f. 2. die nach ihr benannte Stadt Paphos auf Zypern X 530

Paraetonium: Stadt in Lybien, der Isis heilig IX 773

Parcen: die drei Schicksalsgöttinnen, von denen Klotho den Schicksalsfaden spinnt, Lachesis das Lebenslos bestimmt und Atropos den Faden abschneidet

Paris: Sohn des Priamus, Entführer der Helena, tötet mit Hilfe Apollos den Achilles (XII 600 ff.)

parischer Marmor: besonders wertvoller Marmor von der Kykladeninsel Paros III 419

Parnaß: zweigipfliger Berg in Phokis (Mittelgriechenland), den Musen und Apollo heilig; dort landete Deukalion nach der Großen Flut I 317

parnassisch: vom Parnaß

Parnassus: s. Parnaß

Paros: Kykladeninsel

Parthaon: König von Calydon, Vater des Oeneus

Parus: s. Paros

Pasiphaë: Tochter des Sonnengotts, Schwester der Circe, Gattin des Minos, Mutter des Androgeos, der Ariadne und Phaedra, verliebte sich in einen Stier und empfing, in einem von Daedalus geschaffenen, naturgetreuen Abbild einer Kuh von jenem Stier den Minotaurus

Patara: Hafenstadt an der Küste von Lykien (Kleinasien) I 516

Patrae: Stadt in der nördlichen Peloponnes, heute Patras VI 417

Pedasus: Krieger des Phineus V 115 ff.

Pegasus: geflügeltes Pferd, das die von Perseus enthauptete Medusa im Sterben zur Welt brachte; sein Huf-

schlag läßt am Musenberg Helicon
die Hippocrene (»Roßquelle«) entspringen V 255 ff.

Pelagon: Teilnehmer an der calydonischen Eberjagd VIII 360

Pelasger: mythische Urbevölkerung
Griechenlands; oft svw. »Griechen«

pelasgisch: s. Pelasger

Pelates: 1. Libyer V 124 2. Lapithe
XII 255

Pelethronium: Berg in Thessalien
XII 452

Peleus: König von Phthia in Thessalien, Bruder des Telamon, mit dem
zusammen er seinen Halbbruder
Phocus ermordet. Er floh zu Ceyx
und wurde von Acastus entsühnt.
Teilnehmer an der calydonischen
Eberjagd; gewann die Göttin Thetis
als Gattin und wurde durch sie Vater des Achilles (XI 217 ff.)

Pelias: König von Iolcus in Thessalien,
nachdem er seinem Bruder Aeson
die Herrschaft entrissen hatte, wollte dessen Sohn Iason ins Verderben
senden, indem er ihn ausschickte,
das Goldene Vlies aus Kolchis zu
holen; verweigerte ihm nach seiner
glücklichen Rückkehr den Königs-
thron und fand durch eine List der
Medea den Tod VII 297 ff.

Pelion: Berg in Thessalien

Pella: Hauptstadt Macedoniens

Pellaeer: Einwohner von Pella

Pelops: Sohn des Tantalus, Bruder der
Niobe, Vater des Atreus und Thyestes, wird von seinem Vater geschlachtet und den Göttern als Speise vorgesetzt, um deren Allwissenheit zu prüfen. Alle bis auf Ceres,
die nur an ihre verlorene Tochter
dachte und achtlos ein Schulterstück
verzehrte, verschmähten die grausige Mahlzeit. Später belebten die
Götter Pelops wieder und ersetzten,
was fehlte, durch Elfenbein VI
403 ff.

Peloros: Nordostspitze Siziliens

Pelorum: s. Peloros

Penaten: Götter des Hauses, oft svw.
»Haus«

Peneide: Daphne als Tochter des Peneus I 472 ff.

Penelope: die treue Gattin des Odysseus, die zwanzig Jahre auf seine
Rückkehr wartete, obwohl sie von
vielen Freiern umworben wurde

Peneus: Strom in Thessalien, fließt
durch das Tempetal, wo sein Gott in
einer Grotte thront

Pentheus: König von Theben, Enkel
des Cadmus, widersetzte sich dem
Bacchuskult und wurde von seiner
Mutter und anderen Bacchantinnen
zerrissen III 511 ff.

Peparethos: Kykladeninsel VII 470

Pergamon: Burg von Troja, oft auch
Bezeichnung der ganzen Stadt

Pergus: reizvoller See im Herzen Siziliens, wo Pluto die Proserpina raubte V 385 ff.

Periclymenus: Bruder des Nestor, von
Neptun befähigt, sich beliebig zu
verwandeln; bekämpfte Hercules in
Adlergestalt und wurde von ihm getötet XII 555 ff.

Perimele: Tochter des Hippodamas,
Geliebte des Flußgotts Achelous,
von Neptun auf dessen Bitte in eine
Insel verwandelt, als sie ihr Vater ins
Meer stürzte VIII 590 ff.

Periphas: 1. gerechter König Attikas in
grauer Vorzeit, von Juppiter in einen Adler verwandelt VII 400 2. Lapithe XII 449

Perrhaeber: Volk in Thessalien XII
172 f.

Perse: Geliebte des Sonnengotts, Mutter der Circe und der Hecate

Persephone: s. Proserpina

Perseus: Sohn der Danaë von Juppiter,
der als goldener Regen in den Turm
gelangte, in dem ihr Vater Acrisius
sie gefangenhielt (IV 611 ff.). Dieser
ließ Mutter und Kind in einem Kasten ins Meer stürzen, doch wurden
beide von einem Fischer gerettet.
Erwachsen, vollbrachte Perseus viele Heldentaten: Er gewann von
Nymphen eine Tarnkappe, Flügelschuhe und eine Zaubertasche,
schlug der Medusa das Haupt ab (IV

NAMENREGISTER

604ff.), verwandelte mit dessen Hilfe Atlas in einen Berg, rettete Andromeda (IV 663ff.) und vernichtete seine Feinde (V 1ff.)

Persis: Landschaft im heutigen Iran I 62

Petraeus: Centaur XII 327ff.

peucetisch: aus einer Gegend am Golf von Tarent (Unteritalien) stammend XIV 513

Phaeacen: Bewohner der Insel Kerkyra (Korfu), bei denen Aeneas gastliche Aufnahme findet XIII 719

Phaedimus: Sohn der Niobe VI 239

Phaeocomes: Centaur XII 431ff.

phaestisch: aus Phaestus stammend

Phaestus: Stadt auf Kreta

Phaëthon: Sohn des Sonnengotts und der Clymene, Stiefsohn des Äthiopierkönigs Merops, erhielt von seinem Vater die Erlaubnis, den Sonnenwagen einen Tag lang zu lenken, löste einen Weltbrand aus und wurde von Juppiter mit dem Blitz erschlagen (I 750–II 400)

Phaëthonvogel: der Schwan, weil Phaëthons Freund Cycnus (1.) in einen solchen verwandelt wurde XII 581

Phaëthusa: Phaëthons älteste Schwester II 346

Phantasos: Traumgott XI 642

Pharsalus: Stadt in Thessalien, wo Caesar 48 v. Chr. seinen Gegner im Bürgerkrieg, Cn. Pompeius, besiegte XV 823

Pharus: ägyptische Insel vor Alexandria, durch einen Damm mit der Stadt verbunden, Standort des berühmten Leuchtturms

Phasis: Fluß in Kolchis (nordöstliche Schwarzmeerküste)

Phegia: Stadt in Arcadien (Peloponnes) II 244

Phegiden: die Söhne des arcadischen Königs Phegeus, die im Auftrag ihres Vaters dessen Schwiegersohn Alcmaeon ermordeten IX 412

Phene: Gattin des Periphas, in einen Adler verwandelt VII 399

Pheneos: Stadt in Arcadien XV 332

Pheres: Vater des Admetus VIII 310

Phiale: Nymphe III 172

Philammon: sangeskundiger Sohn des Apollon und der Chione XI 317

Philemon: gütiger alter Mann, der mit seiner Gattin Baucis Juppiter und Mercurius bewirtet, als sie in Menschengestalt bei ihm einkehren VIII 626ff.

Philippi: Ort in Macedonien, wo Octavianus und Marcus Antonius 42 v. Chr. die Caesarmörder Brutus und Cassius in einer Doppelschlacht besiegten XV 824

Philoctetes: Gefährte des Hercules, dessen Pfeile er bekam, als er auf Wunsch des Helden dessen Scheiterhaufen anzündete (IX 233); er nahm am Zug gegen Troja teil, wurde aber wegen einer übelriechenden Wunde nach dem Rat des Odysseus auf der Insel Lemnos ausgesetzt. Von dort holte man ihn wieder, als ein Orakel verkündete, ohne seine Pfeile könne Troja nicht erobert werden (XIII 45ff., 313ff.)

Philomela: Tochter des Pandion, Schwester der Progne, deren Mann Tereus sie vergewaltigte und der Zunge beraubte. Durch Schriftzeichen in einem Gewebe konnte sie ihre Schwester auf ihr Gefängnis aufmerksam machen und mit ihr zusammen Rache an Tereus nehmen. Sie wurde in eine Nachtigall verwandelt VI 441ff.

Philyra: Tochter des Oceanus, Mutter des Chiron

Phineus: 1. Bruder des Cepheus, Onkel der Andromeda und mit dieser verlobt, wollte sie nach ihrer Rettung durch Perseus diesem nicht lassen und unterlag im Kampf V 1ff. 2. thrakischer König, dem täglich die Harpyien das Essen raubten oder besudelten, bis Calais und Zetes die Dämoninnen vertrieben VII 3

Phlegethon: Feuerstrom in der Unterwelt

Phlegra: alter Name der südlichsten

Halbinsel der Chalcidice, angeblich
Schauplatz des Gigantenkampfs; die
Bezeichnung »phlegräische Felder«
wurde später auf das vulkanische
Gebiet um die Solfatara bei Neapel
übertragen

Phlegraeus: Centaur XII 378

Phlegyas: Krieger des Phineus V 87

Phlegyer: räuberischer Stamm in Böotien oder Phokis XI 414

Phobetor: Traumgott XI 640

phocaeisch: 1. aus der Landschaft Phocis in Mittelgriechenland stammend
II 569 2. aus Phocaea, einer wegen
ihrer Pupurgewinnung bekannten
Stadt an der Westküste Kleinasiens
stammend VI 9

Phocer: die Einwohner von Phocis

Phocis: Landschaft in Mittelgriechenland, westlich von Böotien, am Parnaß

Phocus: Sohn des Aeacus und der Psamathe, einer Seegöttin, Halbbruder
des Telamon und Peleus (VII
477 ff.), von diesem ermordet, weshalb Psamathe einen reißenden
Wolf in seine Herde sandte (XI
346 ff.)

Phoebe: die »Strahlende«, Beiname der
Diana

Phoebus: der »Strahlende«, Beiname
des Apollo

phoenicisch: aus Phönizien, einer
Landschaft an der Küste des heutigen Libanon und Israel

Phoenix: 1. Erzieher Achills, calydonischer Jäger VIII 307 2. der arabische
Wundervogel Phönix, der sich
selbst verbrennt und aus seiner
Asche neu ersteht XV 391 ff.

phokisch: aus der Landschaft Phocis in
Mittelgriechenland

Pholus: Centaur XII 306

Phorbas: 1. Krieger des Phineus V
74 ff. 2. Führer der Phlegyer XI 414
3. Lapithe XII 322

Phorcys: Vater der drei Gorgonen,
darunter der Medusa, und der beiden Graien, die zusammen nur ein
Auge und einen Zahn hatten. Perseus entwendete ihnen beides und

gab seinen Raub erst zurück, als er
von den Graien den Weg zu den
Nymphen erfahren hatte, von denen
er Tarnkappe, Flügelschuhe und
Zaubertasche erhielt IV 772 ff.

Phrixus: Bruder der Helle, gelangte
auf einem fliegenden goldwolligen
Widder nach Colchis, wo er das
Tier opferte und den Göttern das
Vlies weihte, das später Iason gewann VII 7

Phryger: Bewohner von Phrygien

Phrygien: Landschaft im Nordwesten
Kleinasiens

phrygisch: oft svw. »trojanisch«, weshalb XV 444 die Römer, die sich als
Abkömmlinge des Trojaners Aeneas
betrachteten, als »Phrygiens Enkel«
bezeichnet wurden

Phthia: Landschaft in Thessalien, Heimat des Peleus und Achilles

Phyleus: Bruder des Augias, calydonischer Jäger VIII 308

Phyllius: Liebhaber des Cygnus (2.)

Phyllus: Stadt in Thessalien

Picus: König von Laurentum, Sohn
des Saturnus, Gatte der Canens; von
Circe, deren Liebe er zurückwies, in
einen Specht (picus) verwandelt XIV
312 ff.

Pierus: König in Mazedonien; seine
neun Töchter forderten die Musen
zum Sangeswettstreit, unterlagen
und wurden in Elstern verwandelt
V 302

Pindus: Gebirge zwischen Thessalien
und Epirus

Piraeus: Hafen von Athen

Pirene: Quelle in Korinth

Pirithous: König der Lapithen, Sohn
des Ixion, Freund des Theseus, calydonischer Jäger (VIII 303 ff.), ein
Verächter der Götter (VIII 567 ff.),
der schließlich bei dem Versuch,
Proserpina aus der Unterwelt zu
entführen, dort festgebannt wurde

Pisa: Stadt in Elis bei Olympia V 494

Pisenor: Centaur XII 303

Pitane: Hafenstadt im Nordwesten
Kleinasiens VII 357

Pithecusa: Insel beim heutigen Ischia,

NAMENREGISTER 481

deren Bewohner in Affen (gr. *pithekoi*) verwandelt wurden XIV 90

Pittheus: König von Trözen, Sohn des Pelops

Plectron: Stäbchen oder Plättchen zum Schlagen von Saiten auf Musikinstrumenten

Pleiaden: Töchter des Atlas und der Pleione (u. a. Maia, die Mutter des Mercurius), auf der Flucht vor Orion als Siebengestirn an den Himmel versetzt. Dione, die Mutter der Niobe, ist als Tochter des Atlas eine Schwester der Pleiaden (VI 174)

Pleione: Tochter des Oceanus und der Tethys II 743; s. Pleiaden

Plektron: s. Plectron

Pleuron: Stadt in Ätolien (Mittelgriechenland) VII 382

Plexippus: Onkel des Meleager VIII 440

Pluto: Gott der Unterwelt

Poeas: Vater des Philoctetes

Polites: Begleiter des Odysseus XIV 251

Polydamas: Trojaner, Freund Hectors XII 547

Polydectes: König der Insel Seriphos, wo Perseus aufwuchs; sandte diesen aus, das Haupt der Medusa zu holen, und wurde von ihm bei seiner Rückkehr versteinert V 242

Polydegmon: Krieger des Phineus V 85

Polydorus: Sohn des Priamus und der Hecuba, wegen seiner Jugend für die Dauer des trojanischen Kriegs zu dem Thrakerkönig Polymestor geschickt, von diesem aus Habgier ermordet und von seiner Mutter gerächt (XIII 429 ff., 536 ff.)

Polymestor: s. Polydorus

Polypemon: Großvater eines Mädchens, das in einen Vogel verwandelt wurde VII 401

Polyphemus: Cyclop auf Sizilien, Sohn des Neptunus, warb vergeblich um Galatea und zerschmetterte ihren Geliebten Acis (XIII 740 ff.), fraß sechs Gefährten des Odysseus, der ihn schließlich überlistete und

blendete; bedrohte den auf der Insel zurückgebliebenen Achaemenides (XIV 160 ff.)

Polyxena: Tochter des Priamus und der Hecuba, dem Achilles als Totenopfer dargebracht XIII 441 ff.

Pomona: altitalische Göttin der Baumfrüchte (*poma*), bei Ovid eine Nymphe, die der Gott Vertumnus nach langer Werbung eroberte XIV 622 ff.

Pontus: Königreich an der kleinasiatischen Schwarzmeerküste (XV 756), unter Mithridates dem großen Rom gefährlich

Priamus: König von Troja, Sohn des Laomedon, Gatte der Hecuba, Vater des Hector, Paris, Aesacus, Polydorus, Helenus, der Cassandra, Polyxena und vieler anderer Söhne und Töchter, nach der Eroberung seiner Stadt von Neoptolemus am Altar erschlagen

Priapus: Fruchtbarkeitsgott aus Nordwestkleinasien mit mächtigem Phallos, Beschützer der Gärten, in denen man gern sein Bild aufstellte; verfolgt Pomona (XIV 640)

Proca: König von Alba Longa XIV 622

Prochyte: Insel vor der Küste Campaniens (Süditalien) XIV 89

Procris: Tochter des Erechtheus, Schwester der Orithyia, Gattin des Cephalus, der nach seiner Entführung durch Aurora ihre Treue prüfte und dadurch eine Entzweiung herbeiführte. Mit ihm wieder ausgesöhnt, schenkte ihm Procris einen windschnellen Hund und einen Speer, der nie fehlt (VII 747 ff.). Mit diesem tötete sie Cephalus versehentlich, als sie ihn aus Eifersucht auf der Jagd belauschen wollte (VII 796 ff.)

Procrustes: Räuber in Attica, der Reisende in sein Haus lud und den großen unter ihnen ein viel zu kleines, den kleinen aber ein großes Bett anbot. Während er diese reckte und streckte, bis sie lang genug für ihr

Bett waren, hieb er jenen die zu langen Glieder ab – bis ihm dies schließlich selbst durch Theseus geschah VII 438

Proetus: König von Argos, der mit seinem Bruder Acrisius angeblich schon im Mutterleib stritt und ihm schließlich die Herrschaft entriß, wofür ihn Perseus strafte (V 238 f.). Seine Töchter wurden von Juno, über die sie spotteten, oder von Bacchus, dessen Kult sie ablehnten, mit Wahnsinn geschlagen, aber durch den Seher Melampus geheilt (XV 325 f.)

Progne: Tochter des Pandion, Schwester der Philomela, Gattin des Tereus, der ihrer Schwester Gewalt antat. Um sich zu rächen, schlachtete Progne ihr Söhnchen Itys und setzte es Tereus als grausiges Mahl vor. In eine Schwalbe verwandelt, klagt sie noch jetzt um das Kind – denn Schwalbengezwitscher klingt wie *Ity, Ity!* VI 424 ff.

Prometheus: Titan, Vater des Deukalion, soll aus Ton Menschen geschaffen haben I 363 ff.

Propoetus: Einwohner von Zypern, dessen Töchter Venus lästerten und von dieser zuerst zur Prostitution gezwungen, dann in Stein verwandelt wurden X 220 ff.

Proreus: etruskischer Seeräuber III 634

Proserpina: Tochter der Ceres, von Pluto entführt (V 376 ff.), nun Göttin der Unterwelt

Protesilaos: Grieche, erstes Opfer des trojanischen Kriegs XII 68

Proteus: weissagender Meergott, der jede gewünschte Gestalt annehmen kann

Prothoenor: Helfer des Perseus V 98

Prytanis: Lykier XIII 258

Psamathe: Meergöttin, von Aeacus Mutter des Phocus, für dessen Ermordung sie Peleus strafte, indem sie einen Wolf auf seine Rinder hetzte, den sie erst auf Bitten der Thetis versteinerte XI 346 ff.

Psecas: Nymphe III 172

Psophis: Stadt in Arcadien (Peloponnes) V 607

pygmaeische Mutter: Gerana, die Herrscherin über das Zwergenvolk der Pygmaeen, die Juno verachtete, sich selbst als Göttin verehren ließ, deshalb in einen Kranich (gr. *geranos*) verwandelt wurde und nun ihr eigenes Volk bekämpfen muß (VI 90). Schlachten zwischen Zwergen und Kranichen waren ein beliebtes Thema der Maler

Pygmalion: Künstler auf Zypern, verliebte sich in ein von ihm geschaffenes Bild aus Elfenbein, das Venus auf seine Bitten hin belebte X 243 ff.

Pylier: Einwohner von Pylos, vor allem Nestor als König von Pylos

pylisch: aus Pylos stammend

Pylos: Name zweier Städte auf der Peloponnes, die Ovid nicht deutlich auseinanderhält: Pylos in Messenien war der Sitz von Nestors Vater Neleus und wurde von Hercules zerstört (XII 550); Pylos in Elis gründete und beherrschte Nestor, der »Alte von Pylos«

Pyraechmen (Pyractes, Pyracmus?): Centaur XII 460

Pyraethus: Centaur XII 449

Pyramus: junger Babylonier, Geliebter der Thisbe; da die Eltern gegen eine Heirat sind, will er mit Thisbe fliehen und tötet sich, als er glauben muß, sie sei von einem Löwen zerrissen worden IV 55 ff.

Pyreneus: thrakischer Tyrann, lädt voll Tücke die Musen ein und will ihnen Gewalt antun, stürzt bei ihrer Verfolgung von seiner Burg V 274 ff.

Pyrrha: Tochter des Epimetheus, Gattin Deucalions I 319 ff.

Pyrrhus: Beiname des Neoptolemus XIII 155

pythische Spiele: sportliche Wettkämpfe in Delphi, nach der Sage von Apollo zur Erinnerung an seinen Sieg über den Drachen Python gestiftet I 447

NAMENREGISTER 483

Python: ungeheurer Drache, Sohn der
Erde, von Apollo erlegt I 438 ff.

Quirinus: Name des unter die Götter
erhobenen Romulus
Quiriten: feierliche Bezeichnung der
Römer

Regium: Stadt in Süditalien, Messina
gegenüber
Remulus: König von Alba Longa,
Frevler gegen die Götter XIV 616 f.
Rhadamanthus: Sohn Juppiters von
Europa, Bruder des Minos, einer
der Totenrichter IX 436 ff.
Rhamnus: Ort in Attika mit einem
Heiligtum der Rachegöttin Nemesis
III 406
Rhanis: Nymphe III 171
Rhea: Mutter des Romulus von Mars
XIV 780
Rhenus: der Rhein
Rhesus: Thrakerkönig, Verbündeter
der Trojaner
Rhexenor: Gefährte des Diomedes
XIV 504
Rhodanus: die Rhone
rhodisch: von der Insel Rhodos stam-
mend
Rhodope: Thrakerin, die sich Juno
nannte und deshalb in das gleichna-
mige Gebirge in ihrer Heimat ver-
wandelt wurde
Rhodos: Insel vor der kleinasiatischen
Südwestküste sowie eine zugehörige
Nymphe
rhoeteisch: beim Vorgebirge Rhoe-
teum unweit von Troja befindlich
XI 197
Rhoetus: 1. Krieger des Phineus V 38
2. Centaur XII 271 ff.
Ripheus: Centaur XII 352
Romethium: Ort in Süditalien XV 705
Romulus: Sohn des Mars und der Rhea
Silvia/Ilia, die der böse Amulius
nach dem Sturz ihres Vaters, seines
Bruders Numitor, zur Vestalin gemacht hatte, damit sie kinderlos
bleibe. Ihre Zwillinge wurden aus-
gesetzt, aber von einer Wölfin er-
nährt, von einem Hirten gefunden

und aufgezogen. Erwachsen, gewannen sie ihrem Großvater die
Herrschaft über Alba Longa zurück
und wollten selbst eine neue Stadt
gründen (XIV 772 ff.). Dabei kam es
zum Streit zwischen den Brüdern,
und Remus fand den Tod. Als Romulus mit seinem Anhang die Frau-
en und Töchter der Sabiner raubte,
kam es zum Krieg mit dem Nach-
barvolk, den ein Kompromißfriede
beendete: Der Sabinerkönig Titus
Tatius wurde Mitregent in Rom
(XIV 776 ff.). Nach dessen Tod war
Romulus allein König, bis er als
Quirinus unter die Götter entrückt
wurde (XIV 816 ff.). Wunderbare
Verwandlung seiner Lanze: XV 561
Rutuler: Volk in Latium, kämpft unter
Führung des Turnus gegen Aeneas

sabaeisch: svw. arabisch, nach dem
Volk der Sabaeer im südlichen, wegen seines Gewürzreichtums
»glücklichen« Arabien X 480
Sabiner: Volk in Mittelitalien, von Romulus zu Spielen eingeladen; dabei
kam es zum »Raub der Sabinerinnen« XIV 775 ff.; s. Romulus
sabinisch: s. Sabiner
Salamis: Stadt auf Zypern XIV 760
sallentinisch: svw. unteritalienisch,
nach dem Volk der Sallentiner in
Calabrien
Salmacis: Quellnymphe, die den Hermaphroditus begehrte und mit ihm
zu einem Zwitterwesen verschmolz
IV 285 ff.
Same: Insel bei Ithaka, von Odysseus
beherrscht XIII 711
Samos: große Insel vor der Südwestküste Kleinasiens, der Juno heilig,
Heimat des Pythagoras
Sardes: Hauptstadt des Lyderreichs in
Kleinasien, Herrschersitz des sagen-
haft reichen Croesus
Sarpedon: Fürst der Lykier, Verbündeter der Trojaner XIII 255
Saturn: altitalischer Gott der Saaten,
dem griechischen Kronos gleichge-
setzt und damit Vater des Juppiter,

Neptunus und Pluto, Herrscher im Goldenen Zeitalter, von seinen Söhnen in den finsteren Tartarus gestürzt, Vater des Centauren Chiron und des Picus

Saturnia: Beiname der Juno als Tochter des Saturnus (Kronos)

Saturnus: s. Saturn

Satyrn: halbtierische Felddämonen mit spitzen Ohren, kurzen Hörnern und Roßschweifen, meist im Gefolge des Bacchus, aber auch mit Faunen und Panen gleichgesetzt und daher bocksfüßig und langgehörnt

Schoeneus: König in Böotien, Vater der Atalanta (2.)

Sciron: Räuber, der Reisende ins Meer zu stürzen pflegte, wo sie eine riesige Schildkröte fraß. Von Theseus getötet, sein Gebein in Klippen verwandelt VII 443 ff.

Scylaceum: Stadt in Bruttium (Unteritalien) XV 702

Scylla: 1. Tochter des Nisus, den sie aus Liebe zu Minos seines zauberkräftigen purpurfarbenen Haars beraubte; von Minos verschmäht, von ihrem Vater in Adlergestalt verfolgt, schließlich in den Vogel Ciris (»Scherer«) verwandelt VIII 4 ff. 2. Tochter der Crataeis, Freundin der Meernymphen, von Glaucus begehrt (XIII 900 ff.), von Circe in ein Monster verwandelt (XIV 11 ff.), schließlich versteinert (XIV 72 ff.)

Scyros: Insel bei Euböa, wo Thetis ihren Sohn Achilles in Mädchenkleidern unter den Töchtern des Königs Lycomedes verbarg. Eine von diesen, Deidamia, wurde von ihm Mutter des Neoptolemus XIII 156 2. Stadt in Phrygien (Kleinasien) XIII 175

Scythien: der östliche Balkan und das heutige Südrußland; galt in der Antike als kalt und unwirtlich

scythisch: aus Scythien stammend

Semele: Tochter des Cadmus, von Juno dazu verleitet, Juppiter, der sie liebte, in seiner göttlichen Majestät sehen zu wollen, und bei diesem Anblick verbrannt; Mutter des Bacchus III 253 ff.

Semiramis: sagenhafte Königin von Babylon, dessen Mauern sie ebenso errichtet haben soll wie die berühmten »Hängenden Gärten«; in eine Taube verwandelt IV 47

Senat: Ältestenrat in Rom

Seriphus: Kykladeninsel

Sibylla: Seherin, von Apollo begehrt, wünscht sich von ihm so viele Lebensjahre, wie sie gerade Sandkörner in der Hand hält, schwindet mit wachsendem Alter immer mehr dahin, bis nur noch ihre Stimme bleibt; führt Aeneas bei Cumae in die Unterwelt XIV 104 ff.

Sicyon: Stadt am Golf von Korinth III 216

Sidon: Stadt in Phönizien, Heimat der Europa, des Cadmus und der Dido; wichtiger Ausfuhrhafen für Purpur

Sidons Tochter: Dido

Sidonien: svw. Phönizien

sigeisch: bei Sigeum befindlich

Sigeum: Vorgebirge unweit von Troja

Silen: alter Satyr, Erzieher des Bacchus, ständig betrunken und daher kaum in der Lage, sich auf seinem Esel zu halten; als er einmal den Anschluß an den bacchantischen Zug verlor, wurde er von Midas gastlich aufgenommen XI 90 ff.

Silenus: s. Silen

Silvane: Gottheiten des Waldes (silva) I 193

Silvanus: altitalischer Waldgott, warb um Pomona XIV 639

Silvia: Beiname der Rhea, der Mutter des Romulus

Silvius: König von Alba Longa XIV 610

Simois: Fluß bei Troja XIII 324

Sinis: Räuber der Landenge von Korinth, der seine Opfer von gegeneinandergebogenen Bäumen beim Zurückschnellen zerreißen ließ und von Theseus auf dieselbe Weise getötet wurde VII 440

Sinuessa: Stadt in Latium XV 715

Siphnus: Kykladeninsel VII 466

NAMENREGISTER

Sipylus: 1. Gebirge in Lydien (Kleinasien), wo Niobe aufwuchs VI 149
2. Sohn der Niobe VI 231
Sirenen: in Homers ›Odyssee‹ dämonische Wesen, die Seefahrer mit ihrem herrlichen Gesang auf ihre Insel locken und dann töten; bei Ovid in Vögel verwandelte Freundinnen der Proserpina V 551 ff.
Sistrum: Rhythmusinstrument aus Metall, vor allem im Kult der Isis gebraucht
Sistren: s. Sistrum
Sisyphus: Sohn des Aeolus (2.), angeblich der wirkliche Vater des Odysseus (XIII 32), verschlagener Herrscher von Korinth, der sogar den Todesgott überlistete und zur Strafe für seine Streiche in der Unterwelt einen Felsblock, der immer wieder herabrollt, einen Berg hinaufwälzen muß (X 44)
Sithon: Zwitterwesen IV 280
Smilax: in eine Windenblüte verwandeltes Mädchen IV 283
Somnus: der Gott des Schlafs (*somnus*) XI 583
Sparta: Hauptstadt von Laconien auf der Peloponnes
Spartaner: Bewohner von Sparta, die als besonders tapfer galten
Sperchion: Vater des Lycetus V 86
Sperchius: Fluß in Thessalien
Sphinx: Dämonin, halb Mädchen, halb Löwin, die Theben bedrohte, aber von Ödipus, der ihr berühmtes Rätsel löst, bezwungen wurde VII 761
Stabiae: Stadt am Golf von Neapel XV 711
Sthenelus: 1. König von Ligurien, Vater des Cycnus (1.) II 367 2. Sohn des Perseus und der Andromeda, Vater des Eurystheus IX 273
Strophader: Inseln im Ionischen Meer, vor der Küste der Peloponnes XIII 709
Strymon: Fluß zwischen Mazedonien und Thrakien II 257
stygisch: svw. unterweltlich, höllisch; s. Styx

stymphalisch: vom See Stymphalus in Arkadien; die stymphalischen Vögel, die Hercules von dort vertrieb, konnten ihre Federn wie Pfeile abschießen
Styphelus: Centaur XII 459
Styx: eiskalter Unterweltsfluß, bei dem die Götter schwören
Surrentum: das heutige Sorrent in Campanien (Unteritalien)
Sybaris: Stadt in Lucanien (Unteritalien), deren Einwohner – bevor die Leute von Kroton über sie herfielen – als Meister des Lebensgenusses galten XV 51 2. der Fluß, an dem Sybaris liegt XV 315
Syene: Stadt in Oberägypten V 74
Symaethus: Fluß auf Sizilien; seine Nymphe ist Mutter des Acis
Syrer: Bewohner von Syrien
Syrinx: Nymphe, auf der Flucht vor Pan in flüsterndes Schilf verwandelt, aus dessen Rohren sich der Hirtengott die Pansflöte zurechtschneidet I 689 ff.
syrisch: aus Syrien stammend
Syrte: die beiden Syrten sind von gefährlichen, wandernden Sandbänken durchzogene Meeresbuchten an der nordafrikanischen Küste (heute die Golfe von Bengasi und Gabes)

Taenaron: Ort auf einem Vorgebirge des südlichen Lakonien (Peloponnes), wo man einen Eingang zur Unterwelt vermutete
Tages: aus einer Erdscholle hervorgegangener weissagender Knabe mit Greisenhaaren; als er die etruskischen Bauern, die ihn beim Pflügen fanden, in der Kunst der Zeichendeutung, vor allem der Eingeweideschau, unterwiesen hatte, starb er XV 551 ff.
Tagus: Fluß der Iberischen Halbinsel, jetzt Tejo//Tajo II 251
tamasenisch: bei der Stadt Tamasus auf Zypern, die wegen ihrer Kupfervorkommen bekannt war X 644
Tanais: Fluß in Südrußland, der heutige Don II 242

Tantalus: König von Phrygien, Sohn
Juppiters, Vater des Pelops und der
Niobe; durfte am Tisch der Götter
speisen (VI 172) und verriet, was er
dort gehört hatte, den Menschen.
Außerdem schlachtete er seinen
Sohn und setzte ihn den Göttern
vor, um ihre Allwissenheit zu prüfen (s. Pelops). Wegen dieser Taten
muß er in der Unterwelt inmitten
eines Teichs und unter fruchtbela-
denen Zweigen Hunger und Durst
leiden, denn Wasser und Zweige
weichen stets zurück, wenn er danach schnappt (IV 485; X 41)

Tarentum: Stadt in Unteritalien, am
Golf von Tarent XV 50

Tarpeia: Römerin, Tochter des Be-
fehlshabers am Kapitol, dessen Tor
sie den sabinischen Belagerern zu
öffnen versprach, wenn sie das bekomme, was jene am Arm trügen.
Die Sabiner sagten das zu, aber sie
schenkten der Verräterin nicht ihre
goldenen Spangen, sondern erschlu-
gen sie mit ihren Schilden XIV 776

Tarpeischer Fels: Steilabsturz am Kapitol, den seit alter Zeit aufgrund einer *lex Tarpeia* Hochverräter und
andere Schwerverbrecher hinabge-
stürzt wurden XV 866

Tartarus: die Unterwelt bzw. der Abgrund unter ihr, wo schlimme Sün-
der ihre Strafe erwartete

Tartessus: Stadt im heutigen Spanien,
an der Mündung des Guadalquivir
XIV 416

Tatius: der Sabinerkönig Titus Tatius,
erst Gegner, dann Mitregent des
Romulus XIV 775 ff.

taurisch: Beiname der Diana, die in der
Landschaft Tauris am Nordufer des
Schwarzen Meers angeblich besonders verehrt wurde und sogar
Menschenopfer erhielt. Iphigenie,
die von ihr aus Aulis nach Tauris
entrückt wurde, diente ihr zeitwei-
lig als Priesterin. Ein Heiligtum dieser Diana in Italien: XV 489

Taurus: Gebirgszug im südlichen
Kleinasien II 217

Taygete: Gebirge zwischen Lakonien
und Messenien (Peloponnes)

Tectaphus: Lapithe XII 433

Tegea: Stadt in Arkadien (Peloponnes)

Telamon: Sohn des Aeacus, Bruder des
Peleus, Vater des Aiax (1.), Argonaut (XIII 24), Teilnehmer an der
calydonischen Eberjagd (VIII 309),
eroberte mit Hercules Troja
(XI 216, XIII 22), verbannt wegen
seiner Beihilfe bei der Ermordung
seines Halbbruders Phocus
(XIII 149).

Telchinen: sagenhaftes Volk auf Rhodos, Erfinder der Eisenverarbei-
tung, zauberkundig, mit dem bösen
Blick behaftet und deshalb von Juppiter ins Meer verbannt VII 365

Teleboas: Centaur XII 441

Telemus: Seher, der Polyphem vor
Odysseus warnt XIII 770 f.

Telephus: König von Mysien, von
Achilles mit der Lanze verwundet,
aber nach acht Jahren der Qual aufgrund eines Orakels (»der die Wunde schlug, wird sie auch schließen«)
mit dem Rost derselben Lanze wieder geheilt

Telestes: Kreter IX 717

Telethusa: Mutter der Iphis (1.)

Temesa: entweder die Stadt Tamasus
auf Zypern (s. tamasenisch) oder das
erzreiche Temese in Unteritalien
(XV 707). Mit dem Erz aus Temese,
das in VII 207 dem Mond hilft, sind
Klappern gemeint, die man bei
Mondfinsternissen schwang, um die
Hexen daran zu hindern, mit ihren
Zauberliedern das Gestirn auf die
Erde herabzuziehen

Tempe: Waldschlucht am Olymp,
vom Peneus durchflossen I 568 ff.

Tenedos: Insel unweit von Troja

Tenos: Kykladeninsel VII 469

Tereus: Thrakerkönig, Gatte der Progne, vergewaltigte ihre Schwester
Philomela, verzehrte nichtsahnend
seinen eigenen Sohn, den Progne geschlachtet hatte, wurde bei der Verfolgung der beiden Frauen in einen
Wiedehopf verwandelt VI 424 ff.

NAMENREGISTER

Tethys: Meergöttin, Schwester und Gattin des Oceanus, Mutter der Flußgötter und Meernymphen (Oceaniden), darunter der Clymene, der Mutter Phaëthons

Teucrer: die Trojaner als Nachkommen des Teucrus (2.)

Teucrus: 1. Sohn des Telamon, von diesem verflucht, weil er seinen Halbbruder Aiax nicht rächte, floh von Salamis nach Zypern und gründete dort eine Stadt gleichen Namens XIV 698 2. Kreter, der ins Gebiet des späteren Troja einwanderte und dort als König herrschte, Schwiegervater des Dardanus und Ahnherr der trojanischen Könige (weshalb Aeneas zunächst Kreta für das Land hielt, in das er mit den überlebenden Trojanern ziehen sollte XIII 705)

Thaumas: 1. Vater der Iris IV 480 u. ö. 2. Centaur XII 303

Theben: 1. Hauptstadt Böotiens, von Cadmus gegründet (III 131), von Bacchus gegen den Widerstand des Pentheus gewonnen (III 518 ff.), von der Sphinx und dem Teumessischen Fuchs bedroht (VII 761 ff.), von den Sieben bestürmt (IX 403 ff.), die Polynices gegen seine Heimat führte, um seinem Bruder die Herrschaft zu entreißen. 2. Stadt in Mysien (nordwestliches Kleinasien), wo Eetion, der Vater der Andromache, König war XII 110; XIII 173

Themis: Tochter des Uranus und der Mutter Erde, Göttin des Rechts, gab Deucalion und Pyrrha am Parnaß ein Orakel (I 321, 379 ff.), weissagte dem Atlas (IV 643) und den Göttern (IX 403 ff.), sandte den Teumessischen Fuchs (VII 763) gegen Theben

Theophane: Tochter eines gewissen Bisaltes, von Neptunus in ein Schaf verwandelt, mit dem er in Widdergestalt den Widder mit dem Goldenen Vlies zeugte VI 117

Thereus: Centaur XII 353

Thermodon: Fluß in Kleinasien, der ins Schwarze Meer mündet und an dessen Ufern angeblich die Amazonen lebten; die XII 611 genannte »Maid vom Thermodon« ist die Amazonenkönigin Hippolyte, die Hercules ihres Wehrgehenks beraubte (IX 189) und von Achilles im Zweikampf erschlagen wurde

Therses: Gastfreund des Anius XIII 682 f.

Thersites: häßlichster und gehässigster Grieche vor Troja, wegen seiner Schmähungen von Odysseus geschlagen XIII 233

Thescelus: Krieger des Phineus V 182

Theseus: Sohn des Aegeus oder des Neptunus, Gatte der Phaedra, Vater des Hippolytus; bei seiner Ankunft in Athen von Medea fast vergiftet (VII 404 ff.), hat viele Heldentaten verrichtet (VII 433 ff.), den Minotaurus bezwungen und Ariadne entführt (VIII 169 ff.), gegen die Centauren gekämpft (XII 227 ff.) und Hippodame befreit (XII 231), aber auch – von Phaedra belogen – seinen Sohn verflucht (XV 504)

thespisch: aus der Stadt Thespiae am Helicon in Böotien; thespische Göttinnen: die Musen V 309

Thessalien: Landschaft im Nordosten Griechenlands

thessalisch: aus Thessalien stammend

Thestius: Vater der Althaea und des Plexippus und Toxeus, also der Mutter des Meleager und ihrer Brüder

Thestor: Vater des Sehers Calchas XII 19 ff.

Thetis: Meergöttin, Tochter des Nereus und der Doris, soll nach einer Prophezeiung des Proteus einen Sohn zur Welt bringen, der seinen Vater übertrifft, weshalb Juppiter seine Neigung zu ihr unterdrückt; von Peleus auf Proteus' Rat hin trotz vieler Verwandlungen überwältigt, Mutter des Achilles, den sie zuerst vom trojanischen Krieg fernzuhalten sucht, indem sie ihn unter Mädchen versteckt (XIII 162), dem sie aber später von Vulcanus Waffen verschafft (XIII 288)

Thisbe: 1. Babylonierin, Geliebte des Pyramus IV 55 ff. 2. Stadt am Helicon in Böotien, reich an wilden Tauben XI 300

Thoactes: Helfer des Phineus V 147

Thoas: König von Lemnos, von seiner Tochter gerettet, als die Lemnierinnen sich verschworen, ihre Männer zu töten XIII 399

Thoon: Lykier XIII 259

Thracer: Bewohner von Thracien

Thracien: Landschaft nördlich von Mazedonien, deren Bewohner als wild und lüstern galten (VI 459); der Thracerkönig Diomedes fütterte seine Pferde mit gefangenen Fremden (IX 194 ff.); Orpheus lehrte die Thracer, Knaben zu lieben (X 83); s. auch Polymestor

thracisch: s. Thracien

thrakische Rosse: s. Thracien

Thurii: Stadt am Golf von Tarent

Thybris: alter Name des Flusses Tiber

thyestisches Mahl: Menschenfresserei (Thyestes setzte dem Atreus, um sich an ihm zu rächen, dessen eigene Söhne als Mahl vor) XV 462

thynaeisch: von den Thynern, einem Stamm am Bosporus, der später mit den Bithynern verschmolz VIII 719

Thyone: Beiname der göttlich verehrten Semele IV 13

Thyrsus: ein langer, oft mit Binden und Weinranken umwundener Stab, dessen Spitze ein Gewinde aus Efeu oder auch ein Pinienzapfen ziert, Abzeichen der Teilnehmer am Bacchuskult

Tiber: Fluß in Latium

Tiberinus: König von Alba Longa, im Tiber ertrunken, der früher Albula geheißen haben soll XIV 614

Tiberis: s. Tiber

Tiresias: Seher in Theben, der Schlangen bei der Paarung schlug und dabei vom Mann zur Frau, später aber wieder zurückverwandelt wurde; als Juppiter und Juno sich stritten, ob Mann oder Frau bei der Liebe

mehr Lust empfänden, sprach Tiresias dem weiblichen Geschlecht die höhere Erregbarkeit zu und wurde deshalb von Juno geblendet. Juppiter verlieh ihm die Gabe der Weissagung (III 316 ff.), dank deren Tiresias das Geschick des Narcissus (III 339 ff.) und des Pentheus (III 511 ff.) voraussah

Tiryns: Stadt und Burg in Argos (Peloponnes), Herrschersitz des Amphitryon, des Stiefvaters des Hercules

tirynthisch: aus Tiryns stammend

tirynthischer Held: Hercules

Tisiphone: eine der drei Furien, von Juno gegen Athamas und Ino gehetzt IV 469 ff.

Titan: der Sonnengott, Sohn des Titanen Hyperion

Titanen: die Söhne des Uranus und der Mutter Erde, also die Göttergeneration um Kronos//Saturnus: Oceanus, Hyperion, Iapetus, Latona u. a., die ihren Vater Uranus entmachtete und selbst von Juppiter entmachtet und zum Teil in den Tartarus gebannt wurde

Titanie: Diana als Mondgöttin (und damit Schwester des Sonnengotts) III 173

Titanin, Titanstochter: Circe als Tochter des Sonnengotts

Tityus: Riese, Sohn der Erde, verfolgte Latona und wurde deshalb in der Unterwelt auf den Boden gefesselt; Geier zerfleischen dort seine Leber

Tlepolemus: Sohn des Hercules, führt die Rhodier nach Troja XII 537

Tmolus: Berg in Lydien; sein Gott richtete im Wettstreit zwischen Apollo und Pan (XI 150 ff.)

Toxeus: Onkel des Meleager VIII 441

Trabea: purpurgefärbte oder purpurverbrämte Toga, Kleidung der römischen Könige, später hohen Beamten bei feierlichen Handlungen sowie den Göttern vorbehalten

Trachas: Stadt in Latium in der Nähe des heutigen Terracina XV 717

Trachin: Stadt am Oetagebirge in

NAMENREGISTER

Thessalien, Herrschersitz des Ceyx
XI 627

Trachiner: Einwohner von Trachin

Triopas: Vater des Erysichthon, Großvater der Mestra

Triptolemus: Sohn des Königs Celeus
von Eleusis, machte im Auftrag der
Ceres die Menschen mit dem Ak-
kerbau vertraut und wurde in Thracien beinahe von Lynceus ermordet
V 645 ff.

Triton: Meergott, Sohn des Neptunus,
Bläser auf dem Muschelhorn

Tritonia: Beiname der Minerva

tritonischer Teich: sagenhafter See im
hohen Norden; wer in ihm neunmal
untertaucht, bekommt ein Feder-
kleid XV 358

Troezen: Stadt in der Landschaft Argos (Peloponnes)

troezenischer Kämpfer: Lelex, der im
Dienst des Königs Pittheus von
Troezen stand VIII 567

troisch: aus Troja stammend

Troja: Stadt in der Nähe des Helles-
ponts, um die der zehnjährige troja-
nische Krieg tobte, durch eine List
des Odysseus (hölzernes Pferd) erobert und zerstört

Tuba: Blasinstrument

Turnus: Führer der Rutuler, Gegner
des Aeneas, von diesem im Zweikampf getötet XIV 451 ff.

Tuscien: die heutige Toskana, einst
Siedlungsgebiet der Etrusker

tuscisch: etruskisch

Tydeus: Vater des Diomedes

Tydide: Diomedes als Sohn des Tydeus

Tyndareus: Gatte der Leda, Stiefvater
des Castor und Pollux sowie der
Helena

Typhoeus: riesenhafter Sohn der Erde
mit hundert Armen, beim Versuch,
den Himmel zu stürmen, von Juppiter mit dem Blitz erlegt und mit der
Insel Sizilien bedeckt (I 183 ff.;
III 303); sein Feueratem steigt aus
dem Schlund des Ätna, bei seinen
Versuchen, sich zu befreien, bebt
die Erde (V 346 ff.)

Tyrer: Einwohner von Tyrus

tyrisch: aus Tyrus; tyrischer Saft =
Purpur

tyrischer Apfel: Granatapfel

Tyrrhener: Etrusker

Tyrrhenien: Siedlungsgebiet der
Etrusker in Italien

tyrrhenisch: etruskisch

Tyrus: Stadt in Phönizien, wo viel
Purpur gewonnen wurde, Heimat
der Europa

Ulixes: Odysseus, König von Ithaka,
der klügste aller Griechen vor Troja,
erhielt trotz böser Beschuldigungen
durch Aiax (XIII 6 ff.) die Waffen
des Achilles, weil er seine Leistungen geschickt herauszustellen wußte
(XIII 124 ff.), ließ das Hölzerne
Pferd bauen und führte damit Trojas Untergang herbei, kommt auf
langen Irrfahrten zu Aeolus, den
menschenfressenden Lästrygonen,
zur Zauberin Circe und zu Polyphem (XIV 223 ff.), erreichte erst
nach zehn Jahren seine Heimat
(XIV 671)

Urania: eine der neun Musen V 260

Venilia: Nymphe, von Janus Mutter
der Canens XIV 434

Venulus: Abgesandter des Turnus an
Diomedes XIV 457 ff.

Venus: Göttin der Liebe (gr.: Aphrodite), Tochter Juppiters und der
Dione oder – nach anderer Überlieferung – aus dem Schaum geboren
(IV 536 f.), der im Meer das von Sa-
turnus/Kronos abgeschnittene Zeu-
gungsglied des Uranus umgab;
Mutter des Amor (I 463), unglücklich mit Vulcanus verheiratet, den
sie mit Mars (IV 171 ff.) und Mercurius betrog; jener wurde durch sie
Vater der Harmonia, dieser des
Hermaphroditus, der Trojaner Anchises Vater des Aeneas, den Venus
ebenso unter die Götter versetzte
(XIV 581 ff.) wie seinen Abkömm-
ling Caesar (XV 779). Ihren Geliebten Adonis verwandelte sie in eine

Blume (X 717 ff.), sie belebte das Elfenbeinbild des Pygmalion (X
270 ff.), strafte Hippomenes wegen
seines Undanks (X 640 ff.) und Diomedes, der sie vor Troja einmal verwundete (XIV 478 ff.; XV 769), und
rächte sich am Sonnengott, der sie
verriet (IV 190) und an dessen
Tochter Circe (XIV 27)

Vertumnus: altitalischer Gott des
Wachstums, zu jeder Verwandlung
(lat.: *vertere*) fähig, Liebhaber der
Pomona XIV 765 ff.

Vesta: Göttin des häuslichen Herdes,
deren Priesterinnen in Rom Jungfrauen sein und bleiben mußten

Virbius: göttlicher Name des von den
Toten erweckten Hippolytus
XV 544

Vulcan: Gott des Feuers und der
Schmiedekunst, kunstreicher, aber
hinkender Sohn des Juppiter und
der Juno, mit Venus unglücklich
verheiratet (IV 171 ff.), von der Erde, auf die beim Versuch, Minerva
Gewalt anzutun, sein Samen fiel,

Vater des Erichthonius (II 757). Er
hat die Palasttore des Sonnengotts
(II 5) und dessen Wagen (II 106) geschaffen und die Waffen des Achilles geschmiedet (XIII 289)

Vulcanus: s. Vulcan

Xanthos (Xanthus): Fluß bei Troja,
auch Scamander genannt, wollte
Achilles, der vor Mordlust raste, ertränken und wurde von Vulcanus
auf Junos Befehl mit Flammen in
sein Bett zurückgedrängt – so
»brannte« er noch einmal nach dem
von Phaëthon ausgelösten Weltbrand (II 245)

Zancle: alter Name für Messana (Messina) auf Sizilien

Zephyr: regenbringender Südwest-
wind

Zetes: geflügelter Sohn des Boreas von
Orithyia (VI 711 ff.), begleitete die
Argonauten und befreite Phineus
von der Harpyienplage (VII 2 ff.)

LITERATURHINWEISE

Ausgabe

P. Ovidius Naso, Metamorphoses, hrsg. von W. S. Anderson, Leipzig
1977.

Kommentar

P. Ovidius Naso, Metamorphosen, Kommentar von F. Bömer, 7 Bde.,
Heidelberg 1969–1986.

Übersetzungen

P. Ovidius Naso, Metamorphosen, hrsg. und übers. von H. Breiten-
bach, Zürich 1964².
Ovid, Metamorphosen, in Prosa übertr. von M. von Albrecht, Mün-
chen 1981.
Ovid, Metamorphosen, in Prosa neu übersetzt von G. Fink, Zürich –
München 1989.

Literaturbericht

H. Hofmann, Ovids ›Metamorphosen‹ in der Forschung der letzten
30 Jahre (1950–1979), in: Aufstieg und Niedergang der römischen
Welt, hrsg. von H. Temporini – W. Haase, II, 31, 4, Berlin – New
York 1981, 2161–2273.

Monographien

M. von Albrecht, Ovids ›Metamorphosen‹, in: Das römische Epos,
hrsg. von E. Burck, Darmstadt 1979, 120–153.
Ders., Mythos und römische Realität in Ovids ›Metamorphosen‹, in:
Aufstieg und Niedergang der römischen Welt, II 31,4,1981, 2328–
2342.
V. Buchheit, Mythos und Geschichte in Ovids ›Metamorphosen‹ I,
Hermes 94, 1966, 80–108.
A. Crabbe, Structure and Content in Ovid's ›Metamorphoses‹, in: Auf-
stieg und Niedergang der römischen Welt, II 31,4,1981, 2274–2327.

LITERATURHINWEISE

L. C. Curran, Transformation and Anti-Augustanism in Ovid's ›Metamorphoses‹, Arethusa 5, 1972, 71–91.

H. Dörrie, Wandlung und Dauer – Ovids Metamorphosen und Poseidonios' Lehre von der Substanz, Der altsprachliche Unterricht 4,2, 1959, 95–116.

H. Fränkel, Ovid – Ein Dichter zwischen zwei Welten, Darmstadt 1970 (zuerst 1945 in engl. Sprache).

G. K. Galinsky, Ovid's Metamorphoses – An Introduction to the Basis Aspects, Oxford – Berkeley/Los Angeles 1975.

H. J. Haege; Terminologie und Typologie des Verwandlungsvorgangs in den Metamorphosen Ovids, Diss. Tübingen, Göppingen 1976.

J. Latacz, Ovids ›Metamorphosen‹ als Spiel mit der Tradition, Dialog Schule – Wissenschaft: Klassische Sprachen und Literaturen 12, 1979, 5–49.

D. A. Little, Ovid's Eulogy of Augustus: Metamorphoses XV, 851–870, Prudentia 8, 1976, 19–35.

W. Ludwig, Struktur und Einheit der Metamorphosen Ovids, Berlin 1965.

W. Müller, Die Idee der Welt und ihr Wandel in den Metamorphosen des Ovid, in: Monumentum Chiloniense (Festschrift E. Burck), Amsterdam 1975, 471–495.

B. Otis, Ovid as an Epic Poet, Cambridge (1966) 1970².

Ovid, hrsg. von M. von Albrecht – E. Zinn (Wege der Forschung 92), Darmstadt 1968.

Ch. P. Segal, Landscape in Ovid's Metamorphoses (Hermes-Einzelschriften 23), Wiesbaden 1969.

INHALT

Einführung 5

Ovid, Metamorphosen

   1. Buch: Von der Schöpfung bis Epaphus und Phaëthon 27

   2. Buch: Buch: Phaëthon bis Europa 51

   3. Buch: Cadmus bis Pentheus und Bacchus 78

   4. Buch: Von den Töchtern des Minyas bis Perseus und
       Andromeda 101

   5. Buch: Perseus und Phineus bis zum Ende der Pierus-
       töchter 127

   6. Buch: Arachne bis Orithyia 149

   7. Buch: Medea bis Tod der Procris 172

   8. Buch: Scylla und Nisus bis Erysichthon und Mestra 199

   9. Buch: Achelous und Hercules bis Iphis und Ianthe 227

  10. Buch: Orpheus und Eurydice bis Venus und Adonis 252

  11. Buch: Vom Tod des Orpheus bis Aesacus 275

  12. Buch: Der Troianische Krieg bis zum Tod des Achilles . . . 300

  13. Buch: Vom Streit um die Waffen Achills bis Scylla und
       Glaucus 321

  14. Buch: Glaucus und Circe bis Romulus und Hersilia 351

  15. Buch: Numa bis Caesar und Augustus 378

ANHANG

Erläuterungen 409

Namenregister 453

Literaturhinweise 491

Das 20. Jahrhundert in der Winkler Weltliteratur Dünndruckbibliothek

Alfred Döblin
Berlin Alexanderplatz
Die Geschichte vom Franz Biberkopf.
Roman. Mit Nachwort, Anmerkungen und Zeittafel von Helmuth Kiesel. 588 Seiten.
»Ein Höhepunkt der deutschen Literatur.«
Marcel Reich-Ranicki

Henry Miller
Wendekreis des Krebses
Roman. Mit Nachwort, Anmerkungen und Zeittafel von Willi Winkler.
448 Seiten
»Ein Kunstwerk von Gewicht. Diesen Roman zu kennen ist notwendig.«
Die Welt

Günter Grass
Hundejahre
Roman. Mit Nachwort, Anmerkungen und Zeittafel von Volker Neuhaus.
766 Seiten mit 1 Frontispiz.
»Ein gespenstisches Buch. Barocker Höllensturz unseres Jahrhunderts.«
Rolf Michaelis

Günter Grass
Die Blechtrommel
Roman. Mit Nachwort, Anmerkungen und Zeittafel von Volker Neuhaus.
760 Seiten
»Ein Meisterwerk der Zeitkritik, ein Monumentalwerk. Ein groß angelegtes Epos.«
F.A.Z

Artemis & Winkler Verlag, München, Zürich, London

Die römische Antike bei dtv zweisprachig

Petron

Cena Trimalchionis

Gastmahl bei Trimalchio

dtv zweisprachig

Der lateinische Originaltext
und die deutsche Übersetzung
im Paralleldruck

Exempla Iuris Romani
Römische Rechtstexte

Charakteristisch für die Sprach-
form dieser kulturgeschichtlich
aufschlußreichen und juristisch
interessanten Auswahl römischer
Rechtstexte – und ihr großer Reiz –
ist es, daß mit einem Minimum an
sprachlichem Aufwand ein Maxi-
mum an Aussage erziehlt wird.
dtv 9243

Ovid:
Metamorphoses/Verwandlungen

Eine Auswahl aus dem berühmten,
viele tausend Verse umfassenden
Märchen-Sammelwerk. dtv 9180

Petron:
Cena Trimalchionis
Gastmahl bei Trimalchio

Die satirische Erzählung von der
grandiosen Fress-Orgie bei dem
neureichen Fettwanst Trimalchio.
dtv 9148

Prima lectio
Erste lateinische Lesestücke

Ein vergnügliches und lehrreiches
Lektüre-Büchlein für alle Kinder
und Erwachsene, die mit ihrem
Latein am Anfang – oder am Ende
sind. dtv 9262

Seneca:
De brevitate vitae
Die Kürze des Lebens

Senecas Antworten auf die Frage
nach dem richtigen Leben versprechen keine kurzschlüssigen
Lösungen oder bequemen Ideologien, sondern verweisen auf die
anstrengende Arbeit der Reflexion.
dtv 9111

Tacitus:
Germania/Bericht über Germanien

Der Bericht des Tacitus aus einer
rauhen und unverdorbenen Welt für
die überfütterten und komplizier-
ten Bürger der römischen Kaiser-
zeit. dtv 9101